Yvonne Elisabeth Reiter

Die Chiemsee Elfen

ChiemgauerVerlagshaus

Yvonne Elisabeth Reiter

Die Chiemsee Elfen

ChiemgauerVerlagshaus

1. Auflage 2020

Chiemgauer Verlagshaus
Dahlienweg 5, 83254 Breitbrunn
www.chiemgauerverlagshaus.de

Illustrationen/Zeichnungen:
Stefanie Dirscherl, Bernau am Chiemsee

Coverdesign: Constanze Kramer, www.coverboutique.de

Coverbilder: © zeremskimilan, © Vladislav Gudovskiy, © Alekss,
© Lilya, © jaboo2asay@gmail.com, © Jochen Netzker,
© Laura Pashkevich, © zenina – XXX, adobestock.com

Satz: Constanze Kramer, www.coverboutique.de

Druck: Chiemgauer Verlagshaus
Printed in Germany
ISBN 978-3-94529-255-6

Der Stein des Orisolus

»Bitte, bitte, Seanair«, bettelte Nimue und zog wild an dem Rockzipfel ihres Großvaters. Mit weit aufgerissenen Augen starrte sie ihn an und bemerkte, dass sich nun endlich seine Gesichtszüge entspannten. Sie wusste genau, warum dies geschah; es war das Wort *Seanair*. Es bedeutet auf Gälisch Großvater, die Sprache ihrer Ahnen. Wenn Nimue im Gegensatz zu ihrem Großvater etwas unbedingt wollte, sprach sie ein paar Worte in Gälisch und schon bekam sie beinahe jeden Wunsch erfüllt.

»Bitte, Seanair, erzähl mir von meinen Vorfahren und ihrer alten Heimat«, bekräftigte sie noch einmal ihre Bitte.

Ihr Großvater nahm langsam in einem extra großen Ohrensessel Platz. Er holte tief Luft.

»Nun gut, meine Kleine, dann pass auf«, erwiderte Aar und sank dabei tief in den purpurroten, samtweichen Stuhl.

Nimue liebte diesen großen Sessel, in dem sie niemals selbst saß. Die breiten Armlehnen sowie auch die Füße waren aus altem Eichenholz. Er sah majestätisch aus und trotzdem gemütlich. Sie setzte sich auf den Boden und lehnte ihren Kopf an die Beine ihres Großvaters. Dabei blickte sie auf das prasselnde Feuer im Kamin, das den Raum mit einem sanften orange-gelben Licht erhellte.

Aar legte seine Hand auf ihren Kopf und streichelte sanft über ihr Haar. Da begann er mit weicher Stimme zu erzählen: »Deine Vorfahren stammen aus dem schottischen Hochland, welches in Gälisch A'Ghàidhealtachd genannt wird. Im Wald, am Rand des kleinen Dörfchens Cridhe, wuchsen sie auf. Der Ort war besonders schön gelegen, direkt an einer Steilküste der Nordsee.«

Nimue versuchte sich in Gedanken Cridhe vorzustellen. Dabei entdeckte sie Holzhäuser, die hoch oben auf einem Felsen über dem Meer standen. Diese wurden scheinbar von einem in die Höhe wachsenden, dichten Wald beschützt, der nur wenige grüne Flächen freigab. Das sich zu Wellen aufbäumende Wasser der Nordsee glitzerte im Sonnenlicht. Mit einer Wucht prallte es gegen die Felsen und doch ließ sich das alte Gestein nicht davon beeindrucken. Die Vorstellung einer derartig schönen Natur löste eine Wärme in Nimue aus, die die weiteren Worte ihres Großvaters noch tiefer in sie sinken ließen.

»Sie waren große Gestalten mit langen blonden oder braunen Haaren und so hübsch, wie du es bist.«

Nimue grinste ihn fröhlich an und fragte: »Sie waren größer als wir, nicht wahr, Opa?«

Er nickte. »Ja, größer als wir es heute sind. Aufgrund der langen und beschwerlichen Reise durch Land und Wasser haben sich unsere Vorfahren den Umständen entsprechend angepasst und sind daher in ihrer Größe um mehrere Zentimeter kleiner geworden.«

Erstaunt über diese Tatsache lehnte sie ihren Kopf zurück an sein Bein und lauschte weiter seinen Worten.

»Während sie in der Tiefe des Meeres entlangzogen, wurde die Beweglichkeit immer wichtiger. Sie wollten so schnell wie möglich eine neue Heimat finden. Eine geringere Größe unterstützte ihre Fortbewegung im Wasser. Trotzdem dauerte es Hunderte von Jahren bis sie den Ozean durchquert hatten« – kurz hielt er inne und atmete tief ein, um die weiteren Worte weich und sanft aus der Tiefe seines Körpers gleiten zu lassen – »vorher jedoch, da waren sie große Waldelfen, die über Jahrtausende friedlich in ihrem Königreich gelebt hatten. Damals regierte König Aar, der, wie du weißt, dein Ur-Ur-Urgroßvater war. Meine Mutter hat mir aus ihrer tiefen Verbundenheit heraus seinen Namen gegeben.«

Nimue nickte, ohne seine Aussage mit Worten zu bestätigen.

»Ich habe gehört«, schwärmte er daraufhin, »dass die Blumen fortwährend blühten, und die Bäume waren das ganze Jahr über voller Blätter. Nur die Farben verrieten die jeweiligen Jahreszeiten. Der Frühling zeigte sich hell- bis smaragdgrün, der Sommer vermischte das Grün mit Gelb und Orange, der Herbst färbte es braun ein und der Winter verwandelte die Blätter langsam wieder zu einem strahlenden Grün.«

»Oh, wie schön, Opa.«

»Ja, das war es«, stimmte er Nimue zu. Da änderte sich seine Tonlage, die nun einen Ernst und eine Traurigkeit enthielt und damit seine nächsten Worte mit ihrer Schicksalsschwere unterstrich: »Bis die Dunkelelfen kamen und unser Volk vertrieben.«

»Warum haben sie das getan?«

»Der Kampf um Macht und Herrschaft trieb sie an. Weißt du, wer die Dunkelelfen sind?«

Nimue hatte natürlich bereits über diese Wesen etwas gehört, dennoch wollte sie ihr Gedächtnis auffrischen. Sie schüttelte ihren Kopf, um ihre Unwissenheit anzudeuten.

»Die Dunkelelfen sind vom gleichen Urelfenstamm, wie wir es sind, und so sind wir Schwestern und Brüder. Die Geburt unserer Urväter hat ein Gleichgewicht auf der Erde geschaffen, indem das Universum dem Guten und dem Bösen als Zwillingspaar zu gleichen Teilen das Leben schenkte. Wir gehören zu den Lichtelfen, wie du weißt. Dennoch sind die Dunkelelfen mit uns verwandt. Ihre Wesenheit ist jedoch grundverschieden. Sie sind hinterhältig und böse. Ich kann dir raten, ihnen immer aus dem Weg zu gehen. Lass dich niemals von ihnen täuschen« – seine Stimme wurde ausdrucksvoll tief – »denn auf den ersten Blick wirken sie gewinnend und freundlich. Man merkt ihnen ihre wahren Absichten nicht sofort an.«

Nimue spürte, wie sich ein eigenartiges, unangenehmes Gefühl in ihrer Brust ausbreitete.

»Wie kann ich wissen, ob eine Elfe eine Licht- oder eine Dunkelelfe ist?«, wunderte sie sich.

Er lächelte sie liebevoll an und strich ihr dabei sanft übers Haar.

»Du brauchst keine Angst zu haben. Vertraue deinem inneren Gefühl und es wird dir nichts passieren. Die Menschen nennen es Intuition. Sie wird dich immer gut und sicher leiten.«

Nimue war nicht gerade zufrieden mit dieser Antwort. Was sollte das heißen: inneres Gefühl? Und wie konnte sie dieses aktivieren? Sie beschloss, erst seinen Worten weiter zu lauschen und dann später noch einmal darauf zurückzukommen.

»Nachdem sie Cridhe verlassen haben, wanderten sie östlich der Küste entlang nach England. Weißt du, was Cridhe bedeutet?«

Sie schüttelte ihren Kopf, sodass ihr langes Haar leicht im Wind wehte.

»Cridhe gehört der Sprache deiner Vorfahren an und heißt übersetzt: das Herz. Es bezeichnet auch den Ursprung, also den Kern einer Sache, und trägt in sich die Fähigkeit, mutig zu sein. Als Dorfname verkörperte es das Herz des Volkes, das in diesem Ort gemeinsam lebte, also das Gemeinschaftsherz des Elfenstammes Shenja. Alle dort lebenden Elfen waren gute Wesen. Diese positive Energie ließ das Gemeinschaftsherz stark und kräftig schlagen.«

Ein Moment der Stille trat ein, in der Aar nachdenklich wirkte. »In diesem Dorf lebten nicht nur Elfen, sondern auch Menschen. Der kleine Bruder von König Aar verliebte sich in ein Menschenmädchen und heiratete sie. Ihr Name war Josephine und beide lebten im Königsschloss. Sie waren ein glückliches Paar, das am Tage ihrer Hochzeit in eine prächtige Zukunft blickte. Dieses Schicksal sollte sich jedoch wenden und so mussten sie mit ihrem Volk fliehen, um ihr Leben zu retten. Auf der Reise gebar Josephine zwei gesunde Kinder, die sie an der Küste von Cornwall mit ihrem Mann weiter durchs Wasser ziehen ließ.«

»Warum hat sie das getan? Hatte sie ihre Kinder nicht lieb, Opa?«

Aar schüttelte leicht den Kopf und meinte: »Nein, nein, das war nicht der Grund. Ganz im Gegenteil. Es war viel zu gefährlich, die Kinder zurückzulassen, und so gab Josephine sie frei, um sie zu schützen.«

»Wie meinst du das?«

»Um durch das Wasser ziehen zu können, brauchte sie die feinstoffliche Hülle einer Elfenhaut. Als Mensch war es ihr nicht möglich, sich der schwierigen Umgebung anzupassen sowie so lange unter Wasser zu bleiben. Durch die Schwangerschaften mit Elfenkindern hatte sich ihre Haut bereits verwandelt, dennoch nicht genug, um die Reise zu überstehen.«

Seine Worte verstummten, sodass Nimue aufsah und in sein nachdenkliches Gesicht blickte.

»Vielleicht«, sagte er hoffnungsvoll und strich mit seinem Zeigefinger über ihre Nase, »ist sie noch am Leben. Durch die Schwangerschaften hat sie viele Fähigkeiten und Eigenschaften der Elfen übernommen. Die Menschen reagieren allerdings sehr individuell darauf.«

Da beschleunigte sich Nimues Herzschlag und sie fragte aufgeregt: »Wo könnte Josephine jetzt sein? Sollten wir sie nicht suchen? Sie gehört doch zur Familie.«

»Ja, das tut sie. Trotzdem ist es sehr unwahrscheinlich, dass sie noch lebt. Ihr Ehemann hat die Hoffnung bis zu seinem letzten Atemzug nicht aufgegeben. Er hat mit allen Mitteln versucht, sie zu finden; vergebens. Man glaubt, dass die Dunkelelfen sie getötet haben.«

Nimue lief bei diesem Gedanken ein kalter Schauer über den Rücken.

Aar bemerkte dies und erwähnte sogleich: »Weißt du, dass sie damals die Gruppenseele unseres Volkes ganz schön durcheinandergebracht hat?«

»Gruppenseele?«

»Ja. Ein Volk hat nicht nur ein gemeinsam schlagendes Herz, sondern auch eine Seele. Diese wird bei Elfen sowie bei Menschen durch Emotionen berührt, und Josephine war ein sehr emotionaler Mensch. Daher beeinflusste sie die Gruppenseele überaus stark und das bewegte das ganze Königreich. Wenn sie weinte, fühlte jeder ihre Traurigkeit und umgekehrt, wenn sie lachte, ihre Fröhlichkeit. Ihr großer Einfluss war eigenartig, dennoch war er deutlich zu spüren.«

Er hielt einen Moment lang inne.

Nimue wandte sich ihm zu und bemerkte den leeren Ausdruck seiner Augen. Sie konnte sich diese Leere nur derart erklären, dass er tief in seinen Gedanken versunken war.

»Wo waren wir stehen geblieben?«, unterbrach er die Stille, »eh, genau, sie waren auf der Suche nach einer neuen Heimat. Ursprünglich wollten sie sich an der Küste von Cornwall ansiedeln, da diese Halbinsel ein besonders schöner Teil der Erde ist. Die dortigen Volksstämme jedoch machten es ihnen unmöglich. Sie verteidigten ihr Land um jeden Preis. Da unsere Vorfahren schon immer ein friedliebendes Volk waren, entschlossen sie sich weiterzuziehen und zwar nach Frankreich. Die Entscheidung über oder unter

Wasser zu reisen war einfach, da die Piratengeister eine größere Gefahr als die einzelnen Meeresbewohner darstellten.«

Nimue meinte aufgewühlt: »Da hat Josephine ihre Familie zum letzten Mal gesehen?«

»Ja, meine Kleine, dort passierte es. Das Ziel war nun der andere Teil von Europa. Der Teil, den sie noch nicht kannten. Sie hatten von den vorbeiziehenden Vögeln viel über dessen Schönheit gehört. Aus diesem Grund waren sie voller Hoffnung, dort ein neues und schönes Zuhause zu finden. Es dauerte jedoch Hunderte von Jahren, bis sie an der französischen Küste ankamen.«

»Warum dauerte es so lange, Opa?«, fragte Nimue erstaunt.

»Weil der englische Kanal dicht besiedelt ist und die Bewohner nicht gerade erfreut waren, von einer Herde Elfen gestört zu werden. Es kostete viele anstrengende Verhandlungen mit den jeweiligen Stammesführern, um die Erlaubnis der Durchreise zu erhalten. Sie mussten Kompromisse eingehen und sich den ständigen Veränderungen der Umgebung anpassen. Dies alles kostete Zeit. Trotz alledem haben sie letztendlich ihr Ziel verwirklicht und für ihre Nachfahren ein neues Reich aufgebaut, in dem Frieden und Harmonie herrschen.«

»Du meinst das Reich Shenja und unser tolles Schloss?«

Er nickte zustimmend. »Ja, das meine ich. Haben wir es hier nicht besonders schön?«

Sie lächelte ihn zufrieden an. »Das haben wir, Opa. Aber wie sind sie den weiten Weg hierhergekommen?«

»Erst einmal sind sie an der Küste in Frankreich gelandet. Frankreich hat ihnen sehr gut gefallen, da die dortige Lebensweise fast einem Hofzeremoniell ähnelte. Sie genossen das gute französische Essen und ihre zumeist klassische Musik. Die Menschen feierten fröhlich und dies auf eine so schöne, respektvolle Art und Weise, dass sie sich gerne anschlossen. Nach dem langen Wasseraufenthalt wollten sie wieder an Land leben und so durchforsteten sie die Wälder nach einem Ort, an dem sie ihr Reich aufbauen könnten. Die Suche war jedoch vergebens, denn dort lebte bereits eine große Ansammlung von Menschen. Kein Platz war mehr frei und so mussten sie weiterziehen. Daraufhin trafen sie auf ein Land namens Italien. Erst waren sie begeistert von dem guten Essen und auch der Wein war dort besonders rein und daher für Elfen gut verträglich. Doch die Menschen sprachen so laut miteinander, dass es ihnen ungemütlich erschien. Sie entschlossen sich, weiterzuziehen. Zu dieser Zeit begegneten sie kurz vor einer Stadt namens Rom freundlichen Waldgeistbewohnern. Diese luden sie ein, bei ihnen einzukehren, um sich für die weitere Reise auszuruhen und zu stärken. Der Geisterkönig nannte sich Rory, was so viel wie roter König bedeutete und rot war er auch immer. Ich meine, er liebte roten Wein und nach ein paar Gläsern färbte sich seine Geisterhülle genauso rot wie die Farbe des Weins. Noch heute hört man die Menschen über die eigentümlich rote Farbe sprechen, die manchmal über den Dächern von Rom wie ein Schleier schwebt. König Aar erzählte, dass Rory ein frecher, aber liebenswerter Geselle war und oft Schabernack mit den Menschen trieb. Dabei hat er Kirchenuhren mehrfach zu ungewöhnlichen Zeiten läuten lassen oder Uhren verstellt. Am liebsten jedoch hatte er die Gläser Feiernder ausgetrunken, schnell und heimlich. Dies verwirrte viele Menschen und führte zu unglücklichen Zeiten, denn sie dachten, dass die Verwirrung krankhafter Natur sei.«

Nimue verstand nicht. »Und dann?«

»Dann gingen sie in Hospitäler und ließen ihre schwere Erkrankung behandeln.«

Aar lachte lautstark, was Nimue auch zum Lachen brachte. Trotzdem hatte sie keine Ahnung, was daran so lustig war.

Nach einigen Freudentränen wurde er wieder ernst und erzählte seine Geschichte weiter: »Der rote König sprach oft und viel mit König Aar. Eines Tages erklärte er meinem Urgroßvater, wie sehr er hoffte, dass unser Volk eine schöne Heimat finden würde. Dort, wo guter Wein wächst und die Menschen gerne feiern. Dort, wo das Reich der Geister und Elfen Früchte trägt und das Dunkle keinen Zugang hat.« Da klopfte er sanft auf Nimues Kopf und erklärte: »Übrigens, König Aar war damals schon sehr alt. Er hatte das übliche Elfenalter schon weit überschritten. Allerdings wusste er, dass er sich erst auflösen kann, wenn sich sein Volk in Sicherheit an einem schönen Platz angesiedelt hat. Er war wild entschlossen, eine neue Heimat für sein Volk zu finden, und so informierte er sich über die nächstliegend angrenzenden Länder zu Italien. Bei einem seiner allabendlichen Gespräche mit Rory erzählte ihm dieser von Bayern. Der rote König selbst war noch nie dort gewesen, allerdings hörte er von Vorbeireisenden immer nur Gutes darüber. Zudem liefen die Handelsgeschäfte zwischen Italien und Bayern besonders intensiv, und so kannte der Geisterkönig einen Handelsweg zu Lande, der von Venedig über Innsbruck nach Bayern führte. Auf diesem Pfad konnten sie es nicht verfehlen, so war er sich sicher. Aus einem mir unbekannten Grund jedoch kamen sie in Österreich vom Weg ab und überquerten die Alpen derart, dass sie direkt am Fuße des Chiemsees die bayerische Voralpenlandschaft betraten, und da passierte es.«

»Was, Opa, was passierte da?«, rief Nimue aufgeregt.

»König Aar traf auf den Ur-Ur-Urgroßvater deines Freundes Hubsi.«

»Oh, und dann?«

»Dann hat dieser mit deinem Ur-Ur-Urgroßvater Aar Freundschaft geschlossen und ihm den freien Raum am Boden des Sees angeboten. Erst wollte er sein Volk nicht im Wasser ansiedeln, da wir ja ursprünglich ein Waldvolk waren. Deshalb bist du nicht nur eine See-, sondern auch eine Waldelfe.« Er stupste mit seinem rechten Zeigefinger auf ihre Nase. »Nach vielen Gesprächen und Besichtigungen der Gegend entschied er sich dennoch für das Land Bayern und das Leben hier. Der Schutz, den das Wasser zwischen unserem Reich und der Wasseroberfläche mit sich brachte, überzeugte ihn außerdem von einem Leben am Boden des Chiemsees. Daraufhin halfen alle zusammen. Die Wassergeister, eine Trollfamilie, die oben auf der Fraueninsel lebte, und viele andere Lichtwesen bauten gemeinsam unser Königreich Shenja auf. Nach ein paar Monaten war es fertig und alle überlebenden Wald- und Seeelfen konnten einziehen. Damals waren es nur noch 123 Elfen, samt dem Heer.«

»So wenige, Opa«, wunderte sie sich. »Was passierte danach mit unserem König?«

»Als alles fertig aufgebaut und das große Einweihungsfest in vollem Gange war, rief er seine älteste Tochter Cara, seinen ersten Sohn Tadgh, seinen zweiten Sohn Oisin und seine jüngste Tochter Anna zu sich. Die Königin verstarb während der anstrengenden Reise und so war die engste Familie vollständig. Er erklärte, dass Tadgh, mein Großvater, sein Nachfolger werden sollte. Zudem meinte er, dass es nun an der Zeit sein würde, zu gehen, um Platz für neue Wesen seiner Art, also Nachkommen, zu schaffen.«

»Warum, Opa? Warum können wir hier nicht einfach alle zusammen weiterleben?«

»Weil der Raum zu eng wird, die Energien zu dicht und wie auch bei den Menschen irgendwann der Platz ausgehen würde. Je enger der Lebensraum, umso mehr Reibereien entstehen und das erschwert jedes Leben. Jedes Wesen braucht seinen natürlichen Bereich, um frei und kreativ existieren zu können. Zudem wird die Weiterentwicklung gefördert, da Altes durch Neues ersetzt wird, auch wenn es uns schwerfällt, das Alte loszulassen. Unsere Seelen sind jedoch immer miteinander verbunden, auch wenn wir keine Körper mehr mit unseren Elfenaugen sehen können.«

»Ja, Opa, das weiß ich«, antwortete Nimue erleichtert über dieses Bewusstsein. Trotzdem wollte sie an eine derartige Veränderung in ihrer Familie noch nicht denken, denn ihr Urgroßvater war bereits 999 Elfenjahre alt, und was das zu bedeuten hatte, war ihr klar. Irgendwann würde auch er sie verlassen.

»Was hat König Aar dann gemacht?«, fragte sie neugierig.

»Er hat allen seine Liebe versichert und auch eines jeden zukünftige Aufgaben erläutert. Dann küsste er die Wangen seiner Kinder, drehte sich um und verschwand hinter der dicken Eichentür. Der da vorne!« Er zeigte auf die nächstliegende Tür gegenüber dem Ohrensessel. »Seine Kinder hörten ihn kurz darauf die knarrende Holztreppe zum Südturm hinaufgehen. Danach wurde er nie mehr gesehen.«

Nimue stellte sich den Südturm bildlich vor. Sie dachte an die oberste Kammer, ihr Lieblingszimmer, in dem sie mit ihren Geschwistern schon oft gespielt hatte. An diesem Ort musste seine

Elfenseele seinen Körper verlassen haben. Kein anderer Raum kam dafür infrage.

Da erklangen die Worte einer weichen, dennoch durchdringenden Frauenstimme: »Aar, wo bleibst du nur?«

Es war ihre Großmutter Oona, die bereits seit vier Elfenstunden auf ihren Mann wartete, der ihr im Gewächshaus bei der Pflege der Pflanzen helfen sollte.

Oona stammte aus dem Elfenreich Lara. Dieser Elfenstamm lebte und liebte die Einsamkeit im Schutze eines Zauberwaldes, welche sie nach ihrer Hochzeit komplett aufgeben musste. Trotzdem fühlte sie sich im Reich Shenja sehr wohl. Dies erklärte sie sich aus den Charaktereigenschaften ihres Vaters, der von einer besonders wilden und aus Feuer bestehenden Elfenfamilie abstammte. Er litt sehr unter der Zurückgezogenheit und Stille des Familienstammes seiner Frau und doch verzichtete er auf seine Leidenschaften aus Liebe zu ihr. Sein Elfenstamm mochte, genauso wie der Elfenstamm Shenja, die Musik, das Essen und das Tanzen. Beide glaubten an den besonderen Zauber der feierlichen Magie und die vielen kleinen Geschenke darin. So verkörperte Oona in ihrer neuen Heimat aus ihrer Natürlichkeit heraus das geerbte Feuer ihres Vaters. Oonas Mutter dagegen wies eine Besonderheit auf. Ihr Volk war ursprünglich ein Feenvolk und hatte nur wenige Elfenanteile, auch wenn an der Spitze ihres Stammbaumes eine Elfe stand. Sie war eine sehr lichtvolle Fee. Ihr Charakter zeichnete sich durch Liebenswürdigkeit und eine Art kindlicher Verspieltheit aus. Diese Eigenschaften hatte auch Oona, welche Nimues Großvater sehr an seiner Frau liebte.

Oona hatte hellblaue Augen und weiße lange Haare, die sie geflochten oder in einem Dutt trug. Sie glich optisch den schottischen Elfen, allerdings mit nur angehaucht spitzen Ohren. Ihr Gesicht glich einem harmonischen Kunstwerk, das durch schöne, gleichmäßige Gesichtszüge besonders hübsch aussah. Sie war groß, ein paar Zentimeter größer als ihr Ehemann.

Nachts schwamm sie oft an die Wasseroberfläche und setzte sich ans Ufer der Fraueninsel, um dort die Atmosphäre zu genießen. Die Menschen konnten dann im Mondlicht ein Glitzern und Funkeln am Wasserufer beobachten, denn ihre Schönheit durchbrach den magischen Schleier zwischen den Welten, auch wenn sie sich ihrer Umgebung nicht zeigte. Tat sie es dennoch, konnte sie durch ihre Erscheinung Paare zusammenführen und Vereinigungen aller Art mit Glück beschenken. Auch diese Eigenschaften liebte ihr Ehemann an ihr.

»Komm ja schon, Oona«, erwiderte Aar, worauf Nimue zur Seite rückte, um Aar Platz zu machen. Kurz darauf verschwand er hinter der großen Eingangstür mit den Worten: »Bis bald, meine Kleine.«

Ruhig und gedankenverloren saß sie nun allein im Kaminzimmer. Sie dachte an Oona und an die vielen Erzählungen ihrer Cousine Cara, die von ihrer gemeinsamen Oma sprachen.

Cara lebte seit ihrer Geburt auf einer kleinen Zauberinsel, nahe an der Fraueninsel gelegen. Ihre Eltern wollten nicht im Wasser leben. Deshalb hatten sie sich dort in einer Höhle an einem Hügel angesiedelt. Ihre Nachbarn waren viele verschiedene Wesen, wie Wichtel, Kobolde, eine Familie der Waldschrate und kleine andere Wesen, die sich mit ihren Familien vor Tausenden von Jahren dort angesiedelt hatten.

Nimue hat Cara oft besucht. Dabei hatte Cara ihr von Oonas Erscheinungen und ihren Auswirkungen auf Menschen erzählt. Auf dem Land sprach man viel über diese ungewöhnliche Frau, die aus dem Nichts erschien und wieder darin verschwand. Da sie immer nur Gutes bewirkte, hatte man keine Angst vor ihr und so wurde sie über die Jahre hinweg zu einer Legende.

Nimue lächelte stolz, als sie murmelte: »Das ist meine Oma.«

Da fiel ihr die soeben erzählte Geschichte wieder ein und sie staunte in Gedanken: »*Was haben meine Vorfahren nur alles erlebt? Die ganze Welt haben sie gesehen. Ich möchte auch so gerne die Welt erkunden und all die Abenteuer erleben, die darin stecken.*«

Sie dachte dabei an das leckere Essen in Italien, die gehobene Lebensphilosophie der Franzosen, an die schottische Heimat ihrer Vorfahren und wie schön es wäre, diese stetig blühende Natur einmal zu sehen. Doch dann erinnerte sie sich an die Dunkelelfen und ihre zerstörerische Macht. Sogleich überfiel sie ein kalter Schauer und überschattete ihre freudige Aufregung. Sie setzte sich zum Kamin und streckte ihre Hände über das Feuer. Dieses wärmte nicht nur ihren Körper, sondern vertrieb auch ihre Ängste.

»Sláinte!«, hörte Nimue ihren Urgroßvater Seoras im großen Tafelsaal rufen, während sie den Arkadengang entlang darauf zu ging. Danach klangen viele Stimmen im Raum durcheinander. Nimue nahm es als einen wohleingestimmten Gesang wahr. Daraufhin prosteten sich die anwesenden Elfen zu und eröffneten damit das Festessen.

Dies war ein abendliches Ritual, welches stets vom König selbst, Nimues Urgroßvater, eröffnet wurde. Nicht an jedem Abend pflegten sie dieses Ritual, sondern hauptsächlich an den ungeraden Tagen. Der Sinn darin lag nicht allein im Verzehr von Nahrung, sondern der Ehrung des Gemeinschaftsgeistes. Und so sollten an diesen Abenden so viele Wald- und Seeelfen wie möglich zusammenkommen, um ihre Gemeinschaft zu feiern.

Nimue kam an diesem Abend zu spät, da sie nicht aufhören konnte, ihrer Fantasie freien Lauf zu lassen und gedanklich durch aufregende Pfade in Richtung Schottland zu reisen. Langsam schlich sie sich in den Saal hinein, in dem sich bereits viele Schlossbewohner tummelten. Dort hörte sie Stimmen durcheinandersprechen, hie und da eine Elfe laut lachen, Becher aufeinander fallen und Musik, die im Hintergrund eine festliche Stimmung verbreitete. Es dauerte nicht lange und sie erreichte ihren Platz am Haupttisch, an dem auch der König saß. Denn Nimue war eine direkte Nachkommin des derzeitigen Königs Seoras. Darüber hinaus munkelte man bereits, dass ihr Großvater Aar bald den Thron besteigen würde. Danach – und da bestand Einigkeit unter allen Elfen – sollte sie die erste Königin des Reiches Shenja werden. Sie war noch sehr jung mit ihren 129 Jahren und musste bis dahin noch viel lernen, und doch schien sich das Reich bereits darauf einzustellen. Sie selbst war sich als jüngste von vier Töchtern darüber nicht im Klaren. Es war unüblich, dass die Jüngste auf den Thron nachfolgen sollte, und dann waren da ja noch die Söhne von Nimues Tanten und Onkeln. Da es im Reich Shenja noch nie eine Königin gegeben hatte, lag es nahe, dass nach Aar einer von ihnen das Königreich übernehmen sollte.

Nimue machte sich über eine Regentschaft keine Gedanken. Sie liebte das Leben und hatte einen aufgeweckten, eher wilden Charakter. Ihre Großeltern nannten sie oft Rao'ra, was für den Tiger und dessen Wildheit stand. Zudem unterschieden sich Nimues Charaktereigenschaften von denen ihrer Geschwister, Cousinen und Cousins. Sie war abenteuerlustig, wissbegierig und konnte nicht lange stillhalten. Sie liebte die Natur und die Tiere und lernte schnell, die Fähigkeiten ihres Elfenstammes bestmöglich zu nutzen. Und das waren so einige, denn die Elfen aus dem Reich Shenja waren in der Lage, ihren feststofflichen Körper in einen feinstofflichen umzuwandeln, sodass die Menschen sie nicht sehen konnten. Dazu hatte dieser Elfenstamm besonders geschärfte Sinne, wie unter anderem Hellhörigkeit. Wenn sie wollten, konnten sie selbst von der tiefsten Stelle des Sees die Menschen am Seeufer sprechen hören. Außerdem waren sie in der Lage, Gerüche stark wahrzunehmen. Egal, ob an Land oder in der Tiefe des Sees, sie konnten auf mehrere Kilometer Einzelheiten eines Geruches bestimmen. Dann waren da noch ihre speziellen Augen. Geschärft wie ein Pfeil konnten sie über Meilen hinweg sehen und dabei Kleinigkeiten exakt definieren; und dies bei Tag und bei Nacht, im Wasser oder an Land. Sie waren in jeder Hinsicht anpassungsfähig und doch reagierten sie sehr sensibel auf ihre Umwelt. Sie liebten das Feiern, doch diese Feste waren nicht laut oder unsittlich. Auch wenn sie gerne aßen und tranken, schossen sie niemals über das Ziel hinaus, denn Völlerei machte ihre Körper krank.

Das Elfenvolk aus dem Reich Shenja gab sich stets ruhig und friedvoll, was nicht heißen soll, dass sie ohne Mut und Stärke gewesen wären. Sie stellten sich unvermeidbaren Kriegen und siegten, genauso wie sie einige Schlachten verloren. Ihr Familienbewusstsein schloss alle Schlossbewohner mit ein und ihr Zusammenhalt war außergewöhnlich. Optisch veränderten sie sich im

Gegensatz zu ihren Vorfahren beträchtlich. Ihre früher leicht grüne Hautfarbe wechselte über die Jahrtausende in eine braunblaue Mischung, sowie ihre Haarfarbe von Blond bis Brünett reichte. Je mehr eine Elfe das Land besuchte, desto mehr färbte sich ihre Haut bräunlich.

Ihre Anpassungsfähigkeit war einzigartig unter den Elfenstämmen. Böse Zungen behaupteten, dass sie gar keine echten Elfen waren, sondern ein kunterbunter Mix aus anderen, kleineren Wesen, wie zum Beispiel Wichten. Tatsächlich galt dies in der Elfenwelt als unmöglich, da sich Elfen nur mit ihresgleichen oder Menschen vermählten. Somit war es eine Unterstellung, die auf ihre geringe und unübliche Größe begründet wurde. Zudem waren Wichte für ihre starken Sinneswahrnehmungen bekannt. Auch hier unterschied sich Nimues Familie von den anderen Elfenstämmen. Ihre ausgeprägten Sinne stellten jedoch eine Folge der jahrzehntelangen abenteuerlichen Reise dar und die dabei lebenserhaltende Notwendigkeit zur Anpassung. Der ständige Einsatz trainierte ihre Sinne nicht nur, sondern verbesserte ihre Gene sozusagen und intensivierte ihre Feinheit und Stärke.

Die Kritik an ihren besonderen Fähigkeiten störte niemanden im Reich Shenja, denn »was kümmert einen schon das dumme und unwahre Geschwätz von Neidern«, bemerkte Nimues Großvater immer mit einem Lächeln auf seinen Lippen. »Neid ist ein böser Feind, doch gewährt man ihm keine Macht, wendet er sich wieder ab und schenkt seine Aufmerksamkeit denen, die dagegen ankämpfen. Meine Kleine, wichtig ist«, betonte er stets, »dass du ehrlich und gut zu anderen bist. Dabei musst du dir nicht alles gefallen lassen, aber denk immer daran: So wie du von anderen behandelt werden möchtest, so verfahre auch du mit ihnen. Achte vor allem auf dich selbst«, erklärte er danach für gewöhnlich. »So oft muss ich sehen, wie Menschen sich selbst verleugnen, um Ideale oder allgemeine Meinungen anderer nachzuahmen. Oder sie sind von Selbstzweifeln befangen, sodass sie sich darin verlieren, darunter leiden und dadurch einen falschen Weg einschlagen. Krankheit, Elend und Trauer resultieren daraus und zerstören das schöne, ursprünglich strahlende Ich des Leidenden. Du selbst, mit allem was dazugehört, bist wichtig, meine Rao'ra, denn wer dir immer erhalten bleibt, bist du dir selbst. So pflege dein Ich, so wie du deine Lieblingsblume mütterlich pflegst, und du wirst auf die gleiche, wunderschöne Weise erblühen, wie sie es immer tut.«

Nimue konnte sich nicht jede Lebensweisheit ihres Opas auf Anhieb erklären. Es sollten jedoch noch Zeiten auf sie zukommen, in denen sie das eine oder andere verstehen lernte, ohne danach zu fragen.

Nimue war mit einer Größe von etwa 1,64 Meter für ihr Alter sehr stattlich gewachsen und überragte damit die meisten gleichaltrigen Elfen. Ihre Hautfarbe war Hellbraun mit einem leichten blauen Schimmer. Sie hatte langes, dunkelbraunes Haar und trug schon als Kind oft jungenhafte Kleidung. Die Schlossbewohner waren sich einig, dass ihre Eltern an der burschikosen Entwicklung schuld seien, denn diese hatten sich nach drei Mädchen einen Jungen gewünscht. Trotzdem, das vierte Kind wurde erneut ein Mädchen und so erklärte es sich von selbst, dass sie einen kleinen Jungen daraus machten. Dies entsprach jedoch nicht der Wahrheit. Wenn ihre Eltern zu dieser Entwicklung einen Beitrag leisteten, dann nur derart, dass sie ihr die Freiheit gaben, so sein zu dürfen, wie sie es wollte, und sie liebte jede Art von Kleidung. Sie zog Kleider an, wenn es die Tradition verlangte, wie zum Beispiel zum traditionellen Abendessen. Ansonsten bevorzugte sie Hosen, vor allem, wenn sie durch den Wald rannte oder ritt. Sie verfingen sich nicht in den Ästen und erleichterten damit jede Bewegung. An ihrem großen Geburtstag würde sie ganz bestimmt ein Kleid tragen.

Nimue freute sich schon sehr auf das Fest, da der König diesen magischen 130sten Geburtstag besonders ehrte. Seit Tagen konnte sie vor Aufregung nicht mehr schlafen, denn in elf Elfentagen war es so weit. An diesem Tag hatte sie einen großen Wunsch frei und dieser war bereits in ihren Gedanken manifestiert: die Erlaubnis ihres Urgroßvaters, ihres Großvaters und ihres Vaters für eine Zeit bei ihrer Cousine auf der Zauberinsel zu leben und dabei die Welt der Menschen zu entdecken. Sie hatte viele tolle Geschichten von ihrer Cousine gehört und wollte nun ein Teil davon werden.

Ihre Eltern, Yavira und Hubert, fühlten schon lange, dass ihre Tochter bald auf Reisen gehen würde. Einerseits freuten sie sich für Nimue und andererseits stellten die Dunkelelfen eine Gefahr für Nimue dar. Außerhalb des Schlosses war diese nicht zu kontrollieren, was die Welt oberhalb des Chiemsees gefährlich für Nimue machte.

Ach ja, der Name ihres Vaters war für Elfen natürlich sehr ungewöhnlich. Oona wählte ihn wegen eines Menschen, der Hubert hieß und ursprünglich auf der Fraueninsel lebte. Als Nimues Großmutter mit Hubert schwanger war, hatte sie große Probleme, das Kind zu gebären. Sie schrie laut und dies war ungewöhnlicherweise auch für einen Menschen am Ufer der Fraueninsel zu hören. Er machte sich große Sorgen, dass jemand gerade ertrinken würde, und sprang ins Wasser, um diese sich in vermeintlicher Not befindende Person zu retten. Nachdem er tiefer und tiefer getaucht war, verlor er das Bewusstsein. Doch Schankti, die Medizinelfe, rettete ihn. Durch die Heilung durchfluteten seinen Menschenkörper etliche Elfenstoffe und so wurde er ein Halbelfe. Von diesem Tag an lebte er im Reich Shenja. Sein Name war Hubert. Das Besondere lag jedoch in dem Ereignis, das während seiner Heilung und somit Transformation passierte. Es schien, als ob seine Verwandlung auch Nimues Großmutter heilte, denn es ging ihr schlagartig besser. Kurz darauf gebar sie einen gesunden männlichen Elfen. Alle glaubten, dass er Oona durch seine selbstlosen und warmherzigen Energien gerettet hatte, und so wurde Nimues Vater nach ihm benannt.

Nimue wurde am siebten Tag des dritten Sternenmonats geboren. Da der zweite Sternenmonat in vollem Gange war, liefen die Vorbereitungen für das Fest bereits auf vollen Touren. Beinahe jeder Schlossbewohner hatte eine oder mehrere Aufgaben, denn diese Feier sollte etwas ganz Besonderes werden. Zum einen, weil Nimue die Urenkelin des Königs war. Zum anderen, weil der Tag der Uaneala-Verwandlung einen besonderen Stellenwert im Leben einer jeden Elfe hatte. Er symbolisierte die Entwicklung von einem verspielten Lamm in einen aufgehenden Schwan. Von diesem Tag an wurden Elfen nicht mehr als Kinder angesehen, sondern als angehende Erwachsene. Danach richtete sich ihr Fokus noch intensiver auf das Lernen, jedoch nun nicht mehr ausschließlich auf spielerische Art und Weise, sondern deutlich mehr zukunftsorientiert. Zur Unterstützung dienten eine Elfenschule und die Erfahrungen der Vorfahren, die stets von besonderer Bedeutung waren. Dabei lernten die jungen Elfen unter anderem die Unterschiede zwischen ihrem Sternenkalender und dem Menschenkalender kennen. Auch die Elfen hatten Feiertage, an denen jede Elfe ihre Arbeit niederlegte. Es waren die magischen Tage der Elfen, nämlich jeweils der dritte, siebte und 13te eines Monats. Die Zahl 13 war für die Elfen nicht nur eine magische Zahl, sondern auch ihre Glückszahl.

Trotz der Unterschiede war der Sternenkalender dem Menschenkalender sehr ähnlich, da auch die Elfen die Zeit über die Mondphasen berechneten. Dennoch hatten sie 13 Sternenmonate. Neun Monate hatten 27 Tage, denn es hieß, dass sich jeweils am 27sten Tag Sonne und Mond treffen, um ihre Bestimmung zu teilen.

Die Elfen des Reiches Shenja wurden viel älter als Menschen und hatten somit einen ganz anderen Überblick über die Tier- und Pflanzenwelt. Die Natur lehrte sie über die Jahrtausende hinweg viel über das Leben selbst und vor allem über das Leben mit ihr. Das alte Wissen ihrer Vorfahren, die im Wald beheimatet waren, verbunden mit ihrer neuen Lebensweise unter Wasser, machten sie zu sehr weisen und erfahrenen Geschöpfen. So wurde die Natur, egal welcher Art, zum Lebenselixier einer Elfe, ohne die sie nicht zu überleben fähig gewesen wäre.

Nimue lebte bis zu diesem Tag beinahe ausschließlich unter Wasser. Sie war stets nur für kurze Zeit auf dem Land gewesen, um die Familie ihres Onkels auf der Zauberinsel zu besuchen. Danach tauchte sie immer wieder ab. Diese andere Welt, dieses andere Dasein wollte sie kennenlernen. Sie wusste, dass nach dem Uaneala-Fest die Aufgabe einer jeden Elfe die ausgeglichene

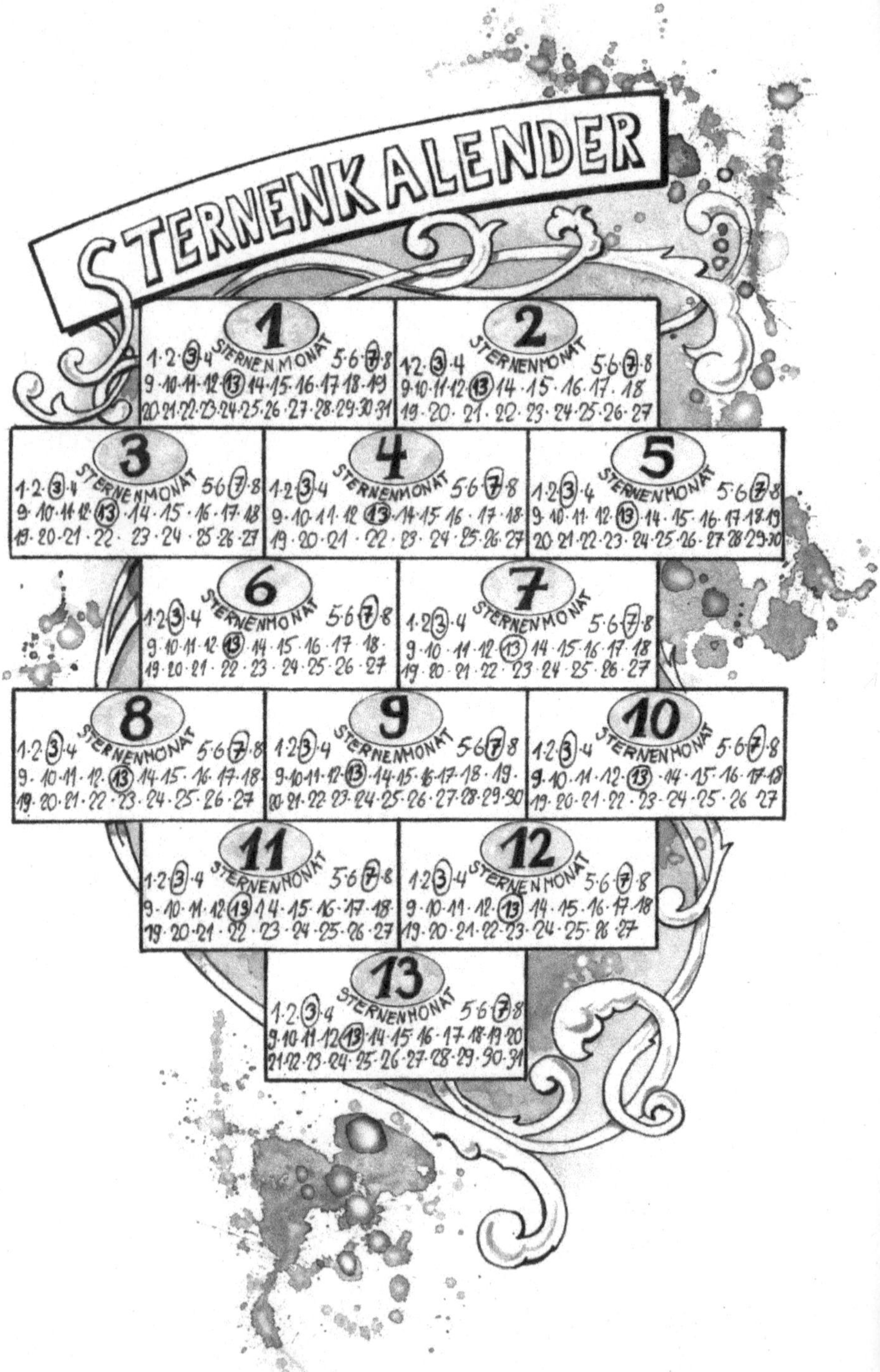
STERNENKALENDER
1 STERNENMONAT
1·2·3·4 5·6·7·8
9·10·11·12·13·14·15·16·17·18·19
20·21·22·23·24·25·26·27·28·29·30·31
2 STERNENMONAT
1·2·3·4 5·6·7·8
9·10·11·12·13·14·15·16·17·18
19·20·21·22·23·24·25·26·27
3 STERNENMONAT
1·2·3·4 5·6·7·8
9·10·11·12·13·14·15·16·17·18
19·20·21·22·23·24·25·26·27
4 STERNENMONAT
1·2·3·4 5·6·7·8
9·10·11·12·13·14·15·16·17·18
19·20·21·22·23·24·25·26·27
5 STERNENMONAT
1·2·3·4 5·6·7·8
9·10·11·12·13·14·15·16·17·18·19
20·21·22·23·24·25·26·27·28·29·30
6 STERNENMONAT
1·2·3·4 5·6·7·8
9·10·11·12·13·14·15·16·17·18
19·20·21·22·23·24·25·26·27
7 STERNENMONAT
1·2·3·4 5·6·7·8
9·10·11·12·13·14·15·16·17·18
19·20·21·22·23·24·25·26·27
8 STERNENMONAT
1·2·3·4 5·6·7·8
9·10·11·12·13·14·15·16·17·18
19·20·21·22·23·24·25·26·27
9 STERNENMONAT
1·2·3·4 5·6·7·8
9·10·11·12·13·14·15·16·17·18·19
20·21·22·23·24·25·26·27·28·29·30
10 STERNENMONAT
1·2·3·4 5·6·7·8
9·10·11·12·13·14·15·16·17·18
19·20·21·22·23·24·25·26·27
11 STERNENMONAT
1·2·3·4 5·6·7·8
9·10·11·12·13·14·15·16·17·18
19·20·21·22·23·24·25·26·27
12 STERNENMONAT
1·2·3·4 5·6·7·8
9·10·11·12·13·14·15·16·17·18
19·20·21·22·23·24·25·26·27
13 STERNENMONAT
1·2·3·4 5·6·7·8
9·10·11·12·13·14·15·16·17·18·19·20
21·22·23·24·25·26·27·28·29·30·31

Entwicklung von Körper, Geist und Seele sein sollte, wobei das Lernen von Wissen und Können im Vordergrund stand, um sich dann, viele Elfenjahre später, eine eigene Existenz aufzubauen oder in die Fußstapfen ihrer Vorfahren zu treten. Und Nimue wollte gleich damit anfangen, das Leben in ihrer Vielfalt zu entdecken.

Am 25sten Tag des zweiten Sternenmonats lag Nimue am Morgen gemütlich auf ihrem Liegesofa in ihrem Zimmer. Sie studierte ein Buch über Kräuter und ihre Heilkräfte, als sie plötzlich Elfenschritte auf dem Arkadengang außerhalb ihres Zimmers hörte. Unruhig fielen sie schnell aufeinander und vermittelten ihr ein Gefühl von Nervosität. Da sprang sie neugierig auf und öffnete die Tür. Auf dem Gang rannten einige Elfen hastig an ihr vorbei oder schwebten in rasender Geschwindigkeit in Richtung Eingangshalle. Dabei entdeckte sie eine junge Kammerelfe, die sie mit weit aufgerissenen Augen ansah. Ihre Wangen waren tiefrot. Sekunden später war sie hinter dem Bogen in Richtung der großen Schlosssäle verschwunden.

»Was geht hier nur vor?«, wunderte sich Nimue.

Ach ja, die Elfen vom Reich Shenja hatten einen Körper, wie auch der Mensch ihn besitzt. Der Unterschied war nur derart, dass die Elfen auch schweben konnten. Das heißt, sie konnten in der magischen Wasserenergie des Reiches Shenja ihre Füße so miteinander verschmelzen, dass sie eins wurden. Damit waren sie schneller als zu Fuß. Diese Fähigkeit hatten sie allerdings nur im Wasser. An Land waren sie genauso beweglich wie Menschen, obwohl sie flinker, wendiger und schneller waren als sie. Dennoch konnten sie dort weder über dem Boden schweben, fliegen oder irgendetwas Derartiges tun.

Auf dem Gang nahm das Treiben stetig zu, sodass Nimue ihr Zimmer verließ und einer Kammerelfe hinterherrannte. Nimue versuchte mit ihr zu sprechen, doch diese winkte mit den Worten ab: »Keine Zeit.«

Nun war Nimues Neugierde vollkommen geweckt und so schwebte sie schnell in das Büro ihres Großvaters. Als sie dort ankam, fand sie das Zimmer ohne Aar vor, dafür mit ihrer großen

Schwester Sophia. Diese saß auf der Couch gegenüber dem Kamin und las seelenruhig ein Buch.

»Sophia«, platzte es aus Nimue heraus.

Sophia blickte sie mit großen Augen an. »Warum erschreckst du mich so? Du weißt, ich kann das nicht leiden!«

»Was ist hier los? Warum geht es hier plötzlich so hektisch zu?«, fragte Nimue unbeeindruckt von der tiefen Tonlage ihrer Schwester.

»Ach so, das meinst du«, erwiderte Sophia nun mit sanfter Stimme, »wir bekommen Besuch. Der hat sich sehr kurzfristig angekündigt.«

Nimue schloss die Tür hinter sich und ging schnell auf Sophia zu.

»Wer ist es denn?«

»Rate mal?«

Nimue fing an, sich alle Elfen, Menschen und andere Wesen, die sie kannte, bildlich vorzustellen. Sie fragte sich, wer einen solchen Wirbel durch seinen Besuch verursachen könnte. Doch sie hatte keine Ahnung und vermutete: »Tante Hauch und Cara von der Zauberinsel?«

»Nein«, erwiderte Sophia gleich darauf mit einem Kopfschütteln.

»Stefan?«

»Nein. Wie du weißt, ist er ein Mensch und kann nur bedingt bei uns bleiben. Also, denk mal nach. Bald ist dein Geburtstag und da bekommst du …«

»Der Besuch kommt wegen mir?«, unterbrach sie ihre Schwester erstaunt.

»Yep, wegen dir.«

Nimue strengte sich nun noch mehr an, sodass ihre Stirn Falten zog. *»Wer kann das nur sein?«*, fragte sie sich in Gedanken. Nach einer Weile schoss es aus ihr heraus: »Katar, der Bruder unseres Urgroßvaters?«

Sophia sah sie zufrieden an. »Genau, Nimue. Er kommt extra wegen dir und deinem Uaneala-Tag. Es sieht so aus, als ob sie Großes mit dir vorhaben.«

»Wie meinst du das, Sophia?«, wollte Nimue irritiert wissen.

»Na ja, Katar hat Frankreich noch nie verlassen, um uns zu besuchen. Jetzt kommt er auf Bitten unseres Königs und das nur wegen deines Geburtstags. Das soll doch etwas heißen, oder?«

»König!«, ärgerte sich Nimue, ohne Sophia damit zu beeindrucken, denn sie mochte es ganz und gar nicht, wenn ihre Geschwister ihren Urgroßvater stets »König« nannten. Für Nimue klang dies kalt und unpersönlich. Er war ihr Urgroßvater und dabei war es ihr egal, welchen Rang er innehatte.

Nimue setzte sich neben ihre Schwester auf die Couch und dachte über Katar nach. »Was hat mir Großvater alles über ihn erzählt?«, murmelte sie vor sich hin. Dann arbeitete sie gedanklich die bereits erhaltenen Informationen über Katar ab. Sie wusste, dass er auf der großen Reise in Frankreich stecken blieb, weil er eine Frau kennen- und lieben lernte. Katar lebte von dort an mit Menschen zusammen und das in einem kleinen Häuschen direkt am Meer. Nimue war sich sicher, dass dies eine wunderschöne Gegend sein musste, da ihr Urgroßvater manchmal davon geschwärmt hatte. Dort gab es viel Sonne, das offene Meer vor der Nase und guten Käse. Alle Elfen liebten guten Käse und den französischen mochten sie ganz besonders gern.

»Weißt du etwas über Katar, Sophia?«, fragte Nimue.

Sophia war wieder in ihr Buch versunken und sah nur kurz auf, um zu erwähnen: »Natürlich, jeder weiß etwas über ihn.«

»Er ist Urgroßvaters Lieblingsbruder und muss ganz nett sein, oder?«

»Er ist der Bruder unseres Königs, und vielleicht ist er auch ganz nett. Aber jetzt lass mich endlich lesen, du Nervensäge«, forderte Sophia ihre kleine Schwester gereizt auf.

»Wann kommt er bei uns an?«, fragte sie dennoch und bekam die knappe Antwort: »Morgen, glaube ich.«

Nimue unterdrückte noch weitere Fragen, denn der scharfe Blick ihrer Schwester zeigte ihr, dass sie eindeutig nicht mehr gestört werden wollte. Auf Zehenspitzen ging sie in Richtung Tür, als diese plötzlich aufsprang.

Nimue zuckte zusammen. Zur gleichen Zeit kam ihre Großmutter Oona herein.

»Hallo, ihr beiden.«

»Hallo«, hallte Nimues und Sophias Stimme synchron im Raum.

»Oma«, fragte Nimue sogleich, »besucht uns Katar wirklich wegen meines Geburtstags?«

»Ja, meine Kleine, das tut er. Ist das nicht wunderschön?«

»Ja, Oma, das ist es.«

»Ich komme, um mit dir zu sprechen, Nimue. Es ist an der Zeit, dass du dir über deinen Geburtstagswunsch ernsthafte Gedanken machst. Du weißt ja, dass du ihn genau um 13 Elfenstunden nach Null vor allen Gästen aussprechen darfst?«

»Ja, Oma, ich weiß«, bemerkte Nimue aufgeregt. Ihre Wangen röteten sich leicht.

Da sprang die Tür noch einmal auf und Nimues Geschwister Marie und Aoife kamen herein.

»Hey, Nimue«, sagte Aoife, »ehrenvolle Feier, huh? Die haben wohl Großes mit dir vor.«

Nun hörte Nimue diese Aussage das zweite Mal in der gleichen Stunde, was sie zunehmend irritierte. *»Was hat das zu bedeuten? Großes! Was ist ehrenvoll groß oder meinen sie etwas ganz anderes?«*, grübelte sie nach, während Oona mit Aoife sprach.

Dann wandte sich Oona wieder Nimue zu. Sie setzten sich vor das Fenster auf zwei Holzstühle und blickten hinaus, während sich die drei Schwestern im Hintergrund lautstark unterhielten.

»Oma, was hat man mit mir vor?«, wollte Nimue wissen, fast ängstlich auf die Antwort wartend.

Oona lachte. »Keine Angst, meine Kleine, nichts, was dir Sorgen bereiten sollte.«

Dies war für Nimue eine äußerst unbefriedigende Antwort. Was sollte das heißen: sich keine Sorgen machen? Allein das Wort *Sorgen* in diesem Zusammenhang zu benutzen, bereitete ihr schon ein unangenehmes Gefühl. Sie wusste, dass es sich nicht gehörte, weiter nachzufragen, konnte ihre große Neugierde aber nicht im Zaum halten und fragte ungeachtet dessen: »Was genau soll mir keine Sorgen bereiten?«

»Darüber wird dir dein Urgroßvater berichten, Nimue. Hab Geduld.«

»Aha«, dachte sich Nimue, *»jetzt ist es ausgesprochen.«* Für sie war das eine klare Antwort, denn wenn sich ihr Urgroßvater damit beschäftigte, war es etwas Großes. Was auch immer *groß* bedeutete, war ihr in diesem Zusammenhang allerdings nicht bewusst.

»Lass deinen Gedanken freien Lauf, meine Kleine. Ein Wunsch soll sich dir zeigen. Erst, wenn du dir zu hundert Prozent sicher bist, mein Kind, lass uns darüber sprechen. Ich bin immer für dich da.«

»Das mache ich, Oma.«

Der Wunsch, zu reisen und bei Cara auf der Zauberinsel zu leben, war natürlich präsent. Doch Nimue dachte auf einmal, warum nicht mehrere Wünsche in Betracht ziehen, um diese dann mit ihrer Großmutter zu besprechen.

Als erstes kam ihr ein Pferd in den Sinn und zwar ein ganz besonderes Wesen der Zauberwelt, das nur wenige besaßen. Es war schneller, flinker, intelligenter und größer als alle anderen Pferde. Die Elfen nannten diese Pferderasse Tara, da Tara übersetzt Stern hieß, und ein solcher wies diesen Geschöpfen den Weg, um stets sicher an ihr Ziel zu kommen.

Diese Tiere waren besondere Beschützer ihrer Besitzer. Durch ihre ausgeprägte Sensibilität konnten sie Emotionen aller Art frühzeitig aufspüren und bei Gefahr handeln. Sie waren wunderschöne Pferde, die durch ihre leicht grün-bräunliche Farbe mit der Natur beinahe verschmolzen. Ihre Rasse besaß die Fähigkeit, sich jeder Umwelt anzupassen, und wenn sie wollten, konnten sie sich den Menschen sichtbar machen. Das machten sie jedoch nur sehr selten und so wurde vielerorts auf der Erde von den geheimnisvollen Windböen gesprochen, die unsichtbar an ihnen vorbeirauschten.

»Unerklärliche natürliche Phänomene« nannte man sie, die die Menschen mit naturwissenschaftlichen Formeln zu deuten versuchten. Doch konnten sie diesen Windstößen nie auf den Grund gehen, und so blieben sie ihnen ein ewiges Rätsel.

Das Bild eines Tara-Pferds verschwamm vor Nimues Augen, worauf ihre Gedanken abschweiften. Sie murmelte: »Bedeutet das Wort *Großes* immer etwas Positives? Oder hat es womöglich mit meiner fehlenden Disziplin zu tun, vor allem in Bezug auf diese diffusen Regeln, die manche Lehrer aufstellen. Mein neuer Kunstlehrer, vielleicht hat er …?« – Nimue stockte und schüttelte den Kopf – »nein, das kann es nicht sein.«

Ihr wurde bewusst, dass sie im Grunde immer fleißig war. Außerhalb ihrer Unruhe und ihrer manchmal ablehnenden Art auf die für sie unsinnigen Schulregeln zu reagieren, hatte sie keine Abmahnungen erhalten. Die für sie schlüssigen Regeln befolgte sie in der Tat.

»Was kann es nur sein?«, fragte sie sich daraufhin wieder und wieder, obwohl sie sich doch eigentlich mit ihrem Wunsch beschäftigen sollte. Sie fand keine Antwort und so fingen ihre Gedanken an, sich wild im Kreis zu drehen. Ein Wirrwarr von Möglichkeiten breitete sich aus. Dabei bemerkte sie, dass sie leise vor sich hinplapperte. Sie schreckte auf und sah um sich. Im Raum herrschte eine gespenstische Stille. Sie drehte sich um und blickte in die Augen ihrer Geschwister, die alle auf sie gerichtet waren. Sogar Sophia konzentrierte sich nicht mehr auf ihr Buch. In diesem Moment spürte Nimue, wie sich ihr Nacken langsam zusammenzog.

Oona bemerkte ihre Anspannung und versuchte, sie zu beruhigen: »Keine Angst, es wird dir gefallen.«

Diese Aussage beruhigte Nimue tatsächlich, denn es war eindeutig kein Mahnruf. Trotzdem war das Wort *es* immer noch undefinierbar. Hatte sie vielleicht über den Wunsch und nicht über das große, ehrenvolle Etwas gesprochen? Nimue fühlte sich innerlich zerrissen, als ihre Großmutter aufstand.

Oona legte ihre Hand behutsam auf Nimues linke Schulter. »Komm, lass uns ins Gewächshaus gehen.«

Nimue folgte ihr sogleich, während sie zustimmend nickte, denn das Gewächshaus war der Lieblingsplatz ihrer Großmutter.

Dort herrschten zwischen all den Pflanzen Stille und Geborgenheit und so fanden an diesem Ort viele wichtige Gespräche statt.

Im Garten angekommen, entdeckte Nimue mit Freude, dass die verschiedensten Blumenarten bereits in voller Pracht erblühten. Sie sah Passionsblumen, Kamelien, Lilien, Sonnenblumen, Eisenhüte, Arnikakräuter, Glockenblumen, Stiefmütterchen und noch viele Pflanzen mehr. Die Farben vermischten sich vor ihren Augen, als ob ein bunter Blumenteppich vor ihr liegen würde.

Nach dieser Blumen- und Kräutervielfalt durchstreiften sie einen Bereich des Gartens, der einzig und allein den Rosen gewidmet war. Auch sie blühten in ihren prächtigsten Farben. Nimue lächelte bei diesem schönen Anblick. Die Rose war ihre Lieblingsblume, vor allem die, die hellrosafarbene Blüten hatte. Als sie eine solche entdeckte, blieb sie stehen, um an ihr zu riechen.

»Deine Blumen sind so schön, Oma«, bemerkte Nimue.

»Danke! Ich würde mich sehr freuen, wenn du mir öfters bei der Pflege hilfst.«

Nimue nickte zustimmend, während sie ihr in ein Gewächshaus folgte, in dem Gemüse angebaut wurde. Als sie dieses durchquerten, sah sie durch ein Abtrennglas eine tiefrote Farbe schimmern. Dahinter waren große Tomaten, die an Sträuchern hingen und sie durch ihre Schwere nach unten drückten.

»Oma, die sind aber groß geworden«, meinte Nimue und deutete auf einen Strauch mit vielen unterschiedlich großen Tomaten.

»Das stimmt. Diese besonders saftige Fleischtomate haben wir extra für deinen Geburtstag angebaut«, erwiderte Oona, »und auch den Rest, den du hier siehst. Das wird ein großes Fest, Nimue.« Sie zeigte mit ihrer Hand auf die vielen unterschiedlichen Gemüse- und Obstsorten rundherum.

Der Raum war groß und lang gezogen und an beiden Enden mit Glasscheiben von anderen Gewächshäusern abgetrennt. Auf einer Seite erblickte Nimue in sorgfältig angebauten Reihen Karotten, Lauch, Sellerie, Kartoffeln und mehrere Salatsorten. Auf der anderen Seite war das Obst. Kleine Bäume voll mit Früchten ragten aus dem Boden.

Sie sah so viele verschiedene Obst- und Gemüsesorten, dass sie staunte: »Oh, so viel Obst und Gemüse, und das alles nur für meinen Geburtstag.«

Oona nahm derweilen an einem kleinen Tisch in der Mitte des Raumes Platz. Nimue tat das Gleiche und hörte die Worte ihrer Großmutter, während ihre Augen weiter auf die Fülle der außergewöhnlichen Früchte gerichtet waren.

»Also, meine Kleine, du weißt, dass du zum 130sten Geburtstag einen Wunsch frei hast.«

Nimue nickte und wandte sich ihrer Großmutter zu.

»Pass gut auf, was du dir wünschst, Nimue, denn Seoras wird es dir gewähren. Die Tradition unseres Elfenstammes besagt, dass jeder Elfe an ihrem Uaneala-Tag ein Wunsch erfüllt werden muss. Da gibt es so gut wie keine Ausnahmen. Also, was ich damit sagen will, ist ganz einfach: Wünsch dir etwas, das du wirklich willst, und sei dir im Klaren darüber, dass es in Erfüllung gehen wird.«

Nimue erwiderte freudig: »Ja, Oma. Soll ich dir meinen größten von allen Wünschen sagen?«

»Nein, nicht so vorschnell. Denk darüber nach. Du hast noch zehn Tage Zeit. Geh in dich und finde dort die Wahrheit deiner Wünsche, denn je nachdem könnte er dein Leben stark verändern. Dies ist der erste Schritt zum Erwachsenwerden, Nimue. Handle weise und wohlüberlegt. Stell dir die Fragen: was und warum du es dir wünschst, und danach, welche Folgen es für dich, dein Leben und auch für deine Familie haben wird.«

Auf einmal fühlte Nimue eine Schwere, die sich langsam in ihrer Brust ausbreitete. War es nun so weit, sollte sie jetzt für ihre Entscheidungen allein verantwortlich sein? War sie schon bereit dafür? Konnte sie die volle Tragweite begreifen, die ihre Großmutter von ihr verlangte? Oder verstand sie ihre Worte falsch?

»Oma, kann ich nicht mit dir und Opa über meinen Wunsch sprechen?«

Oona schüttelte leicht den Kopf.

»Wir müssen ja nicht über den einen großen reden. Vielleicht über die vielen anderen kleineren?«, schlug Nimue daraufhin vor.

»Nein, dein Wunsch und du, ihr sollt eine Einheit darstellen. Ich meine, keine äußeren Einflüsse sollen dabei auf dich einwirken. Genauer gesagt, dein Wunsch soll frei von anderen gehegt, gepflegt und gestellt werden.«

Nimue verstummte, während sie über die Worte ihrer Großmutter nachdachte.

»Du brauchst keine Angst zu haben. Wenn du deiner inneren Stimme folgst und dir Zeit gibst, sie zu verstehen, kann dir nichts passieren. Die nächsten Tage werden sehr wichtig für dich sein. Nimm dir Zeit und vor allem gib dir Ruhe, denn nur in Ruhe kannst du dich richtig entscheiden.«

»Innere Stimme?«, dachte Nimue, *»Hat mir Opa nicht auch schon davon erzählt?«*

Nimue konnte sich nicht mehr erinnern, wie genau ihre innere Stimme klingen sollte und noch dazu hatte sie den Wunsch zu reisen und die Welt zu entdecken. Sollte sie trotzdem mit ihrer inneren Stimme sprechen? Ihr vielleicht sogar den Wunsch sagen und ihre Meinung dazu hören? Vielleicht tendiert ihre innere Stimme ja mehr zu einem Tara-Pferd, ist sich Nimue nun unsicher.

Da wollte sie wissen: »Ist die innere Stimme die, die mich meinem Traum näherbringt oder die, die mir meinen Wunsch bestätigt?«

»Deine innere Stimme ist die Stimme deiner Seele und sie entspricht der höchsten Wahrheit.«

»Aha«, staunte Nimue.

»Du sollst in dich hineinfühlen und genau hinhören, denn durch ungesunde Emotionen kann es passieren, dass du keinen direkten, reinen Zugang zu deiner inneren Stimme hast.« Oona blickte in Nimues irritiertes Gesicht und erkannte, dass sie ihre Aussage nicht im Detail verstand. Deshalb holte sie ein Beispiel hervor: »Ich meine, und das ist wirklich nur ein Beispiel, du wünschst dir eine sprechende Puppe, allerdings nur, weil alle in deinem Alter eine solche besitzen. Dieser Wunsch ist von der Emotion getragen, die einem Muster und der daraus resultierenden Vorstellung folgt. Alle haben diese eine Puppe, also willst du auch eine. Das gilt auch dann, wenn die Eifersucht keine oder nur eine geringe Rolle dabei spielt. Erkennst du den Ursprung nicht, kann dir der wahre, tief in dir versteckte Wunsch verborgen bleiben. Du denkst an die Puppe und konzentrierst dich allein darauf. Leider ist es üblich, dass die äußere Schale, also das Oberflächliche und dessen Gegebenheiten, uns oft mehr im Griff haben, als unser schönes inneres Ich.«

»Aha«, äußerte sich Nimue noch einmal voller Ehrfurcht über das große Wissen ihrer Großmutter. »Wie kann ich meine innere Stimme klar hören? Und vor allem, wie weiß ich, ob der Wunsch von außen oder innen gesteuert wird?«

»Lass dir Zeit und komm zur Ruhe. Hektik und Stress halten dich davon ab, und versuche jegliche Emotionen von dir fern zu halten. Denk nur an dein inneres Ich und lerne es kennen.«

Nimue zweifelte plötzlich an ihrem Wunsch. Wollte sie wirklich bei ihrer Cousine auf der Zauberinsel leben? Oder war es nur, weil es Cara tat und ihr die Geschichten so imponierten? Steckte dahinter womöglich eine versteckte Eifersucht ihrer Cousine gegenüber? Sie wusste es nicht und fragte verzweifelt: »Oma, was soll ich tun?«

»Geh an Plätze der Einsamkeit, an denen du dich wohlfühlst und denke über deinen großen Wunsch nach. Geh in dich und versuche herauszufinden, ob dieser oder ein anderer Wunsch es sein soll, und werde dir über dessen Tragweite bewusst.« Die großen verunsicherten Augen von Nimue machten Oona Sorgen und sie fügte hinzu: »Keine Angst, meine Kleine, du wirst dein wahres Ich finden. Das Erwachsenwerden kann einer jeden Elfe Angst machen. Das muss es aber nicht, denn meistens sieht alles viel schlimmer aus, als es in der Wahrheit ist.«

»Aber was passiert, wenn ich mir etwas wünsche, das für andere Folgen hat, die ich nicht auf Anhieb erkennen kann? Folgen für mich und andere hat es doch in jedem Fall, nicht wahr?«

»Solange keine bösen Absichten dahinterstecken und du niemanden willentlich verletzt, sollen die Auswirkungen kein hinderlicher Grund sein.« Oona blickte Nimue tief in die Augen. Dabei strich sie ihr sanft über die Wange. Gleich darauf wechselte Oona das Thema: »In ein paar Tagen ist hier Erntezeit. Dann werden wir ein großes Mahl für dich und deine Gäste vorbereiten. Eines kann ich dir schon verraten: Deine Lieblingsnachspeise, süßer Gemüsebrei, ist auch dabei.« Sie lächelte ihre Enkelin liebevoll an.

»Kommt Katar wirklich nur wegen mir?«, fragte Nimue nun freudestrahlend.

»Ja, das tut er.«

»Wegen etwas Großem, das er oder wer anderes mit mir vorhat oder mir schenkt, nicht wahr?«

Oona nickte.

»Was ist etwas Großes, Oma?«

»Du bist des Königs Lieblingsenkelin und allein das ist schon etwas Großes. Zudem bist du etwas ganz Besonderes, meine kleine Rao'ra. Deine Aufgewecktheit und Lebensfreude, dein ausgeprägter Sinn für Wahrheit, deine Liebe zur Natur und den Tieren, deine Offenheit und fröhliche Energie, dein Sinn für Gleichberechtigung und Gleichheit unter allen, deine Treue zu deinen Lieben, deine Integrität und dein großer Glaube an all das, was wir besitzen, all dies und noch vieles mehr machen dich einzigartig.«

Nimue war verblüfft über das soeben Gesagte. »Ist nicht jeder so, Oma?«

Oona lachte. »Nein, mein Kind, nicht jeder kann diese Wesensmerkmale sein Eigen nennen. Siehst du diese Tomaten hier?« Oona zeigte auf einen Strauch voller roter Paradeiser.

Nimue nickte.

»Sie sind alle vom gleichen Stamm, aber keine gleicht der anderen.«

Nimue nickte erneut. Sie hatte verstanden. Auch wenn man von derselben Elfenrasse abstammt, jeder ist einzigartig und hat unterschiedliche Wesenseigenschaften, und manche besitzen die gleichen Anlagen, nutzen sie aber unterschiedlich. Da entdeckte sie zwei Tomaten, die an einem Zweig nebeneinander hingen. Sie sahen beinahe identisch aus, dennoch hatte die eine einen kleinen grünen Fleck. Nimue grinste.

»Darf ich bei der Ernte dabei sein?«

»Wenn du willst«, erwiderte Oona mit Freude, »natürlich.«

Stunden später saß Nimue in ihrem Zimmer und grübelte über die Worte ihrer Großmutter nach. Sie war ungeduldig und wollte sobald wie möglich mit ihrer inneren Stimme sprechen, um ihren wahren Wunsch zu erfahren. Doch wie sollte sie das anstellen? Da dachte sie an ihren Lieblingsplatz im Wald. Schlagartig sprang sie auf und verließ mit schnellen Schritten das Zimmer. Über den Arkadengang und die darauffolgende Eingangshalle lief sie in den Schlosshof hinaus. Kurz darauf passierte sie die Pferdeställe und einige Hundehäuser und verließ den Hof in Richtung Wald. In diesem hatte sie ein kleines Versteck, eine kleine Höhle im Baumstamm einer prächtigen Eiche. Klein war sie nur derart, dass im Verhältnis zur Gesamthöhe des Baumstammes von drei Metern eine circa zwei Meter hohe Aushöhlung geringer war.

Dieser Ort war ihr Rückzugspunkt, wann immer sie Streit mit ihren Geschwistern hatte oder andere Sorgen sie plagten. Niemand kannte dieses Versteck, außer einige Waldbewohner und natürlich der Baum selbst. Sie nannte ihn Aaro, von ihrem Großvater Aar abgeleitet, denn dieser Name gab ihr das Gefühl von Stärke. Beide hatten für Nimue alte Wurzeln, einen großen Stammbaum und stets kraftvolle und weise Worte. Dem Baum war es egal, wie sie ihn nannte. Für ihn zählte ausschließlich ihre gute Freundschaft. In Wirklichkeit jedoch war sein Name Amur und da nahm er einmal schmunzelnd an: »Aaro ähnelt Amur sogar irgendwie. Hm, so ein bisschen.«

Kurz bevor Nimue ihren Freund sehen konnte, rief sie laut: »Hallo, Aaro.«

»Hallo, Nimue«, hallte es im Wald wider.

Nur noch ein paar Schritte und schon stand sie vor ihm. Sie holte tief Luft, als er fragte: »Wie geht es dir?«

»Eigentlich gut.«

»Was heißt *eigentlich*?«

»In zehn Tagen habe ich doch Geburtstag. Bis dahin soll ich mir über meinen Wunsch im Klaren sein.« Sie zuckte mit ihren Schultern. »Aber wie soll das gehen?«

Nimue runzelte ihre Stirn derart tief, dass Aaro lachte.

Dann fiel ihr Katar ein und ihre Gesichtszüge erhellten sich. Mit dem Feuer der Vorfreude sprudelte es aus ihr heraus: »Hast du gewusst, dass Katar bald zu uns kommt?«

»Die Vögel haben mir davon berichtet. Das ist eine große Ehre, Nimue. Katar war noch niemals hier bei uns im Reich Shenja.«

»Ich weiß, Aaro. Ich freue mich sehr darüber. Aber warum machen alle so ein Tamtam daraus?«

»Was meinst du mit Tam Tam?«

»Meine Schwestern behaupten, dass Katar nur deshalb kommt, weil mein Urgroßvater etwas Großes mit mir vorhat. Noch dazu hat mich Oma auf meinen Wunsch angesprochen. Jede Elfe darf doch zu ihrem 130sten Geburtstag einen großen Wunsch aussprechen.« Nimue zog ihre linke Augenbraue fragend hoch.

»Klaro, und was wünschst du dir?«

»Eigentlich wollte ich ...«, stotterte Nimue, »eigentlich, du weißt doch, Clara und die Zauberinsel, hm, aber jetzt ...«

Aaro lachte, sodass sich seine Äste wild umherbewegten. »So, so, was nun?«

»Ich weiß es jetzt auch nicht mehr. Oma sagt, ich muss erst mit meiner inneren Stimme sprechen, um dann herauszufinden, was ich wirklich will. Keine Ahnung, was mir meine innere Stimme sagt.«

»Ach so, die innere Stimme«, erwiderte der Eichenbaum mit ruhigen, langschwingenden Tönen.

»Kennst du die innere Stimme?«, platzte es aus Nimue heraus, denn sie hatte das Gefühl, dass seine letzten Worte darauf deuteten.

»Ja, die kenne ich schon. Mit der spreche ich immer, wenn ich mir mit Entscheidungen ganz sicher sein muss.«

»Mit meiner inneren Stimme?«, staunte Nimue.

»Nein, mit meiner natürlich!«

»Aha, und wie machst du das?«

»Ganz einfach: ich gehe in mich und lasse mich von niemanden rundherum stören.« Dann erhob er seine Stimme, sodass ihn auch die umliegenden Bäume hören konnten. »Was hier in diesem Wald wirklich schwer ist, mit all den Plappermäulern um mich herum.«

Danach senkte sich seine Stimme wieder, als er fragte: »Deshalb kommst du heute zu mir, oder?«

Nimue nickte. »Weißt du, wie ich mit meiner inneren Stimme sprechen kann? Das habe ich noch nie gemacht.«

»Das musst du selber herausfinden. Jeder hat seine eigene Art und Weise, mit seiner inneren Stimme zu kommunizieren. Ich habe gehört, dass manche Menschen extra auf Herrenchiemsee fahren, um dort zu meditieren. Weißt du, Nimue, dort ist es besonders still.«

»Meditieren, was ist denn das?«

»Sie setzen sich mit verschränkten Beinen auf den Boden. Manche legen die Hände auf die Knie und halten ihre ersten drei Finger vom Daumen an zusammen. Andere halten sie in Gebetsstellung, das heißt, ihre flachen Hände aufeinandergelegt in Höhe der Brust. Ich glaube, dass der Schneidersitz zu einer besseren Körperhaltung beiträgt. Ansonsten, denke ich, dass deine Sitzhaltung egal ist, und auch, wie du deine Hände dabei hältst. Mache es einfach so, dass du dich wohlfühlst. Anderenfalls wird es schwierig.«

»Was wird schwierig?«, packte sie die Neugierde.

»Na ja, wenn die Menschen in dieser Position am Boden sitzen, dann gehen sie in sich, denke ich. Deswegen tun sie es ja! Dafür ist es wichtig, dass der Körper ihnen Ruhe verschafft und nicht an allen Ecken und Enden schmerzt.«

»In sich gehen«, wiederholte Nimue, »das habe ich jetzt schon öfter gehört. Was ist denn da in mir?«

»Deine Seele, Nimue, das weißt du doch.«

Nimue nickte, nur wenig überzeugt, ihre Seele zu kennen, und erwiderte: »Vielleicht. Und sie ist meine innere Stimme, nicht wahr?«

»Mehr oder weniger, so ganz genau weiß ich das auch nicht. Das musst du selber herausfinden.«

»Ich weiß nicht, ob ich das kann.«

»Lass den Kopf nicht hängen, das ist nicht so schwer, wie du meinst. Probiere es aus und habe Geduld mit dir.«

»Geduld?! Ich muss in genau zehn Tagen, in der 13ten Elfenstunde nach Null, meinen Wunsch aussprechen, und was, wenn ich bis dahin meine innere Stimme nicht gefunden habe und sie mir nichts über meinen wahren Wunsch sagen konnte?«

Aaro lachte laut auf. Dabei fingen seine Äste an, wie wild umherzuschwingen. Nimue musste einem ausweichen, indem sie einen Schritt zurücksprang.

Ein wenig verärgert betonte sie daraufhin: »Lustig finde ich das überhaupt nicht!«

»Geh hinein, ich mache es dir gemütlich warm.«

»Danke« murmelte sie und verschwand in der Höhle im Bauminneren.

Sie begrüßte Stúhly, die Stuhldame, die im Inneren der Baumhöhle lebte. Nimue deutete an, sich setzen zu wollen, doch vorher musste sich Stúhly nach rechts und links ausdehnen.

Seit Langem war Stúhly mehr als genervt, dass sich Nimue keinen größeren Stuhl zulegte. Zum einen machte ihr das Dehnen zu schaffen, zum anderen hätte sie gerne einen Spielgefährten gehabt. Der Eichenbaum jedoch hatte da etwas Entscheidendes dagegen, und so konnte auch Nimue nicht über seinen Kopf hinweg Entscheidungen fällen.

Stúhly räusperte sich und Nimue setzte sich. Da hörten sie das Rascheln von Blättern. Es war Aaro, der seinen Stamm von außen schloss, indem er Eichenblätter auf den Eingang legte. Daraufhin kehrte eine Stille ein. Nur noch ein paar Würmer und Käfer unterhielten sich miteinander. Ansonsten war da nichts; nicht einmal das Atemgeräusch der Eiche war mehr zu hören.

»Hey«, begrüßte Nimue unerwartet ein kleiner roter Käfer.

»Hallo.«

Aaro hatte dies gehört und sogleich hallte seine tiefe Stimme im Raum: »Halt dein Maul, Steinkäfer Lili! Nimue braucht vollkommene Ruhe. Sie soll ihre innere Stimme finden. Da braucht sie dein Geschwätz ganz bestimmt nicht.«

Der Käfer kicherte, bevor er flüsternd, dennoch mit einem spöttischen Unterton meinte: »Die innere Stimme, haha. Viel Glück, Nimue, ich will dich nicht weiter stören.«

Nimue antwortete nicht, denn eigentlich war sie froh, dass Lili da war. Ablenkung ist immer gut, wenn man nicht weiterweiß.

Als der Käfer wieder verschwunden war, flüsterte sie: »Nun gut, meine innere Stimme, ich bin ruhig und könnte dir zuhören.«

Sie wartete ein paar Minuten, dann eine halbe Stunde, und nichts geschah. Einfach nichts, keine Antwort.

»Innere Stimme«, rief sie in Gedanken, *»wo bist du?«*

Es passierte erneut nichts, einfach nichts. Dann überwältigte sie die Ungeduld und sie beschwerte sich: »Warum sprichst du nicht mit mir?«

Aaro holte tief Luft. Das dadurch verursachte laute Geräusch durchflutete die kleine Höhle.

Nimue wusste, dass er wegen ihr tief atmen musste, denn er machte dies immer, wenn er ihr signalisieren wollte, dass sie etwas schon könne und sich nicht so anstellen sollte.

»Gut«, ermutigte sie sich, »ich schaffe es!«

Da hörte sie ein lautes, schnell aufeinanderfallendes Knacken. Ihr Freund lachte über sie. Nun packte sie der Ehrgeiz und sie wollte ihm beweisen, dass sie es tatsächlich konnte.

Sie forderte Stúhly auf: »Lieber Stuhl, bitte öffne deine Arme, sodass ich aufstehen kann.«

Gleich darauf dehnten sich die Stuhlarme seitlich weg. Nimue stand auf und streckte ihren Körper. Danach setzte sie sich auf den Boden und verschränkte ihre Beine. Sie versuchte die Gebetsstellung, dann die Dreifinger-Handstellung und schließlich legte sie ihre Hände im Schoß aufeinander. Sie spürte, dass die letzte Position die richtige für sie war und blieb dabei. Dann fing sie an, ihren Geist zu stärken, indem sie den ganzen Fokus auf ihre innere Stimme richtete. Dies war anstrengend, denn es fiel ihr nicht leicht, sich zu sammeln. Immer wieder schlichen sich andere Gedanken ein, die sie ablenkten. Diese zu bändigen und dabei zu kontrollieren, fand Nimue sehr schwierig.

Sie gab nicht auf und so tauchte sie nach einer Weile in sich ein. Sie fühlte, dass sich etwas in ihr löste und sich wohlwollend in ihrer Brust ausbreitete. Es war warm, hell und überwältigend. Alles, was sich bisher schwer anfühlte, war nun leicht. Beinahe

schwerelos saß sie in der Stille der Höhle. Währenddessen waren ihre Gedanken wie ausgeblendet. Da vernahm sie wie aus dem Nichts eine verzerrte Stimme. Sie war laut, unangenehm und durchbohrte unsanft ihren Körper. Daraufhin verhärtete sich das vorherig schöne Gefühl in ihrer Brust und fing an zu schwanken, als ob eine mit Wasser gefüllte Waage verrücktspielen würde. Die Stimme wiederholte sich, doch jetzt verstand Nimue die Worte klar und deutlich: »Was machst du da?«

Nimue sah sich um und orientierte sich schnell: Es war die Stuhldame. Stúhly hatte sie grob, aus was und von wo auch immer, herausgeholt.

»Ich meditiere«, erwiderte sie barsch.

»So, so«, stellte Stúhly fest.

Plötzlich fühlte sie den wachsenden Drang, die Stuhldame fest zu schütteln. Sie hatte sie nicht nur aus diesem bezaubernden Zustand geholt, sondern es auf eine solch raue Art getan, dass ihr Körper nun leicht vibrierte. Dennoch entschied sie sich, ihren Ärger im Zaum zu halten und es, angespornt von dem einzigartigen Gefühl der inneren Ruhe, noch einmal zu wagen. Sie hatte jedoch keinen Erfolg. Ihre Gedanken ließen sie nicht mehr los.

Sie stand auf und bat den Eichenbaum: »Bitte öffne die Tür. Ich will raus.«

Es raschelte und schon waren die Blätter vom Eingang verschwunden.

»Und?«, fragte Aaro.

Sie war derart verärgert über die Stuhldame, dass sie Aaro nicht antworten wollte, und doch wusste sie, dass es nicht seine Schuld war. Zudem hatte er es Nimue heute gemütlich warm gemacht, was er nur an wenigen Tagen schaffte, weil es ihn sehr viel Energie kostete.

»Ich war schon irgendwo tief in mir und dann«, beschwerte sie sich, »dann hat mich Stúhly herausgeholt.«

»Oh, du dummer Stuhl!«, tadelte Aaro die Stuhldame nun auch verärgert. Dabei schnellte er einen langen Ast gegen den offen stehenden Eingang. »Wir werden dich umtauschen, du bist eh schon viel zu klein.«

»Hab Erbarmen, Maestro«, erwiderte Stúhly sanft, »ich halte still in Zukunft, denn ich lebe hier gut mit dir.«

Er grollte laut und bemerkte: »Dann dehn dich schon einmal aus, sodass Nimue in Zukunft besser sitzen kann!«

»Natürlich«, stimmte Stúhly zu und verstummte wieder.

»Geh heim, Nimue«, schlug Aaro vor, »und schlaf dich aus. Morgen ist ein neuer Tag. Da klappt es bestimmt.«

Nimue lächelte ihn an, während sie sagte: »Danke, lieber Aaro, es war super angenehm warm. Bis morgen.«

Sie drehte sich in Richtung Schloss und verschwand kurz darauf im dichten Holz. Von hoch oben beobachtete Aaro, wie ihre Haarspitzen immer wieder für Sekundenbruchteile zwischen den Bäumen in der Luft umherwirbelten.

»Hey, Stuhl«, brummte er, ohne sie aus den Augen zu verlieren.

»Was gibt's?«

»Gib unserer Nimue mehr Ruhe, sonst kracht's, verstanden?«

»Das tu ich, Maestro. Ich versprech's!«

»Und wenn du mich noch einmal Maestro nennst, dann ...«, warnte Aaro sie.

»Ich weiß, ich weiß«, erwiderte Stúhly gehorsam.

Nimue rannte gerade durchs große Schlosstor, als eine Stimme nach ihr rief: »Nimue, komm zu mir.«

Sie blieb stehen und drehte sich um. Doch sie konnte niemanden sehen. Daraufhin drehte sie sich einmal um ihre eigene Achse. Trotzdem entdeckte sie niemanden. Keine Elfenseele war da.

»War das meine innere Stimme?«, wunderte sie sich.

Zur Kontrolle ließ sie ihre Blicke noch einmal umherwandern, doch da war niemand. Dann hörte sie erneut die Worte: »Komm zu mir.« Dieses Mal war die Tonlage lauter und die Stimme klang jetzt stark verraucht, beinahe heiser.

»Nein« – schüttelte Nimue den Kopf – »das kann nicht meine innere Stimme sein.«

Sie selbst hatte noch nie ein Räucherritual mitgemacht oder anderweitig etwas mit Räuchereien zu tun gehabt. Es gab keinen Grund, dass ihre innere Stimme derartig klang. Trotzdem fragte sie sich, woher sie kam.

Nimue ging zurück zum Tor. »Wer ruft nach mir?«

»Hier unten«, erwiderte die Stimme sogleich.

Sie senkte ihren Kopf, und da sah sie ihn: einen kleinen Wichtel. So winzig, dass er mit ihrer großen Zehe vergleichbar war.

Sie kniete sich vor ihm auf den Boden und fragte: »Was willst du?«

»Ich habe gehört, dass hier bald ein großes Fest steigt?«, bemerkte er mit hocherhobenem Kopf.

»Ja, und?«

»Ich möchte mitfeiern und meine Familie auch.«

»Wie bitte? Eh, wo kommst du her?«

»Von der Fraueninsel. Wir leben direkt am Seeufer in einer kleinen Steinhöhle.«

»Wie groß ist deine Familie?«

»Vier Großeltern«, fing der Wichtel an aufzuzählen, »fünf Kinder, ich und meine Frau.«

»Gut, ihr seid eingeladen, soweit ich einladen darf. Ich muss erst meinen Großvater fragen.«

»Nein, nein, es ist ja dein Fest. Dein Großvater hat sicherlich nichts dagegen. Danke für deine Großzügigkeit. Wir kommen!«

Sie nickte zustimmend, wenn auch irritiert. Eine Sekunde später verschwand er im Nichts, woraus er scheinbar zuvor gekommen war. Nimue blinzelte. Es fiel ihr schwer zu glauben, dass er gerade wirklich da gewesen war. Sie zuckte mit den Schultern, ging auf das Schloss zu und öffnete die große, hölzerne Eingangstür. Gleich darauf schwebte sie zum Büro ihres Großvaters, da sie so schnell wie möglich mit ihm über diese Begegnung sprechen wollte. Sie klopfte an und war erleichtert, als sie seine Stimme sagen hörte: »Herein, Nimue.«

»Woher weiß er immer, dass ich es bin?«, wunderte sie sich, während sie hineinging. »Opa, ich habe gerade einen Steinwichtelmann gesehen oder so eine ähnliche Art von Wicht. Sie leben am Ufer der Fraueninsel. Ich habe ihn und seine Familie zum Fest eingeladen.«

»Du kannst nicht jeden, der dich darum bittet, einladen, Nimue. Ansonsten geht uns der Platz aus.«

»Woher weißt du, dass er mich um eine Einladung gebeten hat?«

Aar lachte. »Es werden noch mehr Wesen auf dich zukommen. Dein Fest ist das Ereignis des Jahres.«

Nimues Augen weiteten sich vor Entsetzen.

»Die Familie der Wichtel ist mit ihren elf Mitgliedern bereits auf unserer Gästeliste. Das geht in Ordnung, Nimue.«

»Aber Opa, ich habe doch gerade erst mit ihm gesprochen?«

Er strich ihr liebevoll übers Haar. »Das lernst du auch noch, meine kleine Rao'ra.«

»Wie ich Dinge sehen kann, die ich gar nicht wirklich mit meinen Elfenaugen wahrnehme?«

»So ähnlich. Wie du deine Energien derart einsetzt, dass dir wichtige Informationen sozusagen zufliegen. Dazu später mehr.« Er hielt kurz inne und betonte: »Viel später.«

»Später«, hörte sich für Nimue gut an, denn für den Moment reichte es ihr vollkommen aus, ihre innere Stimme zu finden.

»In einer Stunde beim Abendessen?«, wollte Aar sich bestätigen lassen und Nimue nickte.

Kurz darauf saß sie auf der Fensterbank in ihrem Zimmer und spielte mit ihren Gedanken. Dabei stellte sie sich viele verschiedene Wünsche vor und wie sie in der Realität aussehen würden.

»Hallo«, begrüßte Nimue ein edles, grün-braunes Pferd mit großen Augen, als es direkt vor ihr stehen blieb. Sie streichelte es am elegant gebogenen Hals. Die feine Mähne folgte dabei sanft den Bewegungen ihrer Hand. Einen Augenschlag später saß sie im Sattel und ritt mit hoher Geschwindigkeit durch den Wald. Nimue spürte den Wind auf ihrer Haut und genoss die schöne, grüne Landschaft, die sich vor ihr ausbreitete. Sie grüßte ihren Freund Aaro, blieb kurz bei ihm stehen und zeigte ihm ihr schönes neues Tara-Pferd. Gleich darauf verschwamm das Bild vor ihren Augen und änderte sich in ein Brettspiel, das direkt vor ihr lag.

Elf-Tier-Zauber-Theater war ein Brettspiel, von dem Cara oft geschwärmt hatte. Ihre Cousine erklärte ihr, dass es ursprünglich von einer Wachtelfamilie konzipiert wurde. Die Wachtelkinder hatten heimlich den Menschen bei einem Spiel namens Mensch-ärgere-Dich-nicht zugesehen und ihren Eltern davon erzählt. Diese waren davon so inspiriert, dass sie es mit veränderten Regeln nachgebaut haben. Da die Wachteln viel kleiner sind als die Elfen, haben sich die Elfenfamilien der Zauberinsel zusammengetan, um das Brettspiel für ihre Größe zu entwerfen.

Das Spiel ähnelt dem der Menschen, wenn auch lediglich in seinen Grundzügen. Die Figuren sind ein Esel, ein Igel, ein Pferd und ein Krokodil. Alle vier Figuren werden lebendig, sobald sie mit dem Spielfeld in Berührung kommen. Zudem haben sie deren natürliche tierische Instinkte und Eigenschaften. Somit ist das Pferd schneller als die anderen, das Krokodil flinker und dazu noch hinterlistig. Der Igel ist langsam und gelassen, und der Esel ist verfressen. Er verweilt daher gerne am Rand, wo die Futternäpfe stehen. Wenn man diese Spielfiguren zur Auswahl hat, würde jede schlaue Elfe das Pferd wählen. Der Wunsch allein zählt hierbei jedoch nicht, denn bei diesem Spiel wählt das Tier den Elf und nicht umgekehrt. Dann erst kann das Spiel beginnen.

Nimue stellte sich den Elfenwürfel vor, von dem Cara ihr erzählt hatte. »Er sieht genauso aus wie der der Menschen«, murmelte sie, »der Unterschied ist der Zauber, der im Elfenwürfel steckt.« Die Zahlen verändern sich je nach Laune des Würfels und gleichen somit die positiven und negativen Eigenschaften der Tiere aus. Dabei wird Gut und Böse in eine Waagschale gelegt. Nur so kann ein wahrer Gewinner ermittelt werden, auch wenn am Ende das Glück entscheidet.

Nimue lachte bei dem Gedanken auf, dass manch ein Würfel seinen Schabernack trieb und dabei Spieler und Tier zur Weißglut brachte.

Eine Wachtel ist ein Wesen, das dem Singvogel auf dem Land sehr ähnelt, jedoch kein Vogel ist. Man weiß nicht genau, warum diese kleinen Wesen zu den Wachteln gehören. Ein Grund dafür könnte das ähnliche Verhalten und Aussehen sein. Die Singvögel sind scheu und fliegen selten auf; genauso wie die Wachteln, die sich immer in ihren Höhlen verstecken. Beide haben ein braunes Federkleid mit einer weißen Längsstreifung, mit dem Unterschied, dass Singvögel Flügel und hühnerfußähnliche Beine haben und die kleinen Zauberwesen Arme und Beine, wie ein Menschenkörper sie besitzt. Die Arme sind jedoch doppelt so lang wie der Oberkörper, und ihre Beine können sie weit dehnen, wenn sie an Wänden hochklettern und die Breite dafür brauchen. Das Gesicht ist unterschiedlicher Art, denn es gleicht keinem Vogel. Es wirkt ein wenig gruselig, wenn man die Wesen nicht kennt. Die Nase ist spitz und lang, und der Mund gleicht einem Fischmaul mit schmalen Lippen. Die Augen sind groß und man könnte meinen, dass sie jeden Moment aus der Augenhöhle herauskullern. Die Kopfhaare sind in der Regel nur spärlich vorhanden, wobei einige wenige in das Gesicht hängen. Im Grunde sind es liebe Wesen. Trotzdem sollte man stets überlegt mit ihnen umgehen. Sie können hinterhältig handeln und Wahrheiten zu ihrem Nutzen auslegen.

»*Gefällt mir dieses Spiel wirklich so gut, dass ich es mir an meinem Geburtstag wünschen möchte?*«, bezweifelte Nimue. Sie schüttelte den Kopf und entschied sich, einen weiteren Wunsch vor ihrem inneren Auge zu visualisieren. Nimue dachte an ein schönes Fest. An eines, das anders sein sollte, wie ihr großes Geburtstagsfest. Sie stellte sich einen geschmückten Tafelsaal vor und eine Gästeliste, die nur sehr kurz war. Als sie sich gerade ihre Mutter in ihren Gedanken herholte, platschte etwas laut an ihr Fenster. Nimue zuckte heftig zusammen. Sie blinzelte und das Bild in ihren Gedanken verschwand.

Wieder im Hier und Jetzt blickte sie auf die Glasscheibe und entdeckte darauf einen eigenartigen Fleck. »Platsch«, machte es noch einmal so laut und heftig, dass Nimue zurückschnellte. Da sah sie ein kleines Wesen auf der äußeren Seite des Fensters kleben. Sie berührte die Stelle mit ihren Fingern und erkannte, dass das Glas noch ganz war. Dann beobachtete sie das Wesen, wie es die Arme und Beine seitlich bis zum Fensterrahmen ausdehnte. Danach kletterte es mühsam den Fensterrahmen hoch. Der kleine Körper, der sich nun in der Mitte des Fensters befand, wirkte auf sie verletzlich und berührte Nimues Herz. Sie überlegte, wer das sein könnte und rieb sich die Augen, um es noch klarer sehen zu können.

»*Ist dieses kleine Wesen nicht eine Wachtel?*«, vermutete sie unsicher. Gerade hatte sie an die Wachtelfamilie gedacht, die das tolle Spiel erfunden hat. War das Zufall?

Als das Wesen langsam höher kletterte, beschwerte es sich: »Du könntest mir helfen, dann ginge das alles hier ein wenig schneller.«

Sogleich öffnete Nimue das Fenster und holte das kleine Wesen herein.

»Hallo, Nimue.«

»Hallo! Wer bist du?«

»Ich bin die Wachtel Cotur. Ich möchte mit dir wegen des Festes sprechen.«

»Des Festes?«, erwiderte sie erstaunt.

»Ja. Wir haben gehört, dass in zehn Tagen dein Uaneala-Fest steigt. Auch wenn wir das Wasser nicht ausstehen können, wir möchten trotzdem dabei sein.« Cotur atmete tief durch, bevor er infrage stellte: »Wie haltet ihr das hier unten nur aus?« Er schüttelte skeptisch seinen Kopf, wobei sich seine dünnen Haare wild hin- und herbewegten. »Egal, wie sieht's aus?«

»Ich weiß es nicht. Opa hat gesagt, dass ich nicht jeden einladen kann, der mich darum bittet.«

»Papperlapapp, Nimue, ich und meine Familie sind doch nicht ein jeder. Wir sind die hochfürstliche Wachtelfamilie von der Zauberinsel Nord.«

»Wie groß ist deine Familie?«

»Ganz klein nur. Wir sind zwölf Wachteln und so winzig, dass wir nicht viel Platz brauchen.«

Nimue hatte noch nie etwas über eine hochfürstliche Wachtelfamilie von der Zauberinsel gehört, und doch mochte sie dieses kleine, hässlich aussehende Wesen auf Anhieb. Sie überlegte kurz, ihren Großvater zu fragen. Bei dem Gedanken fiel ihr jedoch auf, dass sie sicherlich schon wieder zu spät zum Abendessen kommen würde.

»Gut, Cotur, komm mit deiner Familie. Wo und wann …«

»Weiß ich alles«, unterbrach er sie, während er sich verbeugte. »Danke, Eure Hoheit. Wir freuen uns auf dein Fest.« Dann sprang er auf den geöffneten Fensterrahmen, und schwuppdiwupp war die Wachtel verschwunden.

Nimue schloss schnell das Fenster und lief zum Saal. Erneut hörte sie die Elfenstimmen sich zuprosten, bevor sie noch den Saal erreicht hatte. Nachdem sie eingetreten war, schwebte sie schnell zu ihrem Tisch.

Dort angekommen, ermahnte sie Aar: »Nimue, das sollte aber nicht zur Gewohnheit werden.«

Sie wusste, dass er von ihren vielen Verspätungen sprach und nickte ihm zu.

»Opa, die hochfürstliche Wachtelfamilie kommt auch.«

Er kannte die Familie und nickte ebenso. Darauf teilte er Nimue mit: »Morgen, meine Kleine, kommt mein Onkel Katar.«

»Ich weiß, Opa«, sprudelte es freudig aus ihr heraus.

Gleichzeitig wurde es ganz still am Tisch. Alle Anwesenden lauschten Aars Worten.

»Er kommt wegen dir und deines Geburtstags.« Aar fügte für die neugierigen Ohren hinzu: »Und natürlich auch, weil er uns alle wiedersehen möchte.« Dies rief eine Freude hervor, die er nun in einigen Gesichtern lesen konnte. Aus diesem Grund war er froh, es noch erwähnt zu haben. Danach wandte er sich wieder Nimue zu: »Ich möchte, dass du zwei Tage vor deinem Geburtstag einen Waldrundgang mit ihm machst. Geht das in Ordnung?«

Nimue bewegte ihren Kopf schnell auf und ab, während sie übers ganze Gesicht strahlte. »Natürlich, Opa, ich freu mich schon darauf.«

Der König, der dem Gespräch gelauscht hatte, lächelte Nimue zustimmend an. »Gut, meine kleine Nimue, das freut mich sehr«, bemerkte Seoras daraufhin bedächtig, »mein Bruder liebt die Natur. Bestimmt wird er das offene Meer vermissen.«

»Meinst du, Uropa?«

»Er schreibt Außergewöhnliches über den Ozean und die Kraft, die das Wasser ihm zukommen lässt. Man könnte meinen, der Ozean wäre seine große Liebe.« Seoras lacht.

»Ich werde ihm die schönsten Orte in unserem Wald zeigen. Da bekommt er bestimmt kein Heimweh.«

Seoras lächelte zufrieden. »Da bin ich mir sicher, meine kleine Nimue.«

Daraufhin versanken alle Anwesenden in ihre Gedanken, die sich hauptsächlich um Katar drehten. Die, die ihn nicht kannten, stellten sich vor, wie er wohl aussehen könnte. Die, die ihn kannten, freuten sich und schwelgten in Erinnerungen an ihn.

Nach dem Essen ging Nimue langsam den Arkadengang entlang zu ihrem Zimmer. Der Mond stand bereits hoch oben am Himmel und warf vor ihr die Schatten der Säulen auf den Boden. Da machte sich eine Vorfreude in ihr breit, Katar bald kennenzulernen. Es prickelte förmlich in ihrer Brust. Dies teilte sie mit einer aufkommenden Aufregung, weil alles mit ihr und ihrem Geburtstag zusammenhing. Zudem ahnte sie, dass da noch mehr dahintersteckte.

»Bin ich dem Unbekannten gewachsen?«, fragte sie sich ein wenig ängstlich.

»Nimue, mach dir über unbekannte Dinge keine Sorgen. Das ist wirklich eine Verschwendung der Zeit«, meinte Oona, wie aus dem Nichts.

Nimue stockte der Atem.

»Weißt du, meine Kleine, alles wird gut. Katar freut sich sehr auf dich. Das allein soll dich bewegen.«

Nimue nickte und gab ihrer Großmutter einen Kuss auf die Wange. »Gute Nacht, Oma.«

»Gute Nacht und schlaf gut.« Sogleich verschwand Oona hinter einer massiven Holztür.

Da hörte Nimue das Klappern von Geschirr aus dem Tafelsaal. Außerdem nahm sie die Stimme eines Heinzelchens deutlich wahr, das dort aufräumte: »Das tue ich doch! Nimue wird das schon machen.«

Nimue wurde neugierig und ging zurück in den Saal.

»Was werde ich machen?«, fragte sie laut in den Saal hinein.

Die arbeitenden Heinzelchen blieben abrupt stehen.

»Uns belohnen«, hörte sie ein Männlein aus den hinteren Reihen rufen. Langsam trat es hervor und verbeugte sich. Es erklärte: »Nimue, wir werden auf deinem Uaneala-Fest die Arbeit erledigen. Sie wird umfangreich sein und anstrengend werden.«

Sogleich ertönte die tiefe Stimme von Nimues Schwester Marie, die spottete: »Sei still, dafür seid ihr doch da, oder etwa nicht?«

Marie stand auf einem kleinen Balkon und beobachtete das Geschehen im Saal. Nimue, der Maries harte Worte zuwider waren, lief ein unangenehmer kalter Schauer über den Rücken.

Sie blickte zurück zu dem Männlein und versuchte Maries Aussage wiedergutzumachen: »Ich danke euch sehr dafür. Ohne euch wäre mein Fest nicht möglich.«

»Dank ist gut und schön, aber Stress, Stress, Stress ist einfach nicht gut für unsere Gesundheit.«

Nimue hatte keine Ahnung, auf was dieses Männlein hinauswollte.

Es wiederholte sich: »Stress, Stress, Stress macht Kopf und Körper kaputt.«

»Willst du an diesem Tag nicht arbeiten?«, fragte sie daraufhin ein wenig verwirrt.

Ein Schimmer von Angst durchzog seine Augen und er schrie mit schriller, lauter Stimme: »Nein, nein, nein, ich will, denn dafür bin ich da!«

»Um was geht es dann?«

Marie schüttelte den Kopf und verließ den Raum. Als sie die Balkontür bewegte, konnte das Männlein Aar dahinterstehen sehen, der das Gespräch verfolgte. Das Männlein antwortete nicht mehr. Es ging zum nächsten Tisch und nahm ein paar Teller in seine Hand. Damit ging es schnell in Richtung Küche.

Nimue verstand die Situation nicht. »Was nun, was willst du?«

Es drehte sich um, stellte die Teller ab und erwiderte: »Wir alle würden gerne nach deinem Uaneala-Tag ein Fest feiern, bei dem wir bedient und bewirtet werden.«

»Nicht, dass ich euch euren Wunsch nicht gerne gewähren würde. Ich kann solch ein großes Anliegen nicht selbst entscheiden. Da musst du schon den König fragen.«

Es verbeugte sich und sagte: »Danke, Eure Hoheit, das werde ich.«

Danach nahm es die Teller wieder an sich und verschwand in die Küche.

Nimue wusste nun gar nicht mehr, was sie von diesem Gespräch halten sollte. Sie entschied sich dennoch dafür, es dabei zu belassen und in ihr Zimmer zu gehen.

Die Heinzelchen stammten vom Volk der Heinzelmännchen ab. Im Gegensatz zu den Heinzelmännchen konnten sie jedoch auch unter Wasser leben. Nachdem das Reich Shenja fertig aufgebaut war, boten sie ihre Dienste am Hofe an und Seoras nahm sie gerne auf. Ihre Entlohnung bestand hauptsächlich aus einer Bleibe und der Nahrung, die sie benötigten. Im letzten Monat des Jahres bekamen sie dazu ein paar Goldringe, um sich auf dem alljährlichen Zaubermarkt auf der Zauberinsel Süd etwas kaufen zu können.

Der Zaubermarkt fand immer am 13ten Tag des 13ten Monats statt und endete mit einem großen Fest. Für diesen einen Tag verwandelte sich der südliche Teil der Insel vollkommen aus seiner ursprünglichen Art. Alte Häuser standen an vorher leeren Plätzen und Springbrunnen ragten aus dem Boden, die verschiedene Figuren darstellten. An den Ortseingängen waren Türme mit Aussichtspunkten angebracht, sodass der Besucher das ganze Geschehen auch von oben betrachten konnte. Cafés aller Art säumten die wild verzweigten Straßen. Davon verkörperten einige eine Lebensart der Menschen. Die beliebtesten waren ein französisches, ein italienisches, ein bayerisches und ein englisches Kaffeehaus. Diese waren oft so überfüllt, dass man die Türen nicht mehr schließen konnte, während die anderen nur wenige bis keine Besucher hatten. Trotzdem kamen sie jedes Jahr aufs Neue.

Keines der Zauberwesen im Umkreis von hundert Kilometern wollte sich diesen festlichen Markt entgehen lassen, und so trafen sie sich jährlich auf der Zauberinsel. Diese Insel war für das menschliche Auge eine kleine Insel auf dem Chiemsee. Nichtsdestotrotz lebten dort viele Zauberwesen. Zusätzlich fand dort der alljährliche Markt statt. Die Zauberschule war ebenfalls auf dieser Insel integriert. Dies war nur möglich, weil dort Raum und Zeit nicht im üblichen Sinne existierten. Der Raum war immer so groß, wie er benötigt wurde, und die Zeit konnte hie und da verzaubert werden. Für das Fest bedeutete dies, dass alle Gäste ausreichend Platz hatten und manchmal schossen bei großer Nachfrage noch weitere Restaurants oder Cafés aus dem Boden. Zudem verlief die Zeit langsamer, ruhiger und gemütlicher als sonst. Sie dehnte sich derartig aus, dass man gefühlsmäßig drei Tage feierte und nicht einen, wie kalendarisch bestimmt.

Es gab dort viele Verkaufsstände, die sich an den mit Kopfsteinpflastern belegten und manchmal sehr kurvigen Gassen aneinanderreihten. Zudem existierten viele Läden mit allerlei Gebrauchswaren, Textilien und Antiquitäten. Alles, was das Herz begehrte, konnte man an diesem Tag erwerben.

Manches Mal sah man Wesen, die wie wild einkauften. Sie gaben Mengen von Gold-, Silber- oder Bronzeringen aus, was nicht selten auf einen Zauberspruch des Verkäufers zurückzuführen war. Dies war allerdings nur mit Wesen möglich, die sich davor aus Leichtsinn nicht schützten. Dabei konnte der Zauber sie direkt im Herzen treffen und ihre Einkaufslust so steigern, dass sie alles nur Mögliche mitnahmen. So nahm der Kaufrausch kein Ende und der Verkäufer wurde dafür reich belohnt.

Nimue konnte dies nicht passieren, da Aar jedes Jahr erneut eine unsichtbare Schutzhülle über ihren Körper legte. Sie liebte vor allem die Bücherläden. Dort konnte sie die Welt außerhalb ihres Königreichs erkunden. Oft stand sie stundenlang in einem dieser Geschäfte und suchte nach dem richtigen Buch oder las Zeitschriften mit den Ereignissen des letzten Jahres oder sprach mit den Verkäufern über deren Erlebnisse. Ihre Schwestern waren währenddessen in Cafés oder Bekleidungsgeschäften und kümmerten sich nur wenig um die Leidenschaft ihrer kleinen Schwester. Ihre Interessen waren grundverschieden. Deshalb trennten sie sich meist am Eingang und trafen sich wieder am Ende des Tages, wenn der festliche Ort mit all seinen schönen Häusern, Gassen und Springbrunnen wieder ins Nichts verschwand.

In der Regel lief dieser Festtag friedlich ab und doch kamen manchmal böse Wesen, die das ganze Fest durcheinanderbrachten. Sie zerstörten Geschäfte, die sich nicht schnell genug in Sicherheit bringen konnten, oder vergifteten die Speisen und Getränke der Cafés, sodass sich die Gäste übergeben mussten. Egal, was an diesem Tag angestellt wurde, es zog besonders harte Strafen nach sich. Der Grund dafür war, dass die Zauberwelt diesen Tag dem Licht widmete und somit allem, was damit verbunden war. Dies war so heilig, dass sich normalerweise auch die dunklen Wesen daran hielten, und doch gab es immer wieder Ausnahmen.

Nimue lag schon seit einiger Zeit im Bett, als der Mond nach und nach mehr in ihr Zimmer schien. Die Fenstersprossen zogen dabei seltsam ausgefranste Streifen an den Wänden entlang, die sie an die Längsstreifung der Wachtel erinnerten.

Durch die magische Wasserenergie erreichten die Lichtstrahlen der Sonne, des Mondes und der Sterne das Reich Shenja intensiver als auf dem Land. In dieser Nacht leuchtete der Mond besonders hell und Nimue beobachtete die Schatten an der Wand, die sich langsam nach unten bewegten. Dabei fiel ihr eine Laterne am Ufer der Fraueninsel ein, die ihr besonders gefiel. Sie konzentrierte sich darauf, schärfte ihre Sinne, um auf die weite Entfernung klar sehen zu können und musterte sie. Dabei sah sie ein Paar am Ufer stehen, das sich unterhielt. Die beiden hatten ihren Hund Bello dabei, der Nimues Blicke spürte und zu bellen anfing.

Das Paar sah sich um und verstand nicht, warum der Hund das Wasser anbellte. Sie versuchten, Bello zu beruhigen, jedoch vergeblich, da dieser in Wahrheit nicht aufgewühlt bellte, sondern mit Nimue sprach. Er erzählte ihr lautstark, dass er ein neues Kunststück gelernt hatte und wie toll es aussehen würde. Er könnte es ihr jedoch nicht sofort zeigen, da seine Besitzer das nicht verstehen würden.

Bello vermutete: »Weißt du, Nimue, für das Kunststück gebe ich verschiedene Laute von mir. Einer hört sich wohl klagend an. Ich glaube, da denken meine neuen Eltern, dass ich winsle und Schmerzen habe. Menschen verstehen meine Darbietung halt nicht.«

Gleichzeitig fingen seine Besitzer an, ihn vom Ufer wegzuziehen. Er wehrte sich noch für ein paar Sekunden, um Nimue zuzurufen: »Gute Nacht, Eure Hoheit. Bis bald, Nimue.«

Dann gab er nach und folgte ihnen.

»Gute Nacht, Bello«, antwortete sie in Gedanken, die für Bello hörbar waren.

Nachdem er weg war, fragte sie sich, warum sie neuerdings so viele »Eure Hoheit« nannten. Sie war es gewöhnt, dass man sie mit ihrem Vornamen ansprach und ausschließlich damit. Doch dies hatte sich seit ein paar Wochen geändert. Das Durcheinander in ihrem Kopf überforderte sie allmählich. Es eröffnete sich eine ungeklärte Frage nach der anderen. Ihr wurde klar, dass sie in diesem Moment keine Antwort auf all ihre Fragen finden würde und so schloss sie ihre Augen und schlief ein.

Bald darauf hörte Nimue eine ihr unbekannte, weiche Stimme rufen: »Nimue, Nimue, komm, sprich mit mir.«

Sie erwiderte: »Ich darf nicht so viele zu meinem Fest einladen.«

»Nimue, Nimue, wo bist du?«

Nimue verstand die Frage nicht und antwortete: »In meinem Zimmer, wo denn sonst?«

»Schau um dich und sieh selbst.«

Sie öffnete ihre Augen und sah, dass sie nicht in ihrem Zimmer war, sondern auf einer Wiese, die voll blühender Blumen war. Kleeblätter reihten sich aneinander, und die Farbenpracht der Gräser und Blumen war unbeschreiblich intensiv und bezaubernd. Erstaunt sah sie um sich und erkannte, dass viele Tannenzapfen am Boden lagen und das, obwohl keine Tannenbäume oder andere Bäume weit und breit zu sehen waren. Eine endlose Weite lag vor ihr, die unbeschreiblich harmonisch wirkte. Da spürte sie ihre nackten Füße im Gras. Immer stärker nahm sie die Berührung wahr, bis sie das Gefühl hatte, sich mit der Erde zu verbinden. Dabei entfachte sich eine Wärme in ihren Füßen, die sich behutsam über den ganzen Körper ausbreitete. Sie vermittelte ihr ein wohliges Gefühl. Zur gleichen Zeit fing es an, Blätter vom Himmel zu regnen. Nimue blickte nach oben und sah viele verschiedene Farben, die den Himmel wie einen bunten Teppich aussehen ließen. Es war, als ob jede Jahreszeit ihre Blätter auf die Erde herabfallen lassen und somit mit ihr kommunizieren würde. Zudem funkelten sie im Sonnenlicht, als ob sie

Gold in sich tragen würden. Einige berührten sie weich auf ihrer Haut, während sie den Boden ansteuerten. Nach einer Weile mischten sich Fichten- und Lärchenzapfen darunter, die golden schimmerten. Auch diese berührten sie, allerdings so sanft, als ob es Federn wären. Dann vermehrten sich die Arten, sodass Nimue den Überblick verlor.

Sie öffnete ihre Arme und rief: »Wie schön. Oh, wie schön.«

»Ich bin es, deine gute Fee«, erklang die Stimme erneut, »ich werde dich immer begleiten und dir auf deiner Reise beistehen. Hab keine Angst, Nimue. Du wirst mit Gold überschüttet und der Reichtum des Lebens wird dein sein.«

Daraufhin begrüßte sie der Wind, der sich langsam einschlich und rundherum die Blätter aufwirbelte. Nimue blieb stillstehen, während die Böen immer stärker wurden. Als der Wind so stark um sie herum wehte, dass sie sich fast nicht mehr auf den Beinen halten konnte, hörte sie ihren Großvater sagen: »So, so, meine Kleine.«

Sie riss ihre Augen auf und bemerkte, dass sie in ihrem Bett lag. Der Mond war verschwunden und so zeigte sich die Nacht von ihrer dunklen Seite. Deshalb konnte Nimue im ersten Moment lediglich die Silhouette ihres Großvaters wahrnehmen, der auf ihrem Bettrand saß.

»Die gute Fee hat dich besucht und dir ihre Hilfe angeboten.«

»War das ein einfacher Traum?«, fragte Nimue erstaunt.

»Ja und nein, Rao'ra. Träume beinhalten deine Emotionen. Manche davon sind wichtig, dass du sie erkennst. Andere wiederum sind dazu da, um Erlebtes zu verarbeiten. Manches Mal jedoch schleichen sich andere Wesen in unsere Träume ein, um unsere Aufmerksamkeit zu erhalten.«

»Warum tun sie das?«

»Weil sie uns auf diese Weise etwas mitteilen möchten.«

»So wie die Fee gerade eben?«

»Ja, so wie die Fee gerade eben. Maeve ist eine kriegerische Lichtfee und steht deinem Urgroßvater und mir bei, so wie sie auch schon deinen verstorbenen Vorfahren half. Sie unterstützte sie, die beschwerliche Reise zu überstehen und dabei gesund zu bleiben.«

»Aha, Opa«, staunte Nimue, »was wollte sie mir mitteilen? Ich verstehe nicht, warum sie mich in meinem Traum besucht?«

»Weil sie dich auserwählt hat, so wie sie auch deine Vorfahren auserwählte.«

Aar verschwieg ihr dabei, dass Maeve nur den Königen ihrer Familie und deren Kronprinzen mit ihrem besonderen Schutz beistand. Kronprinzessinnen hatte es ja bisher noch nicht gegeben. Für Aar war dies ein weiteres Zeichen, dass die Hohen Meister des Lichts, gemeinsam mit seinen Vorfahren, Nimue als zukünftige Königin auserwählt hatten, und doch war dies keine endgültige Entscheidung. Nun kam es auf Nimue selbst an. War sie wirklich dazu bestimmt, die zukünftige Königin zu werden? Aar durfte sie so lange nicht auf ihre mögliche Bestimmung hinweisen, bis sie selbst den richtigen Pfad finden würde, falls es letztendlich ihre Bestimmung war.

Da blickte Aar in das irritierte Gesicht seiner Enkelin und erklärte: »Maeve hat sich dir sozusagen vorgestellt, meine Kleine. Von nun an steht sie dir zur Seite. Das bedeutet, sie beschützt dich und hilft dir, wann immer du sie brauchst. Sie kann dich heilen, wenn du dich verletzt oder wenn dich dunkle Energien heimsuchen oder du anderweitig krank wirst. Sie ist in der Kräuterkunde einzigartig ausgebildet. Daher kannst du ihre selbst gebrauten Zaubertränke immer zu dir nehmen. Ansonsten trinke niemals etwas, das du nicht kennst oder von jemandem, dem du nicht vertraust. Das kann gefährlich sein, meine Kleine, sehr gefährlich.«

Nimue nickte zustimmend, während sie weiter seinen Worten lauschte.

»Maeve ist eine sehr beschäftigte Fee. Sie ist die Königin der Feen und hat sich zur Aufgabe gemacht, die Umwelt zu schützen. Sie liebt den Wald und vor allem die Blumen. Du kannst überall mit ihr sprechen, aber eine besondere Freude machst du ihr, wenn du sie rufst und dabei Blumen um dich stehen hast.« Aar lächelte Nimue liebevoll an. »Du weißt ja, dass die Menschen die Umwelt immer mehr belasten und dieser immer größer werdenden Aufgabe stellt sich Maeve. Sie flüstert Wissenschaftlern Möglichkeiten ins Ohr, wie sie umweltbewusste Alternativen erfinden können, und klärt die Luft mit selbst gebrauten Wasserstoffen. Manch ein Mensch hat ihre klaren Energien schon spüren dürfen. Man sagt, dass diese daraufhin gesund bis an ihr Lebensende waren.«

»Wow, Opa, ich bin froh, dass sie mich auserwählt hat.«

»Ja, das bin ich auch, meine Kleine.« Er klopfte sanft auf ihre Schulter. »Jetzt schlaf, Nimue. Du brauchst die nächsten Tage viel Kraft und Energie.«

Sie drehte sich auf den Bauch und spürte, wie ihr Großvater ihr einen Kuss auf die Wange gab. Kurz darauf war er verschwunden. Eine Stille kehrte ein, in der Nimue sofort wieder einschlief, als ob alles nur ein Traum gewesen wäre.

»Nur noch neun Tage«, das waren die ersten vier Worte, an die Nimue an diesem Morgen dachte. Neun Tage, und es war so weit: viele Gäste, vorzügliche Speisen, ein wunderschönes Kleid, das bereits im vergangenen Marktfest für sie angefertigt worden war, Tanz und Musik und, ja, der Wunsch. Das Letztere bereitete ihr noch Sorgen. Aus diesem Grund wollte sie gleich nach dem Frühstück zur Eiche gehen.

Sie öffnete ihre Augen und setzte sich auf. Dabei bemerkte sie die Unruhe außerhalb ihres Zimmers. Sie vernahm im Gang viele Schritte auf und ab laufen und Stimmen sich Arbeitsanweisungen zurufen.

Da dämmerte es ihr. »Natürlich, heute kommt Katar!«

Nimue konnte es kaum erwarten, ihn kennenzulernen. Sie fiel in einen Rausch von Geschichten über Katar, die ihre Gedanken vollkommen einnahmen. Noch während sie vor sich hin träumte, klopfte es an der Tür.

»Herein!«

Aoife beugte sich mit ihrem Oberkörper neugierig ins Zimmer. »Guten Morgen, Nimue«, begrüßte sie ihre kleine Schwester und sprang mit einem Satz ins Zimmer. »Weißt du schon, was du dir wünschst?«

Nimue schüttelte den Kopf.

Aoife wartete nicht lange auf eine Antwort und erklärte: »Ich habe damals auch lange darüber nachgedacht. Dann siegte mein

Traum vom Marktfest und du weißt ja, ich durfte durch das Zeitloch hindurch das Fest in einer anderen Dimension erleben. 13 Tage lang habe ich gefeiert. Das war der Hammer, Nimue.«

Nimue ließ sich zurück aufs Kissen fallen, als sie untertrieb: »Ja, ich weiß. Du hast es uns schon ein paar Mal erzählt.«

Aoife setzte sich zu ihr und schlug vor: »Soll ich dir helfen?«

Nimue wollte partout nicht, dass ihre Schwester ihr half. Sie hatten so gut wie keine gemeinsamen Interessen. Trotzdem antwortete sie zu ihrer eigenen Überraschung: »Natürlich.«

»Ein Schwein«, schwärmte Aoife spontan.

»Nein«, rief Nimue entsetzt. Nicht, weil sie Schweine nicht mochte, aber das Gelächter auf dem Fest konnte sie jetzt schon hören, auch wenn Schweine Glück in jeder Hinsicht bringen sollten.

»Ein Pferd«, schlug Aoife daraufhin vor.

»Vielleicht …«, antwortete sie zögernd.

»Aha, du hast also schon darüber nachgedacht. Dann erzähl mal!«

Nimue wusste nicht mehr weiter. *»Kann uns nicht jemand stören?«*, bat sie in Gedanken den Himmel. Sie wollte nicht über ihre Wünsche sprechen, denn hatte Oona nicht gesagt, dass sie darüber schweigen sollte?

Sekunden später vernahmen sie im Zimmer ein lautes Klopfgeräusch. Beide erschraken heftig und so antwortete erst einmal keiner.

»Sowas, die alte Buche ziert sich ganz, ganz schön heftig«, hörten sie kurz darauf eine helle Stimme empört bemerken. Beide sahen um sich. Dabei entdeckten sie direkt vor ihnen auf dem Holzboden eine Stelle, die sich verschiedenartig hochwölbte, worauf sie sich zu einer undefinierbaren Form entwickelte. Daraufhin platzte das Holz am obersten Ende, als ob ein Vulkan ausbrechen würde. Gleich darauf sprang ein kleiner Geist mit einem »Huih« heraus, und schon fiel das Holz wieder in seinen ursprünglichen Zustand zurück.

Der Geist putzte seinen Mantel und rief mit verärgerter Stimme: »Diese Buche wird immer störrischer. Es wird immer schwerer, sie zu durchdringen!«

Aoife und Nimue sahen sich mit weit aufgerissenen Augen an. Zur gleichen Zeit hörten sie ein lautes Geräusch, das einem monotonen Knurren ähnelte. Die Buche lachte den kleinen Geist aus. Der wiederum stampfte mit dem rechten Fuß fest auf den Boden.

»Da! Lach du nur, du stures Holz«, rief er laut.

Doch der Holzboden konterte mit schaukelnden Auf- und Abwärtsbewegungen, sodass der kleine Geist ein paar Zentimeter hoch in die Luft geschleudert wurde. Dieser war nicht mehr fähig zu reagieren und krachte mit einem lauten »Aua!« hart zurück auf das Holz.

Nimue und Aoife lachten, da der Geist sich nun wie ein Spielball auf und ab bewegte.

Schließlich gab der Holzboden nach.

Der Geist putzte seinen Mantel erneut und erklärte mit fester Stimme: »Der wird noch was erleben!« Dann wandte er seinen Blick den beiden zu, änderte spontan seinen verärgerten Gesichtsausdruck in einen freundlichen und sagte: »Hallo, Eure Hoheiten, wie geht es Euch heute, an diesem so schönen Tag?«

Der Geist hob zu einem Sprung auf Nimues Bett an, jedoch nicht, bevor er dem Holzboden noch einmal einen Tritt verpasst hatte. Dieser war kaum härter als ein Federnschlag hätte sein können, und so reagierte die Buche nicht darauf. Eine Sekunde später stand er auf dem Bett direkt vor den beiden Mädchen und putzte erneut seinen Mantel.

»Der Mantel ist doch total sauber«, schmunzelte Nimue, *»muss wohl ein eigenartiger Tick sein.«*

Sie mochte den kleinen Kerl auf Anhieb und überlegte, welches Wesen es sein könnte. Der Sprung auf das Bett war so gar nicht der eines Geistes, dem er aber aufgrund seines beinahe kristallklaren Körpers optisch ähnelte. Es war eher noch der Sprung eines Kobolds, aber dann war es eine Koboldart, von der sie noch nie etwas gehört oder gesehen hatte.

Er unterbrach ihren Gedankengang mit den Worten: »Bald steht ein Fest bevor. Meine Familie und ich möchten daran teilhaben. Lädst du uns ein, Nimue?«

Aoife wandte sich ihrer kleinen Schwester zu und deutete mit ihren Augen an, dass sie Nein sagen sollte.

Nimue verstand ihre Andeutung, dennoch fragte sie: »Wer bist du?«

»Ich bin ein Waldgeist und heiße Ukuku. Wir leben mit den Menschen zusammen auf dem Land; genauer gesagt, leben wir auf Herrenchiemsee.«

»Woher weißt du von dem Fest?«

Der Geist fing an laut zu kichern. Er lachte so fest, dass sein Körper vibrierte, während ihn Nimue und Aoife verdutzt anstarrten.

Nachdem er sich wieder beruhigt hatte, meinte er: »Jeder weiß von deinem Fest, Nimue.«

Sie nickte, ohne verstanden zu haben. »Wie viele seid ihr?«

Er zählte mit seinen Fingern ab: »Mikuku, Brikuku, Elikuku, Jokuku …«

Dabei folgte Nimue seinen kleinen dicken Fingern und ihrer Bewegungen. Er hatte an jeder Hand nur drei davon. Sie war erstaunt darüber, denn sie hatte eine derartige Hand noch nie zuvor gesehen. Seine Statur war klein, etwa 30 Zentimeter hoch und seine braunen Haare versteckten sich unter einer lila Mütze. Man konnte nur ein paar dunkle Spitzen herausragen sehen. Ukuku hatte winzige Ohren, die man nur bei genauer Betrachtung erkannte. Er trug einen braunen Mantel, der seinen schwer erkennbaren Körper verdeckte. Nur seine Hände und Füße ragten heraus. Er hatte keine Schuhe an, was seine langen Zehen im Vergleich zu den kleinen Füßen überaus stark hervorstechen ließ.

Nimue verglich den kleinen Geist mit ihren guten Freunden, den Seegeistern, doch diese sahen ganz anders aus. Noch dazu sprangen sie niemals herum, so wie es Ukuku tat. Trotzdem deutete sein Körper auf eine Geisterart hin, und somit war sich Nimue sicher, er würde die Wahrheit sprechen. Zudem amüsierte sie sich über seinen Mantel und dessen lustige Eigenheit umherzuflattern, als ob ein starker Wind wehen würde. In einigen Momenten sah es danach aus, als ob unter dem Mantel gar nichts wäre. Zumindest nichts, was mit Elfenaugen zu sehen war.

Da schweiften Nimues Gedanken vollkommen ab, während Ukuku weitere Namen aufzählte, und sie fragte sich: *»Schweben nicht alle Geister?«*

Sie konnte es sich nicht erklären, als ihr bewusst wurde, dass es von jedem Wesen verschiedene Arten gab und sie natürlich nicht alle Geisterarten kennen konnte. Sie hörte dem kleinen Geist wieder bewusst zu, als er die Zahl »14« erwähnte.

»Es gibt also 14 Waldgeister deines Stammes?«, fragte Nimue nach.

Er verbeugte sich. »Ja, Eure Hoheit.«

»Ich freue mich, euch alle auf meinem Fest begrüßen zu dürfen.«

Sie hörte ein »Huih, hudihui«, und schon war er mit ein paar Sprüngen aus dem offenen Fenster verschwunden.

Aoife sah sie mit einem unmissverständlichen Blick an, sagte jedoch nichts, worauf Nimue entschlossen aufstand.

»Ich muss weg, Aoife.«

Kurz darauf verließ sie ihr Zimmer.

Nimue war auf dem Weg zur Eiche, um endlich mit ihrer inneren Stimme zu sprechen. Während sie durch das Dickicht des Waldes ging, hörte sie Aaro schon von der Ferne mit seiner Nachbarin lautstark diskutieren.

Als er Nimue entdeckte, rief er ihr zu: »Nimue, gut, dass du kommst.«

Sie verließ das Dickicht und schon begrüßte sie Aaros Nachbareiche: »Hallo, Nimue, ich habe gehört, dass du bald Geburtstag hast.«

Nimue nickte.

»Ich bin Eikondia.«

»Das weiß ich doch?!«, wunderte sich Nimue.

»Was glaubst du, könnten wir mitfeiern?«

»Wie soll das gehen, ihr könnt euch doch nicht von hier wegbewegen? Das Fest findet im Schloss statt.«

»Ja«, antwortete Eikondia und sprach langsam und bedacht weiter, »vielleicht hast du noch eine Idee, wie es doch gehen könnte?«

»Ich kann ja einmal darüber nachdenken?«, schlug Nimue vor. Doch Eikondias Blick senkte sich und da meinte Nimue: »Versprochen!«

Aaro nickte zustimmend. Dann forderte er Nimue auf: »Nun schnell rein da«, während er mit einem Zweig auf seinen bereits offen stehenden Baumstamm deutete. »Du hast heute noch einiges vor, nicht wahr? Geplaudert wird ein andermal.«

Sie folgte seiner Anweisung und ging in die Höhle. Dabei begrüßte sie die Stuhldame, die noch ein wenig beleidigt mit einem leisen »Hey« antwortete.

Nimue setzte sich auf den Boden und kreuzte ihre Füße, so wie der Eichenbaum es ihr erklärt hatte. Die Hände legte sie dabei auf ihre Oberschenkel. Währenddessen hörte sie laute Krachgeräusche von Aaro, der nun all seine Energie auf die Höhle konzentrierte. Dann wurde es warm um sie herum. Sie flüsterte: »Danke, Aaro.«

Gleich darauf bebte der Boden unter ihr sanft, und sie wusste, dass dies »Bitte« heißen sollte.

Sie wollte keine Zeit verschwenden und fing sogleich an, über ihre Wünsche nachzudenken. Bei einigen Ideen wurde ihr Herzschlag schneller und sie dachte: *»Vielleicht ist das ein Zeichen?«* Sollte sie mehr auf Zeichen achten, anstatt etwas zu suchen, das sie nicht hören konnte? Sie war verwirrt. Fragen über Fragen begannen in ihrem Kopf zu kreisen: Wie hört man seine innere Stimme? Ist mein großer Wunsch nicht real?

Da murmelte sie: »Woher kommt der Wunsch zu reisen? Geht er von meiner inneren Stimme aus oder will nur eine meiner Emotionen das Gleiche wie Cara erleben?«

Sie hatte keine Ahnung. Wenn sie nun all die kleinen und großen Wünsche in ihrem Kopf auf eine Waagschale legte, reagierte diese unterschiedlich darauf. Manche Wünsche hatten mehr Gewicht, weil sie das bedrückende Gefühl der Vernunft dabei spürte, und andere wiederum waren leichter. Dabei fühlte sie vor allem eine aufregende Begeisterung über die Erfüllung. Trotz dem intensiven Visualisieren hörte sie jedoch keine Stimme. Sie kam zu keinem Ergebnis, und so dachte sie an das einzigartige Gefühl der Leichtigkeit vom vorherigen Tag, aus dem die Stuhldame sie unsanft herausgezogen hatte. Was wollte ihr dieses Gefühl sagen? War sie möglicherweise auf dem richtigen Weg und kurz davor, ihre innere Stimme zu hören, oder war es nur etwas ganz anderes? Etwas, das sie noch nicht kannte und daher nicht verstand.

Sie seufzte, denn ihr wurde immer deutlicher bewusst, wie wenig sie vom Leben wusste. Diese Erkenntnis begann an ihr zu nagen, wie ein Hund, der seinen Knochen liebt. Das Verlangen schaffte eine Bereitschaft, den Mut für das Neue aufzubringen. Auch wenn sie die Welt erobern wollte, brachte die damit einhergehende Veränderung eine Furcht mit sich.

Nach einer Weile bemerkte sie: »Aaro, ich denke und denke und finde die innere Stimme nicht.«

»Nimue, nicht denken. Schalte deine Gedanken aus und gehe in dich. Deine innere Stimme kannst du bestimmt nicht hören, wenn deine Gedanken lauter sind als sie es ist. Entspann dich und hör auf zu denken!« Er seufzte. »Immer dieser Kopf, der ist das größte Übel.«

»Wie meinst du das?«

Ein undefinierbares Geräusch ging durch den Raum, das Nimue im ersten Moment erschreckte. Sie hielt den Atem an.

»Es ist so« – er holte tief Luft – »deine Gedanken schwirren durch den Kopf und dann, na dann bist du nicht mehr ruhig und kannst dich nicht mehr auf das konzentrieren, was du eigentlich machen willst: deine innere Stimme finden.«

»Ja, so war es gerade«, schoss es aus ihr heraus, denn ihre Gedankengänge ließen manchmal ihr Herz schneller schlagen. Das bewirkte eine innere Unruhe. Gleichzeitig fingen noch mehr Gedanken an, sich im Kreis zu drehen und lenkten sie ab.

»Versuche sie abzustellen und überwinde sie.«

»Überwinden?«, stellte Nimue infrage.

»Stell dir die große Marktmauer auf der Zauberinsel Süd vor. Wenn du außerhalb stehst, kannst du das Fest nicht sehen. Trotzdem ist es da, nicht wahr? So wie diese Mauer, versperren dir deine Gedanken die Sicht auf dein inneres Ich, dein Seelenreich, die unsterbliche Seite von dir, deine innere Stimme.«

Nimue war beeindruckt über die Weisheit ihres Freundes und sagte: »Ich probiere sie abzustellen.«

»Gut, so soll es geschehen«, erwiderte der Eichenbaum.

Nimue hatte jedoch keine Ahnung, wie man Gedanken erfolgreich abstellt. Denkt man nicht immer, irgendwie, war sie sich sicher.

Stúhly erkannte ihre Unsicherheit und schlug vor: »Konzentriere dich auf den Furchenstein vor dir. Das wird dir helfen.«

Ohne ihre Worte infrage zu stellen oder ihr zu antworten, tat sie dies. Sie fixierte den Kalkstein, der von schlangenartigen Rinnen durchzogen war. Dennoch entstanden wieder Gedanken, denn unbewusst fing sie an, den Stein zu beschreiben: seine natürliche Form, sein Muster, die verschiedenen Farben und seine mineralische Zusammensetzung. Es dauerte eine Weile, bis sie den Stein für sich definiert hatte. Sie stoppte noch im Kern ein paar andere, sich einschleichende Gedanken, bevor ihr Kopf all die Schwere losließ, die er kürzlich innehatte. Auf diese Weise verschwamm der Stein nach und nach vor ihren Augen. Es war, als ob ihre Sehkraft sich von außen nach innen wandte und dabei die äußere Erscheinung im vollkommenen Dunkeln stehenließ. Nachdem sie vollständig im Meer des Nichts eingetaucht war, schloss sie ihre Augenlider. Daraufhin fühlte sie, wie sich ihre Brust allmählich öffnete und dabei erwärmte und dann, plötzlich, war sie wieder in diesem Zustand, der sich so gut anfühlte. Kein Gedanke belastete sie mehr. Keine Worte kreisten in ihrem Kopf. Es bestand nur noch das Gefühl; warm, rund und wohlwollend. Nichts wurde mehr infrage gestellt, erklärt oder bestimmt, sondern ausschließlich gelebt. Sie wusste nicht, wie lange dieser Moment anhielt, als sich ein Bild vor ihr auftat. Gleichzeitig nahm der schwerelose Zustand das normale Körpergefühl wieder an. Dadurch fühlte es sich schwerer und anfangs belastend an.

Nimue öffnete ihre Augen und sah die Stuhldame direkt vor ihr stehen. Ihre Rückenlehne dehnte sich derart, dass darauf ein lachender Mund sichtbar wurde.

»Na, wie war's?«, wollte Stúhly wissen.

»Schön, aber wo war ich?«

Schlagartig krachte es um sie beide herum. Der Baum bewegte sich wild hin und her: »Du wirst doch nicht, Stuhl?!«

»Nein, nein, ich habe gewartet bis Nimue selbst zurückkam.«

»Gut zu hören. Wie war's, Nimue?«, fragte er daraufhin beruhigt.

»Einzigartig toll, Aaro. Ich weiß nur nicht, wo ich war?«

»Du bist auf dem Weg zu deinem innersten Selbst gewesen, also zu dir.«

»Wirklich?! Da war aber keine Stimme«, bemerkte Nimue leicht frustriert.

»Gib dir Zeit. Es ist noch kein perfekter Sich-Selbst-Findender vom Himmel gefallen.«

Nimue wollte gerade aufstehen und den Eingang öffnen lassen, als Aaros Herz laut und unruhig zu pochen begann. Er flüsterte: »Bleib drinnen, beweg dich nicht.«

Erschrocken hielt sie sich mäuschenstill. Da hörte sie einen sich annähernden Tumult. Er deutete auf eine wilde Herde hin, die laut durch den Wald trampelte. Das dumpfe Geräusch ihrer Schritte konnte man mit keinem der zarten Elfenschritte vergleichen, also mussten es andere Wesen sein. Sie schärfte ihre Sinne und hörte einige Stimmen durcheinandersprechen. Dabei versuchte Nimue, durch den dicken Baumstamm hindurchzusehen. Es gelang ihr jedoch nicht. Gleichzeitig wurde sie auf eine tiefe Stimme aufmerksam: »Wo ist die Prinzessin? Das Brett hat doch gesagt, dass sie im Wald ist.«

»Ich weiß es nicht, Vater. Lass uns auf der anderen Seite des Waldes suchen.«

»Auf keinen Fall. Ich rieche hier Elfen, also muss sie hier sein!«, erwiderte wiederum eine andere Stimme harsch.

Nimue konnte diese Wesen ebenso riechen. Es war ein unangenehmer Geruch, der sie an den Kompost erinnerte, den die Schweine für gewöhnlich fraßen.

Sie ging einen Schritt zurück, weg von dem immer stärker werdenden, durchdringenden Duft und trat dabei auf das Stuhlbein.

»Aua«, beschwerte sich die Stuhldame.

»Da, da war was!«, schrie eines dieser stinkenden Wesen.

Nimue strich Stúhly sanft über den Arm und entschuldigte sich damit. Da fing das Eichenlaub außerhalb der Höhle an, unter der

Last von Schritten zu rascheln. Nimue wurde klar, dass die Wesen jetzt rund um den Baumstamm nach ihr suchten, als es laut klopfte. Nimue zuckte heftig zusammen. Sie kannte diese Kreaturen nicht und so überfiel sie schlagartig eine Angst. Sie vermutete zudem, dass die Eichenblätter auf dem Höhleneingang kein Hindernis für solche Wesen darstellten.

»*Was wollen die von mir?*«, fragte sie sich zitternd.

Nimue hatte keine Ahnung, dass Aaro die Blätter nur deshalb auf den Eingang legte, weil sie den Innenraum schöner aussehen ließen. Das Grün erhellte sanft den Raum und kreierte eine harmonische Stimmung. Außerhalb jedoch schloss er sich vollkommen, sodass niemand auch nur einen kleinen Spalt sehen konnte. Aus diesem Grund konnten die ankommenden Wesen keinen Hinweis auf eine Öffnung oder Höhle finden. So war Nimue vollkommen beschützt in ihrem Versteck, doch war ihr das zu dieser Zeit nicht bewusst.

Dann ertönte ein weiterer Schlag auf den Baumstamm. Erst ganz leicht und dann immer fester. Daraufhin mehrten sich die Schläge und es wurde immer lauter im Innenraum. Nur einen Moment lang musste Nimue ihre Ohren vor dem Lärm schützen, dann hörte sie viele Stimmen laut durcheinanderrufen. Sekunden später wurde der Geruch schwächer und schwächer. Sie hatte keine Ahnung, was sich außerhalb ihres Verstecks abspielte. Es war Aaro, dem die Schläge zu bunt wurden. Er packte mit seinen Ästen jedes einzelne dieser Wesen und schleuderte es durch die Luft; mit einer solchen Wucht, dass sie erst wieder viele Meter weiter auf den Boden fielen. Anschließend war es totenstill.

»Nimue, sie sind weg«, bemerkte der Eichenbaum.

»Wer war das?«, fragte sie aufgewühlt. Ihr Herz schlug heftig in ihrer Brust, als ob es heraushüpfen wollte.

»Idioten«, erwiderte Aaro.

»Idioten?«

»Ja, mach dir keine Sorgen, die wirst du hier nie wieder sehen, zumindest nicht in diesem Stück Wald.«

»Wer, Aaro?«, wiederholte sie sich.

»Ich weiß es nicht. Ich glaube, dass es Pringies waren.«

»Was sind Pringies?«

»Ich habe gehört, dass die furchtbar stinken sollen und kleine, unangenehme Lebewesen sind. Überall, wo sie auftauchen, vertreiben sie die guten Wesen, und nur die Schattenwesen können den üblen Geruch ertragen. Sie selbst sollen jedoch harmlos sein.«

Eine kurze Stille erfüllte den Höhlenraum. Kurz darauf schüttelte Aaro sich, sodass seine Äste in der Luft schnell hin- und herflogen. Er bemerkte dabei: »Puh, sind die hässlich!«

Der Baum schüttelte sich nun noch intensiver, um das grässliche Bild in seinem Kopf loszuwerden. Dabei schwankte der Innenraum des Baumstammes heftig umher und so rückte die Stuhldame näher in die Mitte, um nicht von der Wucht der Bewegungen getroffen zu werden.

»Wie haben sie denn ausgesehen?«, wollte Nimue wissen.

»Lange, spitze, hundeähnliche Nasen. Keine Haare auf dem Kopf. Ihre Haut ist gruselig grau. Sie waren nur mit einer Hose bedeckt. Diese war so schmutzig, dass ich keine Farbe erkennen konnte und auch noch viel zu kurz. Die Ohren sind lang und genauso spitz wie die Nase. Sie haben ganz kleine Augen, dafür jedoch große, lange Hände und Füße. Ihr Oberkörper ist kugelrund, essen wohl zu viel Unkraut.«

Nimue stellte sich die Wesen bildlich vor. Dabei verzog sie vor Ekel ihr Gesicht. »Warum, meinst du, waren die hier?«

»Die haben dich gesucht. Wollen wohl auch auf deine Party«, vermutete Aaro.

»Das wäre ja furchtbar!«, rief sie erschrocken.

»Die kommen nicht wieder, Nimue. Denen haben wir gehörig Angst eingejagt.«

Nimue war erleichtert, das zu hören. Sie wollte nur gute Wesen zu ihrem Fest einladen, und so wie es aussah, gehörten diese nicht dazu. »Danke, Aaro.«

»Klaro«, antwortete der Baum schüchtern.

»Ich gehe heim. Kannst du mir …?«

Sogleich bewegten sich die Eichenblätter und öffneten den Eingang.

»Danke.« Sie ging hinaus und verabschiedete sich bei der Stuhldame, bei Aaro und natürlich auch bei Eikondia. Ihre letzten Worte waren eine Erinnerung an ihren Wunsch. Nimue wusste nicht, wie sie ihr den erfüllen sollte, und doch war sie fest entschlossen, es zu tun. Sie wollte mit ihrem Großvater darüber sprechen, der bestimmt eine Lösung für ihr Problem hatte, so war sie sich sicher.

Nimue lief schnell durch das Dickicht des Waldes in Richtung Schloss. Der Schock steckte ihr noch in den Gliedern, und so wunderte sie sich nicht, dass sie das Gefühl hatte, verfolgt zu werden. Mehrmals drehte sie sich um, nur um sicher zu gehen, dass sie es sich nur eingebildet hatte und kein Pringies ihr folgte. Andererseits roch sie nichts. Also konnte kein Pringies auch nur in der Nähe sein. Erleichtert über diese Tatsache ging sie langsamer, als sie erneut ein Geräusch hinter sich bemerkte. Nimue drehte sich um, sah nichts und wieder nichts, bis sie erkannte, dass sich etwas hinter einem Baum versteckte.

Dann ging alles ganz schnell. Sie lief weiter, als ob sie nichts bemerkt hätte, drehte sich geschwind um und machte dabei einen langen Satz zur Seite. Als sie wieder fest auf ihren Beinen stand, sah sie ihn vor sich stehen. Ein kleiner Waldgeist, der sich so erschrak, dass er ängstlich einen kleinen Baum umklammerte. Seine Hände und Füße zitterten und er rief: »Was wollt Ihr?«

»Was wollt ihr? Ihr seid es, der mir folgt.«

Er spürte, dass in ihrer Stimme kein Zorn oder Ärger lag. Offensichtlich erleichtert darüber, ließ er den Baum wieder los. »Ich wollte Euch sprechen, Eure Hoheit.«

»Gut, dann mal los«, bemerkte sie ungeduldig.

»Ich gehöre zu den Baumgeistern und oft sehen wir Euch durch den Wald laufen.«

Sie dachte sich bereits aufgrund seiner Erscheinung, dass er zu den Waldgeistern gehören musste. Sein Kopf ähnelte durch seine kegelförmige Krone einem Lärchenzapfen. Der Körper glich einer Holunderbeere, aus der lange Beine hervorragten. Als er seine Arme auf seinen Oberkörper legte, verschmolzen sie und verschwanden dabei komplett darin. Sein breites Gesicht hatte warme Augen und der Mund ließ selbst im geschlossenen Zustand einzelne Zähne heraussstehen. Er war offensichtlich keine Schönheit, und doch hatte er für Nimue etwas unbeschreiblich Schönes, was sie berührte.

»Wir kennen Euch schon, seitdem Ihr ein Baby wart. Der König und auch Euer Großvater Aar kamen damals oft mit Euch in den Wald und zeigten Euch all seine Schätze. Auch wir wurden uns schon einmal vorgestellt. Daran könnt Ihr Euch bestimmt nicht mehr erinnern.«

Nimue wusste es wirklich nicht mehr, wollte seine Gefühle dennoch nicht verletzen und sagte: »Ich kann mich an keines meiner ersten Lebensjahre erinnern. Das tut mir leid, kleiner Geist.«

Dieser winkte ab, als Nimue für einen kurzen Moment einen Arm erkannte, der daraufhin wieder mit seinem Körper verschmolz. »Wie ist dein Name?«, wollte sie wissen.

»Freude, da ich meinem Volk mit jedem Lächeln Freude schenke.«

Nimue verspürte bei diesen Worten auch eine Freude in ihr aufsteigen und fragte: »Du und deine Familie möchten zum Fest kommen, nicht wahr?«

»Ja, wenn du, ach, Ihr es wollt?«

»Du ist in Ordnung. Wie viele seid ihr?«

»15, Eure Hoheit.«

»Sonst noch was?«

Er schüttelte den Kopf.

Nimue verabschiedete sich mit den Worten: »Bis bald, Freude. Ich freue mich, dass ihr zu meinem Fest kommt.« Kurz darauf verschwand sie im Dickicht des Waldes.

Nimue erreichte das Schloss ohne weitere Vorkommnisse und blieb in der großen Eingangshalle stehen, um einen Blick auf die Uhr zu werfen. Es war eine besondere Uhr, nämlich eine lebende Elfe namens Uhrilia, deren Flügelschlag jede Minute anzeigte. Diese Elfe war um mehr als einen Meter kleiner als die anderen Elfen. Bei genauer Betrachtung hätte man meinen können, dass sich schon von Geburt an zeigte, dass sie einmal eine Uhr werden sollte.

Uhrilia öffnete ihre Augen nach einem ausgedehnten Mittagsschlaf und entdeckte Nimue in der Halle. »Bald ist es drei Uhr, Nimue, und nur noch zwei Stunden, bis Katar kommt«, sagte sie gähnend.

Nimue bedankte sich für die Zeitangabe und ging in ihr Zimmer.

»Was soll ich an einem Tag wie diesem anziehen?«, fragte sie sich.

Ein Kleid, da war sie sich sicher, aber welches? Welches ihrer Kleider war angemessen für den Bruder des Königs? Nimue setzte sich auf ihr Liegesofa und stellte sich ihre Garderobe bildlich vor. Plötzlich stieg in ihr ein sicheres Gefühl auf, das richtige gefunden zu haben. Es sollte ihr hellgelbes Kleid sein. Ihre Empfindung war unbeschreiblich klar, deutlicher als jedes ausgesprochene Wort es hätte sein können. Sie machte sich keine Gedanken darüber, woher dieser Impuls kam, sondern freute sich, eine schnelle Entscheidung getroffen zu haben.

Entschlossen sagte sie: »Schrank, kann ich bitte das hellgelbe Kleid haben?«

Ihre Worte waren noch nicht ganz ausgesprochen und schon öffneten sich die Türen, begleitet von einem lauten, knarrenden Holzgeräusch. Sie sah das gewünschte Kleid, das wie von Geisterhand aus der Reihe hervorragte, und nahm es an sich.

Der Schrank bemerkte: »Das Kleid, so edel wie du, meine Elfenprinzessin. Es soll dich an einem schönen Abend schmückend begleiten.« Daraufhin gingen die Türen wieder zu.

»Danke, lieber Schrank.«

Sekunden später war Nimue hinter einem Paravent aus Mahagoni verschwunden. Dort zog sie sich um. Mit einem wohligen Gefühl stellte sie sich kurz darauf vor den Spiegel. Das blasse Gelb schimmerte im Kerzenlicht und sie spürte die edle Baumwolle geschmeidig auf ihrer Haut liegen. Das Oberteil hatte dünne Träger und verschmolz beinahe mit ihrem Körper. Der Rock war weit und lang. Nur noch ein paar Zehen spitzten darunter hervor. Am

Rücken waren unsichtbare Elfenflügel befestigt, deren Erscheinung nur im Kerzenlicht aufflackerte. Dieses Kleid hatte ihre Großmutter selbst genäht. Es stand ihr einzigartig gut und so erwähnte die Spiegeldame: »Schön siehst du aus, Nimue.«

Nimue freute sich über das Kompliment und bedankte sich bei ihr. Dann ging sie in das Büro ihres Großvaters. Dort angekommen, sah sie ihn an seinem Schreibtisch sitzen.

»Hallo, meine Kleine, schon fertig, wie ich sehe.«

Sie nickte. »Ich wollte mit dir sprechen, Opa.«

Nach einer leichten Kopfbewegung nach unten wandte er sich wieder dem Buch zu, das direkt vor ihm auf dem Schreibtisch lag. Es war groß und hatte hellbeige Blätter mit schwarzer Tinte darauf.

Nimue bewunderte den Rand des Umschlags, der dick und aus feinstem braunem, sehr altem Leder war. Sie konnte sich nicht erinnern, das Buch schon einmal gesehen zu haben, und so wanderten ihre Blicke langsam über die Seiten. Dabei fingen ihre Augen an, das Buch zu fixieren. Irgendetwas zog ihre Aufmerksamkeit regelrecht an. Sie fühlte, wie sich ihre Blicke verselbstständigten. Es war ihr urplötzlich nicht mehr möglich, ihre Augen von dem Werk abzuwenden.

Aar erkannte dies und lächelte. »Um was geht es denn?«

Nimue musste ihren Kopf mit einem heftigen Ruck wegziehen, um das Buch nicht mehr anzustarren. Danach setzte sie sich auf einen Stuhl, der gegenüber von Aars Ohrensessel am Kamin stand. Von diesem aus konnte sie ihren Großvater gut sehen. Er blickte immer noch auf die geöffneten Seiten, und doch wusste Nimue, dass er ihren Worten aufmerksam lauschen würde.

»Ich war heute im Wald, Opa, bei der Eiche, und habe meditiert. Aaro meinte, dass ich auf dem Weg zu meinem inneren Selbst war. Kann das sein?«

»So, so, die Eiche meinte das«, bemerkte er schmunzelnd. »Was hast du dabei erlebt, meine Kleine?«

»Ich weiß es nicht, aber schön war es schon. Ich habe versucht, nicht mehr zu denken, und irgendwie war das echt schwierig, und dann sagte Stúhly, dass ich mich auf einen Stein konzentrieren sollte, der vor mir lag. Danach war alles anders. Ich dachte nichts mehr und fühlte eine Wärme, die meinen Körper entspannte. Es war, als ob ich durch eine traumhafte, dennoch mir verborgene Landschaft wandeln würde. Dort zeigte sich mir ein Schwan. Gleich danach sah ich auch das Wasser, in dem er schwamm. Der Schwan war wunderschön, Opa.« Sie hielt kurz inne. »Eine Stimme habe ich aber nicht gehört. Wie soll ich nur meine innere Stimme finden?«

»Wie hast du dich dabei gefühlt?«

»Gut. Es war so ähnlich wie früher, bei Mama und Papa, wenn ich in ihrem Bett zum Kuscheln lag oder wenn du oder Oma mich ganz fest drückt. Auf jeden Fall war es schön.«

»Du hast dich beschützt, geliebt und aufgehoben gefühlt. Du bist dem ursprünglichen reinen Zustand deiner Seele nähergekommen. Dieser besteht aus wahrer Liebe. Seit deiner Geburt kann ich sie in deinen Augen strahlen sehen. Diese feinen Empfindungen werden dir ein guter Wegweiser sein.«

»Aber die innere Stimme, Opa?«, fragte sie mit weit aufgerissenen Augen.

»Die innere Stimme ist dein Gefühl. Du wirst keine Laute in deinen Ohren hören, wie du meine oder andere Stimmen hörst. Es ist in dir. Manchmal besteht ausschließlich das Gefühl, und manchmal fühlst du und verwandelst deine Empfindungen in Worte.«

»Das Wasser, in dem der Schwan schwamm, hat mich an unser Brunnenwasser erinnert, nur zeigte es sich viel klarer«, sprudelte es dann aus ihr heraus.

»Ja, die Quelle deiner Seele.«

»Und der Schwan?«, fragte Nimue.

»Frag ihn doch, vielleicht ist er dein Seelentier. Jede Elfe hat ein Seelentier. Zu unterschiedlichsten Zeiten zeigen sie sich ihren Schützlingen. Vielleicht wollte dir der Schwan mitteilen, dass er dein Seelentier ist. Oder hast du ein anderes?«

»Nein, habe ich nicht. Zumindest weiß ich nichts davon. Ich wusste ja bis gerade eben nicht einmal, dass es Seelentiere gibt.«

»Du könntest ihn fragen, warum er sich dir zeigt.«

»Das mache ich gleich morgen, Opa«, erklärte sie entschlossen.

Nimue lehnte sich zurück in den Stuhl und verlor sich in ihren Gedanken. *»Die innere Stimme ist also ein Gefühl«*, dachte sie. *»Wie kann sie mir dann den richtigen Wunsch mitteilen?«* Erst wollte sie Aar danach fragen. Dann jedoch sah sie ihn eine aufgeschlagene Seite so intensiv studieren, dass Nimue ihn nicht noch einmal stören wollte. Sie entschied sich für einen späteren Zeitpunkt und beobachtete ihn beim Lesen.

Für sie stellte er die Vollkommenheit eines Elfen dar. Er war einige Zentimeter größer als sie. Hatte langes, hellbraunes Haar. Seine spitzen Ohren ragten über die Haare hinaus und waren an den Enden etwas schrumpelig. Das Haar glänzte im Kerzenlicht, wobei sie einige Lichtreflexe durch sein Gesicht laufen sah. Seine Augen waren groß und von einem Blau, welches nicht klarer und reiner hätte sein können. Er hatte eine lange, gerade Nase und sein Mund war fein, und doch hatte er keine schmalen Lippen, wie es für Elfen üblich war. Seine Hautfarbe war bläulich, da er nur selten an Land ging, mit einem braunen Schimmer darin. Er trug meistens einen grünen Gehrock mit Gürtel, eine braune Hose und altes, gebundenes Leder als Schuhe.

»Willst du wissen, Nimue, was für ein Buch das ist?«

Sie nickte aufgeregt.

»Es ist unser Ahnenbuch, in dem alle deine Vorfahren stehen. Es heißt Shenjam.«

Ihre Augen weiteten sich. »Alle?«

»Ja, alle.«

»Du auch, Opa?«

»Ja, ich auch und du auch, meine Kleine.«

Nimue sprang auf und rannte zu ihrem Großvater, lehnte sich bei ihm an den Stuhl und betrachtete die aufgeschlagene Seite. Dort war sein Vater Seoras, der König, festgehalten. Am oberen Rand konnte sie lesen »Sohn des Tadgh, ehemaliger König des Königsreichs Shenja – SEORAS, König des Königreichs Shenja.« An beiden Seiten befand sich eine Pflanze, die von unten nach oben wuchs.

»Siehst du die Pflanze, Nimue? Sie wächst, solange die Elfe am Leben ist. Der Tod beendet ebenso ihr Wachstum. Dadurch kann man schon beim ersten Blick erkennen, ob die Elfe noch am Leben ist und, falls nicht, wie alt sie geworden ist.«

Er blätterte eine Seite weiter. Auf dieser war die Pflanze nur zur Hälfte hochgewachsen und Nimue stellte fest – im Gegensatz zu der vorherigen – sie bewegte sich nicht leicht hin und her. Sie las den Namen Barabel und wusste sogleich wieso. Es war ihre Urgroßmutter, die auf der langen Reise in England umgebracht worden war.

»Was ist das für eine Blume?«

»Das ist ein Efeu, Mamas Lieblingspflanze.«

Er blätterte eine Seite weiter und da war Katar. Seine Blume war ein gelber Fingerhut, der sich leicht bewegte. »Siehst du, mein Onkel liebt den gelben Fingerhut. Besonders seine reine, gelbe Blütenfarbe hat es ihm angetan.« Er blickte kurz zu ihr auf und bemerkte: »So wie dein Kleid. Gute Wahl!«

Sie lächelte zufrieden. »Und ich, Opa, was habe ich für eine Blume?«

Er blätterte weiter und weiter, bis er auf ihre Seite stieß. Mittig am oberen Rand las sie: »Tochter des Hubert, des Königs Enkel – NIMUE, Urenkelin des Königs.« Dann entdeckte sie ihre Blume am unteren Rand. Sie war noch ganz klein. Sie machte den Anschein, als ob sie gerade erst zu wachsen begonnen hätte.

Erstaunt fragte Nimue: »Wie kann das Buch das wissen? Wie geht das? Diese Blume wächst doch seit meiner Geburt?«

»Ja, das tut sie und ja, es weiß mehr als du ahnst. Wenn du bereit bist, wirst du es auch lesen können.«

»Wie meinst du das?«

»In dieser Schrift liegen dir viele Worte noch verborgen. Sie zeigen sich nur den Auserwählten. Auch ich kann nur bedingt über unsere Vorfahren lesen.«

»Wer kann dann alles darin lesen?«

»Seoras ist ein Auserwählter. Ihm zeigen sich alle Wörter.«

»Was steht in diesem Buch?«

»Alles über den oder die Elfe, deren Name oben am Rand steht. Dabei spielen Herkunft, Charakter, Kämpfe, Verdienste, Ehe, Freunde, Feste, bewusste und unbewusste Taten eine Rolle; einfach alles, das vollkommene Leben dieser Elfe.«

»Wow. Meinst du, dass ich irgendwann mal die Wörter lesen kann?«

»Vielleicht, Nimue, vielleicht.«

»Kann ich die Blumen meiner Eltern sehen«, fragte Nimue ein wenig traurig.

Er holte gerade Luft, um zu antworten, als abrupt die Tür aufgerissen wurde.

Nimue erschrak heftig, dann hörte sie Marie schreien: »Katar, Katar!«

Es lag eine Bedrohung in ihrer Stimme, was Nimue beunruhigte. Im Grunde gab es keine Unruhen oder andere bedrohliche Ereignisse in ihrem Elfenleben, und doch lehrte ihr Großvater sie, immer achtsam zu sein. Leichtsinn konnte schreckliche Folgen haben, wie sich an ihrer Familiengeschichte bereits zeigte.

Aar schloss das Buch und legte es in einen Raum hinter einem Bild, den Nimue bisher nicht kannte. Er rückte das Bild wieder zurecht und rief: »Ich komme!«

»Was ist los, Marie?«, wollte Nimue wissen.

»Geh in dein Zimmer und warte, bis ich komme«, hörte sie daraufhin ihre Großmutter Oona sagen, ohne sie dabei zu sehen.

Marie und Aar verschwanden durch die Tür, worauf Nimue wie versteinert auf dem gleichen Platz stand.

»Was ist passiert?«, fragte sie sich. *»Warum muss ich in mein Zimmer gehen?«*

Langsam bewegte sie sich fort. Als sie dort ankam, überfiel sie die Neugierde. »Nein«, sagte sie bestimmend, »ich will wissen, was da los ist!«

Nimue schlich auf Zehenspitzen aus dem Zimmer und sah sich um. Der Gang war elfenleer. Daraufhin begab sie sich in die große Eingangshalle.

»Uhrilia, weißt du, was hier vor sich geht?«

»Ich weiß nur, dass vor genau 14 Minuten und zehn Sekunden Marie schreiend durch die Halle lief. Dann, genau fünf Minuten und drei Sekunden später, rannte die Kammerelfe Tschi elfenschnell durch den Raum, gefolgt von anderen Elfen und ein paar

Heinzelchen. Gerade eben, also vor zwei Minuten und 59 Sekunden, lief dein Großvater mit Marie durch die Halle und verließ sie durch die große Eingangstür wieder.« Uhrilia atmete tief durch. »Also«, beschwerte sie sich beleidigt, »mir sagt ja keiner was. Ich bin ja nur eine kleine Uhrenelfe, die die Zeit für alle im Überblick behält.«

»Danke, Uhrilia, das bist du bestimmt nicht. Wir sind alle sehr froh, dich zu haben.«

Diese ungewöhnlich netten Worte freuten die Uhr, und so lächelte sie vor sich hin.

Nimue ging in den Hof hinaus und sah allerlei Tiere, die fraßen, miteinander kommunizierten oder wild umherliefen. Sie blickte zu den Pferdeställen und entdeckte ihren Großvater, der hinter einer Stalltür verschwand. Diese stand einen Spalt weit offen und so verstand sie die Stimmen der anwesenden Elfen. Abrupt blieb sie vor der Tür stehen, um ihren Worten zu lauschen. Sie war sich nicht über die Identität aller dortigen Elfen sicher, doch ihre Großmutter, Aoife, Marie und auch die leise Stimme ihres Vaters hörte sie mit Gewissheit.

»Was sollen wir machen?«, fragte Oona besorgt.

»Wir brauchen Männer, und zwar viele«, vernahm sie Aars Stimme.

»Ich komme auch mit, Vater«, bestimmte Hubert entschlossen.

»Nein«, erwiderte Aar, »das ist zu gefährlich für dich. Du bist zu klein und daher zu angreifbar. Ich möchte nicht, dass dir etwas passiert!«

Darauf folgte ein lautes Raunen. Nimue war zu aufgeregt, als dass sie sich auf die einzelnen Worte hätte konzentrieren können. *»Was ist da los?«*, wunderte sie sich zunehmend. *»Aar braucht ein Heer an Männern?«*

Da hörte sie Oona mitteilen: »Ich gehe und läute die Glocke.«

»Die Glocke?«, erschrak Nimue. Man läutete die Glocke nur, wenn große Gefahr drohte. Was sollte das heißen? War Katar in Gefahr? Sollte das Krieg bedeuten oder eine Rettungsaktion? Sie wurde immer unruhiger und riss die Tür zum Stall auf.

»Was ist hier los?«, kreischte sie, da ihre Stimme vor Aufregung zitterte.

Marie warf ihre Hände in die Luft, während sie mit tiefer Stimme erwiderte: »Nimue, warum bist du nicht in deinem Zimmer!«

»Was ist hier los?«, wiederholte sich Nimue nun mit festem Unterton.

»Katar wurde überfallen. Wir wissen nicht, wo er steckt«, meinte Oona, die gerade an ihr vorbei in den Hof hinausging.

Die Glocke läutete dreimal. Dies war das Signal, dass alle Krieger ihre Pferde satteln mussten, um sich im Hof, am Eingangstor des Schlosses, zu versammeln.

Aar rannte an Nimue vorbei, während das Getümmel im Hof zunahm.

Nimue folgte ihm und sah einige Elfenmänner hoch oben auf ihren Pferden sitzen. Sie beobachtete ihren Großvater, wie er ein Messer in eine Satteltasche eines Kriegerelfs steckte. Bei diesem Anblick überkam sie der Wunsch, dabei zu sein und sie sagte entschlossen: »Ich komme mit!«

»Nein, Nimue, ganz bestimmt nicht«, erwiderte Aar und verschwand in einen naheliegenden Tara-Pferdestall.

Unbeirrt ging Nimue zu dem Hengst, mit dem sie normalerweise ausritt, und holte ihn aus der Box. Sie sattelte ihn geschwind und stellte sich mitten unter die wartenden Männer. Mit ihrem blass-gelben Kleid fiel sie auf und so riefen ihr einige zu: »Hey, was machst du hier? Bleib im Schloss!«

Auch Aar entdeckte Nimue und nickte Oona zu. Es dauerte nicht lange und Nimue spürte eine sanfte Hand auf ihrem Rücken. Während sie diese leicht vom Pferd hob, gab Aar das Startkommando. Am Boden aufgekommen, wieherte ihr Hengst und rannte den anderen hinterher; ohne Nimue.

»Was denkst du dir eigentlich?!«, sagte Oona verärgert.

»Ich wollte doch nur …«

»Ja, nur! Das *nur* kann deinen Tod bedeuten. Du bist nicht für einen Kampf ausgebildet.«

Sie wusste, dass ihre Großmutter recht hatte. Trotzdem war sie aufgebracht. Nimue wollte Aar folgen, Katar retten, und Oona hatte es verhindert.

Nimue brauchte eine Weile, um die aus der Enttäuschung resultierende Wut wieder loszuwerden. Missmutig folgte sie ihrer Großmutter in Richtung Eingangshalle. Ihre Gedanken fuhren Achterbahn, bis die Neugierde den Ärger vertrieb.

»Wer ist es?«

»Wer ist was?«, fragte Oona nach.

»Wer sind die Angreifer?«

»Das wissen wir nicht. Aus diesem Grund wurden die besten Krieger gerufen, sozusagen für alle Fälle. Wir hoffen, dass es übermütige kleine Wesen sind, die lediglich aufgrund ihrer Anzahl Katar und seine Frau Léa überwältigen konnten. Geh jetzt in dein Zimmer!«

Nimue folgte und tappte in aller Ruhe durch die Eingangshalle die Treppe zu den Arkaden hinauf. Da riss sie Uhrilia unsanft aus ihren Gedanken: »Nimue, erzähl schon, was ist los?«

Sie blieb an der obersten Stufe stehen und blickte direkt in Uhrilias Augen. »Katar und Léa wurden entführt.«

»Mamma Mia, von wem?«, fragte Uhrilia, während sie sich heftig schüttelte. Dabei hallten metallische Töne durch den Raum, als ob ein Triebwerk aufeinanderschlagen würde.

»Wir wissen es nicht, Uhrilia.«

»Solche Barbaren!«, rief sie laut.

Diese Antwort trieb Nimues Neugierde auf den Gipfel. Sie sah um sich und entdeckte weit und breit niemanden, auch Oona war bereits hinter Aars Bürotür verschwunden. Dann machte sie kehrt und lief zur Eingangstür zurück. Sie spitzte ihren Kopf hinaus und bemerkte, dass auch im Hof keine Elfenseele mehr zu sehen war. Schwuppdiwupp, und schon war sie in Richtung Eiche unterwegs. Um schneller voranzukommen, schwebte sie durch die Baumwipfel hindurch in Richtung ihres Freundes.

Bevor sie ihn sah, hörte sie seine dunkle Stimme rufen: »Was machst du hier, Nimue?«

Sie erreichte ihn sogleich und antwortete: »Ich möchte wissen, was los ist, und du weißt doch immer alles.«

Auch wenn der Baum sich geehrt über ihre Worte fühlte, wusste er, dass sie bei Gefahr das Schloss nicht verlassen durfte.

»Geh in mein kleines Reich hinein, dann sprechen wir weiter«, flüsterte er.

Sie stand bereits im Bauminneren, als sie ihn ungeduldig aufforderte: »Also?«

»In ganz Europa ist bekannt, dass bald dein Geburtstag stattfindet. Jeder will zu deinem Fest kommen oder es verhindern.«

»Verhindern?«, erwiderte Nimue schockiert.

»Ja, Nimue, verhindern! Du wirst bald eine mächtige kleine Elfe sein. Na ja, klein wohl eher nicht mehr«, meinte er nun mit weicher Stimme, »auf jeden Fall wollen einige dunkle Mächte diesen Geburtstag verhindern, sodass du deine Geschenke nicht bekommst.«

»Meine Geschenke?«, fragte sie irritiert, »was wollen die mit meinen Geschenken?«

Er seufzte derartig tief, dass das Holz laut krachte. Die Bewegung erschütterte den Boden und warf Nimue und Stúhly dabei hin und her.

Die Stuhldame reagierte verärgert: »Verflixt und zugenäht!«

Ohne darauf zu reagieren, erklärte Aaro: »Manche Geschenke werden deine Energien anheben und dir neue Fähigkeiten verleihen. Diese Fähigkeiten werden dich auf deinem weiteren Weg begleiten und könnten für die dunklen Mächte eine Gefahr darstellen, denn dadurch wird die Macht des Lichtes verstärkt.«

»Wie bitte?«, bezweifelte Nimue seine Worte.

Da schüttelte die Stuhldame theatralisch ihre Rückenlehne. »Welch Jammer, dieses Mädchen hat ja gar keine Ahnung.«

»Halt dein freches Mundwerk, Stuhl!«, erwiderte Aaro barsch.

»Ja, ja, Maestro.«

»Wie bitte?!«, konterte er sogleich.

»Nichts und gleich gar nichts, ich habe nichts gehört und du, Nimue?«

Nimue war vollkommen in ihren Gedanken versunken. Sie nahm ihre Worte nur vage wahr und doch antwortete sie: »Gar nichts.« Dann schoss es aus ihr heraus: »Was heißt das alles?! Wie kann das durch meine Geschenke zustande kommen, und warum betrifft das mich?«

»So viele Fragen und ich kann dir keine davon beantworten. Dies alles musst du schon deinen Urgroßvater Seoras fragen. Nur er ist befugt, dir solche Dinge zu beantworten.«

»Dinge?« Nimue schüttelte den Kopf.

Aaro wollte sein Wissen mit ihr teilen. Dennoch war er sich bewusst, dass niemand im Land Seoras Aufgabe übernehmen durfte und so flüsterte er geheimnisvoll: »Wenn dein Wunsch passt, ist es wohl so und nicht anders, Nimue.«

»Mein Wunsch«, rief sie aufgewühlt, »was hat der damit zu tun?«

»Keine Panik, war nur so dahingesprochen.«

»Meinst du, es geht um Mama und Papa?«

Yavira und Hubert – einmal erwähnt und schon wurde der Baum schwermütig. Durch das tiefe Atmen bewegten sich die Holzwände im Takt hin und her.

Die Stuhldame wurde dabei permanent angerempelt und sagte streng: »Mach ihn bloß nicht traurig, Nimue. Oh, Himmel, lass ihn nicht traurig sein! Du weißt, Nimue, er ist nah am Wasser gebaut. Wenn er erst einmal das Weinen anfängt, sind wir hier nicht mehr sicher.«

Nimue verstand. »Ist schon gut, Aaro. Ich weiß ja, dass dies der einzige Wunsch ist, den ich nicht äußern darf.« Danach stellte sie keine Fragen mehr.

Die Stuhldame, nun auch von Emotionen berührt, dehnte sich aus, sodass ihr Sitz breit genug war, um Nimue aufzunehmen.

Nimue setzte sich mit einem leisen »Danke«.

Eine Weile ruhten sie in vollkommener Stille. Diese wurde von Aaro unterbrochen, mit der Auskunft: »Nimue, mir wurde gerade von der Eule mitgeteilt, dass die Fakane Katar und seine Frau entführt haben.«

»Wer sind die Fakane?«

»Sie sind boshafte, kleine Kobolde. Sie können sich in alle Tierarten verwandeln und dabei ihre Kräfte nutzen. Dies macht sie zu starken Kriegern.«

»Was wollen sie von Katar?«

»Nichts, einfach nur Schabernack treiben.«

»Warum treibt jemand einfach nur so Schabernack? Das kann in diesem Fall doch auch gefährlich sein«, fragte Nimue erstaunt.

»Es bringt ihnen ein großes Aufsehen und das wiederum Berühmtheit. Spätestens morgen werden sie im Tagblatt der Zauberwelt stehen; auf der Titelseite. Eine größere Aufmerksamkeit könnten sie nicht bekommen. In ganz Europa wird die Zauberwelt über sie sprechen!«

»Also, sie machen das nur wegen der Aufmerksamkeit?«

»Manche Wesen brauchen das, Nimue, so sind sie halt.« Er räusperte sich verlegen. »Unsereins kennt das natürlich nicht«, erwähnte er mit einem befangenen Unterton. »Geh jetzt heim, sie werden bald da sein.«

»Haben sie Katar und Léa schon befreien können?«

»Ja, sie sind auf dem Weg ins Schloss.«

Er öffnete den Höhleneingang.

Nimue trat heraus, worauf sie geblendet vom hellen Nachmittags-Licht blinzelte. »Danke!«, rief sie und lief schnurstracks nach Hause.

Da hörte Aaro die Stuhldame sagen: »So, so, die Fakane brauchen Aufmerksamkeit?«

»Sei still, Stuhl«, erwiderte er grimmig.

»Ist es nicht so, dass die Fakane sehr bösartige Wesen sind, die sich bereits seit Jahren damit brüsten, die Energieanhebung des Lichts verhindern zu wollen?«

Aaro blieb still.

»Meiner Meinung nach, natürlich, nach der bescheidenen Meinung einer Stuhldame, war das nur ein Vorgeschmack dessen, was die Zauberwelt noch zu erwarten hat. Sie zeigen uns ihre Macht, denn wenn man den Bruder des Königs so mir nichts dir nichts entführen kann, dann …?«

»Warum wären sie so dumm und würden die Elfen vorwarnen? Hast du darauf eine Antwort, Schlaumeierin?«, unterbrach Aaro.

Er war beunruhigt und die Stuhldame konnte dies spüren, denn Nimue schwebte in Gefahr und diese war unberechenbar. Der Eichenbaum liebte seine Freundin und so wollte er sie beschützen.

Allerdings wusste er auch, dass dies nur bis zu einem geringen Grad möglich war, was ihn nun noch stärker beunruhigte.

Die Stuhldame räusperte sich. Mit ein wenig Wehmut in der Stimme meinte sie: »Kein Wunder, dass die Schattenwelt kopfsteht. Seit Nimues Geburt erleuchtet sie das Reich durch ihre besonders reine Seele. Mehr und mehr wird sie den Schatten vertreiben. Die Folge ist eine Eskalation, vor allem wenn sie gekrönt wird.«

»Sprich nicht so!«, bat der Baum Stúhly barsch, wenn auch nur aus Angst um Nimue. Er wusste, dass die Stuhldame ausnahmsweise recht hatte. Die Dunkel- und Schattenwelt träumte von einer Welt ohne Licht und Liebe. Hass sollte regieren, der die überlebenden Lichtwesen zu deren Sklaven machen sollte.

Auch Nimue hörte immer wieder von den andauernden Kämpfen, konnte sich aber nicht wirklich etwas darunter vorstellen, denn bis jetzt lebte sie unbeschwert und sicher im Königreich. Der Rest waren lediglich Geschichten, die keine Wirklichkeit für sie darstellten, auch wenn sie immer wusste, dass diese Machtkämpfe der Wahrheit entsprachen.

Im Schloss war Nimues erster Weg in den Pferdestall, um ihre Mutter zu besuchen. Sie kniete sich vor dem Heu auf den Boden und begrüßte sie.

»Mama, hast du schon gehört, sie haben Katar gefunden und sind auf dem Rückweg.«

»Ja, meine Liebe, das habe ich gehört.«

Nimue legte sich zu ihrer Mutter auf das Heu. Yavira strich ihr sanft über die Wange, was Nimue kitzelte und sie zum Lachen brachte.

»Ich weiß, Nimue, du hast eine große Lebensaufgabe erhalten. Das ist sicherlich nicht leicht. Ich würde so gerne für dich da sein. Es tut mir leid.«

»Das ist schon gut, Mama. Ist ja nicht deine Schuld. Irgendwie weiß ich ja noch gar nicht, um was es hier eigentlich geht. Aaro hat so etwas angedeutet. Auf irgendeine Art und Weise sollte mein Wunsch zu etwas passen und wenn er nicht passt, dann passiert gar nichts. Und was passiert, wenn mein Wunsch doch passt, weiß ich auch nicht wirklich.«

»Gut, meine Liebe, dann werde ich es dir jetzt erklären. Es ist so oder so an der Zeit, dass du die Wahrheit erfährst. Wir, dein Vater und ich, haben zudem vom König die Erlaubnis erhalten, mit dir darüber zu sprechen«, erklärte Yavira mit ruhiger Stimme.

Beide lagen nun mit dem Rücken auf dem Heu und betrachteten das Holzdach der Stallung. Da bemerkte Nimue eine Unruhe, die im menschlichen Teil des Chiemsee-Wassers vorherrschen musste. Sie schärfte ihre Augen und sah am Flussufer einen Mann stehen, der angelte.

»Die armen Fische«, murmelte Nimue.

»Wie bitte?«, fragte Yavira nach, die gerade einen Anfang suchte.

»Ach, oben auf der Fraueninsel steht ein Fischer.«

»Ach so. Du isst Fisch doch auch sehr gerne.«

»Ja, schon, aber wenn ich von hier unten zusehe, wie sie sterben, verstehe ich Tante Tiara, warum sie Vegetarierin ist.«

Yavira lachte, dennoch zustimmend. Darauf folgte eine fast geisterhafte Stille im Raum. Dann hörten sie ein paar Hunde aus einem Napf fressen.

»Also, Nimue, pass auf. Du, meine Liebe, bist eine Elfenprinzessin, wie es sie zuvor noch nie gegeben hat. Als direkter Nachfahre der Könige unseres Reiches bist du eine mögliche Thronfolgerin.«

»Aber Mama, ich bin doch die Jüngste von uns vieren und ein Mädchen noch dazu!«, erwiderte Nimue entsetzt.

»Das bist du, dennoch bist du auch voller außergewöhnlicher lichtvoller Energien, die nicht nur das Reich Shenja positiv beeinflussen. Dein Herz strahlt die reine Liebe aus. Damit erhöhst du die Energien des Lichts auf der Erde. Die Menschen und andere Wesen fühlen das. Auch wenn nur wenige wissen, woraus die Veränderung resultiert. In der Geisterwelt wird über dich gesprochen. Man sagt, dass du die dunkle Schattenwelt mehr und mehr aufweckst und dabei ihre Gier nach dem Stein steigerst.«

»Nach welchem Stein?«, fragte Nimue neugierig.

»Eigentlich, meine Liebe, hätte dein Vater dieses Erbe antreten sollen, aber wir waren zu leichtsinnig und haben es vermasselt.

Irgendwann hat sich herausgestellt, dass das magische Datum genau auf deine Geburtskonstellation fällt. Dies ist ein weiterer Beweis für den König, dass du von den Lichtmächten auserwählt worden bist. Du hast sehr viele Eigenschaften, die darauf hinweisen. Endgültig jedoch ist es immer noch nicht entschieden.«

»Was, Mama?«, wollte sie ungeduldig wissen.

»Ob du die erste Königin unseres Reiches Shenja wirst und die Holzkugel für das Licht öffnest.«

Nimue fiel das Kinn nach unten.

»Ich, Königin? Und welche Holzkugel?«

»Es ist eine kleine Holzkugel, die seit Jahrtausenden nicht mehr geöffnet worden ist, beziehungsweise kann sie nicht geöffnet werden, da sie durch einen magischen Zauber verschlossen worden ist.«

»Aha«, staunte Nimue.

»Die Kugel besteht aus feinstem Mahagoni und hat aufgrund des Zaubers keine sichtbare Öffnung mehr. Erkennen kannst du sie nur an der Intarsie, welche eine Rose darstellt. Niemand, so scheint es, ist in der Lage, diese Kugel zu öffnen. Man sagt, dass der Zauber nur von dem Zauberer selbst gelöst werden kann und ...« – Yavira hielt kurz inne, um ihre Wortwahl zu überdenken – »dieser ist jedoch schon lange verstorben und hat keine fähigen Nachfahren hinterlassen.«

»Warum hat er das gemacht und was hat er genau verzaubert?«

»Er war ein guter Zauberer, der zu der Zeit lebte, als unser Volk von den Dunkelelfen aus Cridhe vertrieben wurde. Der Königstamm Shenja hatte damals einen Stein, genauer gesagt einen Diamanten, der aufgrund seiner Reinheit hell strahlte.«

»Einen Diamanten?«, staunte Nimue erneut, »Wie hat der ausgesehen?«

»Seine Form glich einem Tropfen. In der Mitte konnte man eine linksdrehende Spirale erkennen, die in einem sanften Goldschimmer glänzte. Die Spirale symbolisiert die Einheit von allem Bestehenden. Von der Stelle der Urschöpfung ausgehend, die direkt in der Mitte liegt, erhellt das Licht mehr und mehr seine Umgebung. Sein Name ist: Stein des Orisolus.«

»Hat die Linksdrehung etwas mit den Schneckenköniginnen zu tun?«

Yavira lachte und schüttelte dabei den Kopf. »Nein, ich denke nicht. Natürlich kann man das vermuten, denn die Königinnen, also die Schnecken mit einer Linksdrehung, gibt es unter einer Million nur einmal, und das ist schon eine Besonderheit. Ihr Gehäuse, oder wie es die Schnecken selbst nennen, ihr Schutzmantel, hebt sich von den Millionen rechtsdrehenden ab. Du bist eine schlaue Elfe, Nimue.« Yavira stupste ihre Tochter an der Nase an. »Ich glaube jedoch, dass mehr der Name auf den Ursprung des Steins hindeutet als die Drehung der Spirale. Solus ist das Licht, das im Ursprung, also Ori, durch einen Funken entstanden ist. Dieser Funke hat das Leben entzündet, so steht es geschrieben.«

»Der muss ja wunderschön sein«, vermutete Nimue verblüfft.

»Ja, das ist er, und weißt du, von wem sie diesen Stein geschenkt bekommen haben?«

Nimue schüttelte den Kopf.

»Vom Drachenführer Dracóran. Vor Tausenden von Jahren haben wilde Koaks das Königreich überfallen und eingenommen. In der Nähe des Reiches war eine Höhle, in der eine Drachenfamilie lebte. Diese waren Freunde des Königs. Nach der Besetzung befreiten die Drachen das Königreich von ihren Angreifern. Leider jedoch starb Dracórans Familie dabei. Nur er war noch am Leben, allerdings schwer verletzt. Während er im Sterben lag, ging der Elfenkönig zu ihm und pflegte ihn bis zum letzten Atemzug. Kurz bevor er starb, übergab er dem König diesen Diamanten mit der Botschaft, dass der Stein besondere Kräfte besitzen und das Reich Shenja beschützen würde.«

»Woher stammt der Stein?«

»Das wissen wir nicht. Was wir allerdings wissen ist, wie er zu der Drachenfamilie gelangte. Dracóran erzählte dem König, dass er selbst diesen Stein vor langer Zeit in der Tiefe des Meeres entdeckt hatte. Ein Licht, das aus dem Meer strahlte, hatte ihn angezogen. Als er danach tauchte, fand er diesen Stein. Er nahm ihn an sich, erkannte jedoch nicht auf Anhieb seine Macht. Aus diesem Grund legte er ihn in eine große Piratenkiste, in der bereits eine

Menge Schmuck lag, und so vergaß er ihn für einige Jahre. Als die Dunkelwelt mehr und mehr das Land unter einen Schatten legte, verringerte sich die Nahrung erheblich. Menschen, Tiere und andere Wesen verstarben. Eines Abends saß Dracóran verzweifelt bei seinen Schätzen und überlegte, was er tun könnte, um seine Familie vor dem Hungertod zu retten. Da rüttelte sich etwas in der Piratenkiste, so heftig, dass sie sich hin- und herbewegte. Als er hineinsah, lag der Diamant strahlend obenauf. Er strahlte so hell, dass er den ganzen Raum erleuchtete. Dracóran nahm ihn in seine Kralle und da geschah es: Der Stein verband sich mit seiner positiven Energie. Dabei dehnte sie sich aus und füllte damit seine Umgebung. Gleichzeitig erwachte die Natur mit all ihrer schönen Vielfalt. Er sah niedergeschlagene Menschen aufstehen, genauso wie das Licht die Lebensgeister der Tiere und andere Wesen aufs Neue weckte. So wurde auch sein großer Wunsch erfüllt, denn seine Kinder hatten bald wieder genügend zu essen.«

»Und die Schattenwelt?«

»Diese wusste erst gar nicht, wie es zu dieser schnellen lichtvollen Veränderung kommen konnte. Doch sie hatten vom Mythos des Steins bereits gehört und waren sich einig, dass der Drache diesen gefunden haben musste. Das eröffnete ein neues Problem für Dracóran, denn die Dunkel- und Schattenwelt wollte den Stein für ihre Zwecke nutzen.«

»Wieso? Er ist doch lichtvoller Natur, oder?«

»Nein, meine Liebe, er unterstützt die Energie seines Besitzers. Dabei spielt der körperliche Erstkontakt eine große Rolle.«

»Aha«, staunte Nimue und versank in ihre Gedanken. In diesen ließ Yavira ihre Tochter für einen Moment in Ruhe verweilen.

»Warum hat Dracóran den Stein nicht einfach getragen, als der große Kampf gegen die Koaks stattfand? Das Licht hätte ihn und seine Familie doch gestärkt.«

»Hier bestand ein gravierendes Problem. Dieser Stein ist nicht dazu da, um ihn herumzutragen. Du weißt ja, Nimue, dass zu viel von etwas, auch wenn es gut ist, wieder ins Gegenteil umschlagen kann. Ich meine damit, dass nur der Erstkontakt zwischen dem Stein und seinem neuen Besitzer wichtig ist.«

»Ich weiß nicht, was du damit meinst, Mama.«

»Solus ist das Licht im Ursprung Ori, das die Urschöpfung darstellt.«

Nimue nickte.

»Wir haben zwei Urväter, das weißt du doch, oder?«

»Ja, das Gute und das Böse wurde als Zwillingspaar geboren.«

»Genau, also können beide die Urschöpfung darstellen.«

»Du meinst, Mama, dass beim Erstkontakt sich der Ursprung im Stein auf die Energie einstellt, die ihn besitzt?«, fragte Nimue schockiert.

»Ja, so ist es, meine kluge Tochter. Zudem verstärkt sich diese. Auch wenn sie lichtvoller Natur ist, so wie bei Dracóran, kann sie in ihrer ständigen Zunahme den Körper schwächen. Die Energien werden ihm zu viel. Aus diesem Grund ist es wichtig, den Stein so aufzubewahren, dass er wirken kann und zur gleichen Zeit den Körper des Tragenden nicht belastet.«

»Und so war der Drache geschwächt und konnte nicht mehr kämpfen und deshalb ...« Nimue hielt entsetzt ihren Mund zu.

»Ja, deshalb.«

»Der Arme!«

»Ja, er hatte sich große Vorwürfe gemacht. Um den König davor zu schützen, baute er eine Schutzhülle: die Holzkugel. Diese hat die gleiche Form wie der Stein. Vielleicht sollte man Holztropfen sagen. Obwohl, jeder nennt sie Holzkugel. Sie ist am oberen Ende an einem dunkelbraunen Lederband befestigt und wirkt auf den ersten Blick wie ein Amulett. Im engsten Sinne handelt es sich auch um einen Anhänger, denn so kann man den Stein mit sich herumtragen, ohne dass seine intensiven Energien den Körper schwächen. Ansonsten sollte er so aufbewahrt werden, dass er höchstmöglich wirken kann.«

»Und er nimmt wirklich die Energien seines Besitzers an?«

»Ja, das tut er. Jahre später haben die Dunkelelfen den Stein aus der königlichen Kammer geraubt. Man sagt, dass er in der Hand von Donntuagh, dem König der Dunkelelfen, eine andere Farbe angenommen hat. Das Rad der Schöpfung drehte sich um und schloss das Licht in sich ein. So nahm es auch das Licht der Erde mit sich. Die Zauber- und Menschenwelt litt unter dem Sonnenverlust genauso wie es tausende Jahre zuvor die Drachenfamilie erlebte, nur war dieses Mal der Schatten noch dunkler. Es wurden keine Feste mehr gefeiert, kein Wein mehr getrunken und das Essen war nur noch in geringen Mengen vorhanden. Es war furchtbar kalt und die Körper der Menschen, Tiere und Zauberwesen schmerzten permanent. Zu dieser Zeit war das Leben auf der Erde noch nicht so weit entwickelt, wie es heute ist. Trotzdem, die Menschen und Tiere spürten diesen Wandel ebenso wie die Zauberwesen. Die Natur hatte sich verändert und gab ihnen immer weniger Lebensraum. Viele Menschen mussten sterben, weil Beeren vergiftet waren oder friedliche Tiere plötzlich wild wurden. Es war eine grausame Zeit und dann, dann kam der Menschenjunge.«

»Ein Menschenjunge?«

»Ja, er war noch ganz klein, so etwa drei Menschenjahre alt und hatte besonders lichtvolle Energien. Die gleichen, wie du sie hast, Nimue. Er konnte dunkle Barrieren durchbrechen, und als der König der Dunkelelfen einmal unachtsam war, da lief der kleine Junge genau zu diesem Zeitpunkt in seine Höhle hinein und fand den Stein. Er wollte nur spielen und wusste nicht, was er da in seinen Händen hielt. Er nahm ihn mit zu seiner Familie und verwahrte ihn in seiner Schatzkiste. Die Dunkelelfen hatten keine Ahnung, wer den Stein gestohlen hatte und fingen an, ihn zu suchen. Doch durch den neuen Besitzer drehte sich das Rad der Schöpfung erneut, füllte den Stein mit Licht und erwärmte die Erde. Das Leben wurde wieder angenehmer, für die Menschen wie auch die Zauberwelt. Der Junge hatte keine Ahnung, was er besaß oder damit bewirkte. Als er älter wurde, versteckte er den Stein instinktiv und hütete ihn wie einen großen Schatz. Eines Tages dann, so sagt man, wurde er von einer ihm unbekannten Stimme zu den Lichtelfen des Königreichs Shenja gerufen, um dem König diesen Stein zu übergeben. Er wusste nicht, warum er das tun sollte, hinterfragte die Stimme trotzdem nicht. Er ging auf eine lange Reise. Auf dieser musste er sich einigen Gefahren stellen, doch er siegte in jeder Schlacht. Sein Glaube und der Wunsch, diesen Stein zu übergeben, hatten ihn stark gemacht. Er fand unseren

Elfenstamm und überreichte den Diamanten. Er selbst wurde mit den Energien der lichtvollen Zauberwelt beschenkt.« Yavira verstummte für eine Weile aus Erschöpfung. Die vielen Worte strengten sie stark an.

Nimue stellte sich derweilen die Fragen: *»Wer könnte das sein? Kenne ich ihn womöglich oder einen seiner Nachfahren vielleicht?«* Sie schüttelte den Kopf. Ihr war klar, dass sie ihn nicht kennen konnte. Keiner der Halbelfen im Reich kam für sie dafür infrage, und doch konnte sie sich täuschen.

Nach einer Weile holte Yavira tief Luft. Daraufhin erzählte sie weiter: »Irgendwann erfuhr die Schattenwelt von der Geschichte, die nun von Dhuorc, dem König der Dunkel- und Schattenelfen, aufs Härteste regiert wurde. Ihm wurde mitgeteilt, dass der Stein im Königreich Shenja war und so bildete er ein Kriegsheer aus und überfiel unser Königreich, um den Stein des Orisolus zu erobern. Unsere Vorfahren wurden vorgewarnt. Dennoch stellten sie sich dem Kampf. Das erste Gefecht endete zu ihren Gunsten. Das zweite forderte viele Opfer. Als dann die Dunkel- und Schattenelfen die Koaks, Fakane und weitere böse Wesen aufriefen, ihnen zu helfen, mussten sie fliehen. Unsere Elfenkrieger waren deutlich in der Minderheit. Das Ziel war zu dieser Zeit nur noch, das Leben zu erhalten und den Stein in Sicherheit zu wissen. Während ihrer Flucht trafen sie immer wieder auf Krieger, die den Stein des Orisolus erobern wollten, und eines Tages passierte es, dass Dhuorc die Holzkugel feierlich in seinen Händen hielt. Ein guter Zauberer vor Ort hatte von dem Kampf um den Stein erfahren und rannte zum Schlachtfeld. Er sah den König sachte mit der linken Hand über den damals kleinen sichtbaren Riegel streichen. Dhuorc wollte gerade das Schloss entriegeln, als der Zauberer die Kugel mit einem Schließungszauber belegte. Der Verschluss verschwand vor seinen Augen. Er drehte und wendete die Kugel in alle Richtungen, aber sie blieb verschlossen. Dhuorc schrie laut vor Wut, was den Boden erzittern ließ. Er legte den Zauberer in Ketten und folterte ihn so lange, bis er daran starb. Der Zauberer verlor niemals ein Wort über den Gegenzauber oder die magische Formel, mit der er sie belegte. Auf den ersten Blick sollte niemand mehr in der Lage sein, die Kugel zu öffnen.«

»Wie soll dann irgendjemand auf dieser Welt in der Lage sein diese Kugel zu öffnen?«, fragte Nimue irritiert.

»Nachdem der Zauberer den Zauberspruch ausgesprochen hatte, kam ihm ein Elf unseres Heeres zur Hilfe. Noch bevor Dhuorcs Krieger ihn in seine Hände bekamen, flüsterte er ihm zu, dass nur der den Zauber lösen könne, der nicht nur mit der magischen Formel verbunden ist, sondern sie auch lösen kann.«

»Magische Formel?«, fragte Nimue.

»Ja, eine magische Formel. Dhuorc glaubte, dass der Zauberer unserem König die Lösungsformel bereits vor der Eroberung mitteilte und überfiel unsere Familie noch einmal, dieses Mal in Cornwall.«

»Und dabei starb seine Frau Barabel, nicht wahr, Mama?«

»Ja, meine Liebe, so ist es. Ich habe gehört, dass sie Dhuorc überlistet hat, um ihren Mann zu retten.«

»Das war ganz schön mutig, Mama.«

Yavira nickte. »Dabei nahm sie die Holzkugel an sich. Dhuorc hat sich mit ihrem Tod gerächt.«

»Seoras wird sie nie vergessen, Mama, er ist so traurig ohne sie.«

»Er liebt sie noch genauso wie am ersten Tag, an dem er sie kennenlernte. Man erzählt sich, es war Liebe auf den ersten Blick. Solch eine Liebe kann auch der Tod nicht zerstören.«

Ein lautes Donnern von Hufen unterbrach die beiden.

»Was war das?«, wollte Nimue wissen.

»Die ersten Elfenkrieger sind zurück. Es wird wohl nicht mehr lange dauern und auch dein Großvater und Katar sind da.«

Nimue wollte ihnen gleich entgegenlaufen und doch siegte die Neugierde, da sie noch einige Fragen hatte.

»Wo ist die Kugel jetzt?«

»Ich weiß es nicht. Das weiß nur der König selbst.«

»Was hat das alles mit mir zu tun? Auch wenn ich Königin werden sollte, ich muss die Kugel deshalb noch lange nicht öffnen können.«

»Nachdem sich das Volk hier unten am Chiemsee angesiedelt hatte, bekam der König einen langen Brief von einem kleinen Finken überbracht. Seoras sagte, dass der Brief so schwer war, dass er ihm beinahe aus dem Schnabel gefallen wäre. Dieser Fink war ein Nachkomme des Finks, der bei dem Zauberer lebte. Der Zauberer konnte voraussehen und hatte vor seinem Tod diesen Brief verfasst. Darin steht die magische Formel, jedoch keine Auflösung. Dein Großvater weiß mehr darüber. Ich weiß nur so viel, dass ein Teil dieser Formel eine Zahl ergibt, die mit deinem kosmischen Geburtsdatum übereinstimmt. Zudem muss der Öffner und somit der Besitzer ein auserwählter Elf sein, so wie es nur Könige sind.«

»Und falls ich eine Auserwählte bin, könnte ich die magische Hülle der Kugel vielleicht entzaubern?«

»Man vermutet dies«, erwiderte Yavira.

»Aber warum öffnen? Es gibt doch keinen Grund dafür«, wollte Nimue wissen, die dabei vor allem an die Gefahr aus der Dunkel- und Schattenwelt dachte, die eine Öffnung mit sich bringt.

»Oh, meine Liebe, den gibt es. Die Schattenwelt ist auf dem Vormarsch. Ganz England, Teile Europas und Amerika sind unter einem grauen Nebel verschwunden. Das Land Neuseeland kann nicht einmal mehr geortet werden, und Australien zieht sich allmählich auch zu. Die Zauberwesen leiden dort Hunger und Nöte, und auch den Menschen geht es nicht gut. Viele wandern in die lichtvollen Gegenden aus. Doch dort wird der Raum eng, was Streit und Hass fördert. Dies wiederum macht es den dunklen Mächten leicht, auch diese Gebiete zu erobern. So ist kein Halt und die Ausbreitung des Schattens nimmt seinen Lauf. Zudem wird dies alles von der heutigen, ungesunden Lebensweise der Menschen verstärkt. Schau dir nur ihre zunehmende Umweltverschmutzung an. Das natürliche Lebensumfeld wird durch die Belastung der Natur durch Abfall- und Schadstoffe schwer beeinträchtigt. Das ist es, was die dunklen Mächte anstreben, denn allein die Abgase der Dampflokomotiven oder der neu entwickelten Industrieanlagen vernebeln das Licht und reduzieren dessen Energie. Du weißt doch, wie oft der Abfall von Menschen hier in unser Reich gelangt und wie viel Kraft es kostet, ihn aufzulösen. Maeve unterstützt uns und die Natur ganz und gar. Aber auch ihre Heilkräfte sind begrenzt. Denk nur an die Grünen Kinder. Sie sind besonders gefährdet.«

»Grüne Kinder?«, fragte Nimue und erkannte, dass sie noch so gut wie gar nichts über die Welt wusste.

»Sie leben im Wald oder anderen natürlichen Plätzen. Ihr Lebensraum wird immer kleiner. Die Menschen holzen ab oder zerstören natürliche Lebensräume auf eine andere Art und Weise. Nun siedeln sie sich vermehrt an Gewässern an, die nicht so einfach umgebettet werden können.«

»Wie sehen die Kinder aus, Mama?«

»Sie sehen aus wie Menschenkinder, nur mit grüner Haut und sehr dünner Statur, beinahe ausgemergelt. Sie haben, wie wir Elfen, spitze Ohren, ein paar grüne Haare auf dem Kopf und tragen in der Regel nur eine aus braunem Leder bestehende kurze Hose. Es sind gute Wesen, die an der Erhaltung der Natur teilnehmen, dennoch haben sie keine Zauberkräfte und müssen dem schrecklichen Verlauf mehr oder weniger zusehen.«

Nimue empfand ein Mitgefühl diesen Wesen gegenüber und auch den Wunsch, sie einmal kennenzulernen. Kurz darauf verschwamm alles um sie herum; ihre Welt drehte sich um 180 Grad und sie konnte sich nicht dagegen wehren. Alles war anders, und doch war es wie zuvor. Sie spürte, dass das Wissen einer Sache eine Veränderung nach sich zog, sodass sich eine scheinbar gleiche Welt urplötzlich ganz anders anfühlen konnte. Sie atmete tief durch.

Nach einer Weile musste sie wieder an die Grünen Kinder denken und sie fragte: »Aber wenn sie so anders aussehen, wie können sie mit den Menschen zusammen auf der Erde leben?«

»Sobald Menschen auftauchen, können sie sich mit der Natur verschmelzen. Also, steht ein Baum in der Nähe, gleichen sie sich dem Baum an oder dem Wasser oder der Wiese.«

Nimue verstand: Es waren Naturwesen, die aufgrund ihrer vollkommenen Reinheit mit der Natur eins sein konnten. Da begannen ihre Gedanken erneut wie in einer Achterbahn auf- und abwärtszufahren. Doch dieses Mal kreisten sie nicht nur unkontrollierbar in ihrem Kopf umher, sondern schafften Bilder, die wie ein Film vor ihrem inneren Auge abliefen. Die dadurch entstandenen Eindrücke warfen wiederum neue Fragen auf. Was bedeutet Yaviras Erzählung für sie? War sie eine auserwählte Elfe? War sie die Elfe, die den Stein finden, die Holzkugel öffnen und somit dem Licht Energie geben sollte, um die Menschen- und Zauberwelt zu reinigen und zu beschützen? Sie hatte keine Ahnung und entschloss sich kurzerhand, keine dieser Fragen jetzt in diesem Moment zu stellen. Sie erkannte, dass ihre Mutter stark geschwächt von all dem Sprechen war. Trotzdem wollte sie noch wissen: »Ist das nun gut für mich, Mama?«

»Es gibt darin kein Gut oder Schlecht. Es kommt darauf an, was du daraus machst.«

»Aber was soll ich machen, ich meine, falls ich es bin, die auserwählt ist?«

»Mach dir keine Sorgen, meine Kleine. Falls du es bist, werden sich dir die Lösungen zeigen.«

»Und wenn die dunkle Macht trotzdem siegt?«

»Das wird nicht passieren, mein Schatz.«

»Und falls doch?«

»Dann müssen wir damit leben und uns den Gegebenheiten anpassen.«

»Das wäre deiner und Papas sicherer Tod?«

»Mach dir keine Sorgen, meine Liebe. Es gibt immer eine Lösung, auch wenn es nicht danach aussieht.«

»Natürlich kämpfe ich, Mama. Trotzdem hoffe ich, dass ich es nicht bin«, gestand Nimue eingeschüchtert von der großen Verantwortung. »Was wäre, wenn ich mir etwas wünsche, was auf keinen Fall mit all dem zu tun hat?«

Yavira lachte. »Wünsch dir, was dein Herz begehrt. Es wird dich auf den richtigen Weg leiten. Denk immer daran, falls du die auserwählte Elfe bist: Es ist eine große Ehre. Du wirst nie allein sein, mein Schatz, das verspreche ich dir.«

Sollte sie diese Aussage beruhigen? Dann machte ihre Mutter alles richtig, denn genau das tat sie.

Da übertönten eine Trompete und ein Durcheinander von Stimmen die Laute der Pferdehufe.

»Sie sind da«, schrie Nimue und sprang auf. Blitzschnell entfernte sie ein paar Strohhalme von ihrem Kleid und erklärte: »Ich gehe in den Hof, Mama.«

»Ja, tu das. Ich komme nach.«

Nimue verließ den Stall und sah viele Elfenmänner in den Hof reiten. Ihre Blicke suchten ihren Großvater, doch der war weit und breit nicht zu sehen. Da entschloss sie sich, bei den Tara-Ställen zu suchen. Kurz bevor sie diese erreichte, kamen zwei Elfen heraus; ihr Großvater und ein ihr unbekannter Mann: Katar.

»Opa!«

Ihr Großvater erklärte stolz: »Meine Enkelin Nimue, lieber Onkel.«

Sogleich verbeugte sich Katar vor ihr. »Es ist mir eine große Ehre, Nimue. Ich habe schon viel von dir gehört.«

»Ich von dir auch. Schön, dass du da bist. Kannst du mir von Frankreich erzählen?«

Er bejahte ihre Frage.

Doch Aar meinte: »Na, na, lass ihn erst einmal ankommen, Nimue. Dazu haben wir später auch noch Zeit.«

Nimue nickte zustimmend. Zur gleichen Zeit sah sie eine Frau aus dem Stall herausgehen, gefolgt von ihrer Großmutter. Katar drehte sich nach ihnen um. »Nimue, das ist meine Frau Léa.«

»Wie schön, ein echter Mensch bei uns auf dem Schloss. Wie geht es dir bei uns hier unten?«

Léa bekam keine Zeit für eine Antwort, da Oona sogleich erklärte: »Maeve hat ihr einen Kräuterzaubertrank zubereitet, mit dem sie ohne Weiteres für mehrere Wochen hier unten angenehm leben kann.«

»Und der hat sogar gut geschmeckt«, warf Léa ein, »ich freue mich sehr, bei euch zu sein.«

Danach gingen die Herren in Aars Büro und die Damen in das Gewächshaus, da Oona Léa die Blumen und Kräuter zeigen wollte.

Nimue schlenderte derweilen durch die große Eingangshalle in Richtung ihres Zimmers.

»Nimue, da bist du ja! In der Küche wartet eine Seejungfrau auf dich«, rief ihr Uhrilia entgegen.

»In der Küche?«, fragte Nimue überrascht.

»Ich wusste nicht, wo ich sie sonst hinschicken soll. Vielleicht in dein Zimmer? Die kommt hier einfach herein und will mit dir sprechen!«

»Okay«, beruhigte Nimue die aufgeregte Uhrilia, »ich gehe sie suchen.«

In der Küche angekommen, sah Nimue viele Heinzelchen eilig umherlaufen. Sie steckten mitten in den Vorbereitungen für das Abendessen, und das sollte an diesem Tag besonders glatt verlaufen. Nimue ging langsam an den vielen verschiedenen Holzöfen vorbei. Dort standen große und kleine Töpfe, aus denen Wasser brodelte. Gleichzeitig sprachen einige Stimmen wirr durcheinander und vermittelten ihr ein Gefühl von Hektik. Darunter hörte Nimue einen Heinzelchen-Koch seine Helferinnen anschreien. Sie wandte sich ihm entsetzt zu. Sogleich verstummte er mitten in einem Satz, als ob er ihre Blicke auf seinem Rücken hätte spüren können. Zornig widmete er daraufhin seine ganze Aufmerksamkeit einem übergroßen Kochtopf, aus dem heißer Dampf entwich.

Nimue ging weiter in die Küche hinein und entdeckte viele große Holztische, an denen vereinzelt ein Heinzelchen saß, das Gemüse oder Fleisch zubereitete oder eine Kraftmahlzeit zu sich nahm. Auf einem anderen Tisch standen mehrere Kuchen und Pralinen. Als Nimue gerade eine stibitzen wollte, hörte sie die Seejungfrau mit einem jungen Heinzelchen-Koch am hinteren Ende des Raumes über das Leben und den Tod diskutieren.

»Ihr müsst sie doch fragen?«, bat die Seejungfrau den Koch verzweifelt.

Doch dieser schüttelte seinen Kopf.

Nimue verzichtete auf die Praline und steuerte auf die beiden zu. Sie warf dem Heinzelchen-Koch einen vorwurfsvollen Blick zu, während sie sagte: »Natürlich machen wir das! Meine Großeltern haben es zur höchsten Regel gemacht, dass kein Lebewesen ohne ihre Zustimmung getötet oder verzerrt werden darf. Dafür gibt es ein wichtiges Ritual im Reich Shenja, das zwischen Koch und Tier stattfindet. Ansonsten dürften wir es nicht essen. Er will dich nur ärgern.« Sie wandte sich dem jungen Koch zu. »So frech sind die Heinzelchen nur bei uns hier im Land Shenja!«

Die Wangen des Heinzelchens röteten sich. Er senkte seinen Kopf und ging zu seinem Arbeitsplatz zurück.

»Oh, da bin ich aber froh«, erwiderte die Seejungfrau erleichtert, denn in der Zauberwelt war es von besonderer Bedeutung, dass kein Lebewesen ohne seine Zustimmung rein für den Verzehr getötet wurde.

»Hallo, ich bin Piera«, stellte sie sich sogleich vor und reichte Nimue ihre rechte Hand.

Nimue nahm sie an. »Hallo, ich bin …«

»Das weiß ich doch.« Piera lächelte vor Freude, Nimue endlich kennenzulernen. »Darf ich dich fragen, ob wir zu deiner Geburtstagsfeier kommen dürfen?«

Nimue war erstaunt über die erneute Anfrage eines ihr unbekannten Wesens. »Hmm, ich kenne dich doch gar nicht, wer bist du?«

»Ich bin eine Seejungfrau und lebe hauptsächlich im Starnberger See.«

Nimue spürte die vor Neugier stechenden Blicke der Heinzelchen auf ihrem Körper. Da deutete sie der Seejungfrau mit einer Handbewegung an, ihr zu folgen. Kurz darauf schwebten beide aus der Küche in den Hofgarten hinaus. Sie setzten sich auf eine Bank direkt vor einem Strauch mit roten und gelben Rosen. Diese blühten besonders herrlich und so bemerkte Piera: »Schön habt ihr es hier!«

»Ja, Oma ist eine wahre Gartenkünstlerin.«

Als sie zur Ruhe kamen, erklärte die Seejungfrau: »Unsere Heimat ist im Wasser. Wir können aber auch auf dem Land leben. Dort verwandelt sich unsere Flosse zu zwei menschlichen Beinen. Aus diesem Grund leben einige aus meiner Familie unter Wasser und andere auf dem Land.«

»Ihr lebt inmitten der Menschen?«

»Ja, das tun wir. Unsere Körper gleichen den ihren, was unsere wahre Identität versteckt. Nur sehr feinfühlige Menschen spüren unsere reine Energie. Sie fühlen sich von uns angezogen, verstehen jedoch nicht, woher diese Anziehung kommt.« – Piera lachte kurz auf – »Manche glauben, dass sie sich unsterblich in uns verliebt haben. Doch meistens sind es nur die Energien, auf die sie reagieren.«

»So habt ihr viele Verehrer?«

Piera sah Nimue fragend an.

»So sagt man doch, Verehrer, oder nicht?«, war sich Nimue plötzlich unsicher.

»Wir haben viele Verehrer, ja, das stimmt. Aber wir spüren ganz deutlich, ob es die wahre Liebe oder nur eine Anziehung aus erwähnten Gründen ist. Somit werden es schon bedeutend weniger.«

»Wie viele seid ihr?«

»Wir sind 16 und würden uns alle über eine Einladung sehr freuen.«

Nimue mochte dieses schöne Wesen, das in der magischen Wasserenergie des Reiches Shenja leicht golden schimmerte. Aus diesem Grund fiel es ihr nicht schwer, zuzusagen. »Gut, ich freue mich auf euer Kommen.«

Piera bedankte und verabschiedete sich.

Nimue blieb zurück und beobachtete ihre schönen, weichen Schwünge, während sie in Richtung Wald schwebte. Sie war eine wunderschöne Seejungfrau mit hellblonden, fast weißen Haaren. Ihre Flosse war königsblau und von feiner Statur. Ihre Brust war durch ein gleichfarbiges Oberteil bedeckt, das durch dünne Träger rundum verbunden war. Es sah aus, als ob es ein Spinnennetz wäre, welches sich über ihren Oberkörper webte.

Nach ein paar Minuten verschwand Piera im Wald. Dann ging Nimue auf ihr Zimmer. Dort fing sie an, alle von ihr eingeladenen Gäste aufzuschreiben. Ansonsten würde sie bald den Überblick verlieren, denn aus irgendeinem Grund hatte sie das Gefühl, dass es noch mehr werden würden.

Nachdem sie ihren Stift zur Seite gelegt hatte, betrachtete sie im Spiegel ihr Kleid mit Entsetzen.

»Ich habe das Kleid viel zu früh angezogen. Nun schau, es ist schmutzig geworden«, beklagte sich Nimue bei der Spiegeldame.

»Ja, du hast recht. Das ist kein Problem, Nimue. Willst du es zum Abendessen anbehalten?«

»Ja, natürlich. Ich habe gehört, dass es Katars Lieblingsfarbe ist.«

»Nun gut. Komm näher zu mir an den Spiegel heran. Ich muss dir jedoch gleich sagen, dass ich das nicht immer machen kann. Es kostest mich viel Energie, und wofür gibt es Wellenschlagmaschinen, die die Wäsche waschen?«

Nimue wusste nicht, was sie vorhatte. Sie vertraute ihr dennoch und stellte sich direkt vor den Spiegel.

»Also«, wies die Spiegeldame sie an, »bleib in diesem Abstand stehen und dreh dich, wenn ich es dir sage.«

»Okay, Spiegel«, antwortete Nimue, neugierig auf das, was nun passieren würde.

Es dauerte Sekunden oder vielleicht sogar Minuten, in denen nichts geschah. Nimue hatte das Gefühl, dass es ewig anhielt, so still auf einem Platz zu stehen und auf etwas zu warten, das sie noch nicht kannte. Dann ging es auf einmal los. Die Spiegeldame füllte sich mit hellem Licht. So hell, dass sich Nimue nicht mehr darin sehen konnte. Daraufhin fing das Licht an, weit in den Raum hineinzuleuchten. Doch nur einen Moment später fokussierte es sich voll auf Nimue, als ob es eine Hülle um ihren Körper bilden wollte. Sie drehte sich auf Befehl und schon war alles wieder vorbei.

Die Spiegeldame erklärte erschöpft: »Ui, jetzt muss ich mich ausruhen.«

Nimue musterte ihr Kleid. Es war sauber, als ob sie es gerade angezogen hätte. »Danke, lieber Spiegel.«

»Ist schon gut, hab' 'nen schönen Abend, Nimue.«

Sofort schnellten an beiden Seiten Türen aus dem Holzrahmen, so schnell, dass Nimue rückwärts springen musste, um ihnen auszuweichen. Sie schlossen sich gleichzeitig mit einem tiefen Atemzug der Spiegeldame. Kurz darauf schlief sie ein.

Nimue war verblüfft über ihre Künste. Noch nie zuvor hatte sie ein Kleid gereinigt.

»Ob sie noch mehr kann, wovon ich nichts weiß?«, wunderte sich Nimue. Da wurde ihr plötzlich klar, dass sie seit fast Jahrzehnten

mit der Spiegeldame in diesem Zimmer zusammenlebte und nichts über sie wusste, zumindest nicht, dass sie außer einem Spiegelbild und einem allzu oft frechen Mundwerk auch andere Fähigkeiten besaß. Noch nicht einmal die Türen hatte sie bis zu diesem Tag gesehen, die aus feinstem Mahagoni bestanden. Zudem hatten sie Intarsien über die ganze Länge hinweg. Die Holzverzierungen stellten eine große Blume jeweils in der Mitte der Tür dar. Ringsherum waren kleinere, die sich an den Stängeln miteinander verbanden. Die äußeren Blumen hatten die Farbe Helllila, während die innere unbemalt war.

Nimue musterte den geschlossenen Spiegel noch eine ganze Weile, bis sie bemerkte, dass es Zeit zum Abendmahl war. Gleich darauf machte sie sich auf den Weg zum Tafelsaal, denn an diesem Tag wollte sie auf keinen Fall zu spät kommen.

Auf dem Schlossgang fiel ihr ein Piepsen auf, das mal lauter, mal leiser ertönte. Jeweils dreimal »piep, piep, piep«, bis es vermeintlich die Richtung wechselte. Einmal klang es, als ob es hinter ihrem Rücken wäre, dann vor ihr, dann neben ihr rechts oder mal links. Sie konnte keinen Ort definieren, von dem es mit Bestimmtheit ausging. Sie zuckte mit den Schultern und ging weiter, doch gleichzeitig schärfte sie ihren Gehörsinn. Als sie das Geräusch intensiver wahrnahm, erkannte sie, dass dies von einem Wesen ausgehen musste und es nicht die Holzbalken oder andere im Gang vorhandenen Gegenstände sein konnten.

»Wer und wo bist du?«, fragte sie daraufhin harsch.

Nichts. Keine Reaktion, außer einem erneuten Piepen.

»Zeig dich«, forderte sie das unbekannte Wesen auf. Da entdeckte sie vor sich einen Lichtkegel, der in der Dunkelheit der Abenddämmerung schwach schimmerte. Die Lichtquelle schwankte derart stark hin und her, dass sie keinen Körper ausfindig machen konnte.

»Wer bist du und warum verfolgst du mich? Sprich endlich!«, rief sie aufgebracht.

Gleich darauf sah sie ein kleines Wesen direkt auf sie zu stolzieren, das je Schritt klarer und sichtbarer wurde, wobei das Licht um es herum zunehmend verblasste.

»Mea culpa, Eure Hoheit, ich wollte Sie nicht verärgern«, antwortete es mit weicher Stimme.

»Mea culpa?«, fragte sie nach.

»Meine Schuld, Eure Hoheit.«

»Ach so, sag das doch gleich.«

»Ich möchte mich vorstellen, Eure Hoheit.«

»Das hört sich doch gut an«, bemerkte Nimue nun mit einem Lächeln.

»Ich bin ein Geist, genauer gesagt ein Plagegeist, und kann es den Menschen und anderen Wesen oft schwer machen. Ich liebe es, sie zu ärgern und ihnen Sachen zu verlegen oder sie zu kitzeln oder Dinge, die sie tragen, anzustupsen, sodass sie ihnen auf den Boden fallen.«

»Das ist aber nicht nett, Geist.«

»Na ja, wir sind Lichtgeister und manchmal, da rütteln wir die Körper der guten Seelen auf, um im Alltag nicht einzuschlafen.«

»Was meinst du damit?«, fragte sie wenig überzeugt von seiner Theorie.

»Wir plagen die Menschen so lange, bis sie anfangen, ihre Wahrnehmungsfähigkeit in ihrer Feinheit wieder zu empfinden, um ihre vermeintliche Ungeschicklichkeit zu beenden. Sie erkennen unerwartet wahre Strukturen in oder um etwas herum.«

»Strukturen, um etwas herum?«

»Manchmal verschließt der sich stetig wiederholende Alltag und dessen geistige Nachlässigkeit die Augen vor der Wirklichkeit. Also, träge Menschen sehen nicht so gut wie schwungvolle Menschen. Oder Zauberwesen, denen geht es da ja nicht anders«, erklärte der Geist.

»Und was sehen sie dann nicht?«, wollte Nimue wissen.

»Die Wahrheit in Dingen, wie zum Beispiel Verträgen, Untaten von vermeintlich lieben Freunden oder Partnern oder, oder, oder, da gibt es so eine lange Liste, dass wir hier noch ewig stehen könnten.«

Das war das Stichwort für Nimue. Ewig hatte sie keine Zeit und wahrscheinlich war sie jetzt eh schon wieder zu spät dran.

»Wie heißt du und was willst du?«, fragte sie dennoch.

»Mein Name ist Plagosius und ich würde gerne mit meiner Familie zu deinem Fest kommen.«

»Wie viele?«

»17, Eure Hoheit.«

»Gut, ich freue mich. Bis bald.«

Sie schwebte zügig los, während er noch sprach: »Wir uns auch. Bis bald.«

Als sie den Saal erreichte, sah sie mit Erleichterung, dass die meisten Elfen ebenfalls gerade erst eintrafen. Deshalb ging sie in aller Ruhe durch die Reihen zu ihrem Tisch, der an diesem Abend besonders festlich gedeckt war. Die Kerzen hatten die Farbe ihres Kleides. Zudem waren Blumen überall auf dem Tisch verstreut und schufen eine warme und angenehme Stimmung.

Nimue freute sich, heute als Erste an ihrem Familien-Tisch zu sein. Dann sah sie Marie und Sophia auf sie zukommen und kurz darauf auch Aoife den Saal betreten. Nacheinander kamen Oona, Aar und Tante Tiara mit ihrem Mann Seog und ihren fünf Kindern: Christian, Michael, Tagh, Claudine und Kristin. Alle setzten sich. Gleich darauf kam Marie, die Schwester des Königs, mit ihrem Mann Camin und Acair, der Bruder des Königs mit seiner Frau Cloet, gefolgt von Maries Kindern, Claudius und Léa. Letztere wurde auf der Flucht in Frankreich geboren, kurz nachdem sich ihr Onkel Katar verlobt hatte; deshalb bekam sie den Namen ihrer zukünftigen Tante.

Es dauerte nicht lange und auch die Kinder von Acair kamen herein und setzten sich an den Tisch; Chridon, Massmo und Spanie. Diese Namen waren die ungewöhnlichsten am Hofe, aber Cloet liebte das Außergewöhnliche. Darauf schwebten eilig Lila und ihr Bruder Chrisan herein, Aars Geschwister, und hinter ihnen her ihre Familien. Jeder sprach mit jedem und Nimue beobachtete, wie gutgelaunt alle waren. Die Tür schnellte erneut auf und Nimue sah überrascht, dass ihr Onkel Seoc von der Zauberinsel mit seiner Frau und Kindern gekommen war. Freudig lächelte sie ihrer Cousine Cara entgegen, die ihr schon von Weitem zuwinkte. Sie setzte sich neben Nimue, während Seoc, seine Frau Hauch und ihre Kinder Leon und Musik auf der anderen Seite des Tisches Platz nahmen.

Nimue bemerkte zu Cara: »Super, dass ihr heute schon da seid.«

»Nur für diesen Abend, Nimue.« Dann nahm Cara ihre Hand und legte etwas Hartes auf die Innenfläche. »Hier, das habe ich für dich mitgebracht.«

Nimue konnte das Objekt nicht einzig und allein mit dem Gefühl bestimmen und erhaschte einen Blick darauf. Es war ein Stein, genauer gesagt ein Frosch aus Stein oder ein Steinfrosch, wie auch immer man es nennen mochte.

»Ich habe ja noch gar nicht Geburtstag?«

»Nein, der Frosch hat mich gebeten, ihn mitzunehmen. Er möchte mit dir sprechen.«

»Ach so«, antwortete Nimue, ein wenig irritiert über einen sprechenden Stein. Sie konnte jedoch keine weiteren Fragen mehr stellen, denn sogleich ging die große Eingangstür auf und alle Elfen verstummten. König Seoras und Katar traten langsam über die Schwelle herein in den Saal. Gleichzeitig hörte Nimue ein »Céad míle fáilte« rufen und mehrere weitere Willkommensrufe darauf. Der König und Katar verbeugten sich und gingen langsam an den Tischen vorbei auf sie zu.

Nimue kannte den Ausspruch »Céad míle fáilte.« Ihr Großvater hatte ihr erzählt, dass es sich hierbei um einen irisch-gälischen Ausspruch handelte, der »tausendfach willkommen« heißt. Das Elfenvolk Shenja hatte diesen Willkommensgruß von ihren guten Elfenfreunden aus Irland bereits Jahrtausende zurück übernommen und pflegten diesen noch heute, wenn sie eine besondere Elfenseele begrüßten.

Nimue mochte diesen Ausspruch sehr, weil er Tradition enthielt, und so lächelte sie vor sich hin. Da bewegte sich wie aus dem Nichts der Frosch in ihrer Hand. Sie erschrak heftig, während sie seine feine Stimme vernahm: »Hey, Nimue.«

Sie beugte sich unter den Tisch und erwiderte leise: »Sei still! Jetzt nicht! Nach dem Essen.«

Daraufhin hörte sie ein gedämpftes »Okidoke« und schon war es wieder still unter dem Tisch.

Als Katar an ihr vorbeiging, klopfte er kurz auf ihre Schulter: »Hallo, meine Kleine.«

Nimue freute sich sehr über diese Geste, denn sie zeigte seine Zuneigung ihr gegenüber.

Léa folgte den beiden und setzte sich neben Katar. Nachdem alle Platz genommen hatten, hallte laut das einstimmende »Sláinte!« durch den Saal. Heute war es jedoch nicht wie im Hofprotokoll vorgeschrieben der König, der es ausrief, sondern Katar. Alle erhoben die Gläser und prosteten sich zu. Langsam ertönten viele Stimmen im Raum und der festliche Abend nahm seinen Lauf.

Ein Heinzelchen nach dem anderen verließ die Küche mit vollen Silbertabletten in den Händen. Die Vorspeise war französischer Art: Adria-Krebse in einem Blätterteigschiffchen mit Roquefortrahmsauce. Nimue lernte dabei, dass ein Roquefort ein Käse aus Frankreich war und musste zugeben, dass dieser hervorragend schmeckte. Danach kam die Hauptspeise, und diese war schottischer Natur: ein Haggis, was so viel wie ein gefüllter Schafsmagen mit anderen Tierinnereien zusammen mit Schafsfett war. Nimue mochte dieses Gericht nicht besonders, eigentlich aß sie nur die Beilagen, wie Kartoffelbrei und gedünstetes Gemüse. Ihr Großvater erkannte ihre Abneigung und erklärte ihr, dass ein Haggis ein sehr gesundes Essen sei.

»Gut, Opa«, flüsterte sie, »so macht es wenigstens einen Sinn, wenn ich es esse.«

Ihr Großvater lachte über ihre Logik.

Nimue konnte mit diesem Wissen den Haggis tatsächlich leichter essen, auch wenn er deshalb nicht besser schmeckte. Zudem war sie froh, dass die Elfenküche dieses Gericht nur zu besonderen Anlässen kochte. Ansonsten war ihr Speiseplan leichter und bekömmlicher.

Die Nachspeise war eine bayerische Creme. Nimue freute sich darüber, denn sie mochte den Vanillegeschmack, gemischt mit Erdbeeren, Brombeeren, Moosbeeren und Himbeeren, die es dazu gab.

Nach diesem reichen Essen waren die Elfen bis auf den Rand voll, sodass die Schwere in ihren Mägen die Lust auf Bewegung anregte. Daher löste sich die Menge im Saal schnell auf, und viele verabschiedeten sich der Reihe nach.

Am Königstisch saßen nur noch wenige, als Katar sagte: »Nun, Nimue, dein Geburtstag steht vor der Tür. Bist du schon aufgeregt?«

Sie nickte. »Das bin ich. So viele Geister und andere Wesen der Zauberwelt werden kommen. Das wird ein tolles Fest.«

»Natürlich, jeder will dabei sein. Trotzdem musst du aufpassen, wen du einlädst. Du willst doch keine dunklen Gestalten dabeihaben?«, bat er sie mit sanfter Stimme.

»Nein, ganz bestimmt nicht, aber wie kann ich mir da immer sicher sein? Mir sind noch so viele Wesen unbekannt.«

»Das spürst du schon, Nimue.«

»Ja«, stimmte Aar zu, »dennoch musst du mir und vor allem der Festplanelfe Partina Bescheid geben, wen und wie viele du eingeladen hast.«

»Das mache ich, Opa. Aber da kommen täglich neue dazu. Vor dem Essen besuchte mich ein Plagegeist. Ich habe ihn und seine Familie eingeladen.«

Marie schüttelte den Kopf, als sie infrage stellte: »Warum hast du diese Kreaturen überhaupt eingeladen? Du kennst sie doch gar nicht!«

»Vielleicht, weil diese Wesen immer irgendetwas an sich haben, das ich mag. Dann kann ich nicht Nein sagen.«

Katar schmunzelte über Nimues Gefühlswelt und warf ein: »Ich sehe schon, dein gutes Herz wird die Gästeliste sprengen. So, aber jetzt möchte ich schlafen gehen.«

Jeder am Tisch nickte und verabschiedete sich. Die Heinzelchen begannen zugleich mit den Aufräumarbeiten.

Nimue war gerade dabei, den Saal zu verlassen, als einer davon ihren Namen laut rief. Sie drehte sich um und sah das ihr bereits bekannte Heinzelchen auf sie zugehen.

»Hast du schon über unsere Bitte nachgedacht?«

»Ich dachte, du fragst meinen Opa selbst?«, antwortete sie irritiert.

»Eure Hoheit, das tun wir«, erwiderte er eintönig. Er verbeugte sich tief. Daraufhin lief er schnellen Schrittes in Richtung Küche.

Nimue konnte sich auch dieses Gespräch nicht erklären. Dennoch hatte sie dieses Mal die Ahnung, dass es sich hierbei um eine unausgesprochene Aufforderung handelte. Sie sollte mit Seoras oder Aar bezüglich eines ehrenvollen Festes für die Heinzelchen sprechen. Das Heinzelchen selbst würde es niemals tun. Nimue mochte diese schwammige Frage ganz und gar nicht. Ihr war es lieber, wenn man klar und deutlich sagte, was man von ihr wollte, so wie es die vielen anderen Wesen in den letzten Tagen machten. Trotzdem entschied sie sich, die nächsten Tage mit Aar darüber zu sprechen. Nun wollte auch sie ins Bett gehen, obwohl ihr der Haggis noch immer schwer im Magen lag.

»Hallo, Nimue«, begrüßte sie die Spiegeldame kurz darauf im Zimmer. Ihre Türen waren wieder im Rahmen verschwunden und ihr Spiegel glänzte besonders schön. »Wie war Katar? Ich habe gehört, dass er ein eleganter, charmanter und bezaubernder Elf sein soll«, schwärmte sie, »ganz menschlich sieht er aus, stimmt das? Ach, würde er nur einmal in mein Spiegelbild schauen.«

Nimue grinste. »Ja, das stimmt. Er sieht seinem Bruder sehr ähnlich.«

»Ahhhhh!«, brüllte ein Wesen wie aus dem Nichts.

Nimue erschrak heftig. Gleichzeitig verwandelte sich der Stein in ihrer Hand zu einem glitschigen Frosch. Mit weit aufgerissenen Augen starrte sie ihn an. Dann stellte sie ihn am Fenstersims ab, worauf er mit gereizter Stimme fragte: »Können wir jetzt endlich miteinander plaudern?«

»Nicht jetzt, Frosch. Lass uns schlafen. Ich bin müde. Morgen ist auch noch ein Tag.«

»Und wo bitte soll ich schlafen?«

»Mein Zimmer ist groß, such dir einen Platz aus.«

Der Frosch verstummte. Er hüpfte von Platz zu Platz, um eine für sich geeignete Schlafstelle zu finden.

»Du hast sehr schöne Holztüren, Spiegel.« Nimue wandte sich der Spiegeldame zu.

»Ja«, antwortete sie selbstbewusst, »das habe ich. Hat Katar dein Kleid gefallen? So sauber und entzückend es war.«

»Er hat mir gesagt, dass es ihm besonders gut gefällt.«

»Ach, wäre ich nur dabei gewesen«, fantasierte die Spiegeldame. »Und sonst? Wie war's?«

»Schön war es. Ich mag Katar«, schwärmte nun auch Nimue. Sie setzte sich aufs Bett und begann zu erzählen, was sie an diesem Abend alles erlebt hatte. Es dauerte jedoch nicht lange und ihre Augen fielen zu. Sie legte sich zurück und schlief ein. Nimue wusste nicht, wie lange sie bereits geschlummert hatte, als sie ein durchdringendes »Jetzt aber!« aufweckte. Sie öffnete die Augen und sah, dass der Mond hoch oben am Firmament stand.

»Warum schläfst du nicht, Frosch?!«

»Muss ich nicht, finde keine gemütliche Stelle. Kann ich auch, wenn ich wieder daheim bin.« Der Frosch hüpfte mit einem Schwung aufs Bett, direkt vor ihr Gesicht. »Können wir jetzt plaudern?«

»Gut, was willst du?« Nimue setzte sich auf.

Der Frosch hüpfte dabei auf ihre Oberschenkel und starrte sie für einen langen Moment ohne zu sprechen an. Dann erklärte er: »Wir möchten zu deinem Fest kommen.«

»Hast du heute nicht gehört, dass ich nicht so viele einladen darf?«

»Ja, aber ich bin ein Lichtfrosch, kein und ganz bestimmt kein Wesen der Unterwelt«, betonte er.

»Warum wollt ihr zu meinem Uaneala-Fest kommen?«, wollte Nimue wissen.

»Es ist das Ereignis, von dem seit Jahren jeder spricht und wir, als Teil der Familie der Lichtwesen, wollen auch dabei sein.«

»Wie viele seid ihr und wie ist dein Name?«, fragte sie mit gähnender Stimme.

»18 und mein Name ist Googli.«

Als Nimue den Namen hörte, musste sie lachen.

»Lachst du über meinen Namen?«, fragte der Frosch leicht verärgert.

Sie schüttelte heftig den Kopf. »Nein, natürlich nicht. Du und deine Familie seid eingeladen.«

Er sprang aufs Bett zurück und dann mit einem hohen Satz auf den Fenstersims. »Kann ich heute Nacht doch bei dir schlafen?«

»Wenn du von nun an still bist.«

»Das bin ich«, versprach er.

»Gute Nacht, Googli.«

»Gute Nacht, Nimue.«

Ein lautes, ihr unbekanntes Geräusch weckte Nimue am achten Morgen vor ihrem Geburtstag. Sie öffnete die Augen und blickte fragend um sich.

Die Spiegeldame bemerkte dies und beschwerte sich: »Der nervt mich schon die ganze Nacht.«

»Wer und was ist das? Meine Ohren mögen das, was auch immer es ist, gar nicht«, meinte Nimue verschlafen.

»Der Frosch schnarcht!«

»Schnarcht?«, wunderte sich Nimue. »Was ist das?«

»Das weiß ich auch nicht genau. Als ich noch im Kloster oben auf der Fraueninsel stand, hat eine Schwester im Schlaf oft die gleichen dröhnenden Geräusche von sich gegeben, als ob sie einen Wald absägen wollte. Ich wäre beinahe ausgezogen. Eine solche Ruhestörung kannst du dir gar nicht vorstellen!«

»Was ist passiert?«

»Eines Tages kam eine andere Schwester ins Zimmer und erklärte, dass das mit ihrem Schnarchen nicht so weiterginge. Es war dermaßen laut, dass man es im Gang hallen hörte. Das Geräusch hielt alle anderen Schwestern wach. Danach wurde sie in ein Kellerzimmer verlegt, und ich bekam eine neue Schwester in meine Kammer. So kehrte wieder Ruhe ein.«

»Also ist das entsetzliche Geräusch ein Schnarch-Geräusch, aha«, stellte Nimue erstaunt fest. »Kann man das abstellen?«

»Wenn du ihn weckst, ganz bestimmt.«

Nimue ging auf den Frosch zu und stupste ihn sanft an. Sogleich verstummte der Lärm.

»Hey, warum weckst du mich?«, klagte er mürrisch.

»Du warst so laut«, erwiderte Nimue.

»Die ganze Nacht hast du mich wachgehalten«, warf die Spiegeldame verärgert ein.

»Mist, ich habe so gut geschlafen. Hab wohl eine verstopfte Nase. Hier unten ist es aber auch viel kälter als in unserem Teich, oben auf der Zauberinsel.« Dann setzte er zu einem Sprung an und rief: »Bis bald und Entschuldigung«, und verschwand aus dem offenen Fenster.

Nimue beobachtete ihn, wie er sich mit großen Sprüngen davonbewegte. Als er vollkommen verschwunden war, zog sie sich um.

»Heute will ich herausfinden, was der Schwan mir sagen möchte.«

»Viel Glück, Nimue«, gab ihr die Spiegeldame mit auf den Weg.

Kurz darauf lief sie durch den Wald. Als sie den Eichenbaum erreichte, fragte sie Aaro: »Weißt du, für was ein Schwan steht?«

Sie stand direkt vor ihm und beobachtete seine langen Äste, die sich leicht hin- und herbewegten.

»Hm«, erwiderte er und zuckte mit seinen voluminösen Astschultern.

Eikondia hörte dies und schnitt Aaros nächstes Wort ab: »Schönheit, nicht wahr, alte Eiche?«

»So ist es«, schnauzte er, da er ein Dazwischenreden gar nicht leiden konnte, »geh hinein, Nimue, dann reden wir weiter.«

Er öffnete den Eingang und verschloss ihn hinter Nimue wieder.

Stúhly dehnte sich, sodass sie sich leicht hineinsetzten konnte. »Danke, lieber Stuhl.«

»Ein Schwan«, begann Aaro zu erklären, »repräsentiert die Schönheit mit ihrer Anmut und Grazie. Natürlich symbolisiert er die Verwandlung, aber das weißt du doch.«

»In mir?«

»Eh«, Aaro suchte nach den richtigen Worten, »er ist ein Lichtwesen und begleitet dich auf dem Weg zu dir selbst, deinem Seelenheim sozusagen. Wenn du dort einmal angekommen bist, wird sich auch dein Leben im Hier und Jetzt verwandeln.«

»Wie verwandeln?«

»Das weiß ich nicht, ist wahrscheinlich individuell.«

Nimue war so beeindruckt von seinen Worten, dass ihr der Mund offen stehen blieb. »Glaubst du, dass er mein Seelentier ist?«

»Das musst du den Schwan schon selber fragen«, antwortete Aaro.

»Okay, das mache ich.« Daraufhin stand sie auf und setzte sich im Lotussitz auf den Boden. Nimue wollte keine Zeit verschwenden, denn die Neugierde trieb sie an. Sie versuchte sich zu entspannen und bemerkte dabei, dass dies mit dem Abschalten der Gedanken einherging. Doch es hielt nur für einen kurzen Moment an, dann drängten sich ihre Gedanken wieder in den Vordergrund. Zu tief und fest waren die Ereignisse der letzten Tage in ihrem Kopf verwurzelt. Sie schaffte es nicht, diese Emotionen und Erinnerungen zur Seite zu schieben. Auch nicht, als sie sich erneut auf den Furchenstein konzentrierte. Wie sonst sollte sie mit dem Schwan sprechen können, wenn nicht in dieser Inneren Welt?

Nach einer Weile wurde sie ungeduldig und sagte: »Aaro, ich kann meine Gedanken nicht abstellen.«

»An was denkst du?«

Nimue fing an, dem Baum von Katar und dem gestrigen Abendessen, dem Plagegeist, der Seejungfrau, dem Baumgeist und dem Frosch zu erzählen. Sie sprach über eine Stunde lang. Der Baum unterbrach sie nur selten, denn er erkannte, wie wichtig es für sie war, all dies aussprechen zu können. Als sie fertig war, fragte er: »Kennst du die Seejungfrauen?«

»Nicht wirklich«, erwiderte Nimue.

»Sie leben in Gewässern und auch auf dem Land unter den Menschen. Man sagt, dass manch ein Mann bei ihrem Anblick den Verstand verloren hat.«

Nimue schüttelte ungläubig den Kopf. »Ich finde auch, dass sie hübsch ist, aber den Verstand verlieren, das geht doch ein wenig zu weit, oder?«

»Das ist Männersache, Nimue«, war sich Aaro sicher und wechselte das Wesen: »Kennst du die Baumgeister?«

»Auch nicht wirklich.«

»Sie leben hier mit uns im Wald. Sie sind gute Wesen, aber manchmal nervig, da sie oft in unseren Ästen umherspringen. Ihre kleinen Finger können ganz schön kitzeln.«

Nimue kicherte.

»Sie kennen dich gut, Nimue, auch wenn sie sich dir bis jetzt noch nicht gezeigt haben. All die letzten Jahre haben dich ihre Blicke durch den Wald begleitet.«

Er hielt kurz inne.

In dieser Stille hörte Nimue ein paar Würmer, die sich miteinander unterhielten. Sie vernahm die Vögel außerhalb der Höhle zwitschern und das Holz der Stuhldame leise knarren, die sich behutsam in ihren ursprünglichen Zustand zusammenzog.

»Weißt du, Nimue, das mit den Gedanken ist so eine Sache«, meinte er, »dein Bewusstsein speichert die mannigfachen Empfindungen, die du in deinem Leben schon wahrgenommen hast. Du erlebst etwas und dabei erfährst du eine Emotion. Ob diese an der Stelle immer nachvollziehbar oder richtig ist, spielt dabei keine Rolle. Dieses Durcheinander an Informationen macht es oft schwer, den Weg zu sich zu finden, da es super-duper ablenken kann. Dass du es schon einmal geschafft hast, finde ich wirklich toll. Wenn es jetzt nicht mehr auf Anhieb klappt, sei nicht traurig. Ich glaube, das ist normal.«

Nimue fühlte sich von seinen Worten angespornt und verkündete: »Ich probiere es noch einmal, hab ja noch Zeit.«

Um Nimue herum zog rasend schnell ein starker Wind auf, wobei sie sich fest auf den Beinen halten konnte. Zugleich wurde es vollkommen dunkel und so spürte sie die Böen noch intensiver ihren Körper streifen. Da entfachte sich über ihr ein Funke, aus dem ein Licht auf sie herabstrahlte. Es erwärmte sie und ließ den Sturm wie von Zauberhand vergehen. Danach wurde es still und ruhig. Das Licht breitete sich aus, um sich danach wieder zurückzuziehen. Dabei schaffte es eine klare Umgebung, inmitten der Nimue nun stand. Sie blickte auf einen See mit glitzerndem Wasser, worauf ein Schwan voller Grazie schwamm. Er entdeckte Nimue und sagte mit einer außergewöhnlich sanften Stimme: »Du möchtest mit mir sprechen?«

»Ja«, antwortete sie, »ich möchte dich fragen, ob du mein Seelentier bist?«

»Nein, Nimue, das bin ich nicht. Trotzdem werde ich dir bei deiner Verwandlung beistehen und mit dir dein Seelenkleid reinigen. Alte Wunden werden heilen und der Zugang zu deinem inneren Selbst wird dir kinderleicht erscheinen.« Der Schwan atmete tief durch. »Ich weiß, Nimue, wie sehr das Schicksal deiner Eltern an dir nagt. Ich bin für dich da und werde dir helfen, diese Trauer abzustreifen. Die Wut darüber wird verschwinden und deine Herzensenergie wird wieder klar und rein erstrahlen.«

Ein gefühlter Knoten bildete sich in Nimues Hals und sie flüsterte: »Danke, lieber Schwan.«

Der Schwan senkte seinen Kopf. Dabei schloss er seine Augen. Eine Träne entwich Nimue und sie wischte sich schnell über ihre Wange.

»Weine, Nimue, es wird dir nicht nur guttun, sondern deine Seele heilen.«

Da drehte sich alles vor ihren Augen, als ob die Erscheinung von einem Tornado erfasst worden wäre. Dann zog die Landschaft mit dem Schwan in Form eines in sich wirbelnden, auf den Kopf gestellten kegelförmigen Gebildes davon. Gleichzeitig erhärtete sich der Boden unter Nimue und ihr gewohntes Körpergefühl kam zurück. Sie seufzte, während ein paar Tränen ihre Wangen hinabliefen.

»Geht es dir gut, Nimue?«, fragte Aaro.

»Ich weiß es nicht. Auf jeden Fall konnte ich mit dem Schwan sprechen.«

»Was hat er gesagt?«, wollte Stúhly neugierig wissen.

»Er ist nicht mein Seelentier, aber er hilft mir, meine Wut und Trauer über Mama und Papa loszuwerden.«

»Das ist gut, Nimue«, war sich Aaro sicher.

»Weiß jemand von euch beiden, wer mein Seelentier ist?«, fragte Nimue. »Jeder hat doch eines, oder?«

Stúhly schüttelte ihren ganzen Körper und drückte damit ihre Unwissenheit aus, während Aaro erwiderte: »Jeder, außer uns Bäumen.«

Nimue vernahm eine Enttäuschung in seiner Stimme und seufzte dazu.

»Dein Seelentier wird sich dir zur rechten Zeit bemerkbar machen. Bis dahin, Nimue, hab Geduld.«

Wer die Worte der Eiche hörte, musste bemerken, wie sehr er sie liebte und beschützen wollte. Er war ihr Freund, ihr bester Freund und der, der sie nie anlügen würde; vielleicht ein bisschen flunkern, aber nur, wenn es nötig war.

»Hier wartet jemand auf dich«, wollte Aaro sie wissen lassen.

»Wer?«, wunderte sich Nimue.

»Mehr als einer sind hier. Ich sehe Eichhörnchen, Eidechsen, eine Eule sitzt auf meinem Ast und ich glaube, das kleine hüpfende Ding da unten ist eine Maus und ihre Familie.«

»Eine Maus?«

»Ja, ich denke schon.«

»Ich habe noch nie eine Maus gesehen.«

»So wird es Zeit«, konterte Aaro und öffnete den Höhleneingang.

Nimue spitzte heraus, als die Mäuse sie mit weit aufgerissenen Kulleraugen anstarrten.

»Woher kommt jetzt das Loch?«, piepste eine davon fragend.

»Das weiß ich doch nicht«, antwortete eine andere Maus.

Gleichzeitig näherten sich die Eichhörnchen und Eidechsen dem Baum an. Nur die Eule bewegte sich nicht vom Platz und beobachtete in Ruhe das Geschehen auf dem Boden.

Dann vernahm Nimue ein Wirrwarr an Stimmen, das sie schummrig machte. »Halt!«, rief sie und stellte sich vor die Tiere, »ich kann nichts verstehen. Einer nach dem anderen, bitte!«

Sogleich fingen ein Eichhörnchen und eine Eidechse simultan zu sprechen an.

Nimue zog ihre rechte Augenbraue hoch.

»Nein, bitte, du zuerst«, schlug die Eidechse vor.

Da antwortete das Eichhörnchen: »Nein, nein, du natürlich.«

Auf diese Weise ging es eine Weile hin und her, bis Nimue unterbrach: »Die Eidechse zuerst.«

Die Eidechse nickte dankend und wandte sich ihr mit den Worten zu: »Ich bin Franzi. Meine Familie und ich würden gerne zu deinem Fest kommen.«

»Wir auch«, warf daraufhin das Eichhörnchen ein.

»Wie viele?«, fragte Nimue.

»20«, hörte sie das Eichhörnchen sagen und »19« die Eidechse.

Nimue seufzte, denn ihre Gästeliste wurde immer größer. Trotzdem wollte sie nicht absagen, weil es für sie nette Tiere waren.

»Wie heißt du, Eichhörnchen?«

»Niriana«

»Gut, ihr seid eingeladen.«

Die Tiere verbeugten sich vor ihr und gingen geschwätzig miteinander redend davon. Gleich darauf trat eine der Mäuse piepsend hervor und ungewöhnlicherweise konnte Nimue ihre Worte nicht mehr nachvollziehen.

»Ich kann dich nicht verstehen, kleine Maus«, erklärte sie freundlich.

Sie liebte dieses Tier auf Anhieb. Ihre leicht braun-gräuliche Farbe schimmerte im Sonnenlicht. Sie hatte vom Scheitel bis zur Schwanzwurzel einen schwarzen Strich über den leicht rundlichen Rücken gezogen. Die kleinen Augen glänzten vor Aufregung und ihre Schnauze bewegte sich schnell auf und ab.

»Mäuserisch ist eine schwierige Sprache, Eure Hoheit. Darf ich behilflich sein?«, hörte sie die Eule sagen.

Nimue hob ihren Kopf. »Ja, danke.«

Die Maus piepste und piepste und die Eule übersetzte: »Sie und ihre Familie wollen zum Fest kommen.«

»Welche Überraschung«, dachte sich Nimue, sagte dennoch: »Ich mag sie gerne, aber haben Menschen nicht Angst vor Mäusen? Es kommen einige zu meinem Fest.«

Daraufhin piepste die kleine Maus so schnell aufeinander, dass Nimue lachen musste.

Die Eule übersetzte sogleich: »Sie versprechen keine Angst zu verbreiten. Ein kleines Plätzchen im Saal würde ihnen ausreichen. Sie sind 21 Waldbirkenmäuse und davon sind neun Babymäuse.«

»Babymäuse! Wie schön. Natürlich können sie kommen.«

Die Waldbirkenmaus machte einen kleinen Sprung und stupste dabei ihre Nase an Nimues Fuß an.

»Das soll Danke heißen«, vermutete die Eule.

Nimue nickte verstanden zu haben.

»Wie ist dein Name?«, fragte Nimue die Maus.

»Emilie«, erwiderte das kleine Wesen und unerwartet konnte es Nimue verstehen.

Da liefen die Maus und ihre Familie im Zickzack davon, während die Eule bemerkte: »Meine Familie und ich sind 22 an der Zahl. Mein Name ist Eulena. Wir leben hier in diesem Wald genauso wie die Waldbirkenmausfamilie.«

»Gut, ich freue mich, dich und deine Familie auf meinem Fest zu begrüßen.«

»Danke, Eure Hoheit.«

Kurz darauf flatterte sie davon und Aaro schmunzelte: »Hast du überhaupt noch einen Überblick über all deine Gäste?«

»Wahrscheinlich habe ich den einen oder anderen vergessen. Es sind so viele, und es werden immer mehr.«

»Wie sieht es mit dem Platz aus?«

»Keine Ahnung, da muss ich Opa fragen. Das mache ich später.«

»Später?«, stellte Aaro infrage. Es waren nur noch acht Tage bis zum Fest. »Das würde ich eher heute als später tun. Ich habe das Gefühl, da kommen noch viele mehr, Nimue.«

Sie nickte und verabschiedete sich.

Aaro hatte recht, da war sich Nimue sicher, doch erst wollte sie die Gästeliste durchgehen, und das machte sie gleich nach dem Abendessen, an dem es erfreulicherweise kein Haggis mehr gab. Sie schrieb alle weiteren Gäste auf, setzte sich mit dem Blatt auf die Fensterbank und blickte seufzend zum Mond hinauf.

»Oh je«, murmelte Nimue, »185 allein auf meiner Liste.«

Auf einmal schlich sich ein eigenartig dumpfes Gefühl in ihrer Brust ein. Es löste einen Druck aus, sodass Nimue nervös mit ihren Fingern darauf tippte. *»Was, wenn mich noch mehr nette Wesen oder Tiere ansprechen?«*

Die Spiegeldame erkannte ihre Zerrissenheit und sagte mit ruhiger Stimme: »Meine liebe Nimue, du kannst einladen, wen und wie viele auch immer du möchtest. Partina kümmert sich um die Organisation. Mach dir keine Sorgen. E basta, meine angehend erwachsene Prinzessin!«

»E basta«, wiederholte sie und lachte.

»Das hat die italienische Schwester oben im Kloster immer zu sich selbst gesagt, wenn sie etwas außerhalb der Norm und Regeln getan hat, dennoch damit zufrieden war.«

Nimue konnte nicht aufhören zu lachen. Dabei verflüchtigte sich das eigenartige Gefühl in ihrer Brust.

Nachdem sie sich wieder beruhigt hatte, sagte sie: »Meinst du nicht, dass uns der Platz zu knapp wird?«

Die Spiegeldame schüttelte sich, sodass ein lautes Knarren zu hören war.

Nimue ignorierte dies und fing an, die Gäste, die ihr nacheinander in den Sinn kamen, leise vor sich aufzuzählen: »Die Elfen und Feen von Omas Familienstamm Lara. Die Feen von den Zauberinseln. Die Geisterfamilie am anderen Ende des Sees.« Nimue erhob ihre Stimme: »Du weißt ja, Spiegel, dass mein Ur-Ur-Urgroßvater bereits mit ihrem damaligen Oberhaupt befreundet war.«

Die Spiegeldame antwortete unbeeindruckt: »Ja.«

»Die Nymphen, die Naturgeister, die besondere Heilkräfte besitzen.« Nimue wandte sich erneut der Spiegeldame zu und erklärte: »Sie beseelen hauptsächlich Bäume, Pflanzen und Grotten und helfen Menschen, sie gesund zu halten. Sie leben überall und sind ständig in Bewegung.«

Die Spiegeldame reagierte nicht mehr. Nimue war kurz davor, sie in ihrer Ehre zu verletzen, da sie ihr derartig viel Unwissenheit zutraute.

Nimue bemerkte dies nicht, senkte ihre Stimme und zählte weiter: »Die Adler, die meinem Uropa immer gute Boten sind und ihm stets die Gefahren aus der Schattenwelt mitteilen. Die Grünen Kinder und die Salamander der Oasen. Die Luftgeister Sidherte, die oben am Chiemsee ihre Heimat haben. Die Zwerge, die auf dem Land in den Gärten der Menschen beheimatet sind. Die Dryaden …«

»Die Dryaden?«, unterbrach die Spiegeldame Nimue.

»Ja, wieso?«

»Aus Griechenland?«

»Ja, sie sind griechische Baumgeister, wieso?«

»Das weiß ich doch, Nimue. Aber dass diese Wesen, die wahrlich im Einklang mit der Natur leben, ihr Land verlassen und den weiten Weg hierher machen, das ist eine große Ehre. Es ist nämlich ein gefährlich weiter Weg für sie.«

»Das ist mir klar, Spiegel«, erwiderte Nimue mit leicht roten Wangen.

Nimue wollte gerade anfangen weiterzuzählen, als die Spiegeldame in einen Rausch von Worten fiel: »Sie sind wunderschöne Baumgeister, die euch Elfen sehr ähneln. Die gleichen spitzen Ohren, braune Haare und Augen und ihre Haut, oh, ihre Haut ist bezaubernd schön hellbraun. Weißt du, dass sich ihre Haut der Sonnenfarbe angleichen kann? Dann schimmert sie leicht golden und ihre Wangen färben sich mit einem sanften Rosa ein. Die Menschenfrauen würden für so ein Elixier töten.«

Nimue verstand nicht, warum Menschen dafür töten würden. Sie hatte jedoch keine Zeit nachzufragen, da der Sprudel der Worte noch nicht vorbei war.

»Um die Natur zu schützen, können sie die Kräfte der Naturgewalten annehmen. Ach, wie einzigartig, Nimue.«

»Ich habe auch gehört, dass sie wunderschön sind und dass sie ein liebes Wesen besitzen.«

»Ja, das stimmt.«

»Opa freut sich schon, sie endlich wiederzusehen.«

Die Spiegeldame antwortete nicht mehr. Zu sehr war sie in ihren Gedanken an die Dryaden versunken.

Nimue bemerkte dies und zählte leise weiter: »Ariel, Azrael, Chamuel, Gabriel, Haniel, Jeremiel, Jophiel, Metatron, Michael, Raguel, Raphael, Raziel, Sandalphon, Uriel, und Zadakiel. Seoras hat gesagt, dass sie alle zugesagt haben.«

»Sind das die Erzengel?«, fragte die Spiegeldame.

»Nein. Es sind Zauberwesen, die mit der Energie der Erzengel verbunden sind.«

»Und sie tragen ihre Namen, um sie damit zu ehren, wie schön!«, fand die Spiegeldame. Da fiel ihr plötzlich ein: »Ha! Ich glaube, ich habe solch ein Wesen schon einmal gesehen.«

»Wirklich?«, bezweifelte Nimue. »Sie leben sehr zurückgezogen.«

»Eines Nachts im Kloster hat die italienische Schwester ununterbrochen geweint. Mein Spiegelherz hat sehr darunter gelitten, als auf einmal die Tür aufging. Ein lichtvoller Körper, so einen wie ihn der Mensch besitzt, trat herein und setzte sich neben die Schwester ans Bett. Als das Lichtwesen sich auf sie zu beugte, um ihren Kopf zu streicheln, entdeckte ich kleine Flügel am Rücken. Sie hatten Regenbogenfarben, die im Mondlicht glitzerten. Solch eine Schönheit raubte mir den Atem.«

»Das war ein Zauberwesen«, bestätigte Nimue.

»Oh, wenn er nur in mein Spiegelbild geschaut hätte«, fantasierte sie und Nimue lächelte.

»Soweit ich weiß, haben mein Uropa und Opa auch noch Überraschungsgäste vorgesehen. Glaubst du wirklich, dass der Raum hier unten bei uns auf dem Schloss genügt?«

»Nimue, hör auf dir Sorgen zu machen. Für was leben wir in einer Zauberwelt, wenn man da nicht zaubern könnte. Wenn es nötig ist, können sie alle auf der Spitze einer Feder zusammen stehen. Ich meine, für alles gibt es eine Lösung über die du ganz und gar nicht nachdenken musst. Denk lieber an deinen Wunsch.«

Nimue verstummte bei dieser Aussage. Sie hatte recht; sie sollte an ihren Wunsch denken. Nun versank auch Nimue in ihre Gedanken, aus denen sie die Spiegeldame kurz darauf wieder herausholte.

»Wie schön, wie schön! So viele Lichtwesen am gleichen Ort, das bekommen wir alle zu spüren. Oh, so etwas hat es lange nicht mehr gegeben.«

Nimue nickte.

»Jetzt aber ab ins Bett, Nimue. Es ist spät. Ruh dich aus. Ab morgen sind es nur noch sieben Tage.«

Nimue gehorchte und legte sich hin. »Gute Nacht, Spiegel.«

»Gute Nacht, meine Schöne.«

Nimue konnte lange nicht einschlafen, da sich ihre Gedanken über die eingeladenen Gäste wie wild in ihrem Kopf drehten.

Zudem hörte sie ein eigenartiges Geräusch, das zunehmend lauter wurde: klick tick tack, klick tick tack, klick tick tack. Es hörte sich an wie das Ziehen eines Holzwagens auf einem holprigen Kopfsteinpflaster. Nach einer Weile machte es Nimue neugierig. Sie schärfte ihre Augensinne, um auch außerhalb ihres Zimmers die Landschaft überblicken zu können. Da war nichts, zumindest nichts, was auf dieses Geräusch hätte hinweisen können.

Nimue wollte gerade ihre Augen schließen, als ein Schatten vor ihrem Gesicht vorbeihuschte. Sie schreckte auf. »Wer bist du?«, rief sie laut.

Die Spiegeldame murrte verschlafen: »Wer ist was oder wie ist wo?«

»Ich weiß nicht, da war ein Schatten.«

»Ein Schatten? Du hast wohl geträumt. Schlaf weiter und vor allem, lass mich schlafen. Ich brauche meinen Schönheitsschlaf.«

Nimue legte sich zurück aufs Kissen. Sie atmete tief ein und aus, als sie etwas Undefinierbares auf ihrer Haut spürte: »Zeig dich, oder ich …«, warnte sie.

»Eure Hoheit, ich bitte um Entschuldigung. Ich wollte Sie nicht verärgern«, sagte ein Wesen daraufhin, das wie aus dem Nichts Gestalt annahm.

Nimue weitete ihre Augen erschrocken. »Wer bist du und was machst du hier so spät?«

»Ich bin ein Hausgeist und kann mich geschwind in alles verwandeln, in was auch immer ich will. Mein Name ist Zyprian, ergo, der aus Zypern Stammende. Ehrlich gesagt, wir haben mit dem Land nichts zu tun. Nicht einmal unsere Vorfahren kommen von dort her.« Er hob seine Hände theatralisch in die Luft. »Wir sind die Geister des alten Klosters von Herrenchiemsee und leben immer noch im gleichen Gebäude, auch wenn es heute zu einem Schloss umgebaut wurde.«

»Zu einem Schloss?«, staunte Nimue.

»Ja, wir haben sogar eine stinkende Brauerei im Haus, puh! Die Welt ist ein schaffendes und zerstörendes Mysterium.«

»Aha«, erwiderte Nimue, da sie keine bessere Antwort parat hatte.

»Zu meinem Anliegen: Ich und meine Familie möchten ein Teil deines Geburtstagsfestes sein.«

Nimue seufzte. Sie war zu müde, um lange zu diskutieren. Außerdem befreite seine sanfte Stimme sie von dem ersten Schreck seiner gruseligen Gestalt.

Zyprian hatte lange, dünne Beine und trug grüne Stiefel. Sein Oberkörper und sein Gesicht wechselten ständig zwischen sichtbar und unsichtbar hin und her. Nimue wäre es lieber gewesen, die beiden Körperteile wären ständig unsichtbar geblieben, denn Zyprian hatte überall borstige Haare, wie die eines Schweins. Sie standen unregelmäßig vom Körper ab. Auch sein Gesicht war davon übersät, genauso wie sein Haar nur aus borstigen Strähnen bestand. Als besonders haarig musste Nimue jedoch die Nase erkennen. Zudem hatte er ungewöhnlich runde Ohren, die leicht vom Kopf abstanden. Alles in allem sah er gruselig aus.

»Gut, kommt. Wie viele seid ihr?«

»Nur 23!« Einen Moment später verwandelte sich Zyprian wieder in einen davonfliegenden Schatten und weg war er.

»Endlich«, beklagte sich die Spiegeldame, »das wird ja noch zur Plage!«

Nimue verstand. Kurz darauf fiel sie in einen tiefen Schlaf mit mannigfachen Träumen über Gäste, Säle, Einladungen und einer Spiegeldame, die sie liebhatte.

Die nächsten drei Tage verliefen schnell. Nimue hatte viele Gespräche mit ihren Eltern, ihren Großeltern und der Eiche Aaro. Keine weiteren Wesen suchten sie auf, um eingeladen zu werden. Trotzdem erklärte Aar Nimue, dass es weit zu viele Gäste waren, um alle am Hofe unterzubringen. Die Spiegeldame hatte natürlich recht mit dem Raumzauber, und doch wollte Aar, dass dieses Fest ohne einen solchen stattfindet.

»Also, meine kleine Rao'ra, fällt dir dazu eine Lösung ein?«, fragte er und Nimue zuckte mit den Schultern.

Sie suchte nach einer Lösung, als ihr Aaro und Eikondia einfielen. »Vielleicht«, schlug sie vor, »die Eichen würden ja auch gerne mitfeiern. Es dauert Tage, um sie zu entwurzeln und genauso lange, um ihre Wurzeln am Hofe wieder tief in den Boden zu vergraben. Da sind wir viel zu spät dran, aber ein Waldfest könnte zwei Fliegen mit einer Klappe schlagen.«

Aar lachte hell auf. »Woher hast du dieses Sprichwort aus der Menschenwelt?«

»Von Aaro. Als er noch auf dem Land lebte, hat er es einmal von einem Wanderer gehört. Er mag keine Fliegen, da hat er es sich gemerkt.«

»Verstehe, gut, dein Vorschlag gefällt mir.«

»Wirklich? Ich dachte mir, wenn alle Gäste – außer die Hauptgäste – dort feiern würden, haben wir genügend Platz in den Sälen und im Hof, und alle sind zufrieden.«

»Sehr gut. Sprich mit Partina oder nein, das mache ich. Kümmere du dich um deinen Wunsch, oder hast du ihn schon herausgefunden?«

Nimue schüttelte den Kopf.

»Da wird's aber Zeit, meine kleine Rao'ra.«

»Noch was, Opa.«

»Ja?«

»Wir werden alle Gäste im Hof begrüßen, oder?«

Aar nickte.

»Die Heinzelchen müssen somit die Säle, den Hof und den Wald herrichten.«

Er nickte erneut.

»Durch das Waldfest haben sie jetzt noch mehr Arbeit als vorher.«

»Ja und?«, fragte Aar nach.

»Sie sind so fleißig, da könnten wir ihnen doch auch etwas Gutes tun, oder, Opa?«

»Ich höre.«

»Was wäre, wenn wir sie nach getaner Arbeit auch feiern ließen? Da würden sie sich bestimmt freuen.«

»Du meinst, einen Tag später?«

»Ja, Opa.«

»Das hört sich gut an. Ich werde mit Seoras darüber sprechen.«

»Danke!«, schoss es freudig aus ihr heraus. Sie umarmte ihn und küsste seine Wange.

Gleich darauf verschwand sie in Richtung ihres Zimmers. Nun war es Zeit, sich endlich auf den Wunsch zu konzentrieren, denn dieser war im Trubel der vergangenen Tage untergegangen. Als sie dort ankam, setzte sie sich auf einen breiten Sessel, der direkt vor einem Holztisch stand. Sie hatte die Idee, sich ihre Wünsche aufzuschreiben, um auf diese Art und Weise einen auswählen zu können. Die Zeit wurde langsam knapp, und so konnte sie sich auf eine sichere Antwort ihrer inneren Stimme nicht mehr verlassen. Sie nahm gerade ihren Stift in die Hand, als es an der Tür klopfte. Ihre Großmutter kam vorbei und brachte ihr eine Scheibe Brot mit einer Tasse frischer Ziegenmilch.

Oona erkannte sofort, worauf sich Nimue konzentrieren wollte und verließ sie sogleich wieder.

»Viel Glück, meine Kleine«, wünschte sie ihr beim Verlassen des Zimmers.

Nimue trank einen Schluck Milch. »Lecker, die schmeckt gut!«

»Igitt«, spottete die Spiegeldame, »wer trinkt denn so etwas?«

»Ich«, erklärte Nimue mit einem grinsenden Milchmund, »die ist sehr gesund, sagt Oma.«

Die Antwort darauf war ein lautes Brummen, das Nimue verstand und zum Lachen brachte.

»Kannst du mir helfen, einen Wunsch zu wählen?«, bat Nimue die Spiegeldame mit flehender Stimme; nicht wissend, dass sie es tatsächlich könnte.

Nimue ahnte bereits seit der außergewöhnlichen Reinigung ihres Kleides, dass die Spiegeldame mehr Fähigkeiten besaß, als nur ihr Spiegelbild zu zeigen. Welche es waren, davon hatte sie keine Ahnung. Vor allem nicht, dass sie Nimue ohne Weiteres in ihr Seelenbild hätte schauen lassen können.

Die Spiegeldame durfte es ihr allerdings nicht so leicht machen, und so überlegte sie lange hin und her, wie sie Nimue helfen könnte. Da meinte sie: »Leg dich ins Bett, meine angehend erwachsene Elfenprinzessin, und entspanne dich. Schalte alles um dich herum aus. In diesem Zustand denke an deine Wünsche, nur an diese und an nichts anderes. Bei welchem fühlst du am meisten?«

Nimue folgte ihren Anweisungen, doch schon kurz darauf klopfte es laut an der Zimmertür. »Nimue«, hörte sie Marie rufen, dann Aoife und Sophia simultan.

»Was ist?«, wollte sie wissen, und schon sprang die Tür auf.

Alle drei kamen herein.

»Cara reist heute wegen deines Geburtstagsfestes an«, sagte Marie, die sich wie die anderen beiden neben Nimue aufs Bett setzte.

»Weiß ich.«

»Und weißt du auch, wen sie mitbringt?«, fragte Sophia aufgeregt.

»Ihre Geschwister und deren Freunde«, erwiderte Nimue.

»Das stimmt. Opa hat gesagt, da es dein Fest ist, darfst du entscheiden, in welcher Reihenfolge wir an unserem Familientisch sitzen.«

»Und?«, drängelte Nimue ungeduldig.

»Ich möchte neben Franz sitzen«, schoss es aus Marie heraus.

»Ich neben Oliver«, fügte Sophia hinzu.

»Aber die sind doch keine Verwandten von uns?«, erwiderte Nimue verwirrt.

»Das ist doch egal, Platz haben wir, oder?«, erklärte Sophia mit einem süßen Lächeln auf ihren Lippen.

Nimue war sich unsicher und bemerkte zaghaft: »Ich weiß nicht, was Opa dazu sagt.«

Daraufhin verzogen Sophia und Marie ihr Gesicht, als ob sie einen räudigen Dackel imitieren wollten. Nimue musste so heftig lachen, dass sie zusagte. Sie konnte einfach nicht Nein sagen, das war ihr die letzten Tage aufgefallen; auch wenn sie keine Ahnung hatte, ob ihr Großvater und Urgroßvater deshalb mit ihr unzufrieden waren.

Die drei berichteten noch von einigen Geschichten, die sich die letzten Tage ohne ihr Wissen ereignet hatten. Aufgeregt über den bevorstehenden Besuch, wollten Marie und Sophia sogleich eine Kleiderprobe veranstalten. Nimue liebte die Kleiderproben ihrer Schwestern. Trotzdem hatte sie heute keine Zeit dabei zu sein. Der Wunsch konnte nicht mehr länger warten.

Als ihre Schwestern wieder verschwunden waren, ließ sie sich zurück aufs Bett fallen, als es abermals klopfte.

»Nimue«, hallte eine weiche Stimme im Raum, »ich bin's, Cara.«

Freudig sprang sie aus dem Bett und forderte sie auf: »Komm rein.«

Gleich darauf waren sie im Wald beim Spielen.

Nimue freute sich so sehr über Caras Besuch, dass sie ihren Wunsch total vergaß, während die Spiegeldame in ihrem Zimmer mehrmals darüber seufzte.

Cara hatte ein Sprungseil dabei und sie hüpften um die Wette, wobei Cara mit 56 zu 47 Sprüngen gewann. Danach liefen sie zur Eiche. Dort holte Nimue ein Spiel aus ihrem Versteck. Es hieß Mensch-Tier-Geist-und-Gier und war ein typisches Elfenspiel, das sie vor langer Zeit von Cara geschenkt bekommen hatte. Es handelte sich um ein Brettspiel mit einer Startposition, einem Labyrinth, das sich in Form einer Hecke auf dem ganzen Brett ausbreitete, und einem Zielfeld am Ende des Labyrinths, das genau auf der diagonal gegenüberliegenden Seite zum Startfeld lag. Dort verbarg sich ein Schatz. Im Labyrinth versteckten sich ein Löwe, ein Tiger, ein Marder, Krähen, Geister und Schlangen. Die meisten davon wollten ein Durchkommen verhindern, andere jedoch waren Joker. Die Spieler konnten eine von vier vorhandenen Spielfiguren auswählen. Diese hatten die Gestalt eines Menschen. Die Farbenreihe war Purpurrot, Königsblau, Waldgrün und Sonnengelb. In der Startposition erhielten alle startenden Figuren für ihre Verteidigung das gleiche Werkzeug: ein Schwert, ein Seil, drei Pfeile und einen Bogen. Um vorzurücken, bedienten die Spieler einen achteckigen Würfel mit sechs Quadranten.

Cara war gerade dabei zu würfeln. Der Würfel fiel zu Boden und sie schrie laut: »Nein, das große X.« Das X zeigte sich derart auf dem Würfel, dass es über einer menschlichen Gestalt abgebildet war.

»Aussetzen«, erkannte Nimue freudestrahlend und warf den Würfel in die Luft. Als er am Boden liegen blieb, sahen sie darauf einen Menschen, der auf der Stelle ging. »Ich darf vorrücken. Wie viel, Cara?«

Nimue spielte das Spiel nur sehr selten, und so musste sie Cara immer wieder nach den Regeln fragen.

»Sieh doch, Nimue, auf dem Brett erscheinen vier verschiedene Wege mit Kästchen. Du musst jetzt den Pfad auswählen, den du gehen willst, und auf das letzte Kästchen springen.«

Nimue tat dies.

»Nein!«, rief Cara noch, doch es war zu spät. Sie hatte den falschen Weg eingeschlagen und traf dabei auf den Tiger, der seinen Platz verteidigen sollte. Während der Kampf zwischen den Figuren vor sich ging, bemerkte Aaro entsetzt: »Mein Gott, das sieht so echt aus. Verletzt sich da auch keiner?«

Cara lachte laut, während sich Nimue weiter auf das Brett konzentrierte. »Das ist ein Spiel, Eiche«, erwiderte Cara.

»Ist das auch sicher nicht gefährlich?«

»Für wen?«

»Für die Figuren?«

»Die leben doch nicht!«

»Sie haben bestimmt eine Seele, eine Spielerseele, ganz bestimmt haben sie die.«

»Siehst du nicht«, wies Cara ihn darauf hin, »es fließt kein Blut. Sobald der Kampf entschieden ist, findet die Figur wieder ihren Ursprung. Sie bewegen sich ausschließlich durch die Energie ihres Spielers. Was meinst du da mit Spielerseele?«

»Ach nichts«, seufzte der Eichenbaum und schwärmte: »Früher gab es Brettspiele, ach, ich sage es euch … auf jeden Fall ohne solche Kämpfe. Da waren die Labyrinthe noch ohne Monster und nur der Würfel entschied. Die kennst du doch auch, Nimue.«

Nimue nickte, als sich der Kampf entschied. Ihre Figur gewann, allerdings mit großen Verlusten. Sie verbrauchte ihren letzten Pfeil und das Seil ging dabei verloren. Nun, mit nur noch einer Waffe, würfelte sie noch einmal: ein Joker. Es dauerte eine Weile, bis sich das Tier oder eine Pflanze unter dem Schriftzug Joker sichtbar machte. Deshalb starrten alle drei erwartungsvoll den Würfel an. Mit den Kräften dieses Tieres oder der Pflanze konnte Nimue weiterziehen. Aus diesem Grund wünschte sie sich bildlich ein starkes Tier.

»Die Lilie«, erkannte Cara grinsend, »die ist dir keine große Hilfe. Sie ist immer auf ihre Schönheit bedacht und kämpft daher nicht wirklich. Allerdings kann sie sich unsichtbar machen und somit an dem Gegner vorbeiziehen.«

»Eine Pflanze, und was jetzt?«

»Wähle einen angezeigten Weg aus«, erklärte Cara.

Nimue tat dies.

Nichts, kein Tier war weit und breit zu sehen. Folglich musste auch kein Kampf stattfinden. Die Fähigkeiten der Lilie blieben ihr dadurch erhalten.

Nun war Cara wieder dran. Ihr Würfel fiel zu Boden und zeigte drei Pfeile darauf.

»Ah, ich bekomme neue Pfeile.« Sie nahm ihre Spielfigur in die Hand und zog einen der vorgegebenen Wege bis zum letzten Kästchen. Dort wartete eine Schlange auf sie, die sie schnell besiegte. Caras Spielfigur war nicht mehr weit vom Schatz entfernt, als das große Horn aus dem Schloss laut ertönte.

»Oh! Wir müssen zurück!« Nimue war erleichtert, denn sie hätte haushoch verloren. Sie packte schnell das Spiel zusammen und verstaute es in der Höhle.

»Schade«, erwähnte Cara, während sie durch den Wald zurückliefen.

Nimue grinste verstohlen. »Ja, schade.«

Katar und Aar warteten bereits in den Pferdestallungen auf Nimue und Cara. Als die beiden im Schlosshof ankamen, rief Aar in den Hof hinaus: »Kommt zu uns in den Stall.«

Sie liefen hinein und sahen die beiden Männer vor einem Pferd stehen.

»Schau, Nimue«, sagte Katar fast kindlich aufgeregt.

»Ein schönes Pferd«, bemerkte sie beeindruckt.

»Gefällt es dir?«, wollte Aar wissen.

»Ja, wieso, ich hab doch eines?«

Da erwiderte Aar: »Ja, aber kein eigenes. Du teilst es mit Aoife.«

Nach diesen Worten wurde für einen Moment lang nicht gesprochen. Eine mystische Stimmung lag im Raum, die sich

Nimue nicht erklären konnte. Trotzdem sah sie in dem Gesicht ihres Großvaters eine beobachtende Haltung. Irgendetwas ging gerade vor sich, von dem sie keine Ahnung hatte. Nimue wandte sich wieder dem Pferd zu, denn es musste etwas damit zu tun haben.

»Ist er ein Ausreißer?«, fragte sie sich.

Alle anwesenden Elfenaugen waren nun auf das Pferd gerichtet.

Es dauerte eine ganze Weile, bis Aar die Stille unterbrach: »Es ist nicht Nimues, sondern …« Seine Stimme verstummte wieder.

»Wer, Opa?«, wollte Cara wissen.

Nimue erkannte dabei eine Aufregung in ihrer Stimme. Sie wandte sich Cara zu und entdeckte ihre strahlenden Augen, die das Pferd vollkommen einnahmen. Nimue hatte das Gefühl, dass auch das Tier eine Zuneigung gegenüber Cara verspürte. Die Pferdeaugen leuchteten, als ob kleine Sterne darin glitzerten.

»Es ist deines Cara«, erklärte Katar, »erkennst du, wie eure beiden Seelen miteinander kommunizieren?«

Cara schüttelte den Kopf.

Da verstand Nimue. Sie hatte schon oft gehört, dass Tiere, vor allem Pferde, Hunde und Katzen, ihre Besitzer selbst aussuchten. Dieses Pferd hatte Cara ausgewählt, und jetzt fand ihre erste Zusammenkunft statt.

»Es gehört dir, Cara. Ich kann es kaum mehr halten. Es will zu dir gehen.« Katar ließ es los.

Cara stand wie angewurzelt da. Das Pferd stupste sie sanft auf die Schulter. Da platzte Cara fast vor Freude. Sie streichelte ihr Pferd an der Mähne, wobei ihr strahlender Gesichtsausdruck alle Anwesenden berührte.

»Ich habe doch gar nicht Geburtstag?«

»Nein, das hast du nicht«, antwortete Aar, »ein Tier sucht seine Besitzer nicht nach einem Kalenderdatum aus. Es spürt, wenn die Zeit dafür gekommen ist.«

Katar erwähnte dazu: »Wir dachten, dass es wegen Nimue gekommen ist. Das stimmte wohl nicht.«

Cara umklammerte seinen Hals und fragte: »Hat es schon einen Namen?«

Das Pferd wieherte laut, als ob es nervös werden würde. Dabei stampfte es mit den Vorderhufen auf den Boden.

»Was ist?«, fragte Cara verschreckt.

»Keine Angst, er will dir nur sagen, dass er bereits einen Namen hat«, erklärte Nimue.

Da hatte sie abrupt die Aufmerksamkeit aller Anwesenden.

»Was ist?«, fragte sie irritiert.

»Du verstehst das Pferd?«, wollte Katar wissen.

»Ja, wieso?«

Aar ging auf sie zu. Er umarmte sie inniglich.

»Was ist los?«

»Elfen können keine Pferdesprache verstehen. Na ja, nur die Könige oder sehr weitentwickelte Elfen können es.«

Nimue erinnerte sich an diese Tatsache und runzelte ihre Stirn. »Aber ...?«

Katar wollte das Gespräch nicht im Hier und Jetzt vertiefen und lenkte ab: »Egal, was sagt es?«

»Tristan heißt er, oder, Opa?«

»Wir können ihn nicht verstehen, Nimue.«

Sie traute ihren Ohren nicht. »Und du, Katar?«

Er schüttelte den Kopf.

Mit weit aufgerissenen Augen wandte sie sich dem Pferd zu. »Heißt du Tristan?«

Er wieherte und bewegte sein Maul auf und ab.

»Ja, so heißt er«, bestätigte Nimue.

Eine Stille trat ein, in der Katar und Aar einen festen Blickkontakt hielten, als ob sie telepathisch miteinander sprechen würden.

»Tristan ist ein schöner Name«, bekräftigte Cara.

»Ja, das ist er«, stimmte Nimue zu.

»Kann er auch bei mir auf dem Land leben?«, wollte Cara wissen.

»Ja, das kann er«, erwiderte Aar und strich ihr über ihr braun gewelltes Haar. »Tristan ist ein Pferd, das sich jeden Umständen anpassen kann, wo auch immer er ist.«

Die Stalltür knarrte laut, als ob sie auch etwas zu sagen hätte. Nimue drehte sich um und erkannte, dass es draußen bereits dämmerte: »Es ist kurz vor sechs. Komm, Cara, bald gibt es Essen.«

Cara erwiderte: »Ich hab gar keinen Hunger.«

Die Elfen außerhalb des Königreichs Shenja aßen nur sehr selten, denn es gehörte nicht zur Notwendigkeit einer Elfe. Essen war für sie eine Art Zusatz zu einem Fest und auch dann nahmen sie nur wenige Bissen zu sich – meist Beeren aller Art. Auf dem Boden des Chiemsees jedoch hatte sich eine Gewohnheit aus der Menschenwelt eingeschlichen, wie auch der Schlaf. Elfen brauchten Schlaf, jedoch nur wenige Stunden. Drei oder vier, je nach Alter. Die Elfenstämme, die an Land lebten, nutzten die Nächte, um sich frei auf der Erde bewegen zu können. Manche Stämme schliefen ausschließlich tagsüber, um ihre Elfenkörper zu stärken. Andere taten es nachts, jedoch auch nur für wenige Stunden. Für alle existierenden Elfenstämme zählte nur eine sichere Gemeinsamkeit: der Morgenstern. Wenn er am Himmel stand, eröffnete sich ein neuer Tag. Egal, nach wie viel Stunden Schlaf oder an welche Traditionen der Elfenstamm gebunden war. Dieser Stern weckte die Elfen an jedem Tag zärtlich aufs Neue oder ließ den noch wachen Elfen ein Gefühl der Morgenfrische zukommen. Er war zuverlässiger als jeder Wecker aus der Menschenwelt, denn er war genau, fiel nie aus und weckte mit einer Weichheit, vergleichbar mit der sanften Berührung eines Wangenkusses.

Cara war nun allein im Stall. Sie brachte Tristan in eine leer stehende Box und pflegte ihn. Allmählich näherten sie sich beide aneinander an.

Währenddessen ging Nimue auf ihr Zimmer. In der großen Eingangshalle fragte sie die Uhr: »Uhrilia, wie läuft's?«

Die Uhr klagte: »Tick, tick, tick, tack, tick, tick, tick, tack; 15-mal drei Ticks und 15-mal ein Tack und das den ganzen Tag, jede Stunde wieder. Ich glaube, ich habe den Beruf verfehlt. Nicht einmal zu deinem Fest darf ich kommen.«

Nimue drehte sich zu ihrem Großvater um, der direkt hinter ihr stand und das Geschehen beobachtete. »Darf sie?«

»Na ja«, antwortete er, »wir werden schon ein Plätzchen für sie finden.«

»Vielen Dank, Aar, das ist sehr großzügig«, erwiderte Uhrilia freudig.

Daraufhin ging die Eingangstür erneut auf und Cara betrat die Halle.

Nimue nahm sie an der Hand. Sie verabschiedeten sich von Aar und liefen in Nimues Zimmer. Als sie dort ankamen, begrüßte sie die Spiegeldame.

»Cara«, rief sie, »komm, zeig dich in meinem Spiegelbild.«

Cara stellte sich direkt vor den Spiegel.

»Oh, du bist größer geworden. Deine braunen Haare sind ja lockig. Dreh dich um!«

Cara drehte sich einmal im Kreis, während sie erwähnte: »Ja, das waren sie schon immer, meine Haare, meine ich.«

»Und so lang, den ganzen Rücken hinab. Komm, Nimue«, forderte die Spiegeldame sie auf, »stell dich neben sie.«

Nimue tat dies.

»Beinahe gleich groß seid ihr jetzt. Cara ist ein bisschen kleiner, aber dafür auch ein bisschen älter.«

Die beiden sahen sich an und erkannten, dass Nimue tatsächlich ein Stück größer als Cara war.

»Die gleiche filigrane Nase, die großen Augen, doch du, Cara, hast rehbraune Augen und Nimues gleichen einer klaren Quelle. So blau und doch so klar. Eure Haare sind gleich lang und eure Körper sehen wie Zwillingskörper aus, dünn und lang. Aber Cara, was hast du nur an!«

Cara musterte ihre Kleidung. »Wieso, gefällt es dir nicht? Viele Zauberwesen der Inseln tragen braune oder grüne Kleider, aus Respekt vor der Natur.«

»Aha«, bemerkte die Spiegeldame wenig überzeugt, »muss es deswegen auch so altmodisch aussehen?«

»Mit gefällt dein waldgrünes Kleid und der braune Ledergürtel ist schick.«

»Danke, Nimue«, erwiderte Cara mit einem Lächeln und verließ ihren Platz.

Sie legte sich gemütlich auf das Liegesofa am Fenster. »Und was machen wir jetzt? Doch nicht essen gehen, oder?«

»Nein, wir haben etwas Wichtigeres vor.« Nimue setzte sich auf die Fensterbank gegenüber von Cara. »Weißt du, Cara, ich muss noch einen Wunsch auswählen. Die Zeit läuft mir praktisch davon, und ich kann mich nicht entscheiden.«

»Wie meinst du: entscheiden? Entweder mag man etwas oder nicht, oder hast du so viele Wünsche?«

Nimue schüttelte den Kopf. »Darum geht es nicht. Es ist so, dass Oma sagt, dass ich mir bei meinem Wunsch ganz sicher sein soll. Nicht nur, weil er jeder Elfe an ihrem 130sten Geburtstag gewährt werden muss, sondern, weil er lebensverändernd sein kann. Also, Auswirkungen für mich und meine Familie beinhaltet. Du weißt das doch von deinem Uaneala-Geburtstag.«

»Ja, und? Dann wünsch dir halt einen Ring, so einen Zauberring, der durch seine Farbe deine Emotionen zeigt oder nein, besser, ein extra Fest auf der Zauberinsel. Da freuen sich alle, und die Auswirkungen sind positiv. Für alle die, die mitfeiern, auf jeden Fall.«

Nimue erkannte, dass Cara sie nicht verstand. »Ich würde dich ja gerne bitten, mir zu helfen, aber Oma sagt, dass mich jede andere Meinung beeinflussen kann.«

»Beeinflussen?«, wiederholte Cara fragend.

»So oder so, sagt Oma, hat jeder ein eigenes inneres Gefühl für etwas, und aufgrund dieser Individualität wirkt man auf andere ein, die vielleicht anders empfinden würden.«

Cara runzelte ihre Stirn.

»Also, zum Beispiel, ich reite gerne, habe trotzdem kein eigenes Pferd. Du hast eines und findest das so toll, dass du mir vorschlägst, auch eines zu besitzen.«

»Wir haben doch gerade gehört, dass nicht der Besitzer, sondern das Tier …«

»Ja«, unterbricht Nimue ihre Cousine, »das war ja nur fiktiv gesprochen.« Sie holte tief Luft. »Ich meine, du könntest meine Entscheidungsfindung beeinflussen. Es könnte aber sein, dass dies gar nicht mein größter Wunsch ist und dann würde ich mir etwas Falsches wünschen.«

»Heute redest du eigenartig, Nimue. Individualität, Entscheidungsfindung, fiktiv sprechen, was willst du eigentlich?«, fragte Cara ein wenig irritiert.

»Meinen Wunsch finden! Aber nicht irgendeinen, sondern den einen Wunsch, der tief in mir sitzt und mein wahrer, größter ist.«

»Und wenn da keiner sitzt und du ganz umsonst suchst?«

Nimue verlor die Geduld. »Jeder hat einen tiefen Wunsch in sich, und niemand sollte damit so verantwortungslos umgehen, wie du das tust!«

Cara schüttelte den Kopf. »Ich seh' schon, du sprichst neuerdings eine andere Sprache. Noch einmal, was willst du?«

Nimue seufzte, während sie sich aufs Bett fallen ließ. »Ich weiß nicht. In den letzten Tagen haben Oma, Opa und Aaro auf diese Weise mit mir gesprochen. Individualität, sagt Oma, ist das, was jeder selbst hat und die Elfe charakterisiert. Somit das persönliche Ich eines Jeden. Also gehört es nur zu der Elfe, die diese Eigenschaften besitzt; körperlich wie seelisch. Zum Beispiel hast du richtig viele Locken und ich habe nur ganz leichte, und das ist individuell, denke ich.«

»Bei uns haben ganz viele Locken. Bin ich dann mit denen gleich?«, fragte Cara.

»Nein, eh, ich glaube, dass dieses Eigene das Eigene einer jeden Elfe ist, das direkt in ihr steckt. Keiner besitzt direkt das Gleiche, weil wir alle irgendwie unterschiedlich sind. Vielleicht auch ein Zusammenspiel von vielen kleinen Eigenheiten. Oma sagt, dass die Menschen es die eigene Persönlichkeit nennen.«

»Ha! Das habe ich schon einmal gehört, als ich einen Streit zwischen zwei Menschenfrauen belauschte«, schmunzelte Cara mit leuchtenden Augen. »Da hat die eine gesagt, dass sie die Persönlichkeit der anderen nicht ausstehen kann, weil die zu egoistisch ist und nur das machen würde, was für sie selbst gut ist.«

»Aha, das würde ja heißen, dass man das Eigene des anderen auch nicht unbedingt mögen muss«, vermutete Nimue.

»Wahrscheinlich, so genau kenne ich mich da auch nicht aus«, erwiderte Cara.

»Magst du meines, Cara?«, wollte Nimue wissen.

»Ich weiß ja gar nicht, was dein Eigenes ist, das kein anderer besitzt«, erwiderte Cara.

»Stimmt. Ich weiß deines auch nicht«, stellte Nimue fest, »aber ich würde es gerne wissen.«

»Ich auch, Nimue.«

»Aaro hat etwas Eigenes, glaube ich. Er mag es nicht, wenn die Vögel auf seinen Ästen sitzen, ihren Dreck hinterlassen und er sich danach putzen muss.«

»Das mag mein Lieblingsbaum auf der Zauberinsel auch nicht.«

»Okay, also ist es nicht eigen für Aaro.«

Beide holten tief Luft.

»Wie soll man das auch herausfinden?«, fragte Cara frustriert.

Nimue stimmte mit einem lauten Seufzer zu. »Wir müssen wohl Oma fragen, was so individuell an einem Wesen sein kann, dass es nur ihm gehört?« Nimue verstummte und versank in ihre Gedanken. Nach einer Weile sagte sie aufgeregt: »Ich will noch ganz viel lernen; von der Erde, den vielen Wesen und den Menschen. Zu meinem Geburtstag kommen Dryaden aus Griechenland. Ich bin so gespannt, was sie uns von ihrem Land berichten. Es soll dort sehr schön sein, und Léa hat erzählt, dass in Frankreich öfter die Sonne scheint als bei uns, und ihre Häuser ganz anders aussehen als bei uns oben am Chiemsee. Auch die Menschen sollen irgendwie verschieden sein, genauso wie ihr Essen und …«

»Wow«, unterbrach Cara, »das ist schon beeindruckend, aber warum willst du das alles wissen? Ist es nicht schön hier unten?«

»Doch«, erwiderte Nimue, »trotzdem würde ich gerne mehr von der Erde kennenlernen. So viel wie möglich halt. Die verschiedenen Städte der Menschen und die Zauberinsel, den Mond, einfach alles.«

»Da hast du ja noch einiges vor, Nimue.«

»Ja und nein. Ich weiß ja gar nicht, ob ich reisen darf. Opa sagt immer, dass das Reisen gefährlich sein kann, vor allem für so junge Elfen wie uns.«

»Ich möchte das eh nicht«, stellte Cara fest, »ich bin total froh, wo und wie ich lebe, und dass ich alles kenne um mich herum und es gemütlich habe. Ich habe gehört, dass die Elfen auf Reisen in ungemütlichen Höhlen schlafen müssen und die Gefahren erst, ach nein, Kämpfe und was weiß ich alles. Warum will jemand freiwillig kämpfen gehen?«

»Übertreibst du nicht ein bisschen?«, hoffte Nimue.

»Das glaube ich nicht.«

»Ich schon«, erwiderte Nimue überzeugt.

»Wenn du meinst«, erklärte Cara beleidigt, »ich bin auf jeden Fall froh, keine Reisen unternehmen zu müssen, und mein Wissen reicht mir auch aus. Kann ja Menschen belauschen und so meine Kenntnisse auffrischen.«

Sie sprachen noch eine Weile über Länder und so viel Schönes, was Nimue von der Erde erwartete. Trotzdem konnte sie Cara nicht dafür begeistern. Cara liebte das für sie Wirkliche, das sie kannte und mit dem sie umzugehen wusste. Abenteuer, Lebensneugierde und Reiselust waren ihr fremd, auch wenn sie es liebte, ihre Lieblingscousine in der Tiefe des Sees zu besuchen.

Nimue saß schon eine Weile allein auf der Fensterbank, als sie die Spiegeldame sagen hörte: »So, so, das Reisen hat es dir angetan.«

Nimue reagierte nicht darauf, denn die Spiegeldame hatte einen Unterton in ihrer Stimme, den sie nicht mochte. Es war, als ob sie sich lustig über sie machen würde, weil sie sich doch erst symbolisch aus dem Lamm heraus entwickelte und somit keine Ahnung vom Leben haben konnte. Zumindest wurde ihr das oft genug von ihren Geschwistern vorgehalten, wenn sie ihnen von ihrer Reiselust erzählte. Sie lachten laut und tauschten mit rollenden Augen Blicke aus. Einmal sagte Marie süß-sauer: »Wenn du gehen willst, dann tu es doch einfach.« Das verletzte Nimue, weil sie bemerkte, dass ihre Geschwister keine Ahnung hatten, von was sie sprach. Sie nahmen es als Kritik über ihr einfaches und leichtes Leben hier unten im Königreich auf. Doch das wollte Nimue niemals damit ausdrücken. Sie war einfach anders, und das machte ihr oft Schwierigkeiten.

Nimue war froh, dass sie ihren Urgroßvater, ihre Großeltern und Aaro, die alte Eiche, hatte. Sie lachten Nimue nicht aus. Respektvoll sprachen sie mit ihr über all ihre Träumereien und antworteten mit ihrer ehrlichen Meinung. Das tat ihr gut, auch wenn sie gelegentlich gegenteilig war. Dadurch fühlte sie sich nicht mehr einsam unter den vielen Kindern und Jugendlichen im Königreich. Cara stimmte meistens nicht mit ihr überein, dennoch verurteilte sie Nimue nicht. Das reichte Nimue aus, um ihr zu vertrauen.

»Sag schon«, forderte die Spiegeldame sie auf, »wo willst du hin?«

»Ach, hör auf, Spiegel, ich weiß ja gar nicht, ob ich überhaupt reisen darf«, erwiderte sie genervt.

»Wohin?«

Nimue seufzte. Da holte sie tief Luft und sagte: »Zauberinsel, erst einmal, danach vielleicht eine Europatour, angefangen in Österreich, über Italien nach Frankreich, Spanien und natürlich nach Schottland, wo meine Vorfahren herkommen.«

»Na, du weißt aber, dass du eine besondere Lichtelfe bist und daher eine Gefahr für die dunkle Zauberwelt darstellst?«, erwiderte die Spiegeldame mit kräftiger, dennoch liebevoller Stimme.

»Ich habe ja auch nicht gesagt, dass ich es mache!«, antwortete Nimue barsch.

»Warum eigentlich nicht?«, hörte sie eine ihr vertraute Stimme sagen. Sie setzte sich auf und sah ihre Großmutter am Türrahmen stehen.

»Oma, wie meinst du das?«

»Ich weiß seit Langem, dass du die Welt kennenlernen möchtest. Warum nicht? Denk über diesen so tief gehegten Wunsch nach, meine Kleine.«

»Ist das nicht zu gefährlich für mich?«, wollte Nimue wissen.

»Gefährlich«, wiederholte die Spiegeldame mit nun zitternder Stimme.

»Spiegel«, ermahnte Oona sie, »du bist heute sehr zu Späßen aufgelegt!«

»Ich weiß, Eure Hoheit, ich meinte es nicht so«, erwiderte die Spiegeldame reumütig.

Da wandte sich Oona wieder Nimue zu. »Natürlich brauchst du Mut. Dein Körper sollte dafür trainiert sein. Trotzdem weiß ich, dass du ein starkes Mädchen bist. Ein unerfüllter Wunsch kann dich aus der Ruhe bringen; so lange, bis du ihn dir erfüllst.«

»Meinst du, dass Opa und Uropa dem zustimmen würden? Ich meine, nicht nur weil sie müssen.«

»Mach, was dein Herz dir sagt. Die, die dich lieben, werden dich immer unterstützen, egal, was du tust. Auch, wenn sie es vielleicht nicht gutheißen oder sie Angst um dich haben, und natürlich dich vermissen werden. Sie werden dir trotzdem zur Seite stehen. Vielleicht ist es sogar deine Bestimmung, wer weiß das schon. Falls du die Auserwählte bist, wirst du es sein, die den Diamanten ins Königreich zurückbringt.«

»Den Stein des Orisolus?«, fragte Nimue nach.

»Ich höre, deine Mutter hat mit dir darüber gesprochen.«

Nimue nickte.

Ohne die Frage gestellt zu bekommen, schüttelte Oona den Kopf und erklärte: »Nein, er ist nicht bei uns im Königreich.«

»Aha«, erwiderte Nimue erstaunt. »Wo ist der Stein?«

»Das besprich mit Seoras und deinem Großvater, wenn es dazu kommen sollte.« Oona sprach besonnen. Ihre Worte klangen, als ob sie von einem Nachmittagsbesuch bei ihrer Schwester auf der Zauberinsel sprechen würde. Das war allerdings nur vorgespielt, da sie sich große Sorgen um Nimue machen würde, falls dies alles eintreffen sollte. Auf keinen Fall wollte sie Nimue mit ihrer eigenen Angst belasten. Oona war sich sehr wohl bewusst, dass es sehr gefährlich war, den Stein des Orisolus zu finden, an sich zu nehmen und damit nach Hause zurückzukehren. Es war lebensbedrohlich. Sie hoffte, dass ihre junge Enkelin ihr immer gut erhalten bleibt und einmal eine große Königin wird.

Oona setzte sich neben Nimue auf die Fensterbank und strich ihr über den Kopf. »Meine kleine Rao'ra, alles wird gut.« Dann ging die Tür erneut auf und Cara streckte ihren Kopf ins Zimmer.

»Ich kann nicht schlafen, Oma«, beschwerte sie sich.

»Das macht nichts, Cara. Ein paar Stunden reichen euch heute Nacht vollkommen aus. Geht raus und amüsiert euch.«

Und schon waren die beiden verschwunden. Der weitere Abend verlief harmonisch. Nimue und Cara spielten mit den Hoftieren, danach beobachteten sie ihre Großmutter beim Blumengießen, dann liefen sie durch die Schlossgänge und spielten Verstecken und kurz vor dem Schlafengehen heckten sie Streiche aus, die sie in der Regel nie durchführen würden. Allein das Fantasieren darüber machte ihnen schon Spaß, und so lachten sie an diesem Abend viel.

Als Nimue müde im Bett lag, sagte die Spiegeldame: »Gute Nacht und denk über deine Wünsche nach.«

»Gute Nacht, Spiegel, das mache ich.« Daraufhin schlief sie ein.

»Du schläfst aber lange«, hörte Nimue Cara sagen, »steh auf.«

Nimue wollte antworten, murmelte jedoch nur unverständliche Worte. Sie war gerade im Tiefschlaf, als sie Cara weckte.

»Was hast du gesagt?«, fragte Cara nach und drängelte: »Aufstehen! Mir ist so langweilig.«

»Warum hat mich der Morgenstern nicht geweckt?«, wunderte sich Nimue.

»Das hätte er schon, wenn er schon da wäre«, erwiderte Cara fröhlich.

Nimue öffnete ihre Augen und sah Cara grinsend an ihrer Bettkante sitzen. Es war dunkel. Der Schleier der Nacht lag über ihrem Gemüt, doch offensichtlich nicht über dem von Cara.

»Was ist passiert?«, fragte Nimue.

»Ich konnte nicht schlafen. Du weißt ja, dass wir oben auf der Zauberinsel nicht so lange ruhen wie ihr hier unten.«

Nimue nickte leicht.

»Im Bett wollte ich auch nicht liegen bleiben und als ich durchs Schloss wanderte, habe ich Katar und Großvater miteinander reden hören.«

Da wurde Nimue hellwach. »Und?«

»Die haben über das Reisen gesprochen.«

Nimue setzte sich auf. »Was haben sie gesagt?«

»Dass die griechischen Nymphen überfallen wurden und deshalb nicht morgen, sondern erst übermorgen kommen. Siehst du, Nimue, wie gefährlich das Reisen ist.«

»Die griechischen Dryaden oder Nymphen?«, fragte Nimue irritiert. »Nymphen oder so, was weiß ich.«

»Wer hat sie überfallen?«, wollte Nimue wissen.

»Die Steinkobolde, die ihre Schätze wollten.«

»Ihre Schätze?«, fragte Nimue nach.

»Opa hat gesagt, dass sie Schätze am Körper tragen, Gold und Silber. Ich weiß auch nicht, wie genau er das meinte, aber das war es, was sie stehlen wollten.«

»Weißt du, was Steinkobolde sind?«

Cara schüttelte den Kopf.

»Siehst du, Cara, wir wissen so wenig über die Welt. Willst du nicht mehr erfahren?«

»Dann wünsch dir doch ein Wesenslexikon, so was soll es doch geben, oder?«

Nimue antwortete irritiert über ihre Aussage: »Ich weiß nicht, da muss ich Opa fragen.«

»Siehst du, da weiß ich mehr als du«, behauptete Cara und lachte laut. »Ich werde gleich morgen nachsehen, ob wir eines im Schloss haben.«

»Ruhe!«, beschwerte sich die Spiegeldame.

Beide verließen das Zimmer und gingen in Richtung ihres Großvaters Büro. Die Tür stand einen Spalt weit offen. Nimue und Cara blickten in einen dunklen Raum hinein. Die Kerzenlichter wurden erst vor Kurzem gelöscht und so stieg der schwarze Rauch der glimmenden Kerzendochte empor.

»Die sind wohl ins Bett gegangen«, vermutete Nimue.

»Sieht so aus«, erwiderte Cara.

Nach und nach schlichen sie in das Büro hinein und sahen um sich. Im Kamin entdeckten sie eine glimmende Kohle.

»Lange können sie noch nicht weg sein«, meinte Cara.

»Schau, Cara, da ist …!« Nimue wurde von einem lauten Geräusch im Hof unterbrochen. Instinktiv lief sie in den Arkadengang hinaus und versuchte, das Geräusch zu orten. Cara folgte ihr und so standen sie im ersten Stock unter den Arkaden und beobachteten Aar und Katar, die gerade reitend den Pferdestall verließen. Der Mond leuchtete hell, sodass sie ihre Gesichter klar erkennen konnten.

»Kein Zweifel, das sind Opa und Katar«, bemerkte Nimue.

»Kein Zweifel«, flüsterte Cara, »die reiten nach oben?!«

Die beiden Reiter verließen den Hof nicht durch das Eingangstor in den Wald, sondern ihre Pferde erhoben sich vom Boden und schwebten in Richtung Himmel. Dabei hüllte die Dunkelheit der Nacht ihre Körper allmählich ein, bis sie das Königreich durch die shenjanische Umwandlungsschicht verließen.

»Was soll das?«, fragte Nimue besorgt.

»Vielleicht wollen sie die griechischen Nymphen retten?«

»Meinst du? Mitten in der Nacht?«

»Natürlich mitten in der Nacht, Nimue. Auf der Erde leben Menschen, und auch, wenn sie von Elfen bereits gehört haben, stammt ihr Wissen ausschließlich aus Mythen, Legenden oder Märchen. Menschen reagieren unterschiedlich, wenn sie auf Wesen treffen, die ihnen in ihrer Welt unbekannt sind. Manche erschrecken oder haben Angst«, erklärte Cara schmunzelnd.

»Ich weiß ja. Deshalb hat Katar seine langen, dunklen Haare immer über seine spitzen Ohren gelegt. Aber Opa!«, fiel ihr plötzlich mit Entsetzen ein, »seine Haut ist so bläulich, weil er das Reich so selten verlässt.«

»Mach dir keine Sorgen, Nimue. Opa weiß schon, was er tut, und mit Katars Hilfe kann da gar nichts mehr schief gehen.«

»Ich hoffe, du hast recht, Cara.«

»Natürlich habe ich recht. Ich habe immer recht.«

Beide fingen an zu kichern, während Uhrilia 4 Uhr 30 schlug.

Die Umwandlungsschicht zwischen dem Königreich und dem Wasser des Chiemsees war eine Art elastischer Blasenrand von nur geringer Dichte. Damit hüllte sich das Reich Shenja in eine besonders magische Energie ein, die nicht mit dem Wasser des Chiemsees verbunden sowie vergleichbar war. Es sah aus, als ob das Reich in einer großen Luftblase am See-Boden leben würde, denn das shenjanische Wasser war mit dem bloßen Auge nicht erkennbar. Nur durch die Schwebebewegung der Wesen konnte man einen Unterschied zu den auf der Erde existierenden, naturwissenschaftlichen Bedingungen feststellen. Diese magische Energie ermöglichte dem Königreich dieselbe natürliche Lebensweise, wie sie die Menschen auf der Erde pflegten. Die Fähigkeit zu schweben bestand dort nur aus dem einen Grund, um so an die shenjanische Umwandlungsschicht zu gelangen und damit an Land. Der Blasenrand war nicht mehr als zweieinhalb Meter unter der Wasseroberfläche des Chiemsees. So konnte es schon einmal passieren, dass Menschen eine kleine Wasserfontäne beobachteten, wenn ein Wesen hindurchglitt. Vor allem passierte das bei Wesen ohne Erfahrung. Man sagte: je unerfahrener das Wesen, je höher die Wasserfontäne.

Für die Tiere der Menschenwelt war es ein unbekanntes Risiko, in dieser magischen Energie zu leben und so kam es nur ganz selten vor, dass eines von ihnen den Eingang ins Reich durchbrach. Nur sehr neugierige junge Fische trauten sich, die die Elfen stets gerne willkommen hießen.

Eine schöne Eigenschaft dieses magischen Wassers war die Farbintensität, die viel intensiver wirkte als die auf der Erde. Aus diesem Grund leuchteten die Sterne und der Mond stärker und verwandelten ihr Land optisch in ein Märchenland. Vor allem, wenn es schneite. Ihr wundert euch bestimmt, dass es dort sogar schneien konnte, doch wie gesagt, die Elfen des Reichs Shenja hatten das gleiche Leben wie die Menschen auf dem Land. Wenn es oben im Chiemgau schneite, schneite es auch bei ihnen, denn nachdem die Schneeflocken auf die Wasseroberfläche trafen, verformten sie sich zu Wasserblasen, die sich schnell abwärtsbewegten und sich an der shenjanischen Umwandlungsschicht wieder zu Eiskristallen zurückbildeten. Danach fielen die Flocken auf das Königreich herab.

Für viele Zauberwesen war die magische Wasserenergie des Reichs Shenja hervorragend, da sie sich schnell anpassen und dabei schwebend fortbewegen konnten. Andere Besucher mussten erst mühsam darauf eingestellt werden und dann gab es immer wieder Wunder, die ein scheinbar fremdes Wesen frei in ihrer Welt leben ließ. Menschen konnten das Königreich weder sehen noch dessen andere Energie spüren. Dennoch passierte es immer wieder, dass ein Mensch tief in den See eintauchte und dabei den shenjanischen Eingang durchbrach. Die unbekannte Energie löste jedoch in der Regel ein Gefühl der Angst und Unsicherheit aus und so schwammen sie schnell wieder an die Oberfläche zurück. Es gibt nur wenige Überlieferungen, dass Menschen in ihrem Reich lebten, so wie es Hubert tat.

Für das große Fest mussten viele verschiedene Wesen der magischen Energie des Königreichs angeglichen werden, das man sich wie eine ganzheitliche Harmonisierung auf ein für Körper und Geist fremdes Umfeld vorstellen konnte. Dafür kreierte die Feenkönigin Maeve schon seit Tagen Zaubertränke und Räuchermixturen aller Art. Sie hatte eine Liste der Geburtstagsgäste und bereitete ein Elixier nach dem anderen vor. Maeve nannte sie »Shenja-Elixiere.« Seit Wochen konnte man ihre Helfer im Wald Kräuter und andere Substanzen sammeln sehen. Viele andere Helfer waren auf der ganzen Welt unterwegs, sodass sie auch für jedes Körperkleid den richtigen Trank oder die perfekt abgestimmte Räucherung herstellen konnte.

Das shenjanische Wasser hatte noch eine wichtige Fähigkeit; falls notwendig verwandelte es sich in normal fließendes Wasser. Es konnte Wellen verursachen und rauschte damit durch die Wellenschlagmaschine, um die Wäsche der Elfen zu waschen. Genauso konnte es für normale Haushaltstätigkeiten verwendet werden. Nach Gebrauch reinigte es sich und bildete sich wieder zurück, und das alles ohne Zaubersprüche oder Formeln. Eine einfache Anweisung an das Wasser genügte. Aus diesem Grund hatten die Kammerfrauen eine ganz besondere Beziehung zum Wasser. Sie kommunizierten oft tagelang damit und so entwickelte sich eine enge Verbundenheit.

»Lass uns in den Wald gehen«, forderte Cara Nimue auf.

Sie standen unter den Arkaden und starrten in die Richtung, wo Aar und Katar gerade eben im dunklen Meer der Nacht verschwunden waren.

»Jetzt?«, schwankte Nimue, ob es nicht doch besser wäre ins Bett zu gehen.

»Ja, klar. Du bist doch die abenteuerlustige Elfe von uns beiden. Los geht's!«

»Es ist mitten in der Nacht«, betonte Nimue.

»Ah, Cousinchen, ihr schlaft sowieso viel zu lange. Da verpasst ihr ja das halbe Elfenleben.«

»Ich weiß nicht, Cara.«

»Du willst mir doch nicht sagen, dass du nachts noch nie das Schloss verlassen hast.«

Nimue schüttelte den Kopf. »Nur, wenn ich Aaro besucht habe.«

»Den Eichenbaum«, vergewisserte sich Cara.

»Genau der.«

»Du solltest Aaro beim richtigen Namen nennen. Erstens ist Amur ein schöner Name und zweitens verwirrt mich das immer wieder, wenn du ihn Aaro nennst.«

Nimue zuckte gleichgültig die Schultern.

»Wie auch immer«, lenkte Cara dann ein, »die Nächte sind oft viel schöner als die Tage, egal wo man auf dieser Welt lebt. Und das werde ich dir jetzt zeigen!«

»Na gut«, gab sich Nimue geschlagen.

Kurz darauf liefen sie durch den Wald in Richtung Fairge-See. Dieser lag eingehüllt von Bäumen im nördlichen Teil des Waldes. Es war ein besonders tiefes Becken des Seebodens, das in seiner Form dem afrikanischen Kontinent glich. Während der Gründung des Reichs Shenja entschied der König, es in seinem ursprünglichen Zustand zu lassen und so entstand dieser kleine See.

Dort angekommen, legten sich Nimue und Cara ans Ufer, wobei die herabgefallenen Blätter der Bäume unter ihren Bewegungen raschelten. Dann verstummten diese und die beiden lauschten dem Geräusch des Wassers. Der Mond und die Sterne glitzerten hell auf seiner Oberfläche.

»Du hast recht. Ich habe schon so oft das Rauschen des Wassers gehört oder sich die Blätter unter meinem Körpergewicht aufbäumen. In der Nacht haben diese Geräusche noch eine ganz andere Wirkung auf mich«, bemerkte Nimue erstaunt.

»Lass uns den Himmel betrachten. Von hier unten sieht man ihn viel besser, obwohl man eigentlich weiter davon entfernt ist.«

»Unsere Wasserenergie ist einzigartig in der Zauberwelt und echt cool, nicht wahr?«, erwiderte Nimue grinsend.

Cara nickte, während ihr Blick das Firmament nach Sternenbildern absuchte.

»Sieh nur, der helle Stern da vorne«, forderte Nimue ihre Cousine auf und zeigte in Richtung eines Sternes, der so groß und hell am Himmel stand, dass man hätte meinen können, er wäre eine Laterne.

»Weißt du, Nimue, dass manche Sterne schon sehr alt sind und schon bald sterben, auch wenn wir sie noch sehen können?«

»Wie bitte, Sterne sterben?«, wunderte sich Nimue.

»Nachts belausche ich oft die Menschen auf den Inseln, und da hat ein Mann einmal seiner Frau erzählt, dass die ganz hell erleuchteten Sterne bereits erloschen sind. Am Ende explodieren Sterne nämlich.«

»Das ist ja schade. Warum können wir sie dann noch sehen?«

»Das hat seine Frau auch gefragt. Er sagte, dass das Universum unendlich groß sein muss, sodass über die tausende von Lichtjahren entfernt ein Stern bei uns noch sichtbar ist, aber eigentlich existiert er nicht mehr. Wir sehen sozusagen in die Vergangenheit und da lebte er ja noch. Also könnte man sagen, auch wenn er in seiner Heimatgalaxie schon vergangen ist, existiert er noch in unserer.«

»Du weißt viel mehr als ich, Cara. Verstehst du jetzt, warum ich reisen will?«

»Dafür musst du doch nicht reisen. Ich lerne das alles von den Menschen auf den Inseln oder auf dem Festland. Meistens in warmen Sommernächten. Viele Feste werden zu dieser Zeit rund um den Chiemsee gefeiert. Da wird eine ganze Menge gesprochen.«

»Aha«, bemerkte Nimue, »trotzdem will ich von anderen Ländern nicht nur hören, sondern sie auch mit meinen eigenen Augen sehen.«

»Ich weiß«, erwiderte Cara knapp. Dabei fiel ihr eine Geschichte ein und sie erzählte: »Weißt du, was mir einmal passiert ist? Ich war mit meinem Bruder auf Herrenchiemsee. Wir spielten am Ufer, als aus dem grauen Nebel des Nichts ein Boot auf uns zusteuerte. Wir versteckten uns im Schatten eines Baumes und beobachteten einen Mann, der kurz darauf sein Boot festband und schnurstracks zur Kapelle ging. Wir folgten ihm natürlich und da sahen wir ihn in die kleine Kirche gehen.«

»Der ist den ganzen Weg über den Chiemsee gerudert, um zu beten?«, wunderte sich Nimue, da sie wusste, dass es überall Kapellen und Kirchen gab.

»Das fanden wir auch komisch. Er hat die Tür nicht ganz verschlossen und da haben wir ihn mit einer Frauenstimme sprechen gehört. Sie waren fröhlich. Als wir in den Raum hineingespitzt haben, tanzten sie den schmalen Gang zwischen den Bänken auf und ab. Sein Name war Fabricio und die Frau hieß Emilie. Später setzten sie sich auf eine Bank und plauderten über dies und das und unter anderem über Italien, seine Heimat. Emilie hatte viele Fragen an ihn. Weißt du, dass Italien ganz viele Häuser mit farbigen Wänden hat?«

»Nein, ich weiß nur, dass unsere Vorfahren das italienische Essen geliebt haben«, antwortete Nimue.

»Du bist und denkst so menschlich, Nimue. Ich versteh das nicht. Wir essen oft über Monate nur verschiedene Beeren, ansonsten nichts«, erwiderte Cara, die sich in ihrer Erzählung gestört fühlte.

»Ich weiß, wir nehmen auch nicht so viel zu uns, aber ein bisschen was tut uns schon gut. Opa sagt immer, dass ein gutes Essen die Elfenseele beflügelt. Nur durch das Ritual des Abendessens treffen wir uns öfter als wir es normalerweise tun würden. Ansonsten würden sich die meisten Elfen oft tagelang nicht sehen. Das wäre doch schade, oder nicht?«

Cara nickte zustimmend. »Ich gebe zu, es hat auch seine Vorteile.«

Daraufhin verstummten beide und gaben sich voll den vorherrschenden Geräuschen der Natur hin.

»Nein, nein, nein und nochmal nein! Was meinst du, was für ein Wurm du bist!«

»Ein Waldwurm, der größer als die Wiesenwürmer und stärker als die Wasserwürmer ist. Mit der Farbe einer Eichenrinde und dem Gemüt eines Pferdes. Und, der, sowie ich das gerade an dir sehe, liebster Vater, hellgrün wird, wenn er sich ärgert.«

»Pass auf, was du sagst, sonst wird dir deine Mutter den Wurmhintern versohlen!«

»Ach, das macht sie doch nie.«

»Du bist gerade mal zwei Wurmmonate alt und schon hast du eine Klappe, als ob du sechzig Monate alt wärst. Woher hast du das nur? Von mir hast du das nicht geerbt. Bestimmt von deiner

Mutter. Ihr Vater war ja auch so einer, die stammen von den Wurmegeln ab«, dröhnte der Wurmvater empört.

»Also, darf ich jetzt?«, fragte der Wurmsohn.

»Geh, wenn du willst, und enttäusche deine Mutter. Sie liebt es, für dich die Nahrung einzusammeln. Wenn du natürlich meinst, du bist heute schon alt genug, es selber zu tun, dann bitte, mach es selbst. Die Welt steht dir offen, mein Sohn.«

Die schrillen, piepsigen Stimmen der Würmer hörten sich für Nimue und Cara lustig an und so kicherten sie. Die Würmer hörten dies und verschwanden sogleich in die Tiefe des Bodens.

»Meinst du, Nimue, dass ein Wurmleben schön ist?«

Nimue zuckte mit ihren Schultern. »Keine Ahnung. Hm, warum nicht, sie sind klein und wendig.«

»Langsam«, fügte Cara hinzu.

»Langsamer als wir, ja, und glitschig, sodass sie keiner freiwillig anfassen will.« Beide lachten. »Trotzdem mag ich sie.«

»Du magst ja jeden«, erwiderte Cara.

»Siehst du den Kreis da oben am Himmel?«, fragte Nimue und wechselte das Thema.

Cara konzentrierte sich auf die Stelle, auf die Nimue deutete und fand ihn. »Ja, sehe ich.«

»Weißt du, was er zu bedeuten hat?«, wollte Nimue wissen.

»Ich glaube schon. Am gleichen Abend auf Herrenchiemsee, da haben sich Emilie und Fabricio auf eine Wiese gelegt. Wir sind ihnen gefolgt. Da haben wir gehört, wie sie über verschiedene Sternenbilder und Galaxien sprachen. Emilie hat ihm von einem Sternenbild erzählt, das man Großer Bär nennt, und aussieht, als ob es ein Wagen wäre.« Cara suchte den Himmel danach ab und zeigte auf das Sternenbild, als sie es fand. »Das muss es sein.«

Nimue entdeckte es auch und meinte: »Oh, wie schön, Cara. Und der Kreis?«

»Eine Galaxie«, war sich Cara sicher.

»Es gleicht einer Spirale, nicht wahr?«

»So in etwa«, stellte Nimue fest.

»Und ist tausende von Lichtjahren von uns entfernt. Es gibt viele Galaxien im Universum, die sehen alle unterschiedlich aus.«

»Das ist so spannend, Cara. Kannst du mir mehr davon erzählen?«

»Später, Nimue. Lass uns ins Schloss gehen. Der Morgenstern wird unsere Welt bald in den neuen Tag einführen.«

Sie liefen zurück in ihre Zimmer.

Als Nimue im Bett lag, lächelte sie gedankenverloren vor sich hin. Sie liebte es, neue Dinge zu erfahren und dabei etwas zu lernen.

»Wie war's?«, fragte die Spiegeldame unerwartet.

»Warum schläfst du nicht? Ich war ganz leise«, erwiderte Nimue flüsternd.

»Ich habe einen leichten Schlaf. Du warst im Wald, stimmt's?«

»Wir haben den Himmel betrachtet und Sternenbilder und Galaxien gesehen«, schwärmte Nimue.

»Im Kloster stand ich direkt am Fenster. Dort habe ich an klaren Nächten die Sterne durch das Fenster leuchten sehen.« Die Spiegeldame änderte abrupt ihre weiche in eine tiefe Tonlage, als sie weitersprach: »Bevor sie mich als Brennholz auf den Müllhaufen warfen. Ich darf gar nicht daran denken!«

Nimue antwortete nicht, denn sie wusste, dass die Spiegeldame maßlos übertrieb. Müllhaufen und Flohmarkt haben nichts miteinander zu tun. Sie war nur beleidigt, dass die Klosterschwestern sie nicht mehr haben wollten.

»Ich bin froh, dass du jetzt bei mir bist«, meinte sie aufheiternd.

Gleich darauf hörte Nimue ein Ruckeln und Zerren von Holz. Da stand die Spiegeldame urplötzlich neben ihr am Bett. Nimue erschrak heftig, als sie ihre Augen öffnete, denn das hatte sie noch nie zuvor getan.

Sie beugte sich ein wenig nach vorne und forderte Nimue auf: »Komm schon, setz dich auf und gib mir einen Kuss.«

Nimue runzelte ihre Stirn, setzte sich dennoch auf und küsste sie auf die obere, zu ihr deutende Holzkante.

Daraufhin bewegte sich die Spiegeldame zurück an ihren Platz. Dort stöhnte sie laut. »Na, ich bin aber eingerostet. Ich habe keine Übung mehr.«

Nimue legte sich wieder hin. Da hörte sie: »Nimue, meine Spiegelseele hat dich lieb.«

»Ich dich auch!«

Nimue schloss ihre Augen, und schon war sie weg, eingeschlafen und versunken in einem Traum voller Sterne, Galaxien und beeindruckender Sternbilder.

»Ein Schwan oder ein Drache?«, fragte sich Nimue verwundert über ein aufkommendes, flatterndes Geräusch, als sie morgens mit geschlossenen Augen und gedankenverloren auf der Fensterbank in ihrem Zimmer saß. Stetig wurden die Flügelschläge lauter. Sie konnte förmlich das Auf und Ab der leichten, dennoch kraftvollen Bewegungen spüren. Als das Wesen kurz vor ihrem Fenster sein musste, öffnete sie abrupt die Augen.

»Wer bist du?«, rief sie sogleich.

»Upsidui«, erschrak der kleine, bunte Falter.

Nimue traute ihren Augen nicht. »Du warst das?«

»Was war ich?«, fragte der Falter.

»Deine Flügelschläge sind so kraftvoll und laut, dass ich ein anderes Tier vermutet habe.«

»Nein, Eure Hoheit, das waren mein Gefolge und ich, seht!« Der Falter drehte sich um und deutete mit dem linken Flügel in Richtung vieler heranfliegender Insekten, die eindeutig aus der Menschenwelt stammten. Im gleichen Rhythmus hoben und senkten sich ihre Flügel.

»Jetzt verstehe ich«, erwiderte Nimue. »Was wollt ihr hier unten bei uns?«

»Wir möchten uns dir vorstellen, Elfenprinzessin.«

»Jeder von euch?«, wollte Nimue irritiert wissen, da der Schwarm kein Ende nahm.

»Jeder seiner Art, ja, Elfenprinzessin.«

Nimue holte tief Luft, während der Falter auf dem Fenstergriff Platz nahm, um das Geschehen hautnah zu beobachten. Daraufhin flogen die Falter nacheinander allein oder mit anderen ihrer Art auf Nimue zu. Jede Spezies stellte sich vor und so hörte Nimue: Distelfalter, Borstengrasmohrenfalter, Waldteufel, Blauäugiger Waldportier, Waldbrettspiel, Ockerbindiger Samtfalter, Schachbrett, Kamelspinner, Mondvogel, Roseneule, Goldafter, Tagpfauenauge, Hausmutter, Schwammspinner, Skabiosenscheckenfalter, Kleine Pechlibelle und viele mehr. Nimue war erstaunt über so viele verschiedene Arten und deren außergewöhnliche Namen. Manche Falter gefielen ihr sehr gut und manche gar nicht. Trotzdem hatten sie alle etwas Weiches und Fröhliches an sich.

Nachdem sich alle vorgestellt hatten, verwandelten sie sich direkt vor Nimues Augen in eine bunte, sich drehende Säule aus Insekten. Gleichzeitig verkündete der Schmetterling auf dem Fenstergriff: »Ich bin ein Admiral und gehöre zu den Tagfaltern. Heute spreche ich für uns alle und auch für die vielen Käferarten, die nicht kommen konnten.«

Nimue betrachtete den schönen Admiral für einen Moment lang. Sein Körper war braun sowie auch der anliegende Teil der Flügel. Dieser war durch ein rotes Band eingekreist. Die Flügelspitzen waren schwarz mit weißen Tupfen darauf.

»Auch wenn ich mich sehr darüber freue, warum habt ihr euch mir vorgestellt?«, wollte Nimue wissen.

»Wir wollen dir unsere Ehrerbietung zu deinem baldigen Geburtstag erweisen und dich bitten, an uns und die Natur zu denken.«

»Was meinst du damit?«

»Wir brauchen eine gesunde Natur auf der Erde, insbesondere eine frische Luft zum Atmen. Unsere Körper sind besonders sensibel. Sie reagieren auf alle umweltschädlichen Veränderungen, bevor andere Tiere sie überhaupt erst spüren. Bald ist es so weit, Nimue. Die Zeit ist reif und braucht deine Unterstützung. Die Menschen sind intelligente Geschöpfe. Sieh nur das gut ausgeklügelte Transportwesen, das sie erfunden haben. Keiner von ihnen denkt jedoch an die schädlichen Dämpfe und Abgase der Motoren, die dabei in die Natur geschleudert werden. Glaub mir, Nimue, diese Lokomotiven und Industrieanlagen sind nur der Anfang ihrer derartigen Erfindungen. Was passiert mit uns, wenn das seinen Lauf nimmt?«

Nimue weitete ihre Augen. »Wie kann ich euch da helfen? Solche Fortschritte sind doch gut für die Menschheit«, meinte Nimue.

»Hole den Stein des Orisolus nach Hause ins Reich Shenja! Dieses Licht wird alle dunklen Wolken vertreiben. Dann können die schlauen Menschen entwickeln, was sie wollen. Mit der Unterstützung dieses Lichts haben wir die Kraft, die Luft wieder zu reinigen und dabei die Natur zu heilen.«

»Ihr wisst von dem Stein?«

»Natürlich, jeder kennt den Stein des Orisolus und hofft darauf, dass du ihn wieder zur Lichtwelt zurückbringst.«

Nimue hatte keine Antwort mehr parat.

Nach einem langen und intensiven Augenkontakt forderte der Admiral Nimue auf: »Vergiss uns nicht, Elfenprinzessin. Denk an unser Anliegen.«

Sie nickte. Daraufhin wechselte sie das Thema: »Wie geht es euch hier unten bei uns?«

Er schmunzelte: »Eure magische Wasserenergie macht uns nichts aus. Nur das dichte Wasser des Chiemsees ist nicht gut für uns. Unsere Flügel leiden unter dem Druck. Wir huschen so schnell es geht hindurch.«

»Wollt ihr zu meiner Waldgeburtstagsfeier kommen?«

»Ja, sehr gerne, vielen Dank«, erwiderte der Falter und strahlte dabei übers ganze Gesicht.

Der Admiral hob ab und dirigierte den restlichen Faltern ihm zu folgen. Daraufhin löste sich die bunte Säule in Zweierreihen auf, die dem Admiral wie ein langer Katzenschwanz folgte.

»In letzter Zeit geht es hier ganz schön wild zu«, empörte sich die Spiegeldame, die sich mehr und mehr in ihrer Ruhe gestört fühlte.

Nimue gab ihr vollkommen recht, auch wenn sie sich über jeden Besuch freute.

Nimue lief freudig in Caras Zimmer und rief: »Cara, nur noch zwei Tage!«

Cara saß auf ihrem Bett und spielte mit Karten.

»Was machst du da?«, fragte Nimue neugierig.

»Ich spiele Elfkaton.«

Nimue setzte sich zu ihr aufs Bett und musterte die Karten.

Cara nahm sie in die Hand und mischte den Stapel. Danach verteilte sie jeweils fünf Karten und legte die restlichen dreiundzwanzig Karten auf einen Stapel daneben. »Also, fang an«, sagte Cara.

»Mit was?«

»Du hast Elfkaton noch nie gespielt?«

Nimue schüttelte den Kopf.

»Oh«, seufzte Cara und kramte nach einem Zettel in der Kartenschachtel. »Hier«, streckte sie Nimue ein zweifach gefaltetes Stück Papier entgegen.

Nimue öffnete es und erschrak heftig, als eine Stimme sagte: »Herzlichen Glückwunsch, Elfe, du hast das richtige Spiel gewählt.«

Cara kicherte, während Nimue den Zettel schnell wieder zusammenfaltete und dabei hörte: »Aber, aber, trau dich nur.«

Nimue öffnete den Zettel erneut und sagte: »Hallo, wer auch immer du bist.«

Sie betrachtete den Elfen, der mittig auf dem hellbeigen Blatt zu sehen war. Auffordernd lächelte er sie an.

»Ich bin dein Regalutor, eh nein, eh doch? Wie heißt das noch einmal?«

Nimue lachte laut auf.

Da erwähnte Cara: »So ist der immer.«

Gleichzeitig erschien das Wort *Regeln* über seinem Kopf. Es hatte schwarze Druckbuchstaben, von denen manche an den Enden geschwungen waren.

»Jetzt hab ich's: Regolutare.«

Nimue verzog ihr Gesicht, als sie leicht ihren Kopf schüttelte.

»Es hört sich auf jeden Fall ausgezeichnet an«, erwiderte der Hüter der Elfkaton-Regeln mit einer angeberischen Miene. »Wir beginnen mit der Spielerklärung. Das heißt, bereite deine Elfenzellen auf etwas Großes vor, schon bald wird dich Elfkaton in den Bann ziehen!« Seine Bewegungen wirkten ohne Maß und Ziel. Sie deuteten jedoch ein Tauziehen an. »Und wenn du gut zuhörst, hast du vielleicht die Chance, einen Sieg zu feiern. Nun pass auf, Elfe!«

Daraufhin wurde jedes Wort sichtbar, nachdem es vom Regulator ausgesprochen worden war, als ob im unsichtbaren Hintergrund eine Schreibmaschine die Buchstaben tippen würde. Er selbst stellte sich währenddessen in die linke Ecke, sodass die Worte nacheinander über das Blatt verteilt wurden. Der Regulator forderte Nimue auf: »Lege alle Karten aufeinander und ziehe eine davon.«

Sie tat dies und zog eine aus dem Stapel heraus. Darauf sah sie in allen vier Ecken die Zahl 7 stehen. Das zentrierte Bild füllte die Karte komplett aus und zeigte einen singenden Wassergeist.

»Aber, aber, nur ein Wassergeist, keine große Gewichtung oder Wert, wie ihr es nennt, Liebes.« Er hob seinen Zeigefinger streng nach oben.

Nimue musste dabei an eine eifrige Elfenlehrerin denken, die bei einem Fehlverhalten ihren Finger tadelnd vor das Gesicht der Kinderelfe streckte.

»Und jetzt?«, wollte sie wissen.

»Nicht so ungeduldig! Lausche meinen Worten: das Kartendeck besteht aus den Zahlen eins bis elf, die jeweils dreimal existieren. Die unterschiedlichen Wesen sind jeweils einmal singend, ein Instrument spielend und tanzend abgebildet. Das Ziel dieses Spiels ist, zweimal drei Karten von der gleichen Zahl zu erhalten und das am besten von einer mit der höchsten Gewichtung, oh, Entschuldigung, der höchsten Wertung, natürlich. Sieh genau hin, Elfe, wie die Gewichtung der Werte aussieht.«

Er kicherte über seine Wortwahl. Gleichzeitig offenbarte sich Schritt für Schritt ein Bild..

Nimue studierte die Darstellung, als er weitersprach: »Nach dem Mischen werden jedem fünf Karten zugeteilt oder zugelegt oder auferle …, eh, aufgelegt? Egal, jeder erhält fünf Karten und damit darf jeder Spieler noch eine ziehen, und vive les cartes oder les cartes vive, egal… geht's los. Alles verstanden, Elfe?«

Nimue nickte.

»Gut, jetzt siehst du dir deine Karten an und … ach nein«, änderte er sein Vorgehen, »fang an, teile aus und ziehe eine Karte.«

Cara mischte sogleich, und so hatte kurz darauf jeder von ihnen sechs Karten in der Hand.

»Also, Elfkaton-unerfahrene Elfe, welche Wesen hast du gezogen?«

»Eine singende Fee, einen singenden Wassergeist …«

ELFKATON
Kartenzahl Wesen Kartenwert
1 LICHTFEE 3
2 WALDGEIST 2
3 LICHTELFEN 4
4 WASSERKOBOLD .. 2
5 NIXE 3
6 DUNKELELFEN ... 1
7 WASSERGEIST 2
8 SCHATTENFEE ... 1
9 WALDKOBOLD ... 2
10 SCHATTENGEIST ... 1
11 NYMPHE 3

»Der verfolgt dich wohl«, schmunzelte der Regulator.

»... einen tanzenden Wassergeist, eine tanzende Fee, eine tanzende Nymphe und einen spielenden Waldkobold.«

»Super! Ordne sie nach Wesen und nicht nach ihrer Tätigkeit, okay?«, forderte er sie auf und hob seinen nicht vorhandenen Hut in die Höhe, während er seine Stirn fragend runzelte.

»Mach ich«, erwiderte Nimue und sortierte die Karten, wie aufgefordert.

»So, jetzt ziehst du eine weitere Karte.«

Nimue tat dies und gab bekannt: »Ein singender Waldkobold.«

»Okay, jetzt musst du die Tabelle erkunden und den Wert aller gezogenen Geschöpfe herausfinden. Dann legst du die Karte zurück auf den Stapel, die dir von allen sieben am unnötigsten erscheint. Zum Beispiel, weil sie einen geringen Wert hat oder, weil du nur eine davon hast, oder, na, du weißt schon. So geht das Spiel weiter, bis ihr dreimal den Stapel verbraucht habt und dann, dann kommt der große Augenblick« – er erhob seine Stimme – »und der Gewinner wird ermittelt. Der Glückliche ist der, der am Ende die meisten Paare von einer Zahl hat beziehungsweise zählen dabei natürlich auch die Werte.« Dann erklärte er mit hastigen Worten: »So ist der Gewinner nicht zwingend die Elfe, die mehr Paare hat, da der Gesamtwert zählt. Haben zwei oder mehr den gleichen Wert, sind die Anzahl der Paare ausschlaggebend.« Er verlangsamte seine Stimme wieder und sprach weiter: »Zum Beispiel ergeben zwei Feen und eine Dunkelelfe und drei Wassergeister die folgende Rechnung: $2 \times 3 + 1 \times 1 + 3 \times 2 = 13$. Würde der andere drei Wasserkobolde und zwei Dunkelelfen und einen Schattengeist haben, würde das $2 \times 3 + 2 \times 1 + 1 \times 1 = 9$ ergeben und er hätte verloren, obwohl dieser Spieler auch drei von der gleichen Zahl hat. Verstanden, Elfkaton-unerfahrene Elfe?«

»Absolut«, erwiderte Nimue.

»Viel Glück und frohes Gewinnen, meine verehrten Elfen.«

Er hob erneut den nicht vorhandenen Hut und verbeugte sich theatralisch tief. Beinahe wäre er nach vorne übergekippt, als sich das Blatt ganz von allein wieder zusammenfaltete.

Nimue betrachtete es noch eine Weile. Es lag nun leblos vor ihr. Kein Zeichen deutete mehr darauf, dass es sich gerade wie von Geisterhand bewegt hatte.

Da nahm es Cara an sich und legte es zurück in die Schachtel. »Endlich, Nimue, das hat ja ewig gedauert!«

Nach einigen Elfkaton-Spielen, die hauptsächlich Nimue für sich entschied, verließen sie Caras Zimmer in Richtung Wald. Von den Arkaden aus gingen sie die geschwungene Treppe in die Eingangshalle hinunter, als Cara sich empörte: »Anfängerglück!«

»Wie meinst du das?«, wollte Nimue wissen.

»Die Menschen sagen immer, dass bei Neuem oder wenn jemand etwas zum ersten Mal tut, ein besonderes Glück darin steckt. Das war wohl gerade eben auch bei dir der Fall.«

»Ich habe gerade eben Elfkaton nicht nur einmal gespielt. Die weiteren Male waren sozusagen mein Können, oder?«, forderte Nimue ihre Cousine heraus.

»Egal wie viele Male wir spielten, heute war alles Anfängerglück«, war Cara überzeugt.

»Na, dann freue ich mich schon auf das nächste Mal«, behauptete Nimue grinsend.

»Nimue hat immer Glück«, warf Uhrilia ein, die das Gespräch verfolgte, »sie ist im Jahr des Drachen geboren und daher ein Glückskind. Du, Cara, bist im Jahr der Schlange geboren. Auch nicht schlecht, haben einen starken Willen.«

Nimue und Cara kicherten über Uhrilias astrologische Ader, auch wenn Nimue die Sterndeutung der Menschen mochte. Sie wusste nur zu wenig Bescheid, um wirklich darüber sprechen zu können. Aar hatte ihr einst erzählt, dass die Sterndeutung der Menschen die der Elfen gleicht. Die Elfen konnten nur aufgrund ihrer erhöhten Sinneswahrnehmung mehr Planeten und Sterne sehen, als die vorherrschenden Wissenschaftler es bis jetzt mit dem Teleskop konnten.

Nimues Gedanken schweiften für einen Moment lang ab und malten ein Bild. Sie sah sich im Klassenzimmer auf der Zauberschule im Fach »Astrologie« den Lehrer beobachten, der in ihrer

Fantasie wuscheliges, hellgraues Haar hatte und eine Nickelbrille trug. Sie schmunzelte über das von ihr erfundene Aussehen des Professors, als sie das Wiehern eines Pferdes aus den Gedanken riss.

»Ist das mein Pferd?«, fragte Cara.

»Keine Ahnung! Lass uns nachschauen.«

Sogleich gingen sie in den Stall. Von Weitem hörten sie Tristan mit den Hufen scharren. Als sie bei ihm ankamen, machte er einen unzufriedenen Eindruck.

»Was ist?«, wollte Cara wissen.

Nimue zuckte mit den Schultern.

Jetzt bewegte er sich nicht mehr. Er starrte sie beide an. Dann drehte er sich weg, als ob er beleidigt wäre. Dabei zeigte ihnen Tristan seinen dicken, tief angesetzten Schweif. Er hob ihn. Auf diese Weise hielt er ihn eine Weile, bis er ihn wieder senkte.

Cara zog ihre rechte Augenbraue hoch. Sie sah Nimue mit einem irritierten Gesichtsausdruck an.

»Und nun?«

Nimue musste laut lachen.

Cara konnte nicht anders und lachte mit, auch wenn sie keine Ahnung hatte, warum sie das tat.

Da wieherte das Pferd und Nimue übersetzte: »Ach so, du willst, dass Cara dich ausreitet.«

»Wir wollten doch in den Wald gehen«, meinte Cara.

»Lass uns in den Wald reiten«, bestimmte Nimue und so sattelten beide ihre Pferde.

Hoch oben auf ihren Pferden wollte Cara wissen: »Was war das vorhin für ein Verhalten?«

Nimue kicherte bei diesem Gedanken. Sie antwortete mit verzerrter Stimme: »Dein Pferd spinnt.«

Cara konnte nun nicht mehr lachen. Sie kannte ihr Pferd noch nicht so gut und wollte nichts falsch machen. »Nimue!«, sagte sie mit fordernder Stimme.

»Der ist beleidigt, weil du dich nicht um ihn kümmerst. Zudem hat die Stallelfe sein Fell nicht richtig geputzt. Aus diesem Grund zeigte er uns sein Hinterteil.«

»Ich kenne mich da noch gar nicht aus«, erwiderte Cara ein wenig verzweifelt.

»Das ist ein Maremmano-Pferd. Diese Rasse ist körperliche Arbeit gewohnt. Ich denke, dem ist langweilig.«

»Warum bekomme ich ein Arbeitspferd?«, wunderte sich Cara.

»Vielleicht brauchst du seine Kräfte noch einmal. Und überhaupt heißt das ja nicht, dass er nur gut zum Arbeiten ist. Auf jeden Fall hat er viel Kraft und kann mehr aushalten als viele andere Pferde. Klug sind sie auch noch. Ich würde mich über so ein gutes Pferd freuen, Cara.«

»Das tue ich auch. Woher kennst du diese Pferderasse?«

»Ich habe ein Buch über Pferdekunde. Da stehen Tristans Artgenossen unter den Großpferden drinnen. Zudem wird erklärt, dass es besonders intelligente Pferde sind, die sich wie die Tara-Pferde an alle Umstände ohne Zauberhilfsmittel angleichen können.«

Nach dem letzten Wort fingen die Pferde zu traben an. Gleichzeitig wurden sie immer schneller, bis sie galoppierten. Nimue und Cara genossen dabei die frische Waldluft auf ihrer Haut, als Nimues Pferd aus heiterem Himmel stehen blieb. Da fiel Nimue mit weitem Bogen geradewegs über das Pferd.

»Aua«, schrie sie, als sie unsanft auf dem Boden aufkam.

Cara sprang von ihrem Pferd und lief auf sie zu. »Nimue, hast du dir wehgetan?«

Nimue stand mit Caras Hilfe langsam auf. Sie putzte den Dreck von ihrer Kleidung und fragte: »Was kann er nur haben?« Dabei erkannte sie, dass ihr Pferd starr an derselben Stelle stand und seine Augen etwas am Boden fixierten. »Der hat doch vor etwas Angst. Schau dir sein Fell an! Er schwitzt und seine Muskeln zittern.«

Sie gingen auf das Pferd zu und durchsuchten den Boden direkt vor ihm.

»Igitt«, rief Cara entsetzt, »da ist eine Schlange.«

»Magst du keine Schlangen?«

»Nein, die sind glitschig, und giftig sind manche auch noch; vor allem die Schattenschlangen.«

»Im Königreich leben keine Schattenschlangen. Gar keine dunklen Wesen leben hier. Es kann nur eine Lichtschlange sein«, erwiderte Nimue, während sie sich zu der Schlange beugte. »Schlange, wer bist du?«

Die Schlange hob ihren Kopf. »Zzzzsschhhh.«

»Was sagt sie?«, wollte Cara wissen.

»Ich kann sie nicht verstehen.«

»Super, und was jetzt?«, drängelte Cara aufgebracht.

»Warte doch mal.«

Mit einem unsicheren Gefühl streckte Nimue ihre Hand langsam der Schlange entgegen.

»Nein, mach das nicht«, rief Cara, »das ist viel zu gefährlich!«

»Ich habe keine Angst vor ihr. Sie ist eine gute Schlange, das spüre ich. Hab auch du keine Angst, Cara.«

Da erhob die Schlange ihren vorderen Körper und schlängelte sich ihr entgegen. »Angzzzzhhhh«, züngelte die Schlange.

»Sie hat Angst gesagt, Nimue, geh weg!«

Nimue hörte nicht auf Cara. Wie hypnotisiert streckte sie weiter ihre Hand nach der Schlange aus. Kurz bevor die Schlange sie erreichte, umfasste sie schnell ihren Hals, so dass ihr Kopf Nimues Körper nicht berühren konnte.

»Du hast mich aber erschreckt«, warf Cara erleichtert ein.

»Nun gut, Schlange, bist du eine Licht- oder Schattenschlange?«

»Zisch, zisch, zisch«, war die Antwort.

»Du kannst zischen so lange du willst, aber wir verstehen dich nicht«, meinte Nimue und warnte: »Reiß dich zusammen und spreche eine für uns verständliche Sprache.«

Doch die Schlange zischte unbeeindruckt weiter. Nach einer Weile wies Nimue die Schlange darauf hin, dass sie sie nicht loslassen würde, bevor sie nicht wisse, welcher Art sie ist.

»Ich, ich, zischhhh, Monia, gehöre zum Licht, zischhhh, Schlangen des Lichts, zischhhh. Lass mich, zischhhh, vorwärts schlängeln. Tue nichts Böses, zschhhh, nichts.«

»Gehörst du zu den Menschenschlangen?«, fragte Nimue.

»Zschhhh, nicht und gar nicht menschlich, zschhhh.«

»Nicht menschlicher Natur, aha. Woher stammst du?«,

»Freund des Walzschhh und Eichzschhh, zischhhh, zischhhh.«

»Du bist ein Freund von Aaro«, entgegnete Nimue verwundert und ließ sie los.

Die Schlange zog schnell das hintere Körperteil heran und legte es in Schleifen. Mit dem senkrecht nach oben ausgestreckten Körperteil zog sie das hintere mit. Auf diese Weise bewegte sie sich blitzschnell fort. Kurz vor einem dichten Heidekrautstrauch hielt sie inne. Sie drehte ihren Kopf in Nimues Richtung und erwähnte: »Amurs, zischhhh, Amurs Freund.«

Nimue nickte zustimmend. Sogleich verschwand Monia im dichten Busch.

»Ich sag's ja, der Eichenbaum heißt Amur und nicht Aaro«, betonte Cara.

»Das ist der wirkliche Name der Eiche, das weiß ich. Nur ich nenne ihn Aaro und dafür habe ich einen Grund, e basta.« Nimue grinste innerlich über den strengen Ausspruch der Spiegeldame. »Monia fühlt sich gar nicht glitschig an, sondern warm und weich.«

»Ich bin froh, dass sie weg ist. Ich mag keine Schlangen.«

Das war das Stichwort für Nimue. Ihr Pferd mochte offensichtlich auch keine Schlangen. Sie streichelte ihn sanft an der Mähne. »Geht es dir wieder besser?«

Das Pferd hob sein Maul an und senkte es wieder. Nimue spürte, wie sich sein Körper vom Schreck erholte und dabei entspannte. »War sie nicht schön? So tief und leuchtend grün kariert«, schwärmte Nimue und ihr Pferd wieherte ablehnend.

»Du hast noch nie eine Schlange gesehen?«, staunte Cara.

»Nein, keine echten, nur auf den Bildern in meinen Büchern.«

»Ich habe schon viele Schlangen gesehen. Welche aus der Menschenwelt sowie einige, die auf der Zauberinsel leben. Mama hat mir gesagt, dass die Schattenschlangen giftig und gefährlich sind.«

Nimue antwortete gereizt über ihre störrische Haltung: »Ich glaub dir ja! Lass uns weiterreiten.«

Als sie Aaro erreichten, begrüßte er sie und meinte: »Du hast ein schönes Pferd, Cara.«

Sie hielten an und setzten sich an Aaros Baumstamm, mit dem Rücken an den Baum lehnend.

»Aaro, ich weiß so wenig. Cara erzählt mir andauernd etwas Neues.«

»Du hast noch viel Zeit, Nimue. Glaube mir, du wirst noch so einiges erfahren und lernen in deinem Leben.«

»Alles?«, fragte Nimue.

»Alles! Na ja, alles, was du willst«, erklärte er und fügte mit leiser Stimme hinzu, »und vielleicht noch ein bisschen mehr.«

Daraufhin erzählten sie ihm von der Schlange.

Der Baum fing laut an zu lachen und bewegte sich dabei heftig umher, sodass einzelne Eicheln und Blätter auf sie herabfielen.

»Was ist daran so lustig?«, wollte Nimue wissen.

»Das war Monia, die Schlangenkönigin, und sie ist wirklich nicht furchterregend.«

Cara seufzte mit einem lauten Ton.

»Was ist mit deinem Pferd nur los, dass es so empfindlich reagiert?«, wunderte sich Aaro.

»Mag halt keine Schlangen, so wie Cara.«

»Du solltest ihn besser trainieren, sonst wirft er dich bei jedem kleinen Tierchen ab. Heute eine harmlose Schlange, morgen ein kleiner Waldgeist und übermorgen … das ist gefährlich, Nimue. Stell dir nur vor, wie er bei kleinen Mäusen reagiert.«

Das Pferd wieherte angewidert über Aaros Worte, stieg hoch und lief davon.

»Na super, jetzt hast du ihn auch noch verscheucht.«

»Der kommt schon wieder«, versicherte Aaro, bevor er zu lachen begann.

Danach vertieften sie sich in ein langes Gespräch über Schlangen und andere Waldtiere, bis sich Nimue und Cara verabschiedeten. Mit nur noch einem Pferd ritten sie nach Hause. Als sie im Stall ankamen, sahen sie Nimues Pferd bereits ungesattelt in seiner Box stehen und genüsslich Heu fressen.

Nimue war froh, dass er gut zu Hause angekommen war, und doch ein wenig verärgert. Sie bemerkte: »So ein Vielfraß, den ganzen Tag frisst er Heu oder Gras auf der Weide.«

»So sind die Tiere aus der Menschenwelt«, erwiderte Cara, »die haben immer Hunger.«

»Heute Nacht treffen wir uns in der Eingangshalle, gleich nachdem der Mond aufgegangen ist. Ich will dir etwas zeigen«, erklärte Cara direkt nach dem Abendessen.

Nimue stimmte zu, ging dennoch erst einmal, wie von ihrer Großmutter aufgefordert, in ihr Zimmer. Aufgeregt saß sie am Fenster und wartete, bis der Mond hoch oben am Himmel stand. Die Spiegeldame erzählte ihr währenddessen eine lange Geschichte über das Leben als Spiegel, bei der Nimue nur schwer folgen konnte, denn sie war tief in ihre Gedanken versunken. Sie dachte an ihren Großvater und Katar, die an diesem Abend im Tafelsaal gefehlt hatten. Die beiden Elfen begleiteten die griechischen Dryaden nun den ganzen restlichen Weg bis zum Schloss. Deswegen fiel auch ihr Waldrundgang mit Katar aus und Nimue seufzte.

Sie dachte auch an Cara und ihr heutiges Vorhaben. *»Was hat sie nur vor?«*, fragte sie sich wieder und wieder.

Als endlich der Mond hoch oben am Himmel stand, entschuldigte sich Nimue bei der Spiegeldame und verschwand in die Eingangshalle. Noch bevor sie Cara sehen konnte, informierte sie die Uhr: »Cara wartet auf dich bereits seit vier Elfenminuten und 36 Elfensekunden.«

Uhrilia sprach derartig laut, dass Nimue aus Angst, gehört zu werden, zusammenzuckte. »Pst, nicht so laut!«

Uhrilia erwiderte dennoch in gleicher Lautstärke: »Habt ihr etwas Unerlaubtes vor?«

Cara lief Nimue entgegen und nahm sie an der Hand, als sie bemerkte: »Schnell weg hier! Sonst weckt das Plappermaul noch das ganze Schloss auf.«

»Das habe ich gehört«, erwiderte Uhrilia beleidigt, während die beiden die Halle verließen.

Kurz vorm Wald blieb Cara stehen und erklärte: »Also, Nimue, heute besuchen wir die Fraueninsel.«

»Was? Ohne Einwilligung dürfen wir das Königreich nicht verlassen.«

»Du willst doch immer die Welt erkunden, warum nicht heute anfangen?«

»Weil wir die Erlaubnis von Seoras brauchen. Deshalb!«

»Ich war da schon so oft und kenne mich echt gut aus. Nur ganz kurz. Danach sind wir gleich wieder zurück.«

Nimue konnte auf Anhieb keine Antwort finden. Ihre Gedanken kreisten wirr im Kopf herum. Was sollte sie tun? Natürlich wollte sie auf die Fraueninsel gehen. Trotzdem wollte sie auf keinen Fall auffliegen. Andererseits würde es ihr vielleicht helfen, den richtigen Wunsch zu finden; einer davon beinhaltete die Welt zu entdecken. Plötzlich machte das Vorhaben für sie Sinn. Es war für einen guten Zweck. Sie könnte feststellen, ob es ihr auf dem Land wirklich gefiel und ob eine Entdeckungsreise ihr größter Wunsch ist.

»Okay«, stimmte sie schnell zu, um ihre Meinung nicht noch einmal zu ändern.

Beide schwebten geradewegs nach oben und verließen das Königreich.

Nimue wusste, wie es sich anfühlt, wenn man durch die Umwandlungsschicht gleitet, trotzdem kribbelte ihr Körper wie wild dabei. Eine Fontäne spritzte hoch in die Luft, welche Nimue einzigartig schön fand.

»Wow«, entwich es ihr bei diesem Anblick.

Langsam schwammen beide auf die Insel zu. Als sie am Ufer ankamen, sahen sie keine Menschenseele. Der Mond leuchtete auf die Fraueninsel herab und verzauberte sie mit seinem Licht. In den Häusern sah Nimue hie und da eine Kerze hinter den Fenstern brennen. Da bimmelte eine Glocke weit entfernt und Nimue zuckte zusammen.

»Das ist die Turmglocke vom Kloster«, erklärte Cara beruhigend.

Nimue sah sich um und entdeckte eine beeindruckende Aussicht auf das Wasser und die Berge. Sie setzte sich auf einen großen Stein, um alles in Ruhe zu betrachten. Doch Cara packte sie an der Hand und lief mit ihr einmal um die ganze Insel. Der schmale Kieselweg führte sie an Häusern, Gärten, Bootstegen und Booten vorbei. Ein Haus hatte Kunstgegenstände im Garten stehen, welche Nimue mit weit aufgerissenen Augen bewunderte. Da waren Engelsfiguren, Zwerge und andere Figuren aus Glas, Stein oder Ton geformt. Eine Figur hatte ein grünes und ein blaues Licht darin, das im Mondlicht funkelte. Nimue konnte ihren Mund vor Staunen nicht mehr schließen.

»Weißt du, Nimue, Frauenchiemsee ist die Insel der Künstler und Gelehrten.«

»Wieso ist sie das?«

»Weil hier eine Schule ist, wo sich die Künstler und Gelehrten treffen. Sogar aus München kommen sie.«

»Aha«, staunte Nimue begeistert.

Zurück am großen Stein, wollte Cara sofort abtauchen.

Da bat sie Nimue: »Nein, lass mich den Mond von hier oben noch etwas betrachten.«

Sie legten sich ans Ufer und musterten den Himmel. Gleichzeitig hörten sie Menschenstimmen näherkommen. Schnell huschten sie auf einen nahestehenden Baum und beobachteten einen Mann und eine Frau, die Hand in Hand den Weg entlangschlenderten. Sie hätten sich nicht verstecken müssen, denn die Menschen konnten sie nur sehen, wenn sie es zulassen würden. Dennoch war es für Nimue eine ungewohnte Situation, und so fühlte sie sich auf dem Baum, hoch oben, sicherer.

Die beiden blieben direkt unter ihnen stehen und küssten sich.

Nimue sah Cara lächelnd an.

Dann lachten die Fremden, sprachen miteinander und küssten sich wieder und wieder, bis es der Frau kalt wurde und sie ihn bat, nach Hause zu gehen. Es dauerte nicht lange und sie verschwanden in der Dunkelheit der Nacht.

Die beiden Elfen sprangen vom Baum herunter und legten sich erneut ans Ufer.

»Es ist schön, den Menschen zuzuschauen.«

»Nicht immer«, erwiderte Cara.

»Wieso?«

»Manche streiten und schreien sich an und manche, ja, die sind so, wie die beiden gerade eben. Wenn sie böse miteinander umgehen, spüren wir die Energien umso stärker, und das tut uns weh, Nimue.«

»Es tut uns weh?«, stellte Nimue infrage.

»Das spürst du schon noch, falls du auf Reisen gehst«, erwiderte Cara knapp, da sie mit ihren Gedanken ganz woanders war. Sie beobachtete den Himmel und die Sterne und dachte an all die vielen Sternenbilder darauf.

Nimue bemerkte dies und verstummte.

Ruhig lagen sie auf dem Boden und beobachteten den Sternenhimmel, als Nimue auf einmal ein eigenartiges Gefühl überkam. Ihre Brust zog sich zu einem scheinbaren Knoten zusammen, als ob sich die Luftdichte um sie herum verengte.

»Cara, was ist los?«, fragte sie erschrocken.

Cara reagierte nicht.

»Cara!« Sie setzte sich auf, beugte sich zu ihr hinüber und erkannte, dass ihre Haut ungewöhnlich blass aussah. »Was ist mit dir?«

Nimue erhielt weder eine Antwort noch eine anderweitige Reaktion. Dabei starrten Caras Augen angstvoll in den Himmel.

Nimue versuchte, ihren Blicken zu folgen, um das Bild des Grauens zu sehen. Doch sie suchte den Himmel vergeblich danach ab.

»Bist du krank, Cara?«, rief sie verzweifelt.

Keine Reaktion.

Nimue fühlte sich mehr und mehr unwohl. Da schlug schlagartig etwas auf ihren Körper ein. Es kam aus dem Nichts und streifte ihr Gesicht hart. Sie blickte benebelt hinterher und sah einen Schatten davonschweben. Er drehte sich und kam zurück. Sie wollte ausweichen, doch er traf sie abermals an der Stirn. Wie ein Stein fiel sie zurück auf den Boden. Daraufhin drehte der Schatten erneut in ihre Richtung. Nimues Elfenglieder erstarrten vor dem nächsten Schlag, doch dieses Mal blieb der Schatten kurz vor ihr stehen. Ihr Herz schlug wild in ihrer Brust und eine Angst schlich sich ein, die Nimue in dieser Intensität nicht kannte.

»Nimue«, hörte sie eine Stimme sagen, »welch Ehre, dich hier zu treffen.«

»Wer bist du und was willst du?«, schoss es aus ihr heraus.

Cara lag immer noch regungslos auf dem Boden, als ob sie in einer anderen Welt leben und nur ihr Körper von ihrer Existenz Zeugnis geben würde.

Da wirbelte der Schatten für einen Moment lang im Kreis, bis plötzlich ein sehr hässliches Wesen vor Nimue stand. Es sah aus, als ob das Gesicht eines Schweines mit groben Borstenhaaren an einen menschenähnlichen Oberkörper angenäht worden wäre, der wiederum zwei schlangenähnliche Beine besaß, die sich in der Luft hin und her schlängelten.

Nimue erschrak heftig beim Anblick dieses Wesens.

»Ich bin schön, ja, das bin ich«, entgegnete das Wesen, das an Nimues geschocktem Gesichtsausdruck beinahe in Panik geraten wäre.

Sie nickte wenig überzeugt.

Es drehte den Kopf nach rechts und links, als ob es zeigen wollte, wie schön seine Seitenprofile aussehen. Die schweinsähnliche Nase, die eingefallenen Kugelaugen und das hervorstehende Kinn ließen Nimue jedoch keine Schönheit erkennen. Zudem machte es immer wieder den Mund auf und streckte die Zunge abwechselnd lang und kurz heraus. Dabei fielen Nimue vier spitze Zähne auf, die kreuz und quer im Mund standen.

»So, so, ganz allein hier?«, bemerkte das Wesen.

»Nein, ich bin nicht allein. Cara ist auch da«, betonte sie.

»Cara ist nicht hier, sie ist in meiner Welt. Aber wenn du brav bist, gebe ich sie dir wieder zurück.«

»Wo ist deine Welt und wie hast du sie dorthin gebracht?«

»So viele Fragen, nein, die werde ich dir nicht beantworten. Doch eines möchte ich dir sagen: ich komme aus dem Reich des Schattens.« Da kicherte es für einen kurzen Moment, bevor es spottete: »Deine Cousine ist schwach, sie lässt sich spielendleicht von uns einfangen.« Es hielt kurz inne.

Gleichzeitig vernahm Nimue die Wellen des Sees ans Ufer schlagen. Dieses Geräusch beruhigte sie ein wenig.

»Du, jedoch, bist anders. Deine Seele lässt sich nicht so einfach entführen. Geh heim und richte deinem König aus, dass wir den Stein finden, und mit ihm das Licht von der Erde nehmen werden.«

Nimue holte tief Luft. »Davon träumt ihr vielleicht. Seoras wird den Stein nie hergeben!«

Das Wesen krächzte laut vor Lachen. »Du dummer Narr, er wird ihn nie wieder zu Gesicht bekommen. Geh zurück und richte genau das aus! Als Dank werde ich die Seele deiner Cousine wieder mit ihrem Körper verbinden.«

Sekunden später drehte sich alles um das Wesen herum. Der Körper verwandelte sich in einen wirbelnden Schatten und verschwand.

»Was ist los?«, hörte sie Cara leise fragen.

»Cara!«, rief Nimue aufgeregt und umarmte sie innig.

»Was ist?«, fragte diese überrascht über so viel spontane Zuneigung.

»Hast du das hässliche Wesen nicht gesehen?«

»Nein, mir war nur kurz etwas schwarz vor Augen. Wieso? Welches Wesen?«

Nimue lehnte sich zurück. Konnte sie ihren Sinnen trauen oder war es bloße Fantasie? Sie fing an, Cara jede Einzelheit zu erzählen, die ihren Worten mit offen stehendem Mund folgte. Je mehr sie sprach, desto mehr wurde Nimue der wahre Hintergrund bewusst.

Doch dann lachte Cara laut. »Ich kenne niemanden, der so gut Geschichten erzählen kann wie du, Nimue. Jetzt hättest du mir beinahe Angst eingejagt.«

»Nein, Cara, ich spreche die Wahrheit.«

»Du willst tatsächlich zum König gehen und ihm die Botschaft überbringen?«

Nimue zuckte mit ihren Schultern. »Ich weiß nicht, was ich machen soll.«

»Ich glaube dir kein Wort, Nimue!«

Bevor sie antworten konnte, schoss eine Fontäne direkt vor ihren Augen aus dem Wasser. Ein wildgewordener, sehr verärgerter Elf kam heraus und schrie: »Nimue! Cara! Was macht ihr hier?«

Beide antworteten simultan: »Hallo, Urgroßvater.«

»Warum seid ihr nicht im Königreich!«

»Wir«, stotterte Cara, »wollten nur …«

»Wolltet eure Elfenleben aufs Spiel setzen?«, rügte er ihr Verhalten.

»Nein«, erwiderte sie sogleich.

Nimue stand auf und stellte überzeugt fest: »Also doch!«

Cara verzog ihr Gesicht. »Was?«

»Uropa, es ist also wahr. Dieses komische Wesen war da, nicht wahr?«

»Dieses komische Wesen war ein Kripton, ein Krieger der Schattenwelt. Und du, Cara, was fällt dir ein, deine Seele so einfach herzugeben! Ihr beide, sofort nach unten!«

Nimue wollte gerade etwas sagen, als sie Seoras mit festem Ton in der Stimme unterbrach: »Ich weiß, ich habe die Botschaft erhalten.«

Cara war vor Ehrfurcht ganz still geworden.

Nimue jedoch fühlte sich zweigeteilt. Einerseits war es ihr eine Genugtuung, dass ihre Geschichte der Wahrheit entsprach. Andererseits war Seoras sehr wütend, und das war auch darauf zurückzuführen, dass sie in Gefahr schwebten.

Zurück im Schloss, befolgten sie seine Anweisung und gingen auf ihre Zimmer.

Dort ließ sich Nimue auf ihr Liegesofa fallen. Sie fühlte eine bedrückende Schwere in ihrer Brust. Zudem war sie verwirrt. Endlich unternahm sie eine Erkundungsreise, zumindest eine kleine, und dann passierte gleich so etwas. Sollte sie sich wirklich das Reisen wünschen? War sie überhaupt dazu in der Lage? Sie konnte weder kämpfen noch fühlte sie sich erfahren genug, Gefahren frühzeitig zu erkennen, um ihnen aus dem Weg zu gehen. Ihre Gedanken kreisten in ihrem Kopf, der dabei zunehmend schwerer wurde.

Da meinte die Spiegeldame: »So, so, nun hast du zum ersten Mal die dunkle Macht am eigenen Leibe erlebt.«

»Woher weißt du das?«

»Ich bin dein Spiegel und sehe deine Seele.«

Nimue seufzte. Tränen bildeten sich in ihren Augen, die kurz darauf über ihre Wangen liefen. »Was soll ich machen?«

»Keine Angst! Dein Schicksal wird sich dir zeigen und dich auf den richtigen Weg führen.«

Diese Worte hallten bei Nimue lange nach. Wie eine festhängende Schallplatte spielten sie sich wieder und wieder in ihrem Kopf ab und beruhigten sie. Dies war die vorletzte Nacht vor dem großen Ereignis und sie war mehr als durcheinander. Sie hatte keine Ahnung, welcher Wunsch tief in ihr sitzen würde, und auch keine Ahnung, wie sie mit ihrer inneren Stimme kommunizieren sollte.

So murmelte sie verzweifelt vor sich hin: »Wie soll das noch weitergehen?«

Eine weiche Hand strich sanft über Nimues Kopf. Sie spürte eine Wärme davon ausgehen, die sie wohlig einhüllte. Nimue behielt ihre Augen geschlossen, da sie glaubte, die Berührung zu träumen. Sie lag bereits seit Langem wach im Bett und so hätte sie einen ankommenden Elfen gehört. An diesem Tag wollte sie nicht aufstehen. Die Ereignisse und Geschichten der letzten Zeit, der Druck, einen richtigen Wunsch zu wählen und die drängende Zeit machten sie schwermütig. Einerseits freute sie sich auf ihren Geburtstag, andererseits war es, als ob dieser Tag ihr ganzes Leben verändern sollte. Für einen kurzen, ganz flüchtigen Moment konnte sie ihre drei großen Geschwister verstehen. Eine einfache Lebensweise war zwar eintönig, dennoch ohne große Entscheidungen, Gefahren und natürlich ohne den kalten Schauer, der ihr so oft über den Rücken lief, wenn sie nicht wusste, was richtig oder falsch war. Er kribbelte stets unangenehm auf ihrer Haut und manchmal wärmte er den Rücken nach der anfänglichen Kälte. Trotzdem hatte noch keiner dieser Schauer geholfen, eine Situation klar zu erkennen oder zu lösen.

Sie spürte, wie die weiche Hand nun ihre Wange liebevoll streichelte. Die Berührung kitzelte auf ihrer Haut und sie lächelte.

»Meine kleine Rao'ra«, begrüßte sie eine sanfte Stimme.

»Opa«, riss sie ihre Augen auf, »ihr seid wieder da!«

Er nickte, während sie sich aufsetzte, um ihn zu umarmen. Sogleich liefen ihr Tränen übers Gesicht.

»Meine Kleine, du wirst doch nicht weinen«, wollte er sie beruhigen.

»Doch, Opa, ich fühle mich soo schlecht, weil ich nicht weiß, was richtig für mich ist. Und was ist mit dem Stein und der Notwendigkeit für alle Lichtwesen und unser Volk und die Welt und …?«, sprach sie mit hastigen Worten, bevor ihr der Atem stockte.

»Ganz langsam, Nimue. Ja, es stimmt, der Stein des Orisolus ist wichtig für die Lichtwelt. Wir müssen ihn zurückholen, jedoch, meine Kleine, nicht heute und nicht morgen. Seoras, Katar und ich werden an diesem Tag mit dir darüber sprechen. Es ist wichtig, dass du alle Informationen erhältst und nicht nur Bruchstücke, die sich wie eine stille Post immer wieder verändern und dir Angst einjagen. Du bist noch zu jung, um dich mit solchen Sorgen herumzuschlagen.«

Nimue seufzte. »Cara sagt, dass wir so menschlich sind. Warum sind wir so?«

»Weil wir auf der großen Reise sehr oft mit Menschen zusammengelebt haben und sich auch viele von uns mit ihnen vereinten. Die Kinder sind Halbelfen oder Halbmenschen, wie auch immer man sie nennen mag. Diesen Kindern zuliebe haben wir einige Bräuche der Menschen übernommen. Wir glauben, dass es wichtig ist, beide Kulturen zu ehren.«

»Aha. Ist das somit nichts Schlimmes?«

Aar lachte abrupt laut los, und so musste Nimue eine kurze Weile auf eine Antwort warten.

»Nein, natürlich nicht, oder fühlst du daran irgendetwas Schlimmes?«

Sie schüttelte den Kopf.

Er strich eine Träne von ihrer Wange, als er sagte: »Komm in einer Stunde in mein Büro. Wir erwarten dich.«

Sie nickte, und schon war er wieder verschwunden. Nimue war ein bisschen verängstigt, dass es eine erneute Standpauke vom König geben würde. Sie hatten sich unerlaubt vom Hof entfernt und dann auch noch einen Kripton angezogen. Oder war es Cara, die so leichtfertig ihre Seele hergab? Der Unterschied von ihrer und Caras Seele war ihr unbekannt. Zudem fühlte sie auf der Fraueninsel weder einen Kampf ihrer Seele noch irgendetwas anderes, was auf eine Seelenaktivität hätte hinweisen können.

»Spiegel, bist du schon …«

»Du willst wissen, warum deine Seele anders als die von Cara ist.«

»Woher weißt du das?«, wunderte sich Nimue. »Kannst du Gedanken lesen?«

»Nein. Trotzdem kann ich sehen, was dich in deinem Inneren bewegt. In mir spiegelst du deine Seele.«

»Kannst du mir helfen, es zu verstehen?«, fragte Nimue.

»Nun, die Seele deiner Cousine ist nicht so rein und klar, wie die deine, Nimue. Sie hat eine gute Seele, doch ist sie beeinflussbar und dadurch wankelmütig. Sie fliegt mit dem Wind. Jede unwiderstehliche Böe reißt sie mit. Sie hat nicht genug Kraft, um scheinbaren Verlockungen zu widerstehen.«

»Der Kripton hat sie gelockt und sie ist darauf eingegangen?«

»Ja, so könnte man es sagen. Sie muss lernen, das Dunkle und dessen Verlockungen zu erkennen. Genauso wie sie sich dem zu verschließen beziehungsweise davor zu schützen wissen muss.«

»Wie habe ich das getan? Ich habe nichts gespürt, außer ein unangenehmes Gefühl in der Brustgegend?«

»Du hast eine viel weiterentwickelte und ältere Seele als Cara. Das Gefühl, das war es praktisch schon. Die Seele reagiert anders als der Körper. Trotzdem reagiert sie. Irgendwann wirst du die Kommunikation zwischen Körper und Seele verstehen.«

Da hörte Nimue laute Geräusche aus dem Schlosshof kommen und ging in den Gang. Dort entdeckte sie Cara unter hektisch umherlaufenden Heinzelchen, die mit Marie den Hof durchquerte. Nimue vermutete, dass Cara gerade ihrer Schwester vom gestrigen Ereignis berichtete. Ihre Arme deuteten einen Schatten an, der vorbeizog und gleich darauf direkt auf sie zuflog. Sie erzählte die Geschichte derart lebhaft, dass Marie einen Schritt zurückschreckte, als Caras Hände auf sie zukamen. Auch wenn Cara nichts von dem Geschehen mitbekam, konnte sie dieses scheinbar bestens wiedergeben.

Cara war für Nimue ein sprachliches Wunder, denn sie konnte Geschichten spannend erzählen, die sich oftmals in der Realität ohne Dramatik abspielten. Ihre Aufgewecktheit und ihr Reichtum an Fantasie waren einzigartig unter den Elfen. Auch bei Nimue waren diese Eigenschaften keineswegs so ausgeprägt wie bei ihrer Cousine. Deshalb bewunderte sie Cara dafür und liebte es, ihren selbst erfundenen sowie auch erlebten Geschichten zu lauschen.

Nimue wandte sich ab und ging zurück in ihr Zimmer.

»Was ist so anders an mir?«, fragte Nimue die Spiegeldame, »es macht mich traurig. Cara versteht sich mit meinen Geschwistern besser als ich es tue. Überhaupt bin ich anders. Ich bin lieber mit Oma und Opa oder Uropa oder Aaro zusammen, als dass ich mit Kindern in meinem Alter spiele.«

»Es soll dich nicht traurig machen. Du bist halt besonders, Nimue«, erwiderte die Spiegeldame.

»Anders zu sein bedeutet auch allein unter Elfen zu sein, die mit mir die Schule besuchen oder spielen wollen oder halt so. Das ist traurig, finde ich.«

»Du bist nicht allein, Nimue. Nein, das bist du nicht. Du musst lernen, dich so anzunehmen, wie du bist. Gott behüte, du musst niemals so sein, wie andere es sind. Nein, du bist genau so richtig, wie du bist! Anders zu sein ist auch etwas Besonderes. Kopf hoch! Ich mag es nicht, wenn du traurig bist.«

Nimue nickte dankend für ihre Worte und fragte: »Ist es schon Zeit?«

»Ich glaube, ja. Bin ja keine Uhr!«

Nimue zog sich um. Kurz darauf ging sie langsam zur Tür hinaus.

»Na los, werden dir schon nicht den Kopf abreißen«, bemerkte die Spiegeldame kichernd.

Schritt für Schritt ging Nimue auf Aars Büro zu und entdeckte dabei die Tür einen Spalt weit offen stehen. Stimmen hallten auf den Gang, die immer lauter wurden. Nimue konnte ihren Großvater Aar, Katar und ihren Urgroßvater Seoras eindeutig identifizieren. Dann hörte sie ihre Großmutter Oona und mit leisem Organ ihre Eltern Yavira und Hubert durcheinandersprechen.

Sie klopfte an und Seoras antwortete: »Komm herein, Nimue, und nimm Platz.«

Mit kleinen Schritten ging sie zögernd hinein, um sich leichter im Raum orientierten zu können. Sie setzte sich auf den letzten freien Platz, einen Stuhl direkt gegenüber von Aars Bürotisch. Gleichzeitig wanderten ihre Blicke durch das Zimmer. Überall standen brennende Kerzen, obwohl es taghell war. Aar saß in seinem Bürostuhl, Seoras dagegen in einem großen Stuhl, der etwas erhöht schräg hinter dem von Aar stand. Alle anderen saßen auf Stühlen oder der Couch rund um den Wohnzimmertisch in der Nähe des Kamins. Ihre Eltern nahmen in extra für sie angefertigten Stühlen auf dem Schreibtisch Platz.

Nimue erkannte, dass die Gesichter der Anwesenden nicht verärgert wirkten. Diese Tatsache beruhigte sie, und so atmete sie tief durch. Danach strömte die Luft wieder ruhig und gleichmäßig durch ihren Körper.

»Morgen«, begann Seoras, »ist es so weit. Es ist sicherlich nicht üblich, vor dem Uaneala-Tag mit dem Geburtstagskind zu sprechen. In deinem Fall jedoch müssen wir eine Ausnahme machen.«

Alles wurde still, totenstill, nur Seoras' Worte klangen hell und freundlich im Raum.

»Wie ich hörte, hat deine Mutter bereits mit dir über deine kosmische Geburtskonstellation, den Stein des Orisolus und die schicksalshafte Bestimmung einer auserwählten Elfe gesprochen. Stimmt das?«

Nimue nickte schüchtern.

»Gut, so fahre ich gleich fort. Es war schwer, die Formel zu lösen, jedoch nicht unmöglich, da der Zauberer meinem Vater Tadgh und mir versteckte Hinweise gegeben hatte. Du musst wissen, Nimue, wir waren zu dieser Zeit Gäste der Zauberer-Familie. In einer lauen Sommernacht, zwei Tage vor dem schrecklichen Ereignis, saßen wir um ein Feuer herum. Dabei erzählte mir der Zauberer von seiner geliebten Tochter und deren Geburtszahl. Er sprach von auserwählten Seelen, die mit einer besonders reinen Energie geboren werden und daher schon von Geburt an Kämpfer des Lichts sind. Seine Tochter war so eine auserwählte Seele, wie sich Jahre später herausstellte. Sie war es, die das Heer anführte, welches England von der Machtübernahme der Koaks befreite. Unter den Lichtwesen wird sie heute noch verehrt. Ihre Geburtszahl stellt eine Zahl dieser Formel dar. Der andere Hinweis war sein treu ergebener Fink, der, wenn er tanzte, sich immer genau 14 Mal um seine eigene Achse drehte, bis er anfing, sein Hinterteil neun Mal dem Rhythmus entsprechend hin- und herzubewegen, und daraufhin noch dreimal in die Luft hüpfte. Das alles wiederholte sich jeden Abend. Diese Zahlen ergeben addiert eine weitere Komponente der Formel. Zudem hatte er an diesem Abend über verschiedene Sternenbilder und galaktische Zahlen gesprochen, die ich nur bedingt wahrnahm.« Seoras räusperte sich. »Währenddessen setzte sich meine Frau zu uns und ihre Schönheit nahm mich wie immer vollkommen ein. Das lodernde Feuer tanzte in ihrem wunderschönen Gesicht. Sie nahm eine Harfe zur Hand und spielte. Ihr Lachen hat uns alle berührt und ihre Fröhlichkeit war ansteckend«, bemerkte er nun mit gedämpfter Stimme. Er räusperte sich erneut. »Es fiel mir nicht leicht, dennoch konnte ich seine Worte noch einmal in mein Gedächtnis rufen. All diese Zahlen sollten der Schlüssel zur Lösung sein. Nachdem ich sie errechnet hatte, sagte mir das Ergebnis nichts. Ich versuchte unsere Unterhaltung noch einmal wiederzugeben. Mir fiel dabei auf, dass er mehrmals über die auserwählte Elfenseele sprach und dabei immer deren besondere Merkmale erwähnt hatte. Trotzdem dauerte es Jahre, bis ich die Lösung deuten konnte. Genauer gesagt, bis eines Tages ein kleines Wesen mit solch einer reinen Energie auf die Welt kam, wie ich sie zuvor noch nie wahrgenommen hatte. Das warst du, Nimue. Es stellte sich heraus, dass deine Geburtszahl und die Lösungszahl übereinstimmen. Die Worte des Zauberers machten von nun an Sinn. So wurde mir klar, dass der Stein in der Kugel nicht für immer verloren war. Die Reihenfolge der Formel zusammen mit deiner Geburtskonstellation ergibt einen Zauberspruch.«

»Ein Zauberspruch aus Zahlen?«, staunte Nimue.

»Nicht direkt. Für jede Zahl steht ein Buchstabe aus dem Alphabet. Daraus ergibt sich der magische Spruch der Auflösung des Schließungszaubers.«

»Wow«, dachte Nimue, *»mein Uropa ist der Größte.«*

Niemals wäre sie auf eine solche Interpretation von Zahlen gekommen. Als Seoras weitersprach, konzentrierte sie sich sofort wieder gespannt auf seine Worte.

»Dieser Spruch reicht jedoch nicht aus, um die Holzkugel zu öffnen. Nur du, meine kleine Nimue, kannst sie öffnen. Dafür muss deine Seele dazu bereit sein. Ob sie das ist, wird sich bald zeigen.«

»Meine Seele?«, fragte Nimue verblüfft.

»Die Öffnung bringt nicht nur die Heilung der Lichtwelt mit sich, sondern auch die Gefahr der Schattenwelt, die mithilfe dieses

Steines die Lichtwelt und alle Lichtwesen vernichten möchte, um danach den Stein zu zerstören. So ist ein Zurück nicht mehr möglich und der Zerfall unserer lichtvollen Energie die Folge. Eine solche Machtübernahme würde nicht nur die Zauberwelt verändern, sondern die ganze Welt. Lässt man den Stein für immer ruhen, kann die Schattenwelt ihn nicht beherrschen. Dennoch zeigt uns der Weltenlauf immer deutlicher, dass sich die Erde langsam dem Schatten zuneigt und in ferner Zukunft, eine Heilung ohne diesen Stein nicht mehr möglich sein wird. Und wer kann sich schon sicher sein, dass der Dunkel- und Schattenkönig eine Öffnung nicht anderweitig erzwingen kann, wenn er die Kugel findet.«

Seoras verstummte.

Es wurde mäuschenstill im Raum. Kein Holzknarren des Fußbodens war mehr zu hören und keine Bücherbewegungen zeugten mehr von ihrer Anwesenheit, als ob jegliches Leben den Atem anhalten würde.

Nach einer Weile unterbrach Seoras die Stille mit den Worten: »Nun, Nimue, ich weiß, dass Uaneala-Elfen erst an ihrem Geburtstag ihren Wunsch bekanntgeben. Sie sollen davor mit niemandem darüber sprechen. Wir haben hier jedoch eine Ausnahmesituation. Bitte, mein Schatz, sag uns deinen Wunsch.«

»Jetzt«, erwiderte sie überrascht, »warum ist das so wichtig?«

»Das wirst du erfahren, wenn wir ihn gehört haben.«

Eine weitere Stille trat ein, bei der sich Nimue unwohl fühlte. Alle Blicke waren auf sie gerichtet, wenn auch liebevoll. Trotzdem hatte die Situation für Nimue eine bedrohliche Stimmung in sich. Keiner sprach, alle warteten auf ihre Antwort. So verliefen einige Minuten, was sie in Panik versetzte. Doch gleich darauf, wie aus dem Nichts, veränderte sich dieser beklemmende Zustand zu einem undefinierbaren, dennoch besseren Gefühl. Es entwickelte sich mehr und mehr in ihr und stärkte ihre Sinne.

Ohne über die Worte nachzudenken, sprudelte es aus ihr heraus: »Ich will reisen! Die Welt kennenlernen und auch mich, als Teil von ihr. Ich möchte andere Lebewesen treffen und ihre Gewohnheiten studieren. Länder bereisen und ihre Kulturen entdecken.«

Eine erneute Stille machte sich im Raum breit, die ihr Sorgen bereitete. War sie zu vorlaut gewesen? Nimue fühlte sich unsicher. Hatte sie den richtigen Wunsch gewählt oder nicht? Überhaupt, was war der richtige und was der falsche Wunsch? Wie sollte sie das wissen und woher auch? In den letzten Tagen haben ihr viele erklärt, um was es geht, aber nicht, was sie von ihr dabei erwarteten.

Nach einigen Minuten stand Seoras auf und ging zu Aar. Er flüsterte ihm ins Ohr.

Nimue verspürte das eigenartige Gefühl, betrogen zu werden. Warum sagt man ihr nicht ins Gesicht, was sie falsch gemacht hatte? Sollte sie sich etwas anderes, dem Ganzen Passenderes wünschen? Doch, was war das? Vielleicht eine Kampfausbildung?

»Seoras gab mir soeben sein Wort«, erklärte Aar und stand auf, um mit seiner Haltung die Wichtigkeit seiner Worte zu bestärken.

Nimue schluckte hart.

»Nun gut, meine kleine Rao'ra, dein Wunsch war der Beweis, dass du es bist.«

Ein Rumoren ging durch den Raum.

»Warum, Opa?«

»In dem Brief des Zauberers stand außerdem, dass die auserwählte Elfe wissbegierig, reiselustig und intelligent sein wird und der Wunsch ihres Uaneala-Tags darauf hinweisen würde. Keine Elfe hat sich bis jetzt das Reisen gewünscht. Jede zieht es vor, hier unten in Ruhe und Sicherheit zu leben. Du aber scheust keine Gefahr und das nicht einmal, obwohl du gestern Nacht gesehen hast, dass sie durchaus besteht.«

Nimue nickte. Ihre Abenteuerlust war tatsächlich größer als die Angst davor.

»Aufgrund deiner dir geschenkten Seelengaben wirst du es sein, die nicht nur reisen wird, sondern den Stein zu uns nach Hause bringt. Während unserer Flucht mussten wir den Stein an einem sicheren Ort zurücklassen. Dies diente zum Schutz unserer neuen Heimat.«

»Ihr könnt doch nicht meine kleine Nimue schicken?«, bemerkte Yavira verzweifelt. »Das ist viel zu gefährlich. Sie ist doch noch so jung!«

»Ich weiß, Yavira«, antwortete Aar mit ruhigem Ton, »sie wird das nicht heute oder morgen tun. Wir werden sie auf die magische Schule der Zauberinsel schicken. Cara wird sie begleiten. Während dieser Ausbildung wird Nimue lernen, Gefahren frühzeitig zu erkennen und danach zu handeln, sowie Kräuter- und Kampfkunde zu beherrschen.«

»Kampfkunde?«, rief Oona entsetzt.

»Ja, auch das muss sie studieren. Sie wird schnell neues Wissen aufnehmen und umzusetzen lernen, so wie sie es immer getan hat. Dabei wird sie Kraft und Stärke vermehren.« Aar wandte sich von Oona ab und Nimue zu. »Du hast menschliche, feeische und elfische Stoffe oder Gene in dir und daher auch deren natürliche Kräfte.«

»Wie meinst du das?«, fragte Nimue total überwältigt von all den neuen Informationen.

»Du hast Elfen und Feen als Vorfahren und deine Mutter stammt von dem kleinen Menschenjungen ab, der den Diamanten in der Höhle des Schattenkönigs entdeckt hat. Dieser blieb bei unserem Stamm und vermählte sich mit einer unserer Elfen.«

»Genauer gesagt mit Vaters Cousine Gemma«, erwähnte Katar.

»Während der langen Reise musste er unsere Familie wieder verlassen. Wir wissen nicht, ob er heute noch lebt oder bereits gestorben ist«, erklärte Aar.

Da bemerkte Seoras nachdenklich: »Auch wenn er schon furchtbar alt sein müsste, er könnte noch leben.«

Oona nickte Seoras zu, während Aar verdeutlichte: »Du hast all die Fähigkeiten in dir, die diese Wesen besitzen. Wenn du dafür bereit bist, werden wir weitersehen. Bis dahin wisse, dass du die Auserwählte bist und bereite dich auf deine Reise gut vor, denn sie birgt Gefahren in sich. Die dunklen Mächte sind überall. Sie haben den Stein zum Ziel. Sie werden dir nichts antun, denn auch sie brauchen dich, um die Kugel zu öffnen. Natürlich wirst du niemals das Risiko eingehen, den Stein voreilig zu suchen, um die Kugel irgendwo in dieser Welt zu öffnen, nicht wahr?«

Aar senkte seinen Kopf und blickte Nimue fragend an.

Sie nickte.

»Nachdem die Kugel daheim ist, werden wir das gemeinsam tun. Bis dahin wird noch viel Zeit vergehen. Erst einmal geht es nur um dich, meine kleine Rao'ra.«

Nimue sprang aufgeregt auf. »Auf die Zauberschule? Mit Cara? Wirklich?«

Seoras und Aar nickten lächelnd über ihre Begeisterung.

»Ja, Cara wird dich begleiten. Es ist wichtig, dass du sie an deiner Seite hast. Wir haben sie ausgewählt, da sie dich aus reinem Herzen liebt und dir somit ein treuer und ehrlicher Begleiter ist. Zudem wird sie dir mit ihrer unbeholfenen Art viel Freude bereiten und dir somit das Leben dort ein wenig versüßen. Sie selbst weiß allerdings noch nichts von ihrem Glück.«

Nimue lief auf Seoras zu, küsste ihn auf die Wange und umarmte ihn. Er war dieses offene Verhalten ihm gegenüber nicht gewöhnt und bewegte sich anfangs dementsprechend verhalten. Dennoch genoss er die liebevolle Umarmung seiner Urenkelin und erwiderte sie.

»Nimue«, betonte er, als sich ihre Umarmung löste, »denk immer daran: wir alle hier in diesem Raum stehen hinter dir, und du bist nie allein. Niemals! Vertraue uns, so wie wir dir vertrauen, meine liebe Nimue.«

Als Antwort gab sie ihm noch einmal einen Kuss auf die Wange.

»Na, na«, erwiderte er mit einem breiten Lächeln auf seinem Gesicht, »so viele Küsse habe ich schon lange nicht mehr bekommen.« Er zwinkerte ihr liebevoll zu. »Tut gut, Nimue.«

Sie ging zu Aar und tat das Gleiche, der war es jedoch gewöhnt, so stürmisch von seiner Enkelin gedrückt zu werden.

Sie umklammerten sich lange, bis sie Oona sagen hörten: »Ich möchte auch einmal.«

Nimue umarmte nacheinander Oona und Katar, und dann ging sie auf ihre Eltern zu. Sie lächelte immer noch, jedoch nicht mehr so fröhlich, denn sie hätte die beiden auch gerne in ihre Arme genommen. Stattdessen streckte sie ihre rechte Wange in deren Richtung und fühlte ein kleines Kitzeln darauf: zwei Küsse.

Alle Anwesenden spürten den Schmerz in Nimues Brust. Ihre Eltern so klein und winzig zu sehen, tat ihr in der Seele weh. Sie hätte die beiden gerne umarmt. Es ist etwas anderes, nur zu wissen, dass dich jemand liebt, oder es bei einer Umarmung zu spüren. Das Gefühl gibt einem so viel mehr als Worte, doch nur die Letzteren blieben für Yavira und Hubert übrig.

Da spürte Katar einen unangenehmen Druck in seiner Halsgegend. Er griff danach, um ihn mit seiner wärmenden Hand zu beruhigen.

Ein Moment der Stille breitete sich im Raum aus, während Nimue mit ihrem Zeigefinger leicht über die Wangen ihrer Eltern strich.

Bei diesem Anblick entschloss sich Katar, sofort mit Nimue und ihren Eltern über sein Geschenk zu sprechen. Er blickte zu Seoras, der seine Frage in seinen Augen ablesen konnte. Dieser nickte ihm zu und gab ihm somit seine Einwilligung.

»Liebe Nimue, Katar möchte mit dir und deinen Eltern über sein Uaneala-Geschenk sprechen. Hört gut zu und wägt genau ab, wie ihr euch entscheidet.«

Nimue wandte sich Katar mit leuchtenden Augen zu. Gespannt lauschte sie seinen Worten.

»Seit vielen Jahren beschäftige ich mich bereits mit deinem Geburtstagsgeschenk, und erst vor ein paar Monaten habe ich eine Antwort auf meine vielen Fragen erhalten.« Katar blickte in einige ahnungslose Gesichter und entschloss sich, weiter auszuholen. »Was ich sagen möchte, ist, dass mein Geschenk vieler Nachforschungen über den Zauber bedurfte, der über Yavira und Hubert ausgesprochen worden ist, und natürlich über die Hexe, die ihn verhängte.«

Nimues Augen weiteten sich. Könnte man vielleicht den Fluch von ihren Eltern lösen? Sie wagte es kaum, daran zu glauben, und doch flackerte der Hoffnungsschimmer schneller in ihr auf, als dass sie es hätte verhindern können.

»Ich fand heraus, dass die Hexe schon lange tot ist. Es gibt keine Nachfahren, die diesen Zauber aufheben könnten. Aus diesem Grund habe ich mit vielen Hexen, Zauberern und anderen Wesen über diese Art von Zauber gesprochen, bis ich auf eine alte, lichtvolle Hexe traf, die aus dem südlichen Teil Neuseelands stammt.

Ihr Name ist Taisumner. Sie war es, die mir von einem Aussetzungsspruch erzählte, der bei einer solchen Art von Zauberflüchen wirken soll.«

Nimue sprang vor Freude in die Luft.

»Halt, Nimue, hör erst genau zu. Dieser Zauberspruch ist nicht ungefährlich für die labilen Körper deiner Eltern und darf zu Lebzeiten nur einmal angewandt werden. Ihre Körper sind auf die Energien nicht ausgerichtet. Nach vierundzwanzig Stunden fallen sie in eine Regenerationszeit von mindestens drei Monaten. Das heißt, dass sie sich in dieser Zeit vollkommen zurückziehen und heilen müssen, sodass ihre kleinen Körper in der vorherrschenden Weltenenergie, die auch eure magische Wasserenergie beeinflusst, wieder zurechtkommen.« Katar hielt für ein paar Minuten inne, um den Anwesenden die Möglichkeit zu geben, seine Worte zu verarbeiten. »Wollt ihr den Zauber eingehen, morgen oder an einem anderen Tag, oder ihn wegen der bestehenden Gefahr niemals anwenden?«

Oona ergriff das Wort: »Ich habe gehört, dass der Stein des Orisolus heilende Kräfte besitzt und dies auch bei Zaubersprüchen, die aus dunkler Hand entstanden sind. Falls er dem Licht seine Kraft verleiht, könnte er eventuell, womöglich …?« Oona stockte der Atem bei diesem Gedanken.

Katar antwortete: »Ich habe auch davon gehört, allerdings gibt es in ihrem Fall keine Garantie dafür. Die Hexe Magahag hat die beiden nicht nur körperlich verzaubert, sondern hat darüber hinaus einen Zauber des Lutande ausgesprochen.«

»Was heißt das?«, wollte Nimue beunruhigt wissen.

»Das ist ein Zauber auf dem Zauber sozusagen, der ausschließen soll, dass irgendjemand sie wieder zurückverwandeln kann.«

Nimue wurde kreidebleich.

»Trotzdem kann es nicht schaden, es mit dem Stein des Orisolus zu versuchen. Wer weiß, vielleicht hat der Zauber der Hexe keine Macht über die heilende Kraft des Steines.«

Nimue ging es schlagartig besser. Sie wandte sich ihren Eltern zu. »Wollt ihr morgen oder zu eurem Hochzeitstag oder gar nicht?«

Yavira und Hubert antworteten simultan: »Morgen wollen wir.«

Diese Antwort zauberte ein Lächeln auf Nimues Lippen. »Seid ihr sicher?«, fragte sie dennoch und blickte auf zwei nickende, winzig kleine Elfen.

Yavira bewegte dabei ihren Kopf so kraftvoll, dass sie beinahe vom Stuhl gefallen wäre. Dieser Anblick brachte alle zum Lachen.

»Gut«, erklärte Katar, »heute um Mitternacht werde ich den Zauber aussprechen. Danach werdet ihr für genau vierundzwanzig Stunden von normaler Statur sein und somit das Fest mit eurer Tochter feiern können.«

Nimues Herz pochte schlagartig schneller. Die Aussicht, dass sie am darauffolgenden Tag ihre Eltern umarmen, sich mit ihnen unterhalten, tanzen und lachen könnte, war für sie einfach überwältigend. Diese Tatsache stellte all die anderen neuen Informationen in den Schatten.

Nimue war erst siebenundfünfzig Elfenjahre jung, als der Tag anbrach, der ihr Leben für immer verändern sollte. Von diesem Tag an wurde es ihr unmöglich, eine normale Eltern-Tochter-Beziehung zu führen. Ihre Geschwister litten so sehr darunter, dass sie den Kontakt beinahe vollständig zu ihren Eltern abbrachen. Die drei Elfenmädchen konnten es einfach nicht ertragen, ihre Eltern in einer Größe von 5 Zentimeter zu sehen und dadurch mit eingeschränkter Kommunikationsfähigkeit. Die beiden verzauberten Elfen hatten nur unter großer Anstrengung die Möglichkeit, mit anderen zu kommunizieren und so wirkten sich lange Gespräche oft lebensbedrohlich auf ihre kleinen Körper aus. Nimue wusste davon nichts, denn ihre Eltern wollten diese Gefahr vor ihr geheim halten. Noch eine Tochter, die sich von ihnen abwandte, wenn auch aus Angst um ihre Gesundheit, hätten sie nicht ertragen können.

Nimue erinnerte sich noch genau an den Tag, als ob es gestern gewesen wäre. Sie spielte gerade mit Elfenspielfiguren in ihrem Zimmer, als im Hof die Glocken zu läuten begannen. Neugierig lief sie in den Gang hinaus und schwebte auf die Arkaden-Bank, um die Lage im Hof besser überblicken zu können. Dabei sah sie Reiter, die den Hof nach oben in die Menschenwelt verließen. Sie schlich sich in den Stall, um ihr Pferd zu satteln. Da kamen die Elfenreiter überraschend schnell wieder zurück. Nimue wollte gerade die Pferdebox verlassen, als sie Seoras' und Aars Worte zwischen den vielen anderen Elfenstimmen laut und bedrohlich vernahm. Sie schloss leise die Tür und setzte sich mit dem Rücken angelehnt auf den Boden. Damals hörte sie den Namen der Hexe zum ersten Mal. Seoras und Aar tauschten gerade ihr Wissen über dieses bösartige Wesen aus, als Oona aufgeregt in den Stall hineinstürzte. Oona bat die beiden um die ganze Wahrheit, sodass Nimue in ihrem Versteck die Geschichte schonungslos mithören musste.

Nimues Eltern waren wie jedes Jahr auf dem Hexenfest der Fraueninsel, wo sich hauptsächlich Menschen vergnügten. Dort wurde für gewöhnlich um ein Lagerfeuer getanzt, viel gelacht und diskutiert. Das Letztere oft über Hexen, Zaubereien und mystische Gegebenheiten, deren fantasievolle Gedankenwelt von Yavira und Hubert oft belächelt wurden. Dennoch gab es immer wieder Menschen, die nah an der Wahrheit waren oder sie sogar kannten.

Yavira und Hubert liebten es, mit den Menschen die Walpurgisnacht zu feiern sowie ihre leckeren Gerichte zu essen, die dort stets angeboten wurden. Zudem konnten sie ganz sie selbst sein, denn für dieses Fest verkleideten sich die Menschen als mystische Figuren jeglicher Herkunft. Deshalb fielen ihre spitzen Ohren nicht auf.

Aar riet ihnen jedes Jahr aufs Neue ab, dorthin zu gehen. Immer wieder mischten sich dunkle Wesen unter die Feiernden, die schlimme Dinge anrichteten. So passierte es auch in dieser besagten Nacht. Yavira und Hubert unterhielten sich gerade in einer kleinen Gruppe, als sich eine dunkle Hexe unter die Gäste mischte. Magahag tanzte mit kleinen, hüpfenden Schritten um das Feuer herum. Dabei fiel ihr Stock mehrmals auf den Boden und verursachte dabei jedes Mal ein lautes, dumpfes Geräusch.

Viele Menschen wurden auf Magahag aufmerksam. Zum einen tanzte sie sehr schwungvoll für ihr offensichtlich fortgeschrittenes Alter. Zum anderen war sie abgrundtief hässlich, und viele Anwesende wollten erfahren, wo man so ein authentisch aussehendes

Kostüm kaufen könne. Yavira und Hubert jedoch erkannten die Echtheit ihrer Haut und sahen darunter ihre schwarze Seele. Diese trug einen bösen Plan in sich. Sie wollte einer liebenden Seele das Licht rauben, um damit ihre eigene Erscheinung um Jahre zu verjüngen. Yavira wusste, dass Hexen imstande waren, ihre eigene mit der Energie der Liebe zu verschmelzen. Zudem mussten Hexen hierfür das Blut der liebenden Seele trinken, was wie ein Schönheitselixier auf ihre Körper wirkte. Diesen Blutverlust konnte ein Mensch nicht überleben.

Die Hexe hatte es auf ein Liebespaar abgesehen, das am Feuer stand. Sie küssten sich andauernd und warfen sich dabei treuherzige Blicke zu. Sie wollte die Frauenseele, denn die war mit tieferer Liebe durchflutet als die des Mannes. Doch bevor die Hexe ihren Spruch anwenden konnte, stellten sich Yavira und Hubert dazwischen, um sie daran zu hindern. Das Paar erschrak wegen des ungewöhnlich bedrohlichen Verhaltens dieser vermeintlichen Menschen und verschwand sogleich in die Nacht. Magahag konnte sie nicht mehr finden. Vor lauter Ärger verhexte sie Nimues Eltern, sodass sie nie wieder die Liebe ihrer Familie spüren sollten. Sie ließ sie nicht nur schrumpfen und machte somit jegliche Kommunikation schwierig, sondern nahm ihnen das Potenzial der Energieaufnahme jeglicher Art. Dies wirkte sich derart aus, dass die Liebe und Zuneigung ihrer Familie ein zu starkes Gefühl für ihre kleinen Körper darstellte, um es aufnehmen zu können. Im schlimmsten Fall würden sie es nicht überleben. Wie ein Tsunami würde sie diese Energie umwerfen und unter sich begraben. Jegliche Energie war für sie eine Gefahr, aber die kraftvollste aller Energien, die Liebe, sollte sich lebensbedrohlich auf sie auswirken. Aus diesem Grund mussten sie ihren Spürsinn dafür ablegen.

Yavira und Hubert verzweifelten dennoch nicht an ihrer Situation. Sie wollten für ihre Kinder dieses Leben weiterführen, so lange es ginge, um ihre Entwicklung und Abenteuer an keinem Tag zu verpassen. Es war nicht immer einfach. Alles besteht aus Energie, und wenn man ihren Größenunterschied betrachtete, wurde schnell klar, dass die vorherrschenden Energien auf sie sehr stark einwirken mussten. Trotzdem meisterten sie die Situation.

Dies wohl sicher aus Liebe, denn ihre eigene Liebe gegenüber ihrer Familie konnte die Hexe nicht zerstören.

Katar spürte die feste und innige Umarmung von Nimue mit Freude.

»Danke, lieber Katar«, bemerkte sie mit Tränen in den Augen, »das ist das schönste Geschenk, das ich mir vorstellen kann.«

»Ist mir eine Ehre, Nimue.«

Danach wandte sie sich ihren Eltern zu und sagte: »Morgen werden wir gemeinsam feiern. Ich freu mich so sehr darauf.«

Alle anwesenden Augen waren auf Yavira und Hubert gerichtet. Dabei sahen sie die beiden von den Stühlen hüpfen. Sie tanzten miteinander und zeigten somit allen, wie glücklich sie darüber waren.

»Gut, das wäre alles, oder?«, fragte Oona. »Ich muss wieder ins Gewächshaus, um den Heinzelchen bei der Ernte zu helfen.«

»Ja, das war alles«, bestätigte Seoras. »Viel Spaß, Oona. Ich weiß ja, wie sehr du die Arbeit in deinem Gewächshaus liebst.«

Sie nickte dankend und verschwand sogleich hinter der Tür. Daraufhin verließ einer nach dem anderen den Raum.

Nimue lief aufgewühlt in ihr Zimmer. Das neue Wissen über den Stein des Orisolus ließ ihr keine Ruhe mehr. Nun bekam das Zurückholen des Steines eine ganz neue Bedeutung für sie. Nicht nur das Licht auf der Erde, die Natur und alle Lichtwesen konnten geheilt und unterstützt werden, sondern auch sie ganz persönlich könnte davon profitieren, wenn die Heilkraft des Steines ihre Eltern zurückverwandelte.

Im Zimmer angekommen, stellte sie sich sofort vor die Spiegeldame. »Kannst du es sehen?«

»Du bist aber aufgeregt, junge Elfenprinzessin.«

»Ich soll die auserwählte Elfe sein, die die Holzkugel öffnen kann und weißt du was, dieser Stein kann heilen. Er hat Heilkräfte aufgrund seiner starken, lichtvollen Energien und weißt du, was das bedeuten kann?«, sprudelte es aus Nimue heraus.

»Was?«, wollte die Spiegeldame wissen.

»Mama und Papa, vielleicht, es ist nicht ganz sicher, sagt Opa, aber, vielleicht kann er auch ihren Fluch lösen. Meine Eltern könnten wieder ein normales Elfenleben führen.« Sie drehte sich um ihre eigene Achse und spielte mit ihrem Rock, der sich mit dem Wind auf und ab bewegte. »Wäre das nicht wunderschön?«

»Ja«, antwortete die Spiegeldame, »das wäre es.«

Da klopfte es an der Tür. »Herein«, rief Nimue mit melodischer Stimme.

»Was ist los?«, fragte Sophia, die sie durch die offen stehende Tür tanzend vor dem Spiegel beobachtete.

Nimue rannte auf sie zu und nahm ihre Hand. »Mama und Papa werden morgen normale Elfen sein!«

Sophia ging einen Schritt zurück und starrte sie mit großen Augen an.

»Freust du dich nicht?«

»Doch, aber wie soll das gehen?«

»Katar hat einen Zauberspruch, der sie für vierundzwanzig Stunden normal sein lässt.«

Ihre Schwester drehte sich abrupt um und lief davon.

»Was ist?«, rief ihr Nimue hinterher, bekam jedoch keine Antwort. »Ich wollte ihr doch noch von dem Stein erzählen und dessen möglicher Heilkraft.«

»Nein, Nimue, behalte das für dich, auch wenn es dir schwerfällt. Du weißt noch nicht, wann du den Stein zurückbringst und ob er wirklich deine Eltern heilen kann. Bitte, Nimue, wecke bei deinen Schwestern keine hoffnungsvolle Erwartung, die vielleicht im Sande verläuft. Sie werden es noch früh genug erfahren.«

Nimue wollte die Worte der Spiegeldame nicht hören. Warum war sie nicht so Feuer und Flamme, wie sie es war? Sollte man nicht daran glauben, solange nicht das Gegenteil bewiesen war? War es nicht eine Hoffnung, die man niemals zerstören sollte? Ihr Großvater sagte immer: »Der Glaube versetzt Berge.« Glauben, daran glauben, das war es, was für Nimue in diesem Moment zählte und nicht die Gewissheit über das Ergebnis. Sie glaubte, und diese Kraft war stärker als alles, was sie vorher gespürt hatte, ausgenommen die Kraft der Liebe.

»Ich werde es niemandem erzählen« – sie hielt kurz inne – »außer Cara und Aaro, ansonsten niemandem. Ich versprech's!«

Die Spiegeldame blieb still.

Nimue entschied sich spontan zum Eichenbaum zu laufen und mit ihm darüber zu sprechen. Sie konnte sich nicht mehr stillhalten und wollte ihr Wissen mit ihrem Freund teilen. Sie hoffte, dass er, wie auch sie, mit Freude darauf reagieren würde.

Mit einem breiten Lächeln in ihrem Gesicht lief sie in Richtung Wald. Als sie den Hof durchquerte, entdeckte sie Heinzelchen und andere Elfenhelfer Tische und Stühle in den verschiedensten Größen für die morgigen Gäste aufstellen. Zudem sah sie die Begrüßungsbühne unter den Arkaden bereits vollständig aufgebaut vor sich stehen. Nur der purpurrote Teppich fehlte noch. Zudem wurden überall Blumengestecke verteilt. Sogar kleine Bäumchen machten sich gerade auf den Weg in den Hof hinein. Ihre Wurzeln lagen flach im Boden verankert, sodass sie sich ohne große Anstrengung entwurzeln und herumlaufen konnten. Sie lebten alle im Reich Shenja und wurden von Oona gebeten, sich auf die für sie vorgesehenen Plätze im Hof und Garten zu stellen.

Die Bäume unterhielten sich angeregt oder grüßten Nimue, während sie an ihnen vorbeilief. Daraufhin verließ sie den Hof und sauste in den Wald hinein.

Kurz bevor sie Aaro sehen konnte, hörte sie seine Worte: »Da ist ja unser baldiges Geburtstagskind!«

Nimue rannte schneller. Als sie ihn erreichte, umarmte sie den Eichenstamm stürmisch.

»Ui, was ist denn los, Nimue?«, fragte er, während er mit einem Ast über ihren Rücken strich. »Bist du traurig oder aufgeregt oder was ist passiert?«

»Ich habe heute mit ...«, erklärte Nimue mit aufgelöster Stimme.

Sie wurde sogleich von Aaro unterbrochen, der die Wichtigkeit ihrer Worte verstand. »Nimue, geh hinein. Es muss uns ja nicht jeder hören, nicht wahr?«

Sie nickte und verschwand in der Baumhöhle. Nachdem diese verschlossen war, sprudelten die Worte nur so aus ihr heraus. Sie konnte sich nicht mehr bremsen. Nach einer Stunde war alles erzählt. Alles, was sie bewegte und von dem sie niemals zu träumen wagte. Dabei ging es ihr nicht um das Auserwähltsein oder eine Regentschaft. Dabei ging es ihr um die Liebe zu ihren Eltern und die mögliche Wendung ihres schrecklichen Schicksals.

Aaro wusste all dies bereits, hatte jedoch niemals darüber gesprochen. Viele Wesen gingen in den Wald, um sich dort zu erholen, zu entspannen und auch, um dort ungestört miteinander zu sprechen. Die Bäume waren sehr hellhörig und konnten von weiter Entfernung Elfengeflüster wahrnehmen. Auf diese Weise hatte er auch von vielen Geheimnissen erfahren. Dennoch wusste er nicht, ob sie es wirklich war: die zukünftige Königin; bis zu diesem Zeitpunkt.

Seine kleine Nimue sollte nun erwachsen werden. Er war stolz auf sie und traurig zugleich. Bald sollte sie auf die Zauberschule gehen, weit weg von ihm. Er würde sie vermissen und fühlte eine bedrückende Traurigkeit in seinem Holzstamm aufsteigen.

»Weißt du, Aaro«, sagte sie inzwischen mit ruhiger Stimme, »ich wollte für das Licht auf der Erde kämpfen und dachte, dass ich dieses Erbe annehme, falls es mich trifft. Jetzt aber hat es eine noch größere Bedeutung für mich. Wenn meine Eltern diesen Stein berühren, können sie geheilt werden. Ja, das werden sie, und was könnte mich nun noch davon abhalten, den Stein des Orisolus nach Hause zu bringen?«

»Weißt du schon, wo er ist?«, fragte der Eichenbaum besorgt.

»Nein, ich werde es erst nach einem erfolgreichen Abschluss der Zauberschule erfahren. Leider, …«

»Genau wegen des *leider* ist es gut, dass sie dir den Ort erst zum richtigen Zeitpunkt offenbaren«, unterbrach er Nimue.

Sie war davon natürlich nicht überzeugt, wusste jedoch, dass sie Seoras' Willen nicht ändern konnte und versuchte es daher auch nicht. Trotzdem hoffte sie, in der Zauberschule bereits etwas von dem Ort zu erfahren. Sie würde sofort losreisen, um den Stein des Orisolus zu holen und in das Königreich zu bringen. Wenn der Diamant erst einmal im Schloss ist, dann wird alles gut, da war sie sich sicher.

Der Baum machte sich Sorgen um Nimue, denn sie hatte bei ihrer Erzählung keinen Konjunktiv, sondern den Indikativ benutzt, als ob es sicher wäre, dass der Stein des Orisolus ihre Eltern heilen kann. Die Enttäuschung, falls dies nicht der Wirklichkeit entsprechen sollte, wollte er sich gar nicht ausmalen, und so verwarf er seine Gedanken wieder. Auch er wusste es nicht mit Bestimmtheit.

»Oona, wie konntest du nur?«, fragte Aar seine Frau mit mehr Vorwürfen in der Stimme, als Worte es hätten ausdrücken können.

Sie standen vor den Rosensträuchern im Garten. Der Anblick des harmonischen Farbenspiels stimmte ihn ruhig, und doch war Aar schwer von seinen Bedenken abzulenken.

»Jetzt wird sie versuchen, den Ort schneller als geplant herauszufinden, um ihre Eltern zu retten. Du weißt, in was für Gefahren sie das bringen kann. Sie muss vorher die Zauberschule besucht haben, um diesen gewachsen zu sein. Wie kannst du nur so …«

»Hör auf!«, erwiderte sie streng. »Ich weiß, es war ein dummer Fehler, der mir nicht hätte passieren dürfen. Auch wenn ich möchte, ich kann ihn nicht mehr rückgängig machen. Ich werde mit Nimue sprechen und ihr versichern, dass nur Seoras den Ort weiß. Das wird für sie Grund genug sein, die Schule abzuschließen, ohne sich auf eine gefährliche Suche zu stürzen.«

»Wenn du meinst«, entgegnete er zweifelnd, »dann wird es so sein.«

»Müssen wir Maeve mit mehr Kräutern versorgen?«, wechselte Oona das Thema.

»Nein, sie hat für alle auf der Liste stehenden Wesen Zaubertränke gebraut und auch für unerwartete Gäste hat sie sich vorbereitet. Außerdem hat sie noch ein paar andere Rezepturen hergestellt, die im Falle einer Unverträglichkeit angewandt werden können.«

Oona lächelte zufrieden. »Gut, ich kümmere mich jetzt um die Dekoration in den Sälen. Ich werde hauptsächlich ihre Lieblingsrosen verwenden. Dann brauchen wir noch Blumenkörbe für den Wald, auch dort müssen wir das Fest vorbereiten.«

»Die Gäste für die Waldfeier«, erklärte Aar, »werden am Hofe begrüßt und verköstigt. Deshalb verteilen wir nur wenige Fressnäpfe im Wald. Die Vogelchöre haben zugesagt und ein Elfentrio wird sie musikalisch begleiten. Ich werde gleich noch einmal nachsehen, ob alles in Ordnung ist und keine Fragen mehr offenstehen. Die Festplanelfe Partina organisiert gerade den großen Tafelsaal. Ich werde auch mit ihr sprechen, ob sie noch etwas braucht.« Er wandte sich Oona zu und gab ihr einen Kuss auf die Wange. »Hast du mit Nimue über das Zeremoniell gesprochen?«

»Nein, ich werde das gleich nachholen. Ich bezweifle jedoch, dass sie mir zuhören wird. Sie ist wegen ihrer Eltern viel zu aufgeregt.«

»Ich weiß«, erwiderte Aar, »ich muss zugeben, ich freue mich sehr, unseren Sohn wieder in den Arm nehmen zu können und natürlich auch Yavira.«

»Ganz ehrlich, Aar«, sagte sie, »ich bin aufgeregt wie ein kleines Kind, sogar richtig nervös. Wie lange habe ich mir gewünscht mit Hubert wieder richtig sprechen zu können, ihn zu umarmen, ihn einfach um mich zu haben und ihn zu beobachten. Er hatte immer so eine liebevolle Art und Weise, mit anderen umzugehen. Sein Herz ist wahrlich gut, Aar, und dann das.«

»Es ist nicht nur gut, sondern auch stark. Ansonsten wäre er an seinem Schicksal verzweifelt und wir hätten ihn bereits verloren.«

»Du hast recht, mein Guter. Wir können sehr stolz auf ihn sein, auch wenn er einmal aus Gutmütigkeit einen schlimmen Fehler gemacht hat. Ich liebe ihn.«

»Ich auch, Oona«, erwiderte Aar und umarmte seine Frau. »Nimue wird sie retten, das weiß ich.«

»Werden ihre kleinen Körper wirklich so lange durchhalten? Und wird die Heilkraft des Steins bei ihrem Zauber wirken?«, stellte Oona beunruhigt infrage.

»Ich will fest daran glauben, meine Liebe!«

»Und was, wenn der Stein sie nicht heilen kann? Eine Garantie haben wir ja nicht.«

»Es gibt für nichts eine Garantie, Oona, und doch passieren Dinge, weil man daran glaubt. Wahrhaft daran glaubt! Zerstöre alle Zweifel in dir und kehre sie um in einen tiefen Glauben. Bitte, tue es für mich.«

»Ich weiß, mein Guter, ich weiß. Ich werde meine Zweifel abbauen, um ganz und gar daran zu glauben. Ich verspreche es dir.«

»Gut, dann wird es auch so sein.«

Er löste seine Umarmung und stupste ihr mit dem Finger liebevoll auf die Nase. »Mein Schatz, du bist mir die Liebste und mein Ein und Alles«, verabschiedete er sich und ging davon, jedoch nicht, ohne sich noch einmal umzudrehen, um ihr ein Lächeln zu schenken. Sie lächelte zurück und noch immer klopfte bei ihrem Anblick sein Herz schneller. Diese Geste bedeutete mehr, als tausend Worte hätten sagen können.

Aar hielt für ein paar Sekunden die Luft an. Ihre gemeinsame Zeit und Liebe zeigte ihm, dass er vor hunderten von Jahren richtig entschieden hatte, als er sich gegenüber seinem Vater durchsetzte und Oona heiratete. Auch wenn es nicht einfach für ihn war, gegen den Willen seines Vaters zu handeln. Heute kann er die Wahrheit darin erkennen. Es verhielt sich nicht derart, dass sein Vater Oona nicht gemocht hätte, aber zu diesem Zeitpunkt war eine Elfenprinzessin vom Stamm Far Lume aus Italien auf der Suche nach einem Ehemann. Der Geisterkönig Rory, der die Elfen auf ihrer großen Reise kurz vor Rom aufgenommen hatte, meldete sich bei Seoras und erzählte ihm von der schönen Braut. Seoras war begeistert und wollte die beiden vermählen. Aar hatte sich zu diesem Zeitpunkt bereits in Oona verliebt und um ihre Heirat gekämpft.

Aar traf die Elfenprinzessin Luizina auf einem Fest auf der Zauberinsel und sie freundeten sich an. Jahre später heiratete sie einen Elfenprinzen aus Frankreich und man hörte, dass sie glücklich miteinander lebten, genauso wie es Oona und Aar taten.

»Heute um Mitternacht wird es so weit sein«, erzählte Nimue aufgeregt ihrem Freund Aaro.

»Ich freu mich für dich, Nimue. Genieße jede Sekunde deines morgigen großen Tages.«

»Ja, das werde ich«, stimmte sie zu und holte tief Luft, um dabei Kraft und Energie in sich aufzunehmen.

»Weißt du, dass gestern eine Schar von Tieren hier war und mich nach dir gefragt hat?«

»Nein.«

»Sie wollen alle zu deiner Geburtstagsfeier kommen. Das waren ausschließlich Tiere, die bei den Menschen leben.«

»Aha, und was hast du ihnen geantwortet?«

»Dass ich nicht dazu befugt bin, sie einzuladen. Daraufhin sind sie wieder abgezogen.«

»Was waren es für Tiere?«, wollte Nimue wissen.

»Da waren viele Säugetiere, wie …«

Sie unterbrach ihn: »Was meinst du mit Säugetieren?«

»Die Menschen geben allem einen Begriff, und manches teilen sie dadurch in Kategorien ein. So sind Säugetiere Tiere, die Milchdrüsen haben und damit ihre Babys säugen können.«

Nimue grinste vor sich hin. Die Stuhldame wurde davon angesteckt und lächelte mit. Ihre Rückenlehne knarrte dabei laut.

»Hey, was ist da drinnen los?«, fragte Aaro überrascht.

»Wir denken nur an die Tierbabys«, erklärte Nimue, »und wie lieb solche immer aussehen.«

»Ach so. Das tun sie«, stimmte der Eichenbaum zu. »Also, da waren Rot- und Damhirsche, ein paar Wildschweine, ein Hasenpärchen, ein Alpenmurmeltier, ein …«

»Was? Ein Alpenmum, nein, murm, nein, welches Tier?«

»Alpenmurmeltier, das ist ein Nagetier und lebt für gewöhnlich hoch oben in den Alpen.«

»Woher weißt du das alles?«

»Ich sag dir doch immer, dass hier viele Wesen durch den Wald kommen. Zudem hatte meine Baumseele einmal einen Stamm auf der Erde und …, äh, nein, weiter, sonst kommen wir ja nie zu einem Ende. Wildschweine habe ich schon erwähnt, oder? Ja, habe ich schon«, antwortete er sich selbst. »Da waren Affen, richtig schöne kleine Äffchen. Sie haben sich vom Stamm Katta vorgestellt. Die hatten eine ganz spitze Schnauze und einen langen, gestreiften Schwanz. Der sah lustig aus.«

Er musste über die Gestalt des schwarz-weißen Halbaffen kichern. Der ganze Baumstamm bewegte sich dabei hin und her, sodass Nimue und die Stuhldame teilweise angerempelt wurden.

»Gott behüte, dass noch ein lustig aussehendes Tier dabei war«, klagte die Stuhldame.

»Eine Igelfamilie, eine Marderfamilie, eine Gartenschläferfamilie ...«

Nimue lachte hell auf und unterbrach Aaro damit.

»Nicht lachen, nicht lachen, sonst lacht er auch«, rief die Stuhldame warnend.

Nimue verkniff sich, weiterzulachen und wollte wissen: »Was ist ein Gartenschläfer?«

»Das ist ein Tier, das meistens in der Nacht wach ist und sich oft an Waldrändern niederlässt, also ein Waldtier. Sieht aus wie eine kleine Maus und hat eine schwarze Gesichtsmaske.«

»Eine Gesichtsmaske?«, stellte die Stuhldame entsetzt infrage.

»Das Fell ist um die Augen herum und unter den Ohren schwarz, sodass es wie eine Maske aussieht, aber natürlich keine ist, dummer Stuhl«, bemerkte er schmunzelnd und machte sie darauf aufmerksam: »Da kommen noch mehr Tiere, also bitte, Ruhe!«

»Ja, Mae ...«, wollte Stúhly antworten, als ihr Nimue einen sanften Schlag versetzte.

»Ein Maulwurf und sogar Fische habe ich gesehen, obwohl sie sich in unserer magischen Wasserenergie nicht wirklich wohlfühlen. Darunter befanden sich Heringe, Lachse, Flussaale, Hechte und Sägerochen. Puh, die Letzteren sehen vielleicht gruselig aus. Deren langgezogenes Maul ist beiderseitig mit Zähnen versehen, die unangenehm weit herausstehen und nicht darin verschwinden.«

Für einen Moment lang hielt er inne.

»Da war noch eine Forelle, glaube ich, und ein wunderschönes Seepferdchenpaar, eine Seezunge und ein paar Flusskrebse. Ach ja, ein Fuchs war auch dabei und zwei Katzen, so hauskatzenartige Tiere. Ich bin mir sicher, dass auch noch andere Tiere kommen werden, wie Schwäne, Reiher und Rebhühner. Ich glaube, keiner will das Fest verpassen.«

»Oh, ich weiß gar nicht, wo die alle Platz haben sollen und wie darf ich sie begrüßen? Manches offizielle Benehmen habe ich bei den Uaneala-Festen meiner Schwestern beobachtet, aber da waren niemals so viele Tiere und Wesen eingeladen.«

»Das kriegst du schon hin, Nimue.«

»Kommen die alle?«

»Ich weiß es nicht, hab sie ohne zu antworten weitergeschickt. Meiner Meinung nach: Ja, sie kommen alle.«

Nimue seufzte. »Dann ist es wohl besser, ich gehe zu Opa und erzähle ihm davon.«

Sogleich öffnete Aaro den Höhleneingang. »Wir sehen uns morgen, oder?«

Sie nickte und lief davon. »Bis dann, Stúhly! Bis bald, Aaro!«

»Bis dann!«, riefen sie ihr gleichzeitig hinterher.

Während sie durch den Wald lief, sah sie immer wieder Heinzelchen und andere Elfenhelfer das Fest vorbereiten. Viele Blumen wurden an verschiedenen Stellen aufgestellt, die sich nun aufgeregt mit den Waldpflanzen unterhielten. Musikinstrumente standen herum, und auf den Bäumen wurden Plätze markiert, auf die die Glühwürmchen sich setzen sollten, um ein angenehmes Licht für die Gäste zu schaffen.

Am Waldrand sah Nimue Elfen, die das Wasser rund um die Schlossmauern verdichteten. Dies taten sie für die vielen Wassertiere, die ein normales Erdenwasser brauchten, um länger hier unten überleben zu können. Sie konnten zwar in ihrer magischen Wasserenergie schwimmen, jedoch nicht stundenlang. Es kostete sie viel Kraft, sich in einer anderen Energie fortzubewegen. Wenn sie zwischendurch immer wieder ins Wasser hüpften, dann sollten sie keine Probleme haben, so war sich Maeve sicher. Damit blieben ihnen auch die für sie ekeligen Kräutertränke erspart.

Nimue beobachtete die fleißigen Elfenhelfer, als sie ein lautes Wiehern hinter sich im Gehölz wahrnahm. Ihr Herz fing an, heftig zu schlagen. Sie drehte sich um und rannte zurück in den Wald. Sie wollte das Pferd unbedingt finden. Ein Mix aus Sehnsucht und Vorfreude machte sich in ihr breit. Gleichzeitig fragte sie sich, ob das Pferd möglicherweise in Gefahr schwebte? Warum sonst sollte sie diesen Drang spüren, es unbedingt finden zu wollen?

Da traf sie auf eine Waldlichtung, bei der sie das Tier vermutete. Sie suchte die Gegend danach ab, konnte jedoch nichts und niemanden entdecken. Sie lief weiter und dabei tiefer in den Wald hinein. Dorthin, wo ihr Gefühl sie hinzog, denn das Pferd wieherte schon lange nicht mehr. Sie folgte ausschließlich ihren Instinkten. Als sie den östlichen Teil des Waldes erreichte, durchbrach das Licht mehr und mehr die Baumwipfel, womit es den Boden erhellte. Es war, als ob sie in einen Lichtkegel nach dem anderen hineinlaufen würde. Kurz darauf bemerkte sie eine Bewegung hinter dicht nebeneinanderstehenden Bäumen. Sie hüpfte einen Schritt zur Seite, und da war es, ein Pferd von solcher Schönheit, dass es ihr den Atem raubte.

Langsam ging sie auf das Pferd zu. Sie konnte ihre Augen nicht mehr davon abwenden. Ihre Blicke fixierten jede einzelne Bewegung, während sie dem Pferd Schritt für Schritt näherkam. Dabei zog es seine Vorderbeine abwechselnd an, als ob es ein Kunststück aufführen wollte.

Seine dunkelbraune Mähne schimmerte im Licht der Sonne, und Nimue bewunderte sein Gesicht mit wunderschönen großen, tiefbraunen Augen. In der Mitte des Gesichtes zog sich vom Scheitel bis zur Nase ein breiter, scharf abgesetzter weißer Strich. Seine Ganaschen, der halbrunde hintere Bereich des Unterkiefers, sahen kräftig aus, sowie auch seine Muskulatur an den Schultern. Überhaupt sah er kräftig und muskulös aus, als ob er ein Araber wäre. Sein kurzes und glänzendes Fell war dunkelbraun, fast schwarz.

Nimue verliebte sich sofort in dieses Pferd.

»Wer bist du?«

»Ich bin Amparo.«

»Darf ich dich streicheln?«, wollte sie ehrfürchtig wissen.

»Ja«, antworte er knapp.

Kurz bevor sie ihn berühre, hörte sie Schritte hinter sich näherkommen. Dann wurde es still. Nichts war mehr zu hören, außer den Klängen der Natur. Da spürte sie ein angenehmes Kribbeln auf ihrem Rücken, als ob warme, sanfte Augen sie ansehen würden. Dennoch drehte sie sich nicht um und überprüfte, wer es war, der ihr folgte. Das Pferd war das Einzige in diesem Moment, dem sie ihre volle Aufmerksamkeit schenken wollte. Dann berührte sie es und spürte, wie eine Wärme von ihrer Hand ausgehend durch ihren ganzen Körper strömte.

Nimue war vom ersten Augenblick an vernarrt in dieses Pferd, und dies konnte sie tief in sich spüren. Sie strich mit langen Zügen über seinen Hals, die Schultern und seine Mähne. Dabei überkam sie ein Gefühl der Zuneigung und sie umklammerte seinen Hals.

Amparo ließ es zu, ohne sich großartig zu bewegen.

Dann sah sie in sein Gesicht, wobei sich ihre Blicke trafen. Seine Augen strahlten etwas Magisches aus. Der Ausdruck war ihr vertraut und dennoch fremd, und so fragte sie: »Kenne ich dich?«

»Nicht wirklich und irgendwie schon. Unsere Seelen sind verwandt, Nimue, aber unsere Körper haben sich noch nie gesehen.«

»Deshalb mag ich dich auf Anhieb so gerne, oder?«

Amparo erwiderte nichts.

Doch Aar erklärte im Hintergrund: »Genau deshalb, Nimue. Amparo ist dein Pferd!«

»Amparo ist mein Pferd«, wiederholte sie erstaunt, ohne sich über Aars Anwesenheit zu wundern.

»Er hat dich auserwählt.«

»Das kann ich mir gar nicht vorstellen, Opa. Er ist so schön und groß und einfach einzigartig.«

»Da passt ihr gut zusammen.«

»Opa«, erwiderte sie mit einer hochgezogenen Augenbraue, »das meinst du doch nicht wirklich, oder?«

»Du bist ein besonderes Wesen, so wie auch Amparo eines ist. Besondere Wesen ziehen sich an.«

»Und unsere Seelen?«, wollte Nimue wissen.

»Eure Seelen sind verwandt. In diesem Falle, wie ich gerade an seinem Gesicht sehen kann, muss er der Ur-Ur-Urenkel des Pferdes von König Aar sein, der mit ihm die ganze, lange Reise durchgestanden hatte.«

Nimue wandte sich dem Pferd zu und fragte: »Stimmt das, Amparo? Stammst du von ihm ab und bist somit ein Tara-Pferd?«

»Das stimmt. Er war ihm ein guter Freund und Wegweiser und das Gleiche werde ich für dich sein. Ich wurde zur selben Minute wie du geboren. Bis zum heutigen Tag wurde ich für unser gemeinsames Leben ausgebildet und trainiert. Nur dir ist es erlaubt, mich zu reiten. Ich werde alle, die es versuchen, so abwerfen, dass sie niemals mehr ein Pferd besteigen wollen.«

Nimue konnte ihren Ohren und Augen nicht trauen. War es die Wirklichkeit oder nur ein Traum und sie würde gleich aufwachen? Sie empfand Amparo als einzigartig schön und liebenswert. Allein in einem Traum hätte er ihr eine große Freude mit seinem Besuch bereitet.

»Nimue«, erklärte Aar und riss sie aus ihren Gedanken, »er wird dich in die Zauberschule begleiten.«

»Ist das alles wahr, Opa, oder mache ich gerade ein Mittagsschläfchen bei der alten Eiche?«

Aar lachte. »Nein, du bist wach, Nimue. Amparo ist dein Pferd. Wir können es mit nach Hause in den Stall nehmen.«

Sie umarmte ihren Großvater inniglich und sagte: »Danke, danke!«

»Er hat dich ausgewählt, Nimue. Ich wusste es bis gerade eben auch nicht.« Aar wandte sich Amparo mit den Worten zu: »Ich bin sehr glücklich darüber. Einen besseren Beschützer könnte meine kleine Rao'ra nicht haben.«

Amparo nickte.

Nimue konnte sich nicht mehr halten und umarmte abermals ihr Pferd, küsste seinen Hals und flüsterte: »Danke!«

»Setz dich!«, forderte sie Amparo auf und Nimue gehorchte gerne aufs Wort.

Sie schwang sich aufs Pferd und spürte sogleich eine Magie davon ausgehen. Ihre Füße schmiegten sich sanft an seinen Körper an. Sie verschmolzen beinahe und so wurde sie eins mit ihm. Dergestalt trabte das Pferd neben Nimues Großvater den Weg entlang in Richtung Schloss.

»Opa, hast du Amparo gerade verstanden? Ich dachte, du kannst keine Pferdesprache.«

»Ich kann sie auch nicht. Ein Tara-Pferd ist jedoch eine Pferderasse, die den Elfen besonders nahesteht. Daher können wir jederzeit miteinander kommunizieren.«

»Ist das wirklich ein Tara-Pferd? Die haben doch eher ein grünliches Fell?«

»Nicht unbedingt, sie können sich den Umständen angleichen und dabei ihre Haarfarbe ändern. Trotzdem hast du recht, ursprünglich werden sie mit einem grünen Deckhaar geboren.«

Nimue nickte verstanden zu haben.

Zur gleichen Zeit öffnete sich vor ihnen der Wald und gab die Sicht auf das Schloss frei. Da erklangen die hastigen Stimmen der fleißigen Arbeiter. Sie legten ihre Arbeit nieder und starrten Nimue, Aar und Amparo an. Es lag etwas Besonderes in dem Bild, das sie gerade vor sich hatten.

Nimue konnte es in den Augen aller widerspiegeln sehen. Sie erkannte die Bedeutung darin und hielt den Atem an: Sie war die zukünftige Königin, die das Reich Shenja einmal mit Kraft und Güte regieren sollte. Nun war das unausgesprochene Wort ausgesprochen. Da wurde es ihr ganz warm ums Herz.

»Ist es Amparo?«, fragte sie sich, *»Sein Vorfahre hatte den großen König der Lichtelfen beschützt und durch viele Länder getragen. Oder ist es das Bild, das ich gerade in den Augen der Männer gesehen habe?«*

Es war ihr egal, denn das eindeutig gute Gefühl in ihrer Brust rief keine Fragen mehr auf. Es passte, stimmte, und warum sollte man so etwas Eindeutiges noch hinterfragen?

»Wo soll er wohnen, Opa?«, wollte Nimue wissen.

»Die Box neben Seoras' Pferd ist frei. Dies war der Stall von Tadghs Pferd.«

»Da wird es dir gefallen«, versicherte sie Amparo und strich ihm sanft über den Hals.

Gemeinsam belegten sie den Boden mit frischem Stroh, gaben Futter in zwei Näpfe und füllten eine Tränke mit frischem Wasser.

Nimue blieb noch eine Weile, bis sie ihre Großmutter im Gewächshaus erwartete. Als sie den Stall verließ, hörte sie die Tiere miteinander freudig sprechen. Es war schön, sich wiederzusehen.

Als sie das Gewächshaus erreichte, ging sie erst an verschiedenen Beeten vorbei. Viele Heinzelchen ernteten Kartoffeln, Karotten,

Lauch, Kohlrabi, Tomaten, Erbsen, Brokkoli, Spargel, Zucchini und noch vieles mehr. Dies alles sollte am nächsten Morgen zu einer dicken Gemüsesuppe verarbeitet werden, die Nimue sehr liebte, und natürlich zu ihrer Lieblingsnachspeise: süßer Gemüsebrei.

Danach kam sie an den verschiedenen Kräutergärten vorbei. Auch dort arbeiteten die Heinzelchen fleißig. Sie schnitten Kräuter ab und legten sie sorgfältig auf deren Häufchen. Sie erkannte nicht alle Arten auf Anhieb, dennoch sah sie Schnittlauch, Petersilie und Gartenkresse.

»Was macht ihr da?«, hallte die empörte Stimme von Oona Nimue entgegen.

Sie lief in ihre Richtung und sah sie kopfschüttelnd vor einem Heinzelchen stehen.

»Ihr sollt doch den Drachenkopf nicht mit dem Dill mischen. Dill brauchen wir für den Salat und den Drachenkopf für den Kuchen. Also, trennen! Hm, das mache ich jetzt besser selber.« Da bemerkte Oona ihre Enkelin und wandte sich ihr zu. »Hallo, Nimue, gut, dass du kommst. Hilf mir bitte, die beiden Kräuter auseinanderzupflücken. Dabei können wir über die Zeremonie sprechen.«

Nimue setzte sich neben den Kräuterhaufen auf den Boden und trennte die beiden Sorten voneinander. Gleichzeitig sprach Oona über alle notwendigen zeremoniellen Handlungen. Dann erwähnte sie den morgigen Zeitplan, wobei sie stets die Vorbereitungen ansprach, die seit Tagen stattfanden.

Als Cara sie später im Gewächshaus aufsuchte, beauftragte Oona sie, den Heinzelchen bei der Kräuterernte zu helfen. Cara willigte ein und stellte sich neben ein Heinzelchen, um ihm beim Pflücken der Petersilie zu unterstützen.

»Morgen gibt es eine Gemüsesuppe, verschiedene Salate, Brot und Käse, verschiedene Breie als Dips und verschiedenes Futter in Form eines Gemüse- oder Pflanzenbreies für die tierischen Gäste.« Oona wandte sich Nimue zu und meinte: »Es versteht sich von selbst, dass wir dafür keine Tiere, sondern Gemüse verarbeiten.«

Nimue nickte und erzählte den beiden von Amparo. Dann schwenkte sie auf das am frühen Morgen stattgefundene Gespräch.

Ihre Cousine erfuhr dabei, dass auch sie auf die Zauberschule gehen sollte und reagierte entsetzt: »Was, ich muss auf die Zauberschule?«

»Ja«, erwiderte Nimue, »freust du dich nicht?«

»Nein, ganz und gar nicht. Weißt du überhaupt, was das für eine Arbeit ist? Was nutzt mir das alles? Ich bin zufrieden mit meinem Leben. Ich muss nicht reisen, und überhaupt muss ich auch nichts mehr lernen!«

Oona legte ihre Arbeit nieder und ging auf Cara zu, die trotzig einen Strauch Petersilie auf den Boden warf.

»Kleine, das wird dir Spaß machen. Du und Nimue werdet viel Freude haben und das Lernen wird dir leichtfallen. Du bist sehr intelligent, da mache ich mir keine Sorgen.«

»Meinst du?«, bezweifelte Cara mit hochgezogener Augenbraue.

»Ja«, antwortete Oona und flüsterte ihr ins Ohr: »Dein Großvater vertraut dir. Er will, dass du auf Nimue aufpasst.«

Das beeindruckte Cara, denn sie hatte keine Ahnung, dass Aar ihr das zutrauen würde. Auch wenn sie immer noch nicht auf die Zauberschule gehen wollte, entflammte tief in ihrem Innern ein Feuer, welches Nimue beistehen und schützen sollte. Falls Nimue dann den Diamanten finden und zurückbringen würde, war sie ein bedeutender Teil dieser Geschichte. Seoras und Aar würden stolz auf sie sein, und das war ihr Ansporn genug.

»Gut«, erklärte sie, »ich gehe mit Nimue auf die Zauberschule.«

»Hurra«, rief Nimue, »ich freue mich, dass wir beide auf die Schule gehen.«

Bevor sich Oona wieder abwandte, deutete sie auf den am Boden liegenden Strauch und sagte: »Eine Petersilie mag es gar nicht, so behandelt zu werden.«

Cara hob den Strauch auf und entschuldigte sich bei ihm.

Sie arbeiteten noch eine Weile in den Gewächshäusern, bis Oona die beiden auf ihre Zimmer schickte.

Nimue wurde von Sekunde zu Sekunde aufgeregter. Bald war es Mitternacht, und sie wollte bis dahin ihr Geburtstagskleid anhaben. Vorher jedoch nahm sie sich vor, Amparo noch eine gute, erste Nacht im Reich Shenja zu wünschen. Sie lief mit Cara in den Stall.

»Hier, schau, das ist er«, meinte Nimue freudestrahlend.

»Oh, der ist aber wirklich schön. Darf ich ihn streicheln?«

»Ich weiß nicht, probier's aus.«

Zögernd griff sie mit ihrer linken Hand in Richtung Pferd.

Amparo rührte sich nicht. Doch dann, als Cara ihn berührte, bewegte er seinen Kopf schnell auf und ab.

Cara erschrak heftig, sodass sie ihre Hand zurückzog und einen Schritt zur Seite hüpfte.

»Schön ist dein Amparo.«

»Ja, das ist er.«

»Ich geh noch schnell zu Tristan, okay?«

»Wir sehen uns gleich draußen.«

Cara nickte. »Bis gleich«, und schon verschwand sie in den nächsten Stall.

Nimue blieb bei Amparo und streichelte ihn am Hals. Sie flüsterte, als ob sie ihm ein Geheimnis anvertrauen wollte. »Amparo, wir beide werden den Stein holen und Mama und Papa retten. Ja, das werden wir.«

»Es wird ein langer Weg werden, Nimue«, meinte er.

»Weißt du, wo der Stein ist?«

»Nein. Du wirst es erfahren, wenn die Zeit dafür reif ist. Dann ziehen wir los und bringen ihn in eure Heimat.«

Sie küsste Amparo auf den Nasenrücken und verabschiedete sich mit den Worten: »Gute Nacht, Amparo, schlaf gut!«

»Gute Nacht, Nimue!«

Als sie auf den Hof ging, sah sie immer noch fleißige Heinzelchen arbeiten. Auch einige Elfenhelfer waren unter ihnen und stellten Dinge auf oder dekorierten Mauern und Tische. Es sah aus, als ob alle gut gelaunt wären. Eine Vorfreude lag in der Luft.

Wenige Minuten später kam Cara aus dem Stall heraus und sagte: »Was jetzt?«

»Nichts, ich möchte mich umziehen. Es ist bald Mitternacht, und Mama und Papa, du weißt doch …«

»Ja, ich weiß. Darf ich mitkommen?«

»Ich denke schon. Komm einfach um Mitternacht zu Opas Büro«, antwortete Nimue.

»Mach ich«, erklärte sie mit einer Freude in ihrer Stimme.

Daraufhin trennten sich ihre Wege, und Nimue ging auf ihr Zimmer.

Die Spiegeldame begrüßte sie mit den Worten: »Wo treibst du dich immer herum? Du musst dich umziehen. Bald ist es Mitternacht!«

»Wir haben noch vier Elfenstunden Zeit«, verteidigte sich Nimue.

»Vier Elfenstunden! Das ist nicht lange. Vor allem nicht, wenn man so eine Trödlerin ist, wie du es bist.«

»Von was redest du?«

»Nicht wichtig. Beeil dich!«

»Warum? Ich habe viel Zeit, oder geht Uhrilia falsch?«

»Nein, das tut sie nicht. Trotzdem, auf jetzt, hol dein Kleid!«

Nimue ging auf den Schrank zu und betrachtete ihn für ein paar Minuten.

Der Schrank war aus dickem Holz mit vielen eingelegten Intarsien. Sie hatte ihn selbst gezeichnet, mit angefertigt und mit einem farblosen Wasserlack gestrichen. Nun, wenn sie ihn betrachtete, war sie stolz auf ihn.

»Schrank, kannst du mir mein Kleid geben?«

Die Türen gingen mit einem leicht knarrenden Geräusch auf, worauf der Schrank zu Ehren ihres großen Tages dichtete:

»Mach auf, mach auf und schau hinein,
Hier drinnen ist das wohlige Sein,
Die Kleider bunt und Stoffe fein,
So wähle gut und schlüpf hinein.«

»Wo ist mein Geburtstagskleid?«, fragte Nimue den Schrank.

»Dort rechts, das zweite, das so schön herausscheint. Warte!«

Gleich darauf ragte es wie von Geisterhand hervor und Nimue nahm es vom Bügel.

»Danke, lieber Schrank.«

Er schloss sich mit den Worten:

»Das Kleid, so schön und hold wie du,
Es ist für dich, meine große Nimue,
Mach zu, mach zu, meine Türen wieder zu,
Freudiges Tragen und Spaß noch dazu.«

Freudestrahlend musterte Nimue das Kleid auf jedes Detail. Es war wunderschön geworden. Sie hatte es sich auf dem letztjährigen Zaubermarkt schneidern lassen. Ihre Mutter war auch dabei gewesen. Yavira saß auf ihren Schultern und hielt ihren Daumen für eine schöne Idee nach oben oder nach unten, wenn sie ihr nicht gefiel. Vor ein paar Wochen wurde es dann von der Schneiderin höchstpersönlich geliefert. Ein Probecheck, ob das Kleid und Nimues Körper übereinstimmten, und schon verstaute Oona es sicher im Schrank. Sie befahl ihm, das Kleid nur Nimue und nur an dem Abend vor ihrem Geburtstag auszuhändigen. Auch wenn er normalerweise ausschließlich auf seine Besitzerin Nimue hörte, machte er hier eine Ausnahme. Zudem hatte das Wort von Oona einen großen Gehalt im Reich Shenja und so musste er sich dem beugen.

Hie und da ließ er Nimue das Kleid aus der Ferne betrachten. Herausnehmen und Anziehen erlaubte er ihr jedoch nicht, bis zum heutigen Tag.

Nimue legte es auf ihr Bett und strich mit der Hand über den seidig weichen Stoff. Es war weiß, mit einem leicht rosafarbenen Schimmer darin, der nun im Mondlicht glitzerte. Sie zog sich aus und nahm das Kleid ehrfurchtsvoll in die Hand. Behutsam, als ob das Kleid aus chinesischem Porzellan bestünde, zog sie es an und spürte dabei den samtweichen Stoff auf ihre Haut gleiten.

Berührung um Berührung verschmolzen Körper und Kleid miteinander, als ob sie füreinander bestimmt wären. Das Korsett lag eng an ihrem Oberkörper. Die zwei davon ausgehenden dünnen, weißen Kordeln passten perfekt auf ihre Schultern und teilten sich im Rücken zu vier auf. Zwei vereinten sich in der Mitte am Korsettabschluss. Die anderen zwei hatten den gleichen Verlauf wie die vorderen verflochtenen Bänder. Der Rock war aus einem leichten und feinen Stoff, der bei jeder Bewegung mit dem Wind tanzte. Am Rückenteil des Korsetts war im oberen Bereich ein Schleier angebracht, der sich über ihrem Rücken bis zum Kleidende erstreckte. Er war durchsichtig und glich sich ihrer Körperbewegung spielend an.

Nimue konnte das Korsett unter dem Schleier nicht vollständig schließen und bat: »Spiegel, kannst du mir helfen?«

Ihr Holz krachte unter ihrer Bewegung. »Umdrehen, bitte«, forderte die Spiegeldame sie auf.

Nimue tat dies und spürte sogleich einen Lufthauch an ihrem Rücken hinuntergleiten. Eine halbe Sekunde später schloss sich der letzte Haken wie von Geisterhand. Sie konnte sich diesen Umstand nicht erklären. Wie konnte die Spiegeldame das tun? Da waren keine Hände zu spüren und auch kein hartes Holz. Im Gegenteil, es war so weich wie nur der Hauch einer Feder hätte sein können.

»Wie hast du das gemacht?«

»Mit einem Zauberspruch«, erklärte sie stolz.

»Wie bitte? Zaubern kannst du auch noch?«

»Hihi«, hörte sie die Spiegeldame lachen.

»Du überraschst mich immer mehr.«

»Das ist auch gut so, Nimue«, erwiderte sie, »sonst wird dir mit mir noch langweilig und dann …« Die Spiegeldame schüttelte sich bei dem schrecklichen Gedanken, wieder auf dem Flohmarkt zu landen.

Nimue hatte keine Ahnung von ihrem unsinnigen Gedankengang. Sie betrachtete sich in ihrem Spiegelbild.

»Elegant, chic, entzückend … oh, wie gut es dir steht, meine junge Elfenprinzessin«, stellte die Spiegeldame begeistert fest.

»Danke. Ich finde es auch toll«, bemerkte sie mit einem Lächeln, das über die Wangen hinaus strahlte. »Wie lange habe ich noch Zeit, Spiegel?«

»Wie bereits mehrmals erwähnt, Nimue, bin ich keine Uhr. Dennoch habe ich auch hierfür ein sensibles Gespür und könnte, wenn du es wünschst, Uhrilia kontaktieren?«

»Ja, bitte«, bat Nimue die Spiegeldame.

»Es ist drei Elfenstunden, 41 Elfenminuten und 13 Sekunden vor Mitternacht.«

»Danke«, erwiderte Nimue, »ich habe noch genügend Zeit für meine Haare. Was meinst du, soll ich sie zusammenbinden?«

»Das ist mein Geburtstagsgeschenk, Nimue«, erklärte die Spiegeldame.

»Wie bitte?«

»Ich habe von diesem super Elfenfriseur gehört, der bei den Geistern auf der Zauberinsel lebt. Genau den habe ich gebeten heute zu uns zu kommen. Er wartet bereits im Nebenzimmer und freut sich schon darauf, deine Haare besonders schön zu richten.«

»Ah, wie toll«, freute sie sich und umarmte die Spiegeldame.

»Na, na, keine Sentimanilitäten. Falls es das Wort überhaupt gibt?« Sie räusperte sich laut, um ihre Unwissenheit zu überspielen.

Noch bevor Nimue das Wort hätte berichtigen können, rief die Spiegeldame: »Herr Meister, bitte kommen sie herein!« Dazu klopfte sie dreimal auf den Boden.

Die Tür sprang auf und ein stattlicher Elfenmann kam herein. Er gefiel Nimue auf Anhieb. Seine langen, blonden Haare hingen glatt nach unten. Zudem hatte er überaus spitze Ohren, wie sie Nimue noch nie bei einer Elfe gesehen hatte.

Seine braunen Augen leuchteten, während er sie freundlich anlächelte: »Hallo, baldiges Geburtstagskind. Ich bin Earrach, wie der Frühling.«

»Hallo«, erwiderte sie schüchtern, »ich bin Nimue.«

Er lachte und beruhigte sich sogleich wieder. »Ich weiß und freue mich, dich endlich kennenzulernen. Man hört viel von dir.«

Ihre Wangen röteten sich leicht, denn sie wusste nicht, was er gehört hatte. Waren es ihre Kinderstreiche, die ihr jetzt zum ersten Mal peinlich waren?

»Wie möchtest du deine Haare heute haben?«

Er ging auf sie zu und stellte sich neben Nimue vor den Spiegel, sodass sich beide darin sehen konnten.

»Du hast wunderschönes, leicht gewelltes Haar«, betonte er, »wir können viele Frisuren machen, sogar die der Menschen ausprobieren, aber, ehrlich gesagt, sind wir doch Elfen. Daher würde ich eine einfache Elfenfrisur schöner finden. Was meinst du?«

»Was haben die Menschen für Frisuren?«

Er spielte mit ihren Haaren herum, während er erklärte: »Sieh her, so könnte man sie hochstecken und das wäre eine Menschenfrisur. Bei Festlichkeiten tragen sie gerne Hochsteckfrisuren. Oder wir könnten kleine Locken kreieren und sie wellig fallen lassen oder vielleicht einen Stufenschnitt? Nein, das geht über meine Elfenehre hinaus.«

»Ich möchte eine Frisur, die für Elfen üblich ist«, beschloss Nimue.

Er lächelte zufrieden. »Gut, da denke ich an zwei französische Zöpfe, die die Menschen übrigens von uns übernommen haben. Diese lasse ich am Nacken zusammenlaufen und flechte einen Zopf bis zu den Haarspitzen. Nur einige wenige Haare lasse ich unter den Zopf natürlich fallen. Was meinst du?«

»Das hört sich toll an.«

Die Spiegeldame beobachtete Earrach still bei seiner Arbeit.

Nimue konnte derweilen seine Hände warm auf ihrer Kopfhaut spüren. Es fühlte sich angenehm an und so genoss sie die Zeit. Als er fertig war, begutachteten Nimue und Earrach die Frisur im Spiegel.

»Bravo«, schoss es aus der Spiegeldame heraus.

»Das freut mich, Spiegel«, erwiderte Earrach, »und du, Nimue, gefällt es dir auch?«

»Ja«, antwortete sie, während sie sich im Spiegel betrachtete, »ich finde es sehr schön.«

»Ui, Nimue«, verkündete die Spiegeldame, »es sind nur noch 15 Elfenminuten bis Mitternacht.«

Earrach packte seine kleine Elfenschnittwerkstasche zusammen und verabschiedete sich mit einem Wangenkuss bei Nimue. Sie blickte ihm so lange hinterher, bis er hinter der Tür verschwunden war.

»Du magst ihn, huh?«, hörte sie die Spiegeldame behaupten.

»Er ist nett«, spielte Nimue ihre wahren Emotionen herunter.

»Er mag dich auch.«

Nimue unterdrückte ein Lächeln, um ihre Gefühlswelt nicht zu offensichtlich zu machen.

»Er hat mir eine sehr schöne Frisur gemacht. Danke, lieber Spiegel, für dieses schöne Geschenk.«

Wenn die Spiegeldame Emotionen farblich zeigen würde, hätte Nimue nun eine leichte Verlegenheitsröte an ihr gesehen.

»War mir eine Freude. Ach ja, von heute an heiße ich Specchio. Spiegel ist mir zu langweilig geworden.«

»Gut, Spiegel, oder Specchio. Woher stammt dieser Name?«

»Meine italienische Klosterschwester hat mich immer so genannt. Aber nun, auf geht's! Ich wünsch dir einen besonders magischen Tag. Genieße ihn und vor allem das Zusammensein mit deinen Eltern.«

»Kommst du in den Königssaal?«

»Nein, nein. In deiner Seele wird alles gespeichert. Ich kann mir dein Erlebtes später einmal ansehen. Jetzt aber los! Fünf Elfenminuten hat Uhrilia geschlagen!«

Ein letzter Blick in den Spiegel, ein kleiner Kuss auf den rechten Holzrahmen, und schon verließ Nimue aufgeregt ihr Zimmer in Richtung Kaminzimmer.

So gut wie alle großen Ereignisse spielten sich in Aars Büro ab, was auch das Kaminzimmer genannt wurde. Dort, so bürgerte es sich ein, konnten Volksvertreter mit Bedenken, Bitten oder Vorschlägen für Veränderungen vorsprechen. Aar nahm den Platz als Seoras Vertreter ein, der mit dieser Aufgabenverteilung sehr zufrieden war. Somit musste er sich nur mit seinem Sohn auseinandersetzen und nicht mit dem Bittsteller selbst.

Zudem hatte Seoras mehr Zeit für seine Leidenschaft, den Wald und all seine Mitbewohner. Er liebte es, im Wald spazieren zu gehen und das meist abseits vom Weg. Dabei entdeckte er immer wieder neue Lebewesen und war erstaunt, wie viele sich in den letzten Jahren in seinem Reich angesiedelt hatten. Zu dieser Leidenschaft hatte er noch eine andere: das Lesen. Er liebte es, die Geschichten, Sagen und Märchen der Menschen zu lesen. Dazu beschäftigte er sich mit den Gedichten namhafter Dichter aus der

Menschenwelt. Es gab auch Elfengeschichten und -dichtungen, die er studierte. Trotzdem war er vernarrt in die Dichtung der Menschen, denn er mochte es, wenn er die Seele des Schreibenden durch seine Worte vernehmen konnte und dadurch des Verfassers innerstes Sein kennenlernte.

Besonders liebte er Shakespeare. Es war das Wortspiel des Engländers, das ihm außerordentlich gefiel. Außerdem war ihm Johann Wolfgang von Goethe sehr vertraut geworden, da er seine Geschichten sowie auch seine Gedichte immer wieder las. Eine Aussage des Dichters hatte es ihm besonders angetan.

Goethe sprach über die Seele der Familie, als er schrieb:

»Vom Vater hab ich die Statur,
Des Lebens ernstes Führen,
Vom Mütterchen die Frohnatur,
Die Lust zu fabulieren.«

Seoras sah sich selbst in diesem Gedicht. Er hatte das Aussehen seines Vaters Tadgh. Zudem lernte er von seinem Vater, wie man lebt oder besser gesagt, wie man das Leben in der magischen Energie auf der Erde lebt; es ernsthaft zu betrachten und nicht übermütig, ohne Rücksicht auf andere Wesen. Dagegen hatte er den Frohsinn und die Leichtigkeit von seiner Mutter geerbt. Sie hatte ihn immer wieder zum Schreiben fantasievoller Geschichten animiert; sozusagen zum Fabulieren im Sinne des Dichters. Sie erklärte ihm stets, dass der künstlerische Akt des Schreibens eine Heilung in sich trägt.

Seine geliebte Mutter wurde am gleichen Tag ermordet wie seine Frau Barabel. Der Schattenkönig brachte sie um, weil er die Liebe für sie in Seoras' Augen lesen konnte. Er wollte ihn doppelt bestrafen, da Seoras der neue Besitzer vom Stein des Orisolus war, auch wenn dieser fest in seiner Holzummantelung verschlossen lag.

Auf dieser Reise hatte seine Mutter ihn oft zum Schreiben bewegt, was er nach ihrem Tod weiterführte. Niemand hatte bis zum heutigen Tage auch nur eine seiner Schriften gelesen, und doch war er oft versucht, sie seinen Kindern zu geben. Die Persönlichkeit, die sich darin spiegelte – das Sich-Entkleiden und dabei einen Blick in die Tiefe seiner Seele zu offenbaren – war es, was ihn davon abhielt.

Dazu widmete er den vielen Dichtern und Autoren folgende Worte: »Es ist beängstigend, sich der Welt völlig nackt zu zeigen. Welch große Ehrfurcht habe ich vor Euch.«

Seit Nimues Geburt las Seoras ihr aus seinen erworbenen Büchern vor. Aus diesem Grund kannte sie schon von klein auf Dichter aus der Menschen- und Elfenwelt, und deren Schriften. Noch mehr allerdings liebte sie die Märchen und Sagen der Menschen, denn oft waren die Elfen ein Teil davon. Seoras verriet immer erst zum Schluss, ob die Geschichte der Wahrheit entsprach oder nicht. Dies sorgte für die richtige Spannung. Manchmal träumte sie nachts von der beruhigenden, tiefen Stimme Seoras'. Er las aus einem Buch, während sie auf dem warmen Holzboden vor dem Kamin lag. Wenn sie dann aufwachte, wusste sie nicht, ob es nur ein einfacher Traum war oder die verborgene Wirklichkeit darstellte.

Nimue sah die Tür des Bürozimmers einen Spalt weit offen stehen. Das Kerzenlicht schien auf den Gang und malte auf den Wänden ein Wechselspiel von Schatten- und Lichtstreifen. Einige Stimmen sprachen im Raum durcheinander. Da fing ihr Körper leicht zu zittern an. Es war, als ob sie frieren würde, und das bei warmen Temperaturen.

Nicht der bevorstehende Geburtstag bewegte sie derart stark, sondern die Tatsache, dass in wenigen Minuten ihre Eltern vor ihr stehen würden und das genau so, wie Nimue sie vor etwa dreiundsiebzig Jahren das letzte Mal gesehen hatte. Die ganze Zeit über wünschte sie sich ein Wunder, und nun konnte sie es kaum fassen, dass es wahr werden sollte; auch wenn es nur für vierundzwanzig Elfenstunden möglich war.

Nimue öffnete die Tür und ging hinein, als abrupt alle Anwesenden verstummten. Sie sah Seoras, Oona, Aar, Katar, Léa,

Sophia, Marie und Aoife, ihren Onkel Seoc, Cara und ihre Tante Tiara. Zudem standen ihre Eltern auf dem großen Bürotisch.

Alle blickten sie an.

Da erstarrte ihr Körper und sie blieb für einen kurzen Moment stehen. Nur mit Anstrengung konnte sie ihre Füße dazu bewegen, weiterzugehen.

»Du siehst wunderschön aus, Nimue«, bemerkte Oona.

»Ich glaube, da kann ich für alle sprechen: Du siehst bezaubernd aus«, stimmte Seoras zu.

Jeder nickte zustimmend.

Nimue spürte, wie die anfängliche Schwere langsam aus ihrem Körper wich.

Gleich darauf wandte sich Katar Yavira und Hubert zu. »Bald ist es so weit, meine Lieben.«

Alle drehten sich in seine Richtung, um das Geschehen beobachten zu können.

Nimue setzte sich auf einen freien Stuhl direkt vor dem Kamin. Von dort aus konnte sie den Raum gut überblicken und gleichzeitig die Wärme des prasselnden Feuers in ihrem Rücken spüren.

Katar sagte: »Nur noch zwei Elfenminuten und ich werde …«

Wie aus dem Nichts strahlte ein helles Licht zur Tür herein und unterbrach Katar. Als das Licht den ganzen Raum durchflutet hatte, fiel die Tür ins Schloss. Sekunden später zog sich das Licht zusammen und wirbelte wie ein Taifun auf der gleichen Stelle umher. Allmählich entstand eine Silhouette, die nach und nach sichtbar wurde, bis sich der ganze Körper zeigte.

»Maeve«, begrüßte Seoras die Königin der Feen, »schön, dass du gekommen bist.«

»Natürlich. Ich möchte euren Zauber mit meinen heilenden Kräften unterstützen, sodass die Schattenwelt keine Chance zu intervenieren hat. Fahre fort, mein lieber Katar, es ist Zeit.«

Katar legte seine Hand mit der Handfläche nach oben auf den Tisch. Yavira und Hubert, die bereits auf ihren kleinen Stühlen standen, sprangen auf die Hand. Danach beugte sich Katar nach unten und setzte sie sanft auf den Holzboden ab.

»Nakka do schie du reh
Nahm oh schie du reh
Nakka do schie du reh
24 Stunden das wahre Sein
24 Stunden ohne falschen Eid
24 Stunden wir hier vereint
24 Stunden so soll es sein
Nakka do schie du reh
Nahm oh schie du reh
Nakka do schie du reh«

Während der letzten Worte fiel ein grauer Schleier von den beiden kleinen Körpern ab. Maeve richtete sofort ihren Finger darauf. Ein Lichtstrahl schoss heraus und manövrierte die wirbelnden Schatten in der Luft umher. Alle Augen folgten dem dunklen Gebilde, während Maeve es ins Feuer bewegte. Dort verpuffte es lautstark.

Die jüngeren Anwesenden erschreckten sich ein wenig bei dem Geräusch. Doch gleich darauf sahen sie die Körper stetig wachsen, bis hin zu ihrer vollständigen Größe. Erst streckten sich Yavira und Hubert, als ob sie einen Muskelkater hätten. Dann sahen sie um sich.

Da sprang Nimue als erste auf, umarmte ihre Mutter und zog mit der rechten Hand ihren Vater heran. Tränen liefen über ihr Gesicht.

Für einen Moment hielt jeder inne. Dann standen alle auf und umarmten die beiden nacheinander, worauf Nimue sich wieder setzte.

Sie fing an, jede einzelne Bewegung ihrer Eltern zu beobachten. Sie erkannte, dass sie ihrem Vater sehr ähnelte und doch das Lachen ihrer Mutter hatte. Das wusste Nimue zwar schon längst von Oona, aber nun konnte sie es mit ihren eigenen Augen sehen. Sie freute sich sehr darüber und lächelte vor sich hin.

Nachdem alle wieder auf ihren Plätzen waren, wandte sich Maeve Nimue zu. Sie sagte mit sanfter, dennoch kräftiger Stimme: »Ich bin Maeve, die Feenkönigin! Ich möchte dir meine Glückwünsche zu deinem 130sten Geburtstag aussprechen. Ich werde dir auf deiner Lebensreise ein ständiger Begleiter in beschützender Weise sein. Du kannst mich immer um Hilfe bitten. Ich verschaffe dir Heilung, wenn sie in meiner Macht steht. Wenn du einmal von deinem Weg abkommen solltest, helfe ich dir wieder zurück auf deinen Pfad. Scheue dich nie, mich um Hilfe zu bitten.«

»Danke, liebe Maeve, das werde ich tun.«

»Sie ist eine Zauberin der Kräuterheilkunde«, erwähnte Oona beeindruckt.

»Du bist zu gütig, meine liebe Oona. Du selbst hast die Macht des Heilens in dir, sowie du sie auch Nimue weitergegeben hast. Auf der Zauberschule werde ich deine Enkelin im Fach Heilkunde unterstützen. Rufe mich, Nimue, wann immer du mich brauchst. Ich bin gerne deine Lehrerin. Nun muss ich mich wieder den Kräutertränken und Räucherstoffen zuwenden, damit eure Gäste ihr Fest hier unten genießen können.«

Maeve fing an, sich in eine wirbelnde Lichtsäule zu verwandeln. Sie erhellte den ganzen Raum, bis sie durch den Kamin verschwand.

Danach ging Seoras auf Nimue zu. Er nahm sie in seine Arme und drückte sie fest.

»Alles Gute, meine kleine Nimue! In 13 Elfenstunden werde ich deinen Wunsch bekanntgeben, mit der Bedingung, die Zauberschule zu besuchen. Du selbst sollst ihn nicht noch einmal aussprechen, da du es bereits getan hast.«

»Danke«, erwiderte Nimue.

Darauf ging Aar auf Nimue zu, gefolgt von Oona. Beide umarmten sie. Dabei drängte Oona ihren Mann freudig: »Gib ihr schon unser Geschenk.«

»Ja, sofort«, stimmte er zu, »es ist im Schrank.«

»Hol es heraus«, erwiderte Oona unmissverständlich.

Aar schwebte zum großen Schrank am anderen Ende des Raumes. Er war sehr tief und seine Höhe stimmte genau mit der des Raumes überein. Aar versuchte, ihn zu öffnen, jedoch wollte sich der Schrank nicht öffnen lassen.

»Was ist los?«, fragte Aar den Schrank.

Währenddessen gratulierten dem Geburtstagskind Katar, Léa, Seoc, Tiara, Sophia, Marie und Aoife mit einer herzlichen Umarmung.

Im Hintergrund gab Aar dem Schrank Anweisungen. Dieser wollte sich jedoch partout nicht öffnen lassen. Da meinte Aar verzweifelt: »Was, um Himmels willen, ist heute dein Problem?«

Zur gleichen Zeit war Cara an der Reihe und umarmte Nimue fest. Jeder konnte die tiefe freundschaftliche Verbundenheit dieser beiden Elfenseelen spüren, die alle für ein paar Sekunden still werden ließ. Auch Aar störte diesen Moment nicht.

Anschließend meinte der Schrank mit tiefer Stimme: »Ich möchte erst Nimue gratulieren, so wie es sich gehört, und dann werde ich meine Türen öffnen.«

»Tu es, störrisches Ding«, bemerkte Aar allmählich verärgert.

Der Schrank knarrte, als er gratulierte: »Liebe Nimue, alles Gute zu deinem Geburtstag!«

Darauf trat eine erneute Stille ein.

»Das war alles?«, wunderte sich Aar nach einer Weile. »Kannst du jetzt bitte deine Türen öffnen?«

Nach und nach öffneten sie sich derart sachte, als ob sie bei schneller Bewegung zerbrechen würden.

»Darf ich, Papa?«, fragte Hubert.

Aar nickte.

»Mithilfe deiner Großmutter haben wir einen Maler beauftragt, der in einer halben Stunde eintreffen wird. Er wird uns drei gemeinsam zeichnen. Auf diese Weise kannst du uns immer als wir in Erinnerung behalten.«

»Was für ein schönes und trauriges Geschenk«, dachte sich Nimue, da der Moment auf dem Bild bereits vierundzwanzig Elfenstunden später nur noch als solches bestehen sollte. Dennoch ist dieses Bild mehr als die Vorstellung, die sie die letzten dreiundsiebzig Jahre in ihrer Fantasie erschaffen hatte. Zudem bestand jetzt eine Hoffnung: die Hoffnung auf Heilung durch den Stein des Orisolus. Diese ließ Nimues Anflug von Trauer gleich wieder verfliegen.

»Nur noch ein paar Jahre, Mama«, war sie sich sicher, *»nur noch ein paar Jahre.«*

»Jetzt«, verkündete Aar, »ist es so weit. Dein Geschenk, Nimue.«

Da öffnete sich das Fenster wie von Geisterhand. Gleich darauf flogen vier Eulen herein. Sie steuerten direkt auf eine Truhe im Schrank zu. An der Holztruhe waren an allen vier Ecken Seile befestigt, die in der magischen Wasserenergie geradewegs nach oben zeigten. Es schien, als ob der Himmel sie anzog und dabei die Gravitation außer Kraft setzte.

Jede Eule nahm ein Seilende in den Schnabel, und schon war die Truhe scheinbar schwerelos in der Luft auf dem Weg zu Nimue. Die Eulen strahlten dabei eine besondere Leichtigkeit aus. Dann setzten sie die Truhe direkt vor Nimue ab.

»Alles Gute«, rief jede der Eulen ihr zu.

Aar bemerkte sogleich: »Danke, meine lieben Eulenfreunde.«

Nimue bedankte sich ebenso. Einen Moment später waren ihre Blicke auf die Holztruhe gerichtet. Sie schien aus einem dicken, schweren Holz gebaut zu sein, welches dunkelbraun war. Zudem war ein großes Schiebeschloss aus Eisen darauf angebracht.

»Nimue, öffne die Truhe«, forderte sie Sophia ungeduldig auf.

Vorsichtig griff sie zum Schloss und öffnete den Riegel. Die Feder gab sofort nach, worauf das Schloss von allein aufsprang. Nimue nahm den leicht gewölbten Holzdeckel in die Hand und öffnete die Truhe. Als sie offen vor ihnen stand, konnte niemand auch nur das Geringste darin erkennen. Es war dunkel, einfach nur dunkel, als ob die tiefste Nacht im Innern herrschen würde.

Nimue zögerte, hineinzufassen.

»Ich kann nichts sehen«, meinte Aoife, und Sophia stimmte zu: »Ich auch nicht.«

So erklärte Aar: »Keiner kann etwas sehen, denn Nimue muss erst den Schleier vom Geschenk lösen.«

»Einen Schleier?«, fragte Yavira verdutzt. Sie konnte keinen Schleier sehen.

»Ja, es ist der Schleier der Sicherheit. Das heißt, er gibt das Geschenk nur frei, wenn ihn die richtige Elfe berührt.«

Marie glaubte dem Ganzen nicht und sagte: »Darf ich mal?«

»Natürlich«, antwortete Aar.

Daraufhin kniete sie sich vor die Truhe und fasste hinein. Sie kam nicht weit, denn sie spürte bald etwas Hartes unter ihren Fingern. Furchtlos tastete sie es ab. Doch kurz darauf zwickte sie etwas in die Hand.

»Aua«, schrie Marie.

»Es ist also nicht deines«, erklärte Aar mit einem Lächeln, »noch jemand?«

Alle schüttelten die Köpfe.

»Du bist dran, Nimue«, wies er seine jüngste Enkelin an.

Langsam griff sie mit der rechten Hand in die Truhe. Sie hielt sich bereit, den Arm schnell wieder zurückzuziehen, falls auch sie gezwickt werden würde. Als sie das sich hart anfühlende Unerklärbare erreichte, wurde es plötzlich weich und erhellte sich. Sie konnte immer noch nichts darunter erkennen, dennoch war es nicht mehr schwarz wie die Nacht, sondern leuchtete hell, wie die Sonne.

Gleichzeitig hörten sie eine Stimme sprechen: »Der wahre Besitzer von dem in mir verborgenen Geschenk hat den Schleier der Sicherheit berührt. So gebe ich den Inhalt frei. Achte gut darauf. Es ist ein besonderes Geschenk, das nur für dich allein bestimmt ist. Alles Gute und viel Spaß damit.«

Der Schleier wurde plötzlich sichtbar, indem er sich löste und an den Köpfen der Anwesenden vorbeiflog. Alle Augen, außer Nimues, folgten dem lichtvollen Schleier, bis er sich in einzelne Teile zersetzte und daraufhin vollständig auflöste.

»Wow«, entfuhr es Nimue.

Nach der Reihe sahen alle Nimue und dann das Geschenk an.

»Ist der für mich und Amparo?«

»Ja«, antwortete Oona.

»Danke!«, rief sie vor Freude, »der ist wunderschön!«

Aar und Katar nahmen den aus feinstem schwarzen Leder gefertigten Sattel aus der Truhe, sodass ihn jeder sehen konnte.

Ein Murmeln ging durch die Reihen. Ihre Schwestern waren weniger beeindruckt von einem Pferdesattel. Sie stellten sich eher ein besonderes Kleid oder vielleicht ein Spiel vor, aber ein Sattel interessierte sie nicht. Sie seufzten, während sie sich zurück an ihre Plätze setzten.

Die anderen verstanden die große Bedeutung dieses Geschenks, so auch Nimue. Sie strich über das weiche Leder des breiten Sattelblattes.

»Er ist extra für dich angefertigt worden, Nimue. Passt genau zu deinem und Amparos Körper«, erklärte Oona.

»Woher wusstet ihr? Er ist doch erst seit gestern bei uns«, fragte Nimue.

»Wir waren genauso ahnungslos wie du; bis gestern. Einen Tag nach deinem 129sten Geburtstag wurden wir nachts von einem Boten des Lichts aufgesucht. Dieser hat uns mitgeteilt, dass wir für ein wichtiges Geschenk für dich zuständig wären und das musste damals bereits in Auftrag gegeben werden. Wir taten dies noch in der gleichen Stunde, ohne zu wissen, was es war. Das Bestellformular wurde uns sogleich vom Boten ausgehändigt und auch der Liefertermin, welcher auf gestern Mittag datiert wurde. Pünktlich auf die Elfenminute kam es an. Der Bote damals war eine Eule, so wie die heutigen Eulenträger.«

»Wer hat den Boten zu euch geschickt, Opa?«, fragte Nimue.

Seoras antwortete: »Ich glaube, es war mein Großvater Aar. Ich kann mich daran erinnern, dass er ein Faible für breite Sattelblätter hatte, die mit extravaganten Verzierungen versehen waren. Ich meine sogar, mich erinnern zu können, dass er genau so einen Sattel hatte, wie der hier ist. Er wird es bestimmt zu Lebzeiten gewusst und in Auftrag gegeben haben.«

Es freute Nimue, dass sie einen Sattel geschenkt bekommen hatte, der genauso aussah wie der ihres großen Helden: ihres Ur-Ur-Urgroßvaters Aar. Das war ein gutes Omen, da war sie sich sicher. In Gedanken dankte sie ihm dafür.

Später saßen alle anwesenden Elfen im Kreis zusammen und sprachen miteinander. Vor allem wurden Yavira und Hubert viele Fragen gestellt, die sich über die letzten dreiundsiebzig Jahre aufgestaut hatten. Sie konnten gar nicht schnell genug antworten, als schon die nächste Frage gestellt wurde.

Nimue war still. Mit einer inneren Ruhe beobachtete sie die Runde. Ihre Großmutter tat das Gleiche.

Oona musterte Nimues Aussehen und stellte erneut die Ähnlichkeit zu ihrem Vater fest. Die Augenform und Augenfarbe, die geradlinige Nase, die hohen Wangenknochen mit leicht einfallenden Wangen, die langen und dünnen Finger, die weiche Haut, die im Kerzenlicht schimmerte, und die gleiche Größe der Ohren, die aus den Haaren hervorspitzten. Die mittelvollen Lippen glichen denen der Mutter, und doch zeigte der definierte Amorbogen eine Verbindung zu ihrem Vater, wobei die Spitzen der Oberlippenlinie leicht rund ausfielen. Oona freute sich, dass Nimue ihr so ähnlich war, denn Hubert hatte wiederum ihr Aussehen geerbt.

Plötzlich hallten im Raum Klopfgeräusche.

»Der Maler«, erklärte Yavira aufgeregt.

»Bitte, treten sie ein!«, befahl Seoras und schon ging die Tür auf.

Ein Mann höheren Alters kam herein. Er hatte weißes, langes Haar und einen hochgewachsenen, dünnen Körper. Behutsam ging er Schritt für Schritt in den Raum.

Als er Seoras sah, verbeugte er sich vor ihm mit den Worten: »Es ist mir eine besondere Ehre, Euch, Eure Königliche Majestät, kennen zu lernen.«

Seoras nickte freundlich.

Da wandte sich ihm Hubert mit den Worten zu: »Ich bin Hubert, hallo!«

»Ich bin Malkai, hallo! Wollen wir gleich loslegen?«

»Ja«, stimmte Yavira zu.

»Wie war Maeves Trank?«, fragte Aar lächelnd.

»Gruselig. Er bildete am oberen Rand einen eigenartigen grünen Schaum, der mir giftig erschien. Nichtsdestotrotz erfolgreich. Ich fühle mich sehr wohl bei euch«, erklärte er, »der Übergang steckt mir dennoch in den Gliedern.«

»Wieso?«, wollte Nimue wissen.

Er legte sein Malerhandwerkszeug ab und stellte eine Leinwand auf. Gleichzeitig antwortete er: »Erst bin ich getaucht, mit all dem Zeug hier in der Hand. Ich war mir sicher, dass zumindest die Leinwand hin sein muss. Als ich auf die Umwandlungsschicht traf, hat mich zuerst eine Atemnot beängstigt, die, dem

Himmel sei Dank, schnell wieder verschwand. In eurem Reich hat Maeve die Leinwand wieder in ihren ursprünglichen Zustand zurückverwandelt und mich und meinen Körper mit einem Trank verzaubert.«

Da mischte er die Farben und legte sie auf einem Holzklapptisch ab. Malkai bemerkte beeindruckt: »Auch meine Farben lassen sich gut mischen, also war auch die Räucherung meines Werkzeugs erfolgreich.«

Daraufhin positionierte er Nimue im Stuhl ihres Großvaters.

Sie war sehr aufgeregt, zum ersten Mal in diesem schönen Ohrensessel sitzen zu dürfen. Ihr Vater stand rechts vom Stuhl und links davon ihre Mutter. Hubert legte die rechte Hand auf ihre rechte Schulter und Yavira ihre linke Hand auf ihre linke Schulter. Durch die gerade Haltung berührte sich Yaviras rechte und Huberts linke Schulter. Dabei entfachte sich ein strahlendes, magisches Dreieck über ihren Köpfen, das über sie wachte.

Der Maler begann sofort mit den ersten Strichen, welche von den restlichen anwesenden Augen kritisch beobachtet wurden. Malkai wiederum scherte sich wenig darum, denn er war sich seines Könnens wohl bewusst. Seine Pinselführung war schnell und präzise. Beim Eintauchen in die Farbe verirrte sich manch ein Farbspritzer und erreichte einen nahestehenden Elfen, sowie einmal Oona.

Sie bemerkte sogleich: »Oh, Meister, es sieht aus, als ob du mein Kleid ebenso neu kreieren würdest.«

Dieser war so in seine Arbeit vertieft, dass er lediglich mit einem Hauch von Lächeln antwortete. Dann fuhr er mit einem weiteren Pinselstrich fort, der ihm leicht von der Hand ging. Eine Stunde, fünfundzwanzig Minuten und zwölf Sekunden später war er fertig.

Nimue konnte an Oonas Gesichtsausdruck erkennen, dass es ein schönes Bild sein musste. Mit langsamen Schritten gingen sie auf das Bild zu.

»Stopp«, rief der Meister.

Abrupt blieben sie stehen.

»Was ist?«, fragte Hubert.

»Augen zu!«, erwiderte der Meister. Er führte jeden der drei direkt vor das Bild. Als sie davorstanden, ordnete er an: »Augen auf!«

Sie gehorchten und der Anblick verschlug ihnen die Sprache. Eine Stille kehrte ein, während Nimue, Yavira und Hubert das Bild auf jedes Detail musterten.

»Ich liebe es«, sprudelte es aus Yavira heraus.

»Danke! Danke! Vielen Dank!«, erwiderte Malkai daraufhin mit übertrieben hoher Stimme. »Es war mir eine besondere Ehre.«

Nimue war derart überwältigt von dem Bild, dass sie keine Worte dafür fand. Jeder konnte es in ihrem Gesicht ablesen, sodass der Maler ihre Anerkennung auch ohne Worte vernahm; auch die von Hubert.

Am meisten faszinierte Nimue, dass die Körper eine beinahe greifbare Ausstrahlung hatten. Dieses Gemälde machte ihre Eltern lebendig, schuf eine Dreisamkeit, wie sie zuvor nicht mehr bestand. Sie liebte diese Darstellung, genauso, wie Hubert es tat, auch wenn keiner von ihnen es aussprach.

Da nahm Aar das Bild an sich und hängte es direkt gegenüber vom Kamin an eine freie Wandstelle. Es war dem Meister wichtig zu sehen, wo das gute Stück verbleiben würde.

Danach verabschiedete sich Malkai, steckte die dafür erhaltenen Goldringe ein und verschwand mit seinem Handwerkszeug in die Dunkelheit der Nacht, von wo er zuvor gekommen war.

Nachdem der Maler das Königreich verlassen hatte, beschlossen sie gemeinsam, sich ein wenig auszuruhen, bevor der Morgenstern das Reich Shenja aus seinem Schlaf wecken sollte. Keiner wollte Yavira und Hubert verlassen, da die Zeit mit ihnen sehr kostbar war. Aus diesem Grund entschieden sie, es sich auf der Couch und auf dem Boden in Aars Bürozimmer gemütlich zu machen.

Jeder suchte sich einen angenehmen Platz. Seoras saß in seinem Sessel, Aar tat das Gleiche, Oona legte sich auf die Couch und Katar auf den Boden daneben, genauso wie Léa, Cara und ihr Vater. Yavira und Hubert machten es sich vorm Kamin gemütlich. Nimue legte sich in die Mitte der beiden und wurde von ihrer Mutter in den Arm genommen. Marie nahm neben ihrem Vater Platz, der sie in den Arm nahm, und Aoife und Sophia lagen auf die Weise um die beiden herum, dass sie entweder Mutter oder Vater berühren konnten.

Danach wurde es mäuschenstill, nur das Knistern des Feuers füllte den Raum.

»Wollt ihr eine Geschichte hören?«, fragte Aar.

»Ja«, erwiderten Nimue und Aoife simultan.

»Gut. Was für eine?«, wollte er wissen.

»Welche stehen zur Auswahl?«, fragte Oona.

»Eine Geschichte von Menschen oder anderen Wesen oder eine Elfengeschichte oder eine reine Fantasiegeschichte?«

»Ob die Geschichte der reinen Fantasie entspringt oder der Wahrheit wollen wir doch erst zum Ende hin erfahren«, bemerkte Oona mit einem Lächeln, »das macht es viel spannender.«

»Entscheide du, Opa«, warf Nimue ein.

»Gut. Lasst mich kurz überlegen«, erwiderte Aar.

Es dauerte eine Weile, bis er aufstand und zu einem der riesigen Bücherregale ging. Bis oben an die Decke reichten die vollen Regale. Als er kurz davorstand, schwebte er geradewegs nach oben und tippte auf ein paar Bücher. Dann nahm er ein Buch mit einem alten, dicken Ledereinband heraus. Überall zogen sich Spinnweben entlang, als ob sie das Buch damit schützen wollten.

Aar entdeckte eine Wasserspinne am hinteren Rand des Buches, die ihn entsetzt ansah. Er entschuldigte sich für die Störung, nahm sie in seine Hand und setzte sie sanft auf den nun freien Platz im Regal ab. Danach schwebte er wieder auf den Boden. Zurück an seinem Schreibtisch öffnete er das Buch und verursachte damit ein lautes, zerrendes Geräusch des Leders.

»So, so, Aar«, begrüßte ihn das Buch, »du willst heute, an so einem wichtigen Tag, meine Geschichte lesen.«

»Ich möchte sie meiner Familie vortragen.«

»Welch eine Ehre«, erwiderte das Buch, »ich werde mich dir klar und lesbar präsentieren.«

Aar bedankte sich bei dem Buch. Daraufhin verdeutlichten sich die Aufdrucke, als ob sie sich von einem Altdruck in einen Neudruck verwandeln würden. Die Schrift war nun in großen Buchstaben zu lesen. Gleichzeitig richtete das Buch ein kleines Licht direkt auf die gerade zu lesende Seite.

»Es war einmal ein Zauberer, der vom Licht beauftragt wurde, ein Königreich auf einer Insel vor der italienischen Küste aufzubauen, die ausschließlich von Geistern bewohnt wurde. Diese Geister waren allesamt Menschen, die bei ihrem Tod nicht in das Andere Reich überwechseln durften, sondern auf der Erde verweilen mussten.«

Aars Stimme verwandelte sich in eine noch weichere, dennoch kräftigere Stimme, als sie es zuvor war. Jeder im Raum konnte sie deutlich hören. Manchmal hallten seine Worte wider. Das war vor allem dann der Fall, wenn sich seine Gefühle einer emotionalen Stelle anglichen. So genossen alle die Erzählung mit geschlossenen Augen und tauchten dabei tief in die Geschichte ein.

»Die Menschen waren Mörder, Räuber, Diebe oder andere Halunken, welche keine Ahnung hatten, wie sie auf die einsame Insel der Geister gelangt waren. Es hatte den Anschein, als ob sie nicht einmal wüssten, warum sie dort hingeschickt wurden. Ohne Skrupel führten sie ihr schauderhaftes Leben weiter. Sie schreckten die Menschen auf den vorbeifahrenden Schiffen, beraubten sie und zeigten dabei eine alles zerstörende Wut. Selbst im toten Zustand stellten sie eine Gefahr für die Welt dar. Viele Schiffskapitäne und Besatzungsmitglieder berichteten ihren Familien und Freunden von einem Überfall schrecklicher Gespenster, die all ihren Besitz raubten. Sogar schwarze Piraten zwangen sie in die Knie.

Als der Zustand auf der Insel immer schlimmer wurde, entschied sich das Licht, den großen Zauberer Somairhle – der sich stets Soma nannte – auf die Insel zu schicken, um vor Ort für Recht und Ordnung zu sorgen. Die Anweisung bestand darin, ein neues Reich mit einem System aufzubauen, das die von Wut, Hass und Gier getriebenen Geister in gute verwandeln sollte. Dabei konnten sie ihre Erlösung finden, denn wenn ein Geist das Schwarze in seiner Seele ablegte, konnte dies die Zauberwelt spüren. Dieser Geist bekam damit die Gelegenheit, für immer ins Licht zu gehen.

Eines Tages war es so weit: der Zauberer verließ seine Heimat und suchte die Insel auf. Dort wurde es ihm vom ersten Moment an nicht leicht gemacht. Betrunkene warfen ihm böse Worte zu und machten sich über ihn und seinen langen, weißen Bart lustig.

Er war versucht, sie sofort zu verzaubern. Doch die Quelle des Lichts machte es zur Auflage, dass sich die Geister selbst erlösen mussten. Kein Zauberspruch durfte in diese Richtung ausgesprochen werden, und der Zauberer war ein guter Hüter des Lichts.

Nach langen Überlegungen, wie er den Geistern helfen könne, entschied er sich für die körperliche Betätigung. Er hatte von Menschen schon oft gehört, dass eine körperliche Anstrengung viele innere, böse Geister in gute verwandelt, und so dachte er, könne es hier genauso der Fall sein. Aus diesem Grund ließ er das alte Inselschloss von den Geistern abreißen und neu aufbauen. Mit vielen Versprechungen, wie Gold und Silber, konnte er sie davon überzeugen. Nach Fertigstellung, so versprach er, würden sie ihre Schätze erhalten.

Die Bauarbeiten dauerten einige Wochen an, in denen eine vollkommen andere Stimmung auf der Geisterinsel herrschte. Soma erkannte, dass viele der Geister ohne Alkohol gar nicht übel waren. Sie lachten und scherzten sogar während der Arbeit miteinander. Dabei verbreitete sich eine heitere Stimmung unter ihnen.

Vor allem ein paar Geister hatten es Soma angetan, die den Schimmer einer Hoffnung in ihm weckten. Einer davon war ein deutscher Dieb. Sein Name war Stefan. Zu Lebzeiten stahl er alles, was nicht niet- und nagelfest war. Nun, hier in dieser Zwischenwelt, war er zu einem Poeten geworden, der es liebte, Gedichte über die Liebe zu schreiben. Dies allerdings nur, wenn er sich unbeobachtet fühlte. Das Gelächter der anderen Geister wollte er nicht auf sich ziehen. War er mit ihnen zusammen, konnte man keinen romantischen Dichter mehr an ihm erkennen. Er wirkte kühl und böse, wie die anderen. Es schien, als ob er sich zu seinem eigenen Schutz angleichen würde, denn das Gleiche wurde in der Regel nicht bekämpft, und somit war er dem Spott der anderen nicht ausgesetzt. Aber der Zauberer hatte ihn oft beobachtet und dabei seine Leidenschaft erkannt.

Ein anderer war ein englischer Mörder. Er hatte seinen Schwager getötet, weil er seine Schwester schlug. Steven hatte ein gutes Herz, dennoch war ein Mord kein Kavaliersdelikt. Auch dieser Geist hatte eine künstlerische Ader in sich, die sich im Singen bemerkbar machte. Der Zauberer konnte seine wunderschöne Stimme jedoch nur hören, wenn er vermeintlich ungestört sang. Auch er glich sich den anderen Geistern immer mehr an. Dies überschattete seine Seele mit dunklen Energien und zerstörte nach und nach seine feine Stimme.

Zudem war ein französischer Pianist namens René vor Ort, der aufgrund von Geldmangel eine Bank ausraubte und dabei einen Wärter so stark verletzte, dass er lebenslang unter den Folgen litt. Dieser Geist tippte mit seinen Fingern Melodien auf die verschiedensten Unterlagen, als ob er ein Klavier vor sich hätte. Natürlich nur dann, wenn er allein und unbeobachtet war. Der Zauberer jedoch konnte ihn mehrmals dabei beobachten und erkannte sein musikalisches Talent.

Ein weiterer hoffnungsvoller Kandidat war ein spanischer Delegierter, der sein Land politisch vertrat. Sein Name war Carlos. Er hatte eine heißblütige Affäre. Seine Vertrauten hielten diese Beziehung für hoch riskant und forderten ihn auf, die Dame zu verlassen. Nach langem Hin und Her tat er dies. Die Spanierin wollte sich das nicht gefallen lassen und erpresste ihn, mit der Wahrheit an die Öffentlichkeit zu gehen. Dies musste sie mit dem Leben bezahlen. Er selbst machte sich dabei die Finger nicht schmutzig, doch auch das Anstiften eines Mordes ist ein schwerwiegendes Delikt. Der, der die Tat für ihn ausführte, lebte auch auf dieser Insel. Beide sprachen sehr wenig miteinander, denn der Spanier sah in seinen Augen den Mord an seiner Geliebten widerspiegeln. Dies wurde dem heißblütigen Liebhaber zu viel, da er dadurch die Tragweite seiner Anstiftung erkennen musste. Dennoch verbarg er jegliche aufkommenden Schuldgefühle sicher hinter einem Schleier der Angst. Auch er wollte nicht entdeckt werden.

Der fünfte Hoffnungsträger war ein Holländer namens Mark. Er hatte erst seine Frau, die Kinder und anschließend sich selbst umgebracht, um sie alle vor der zerstörerischen Armut zu retten. Ein Mord ist ein Mord und kann nicht einfach ungeschehen gemacht werden, also musste auch er in die Welt der verlassenen Geister gehen.

Mit diesen fünf Geistern hatte der Zauberer Großes vor. Er wollte sie vereinen und somit das Gute in ihnen wecken. Im Laufe der Bauarbeiten organisierte er ihre Aufgaben immer öfter für gemeinsame Projekte. Die anfängliche Skepsis verschwand schnell, und so entstand eine Freundschaft zwischen ihnen, die nicht einmal der Zauberer für möglich gehalten hätte.

Die fünf Geister entwickelten ein Vertrauen untereinander, das in dieser Welt so gut wie unmöglich erschien. Immer mehr kehrten sie gemeinsam ihre guten Seiten heraus. Dabei änderte sich nicht nur ihr Gemütszustand, sondern auch ihre Geisterkörperfarbe von Dunkelgrau zu Hellgrau. Mit Freude erkannte Soma seinen Erfolg, während ihm die restlichen Geister nach wie vor Sorgen bereiteten. Kaum war der Bau beendet, fielen keine Routinearbeiten mehr an und schon kamen all die negativen Angewohnheiten wieder zum Vorschein. Der Alkohol floss erneut in großen Mengen, und der Drang nach Zerstörung und Eroberung entfaltete sich in seinem ganzen Potenzial. Zudem wurden sie auf die Veränderung der fünf Geister aufmerksam. Das hatte zur Folge, dass sie mit aller Gewalt versuchten, die fünf hellgrauen Geister wieder in ihren ursprünglich grauenvollen Zustand zurückzubringen. Sie konnten es nicht ertragen, dass ihre Seelen mehr litten als die der fünf Geister und stülpten all ihre Wut und ihren Hass den Glücklicheren über. Erst war ihnen ein Erfolg sicher, und der Zirkel der fünf war kurz vor dem Auseinanderbrechen. Doch dann geschah ein Wunder.

Nachdem der Zauberer vom Licht offiziell zum König des Reiches ernannt worden war, ging ein schwarzes Toben durch die Reihen. Die Geister wollten einen der ihren als König. Er sollte genauso verrucht und böse sein wie sie. Also planten sie einen Aufstand, um Soma zu stürzen. Die fünf Geister erfuhren davon, und obwohl sie mit seiner Wahl zufrieden waren, unternahmen sie nichts zu seinen Gunsten. Der Zauberer musste handeln, um nicht all das Gute, das er schon hervorgebracht hatte, wieder zu verlieren. Er brauchte Macht, und das ging nur, wenn er einer von ihnen war. Also verwandelte er sich in einen Schattengeist und übernahm die Königskrone von seinem alten Ich. So waren alle zufrieden, nur die fünf Geister des Zirkels nicht.

Der Zauberer erkannte dies mit Freude und ließ sie gewähren. Er erhoffte sich damit, mehr Anhänger gegen sein Schatten-Ich und somit für sein Licht-Ich zu erhalten. Dunkle Wesen treibt stets die Kampfeslaune an, und so war es für die fünf Geister ein Leichtes, Mitstreiter zu gewinnen. Von außen betrachtet, musste der Aufstand gegen einen Schattenkönig keinen Sinn ergeben. Die bösen Geister jedoch scherten sich nicht darum. Hauptsache, sie konnten gegen etwas kämpfen und so ihre Macht beweisen. Der Zirkel selbst wusste ganz genau, warum sie sich gegen den derzeitigen König auflehnten. Diese Tatsache behielten sie natürlich für sich. Trotzdem wollten sie für ihre Ideale kämpfen, denn im Tiefsten ihres Inneren konnten sie die anfänglich positive Veränderung des Lichts immer noch spüren.

Der Zirkel suchte vollbesetzte Plätze auf, an denen gefeiert wurde. Dabei erzählten sie von ihren Erfahrungen mit dem Licht. Dies zog Neugierde auf sich. So kam es bald, dass sie eigene Veranstaltungen organisierten, bei denen sie über das Licht und dessen zauberhafte Veränderungen sprachen. Es dauerte viele Monate, um nur wenig zu bewirken. Doch sie bewiesen Ausdauer. Ihr Wille stärkte sich zunehmend und verlieh ihnen Durchsetzungskraft. Sie wollten etwas verändern und dieses Mal zum Guten. Ihre Argumente beeindruckten viele Geister. Ein Jahr später waren von 586 lebenden Geistern auf der Insel bereits 369 auf ihrer Seite. Der Zauberer freute sich insgeheim. Dennoch musste er den Schein wahren, denn wofür sollten sich die fünf Geister und ihre Anhänger einsetzen, wenn das Licht bereits an der Spitze stand?

Für den Niedergang des Königs war eine Mehrheit von 95 Prozent der Stimmen nötig und nicht wie üblich 51 Prozent. Dies regelte der König in einer seiner ersten Amtshandlungen selbst. Es war in seinem eigenen Interesse, dass nur noch fünf Prozent der Schattengeister übrig blieben. Damit spornte er die fünf noch mehr an, das Licht unter den Geistern zu verbreiten. Der Zirkel hieß nun Zirkel des Lichts. Nichts konnte sie mehr von ihrem Ziel abbringen. Nur noch 188 Geister mussten umgestimmt werden. Dies sollte sich jedoch als schwierig herausstellen, denn die restlichen 217 Geister waren bösartigster Natur. Sie genossen das Morden auf ihren Raubzügen und zeigten dabei keine Spur von Reue.

Als nichts mehr voranging, schlug der deutsche Poet vor: »Lasst uns ein Gedicht so begeistert schreiben, dass die Worte ihre Sinne verzaubern.«

»Wie soll das ohne Zauberei möglich sein?«, fragte Mark verwirrt.

»Kann man ein anderes Wesen nicht ausschließlich durch einen Zauber in seinen Bann ziehen?«

»So sehe ich das auch«, bestätigte Carlos Marks Frage.

»Hatten wir nicht schon immer Dichter an unserer Seite, die uns ohne Zauber in ihre Welt entführt haben? Nur allein durch die Kraft ihrer Worte«, erwiderte der Poet überzeugt.

Alle nickten, und so machten sie sich an die Arbeit. Kurz darauf befasste sich jeder der fünf Geister mit den großen Dichtern ihrer Ursprungsländer. Mit diesem Wissen wollten sie ein gemeinsames Gedicht schreiben. Sie waren sich einig, dass sie die Geister in die Irre führen mussten und dabei das Licht und die Liebe nicht erwähnen durften. Es war einfacher, den bösen Geist einzufangen, wenn er nicht wusste, von was er eingefangen wurde. Ein Problem stellte jedoch dar, dass dieses Gedicht alle Geister berühren sollte; die Licht- sowie auch die Schattengeister. Dies war der schwierigste Part dabei.

Nach langem Hin und Her entschieden sie sich, über den Gemeinschaftsgeist zu schreiben und ihn dadurch bei den übrigen Geistern zu wecken. Niemand möchte von einer Gemeinschaft ausgeschlossen werden, selbst wenn man dafür Meinungen und Überzeugungen ändern musste. Vor allem dann nicht, wenn die ausgeschlossene Geisterzahl entscheidend geringer war als die Summe der Gemeinschaft zugehöriger Geister. Oft wurde der Gemeinschaftsgeist für böse Zwecke geweckt, in diesem Fall konnte er für das Gute tätig werden.

Drei Tage schrieben sie daran. Dann war das Gedicht fertig. Stolz lasen sie laut ihre Zeilen vor. Eine Freude überkam ihre Geisterkörper, und so feierten sie einen ganzen Abend lang. Daraufhin brachten sie das Gedicht an jedem Baum, jedem Haus und jedem dicken Strauch im Reich an. Jeder musste es einmal gelesen haben. Erst verursachten ihre poetischen Worte Wut und Hass unter den 217 Geistern, denn sie wollten und konnten ihre so vertraute Welt nicht aufgeben. Mit der Zeit jedoch kamen mehr und mehr auf den Zirkel des Lichts zu. Zuerst aus Neugierde, weil sie erfahren wollten, wie sich ein Leben in der Gemeinschaft anfühlte. So kam es, dass viele Geister ihre Seele dem Licht anvertrauten, bis nur noch 20 übrig blieben. Mit dieser Mehrheit konnte der König abgewählt werden. Zugleich wurden neue Kandidaten aufgestellt und noch am gleichen Tag ein neuer König gewählt. Es war der Poet, der daraufhin an der Spitze des Königreiches stand. Er hatte ein vierköpfiges Ministerium, das aus dem Engländer, dem Holländer, dem Spanier und dem Franzosen bestand.

Eigentlich waren sie alle zusammen ein König, dennoch konnte nur einer gewählt werden. Das Stimmrecht wurde zu gleichen Teilen vergeben, sodass auch der König keine absolute Mehrheit besaß. Auf diese Weise wollten es alle Gründer des Zirkels.

Von diesem Tag an lebte der Zauberer wieder bei seiner Familie in England. Das Geisterreich erhellte sich derweilen mehr und mehr. Viele entschieden sich, in die andere Welt überzutreten, wo auch ihre verwandten Seelen verweilten. Dort leben sie seither in Frieden. Die Kraft des Zirkels hatte das Königreich der Geisterinsel für immer verändert. Sie erkannten, wie schön es war, im Licht zu leben. Hass, Neid und Wut verschwanden zunehmend von der Insel und Friede kehrte ein.

Die fünf Gründer des Zirkels blieben im Geisterreich, denn sie hatten sich auf Geistlebzeit als Krieger des Lichts verschworen. Neuankömmlingen wurde stets geholfen, sich dem Licht zuzuwenden. Sie halfen den verlorenen Seelen, auch wenn sie dabei immer wieder Ausdauer beweisen mussten. Manch einer jedoch lebt noch heute auf der Schattenseite der Insel, die nun nicht mehr als fünf Prozent der gesamten Insel ausmacht.

Stefan, Steven, René, Carlos und Mark wurden daraufhin als wahre Krieger des Lichts in die Reihe der außergewöhnlichen Zauberwesen aufgenommen. Als Dank haucht das Licht ihren Hinterbliebenen immer wieder Glück und Freude ein.«

Das letzte Wort hallte im Raum nach, wobei es der Stille mehr und mehr Platz verschaffte, bis es vollständig verschwand. Keiner rührte sich mehr. Jeder genoss die entspannte Atmosphäre.

Das Buch löschte das Licht und schloss sich langsam und leise von selbst.

Aar lehnte sich zurück.

Der Morgenstern würde sie bald wecken, und so ruhten sie bis zum Anbruch des nächsten Tages.

Das Uaneala-Fest

Nimue hörte eine kaum wahrnehmbare Musik, die sich sanft in ihr Gehör schlich. Diese wuchs stetig zu deutlichen Tönen heran, bis sie davon aufwachte. Sie erkannte die klassischen Stücke des Elfenorchesters, das bereits für das große Uaneala-Fest in einem der Säle probte.

»Die Musikelfen haben es wirklich drauf«, dachte sich Nimue, während sie den natürlichen, dennoch mit einem Zauber belegten Körper ihrer Mutter neben sich spürte. Auf ihrem Rücken ruhte die Hand ihres Vaters und auch die von Marie, die sie leicht wie eine Feder berührten. Und all dies war kein Traum. Ihre Wahrnehmung war echt und sie lag wirklich mit ihren Eltern und Geschwistern vor dem Kamin.

»Wir sind eine Familie«, freute sich Nimue in Gedanken. Dabei spürte sie eine schützende Geborgenheit, die von ihrer Gemeinsamkeit ausging. Sie war überglücklich. Nichts konnte sie in diesem Moment mehr bewegen, als ihre tiefe Verbundenheit zu ihrer Familie, und das, obwohl heute ihr großer Geburtstag war. Sie hielt ihre Augen geschlossen, um auf diese Weise ihr Tastorgan nicht mit einem anderen Sinnesorgan abzulenken.

Nimue und Cara hatten vor einigen Jahren an den unterschiedlich ausgeprägten Eindrücken der Sinnesorgane experimentiert. Dabei war ihnen aufgefallen, dass ein Sinnesorgan stärker wahrnahm, wenn man die anderen weniger oder, wie mit geschlossenen Augen, gar nicht benutzte. Nimue liebte Experimente und träumte oft davon, einmal ein Elfenbuch über das neue Elfenwissen zu schreiben.

»Nimue, bist du schon wach?«, klang die Stimme ihrer Mutter im Raum. »Es ist so weit.«

»Bin ich, Mama«, antwortete sie mit leiser Stimme. Trotzdem hielt sie für einen weiteren Moment inne, um das schöne Gefühl der Zusammengehörigkeit in sich so gut es ging zu speichern. Dann öffnete sie ihre Augen und sah ein schwaches Morgenlicht durch die Fenster scheinen. Es sah aus, als ob es Schwierigkeiten hätte, sich durch den im Zimmer stehenden Kerzenrauch zu kämpfen. Viele Kerzen waren bereits ausgegangen, und so sah Nimue nur noch wenige brennen. Zudem erkannte sie, dass Seoras, Aar und Katar nicht mehr im Raum waren.

Oona erwiderte ihren fragenden Blick: »Sie sind schon bei Maeve, die fleißig für die Gäste Kräuter mixt. Maeve braut gerade die Mischungen für die Tiere, bei denen der natürliche Jagdtrieb unterbunden werden muss. Diese Tränke dürfen nicht älter als ein paar Stunden sein. Da ist Vorsicht geboten. Ansonsten hätten wir heute eine schöne, blutige Bescherung.«

Nimue verstand die Tragweite der Aussage ihrer Großmutter. Ihr Urgroßvater Seoras las ihr einmal aus einem Buch vor, das von den Wildtieren in Afrika sprach. Auf diese Weise erfuhr Nimue von der Tatsache, dass manche Tiere auf der Erde einen natürlichen Trieb hatten, andere Tiere zu jagen, zu töten und zu fressen. Erst war Nimue entsetzt darüber, doch dann erklärte ihr Seoras, dass ohne den natürlichen Kreislauf der Wildnis viele Tiere gar nicht überlebensfähig wären. Ihr Lebensraum wird dadurch auf natürliche Weise reguliert. Jahre später hatte Nimue selbst ein Buch über die Tiere in Europa gelesen. Auch unter ihnen waren viele Tiere mit solch einem Jagdtrieb. Nimue staunte damals, wie gewöhnlich solch ein Instinkt bei Tieren war.

Da war der Hund, der Katzen und andere Tiere zu jagen liebte, und so viel sie wusste, gelegentlich zu töten. Den Katzen dagegen schmeckten die Mäuse, und Mäuse sahen als Leckerbissen eher Samen, Beeren und grüne Pflanzenteile an, was manch einen Gärtner zur Weißglut trieb. Sie liebte die Mäuse, im Gegensatz zu Cara, die sich ein wenig davor fürchtete.

Da fiel ihr das Bild einer kleinen, grauen Maus ein. Sie fand diese besonders süß und zeigte sie Cara. Doch ihre Cousine schüttelte ihren Körper vor Ekel und schrie: »Igitt, tu das weg!«

»Eine kleine, süße Menschenmaus«, erwiderte Nimue überrascht, »habt ihr auf der Zauberinsel keine Mäuse?«

»Doch, Nimue, jedoch ausschließlich Zaubermäuse, und die sehen nicht so eklig aus wie das Tier auf dem Bild.«

Echte Zaubermäuse konnte man nur vom Wort her als Maus bezeichnen und nicht von ihrer kleinen, niedlichen Erscheinung. Sie waren um die 30 Zentimeter groß, hatten spitze Ohren und große, schwarze Kulleraugen. Zudem waren es meist hinterlistige Wesen, die gerne Schabernack trieben. Sie holten wertvolle Besitztümer wie Schmuckstücke aus ihren Verstecken und brachten sie erst wieder in die Sichtweite des Eigentümers, wenn diese kurz vor einem Nervenzusammenbruch standen. Ihr kratzendes Gelächter konnten die verzweifelten Sucher oft tagelang hören. Zaubermäuse waren graubraun meliert und hatten einen langen, dünnen Schwanz, der sich bei Gefahr ringelte und spiralförmig zusammenzog. Damit waren sie in der Lage, sich noch schneller fortzubewegen. Solch ein Mäusestamm lebte auch im Königreich Shenja. Daher kannte Nimue diese Art von Zaubermäusen und ihre Plage für andere Wesen. Allerdings gab es noch viele weitere Arten von Zaubermäusen und davon hatten einige sehr gute Charaktereigenschaften.

»Diese Kräutermischungen sind allerdings nicht nur dazu da, um den Jagdtrieb zu verhindern«, erklärte Oona und riss Nimue aus ihren Mäusegedanken, »sondern auch, um den Geschmackssinn der Tiere zu verändern. So werden diese Tiere den Geschmack eines Gemüsebreies lieben. Ansonsten hätten wir für jedes Tier etwas anderes kochen müssen. Da wären uns die Heinzelchen an den Kragen gegangen.«

Während Oona weitersprach, öffneten sich die Augen aller anwesenden Elfen. Sie streckten ihre Glieder, um sie zu dehnen, und so konnte Nimue das eine oder andere Knacksen von Elfenknochen hören. Vor allem Yaviras und Huberts Knochen gaben laute Geräusche von sich.

Das beunruhigte Nimue und sie fragte: »Ist alles in Ordnung, Mama?«

Yavira nickte lächelnd. »Meine Glieder sind etwas eingerostet.«

»Deine Mutter hat recht«, warf Hubert ein, »unsere Knochen gleichen einem alten Uhrwerk.«

Aoife kicherte.

Gleichzeitig musterte Sophia ihre kleine Schwester und stellte fest: »Wunderschön siehst du heute aus, Nimue.«

Nimue drehte vor Freude über das Kompliment eine Pirouette. Das Sonnenlicht strahlte dabei auf ihr Kleid und hinterließ einen glitzernden Schimmer darauf.

»Danke, Sophia«, erwiderte sie mit einem breiten Lächeln auf den Lippen.

»Alle bereit?«, fragte Oona die Gruppe und jeder nickte. »Dann geht's los. Alle mir nach!«

Kurz darauf verließen sie das Kaminzimmer in Richtung Hof. Als sie die lange Treppe hinunter in die Eingangshalle gingen, setzte Uhrilia ein: »Happy Birthday, dear Nimue! Happy Birthday, dear Nimue! Happy Birthday, dear Nimuuuuee! Happy Birthday to you!«

»Singt man bei uns im Reich nicht: liebe Nimue?«, kommentierte Marie mit einem spöttischen Lächeln. Keiner reagierte auf ihre Aussage und so fügte sie flüsternd hinzu: »Mich nennt Uhrilia immer Schlange.«

»Warum sie das wohl tut", erwähnte Oona und spürte sogleich von ihrem Sohn einen Stups an ihrem Arm.

»Nicht jetzt, Mama!«

»Ja, ja. Ich weiß«, erwiderte sie mit sanfter Stimme.

Marie war eine, wie man in Elfenkreisen sagt: undurchsichtige Elfe. Die Menschen hätten sie wohl eher undurchschaubar genannt. So war sie gutherzig, wenn es ihr nützte. Oft jedoch war sie rücksichtslos, vor allem, wenn es darum ging, ihren Vorteil aus etwas zu ziehen. Zudem behandelte sie andere Wesen, die aus ihrer Sicht unter ihrem Rang standen, meist ungerecht und gemein. Sie hatte eine natürliche Arroganz an sich, die so gut wie keiner mochte und doch legte sie diese nicht ab.

»Danke, liebe Uhrilia! Thank you for your good wishes.«

»Gut, Nimue, ich sehe, dein Englisch wird besser«, bemerkte Oona daraufhin.

»Was hat sie gesagt?«, fragte Aoife Marie.

»Vielen Dank für die guten Wünsche.«

Marie war das Sprachengenie unter den vier Geschwistern. Sie lernte schnell die Sprachen der Menschen und das, ohne sich dabei anzustrengen. Ganz im Gegensatz zu Nimue. Sie war mit ihrem

Kopf immer woanders und lernte die Sprachen nur im Gebrauch. Aus diesem Grund sprach Aar immer öfter mit ihr auf Englisch, um ihr den Lernprozess zu erleichtern. Uhrilia selbst stammte von einer englischen Elfenuhrenfamilie ab. Diese lernte die Elfen des Reichs Shenja während der großen Flucht in Cornwall kennen. Auch sie waren von der dunklen Macht bedroht, und so folgten sie dem Stamm des Königs bis ins heutige Reich Shenja.

Oona öffnete die große Eingangstür zum Hof hinaus. Da sah Nimue viele Heinzelchen und Elfenhelfer hastig umherlaufen, während sie sich mit den letzten Vorbereitungen beschäftigten. Darunter entdeckte sie die Festplanelfe Partina, wie sie einem Heinzelchen Anweisungen zur letzten Verfeinerung der Tischdekoration gab. Das Heinzelchen nickte eifrig, als ob es Partina damit verwirren möchte.

Nimue amüsierte sich über diesen Anblick, als die Eingangstür hinter ihr laut ins Schloss zurückfiel. Dies machte die vielen Arbeiter auf sie aufmerksam. Ein Heinzelchen entdeckte Nimue und rief laut: »Die Prinzessin ist da!«

Da blieben alle abrupt stehen und verbeugten sich vor ihr. Währenddessen klangen viele Stimmen durcheinander: »Alles Gute, Nimue!«

Sie bedankte sich, und schon arbeiteten sie wieder in vorheriger Eile weiter.

Nimue schenkte nun ihre ganze Aufmerksamkeit der großen Bühne direkt gegenüber dem Schlosstor. Dort oben sollte sie bald stehen und die ankommenden Gäste begrüßen. Der Gedanke erhöhte ihren Herzschlag. War sie wirklich bereit, ihre Gäste zu begrüßen und dabei das Hofzeremoniell zu wahren? Sie dachte an ihre Eltern, die links von ihr stehen sollten und fühlte sich erleichtert, denn ihre Anwesenheit verlieh ihr Stärke. Zudem waren da noch ihre Großeltern, Seoras, Katar und Léa, die alle auf der Bühne hinter Nimue ihre Plätze hatten. Die Einheit ihrer Energien schenkte ihr alles, was sie brauchte, um ohne Angst die Freude spüren zu können, die ein solcher Tag mit sich bringen sollte.

Beeindruckt sagte Nimue zu Oona: »Wow, die Bühne ist riesig.«

Oona lachte. »Natürlich, wir müssen alle darauf Platz haben. Ist sie nicht besonders schön?«

»Wunderschön, Oma!«

Das Podium war mit einem purpurroten Teppich ausgelegt, welcher geradewegs zum Eingangstor führte. Hierauf sollten gleich die ersten Gäste den Schlosshof betreten. Da lief die offensichtlich gehetzte Partina zum Podium und strich eine kleine Falte am rechten Ende des Teppichs glatt. Danach sah sie mit einem prüfenden Blick Oona an. Diese nickte, was Partinas Gesichtszüge entspannte. Gleich darauf verschwand sie im Schloss. Nimue wandte ihre Blicke von der Bühne ab und entdeckte Maeve und Aar vor dem großen Eingangstor stehen und sich miteinander unterhalten.

»Gehen wir noch zu Opa?«, fragte Nimue.

»Ja, schnell. Wir müssen uns gleich positionieren«, entgegnete Oona.

Sie gingen auf die beiden zu und hörten, wie Maeve sprach: »Durch die Zaubertränke legen die Menschen und deren Tiere ihr schweres Körpergefühl ab. Sie werden sich hier unten leicht und unbeschwert fühlen.«

»Da ist ja unser Geburtstagskind!«, rief Aar, als er Nimue auf ihn zukommen sah.

»Wie hübsch du bist, Nimue«, meinte Maeve, »gleich geht's los, meine Liebe.«

»Danke, Maeve«, erwiderte sie schüchtern.

Maeve war eine wunderschöne Feenkönigin, die durch ihre Erscheinung viele männliche Blicke anzog. Sie hatte die Statur eines Menschen, mit leicht brauner Haut. Ihr Haar war lang und kräftig, und ihre großen Locken waren stets im Rücken zusammengebunden. Sie hatte feine Gesichtskonturen mit großen, ebenholzbraunen Augen, welche der Farbe ihrer Haare glichen. Maeve trug an diesem Tag ein besonders schönes Kleid. Es war waldgrün mit einer braunen Kordel, die sich entlang des Korsetts hinunterflocht. Die Ärmel waren dreiviertellang und eng anliegend. Ihr Rock ging bis zum Boden und folgte flatternd jeder ihrer Bewegungen. Maeve war eine außergewöhnliche Kriegerin mit einer unschlagbaren Geschicklichkeit. Keiner stellte sich ihr leichtfertig in den Weg. Stets hatte sie einen Bogen und ihre kunstvoll bearbeiteten Pfeile bei sich. Keiner davon hatte je sein Ziel verfehlt. Zudem waren ihre heilenden Fähigkeiten außergewöhnlich. Damit war sie die einzige Heilerin in der Zauberwelt, die durch Kräutertränke alles außer den Tod heilen konnte. Nur Dhuorc, der König der Schatten- und Dunkelelfen, konnte Tote wieder zum Leben erwecken. Das jedoch nicht mehr mit ihren ursprünglichen Seelen. Diese Fähigkeit gewann er durch die Tötung seines einzigen Rivalen der Unterwelt: Donntuagh, König der Dunkelelfen. In der großen Schlacht um die alleinige Herrschaft über die Unterwelt, stach er dem König der Dunkelelfen das Schwert direkt in sein Herz. Das Blut verband Dhuorc mit dem seinen, und so strömte Donntuaghs Energie in seinen Körper ein. Von nun an war der Schattenkönig Dhuorc der König der Schatten- und Dunkelelfen, und das mit der Gabe, Toten eine schwarze Seele einhauchen zu können. Dennoch tat auch er dies nicht ungeschoren. Es kostete ihn viel Energie, die seinen Körper schwächte. Darüber hinaus beschleunigte es seinen Alterungsprozess. Aus diesem Grund wandte er diesen Zauber nur an, wenn er von besonderer Bedeutung für ihn war, um mithilfe der schwarzen Seele das Licht in das Schattenreich zu ziehen oder um damit Lichtwesen einzufangen und für seine eigenen Zwecke zu manipulieren. Die Zauberwelt war froh, dass er dies nicht ungestraft tun konnte, denn irgendwann würde er dabei sein eigenes Leben verlieren und das konnte Dhuorc nicht riskieren.

Nimues Blicke wanderten vom Schlosstor zum Wald, als sie unzählige, verschieden große Zelte entdeckte, die wie Kegel aus dem Boden ragten. Sie vereinnahmten beinahe den ganzen Bereich. Nimue zeigte mit ihrer rechten Hand auf diese Objekte und fragte Maeve: »Was ist das?«

»Räucherkammern«, erklärte Maeve, »manch ein Wesen muss geräuchert werden, bevor es hier unten leben kann. Durch das Räucherritual wird den Tränken und den darin steckenden Absichten Nachdruck verliehen. Weißt du, Nimue, manche Tränke sind gut, aber allein wirken sie nicht so effizient. Sie wandeln sich im Körper nicht so schnell um, was durch den zusätzlichen Räuchergang verstärkt und beschleunigt wird. Sozusagen tiefer in die Zellen eindringt.«

»Gilt das für Menschen oder für Tiere?«, fragte Sophia interessiert, die der Unterhaltung lauschte.

»Für beide. Viele Tiere brauchen allerdings kein Räucherritual, da die Tränke auch ihre Haut schnell umwandeln können. Große Tiere mit dicker Haut jedoch, wie zum Beispiel Elefanten, brauchen es bestimmt. Ein Trank allein würde Tage brauchen, um zu wirken.«

Sophia hörte genauso wie Nimue gespannt zu, denn auch sie liebte die Kräuterkunst und studierte deren Auswirkungen auf die vielen Arten von Wesen.

»Und das, Maeve?«, fragte Nimue neugierig, während sie auf einen übergroßen, geflochtenen Korb deutete, der inmitten der Zelte stand.

»Das ist der Korb für das Kriegswerkzeug oder die Kampfgeräte. Es ist heute ausdrücklich verboten, eines mit sich zu führen. Trotzdem gibt es immer wieder Wesen, die ihre Heimat ohne Waffe nicht verlassen. Hier im Reich Shenja müssen sie ihr Kriegswerkzeug dennoch abgeben. Dafür legen sie es dort hinein. Ein Elfenhelfer bringt es dann an eine sichere Stelle mit dem Namen des Besitzers darauf.

»Aha«, staunte Nimue.

»So, Nimue«, forderte sie Aar auf, »lass uns unsere Plätze einnehmen. Es wird Zeit.«

Gleich darauf stiegen sie eine kurze Holztreppe hinauf auf das Podium. Zur gleichen Zeit erschienen Léa, Seoras und Katar im Hof. Sie begrüßten Nimues Geschwister, die gerade auf dem Weg in den ersten Stock zu den Arkaden waren. Von dort aus hatten sie eine gute Sicht auf das ganze Geschehen.

Nimue nahm plötzlich wieder die Musik wahr, die sie vorhin aus dem Schlaf geweckt hatte. Es war eindeutig nicht die Musik der Kapelle, die direkt neben dem Podium stand. Die Melodie kam aus einem der Säle und wurde immer noch geprobt, denn sie verstummte mehrmals, um dann an anderer Stelle wieder zu beginnen.

Gleichzeitig kam der Hofnarr aus den Pferdeställen fröhlich herausgesprungen und begrüßte die Königsfamilie. Er war für die Heiterkeit unter den Gästen zuständig, die nicht in dem Königs- oder Tafelsaal verweilten. Zudem hatte er die Aufgabe, einige der Ehrengäste zu ihren Sälen zu begleiten. Als er direkt vor Nimue stand, verneigte er sich vor ihr mit den Worten: »Alles Gute, Eure Hoheit! Viel Spaß und Freude an solch einem schönen Tag.«

Kurz darauf verstummte die Musik aus den Sälen. Der Hofnarr positionierte sich neben dem Podium, während sich nun die Kapelle auf den gleichen Ton einstimmte. Sekunden später spielten die Elfenmusiker mit sanften Klängen ein Stück aus der Zauberwelt. Für Menschenohren wäre es lediglich ein Lied aus dem klassischen Genre gewesen. Für Elfen waren es die Lieder des Elfenkomponisten Eòsaph, der sie vor Tausenden von Jahren komponiert hatte.

Nimue lauschte der Musik mit einem Lächeln, während sich der Rest ihrer Familie auf dem Podium positionierte. Sie dachte an die vielen Male, wo sie klassische Musik aus der Menschen- oder der Elfenwelt gehört hatte und dabei mit Leichtigkeit in ihre Fantasiewelt eingetaucht war. Nun stand sie hier, auf einem extra für sie errichteten Thron, wobei die Musik dem Ganzen eine festliche Stimmung verlieh. Nimue wandte ihren Blick auf das Schlosstor und sah dort den Zeremonienmeister Manyus, der sich gerade auf seinen Platz stellte. Er hatte einen langen, alten Holzstock in der Hand, den er sanft am Boden abstellte.

Manyus beugte seinen Oberkörper leicht nach unten, um der Königsfamilie seine Ehrerbietung kundzutun. Daraufhin sagte er mit kräftiger Stimme: »Meine liebe Nimue, ich wünsche dir alles erdenklich Gute zu deinem Geburtstag! Feiere deine Verwandlung an diesem so magischen Tag unter dem strahlenden Geist der Sonne. Sie leuchtet heute besonders schön für dich und deine Gäste.«

»Danke, lieber Manyus!«

Er drehte sich in Richtung Wald, um die Ankömmlinge frühzeitig zu sehen. Kurz darauf klopfte er mit seinem Stock dreimal auf den Boden. Nimue drehte sich aufgeregt zu ihren Eltern um, die sie zufrieden anlächelten. Viele schaulustige Elfen und Tiere des Reiches Shenja tummelten sich derweilen auf den freien Plätzen im Hof oder auf den Arkaden.

»Die Elfen des Elfenreichs Lara!«

Da flüsterte Oona ihrem Mann ins Ohr: »Meine Familie ist die erste, wie schön.«

13 Elfen gingen langsam den purpurroten Teppich entlang auf Nimue zu. Ausnahmslos alle waren schön. Ihre kleinen Ohren waren nur spitz angehaucht und ihre Hautfarbe glich denen der Menschen. Die Feenabstammung konnte man an jedem deutlich durch die Feinheit ihrer Haut und ihrer Gesichtszüge erkennen. Die weiblichen Elfen trugen einen hellgrünen Wickelrock und ein gleichfarbiges Brusttuch. Die männlichen Elfen waren mit einer tiefblauen Tunika gekleidet, welche eine Kordel um die Taille hatte.

Der Rangälteste sprach mit ruhiger Stimme: »Unsere liebe Nimue, wir freuen uns sehr über deine Einladung und wünschen dir zu deinem Geburtstag alles magisch Gute! Der Geist des Uaneala soll deine Seele verwandeln, sodass sie dich für deine Zukunft stärkt.« Er zwinkerte ihr zu. »Die Unterstützung deiner Familie aus dem Reich Lara steht dir dabei immer zur Verfügung.«

»Danke. Ich komme gerne darauf zurück«, erwiderte sie mit der gleichen, sanften Stimme. Er nickte mit einem Lächeln, und schon wurden sie vom Hofnarren in den Königssaal begleitet. Nimue drehte sich zu ihrer Großmutter um.

»Ihr schaut euch ganz schön ähnlich, Oma.«

Daraufhin traf der Stock den Boden erneut. »Die Dryaden! Jener Stamm, der den griechischen Baumgeistern zugehört.«

Nimues Herz schlug plötzlich schneller. Sie freute sich sehr, diese besonderen Wesen endlich kennenzulernen. Da trat ein Dryade nach dem anderen in den Hof hinein, bis es 13 an der Zahl waren. Mit einer aufrechten Körperhaltung gingen sie nacheinander auf Nimue zu. Ihre grünen Augen strahlten in ihren wunderschönen Gesichtern wie kleine Edelsteine, und ihr Lächeln verriet freundliche Wesen.

Die Dryaden verneigten sich vor Nimue und ihrer Familie und beglückwünschten sie zu ihrem Geburtstag. Danach erklärte der Älteste: »Von weit sind wir gekommen, um mit dir heute gemeinsam dein Fest zu feiern. Wir wollen dir mitteilen, dass auch wir dich jederzeit in unserer Heimat willkommen heißen.«

Nimue grinste freudestrahlend über die Einladung. »Oh, danke! Ich freue mich schon sehr darauf.«

Auf den ersten Blick hatten sie alle dasselbe Geschlecht, wobei die männlichen und weiblichen Aspekte im Ausgleich standen. Ihre weißen Kleider hingen bis zum Boden, die mit einer braunen Taillenkordel geschnürt waren. Ihre Haare und die spitzen Ohren glichen denen der Elfen, und ihre Haut schien zart und weich zu sein. Besonders auffallend war das ständige Wechselspiel ihrer Hautfarbe, was sich je nach Sonneneinstrahlung von Goldgelb bis zu Dunkelbraun färbte.

Nimue war hin und weg von ihrer Schönheit. Sie konnte ihren Blick erst von ihnen abwenden, als der Stock erneut auf den Boden traf.

Manyus verkündete: »Schmetterlingselfen und Feen der Chiemseer Zauberinsel!«

Erst sah Nimue in der Ferne nur kleine Punkte, deren Flügelschläge sich im Sonnenlicht spiegelten. Doch je näher sie kamen, desto genauer konnte sie die elfenüblichen Körper der 13 handgroßen Schmetterlingselfen erkennen. Auf ihren Rücken glitzerten hellblau schimmernde Flügel. Sie trugen mit Spitzen versehene, tannengrüne Hosen und ein gleichfarbiges Oberteil, das ihre Brust bedeckte.

Der Häuptling der Schmetterlingselfen setzte sich auf eine extra für solch kleine Wesen angefertigte Holzvorrichtung, die in direkter Augenhöhe zu Nimue stand. »Wir, Nimue, sind Meister der Metamorphose. Wir begleiten heute deine Seele bei ihrer Entfaltung. Alles Gute zu deiner Uaneala-Entwicklung!«

Gleich darauf folgten 33 Feen, welche drei verschiedenen Stämmen angehörten. Die Feenstämme lebten alle auf der Zauberinsel. Sie trugen weiße Kleider, welche unterschiedlich gebunden und lang waren. Drei davon hatten eine hohe Taille und einen bodenlangen Rock. Andere eine Kordel, die das Kleid in der Taille zusammenhielt, mit einem knielangen Rock, der Fransen enthielt. Wiederum andere hatten ein gewickeltes Kleid an, welches sich in viele Falten legte. Ihre Flügel waren je nach Stamm unterschiedlich farbig, jedoch herrschten helle Farben vor. Ihre Ohren und Körperfarben glichen denen der Menschen und ihre Gesichter wirkten weich und liebevoll. Die Elfen des Königreiches Shenja pflegten stets eine tiefe Freundschaft mit den Feen der Zauberinsel, und so gehörten sie zu den Ehrengästen an diesem magischen Tag.

»Die Wassergeister der Chiemseer Wasserwelt!«

Nimue freute sich sehr, dass ihr Freund Hubsi und seine Familie gekommen waren. Sie lächelte ihnen schon von Weitem entgegen, während die Geister behutsam auf sie zuschwebten.

Ihre Körper waren derart durchsichtig, dass man ihr Gesicht lediglich durch eine dunkelblaue Färbung an den Konturen erkennen konnte. Diese klaren Linien offenbarten runde Augen, eine unauffällige Nase und schmale Lippen. Haare schienen sie keine auf dem Kopf zu haben. Die Geister trugen ein Kleid, das aus verdichtetem Wasser bestand. Dieses bewegte sich ständig hin und her, und das auch, wenn sie still an einem Ort verweilten. Es sah aus, als ob sie darunter keinen Körper hätten, denn das blass-blaue Wasserkleid drückte sich niemals irgendwo ab. Auch sie, 13 an der Zahl, verschwanden nach der Beglückwünschung mit dem Hofnarren in den Königssaal.

Daraufhin hörte Nimue ein heiteres Durcheinander von Stimmen. Es ähnelte dem Geräusch eines schrillen Klingeltons, der stetig zunahm. Sogleich wurde es vom Klopfgeräusch des Stockes unterbrochen.

»Die Luftgeister der Gegend, genannt Sidherte!« Der Zeremonienmeister schüttelte den Kopf bei dieser Ansage, denn er empfand sie als schlicht und ergreifend dumm. Er hatte keinen Einfluss auf die Wortwahl seiner Ankündigungen, dafür waren einzig und allein die Wesen selbst zuständig. In ihrem Sinne lag es, wie sie aufgerufen wurden.

Da flogen geschwind Geister herein, deren Körper nur schemenhaft zu erkennen waren. Dennoch konnte man grau-blaue Augen blitzen sehen und Nasen Luft holen hören, genauso wie aus ihrem Mund unterschiedliche Töne erklangen. Ihr weites, graues Shiftkleid war komplett durchsichtig und zeigte sich nur, wenn es sich im Sonnenlicht spiegelte.

»Huihuihuih«, hörte man sie melodisch singen. Dann gratulierten sie alle durcheinander und begrüßten die Familie fröhlich.

Die Luftgeister standen dem Elfenvolk aus dem Reich Shenja stets sehr nahe. Ihr Name war Sidherte, welcher von dem Wort *Sidhe* abgeleitet wurde. Sidhe hieß übersetzt Hügelvolk und besaß einen irisch-keltischen Ursprung. An diesem Tag vertraten sie nicht nur ihr eigenes Volk, sondern auch die Sí-Elfen, da für sie eine Reise aus dem schottischen Hochland zu gefährlich gewesen wäre. Sie hätten das Land der Dunkelelfen durchqueren müssen, und das war ohne einen Verlust an Gefährten beinahe unmöglich.

Als die Geister in den Königssaal verschwunden waren, klopfte es erneut laut auf den Boden. »Die Grünen Kinder!«

Nimues Herzschlag erhöhte sich schlagartig. Nachdem ihre Mutter ihr von ihnen erzählt hatte, studierte Nimue ihre Charakterzüge und ihre Erscheinung und war nun gespannt, wie sie in echt aussehen würden. Nimue hatte in einem Buch gelesen, dass die Grünen Kinder vom Aussterben bedroht waren, da sie nur in den Wäldern und an besonders sauberen Plätzen leben konnten. Zudem erzählte ihr Seoras, dass sie sich allem angleichen konnten, was aus reiner Natur bestand. War jedoch etwas mit Schadstoffen belastet, konnte dies für sie selbst und auch für ihre Gesundheit eine Gefahr bedeuten. Ihre unsichtbaren Körper wurden dabei für den Menschen sichtbar, und was ein Mensch mit einem Wesen vorhat, das er nicht kennt, wollten sie sich gar nicht ausmalen. Im Grunde liebten sie die Menschen, dennoch wurde es immer gefährlicher, in ihrer Nähe zu leben. Schadstoffe waren dort meist vermehrt vorhanden und das Risiko, gesehen und dann getötet zu werden, war zu groß. Aufgrund der immer dichteren Besiedlung der Menschen mussten sie oft umziehen, und das kostete vielen Grünen Kindern das Leben. Nimue fühlte einen Schmerz in ihrer

Brust, als sie an diesen Umstand dachte und dabei die Grünen Kinder fröhlich auf sich zugehen sah. Sie erkannte, dass sie nicht schön waren, und doch hatten sie eine Verspieltheit an sich, die sie liebevoll wirken ließ. Ihre Körper waren vollständig grün. Sie hatten spitze, lange Ohren, die von ihren kurzen, dunkelgrünen Haaren kaum verdeckt wurden. Aus ihren mandelförmigen Augen stach die rabenschwarze Iris dominant hervor. Die buschigen, dunkelgrünen Augenbrauen standen am oberen Nasenende spitz zulaufend in die Höhe und verliefen bis zum äußersten Punkt der Augen geradewegs nach unten. Manche trugen kegelförmige, hellbraune Hüte aus dünnem Filz. Bei den anderen standen die Haare kreuz und quer auf den Köpfen. Ihre trägerlosen Kleider bestanden aus einer leichten, waldgrünen Baumwolle. Unter den Knien zeigten sich kleine, zerrissene Stoffreste. Ihre langen Zehen dominierten ihre eher kleinen Füße, welche von der Mitte nach außen hin stetig kürzer wurden.

Die Grünen Kinder verneigten sich und gratulierten auf spielerische Art und Weise, indem sie ein Lied über die Natur darboten und dazu im Kreis tanzten. Zum Abschluss sangen alle zehn Grünen Kinder im Chor: »Heidi, heida, nun sind wir da und wollen mit dir tanzen.« Daraufhin gingen auch sie in den Königssaal.

Die letzten Worte der Grünen Kinder hallten in Nimues Gedanken noch nach, als das Klopfen des Holzstabes sie übertönte.

»Die Nymphen der Stämme Nereiden, Oreaden und Najaden!«

Sachte schwebten sie mit schwimmähnlichen Bewegungen in den Hof hinein; jeweils drei ihres Stammes. Nimue fiel auf, dass ihre Körper sehr weiblich waren. Sie konnte keine typischen männlichen Erscheinungsmerkmale an ihnen erkennen. Zudem sahen sich die Nymphen aller drei Stämme sehr ähnlich. Dabei waren ihre menschengleichen Körper nur mit wenig Stoff bedeckt. So wie für Meernymphen üblich, trugen die Nereiden ein hellblaues ärmelloses, anliegendes Oberteil mit einem kurzen Rock. Die Oreaden trugen ein graues, enganliegendes Oberteil mit einem braunen, leicht abgestuften kurzen Rock, denn sie gehörten den Berg- und Grottennymphen an. Die Najaden trugen ein hellblaues Kleid, welches dünne Schulterträger besaß, und einen halblangen Rock, der am unteren

Ende in pyramidenförmige Teile geschnitten war. Sie gehören zur Familie der Quellennymphen. Alle neun Nymphen hatten lange Haare, die sich von der magischen Wasserenergie des Reichs Shenja leiten ließen. Diese Nymphen waren sehr freundlich und gratulierten mit Worten, die ihrer jeweiligen Herkunft entsprachen. So sprachen die Nereiden über die sieben Weltmeere und die Notwendigkeit, diese so sauber wie möglich zu halten. Die Oreaden sprachen über die Alpen und deren wunderbare Höhlen, die sie schützen und deren Erhaltung sie forderten. Die Najaden erzählten von den vielen Quellen, Bächen und Flüssen, die es zu bewahren galt und deren Natürlichkeit geschützt werden sollte. Danach schwebten sie neben dem hüpfenden Hofnarren in den Königssaal.

Auf einmal erhellte sich die Landschaft hinter den Schlossmauern. Es war, als ob jemand eine Tür zum Licht geöffnet hätte und diese offen stehen ließ. Nimue konnte sich nicht erklären, wer das sein sollte. So lichtvoll waren nur wenige Wesen. Da hörte sie das Klopfen des Holzstabes auf dem Boden und Manyus Worte: »Die Boten der lichtvollen Lebendigkeit: Ariel, Azrael, Chamuel, Gabriel, Haniel, Jeremiel, Jophiel, Metatron, Michael, Raguel, Raphael, Raziel, Sandalphon, Uriel und Zadakiel!«

Gleich darauf erschien einer nach dem anderen, und so gingen sie hintereinander den Teppich entlang auf Nimue zu. Sie waren von einem hellen Licht umgeben, das mit Worten nur schwer zu beschreiben war. Nimue konnte es sich nicht anders erklären, als dass es das Licht des Ursprungs sein musste. Sie hatte ein derartig grelles und doch für das Auge angenehmes Licht noch nie zuvor gesehen.

Jeder der Boten des höchsten Lichts begrüßte sie und gratulierte ihr mit besonderen Worten, die vor allem für ihre weitere Reise Schutz gewähren und darauf die allumfassende Heilung des Lichts werfen sollten.

So sagte Ariel: »Ich bin die Stimme der Natur. Mein silberner Lichtstrahl soll dich treffen und dir Freude und Lebenslust schenken. Bleibe im Licht, auch wenn die Schattenseite dich anspricht. Kein wild gewordenes Tier soll dich ergreifen.«

So sprach Azrael: »Ich bin der Überbringer des Trostes. Rufe mich und ich werde dir beistehen, wann immer du Trauer verspürst.«

So verkündete Chamuel: »Ich bin der Bote der Freude. Bleibt dir etwas hinter dem Schleier der Emotion verborgen, verhelfe ich dir zur klaren Sicht. Mit mir kannst du Seelenverbindungen finden und auf den Wegen deines Lebens erblühen.«

So erklärte Gabriel: »Ich bin die Kraft in der Stärke. Möchtest du dem Ruf deines Herzens folgen, schenke ich dir die zielstrebige Energie der Tatkraft. Sie wird dich erfolgreich leiten.

So verkündete Haniel: »Ich bin der Überbringer der universellen Weitsicht. Wann immer du den Rat des Mondes und der Sterne suchst, enthülle ich ihre Worte.«

So erklärte Jeremiel: »Ich bin die Sicht im Rückblick. Machst du eine Inventur deines vergangenen Lebens, um Entscheidungen für zukünftige Schritte und Ziele besser zu begreifen, helfe ich dir, sie klar zu verstehen. Höre auf deine Träume und Visionen, denn durch sie werde ich zu dir sprechen.«

So sagte Jophiel: »Ich bin die Ausstrahlung der lebendigen Schönheit. Möchtest du ein Heim einrichten oder deinen Lebensweg mit Freude und Schönheit ausschmücken, lasse ich Angst und Sorgen im Nichts verschwinden.«

So erklärte Metatron: »Ich bin die Erkenntnis im Verständnis. Sorgst du dich um andere und brauchst den allumfassenden Überblick, dann will ich ihn dir geben.«

So verkündete Michael: »Ich bin der Beschützer deiner Seele. Mein Schwert wird alte und ungesunde Verbindungen trennen und dich sicher durch deinen Lebensweg leiten. Ich gebe dir Mut, deine Ängste zu überwinden, und werde deine Umgebung von dunklen Energien reinigen.«

So erklärte Raguel: »Ich bin der Überbringer der Harmonie. Bist du entmutigt, stehe ich dir mit dem Prinzip von Gerechtigkeit und Ordnung zur Seite.

So erklärte Raphael: »Ich bin die Fähigkeit der Heilung. Ich helfe dir, deinen Körper zu heilen, was auf seelischer Ebene entstanden ist. Genauso, wie ich Beziehungen umwandle, deren negative Emotionen, sich in Krankheiten auswirken.«

So verkündete Raziel: »Ich bin die Weisheit der Magie. Ich kann dir helfen, komplexe Informationen zu verstehen und die höhere Wahrheit darin zu erkennen.«

So sagte Sandalphon: »Ich bin der Hüter der Brücke zwischen den Welten. Ich werde deine Bitten überbringen und dir Botschaften zuflüstern. Achte immer auf deine innere Musik, sie ist mein Instrument.«

So verkündete Uriel: »Ich bin der Überbringer des allumfassenden Wissens. Bei Bedarf vermittle ich dir intellektuelle Einsichten, praktische Lösungen und kreative Impulse. Vertraue deiner Intuition und den Ideen, die dir in den Sinn kommen; sie werden von mir geleitet. Auch schütze ich dich vor Naturkatastrophen, die die Erde erschüttern und Leben vernichten.«

So erklärte Zadakiel: »Ich bin der Richter der Rechtschaffenheit. Ich kann dir Barmherzigkeit und Mitgefühl schenken, wenn du sie nicht spüren kannst, sowie Groll und Unmut verschwinden lassen. Auf diese Weise werden Körper, Geist und Herz gereinigt und alle emotionalen Schlacken beseitigt. Auch beim Studieren kann ich dir zur Seite stehen, dir dein Erinnerungsvermögen stärken und dir Mut für Prüfungen verleihen.«

Als das letzte Wort von Zadakiel gesprochen war, gingen sie alle in den Königssaal. Ihre Worte waren so ergreifend, dass Nimue tief durchatmete. Eigentlich wollte sie sich nun auf ihr Liegesofa legen und über die schönen Botschaften nachdenken. Dafür war jedoch keine Zeit, und sie hörte erneut das Klopfen des Holzstockes.

»Der Adlerstamm Adlig!«

Dieser Stamm stand dem König immer treu zur Seite und berichtete ihm prompt über Neuigkeiten in der Menschen- sowie in der Zauberwelt, sowie über aufkommende Gefahren aus der Schattenwelt. Die Adler waren sozusagen die Zeitung, die sich durch Worte mitteilte. Sie brauchten keinen Zaubertrank, denn über die Jahre hinweg gewöhnten sie sich an das ständige Hin und Her der verschiedenen Energien. Die Junggeborenen konnten sogar im Reich Shenja leben, ohne auch nur die kleinste Veränderung zur Erdoberflächenenergie zu spüren.

Mit langen Flügelschlägen flogen sie auf Nimue und ihre Familie zu. Ihre Greifschnäbel sahen bedrohlich aus. Nimue verspürte dennoch keine Angst, denn sie wusste, dass sie dem König und seiner Familie, also auch ihr, freundschaftlich gegenüberstanden. Sie setzten sich auf den Holzsteg für die kleineren Wesen und sagten im Chor: »Wir sind die Überbringer von allem Geschehenen und werden dich und deine Familie weiter auf dem Laufenden halten. Alles Gute und herzlichen Glückwunsch, Nimue.«

Sie bedankte sich, und schon waren sie auf dem Weg in den Königssaal. Dort waren extra hohe Holzbalken für sie angebracht worden, sodass sie das Fest majestätisch von oben verfolgen konnten.

Als noch die letzten Flügelschläge der Adler zu hören waren, rief Manyus: »Die Zwerge der Inselbewohner!«

Von Weitem sah Nimue kleine und große Zwerge auf sie zugehen, welche unterschiedlich gekleidet waren. Ihre harte Schale aus Holz, Porzellan, Kunststoff oder Glas verformte sich Schritt für Schritt und machte lebendige Wesen aus ihnen. Ihre Haut glich zunehmend der eines Menschen und das Material ihrer Kleidung schien sich zu einer Baumwolle zu verwandeln.

Nimue stand der Mund leicht offen. »Habe ich diese Gartenzwerge nicht auf der Fraueninsel gesehen? Steif und ohne Leben.«

Da verbeugte sich der Zwergenanführer tief vor Nimue. »Ich wünsche Euch alles Gute zum Geburtstag, Elfenprinzessin. Wir freuen uns sehr über Eure Einladung.«

»Ist jemand von euch von der Fraueninsel?«

Er drehte sich um und zeigte auf ein paar Zwerge, die in den hinteren Reihen standen. »In der Welt der Menschen bestehen wir aus harten Materialien. Das ist natürlich nur Tarnung. Nachts, wenn sie schlafen, fängt unser Spaß erst richtig an. Wir lieben unsere Besitzer und stehen gerne bei ihnen in den Gärten.«

»Das freut mich. Ihr seid schöne Wesen.«

Der Zwergenanführer verbeugte sich erneut tief, während die restlichen Zwerge vor Freude über Nimues Kompliment in die Luft hüpften.

Nimue beobachtete die kleinen Wesen vergnügt den Hof verlassen und erkannte, dass die unterschiedlichen Kleidungsstücke wohl auf eine Art Handwerk oder persönliche Neigung hinweisen mussten. Sie sah einen Gärtner mit einem Laubrechen, einen Tischler mit einem Hobel, einen Gelehrten mit einem Buch, eine Schlafmütze mit Nachtgewand und Laterne und viele andere mehr.

»Die Salamander der Chiemsee-Inseln und Umgebung!«

Daraufhin bewegten sich viele scheinbar kleine Krokodile auf Nimue zu. Je näher sie kamen, desto deutlicher wurden ihre Körper. Dabei erkannte Nimue, dass sie nichts mit einem Krokodil gemeinsam hatten.

»Sind das Tiere aus der Menschen- oder Zauberwelt?«, fragte Nimue ihren Großvater flüsternd.

»Beides«, erwiderte er knapp. Es wäre sehr unhöflich gewesen, wenn den Salamandern ihre Unwissenheit bekannt geworden wäre. Wahrscheinlich hätten sie beleidigt das Fest verlassen und das, obwohl sie als Ehrengäste eingeladen wurden.

Diese Elementarwesen stammten von den Feuersalamandern ab, die den Elfenstamm Shenja auf ihrer großen Reise von Schottland nach Bayern begleitet hatten. Ihr Feuergeist konnte Seele und Körper heilen, wenn Elfen vor Erschöpfung die Lebenskraft ausging. Aus diesem Grund waren ihre Familien eng miteinander verbunden, wenn auch Nimue sie noch nie gesehen hatte. So musterte sie die Tiere ganz genau, während sie ihre Glückwünsche aussprachen. Sie gefielen ihr sehr, vor allem ihre schwarze Haut mit den vielen Variationen von gelben Tupfen darauf. Auf dem schmalen Rücken eines Salamanders konnte sie ein gelbes Herz erkennen.

Sie deutete auf ihn und sagte: »Darf ich dich einmal genauer ansehen, lieber Salamander?«

»Meint Ihr mich?«, fragte er erstaunt.

Nimue nickte. Mit flinken Schritten bewegte er sich vorwärts, bis er direkt vor ihr stand.

»Du hast ein gelbes Herz auf dem Rücken. Das ist sehr schön.«

»Danke, Eure Hoheit, das ist mir von meiner Mutter geschenkt worden, die leider vor drei Jahren unter einem Pferdehuf starb.«

»Oh, das tut mir leid«, erwiderte sie. »Es ist ein sehr schönes Geschenk deiner Mutter.«

Er nickte verlegen, und schon forderte der Hofnarr die Salamander auf, ihm in den Königssaal zu folgen.

Da erklärte Oona: »Seine Mutter hatte das gleiche Herz an der gleichen Stelle. Sie hat es ihm vererbt. Ich kannte sie gut. Sie half mir manchmal bei der Kräutersuche.«

Nachdem die Salamander im Schloss verschwunden waren, beendete die Kapelle ihr Lied. Nimue hörte einen Elfenspieler Seoras fragen: »Eine kleine Pause, Königliche Majestät, bis …«

Seoras unterbrach ihn: »Natürlich.«

Gleich darauf entstand eine Stille, in der kein Holzstock auf den Boden fiel und keine Worte jemanden ankündigten. Gleichzeitig stieg dicker Rauch aus den Zelten auf. Nimue konnte die Spitzen der Zelte hinter den Schlossmauern herausragen sehen und beobachtete diese neugierig.

»Die Menschen«, erwähnte Yavira, »ich kann die Räuchermischung riechen.«

»Was sind das für Kräuter, riecht gut?«, wollte Nimue wissen.

Oona erwiderte: »Adlerholz, Schwarzer Copal, Eichenmoss, Ganden Khänpa, Beifuß, Mistelkraut und Lupulin. Jedes dieser Kräuter hat verschiedene Verwendungszwecke. Gemeinsam helfen sie der physischen Materie des Menschenkörpers in Einklang mit unserer magischen Wasserenergie zu harmonieren. Anderweitig könnte ihre Gesundheit großen Schaden davon nehmen.«

»Ein Ganden Khänp?«, staunte Aar.

»Khänpa«, wiederholte Oona richtig. »Es ist ein Kraut mit der Elementarkraft Luft und dem Schwerpunkt Geist und dient dem Menschen als Schutz vor negativen Energien. Es gibt ihnen das nötige Vertrauen, dass sie im Reich Shenja in Sicherheit sind.«

»Lupulin, Mutter?«, fragte Hubert.

»Das ist eine Hopfenart, die eigentlich nur ein Blütenstaub ist. Es hat die Elementarkraft Wasser und den Schwerpunkt Geist. Es wirkt beruhigend auf Körper und Geist. Damit überwinden sie die Angst vor dem Ertrinken.«

Nimue nickte verstanden zu haben.

»Noch eine Frage zu den Kräutern?«, wollte Oona wissen.

»Adlerholz hört sich lustig an. Ein Adler aus Holz«, scherzte Nimue.

»Nein, Nimue, das hat damit nichts zu tun. Es gibt einen Adlerholzbaum, der hauptsächlich in den Tiefen der Wälder Assams zu finden ist. Dieses Holz hat die Elementarkraft Luft und den Schwerpunkt Körper. Es versetzt sie für das Räucherritual in eine Art Trancezustand, sodass ihre Gedanken sich nicht dagegen wehren können. So geht es schneller. Zudem handelt es sich um einen Baum, der äußerst wasserresistent und widerstandsfähig gegen Zerfall ist und diese Eigenschaften schützen den Menschenkörper vor den Folgen eines langen Wasseraufenthalts.«

»Eines noch, Mutter«, warf Hubert ein, »was ist ein schwarzer Copal? Ich glaube, ich habe schon einmal davon gehört.«

»Das ist ein besonderes mystisches Räucherharz, welches den Menschen später helfen wird, den Boden unter den Füßen zu spüren und ihre alte Gefühlswelt wieder anzunehmen.«

»Ich würde …«, begann Aar und wurde vom Zeremonienmeister mit drei Holzschlägen unterbrochen.

»Die Menschen, die mit den Elfen verwandt sind!«

Gleich darauf sahen sie eine Frau in einem langen, königsblauen Kleid durch das Tor gehen. Langsam schritt sie den Teppich entlang. Sie trug kurzes, dunkles Haar mit kleinen Locken, die ihr leicht ins Gesicht fielen. Ihre Haut war hellbraun und schien cremig weich zu sein. Besonders jedoch fielen ihre großen Augen auf, deren kastanienbraune Farbe leicht schimmerte.

Als sie kurz vor Nimue stand, verneigte sie sich mit den Worten: »Eure Hoheit, es ist mir eine besondere Freude, Euch heute zu Eurem 130sten Geburtstag gratulieren zu dürfen.«

Nimue gefiel es, einen echten Menschen vor sich stehen zu haben, und erwiderte aufgeregt: »Mich auch, vielen Dank!«

»Ich stamme aus Huberts Familie, der vor langer Zeit zu Euch kam.«

Nimue kannte bereits die Geburtsgeschichte ihres Vaters mit der Verwandlung des Inselmannes Hubert zur Halbelfe. Dieser blieb fortan im Reich Shenja, dennoch behielt er den Kontakt zu seiner Familie auf der Fraueninsel bei. Es war ihm wichtig, dass sie die Zauberwelt kennen- und begreifen lernten.

»Ich habe meinen Mann und meine drei Kinder mitgebracht.«

Nimue lächelte sie fröhlich an, während sie den Teppich entlang auf Nimue zugingen. Sie verliebte sich sofort in die Kinder. Nimue wollte auf jeden Fall später mit ihnen spielen. Die kleinste war nur wenige Jahre alt, Nimue dachte an drei Menschenjahre, und winkte ihr zu. Sie erwiderte es mit einem breiten Lächeln. Danach wurden sie alle vom Hofnarren in den Königssaal begleitet.

Gleichzeitig kamen neun Menschen auf Nimue zu. Die Frauen trugen Leinenkleider und die Männer leichte Leinenanzüge. Man konnte erkennen, dass sie mit der magischen Wasserenergie des Reichs Shenja gut zurechtkamen, denn es machte den Anschein, als ob sie sich leicht wie eine Feder bewegten.

Ein Mann hatte den Vortritt und erklärte: »Wir kommen aus Frankreich und sind mit der Frau von Katar verwandt.«

»Wie schön«, sprudelte es aus Nimue heraus. »Ich habe gehört, dass die Côte d'Azur wunderschön sein soll.«

»Gerne berichten wir dir über unsere schöne Heimat. Bon anniversaire!«

Daraufhin kamen einige Frauen und Herren in bayerischen Trachtenkostümen herein.

»Was ist das?«, fragte Nimue.

»Ein bayerisches G'wand oder auch Tracht genannt«, erklärte Aar.

»Oh, ein bayerisches Kleid«, erwiderte Nimue, »das tragen sie beim Maitanzen auch, nicht wahr, Opa?«

Aar nickte.

»Grüß Gott, liebe Nimue, Eure Hoheit. Wir sind Fischer und andere Seearbeiter, die das Glück hatten, Eure Familie kennenzulernen und seither mit ihr befreundet zu sein.«

»Das freut mich, dass ihr heute gekommen seid«, bekundete sie. »Ich versuche auch ein bisserl Bayerisch zu sprechen. Mein Opa hat mir eure Sprache gelehrt.«

Der Fischer Gustl, der Vorsprecher, freute sich sichtlich über diese Tatsache. Er und seine Begleiter gratulierten nacheinander. Danach gingen auch sie in den Königssaal.

Nun kamen keine weiteren Menschen mehr. Es gab nicht viele, die mit der Zauberwelt in Verbindung standen. Die Fischer und anderen Seearbeiter hatten bereits von ihren Großvätern und Vätern über die Existenz dieses Elfenstammes gehört und sich daher schon von klein auf damit befasst. So ereigneten sich immer wieder gefährliche Situationen, wenn Kinder nach dem Reich Shenja suchten; ein kleiner Fischerjunge wäre dabei beinahe einmal ertrunken. Sein Großvater hatte ihm vom Reich der Elfen erzählt, die auf dem Grund des Chiemsees lebten. Damals war er noch sehr klein und konnte nicht schwimmen. Er war sich jedoch sicher, dass ihn die Elfen retten würden und genau so war es auch. Der kleine Junge ließ sich vom Boot aus ins Wasser fallen und sank ungewöhnlich schnell hinab in die Tiefe. Die Umwandlungsschicht durchbrach er ohne große Probleme, und so schwebte er sachte in der magischen Wasserenergie in Richtung Boden, als ob ein unsichtbarer Fallschirm ihn sanft nach unten befördern würde. Oona stand gerade im Garten und erschrak heftig beim Anblick des Menschenjungen. Sie hielt ihre Arme auf und fing ihn ein. Da lachte der kleine Junge sie strahlend an und berührte ihr Herz. Der Junge lebte für ein paar Tage im Schloss, bis sich Oona und Aar einig waren, ihn zurückzubringen. Dafür mussten sie ein hohes Risiko eingehen. Aar hatte bereits die Eltern ausgekundschaftet und wusste, dass der Verlust ihres Jungen sie in einen unaufhörlichen Zustand von Streitigkeiten versetzte. Zudem hatte der Junge eine leicht bläuliche Hautfarbe erhalten. Damit stellte die Reaktion der Eltern eine Gefahr für sein Leben dar. Doch Oona zeigte sich dem Paar und verzauberte sie mit ihrer Schönheit. Alles Negative verwandelte sich in Harmonie. Außerdem nahmen sie ihr Kind als Halbelfe an, denn wie sich herausstellte, war seine Seele elfischen Ursprungs. Immer wieder besuchte er das Reich Shenja und zauberte dabei stets ein Lächeln auf Oonas Lippen. Nimue wurde erst nach diesem Ereignis geboren, dennoch hatte sie ihn bei einem seiner Besuche kennengelernt und so spielten sie oft gemeinsam im Wald, auch wenn er zu dieser Zeit schon erwachsen war. Irgendwann ist er gestorben. Seine Geschichte jedoch lebte in der Elfen- sowie in der Menschenwelt weiter.

Natürlich gab es immer Menschen, die das Reich Shenja suchten. Aar entdeckte sogar einmal einen Mann, der sich mit einem Taucherhelm an Seilen in Richtung Boden bewegte. Doch er, sowie auch die vielen anderen vor ihm, konnten weder das Reich noch die Elfen sichten. Der schützende Schleier der Elfenwelt verwehrte ihnen jegliche Sicht. Viele bezweifelten dadurch die Existenz des Reiches Shenja, was der damalige kleine Junge später stets mit den Worten kommentierte: »Die Wahrheit liegt im Auge des Betrachters und ist somit so individuell wie der Elf und Mensch selbst.«

»Der König der Meerestiere!«

Nimue hörte Klick- und Pfeiflaute. Kurz darauf sah sie ein Tier, das sie zuvor nur aus Malereien kannte. Sie hatte viele Geschichten über diese Tiere gelesen, wie sie Menschenleben retteten und sie auf dem Rücken an Land trugen. Seoras erzählte ihr, dass diese Tiere nicht nur ihre liebevolle und ausgeglichene Energie an Menschen weitergaben, sondern sie auch von verschiedenen Krankheiten heilen konnten. Sie beobachtete seine kraftvollen Auf- und Abbewegungen, während er in den Hof hineinschwamm. Ihr Mund stand weit offen.

»Wow«, entfuhr es ihr. Der Delfin war in etwa 2,5 Meter lang, hatte einen schwarzen Rücken und der Bauch war weißlich. Sie konnte kaum glauben, welch herzgewinnende Ausstrahlung er hatte. Sie lächelte ihn an, was er mit einem für Nimue aufgeregt klingenden Schnattern erwiderte.

»Ich komme als Vertreter der Meerestiere und möchte dir herzlich zum Geburtstag gratulieren. Wann immer du den Klang unseres Gesangs hörst, wisse, dass wir dir frohe Botschaften zuflüstern. Dein Sein soll aus Leichtigkeit bestehen, vereint mit Glück und Freude.«

Nimue bedankte sich und schon schwamm er in Richtung Königssaal, mit dem Hofnarren neben sich herlaufend.

Da bemerkte Seoras: »Na, Nimue, habe ich dir zu viel versprochen?«

Sie schüttelte den Kopf. »Nein, ganz bestimmt nicht.«

Zur gleichen Zeit qualmte eine mächtige Rauchfahne aus einem der großen Zelte heraus und verpuffte in der Luft wieder. Gespannt lauschte Nimue den folgenden dumpfen Schritten.

»Wer kann das sein?«, fragte sie sich.

Es dauerte nur einen kurzen Moment und Nimues Frage sollte beantwortet werden. Sie blickte auf ein großes Tier, das majestätisch durch das Tor trampelte. Nimue stockte der Atem. Er war da. Er, den sich Nimue nicht einmal im Traum vorstellen konnte. Ihr König der Erde, der mit seinem Rüssel den Himmel erreichen konnte und Botschaften übermittelte. Er war echt und seine Erscheinung war keine märchenhafte Gestalt. Groß, grau und mit langen Stoßzähnen. Seine großen Ohren hingen an den Seiten herunter, und sein langer Rüssel schaukelte zeitgleich zu seinen langsamen Körperbewegungen.

»Liebe Nimue, ich komme als Vertreter meiner Gattung. Wir gratulieren dir zu deinem Geburtstag ganz herzlich! Höre unsere Laute, sie überbringen Geduld und Stabilität.«

Er stupste Nimue liebevoll mit seinem Rüssel auf den Bauch. Diese Geste war mehr, als tausend Worte hätten sagen können. Nimue lächelte zurück und streichelte kurz über den Rüssel und dessen Nasenlöcher. Eine Liebe auf den ersten Blick war geboren, und sie freute sich schon sehr, ihn später noch einmal streicheln zu dürfen. Daraufhin machte er sich auf den Weg in den Königssaal.

»Der König der Tiere!«

Langsam und bedächtig ging ein goldfarbenes Wesen mit üppiger Mähne auf sie zu. Es war ein Löwe, der ein großes Gebiss hatte. Seine ruhigen, großen Bernsteinaugen und seine stolze Erscheinung flößten Nimue Respekt ein. Er hatte zwar kaum etwas Liebevolles an sich, strahlte dennoch eine Wärme aus. Diese fing Nimue ein und umhüllte sie mit seiner schützenden Energie. Nimue fixierte seine Bewegungen auf dem roten Teppich. Allein sein Anblick schenkte ihr Kraft und Mut. Diese Empfindungen waren imstande, ihren Körper innerlich aufzurichten, als ob man ihr Rückgrat stärkte. Dann bündelten sich die Gefühle, und sie spürte ein starkes, kraftvolles Pochen. Es war das Löwenherz, das sie in ihr vernahm. Als er vor ihr stand, erkannte auch er ihre Seelenverbindung. Er wusste, dass sie ihn auch ohne Laute verstehen würde und so sprach er mit seinen Gedanken zu ihr. Sie staunte, als sie seine Worte in sich aufnahm, und antwortete auf die gleiche Weise.

Diese Art von Kommunikation gefiel Nimue, sie war außergewöhnlich persönlich. Ihre Familie wunderte sich nicht über die vermeintlich stille Annäherung der beiden, genauso wenig wie die schaulustigen Elfen und Heinzelchen, denn in Nimues Augen konnten sie sein starkes Herz pochen sehen. Nimue nahm diese Vollkommenheit ihrer inneren Verbindung mit Respekt und Vertrauen an. Sie fühlte das Tier in sich, als ob es ein Teil von ihr wäre.

Telepathisch hörte sie ihn sagen: »Als Vertreter meines Volkes spreche ich heute zu dir. Wir wünschen dir nur das Allerbeste zu deiner Uaneala-Entwicklung! Mein Herz soll dich immer begleiten.«

Ein Moment der Stille kehrte ein.

»Danke, lieber Löwe. Ich spüre dein starkes Herz in meinem Körper schlagen.«

»Ich weiß, Nimue. Unsere Verbindung ist seelischer Natur. Weit entfernt haben wir unser Revier, und doch kennen wir dich seit deiner Geburt.«

Nimue staunte über diese Tatsache, da sie seine Art lediglich aus Büchern kannte.

»Vor Tausenden von Jahren waren wir die Hüter und Begleiter der hochentwickelten Menschen. Als dieses Reich unterging, überzog die Schattenwelt die Landschaft und nahm uns alle überlebenswichtigen Ressourcen. Unsere Bitterkeit war groß, und die Schlachten verlangten viele Opfer unserer Rudel. Seither hat sich unsere Rasse weiterentwickelt. Wir werden an deiner Seite kämpfen, wenn du uns brauchst.«

»Ich bin froh, euch an meiner Seite zu wissen.« Gleichzeitig war sie überrascht über ihre eigene Wortwahl. Hatte da soeben ihre innere Stimme gesprochen?

»Vertraue uns und wir unterstützen dich bei der Verwandlung in eine Kriegerin des Lichts.«

Sie bedankte sich, und schon ging er mit langsamen Schritten ins Schloss. Als er verschwunden war, hörte sie seine Stimme noch einmal sprechen: »Ich freue mich sehr, heute bei dir zu sein.«

Nimues Herz sprang vor Freude in die Höhe.

»Ich mich auch«, antwortete sie.

Eine musikalische Pause kehrte ein. Nimue war froh, ein wenig über das Geschehene nachdenken zu können.

Das Elfenorchester begann erneut zu spielen, als Nimue gedankenverloren der Musik lauschte. Dabei beobachtete sie die emporsteigenden Rauchwolken hinter den Schlossmauern. Wie ausgeblasene Zigarettenringe stiegen sie in die Höhe und verpufften dort wieder; einer nach dem anderen.

Nach einer Weile fragte Nimue: »Wer ist das? Kannst du die Wesen riechen, Mama?«

»Ich glaube, es sind Tiere aus der Menschenwelt«, meinte Yavira, »aber nicht die Tiere, sondern die Kräuter haben einen eigenartigen Geruch.«

»Ja«, stimmte Oona zu. »Diese scheußlich riechenden Kräuter sind für einige Tiere aus der Menschenwelt.«

Nimue kicherte. Es dauerte nicht lange und die verschiedensten Tierarten betraten nacheinander den roten Teppich. Bedächtig gingen sie allesamt auf Nimue zu. Darunter waren Schildkröten, Waldbirkenmäuse, Hauskatzen, Kaninchen, Hühner, Ziegen, Meerschweinchen, Wildschweine, Feldhasen, Maulwürfe, Affen, zwei Igel und ein paar Rot- und Damhirsche. Alle gratulierten ihr und gingen in die Ställe, die extra für sie freigeräumt worden waren. Nach der Fütterung sollten sie in den Wald ziehen, um dort mit den anderen zu feiern.

In den Ställen hatten die Heinzelchen Gemüse- und Pflanzenbreie bereitgestellt, was für die meisten nur aufgrund Maeves Kräutertränken köstlich schmeckte. Dieser Gedanke verlieh Nimue großen Respekt vor der Zauberei. Die Magie konnte Menschen sowie Tier- und Zauberwesen stark beeinflussen und damit auch manipulieren. Sie konnte sogar die unterschiedlichsten tierischen Gäste in einem Saal harmonisch vereinen und den Geschmacksinn verändern, sodass fleischfressende Tiere einen Gemüsebrei, verschiedene Salate, Obst, Brot und Käse als Genuss empfanden.

Da fiel der Holzstock erneut dreimal auf den Boden und die Worte erklangen: »Die Wildtiere aus Afrika!«

Nimues Augen weiteten sich. »Noch mehr Tiere aus Afrika?«

»Ja, die haben sich alle selbst eingeladen«, antwortete Seoras mit einem Lächeln.

Gespannt beobachtete Nimue, wie eine kleine Gruppe nach der anderen auf sie zukam. Sie liebte die faszinierende afrikanische Tierwelt und nun konnte sie einen Teil davon aus der Nähe bewundern. Darunter waren drei Leoparden, drei Geparden, drei Zebras, drei Antilopen und eine Giraffe. Sie konnte ihren Mund nicht mehr schließen vor lauter schöner Tiere, die vor ihr auf dem purpurroten Teppich auf sie zumarschierten. Ihre Augen flogen interessiert von einem zum anderen. Dabei konnte sie kaum ihre grüßenden Worte wahrnehmen. Als Letztes kamen vier Paviane herein, und schon hörten die Anwesenden den Stock erneut auf den Boden fallen.

»Die australische und asiatische Tierwelt!«

Daraufhin hüpfte ein Känguru mit seinem Baby im Beutel den Teppich entlang. Dieses Bild zauberte ein Lächeln in Nimues Gesicht. Es trug eine große Vertrautheit und Liebe in sich. Danach flog ein Kakadu auf sie zu und setzte sich auf die Holzstange. Genauso wie das Känguru sprach er von seinem farbenreichen Herkunftsland und der langen Reise. Nach den Glückwünschen gingen sie in die Ställe zu den anderen Gästen. Aus dem asiatischen Bereich kam nur der Panda mit seiner vierköpfigen Familie, der seine schöne Heimat mit ein paar Worten vorstellte.

Kurz darauf fiel der Holzstock erneut dreimal auf den Boden. Gleichzeitig zog ein Nebel von Rauchschwaden auf den Eingang zu. Dort zog sich der Rauch in eine dicke Wolke zusammen. Dann explodierte sie mit einem lauten Knall. Nimue zuckte heftig zusammen, als sie im dichten Dunst die Silhouette eines Wolfes entdeckte. Darauf sprang er aus dem Rauchgebilde heraus auf den Boden. Es schien, als ob er aus einer anderen Dimension nun die ihre betreten würde. Langsam und bedächtig ging er auf sie zu. Als er direkt vor ihr stehen blieb, erklärte er: »Ich bin der Kriegsführer und Beschützer meines Heeres. Mut, Ausdauer und Tapferkeit sind unsere Stärken. Wir überleben, wo es schwer zu überleben ist, und kämpfen für unseren Clan. Ich spreche im Namen meiner Sippe und gebe dir unser Wort, dass wir dir assistieren, wenn du dich Neuem anpassen musst. Die Kraft des Mondes ist unser Schutz, dort findest du die Antwort.«

Nimue bedankte sich. Kurz darauf kam ein orange-roter Fleck am Tor zum Vorschein.

»Millie«, schoss es aus Nimue heraus. Ihre Augen suchten das Tor ab, während ein alter Fuchs bedächtig auf sie zuging. Oona flüsterte Nimue zu: »Das ist ein Fuchs aus der Menschengattung.«

Enttäuscht verzog Nimue das Gesicht. Sie hätte nach so langer Zeit gerne ihre Freundin Millie wiedergetroffen. Der Wolf drehte sich derweilen nach dem Fuchs um und bewegte seine Schnauze auf und ab. Gleich darauf wurde er von dem nun leicht erschöpften Hofnarren in den Tafelsaal geführt.

Nimue spürte, dass ein Wolf das Dunkle wie auch das Licht in sich trägt. Sie wusste dabei nicht, welche Seite stärker ausgeprägt war, oder was genau die eine oder andere hervorheben würde. Außerdem war sie keineswegs beunruhigt, auch wenn seine kraftvolle Macht sie beinahe in seinen Bann gezogen hätte.

Da erreichte sie der Fuchs und ließ sie tief durchatmen. Er erinnerte sie an ihre liebe Freundin, die Füchsin Millie, mit der sie viele Abenteuer in ihrer Kindheit erlebt hatte.

»Ich vermisse dich, Millie«, rief sie ihr in Gedanken zu. Sie musterte sein Aussehen und grinste innerlich über seine Haare, die wie von einem Magneten aufgeladen vom Körper abstanden. Er hob seine spitze Nase erhaben an. *»Wie bei Millie sieht man seine Klugheit in seinen Augen widerspiegeln und seine Achtsamkeit in jeder einzelnen Bewegung.«*

»Ich bin der Fuchs, der dir im Dunkeln Licht verschafft. Ich beschütze deine Seele und helfe dir durch verschlungene, dunkle Wege, wenn du vom Pfad abkommst.«

Nimue nahm seine Worte sehr ernst. Nach ihrem Ausflug auf die Fraueninsel war ihr bewusst, dass das Dunkle überall sein konnte, und sie lernen musste, sich davor zu schützen.

Der Fuchs gratulierte und ging, wie der Wolf zuvor, in den Tafelsaal. Als er hinter der Schlosseingangstür verschwunden war, hörte die Königsfamilie die Schlosshunde aufgeregt miteinander kommunizieren. Nimue fühlte, dass die Hunde angespannt waren. Dies beunruhigte sie, denn das geschah nur bei drohender Gefahr.

»Urgroßvater, was ist los?«, fragte sie ängstlich.

»Das Dunkle ist im Reich Shenja, und das passiert nicht oft. Keine Angst, der Wolf und der Fuchs sind nicht böse oder wollen uns nichts Böses. Dennoch spüren die Hunde deren Verbindung zu den finsteren Mächten und das lässt sie besonders wach und aufmerksam sein.«

Nimue atmete erleichtert durch. Sie wusste, dass Seoras sie niemals in Gefahr bringen würde. Die Hunde waren ihre Freunde und somit schien es natürlich, dass sie sie immer beschützen und mögliche gefährliche Situationen wachsam beobachten würden. Darunter waren drei Hunde aus der Menschenwelt; ein Dobermann, ein Mischling aus Berner Sennenhund und Schäferhund und ein Rottweiler. Diese drei Hunde wurden von drei Elfenhunden unterstützt, die durch ihre Erscheinung sich nur in der Farbe unterschieden: waldgrün, wasserblau oder naturbraun. Ihr Körper war dem eines Schäferhundes ähnlich, mit Ausnahme der blass-violetten Flügel auf dem Rücken. Sie zeigten sich ausschließlich den Elfen des Reiches Shenja und Maeve, die sie heilen konnte. Doch wenn sie ihr Revier verteidigten und dabei den Angreifer bissen, konnte dieser die Bisse sehr wohl spüren, denn sie hinterließen tiefe Wunden. Es war allgemein bekannt, dass es diese Hunde gab. Mit viel Respekt traten die Zauberwesen den für sie unsichtbaren Wesen gegenüber. Manch einer erschrak allein bei einem hinterlistigen Gedanken, wenn ihn zur gleichen Zeit eine Windböe streifte. Niemand wusste, ob sie auch Gedanken lesen konnten. Durch ihre Flügel waren sie in der Lage, überall hinzuschweben. An diesem Tag befanden sie sich hoch über den Köpfen von Nimues Familie und beobachteten das ganze Geschehen mit ihren beschützenden Instinkten.

Nun trafen die Gäste mit ihren Familien ein, die sich sozusagen selbst eingeladen hatten. Sie alle sollten im Tafelsaal feiern, wo bis jetzt nur Wolf und Fuchs verweilten. Als Erstes kam die Wichtelfamilie, die auf der Zauberinsel in einer Steinhöhle direkt am Ufer lebte. Sie waren so klein, dass sie sich wie winzige Punkte auf dem purpurroten Teppich entlangbewegten. Ihre Stimmen klangen dafür umso lauter und hörten sich fest und entschlossen an, was die kleinen Wichtel autoritär erscheinen ließ. Trotzdem plapperten sie unverständlich vor sich hin, als ob sie mit sich selbst sprechen würden.

Dann wurde es still und einer von ihnen sagte: »Wir, die Wichtelfamilie von der schönen Chiemseer Zauberinsel, grüßen und gratulieren dir und deiner Familie sehr herzlich!«

Er verbeugte sich vor ihr sowie seine elf Angehörigen, die hinter ihm standen. Dann fügte er mit einem stets weicher werdenden Ton in der Stimme hinzu: »Mein Name ist Wackel. Bei unserem letzten Treffen vergaß ich mich vorzustellen. Verzeiht mir meine Nachlässigkeit.«

Nimue nickte freundlich, und schon gingen sie mit dem Hofnarren in den Tafelsaal. Bei geringer Entfernung sahen sie wie Ameisen aus, obwohl ihre Gestalt in Wirklichkeit der der Menschen ähnelte, mit einer sehr langen Nase, die sich mit einem Bogen nach unten neigte. Ihre Ohren standen weit vom Kopf ab und hingen mit ihren Enden nach unten, als ob die Erdanziehung dort ihre Wirkung besonders kraftvoll entfalten würde. Ihre Haut war stark verschrumpelt. Man hätte meinen können, dass sie alle bereits im Greisenalter wären. Nimue wusste jedoch von ihrem ersten Zusammentreffen, dass Wackel auch seine Kinder dabeihaben musste und erkannte somit, dass das Aussehen der Haut normal für diese Wesen war. Unter ihren spitzen Hüten ragten nur wenige Haare heraus. Ihre Kleidung lag eng an ihren dünnen Körpern, und alle trugen die Farbe Braun. Ihre ganze Erscheinung war braun, vom Hut bis zur Zehe. Nur ihre knopfartigen Augen stachen schwarz heraus. Sie schimmerten, als ob sie aus Wasser bestehen würden. Müsste man diese Wesen beurteilen, fielen sie wahrscheinlich unter die Rubrik: gruselige Wesen. Aus irgendeinem Grund jedoch strahlten sie keine Gefahr, sondern Liebenswürdigkeit aus.

Nachdem alle Wichtel aus dem Hof verschwunden waren, hörte die Gesellschaft erneut den Stock auf den Boden schlagen und die Worte des Zeremonienmeisters in der Luft mehrmals widerhallen: »Die hochfürstliche Wachtelfamilie der Zauberinsel!«

Nimue konnte sich noch sehr gut erinnern, wie vor zehn Tagen der Wachtel Cotur plötzlich bei ihr auftauchte und sie gleich kritisierte, weil sie ihn nur anstarrte und nicht sofort ihre Hilfe bereitstellte. Er hing außerhalb ihres Zimmerfensters, um hochzuklettern, was ihm in der magischen Wasserenergie sehr schwerfiel. Nimue fand ihn von Anfang an hässlich, dennoch irgendwie interessant und lieb. Als die Wachteln auf Nimue zumarschierten, erkannte sie, dass eine Rauchschwade ihre Körper einhüllte. Es schien, als ob sie ein mystischer Schleier umgab. Ihr weißer Längsstreifen am Rücken stach dabei hell heraus und ließ ihre Körper größer wirken. Nimue konnte nicht glauben, wie schnell die letzten Tage vergangen waren. Nun waren sie da und sie konnte erneut ihre eigenartige Gestalt betrachten. Dabei bemerkte sie, dass sich Männlein von Weiblein durch die Länge der Längsstreifen unterscheiden mussten, jedoch, wer davon die Kinder waren, konnte sie nicht erkennen. Während Cotur seine Glückwünsche aussprach, musterte Nimue die Körper aller anwesenden Wachteln noch genauer und erkannte, dass sie alle die gleichen großen, braunen Kulleraugen besaßen, sowie die gleiche spitze Nase und den gleichen Fischmund hatten.

»Eigenartig«, dachte sie, *»dass man sich so ähneln kann und doch unterschiedlich ist.«*

Nachdem Cotur seine Wünsche ausgesprochen hatte, verschwanden sie sogleich in den Tafelsaal.

Der Holzstock fiel wieder auf den Boden und Nimue hörte die Ankündigung: »Die Waldgeister von Herrenchiemsee!«

Nimue grinste bei dem Gedanken an ihr letztes Zusammentreffen mit Ukuku, wobei seine Erscheinung und Bewegungen so gar nicht zu einem Geist passten. Nun sah sie ihn auf dem roten Teppich entlanggehen, wobei ihm 13 Familienmitglieder folgten. Dabei bewegte er seine Arme schwungvoll hin und her. Dieses Mal jedoch trug er keine lila Mütze, sondern hatte schön frisierte

Haare. Nimue erkannte sofort, dass die Machart der Haare Weiblein von Männlein unterscheiden musste, da die Ersteren eine Flechtfrisur zu einem Dutt zusammengebunden hatten. Jeder von ihnen trug einen braunen Mantel, und Nimue war schon gespannt, ob sie diesen später im Tafelsaal ausziehen würden. Ansonsten sahen sie alle in etwa gleich aus.

Ukuku erwähnte bei seiner Ansprache die große Naturverbundenheit seines Volkes und wie sehr es ihm am Herzen läge, dass man die Natur der Erde weiterhin reinigte und von all dem industriellen Abfall klärte. Er legte dar, wie sehr er und seine Familie darunter litten, da die Luftverschmutzung ihre Geisterlungen allmählich zerstörte und auflöste. Nur durch Heiltränke wären sie in der Lage, an Land zu überleben. Er erzählte Nimue, dass ihr Volk erst vor Kurzem auf Herrenchiemsee gezogen wäre, da dort die Belastung geringer sei.

Der Letzte von ihnen hatte den Hof noch nicht verlassen, und schon hörte man ein lautes Krachen, darauf ein Husten, gefolgt von einem krächzenden Gekeife. Nimue blickte ihren Großvater fragend an, der daraufhin schmunzelnd meinte: »Die haben wohl zu viel abbekommen.«

Da schwebten die Baumgeister schwankend in den Hof, und Aar bemerkte: »Das ist doch Freude und seine Familie! Das sind Geister, die in unserem Königreich leben. Sie brauchen kein Räuch …«

Manyus unterbrach Aar mit der Verkündung: »Die Baumgeister des Königwaldes Shenja!« – Aar sah in die verzerrten Gesichter der Geister und konnte ein Auflachen nicht unterdrücken – »Welche sich erlaubten, ein Reinigungsräucherritual zu erhalten.«

Ihr Anblick brachte nun alle Anwesenden zum Lachen.

Da fragte Seoras: »Freude, warum reinigt ihr euch? Ihr wisst doch, dass ihr das nicht braucht und die Rauchgase eure zarten Körper belasten.«

Freude stand direkt vor Nimue und antwortete: »Seoras, Eure Königliche Majestät, ich weiß, dass Ihr recht habt, und doch konnten wir dem feinen Lavendelgeruch nicht widerstehen. Er soll doch Licht in die Gefühlswelt bringen!«

»Braucht ihr denn Licht in eurer Gefühlswelt, Freude?«

»Wo Licht ist, ist auch Schatten. Wie ihr wisst, hat sich dieser in letzter Zeit bei uns im Königswald vermehrt. Immer mehr herumstreunende, dunkel angehauchte Wesen hinterließen Krankheiten, von denen sich unsere Geister nur schwer erholten. Ich dachte, eine Reinigung mit einem solch sanften Heilmittel würde uns allen guttun und ich spüre bereits, wie sie wirkt.«

»Du hast recht«, stimmte Aar Freude zu, »das tut es. Trotzdem möchte ich, dass du nächste Woche zu mir kommst und mir über die Situation im Wald berichtest.«

»Natürlich, Eure Hoheit!«, erwiderte er und verbeugte sich.

Nimue hatte bereits von Aaro erfahren, dass kürzlich immer mehr dunkle Wesen in den Wald kamen, um dort zu spionieren. Die dunkle Welt möchte über die Ereignisse im Königreich unterrichtet werden, und ihr Geburtstag in Verbindung mit der Uaneala-Entwicklung war ein sehr großes und wichtiges Ereignis für die Licht- sowie für die Schattenwelt.

»Es tut mir leid, dass ihr unter den Krankheiten leiden müsst. Vielleicht kann Maeve einen Heiltrank brauen?«, warf Nimue fragend ein.

»Das ist eine gute Idee«, pflichtete Seoras bei, »wir werden später mit Maeve sprechen.«

»Danke«, erwiderte Freude und verbeugte sich, »das wird meiner Familie guttun und ihr Licht wieder zum Strahlen bringen.«

Daraufhin gratulierte er Nimue mit gefühlsvollen Worten. Nimue liebte ihr naturverbundenes Aussehen, und dabei vor allem ihre kastanienbraunen Augen, die eine besondere Wärme ausstrahlten. Ein Grundelement des Lebens, die Erde, war deutlich in ihrer Erscheinung zu sehen. Noch während die Baumgeister anwesend waren, klopfte der Holzstock dreimal auf den Boden. Da verließen sie eilig ihre Plätze, als die nächsten Gäste den Hof im Schutz einer dicken, graumelierten Rauchwolke betraten.

»Die Plagegeister der Familie Plagosius!«

Nimue konnte sich nur verschwommen an Plagosius erinnern. Sie wusste zwar noch, dass er sie heftig erschreckte, als er ihr unsichtbar folgte, und doch war ihr seine kurz aufflackernde

Erscheinung nicht mehr präsent. Sie war damals in Eile, dennoch hatte sie seine Worte nicht vergessen, welche den Nutzen des Plagens der Menschen erklärten. Nimue starrte auf den Eingang, wo die Rauchwolke nun in Ruhe verweilte, als ein Plagegeist nach dem anderen herausstieg. Dabei verkörperten sie sich in einen sichtbaren Geist, welcher scheinbar aus Fleisch und Blut bestand. Fröhlich gingen sie auf Nimue zu. Dabei stellte sie fest, dass es sich um schöne Geister handelte. Ihr Haar hing lang und gerade herunter. Ihre Kleidung war einheitlich smaragdgrün, jedoch die Art der Garderobe war verschieden. Manche Frauen trugen eine lange Tunika, andere ein Kordelkleid oder einen Rock, der mit dem Oberteil durch dünne vertikale Stoffstreifen verbunden war. Die Männer waren alle mit einer enganliegenden Hose mit verschiedenen Oberteilen bekleidet, nämlich einer knielangen Tunika oder einem einfach geschnittenen Shirt. Ihre Gesichter strahlten hell, jedoch mit einem frechen Grinsen auf den Lippen, als ob sie ständig einen Schabernack im Schilde führten.

Jeder gratulierte mit freundlichen Worten, bevor sie in den Tafelsaal gingen. Nur Plagosius blieb zurück und sprach:

»Manch einer erliegt unserem Schabernack,
Manch einer denkt, er wäre jetzt gebrandmarkt,
Manch einer lacht und wundert sich selbst,
Erkennt, wie wertvoll es ist, wenn man ihn plagt.«

Nimue lachte hell auf. Sie dachte an die vielen Geschichten von Plagegeistern, wie sie die Menschen ärgerten und fast zum Wahnsinn trieben. Sie erzählte ihrem Großvater von Plagosius' Besuch, der ihr daraufhin einige solcher lustigen Geschichten anvertraute. Na ja, lustig waren sie mehr für den Zuhörer als für den Betroffenen. Irgendwie waren diese Wesen amüsant und doch konnten sie für die Menschen eine Last darstellen. Trotzdem stimmte Nimue Plagosius in der einen Sache zu, dass in ihrer Tat ein versteckter Segen lag. Eintönigkeit lässt Sinne ermüden, egal welcher Art sie war. Eine Folge konnten Unfälle, unnötige Missverständnisse und ein Verlust der Lebensfreude sein. Wenn jedoch so ein kleiner Plagegeist die Aufmerksamkeit immer wieder weckt, sind automatisch die Sinne geschärft, so auch für die anderen Lebensumstände. Ohne es zu wissen, tut ein Schabernack den Menschen gut. Nur so konnte sich Nimue Plagosius' Aussagen vor einigen Tagen erklären. Sie erkannte, dass diese Wesen trotz ihres Unfuges für das Licht arbeiteten und gute Wesen waren. Diese Tatsache ließ sie einsehen, dass es immer wert war, in den Kern einer Sache zu schauen und nicht nur die Oberfläche von etwas zu betrachten. Nimue hatte schon oft die Erfahrung gemacht, dass sich bei genauerer Betrachtung ein scheinbar Gutes in ein wahres Schlechtes verwandeln kann und umgekehrt. Das Gleiche galt für die Einschätzung von fremden Wesen. Nimues Aufgabe war es – ohne dass sie das natürliche Vertrauen zu anderen Wesen aufgab – die Wahrheit sofort zu erkennen, vor allem wenn ein scheinbar lichtvolles Wesen der Dunkelwelt angehörte. Da stand sie noch ganz am Anfang und hoffte, dass Seoras, Aar, Oona, Aaro und die Zauberschule ihr weiterhelfen würden. Im Moment jedoch war für Fragen und Antworten keine Zeit, denn sie wurde gerade 130 Jahre alt.

Plötzlich hörte sie ein lautes Gekicher. Nimue drehte sich danach um. Dabei entdeckte sie Cara, Musik und Leon mit ihren Schwestern in den Arkaden spielen. Cara bemerkte ihre Blicke und winkte ihr zu. Sie lächelte zurück. Gleichzeitig klopfte der Holzstock wieder auf den Boden.

»Wie lange wird das noch andauern«, fragte sich Nimue. Ihre Beine wurden allmählich müde, und eigentlich wollte sie ihre Eltern an diesem Tag voll und ganz genießen. Dies konnte sie nicht, wenn sie nur herumstand und allerlei Wesen empfing. Da erschrak sie heftig, als sie in sich eine Stimme vernahm: *»Geduld, Nimue, Geduld.«* Sie drehte sich in alle Richtungen um und erkannte, dass jeder mit sich selbst beschäftigt war und niemand gerade zu ihr gesprochen hatte. Wer oder was war die Stimme? Lange hatte sie nicht Zeit, darüber nachzudenken, da der Zeremonienmeister die weiteren Gäste ankündigte: »Die Froschfamilie der Zauberinsel!«

Ein leises Quaken wurde immer lauter und betörender, dennoch konnte Nimue weit und breit keine Froschgestalt sehen. Sie erinnerte sich an Googli, den Steinfrosch, den Cara ihr mitgebracht hatte, und auch daran, wie sehr sie sich wunderte, dass sich ein Wasserfrosch aus Schutzgründen auf dem Land zu einem Stein verwandelte. Auch wenn die Verwandlung natürlich Sinn ergab. Welche Kreuzotter oder welcher Storch frisst schon gerne einen Stein? Kein Tier bevorzugte eine so harte Speise, war sich Nimue sicher. Zudem spürte sie das eigenartig kribbelnde Gefühl in ihrer Hand noch einmal, während er sich vom matten Stein zum lebendigen Frosch umwandelte. Sobald er sich bewegte, wurde seine Haut feuchter und fühlte sich weicher an. Als sie ihn danach betrachtete, glänzte er im Licht und seine Augen leuchteten wie kleine, dunkle Lichtkegel. Es dauerte noch eine Weile, bis sie alle angehüpft kamen. Googli war ihr Anführer. Er gratulierte im Namen aller und trug vor:

»Die Metamorphose ist unsere große Macht,
Von der heilenden Quelle bringen wir dir den Lebenssaft,
Als Weltenstütze springen wir mit dir hinein ins Glück,
Helfen dir in der Entwicklung deiner Leuchtkraft.«

Nimue war die Metamorphose kein Begriff. Als Googli bereits hinter der großen Schlosseingangstür verschwunden war, wollte sie von ihrer Mutter wissen, was das genau ist.

»Eine Metamorphose verändert, gestaltet um und verwandelt. Sie belebt den Stillstand und ist grundlegend für jede Entwicklung. Sie kann seelischer oder geistiger Natur, sowie von äußerlicher Erscheinung geprägt sein. Der Frosch entsteht als Laich, er wird zur Kaulquappe und danach zum Frosch.«

Nimue nickte dankend für die Antwort. Zur gleichen Zeit kündigte Manyus weitere Gäste an: »Die Hausgeister des ehemaligen Klosters Herrenchiemsee!«

Da sah Nimue einen langen, breiten Schatten in den Hof schweben. Als er vor ihnen zum Stehen kam, verwandelten sich mehrere Wesen daraus. Nimue erkannte sofort die gruselige Gestalt, die sie kürzlich nachts ein wenig erschreckt hatte. Sie stellte erstaunt fest, dass sie alle gleich aussahen. Sie hatten borstige Körperhaare und auffällig haarige Nasen. Das Eigenartige an ihrer Erscheinung war zudem, dass sie alle grüne Stiefel trugen, als ob dies nötig wäre, und sie dennoch nicht bekleidet waren. Da vermutete Nimue, dass ihnen das borstige Fell als Bedeckung genügte. Sie wusste, dass Zyprian und seine Familie sich in alles oder jeden verwandeln konnten, in das oder den sie wollten, und war froh darüber, denn mit dieser Fähigkeit war ihre ursprüngliche Erscheinung nicht wirklich wichtig. Sie waren sehr freundlich und ihre Stimmen glichen heute einem Gesang. Ihr Klang war dabei betörend schön. Es war das Lied der Liebe, welches sie mit sanfter Stimme sangen. Trotzdem spürte Nimue ein eigenartiges Zusammenspiel ihrer Augen- und Ohrensinne. Danach verwandelten sich die Geister wieder zurück und flogen als Schatten in die Eingangshalle hinein.

Während der Zeremonienmeister noch den Holzstock auf den Boden klopfte, sah Nimue kleine Eidechsen auf sie zukommen. Schnell und flink bewegten sie sich auf dem roten Teppich entlang. Franzi war die älteste Eidechse des Stammes und sprach:

»Wir sind die Miniaturstellvertreter der Drachenart,
Wir zeigen dir des Feuers Stärke und Herrlichkeit,
Nun lausche uns und trink von unserer Quelle,
Sie führt dich zu der, des Feuers reinigenden Kraft.«

Während jede einzelne gratulierte, sah sich Nimue ihre Körper genauer an. Sie glichen wirklich kleinen Drachen, da ihr gestreckter Rumpf orangebraun, gelbbraun und hellgrau gemustert war, sowie auch ihre gut ausgebildeten Beine und der lange Schwanz, der nur zum Ende hin vollkommen ins Graue überging. Ihre Gesichter waren orangebraun mit hellgrauen Tupfen.

So flink wie sie hereinkamen, verschwanden sie auch wieder, und der Holzstock fiel erneut dreimal auf den Boden.

»Die Eulenfamilie des Reichs Shenja!«

22 Eulen flogen allmählich auf sie zu. Eulena setzte sich auf die Holzstange direkt vor Nimues Gesicht. Alle Eulenaugen waren auf sie gerichtet. Nimue sah, dass ihre Augen eine gelb-orangefarbene Iris hatten, welche mit einem Federkranz umrandet war. Ihr Federkleid war mit braunen Flecken und

Streifen gemustert und sah aufgeplustert majestätisch aus. Da sprach Eulena, die älteste der Eulen:

»Wir sind die Botschafter der prophetischen Weisheit,
Weihen dich ein in das Geheimnis der Dunkelheit,
Hör auf unsere Rufe, wir führen dich durch die Nacht,
Wo das Reich deiner Ahnen im Lichte erwacht.«

Anschließend gratulierte ein jeder einzeln und bedankte sich dabei für die Einladung. Der Hofnarr wollte sie in den Tafelsaal begleiten, was sie jedoch ablehnten, denn sie kannten den Weg bereits. Mit schnarrenden Lauten flogen sie davon.

Danach kamen die Seejungfrauen des Starnberger Sees. Sie konnte sich noch gut an die Schönheit von Piera erinnern und sah, dass alle 17 Seejungfrauen genauso schön wie sie waren. Sie hatten langes blondes oder brünettes Haar und trugen alle ein Oberteil, das die Brust verdeckte und dabei wie ein Spinnennetz auf ihren Oberkörpern lag. Die Farben waren unterschiedlich: waldgrün, königsblau wie ihre Flosse, hellgelb oder purpurrot. Nimue erfuhr von Oona, dass die verschiedenen Farben auf das Alter hinwiesen. Purpurrot durften nur die Ältesten tragen. Königsblau bevorzugten die im mittleren Alter, waldgrün die Jugendlichen und gelb die kleinen Seejungfrauen. Sie gratulierten alle mit freundlichen Worten und freuten sich, dass an diesem Tag nur Gemüse und Käse verarbeitet wurde. Die Seejungfrauen gehörten zu den letzten Gästen, die Nimue aufgesucht hatten. Nun mussten die Begrüßungen bald vorbei sein. Der Tafelsaal war voll und Nimue nahm an, dass es sich beim Königssaal und auch den Ställen genauso verhielt. Erleichtert über diese Tatsache lächelte Nimue ihre Eltern an.

»Sind wir fertig?«, fragte Nimue Yavira.

»Nein, Nimue, du bekommst noch zwei Überraschungsgäste.«

Schlagartig drehte sich alles um sie herum. Sie hatte das Gefühl zu fallen. Gleichzeitig hörte sie Aar sagen: »Der Schwindel ist normal, Nimue. Die Energien schwingen sehr hoch.«

Sie blinzelte, bis sie wieder vollständig klar sehen konnte. Da musste sie noch einmal blinzeln, dieses Mal jedoch, weil sie ihren Augen nicht traute. War dieses wunderschöne Wesen direkt vor ihr ein Produkt ihrer Fantasie? Vor ihr stand in einem vollkommen hellen Licht ein Pferd mit einem kegelförmigen, spitzen Horn in der Mitte der Stirn. Es war derartig bezaubernd, dass Nimue ihren Sinnen nicht traute. Natürlich kannte sie Einhörner. Dennoch konnte sie aus den Schriften nie herauslesen, ob es sich dabei um eine erfundene Gestalt oder um ein wahres Zauberwesen handelte. Ihr Herz schlug schneller, und sie erkannte, dass keine Worte die Schönheit dieses Wesens hätten erklären können. Das Einhorn konnte ihre Gefühle spüren. Es bewegte seinen Kopf auf und ab, um ihre Freude zu bekunden. Nach einer Weile des gegenseitigen Betrachtens sprach es mit einer so sanften Stimme, wie sie Nimue noch nie zuvor gehört hatte. Diese Stimme stellte selbst den Liebesgesang der Hausgeister in den Schatten.

»Ich bin das reine Licht der höchsten Macht,
Wache über die Quelle der kosmischen Kraft.«

Daraufhin verstummte es. Eine mystische Stille kehrte ein. Nimue empfand die abwartende Haltung des Einhorns als eigenartig, da sie spürte, dass es noch mehr zu sagen hatte. Nach einer Weile hörten sie immer lauter werdende Flügelschläge. Irgendjemand näherte sich dem Schlosshof. War dies der Grund, warum das Einhorn nicht mehr weitersprach?

»Bestimmt«, dachte Nimue und wandte sich den Geräuschen zu. Dabei entdeckte sie in der Ferne etwas für sie Unglaubliches. Es konnte nicht wahr sein. Nimue war sich mit einem Mal nicht mehr sicher, ob sie träumte oder vielleicht sogar in ihrer Erschöpfung zu fantasieren begann. Zudem ließ die weite Entfernung das herankommende Wesen klein erscheinen. Mit weit aufgespannten Flügeln flog es über die Baumwipfel auf das Schloss zu. Kurz vor dem großen Eingangstor verringerte es seine Flughöhe. Sogleich sprang der Zeremonienmeister zur Seite, um mehr Platz zu schaffen.

Jeder Anwesende starrte auf das eintreffende Wesen. Es schien, als ob die Zeit stehen bleiben und die Notwendigkeit der Atmung wegfallen würde. Kurz darauf setzte es am Boden auf.

»Ist er nicht wunderschön, Nimue?« schwärmte Aar, »Er ist ein Nachfahre des Drachenführers Dracóran, der in Cridhe für unser Reich kämpfte. Über Tausende von Jahren dachten wir, dass es keine Überlebenden gab, und dann, wie aus dem Nichts, erreichte uns eine Nachricht. Der Fink, der schon die Botschaft des Zauberers überbracht hatte, übergab auch diesen Brief Seoras.«

Seoras nickte und erklärte: »Es stand darin, dass der Enkel des vermeintlich letzten Drachens in einem geheimen Höhlenschacht überlebt hatte. Als er von deiner Geburt hörte, damals vor 130 Jahren, hatte er sich sogleich für den heutigen Tag angekündigt.«

Nimue konnte nicht glauben, was sie gerade hörte.

»Er hat eine lange und gefährliche Reise hinter sich«, bemerkte Aar.

Der Drache stellte sich direkt vor Nimue und neben das Einhorn. Sie sahen dermaßen verschieden aus, und doch bildeten sie vor Nimues Augen eine Einheit. Ein unbeschreiblich helles Licht umhüllte die beiden.

Er sagte mit einer tiefen, dennoch angenehm weichen Stimme:

»Ich bin die reine Kraft der Mutter Erde,
Wache über die Quelle der einweihenden Stärke.«

Gleich darauf verstummte er genauso wie es das Einhorn vor ihm tat. Die gleiche mystische Stille kehrte ein, und so konnte sich Nimue Gedanken über sein Aussehen machen. Sie erkannte, dass er tatsächlich ein Mischwesen war, bei dem die Gestalt einer Schlange vorherrschte. Der lange Körper zog sich vom Hals abwärts bis zur Schwanzspitze und wurde am Rücken breiter und voller. Danach nahm der Umfang zum Schwanzende hin stetig ab. Sein Kopf war riesig und glich einem Krokodil, dennoch war er feiner und majestätischer geformt. Seine Augen waren groß und kugelrund. Sie funkelten leicht rot im dunklen Schwarz. An den Füßen entdeckte Nimue spitze Krallen. Die großen Flügel glichen denen einer Fledermaus und seine Haut war geschuppt. Die Hautfarbe war dunkelgrau, fast schwarz mit einem leicht orangeroten Ansatz am Bauch sowie an der Stirn und am Schwanzende. Als er seinen Mund öffnete, sah sie eine lange Zunge herausspitzen, die in der Mitte geteilt war. Es sah aus, als ob man ein rechtwinkliges Dreieck herausgeschnitten hätte. An den äußeren Seiten der Nasenlöcher standen hornähnliche Gebilde weg, die nicht starr, sondern leicht beweglich waren. In der magischen Wasserenergie des Reichs Shenja glichen sie sich den Kopfbewegungen an. Der Drache wirkte furchterregend und doch herzgewinnend. Nimue konnte nur Liebe für diese zwei Wesen empfinden. Da beruhigte sich ihr Herzschlag wieder. Dabei veränderte sich ihre Wahrnehmung. Während Zeit und Raum scheinbar nicht mehr existierten, konnte sie beiden zur gleichen Zeit ins Gesicht sehen, ohne dass sie ihre Augen vom Einhorn oder vom Drachen wegbewegen musste.

Nach einem langen Moment sprachen beide gleichzeitig aus der Stille heraus:

»Wir hüten die Schwellen der Welten,
Vereinen die Kraft der heilenden Wellen,
Verbinden dich mit deinem Lebensglück,
Weihen dich ein in das höchste Lehrstück.«

Erneut kehrte eine Stille ein, die alle Anwesenden mit ihrer mystischen Energie einhüllte.

Das Einhorn unterbrach sie mit den Worten: »Liebe Nimue, ich führe dich zum Ursprung deines Seins und helfe dir deine geistige Heimat wiederzufinden. Ich sehe in dir, dass dort das Höchste, Beste und Größte wirkt und noch vieles mehr darin schlummert. In der Zauberschule werden sich deine Talente nach und nach zeigen, während du an Wissen und Weisheit dazugewinnst. Ich schenke dir heute ein Mondsteinamulett mit einem Amethyst. Trage es bei dir und du bist mit meiner Kraft verbunden. Bitte nimm es selbst aus meiner Tasche. Danach streiche über mein Horn, es wird dir Glück bringen.«

Das Einhorn ging ein paar Schritte auf das Podium zu, während Nimue die Holztreppe hinunterlief. Vor dem Einhorn angekommen, spürte sie die Energien des Wesens stark auf sich einwirken. Sie atmete tief durch, als ob sie damit die Kraft darin in ihrer Vollkommenheit aufnehmen könnte. Kurz darauf griff sie in die Tasche, die das Einhorn auf seinen Rücken gebunden hatte und holte das Amulett heraus. Es hing an einer Silberkette und war atemberaubend schön. In der Mitte des Mondsteins war ein Amethyst mit einer kegelförmigen Spirale, die der Form des Hornes glich. Beide Steine waren harmonisch miteinander verschmolzen, als ob sie füreinander bestimmt gewesen wären. Zudem war das Amulett auf beiden Seiten mit jeweils sieben kleineren Mondsteinen mit der Kette verbunden. Es strahlte hell und allein die Berührung verlieh Nimue eine Gänsehaut. Ihre Mutter folgte ihr und legte es ihr um den Hals. Nimue berührte daraufhin das Horn und spürte sogleich einen heftigen Ruck in sich. Es war, als ob ihr Körper stillstand, jedoch ihr inneres Sein sich stark bewegte. Da durchströmte sie die Wonne des Glücks und sie umarmte das Einhorn am Hals. Sie küsste es und flüsterte: »Danke!«

Das Einhorn war sichtlich erfreut über ihren liebevollen Gefühlsausbruch. Bevor Nimue wieder auf ihren Platz zurückging, lächelte sie den Drachen noch freundlich an.

Dieser erklärte sogleich: »Liebe Nimue, unsere Vorfahren waren bereits Freunde. Gemeinsam haben sie für ihre Freiheit gekämpft. Ich, als Nachfahre, kann dir sagen, dass mein Urgroßvater mit deinem Ur-Ur-Urgroßvater bereits über dich gesprochen hat und auch mir berichtet hat, dass du einmal zu uns in die physische Welt kommen wirst. Ich habe mich sehr gefreut, als mir der Fink vor genau 130 Jahren von deiner Geburt berichtete. Du bist ein Teil unserer Familie, Nimue, und Familie stellt unsere höchste Priorität dar. Unsere Kraft setzen wir für dich ein. Nimm diesen Drachenstab als Zeichen unserer Verbindung!«

Er näherte sich dem Podium, stellte sich auf seine Hinterfüße und richtete seinen Körper auf. In seiner rechten Kralle hielt er einen Stab, den er ihr entgegenstreckte. Nimue nahm ihn in ihre Hand, welche bei der ersten Berührung zu prickeln begann. Dieses Prickeln strömte in ihren Körper und breitete sich aus. Es fühlte sich gut an, wenn auch ungewohnt.

Der dunkelbraune, fast schwarze Stab war aus einem harten Holz geschnitzt. Er war dick und circa 17 Zentimeter lang. Am oberen Ende war ein Drachenkopf, der seinen Mund leicht offen hielt. Aus diesem Grund konnte man seine Zunge sehen, die wie die eines Drachen gespalten war. Der Rest war der Hals, der schmuckvoll und originalgetreu nachempfunden wurde. Die Augen glitzerten hell im Licht, sodass sie Nimues Aufmerksamkeit auf sich zogen.

Der Drache bemerkte dies und erklärte: »Diese Steine sind besonders reine Rohdiamanten und Schwesternsteine des Steins des Orisolus, den mein Urgroßvater deiner Familie kurz vor seinem Tod übergab. Sie tragen das Licht des Ursprungs allen Seins in sich. Ihr Feuer des Lebens wird dir helfen, deinen Geist zu stärken, um so Hindernisse leicht zu überwinden.«

»Danke«, erwiderte Nimue schüchtern.

Er lächelte und strich ihr mit seiner Kralle vorsichtig übers Haar. Sie streichelte daraufhin sein Gesicht und gab ihm einen Kuss auf die Stirn.

Bevor der Drache sich wieder zurück auf seinen Platz neben das Einhorn stellte, erwähnte er: »Morgen möchte ich mit dir über den Stein sprechen, der deiner Familie vor Tausenden von Jahren in unserer Höhle übergeben worden ist.«

Gleichzeitig fuhr ein stechender Schmerz durch Nimues Brust. Der Stein und das Wort *Morgen* erinnerten sie daran, dass ihre Eltern bald wieder klein sein würden. Das tat ihr in der Seele weh und spornte ihre Bereitschaft an, den Stein des Orisolus zu finden und nach Hause zu bringen. Da erwärmte sich der Drachenstab in ihrer Hand, genauso wie sich die Diamanten rot einfärbten. Der Drache erkannte dies und blickte ihr tief in die Augen. Er wusste, was in ihr vorging, da war sich Nimue sicher, und sein verständnisvoller Blick half ihr, mit dem Schmerz leichter umzugehen.

»Ich werde dir mein Wissen weitergeben«, versprach er, »all das, was auch mir weitergegeben wurde.«

»Ich freu mich darauf.«

Sie freute sich wirklich darauf, auch wenn in diesem Moment noch der Schmerz die Freude überwog.

Dann sagte das Einhorn Lebewohl und erklärte: »Durch das Amulett sind wir immer miteinander verbunden.«

Es drehte sich in Richtung Wald und lief davon. Nimue blickte noch eine Weile auf die Bäume am Waldrand, hinter denen die Silhouette des Einhorns verschwand.

Ihr Großvater bat währenddessen den Hofnarren: »Könntest du bitte dem Drachen seine Schlafkammer zeigen? Er ist bestimmt müde nach seiner langen und anstrengenden Reise.«

Der Drache nickte zustimmend.

»Komm, ich zeige sie dir«, rief der Hofnarr ihm entgegen, hob seine Hand und deutete auf die Eingangstür. Kurz darauf echote Uhrilias Freudenschrei im Hof und Nimue grinste, da sie ihre Liebe zu Drachen kannte. Zur gleichen Zeit schwärmten Schmetterlinge und Glühwürmchen auf Nimue zu, sowie viele Spinnen am Boden entlangliefen. Sie gratulierten und verschwanden sogleich wieder. Aar erklärte daraufhin Nimue, dass sie an diesem Tag alle Aufgaben hätten. Die Spinnen sollten mit ihren Körpern ein Wandbild in den Sälen darstellen. Die Glühwürmchen hatten den Auftrag, dunkle Stellen zu beleuchten und das vor allem auf dem Waldfest. Die Schmetterlinge sollten sich auf Pflanzen oder andere Gegenstände setzen, um mit ihrer Farbenpracht ein kunstvolles Bild zu erschaffen. Dies alles sollte sie gleich sehen, wenn sie durch den Tafelsaal zum Königssaal ging.

Der Zeremonienmeister verließ räuspernd seinen Platz, während Maeve auf Nimue zuging.

»Alle sind hier. Allerdings verspätet sich unsere liebe Freundin, die im Erdenleben eine Kuh ist. Ein Bote hat mir ausrichten lassen, dass der Bauer gerade heute verschlafen hat. Er wird die Kühe wohl erst später auf die Weide lassen. Vorher kann sie sich nicht unbemerkt von der Herde entfernen. Geht ihr nur, ich bringe sie sobald sie hier ist zu euch, Nimue.«

»Der Bauer, der nicht weiß, wer seine Kuh in Wirklichkeit ist«, schmunzelte Aar, »und dass sie heute noch feiern will.«

Nimue drehte sich zu ihren Eltern und umarmte sie nacheinander inniglich.

Die Festplanelfe Partina stand direkt neben der Bühne und sprach mit Seoras. Nimue konnte an ihrem harmonischen Gesichtsausdruck erkennen, dass sie mit dem Ablauf der Begrüßungsfeier zufrieden war. Auf einmal röteten sich ihre Wangen und Nimue verstand, dass ihr Seoras gerade ein Kompliment gemacht haben musste. Sie verabschiedete sich in Richtung Wald und schon öffneten sich die Stalltüren, und die Tiere rannten, schlenderten oder schwebten in den Schlosshof hinein. Hastig füllten die Heinzelchen die verschieden großen Schüsseln mit Nahrung. Der Gemüsebrei sah saftig und gut aus, und einige stürmten sofort darauf. Nimue beobachtete das Geschehen nur kurz, dann folgte sie ihrer Familie in die Eingangshalle. Gleichzeitig stimmte die Kapelle ein neues Lied an, während der Hofnarr die Tiere zum Feiern animierte.

Als Nimue in der Eingangshalle ankam, bemerkte Uhrilia: »Wow, das war ein Ritus, und die hoheitlichen Gäste. Alles nur für unsere Nimue!«

Alle anwesenden Elfen blickten zur Uhr hinauf und lächelten sie zustimmend an.

»Hast du etwas anderes erwartet?«, bemerkte Marie mit genervtem Unterton, worauf alle Blicke zu ihr wanderten.

Nimue entdeckte dabei ihre drei Schwestern auf sie wartend am obersten Treppenabsatz stehen, während Oona bei Maries Worten zusammenzuckte. Der zerstörerische Funke der Eifersucht war unüberhörbar.

Uhrilia hatte noch nicht zu Ende gesprochen und doch verstummte sie, um Marie nicht noch mehr zu reizen. Sie war im Gegensatz zu ihren Schwestern ständig über alles unzufrieden, vor allem, seitdem Nimue vor 130 Jahren zur Welt gekommen war und ihr seither alle Aufmerksamkeit stahl. Gegen Nimue konnte sie nicht antreten, auch nicht, wenn sie das schönste Kleid anhatte und die schönste Flechtfrisur besaß. Immer mehr nagte diese Tatsache an ihr und so fragte sie sich, ob in ihr die Gefühle für Nimue von Liebe und Hass nicht nah beieinander lagen.

Nimue erkannte ebenso diese Entwicklung und hätte ihr gerne alle Aufmerksamkeit überlassen. Das war jedoch nicht ihre Entscheidung. Trotzdem zog sie sich im Laufe der letzten Jahre mehr und mehr zurück. In Aaros Höhle fühlte sie sich geborgen und sicher, und wenn man einmal von Stúhly absah, unbeobachtet. Dennoch änderte das nichts an der Tatsache, dass Maries Eifersucht ihren Verstand unter einen grauen Schleier legte. Somit erkannte sie nicht, dass Nimue sie wahrlich liebte und es nicht darum ging, auf wen das Augenmerk gerichtet war. Ihre kleine Schwester war eine Kriegerin des Lichts, und auch wenn Marie niemals eine hätte sein wollen, ihr vergönnte sie den Ruhm dafür nicht. Seoras und Aar sorgten sich zunehmend darüber, und doch konnten sie nicht in das Rad des Schicksals eingreifen, denn das besagte, dass sie ihr Leben als Schwestern verbringen sollten.

Da meinte Hubert: »Meine liebe Marie, hat dir die Begrüßungsfeier nicht gefallen?«

Marie winkte ab, während sie erwiderte: »War schon in Ordnung.«

Aoife konnte ihre Reaktion nicht verstehen und sagte: »Ich fand sie super! Das Einhorn war der Wahnsinn, unglaublich, dass es diese Wesen wirklich gibt.«

»Da hast du recht, Aoife«, erwiderte Seoras und forderte sie alle auf: »Los, jetzt geht's zum Feiern in die Säle.«

Während sie die Treppe hinaufstiegen, fragte Seoras die Uhr: »Uhrilia, weißt du schon, wo dein Platz ist?«

Ein Freudenschrei hallte durch den Raum. Dann antwortete sie theatralisch: »Ihr habt an mich gedacht.«

»Im Königssaal direkt neben dem Adlerstamm Adlig«, erklärte Seoras.

»Oh«, erwiderte sie aufgeregt, »dann werde ich Euch gleich folgen. Wie schön, Seoras!«

Sie freute sich sehr darüber und verließ sogleich ihren Platz. Dabei löste sie einen Gurt, mit dem sie fest und gemütlich an der Wand hing. Mit einem Schwung hüpfte sie auf das Treppengeländer. Dann sprang sie auf den Boden und marschierte hinter Seoras her.

Als Nimue am oberen Treppenabsatz ankam, sah sie Cara und ihre Brüder auf der Bank eines entfernten Arkadenfensters sitzen und auf sie warten. Sie winkte ihnen von Weitem zu, die sie auf die gleiche Weise grüßten.

Nimue liebte ihre Cousine und freute sich schon sehr auf ihre gemeinsame Zeit in der Zauberschule. Jetzt jedoch musste sie Seoras den Gang entlang folgen. Beide Säle waren vom Arkadengang im ersten Stock durch einen Balkon erreichbar. Von diesem führte eine Wendeltreppe nach unten in den Saal.

Als sie sich dem Tafelsaal näherten, gab Seoras dem Zeremonienmeister telepathisch Bescheid, dass sie da waren. Daraufhin hörten sie ein dreimaliges Klopfen. Sekunden später war es mäuschenstill. Seoras, gefolgt von Nimue, verließ den Gang auf den Balkon. Sie sahen viele verschiedene Wesen und Tiere unter sich stehen oder auf großen Holzbänken sitzen.

Alle Augen starrten sie an.

Nimue lächelte schüchtern, während sie sagte: »Ich wünsche euch allen ein schönes Fest. Genießt das Essen und die Musik und feiert, so lange ihr wollt!«

Seoras nickte und fügte hinzu: »Ich freue mich, dass ihr alle zum Uaneala-Fest meiner Urenkelin gekommen seid. Der ganze Elfentag soll ein fröhliches Fest sein!«

Daraufhin hörten sie die Menge verschiedene wohlwollende Wünsche rufen.

Seoras und Nimue verließen den Balkon wieder in den Arkadengang hinaus, wo ihre Familie auf sie wartete. Anschließend gingen sie auf den Königssaal zu. Nachdem es dreimal klopfte, öffneten sie die Tür und betraten den Balkon. Nimue spürte eine besonders angenehme, warmherzige Energie im Raum, obwohl Hunderte von Wesen und Tieren unterschiedlichster Art darin verweilten.

Für einen Moment lang blickte sie auf die Menge, bevor sie sprach: »Vielen Dank für euer Kommen. Ich freue mich sehr, dass wir heute gemeinsam meinen Geburtstag feiern. Jetzt wünsche ich euch allen einen schönen Festtag und ein Verwöhnen eurer Geschmacksnerven.«

Die Menge lachte bei ihren letzten Worten auf.

»So soll es sein!«, erklärte Seoras mit einem Lächeln auf seinen Lippen. Dann wandte er sich Nimue zu.

Beide nickten und riefen gleichzeitig: »Sláinte!«

LEON
MUSIK
CARA
CAMIN
SEOG
MARIE
TIARA
OLIVER
HAUCH
SOPHIA
SEOC
FRANZ
AAR
MARIE
OONA
HUBERT
SEORAS
NIMUE
LEA
YAVIRA
KATAR
AOIFE
CLOET
KRISTIN
ACAIR
CLAUDINE
GAEL
LAILA
CHRISAN
TARGET
CHRISTIAN
MICHAEL
TAGH

Ein »Hoch« ging es durch den Saal. Gleich darauf gingen sie alle die Wendeltreppe nach unten in Richtung des einen, erst halbbesetzten Tischs. Partina hatte kleine Täfelchen mit Namen vorbereitet, die die Sitzordnung zeigten.

Alle nahmen Platz. Marie und Sophia nickten Nimue dankend zu, denn sie hatte ihre Bitte bei Seoras durchgesetzt und so durften Oliver und Franz neben ihnen sitzen. Die beiden waren Freunde von Caras Geschwistern und Halbelfen, die auf der Zauberinsel lebten. Marie schwärmte nicht wirklich für Franz, doch er war einer dieser Männer, die sie überaus bewunderten und verehrten, und sie liebte das an ihm. Sophia jedoch fühlte ehrlich etwas für Oliver. Ob er das Gleiche auch für sie empfand, konnte man nicht auf Anhieb erkennen, da er ein sehr schüchterner Mann war. Er lebte allein und zurückgezogen auf der Zauberinsel. Viele Menschen, mit denen er aufgewachsen war, waren bereits tot, und so wurde es für ihn immer schwieriger, deren Nachkommen zu erklären, warum er noch am Leben war. Trotzdem war Oliver ein netter Mann, der schlank gewachsen war. Er hatte viele dunkle Locken, die seine Menschenabstammung deutlich machten. Seine Ohren waren spitz und klein und aufgrund seines vollen Haares beinahe vollkommen verdeckt. Die blauen Augen strahlten und seine Haut wirkte leicht braun. Er war immer mit einer braunen, engen Hose und einer knielangen Tunika gekleidet. Zudem trug er braune Lederschuhe, die von ihm selbst gebunden waren. Seine Nase war geradlinig und sein Mund ein wenig dicker als es für Elfen üblich war. Sophia sprach oft von seinen wunderschönen Händen, die groß und stark waren. Nimue wagte einen Blick darauf und musste ihrer Schwester recht geben. Sowie alles andere, waren auch seine Hände von schöner Natur. Nimue hätte sich für ihre hübsche Schwester gefreut, wenn ihre Gefühle erwidert worden wären. Sophia war liebenswert und warmherzig, warum es nach Nimues Meinung niemandem schwerfallen konnte, sie zu lieben.

Nimue hörte das laute Knarren der Balkontür, als die vielen durcheinandersprechenden Wesen im Raum verstummten.

Der Hofnarr erschien und verkündete: »Meine lieben Gäste, sogleich wird das Festessen serviert. Falls noch jemand einen Magentrank braucht, Maeve hat viele verschiedene vorbereitet. Genießt, schmeckt, leckt und weckt eure Sinne, heute ist ein Feiertag!«

Nimue nutzte die Stille an ihrem Tisch, um den Saal mit ihren Blicken zu durchkämen. Sie nahm dabei ein wunderbares Schauspiel an Farben in sich auf. Die verschiedenartigen Darstellungen harmonierten wie das Zusammenspiel der Töne einer Symphonie. Darunter kreierten die Spinnen an vier Wänden ein zusammenhängendes Bild. Nimue erkannte, dass manch eine Spinne ihre Hautfarbe für den Kontrast anhaltend veränderte, und andere fortlaufend wechselten, um eine Bewegung darzustellen. Sie zeigten die vier Grundelemente allen Seins: Feuer, Erde, Luft, Wasser. Die Wand, die direkt gegenüber von Seoras stand, war südlich ausgerichtet. Darauf war ein Feuer abgebildet, in dem ein Löwenbaby scheinbar unberührt von der Hitze verweilte. Nimue wusste, dass es sich hierbei um das Feuer des Lebens handelte; entzündet durch den Funken der Liebe, deren Leidenschaft neues Leben hervorruft. Oona hatte ihr bereits vom Ursprung des Feuers erzählt und von dessen schaffenden, belebenden und verändernden Geist.

Die Wand hinter Seoras wandte sich dem Norden zu und zeigte das Element Erde. Die Spinnen stellten eine auf dem Boden sitzende Frau mit verschränkten Beinen dar, auf deren Oberschenkeln ein kleines Kind lag. Eine Schüssel Nüsse stand neben ihr, wobei sie abwechselnd selbst eine Nuss aß oder ihr Kind damit fütterte. Nimue konnte sich das Bild nicht erklären und befragte ihren Vater dazu, der meinte: »Die Frau symbolisiert die Erde, also die gesamte materielle Welt. Sie ist die Mutter, die neues Leben gibt und nährt. Sie steht für Wachstum, Ernährung und Sicherheit.«

Nimue bedankte sich und schenkte nun der Wand ihre Aufmerksamkeit, die rechts von ihr lag. Dieses östlich ausgerichtete Bild stellte das Element Luft dar. Es zeigte eine grüne Wiese mit Pflanzen und Bäumen. In der Mitte der Wiese stand eine Frau, die aus einem Krug goldene Blätter nahm, um sie dann in die Luft zu werfen. Dort verfärbten sie sich abwechselnd grün, braun oder orange und wirbelten scheinbar im Wind umher. Es war die Bö der Weisheit, die die geistige Natur mit ihrem Wissen erfüllte.

Die westlich ausgerichtete Wand zeigte das Element Wasser. Die Spinnen stellten den Grund eines Ozeans dar, auf dem ein Skorpion saß. Dieser hatte seine Augen nach innen gerichtet. Dafür erhellten zwei Glühwürmchen seinen Oberkörper. Nimue schmunzelte beim Anblick dieser Darstellung, da ihr in den letzten Tagen die Bedeutung einer tiefgründigen Betrachtung der eigenen Gefühle nähergebracht wurde.

»Die Spinnenbilder sind außergewöhnlich, nicht wahr?«, unterbrach Hubert Nimues Gedanken. »Sie stellen das Feuer der Schöpfung dar, die Erde und ihr Wachstum, die Luft der lebendigen, lehrenden Kommunikation und das klare Wasser der allumfassenden Innenschau.«

Nimue nickte abwesend, da ihr Blick bereits auf ein Gesteck mit Schmetterlingen gerichtet war. Es passte perfekt zu den vielen Rosengestecken im Raum, sowie den Moosrosen, mit denen das Balkongeländer geschmückt war. Von der Decke herab erstreckten sich Efeu und andere Blumen, die farblich von Oona aufeinander abgestimmt worden waren. So leuchtete ein Strang gelb, weiß und rosarot, an anderen sah Nimue purpurrote, waldgrüne und königsblaue Blüten. Durch die verschiedenen Schmetterlinge mischten sich die Farben nochmals, und so sahen ein paar dieser Gestecke aus, als ob sie ein Regenbogen wären.

In ihren Gedanken versunken, nahm Nimue das Klirren eines Glases wahr. Sogleich verstummten die Laute im Saal, wobei Seoras aufstand.

»Liebe Gäste, es ist so weit. In ein paar Minuten werden die Heinzelchen Käse und Trauben hereinbringen. Davor möchte ich noch ein paar Worte zu euch sprechen.« Er hielt kurz inne, um damit die Bedeutung seiner Worte zu bekräftigen. »Wir feiern heute den Geburtstag meiner Urenkelin Nimue. Ich freue mich sehr, dass ihr alle gekommen seid, um mit uns an diesem Fest teilzunehmen. Vor 130 Jahren hat Yavira Nimue in unsere Welt geboren. Sie war von Anfang an ein wissbegieriges, lichtvolles Wesen, das uns im Laufe der Jahre viel Freude bereitet hat. Ihr guter

Freund, der Eichenbaum, wusste sie immer wieder zu bändigen, und ihre liebevolle Art konnte selbst das Herz ihres strengsten Lehrers erweichen. Ihr Geschenk ist ein Lächeln und ihre Tapferkeit lässt manch einen Krieger im Schatten stehen. Das Letztere ist wohl auch ein Grund, warum ihr spezielles Anliegen sie so furchtlos in die Ferne treibt.« Seoras lächelte Nimue an. »So möchte ich heute verkünden, dass Nimue in die Zauberschule gehen wird. Direktor Schnabel hat uns heute Morgen die Bestätigung zur Aufnahme zukommen lassen und uns seine Freude ausgesprochen. Nimue und ihre Cousine Cara werden beide ab dem nächsten Schuljahr an der Zauberschule studieren.«

Er blickte zu Cara und zwinkerte ihr lächelnd zu. Daraufhin wanderten seine Blicke zurück zu Nimue. Er holte tief Luft, um dann mit sanfter Stimme zu sagen: »Liebe Nimue, ich erfülle dir deinen großen Wunsch, die Welt zu erobern. Zuerst jedoch wirst du dich auf der Zauberschule darauf vorbereiten« – er hielt kurz inne und schaute ihr liebevoll in die Augen – »ich bin stolz auf dich! Unsere Seelen sind miteinander verbunden. Denk immer daran!«

Anschließend füllten die Klänge des Beifalls zusammen mit tierischen Rufen den Raum. Seoras hatte sich gerade wieder gesetzt, als die Küchentür aufsprang und die Heinzelchen nacheinander mit jeweils zwei großen Tabletten auf ihren Händen herauskamen. Auf jedem Tisch wurden vier davon abgestellt. Gleichzeitig verteilten Elfenhelfer die Teller. So war ein heiteres Durcheinander von Stimmen, Lauten und Tellergeräuschen zu hören.

»Ruhe, bitte!«, durchbrach die Stimme des Hofnarren die Geräuschkulisse. Er stand mit erhobenem Kopf auf dem Balkon und wartete ein paar Sekunden, bis Stille einkehrte.

»Die Chiemseer Kuh ist da!«

Nimue verzog ihr Gesicht fragend. »Chiemseer Kuh?«, wiederholte sie flüsternd.

»Sie ist eine ganz besondere Kuh«, meinte Aar schmunzelnd, »die bei einem Bauern am Chiemsee lebt.«

Nimue verstand nicht. Die Kuh marschierte auf den Balkon und lächelte Nimue zu. Dann begrüßte sie die Anwesenden mit den Worten: »Latha Math! Namaste! Griaß God!« Für einen Moment lang pausierte sie, was eine durchdringende dennoch beruhigende Stille im Raum verursachte.

Nimue musterte die braunweiß gescheckte Kuh. Sie glich den vielen Bildern, die sie gesehen hatte. Trotzdem wunderte sie sich, dass sie erst auf Gälisch, Hindi und dann auf Bayerisch grüßte. Warum hatte sie diese drei Sprachen im gleichen Atemzug benutzt? Sie war sich sicher, dass dies eine Bedeutung haben musste. Rein zufällig hatte sie die Sprachen sicherlich nicht ausgewählt. Bayerisch war Nimue klar, sie lebte in Bayern. Gälisch konnte sie auch noch nachvollziehen, denn die Elfen des Reiches Shenja waren gälischen Ursprungs. Doch Hindi ließ Fragen offenstehen. Während Nimue der ein oder andere Grund durch den Kopf ging, fing die Kuh an, sich eigenartig streckend und dehnend zu bewegen. Dieser Anblick riss Nimue vollkommen aus ihren Gedanken.

»Was geht hier vor?«, wunderte sie sich. *»Was macht die Kuh da?«*

Um die Stille nicht zu unterbrechen, behielt sie ihre Verwunderung für sich. Sie beobachtete die Kuh und ihre Bewegungen, wobei sich ihr Mund vor Erstaunen mehr und mehr öffnete. Da stellte sich die Kuh auf ihre Hinterbeine. Ein Funke entfachte sich unter ihren Klauen und umhüllte sogleich ihren Körper mit Rauchschwaden. Daraufhin fing der Rauch an, sich stetig schneller um ihren Körper wirbelnd zu bewegen, bis er ihn vollständig einnahm. Nimue konnte einen sanften Hauch auf ihrem Gesicht spüren, als auf einen Schlag der Rauch verpuffte. Dabei verschwand die Kuh im scheinbaren Nichts.

»Wo ist sie jetzt«, fragte sich Nimue, als hinter dem Balkongeländer eine wunderschöne Frau mit einer überwältigenden Ausstrahlung aufstand. Ihre Augen leuchteten hell. Sie trug ein purpurrotes Wickelkleid, welches mittig mit einem verzierten Stoffgürtel gebunden war. An Kopf, den Händen und Füßen trug sie goldenen Schmuck.

Als sie vollständig aufgestanden war, lächelte sie auf die Menge herab und sagte: »Ich bin Indira. Ich freue mich sehr, heute bei euch eingeladen zu sein und mit dir, liebe Nimue, deinen 130sten Geburtstag zu feiern. Als Geschenk überreiche ich dir eine Lotusblume. Halte sie nah an deinem Herzen und sie wird dir segenreiche Fülle bringen.«

Nimue stand auf und bedankte sich auf Hindi: »Dhan'yavāda Indira!«

Seoras war erstaunt über Nimues Worte, denn er wusste, dass sie nicht gerade ein Sprachentalent war. Stolz nickte er Nimue zu.

Da folgte Indira dem Hofnarren die Wendeltreppe hinunter in den Saal, der ihr schüchtern den Platz zuwies. Zuvor jedoch übergab sie Nimue die Blume, die sich herzlich dafür bedankte. Kurz darauf begannen die Stimmen und klappernden Geräusche des Geschirrs erneut den Raum zu beleben.

»Das hast du gut gemacht, Nimue. Woher kennst du Hindi?«, wollte Seoras wissen.

Nimue schüttelte den Kopf verlegen. »Ich habe zwar schon von der indischen Sprache gehört, aber ich kannte sie nicht. Trotzdem wusste ich sofort, dass es Hindi ist und wie ich antworten muss. Keine Ahnung, warum.« Nimue zog ihre Augenbrauen in die Höhe und hielt dabei ihre Hände fragend nach oben. »Kannst du mir das erklären?«

»Ich kann das«, hörte sie eine Stimme sagen. Es war die Stimme des Boten Zadakiel. »Mir ist es möglich, dir zu helfen, Informationen in dir aufzudecken, die dort verborgen liegen, und deine Sinne dafür zu stärken. Die Sprache Hindi liegt in deiner Seele. Darum wird es dir leicht fallen diese Sprache zu lernen.«

»Warum tut sie das?«, fragte Nimue den Boten des Lichts, der nun direkt hinter Seoras stand.

»Du wirst dies in der Zauberschule lernen. Heute will ich dir sagen, dass du nicht zum ersten Mal in einem physischen Körper steckst. Alte Erfahrungen, Weisheiten und Wissen leben in deiner Seele weiter.«

Nimue stockte der Atem. Sie war von seiner Aussage überwältigt. Mehrere Leben? Waren es mehrere Elfenleben oder vielleicht sogar Menschenleben? Ihre Neugierde war geweckt, dennoch wusste sie auch, dass heute und hier nicht die Zeit war, um einen ganzen Katalog an Fragen hervorzubringen. Aus diesem Grund steigerte sich die Zauberschule zu einem großen Schatz voller Wissen, welches sie aufsaugen wollte. Sie freute sich auf diese Herausforderung und konnte es kaum erwarten, wobei ihr Herz schneller schlug.

»Danke, lieber Zadakiel!«

Er nickte und ging zurück zu seinem Platz.

Da wechselte Aoife das Thema: »Habt ihr die Spinnenbilder in den anderen Räumen gesehen?«

Nimue antwortete: »Nein, wie sehen sie aus?«

»Schön, im Tafelsaal bilden sie mit den zwölf Tierkreiszeichen den Zodiak ab. Du weißt schon, vom Widder bis zum Fisch. Sie stellen ihn in Form eines Kreises dar, mit dem Löwen am oberen Ende. Im Gang unter den Arkaden zeigen sie einen weiteren Teil des Universums. Dieses Mal in Form der Sonne und der sie umkreisenden Himmelskörper. Dabei steht der Mond vom Planten Erde hervor und zeigt sich in vier Phasen; angefangen von der Mondsichel, zunehmendem Mond, Vollmond bis hin zum abnehmenden Mond. Auch dieser wird im Kreis dargestellt, mit dem Neumond an der Spitze.«

Nimue konnte sich nicht erinnern, die Bilder gesehen zu haben, obwohl sie an diesen bereits vorbeigegangen sein musste. Auch die Darstellung im Tafelsaal blieb ihr unentdeckt. Die Geschehnisse des Morgens arbeiteten derart in ihr, dass sie die Bilder um sich herum nicht mehr wahrnahm.

»Das in der Eingangshalle ist auch sehr schön«, schwärmte Aoife. »Es ist die Erde aus der Weltall-Perspektive.«

Da scherzte Hubert: »Aus bayerischer Sicht, natürlich.«

»Nein, Papa«, erwiderte Aoife, »aus afrikanischer!«

»Nach dem Essen werde ich einen Rundgang machen und mir die Bilder genauer ansehen. Ich hatte vorhin gar keine Zeit dafür«, erklärte Yavira daraufhin.

»Ich komme mit dir mit, Mama!«, warf Nimue freudestrahlend ein.

»Ich auch«, schloss sich Hubert an.

»Toll, Papa!«, freute sich Nimue auf ihr gemeinsames Vorhaben.

»Die Spinnenbilder sind wirklich schön«, schwärmte nun Cara, »die Spinnen können ihre Körper total verändern. Erst wenn man kurz davorsteht, kann man Spinnenkörper erkennen.«

Plötzlich lachte Sophia hell auf. Die Blicke richteten sich sofort neugierig auf sie. »Oliver hat mir gerade eine Geschichte über eine Frau erzählt, die große Angst und Scheu vor Spinnen hatte, so lustig.«

Sie beugte sich zu Oliver.

»Willst du sie erzählen?«

Er nickte schüchtern und fing an, sie zu wiederholen.

»Marianne war eine Freundin meiner Oma und lebte auf der Fraueninsel. Einmal hörte ich – mitten in der Nacht – ein heftiges Klopfen an der Tür. Ich war noch klein und sollte bereits schlafen. An diesem Abend jedoch konnte ich nicht einschlafen, und so lag ich wach in meinem Bett. Durch das Fenster sah ich den wolkenlosen Himmel und beobachtete gerade die Sterne, als ich Omas Stimme sagen hörte: »Ich komme gleich nach.« Ich sprang aus dem Bett und rannte zu Oma, die gerade ihren Mantel anzog. Nach langem Bitten nahm sie mich mit, und da gingen wir die Straße entlang zu Mariannes Haus. Als wir klingelten, öffnete sie mit hochroten Wangen die Tür und schrie: »Im Wohnzimmer!« Ich wusste nicht, von was sie sprach. Oma offensichtlich schon, weil sie keine Fragen stellte. Sie setzte mich auf den Boden und ging durch den Hausgang ins Wohnzimmer. Ich folgte ihr, nah an ihrem Körper. In Mariannes Stimme lag eine bedrohliche Gefahr und das machte mir Angst. Also hielt ich mich an Omas Rockzipfel fest. Ich beugte meinen Kopf gerade so weit nach links, dass ich das, was auch immer es sein sollte, sehen konnte. Dieses Etwas sollte jedoch mich nicht sehen. Oma blieb stehen und lachte so heftig, dass sich ihr Körper dabei zitternd bewegte. Ich sah nichts und suchte den Raum vor ihr ab. Nach einer Weile entdeckte ich es: eine Kreuzspinne. Oh, war dieses Tier schön. Trotzdem verlor ich nicht meine Angst und das nur, weil sich Marianne so fürchtete. Ich konnte ja nicht wissen, was der Grund für ihre Panik war. So wagte ich es nicht, mich von Omas Rock wegzubewegen. Während ich die Spinne musterte, klagte Marianne: »Igitt, schau, wie groß die ist! Ich kann sie weder anfassen noch töten. Nicht mal auf einen Meter in ihre Nähe kommen. Schau dir die langen Beine an und wie schnell sie sich bewegen kann!« Marianne atmete tief durch. Irgendetwas musste in ihrem Kopf vorgehen, da sie sich plötzlich vor Schreck den Mund zuhielt. Da meinte sie aufgebracht: »Oh Gott, meinst du, die kann springen?« Ich fragte mich hinterher natürlich das Gleiche. Oma antworte: »Marianne, du spinnst doch! Das ist nur eine harmlose Gartenkreuzspinne, die dir deine Insekten wegfrisst. Sei froh, dass du sie hast.« »Froh?!«, schrie Marianne hysterisch. »Froh?! Nein, die muss weg und zwar gleich und sofort. Die ist doch bestimmt auch noch giftig.« Als sie das Wort *giftig* erwähnte, wurde mir mulmig. Abrupt bewegte sich die Spinne vorwärts. Das allerdings nur ein paar Zentimeter. Dann stand sie wieder seelenruhig und doch angespannt an der gleichen Stelle. Ich fühlte, wie ich zu zittern begann. Marianne machte mir Angst. Ich konnte giftig nur so interpretieren, dass ich sterben müsste, wenn sie mich anspränge. Mein ganzer Körper bebte, als ich plötzlich eine leise und sanfte Stimme sagen hörte: »Hab keine Angst, die Menschen mögen uns nicht so gerne, weil unsere Erscheinung ein Gefühl des Ekels in ihnen hervorruft. Ich werde weder hüpfen, noch ein Gift verspritzen. Wir sind vielleicht keine Schönheit in ihren Augen, aber bestimmt auch nicht so gefährlich und böse, wie sie es von uns erwarten. Wenn sie uns einmal über ihre Haut laufen lassen würden, könnten sie spüren, dass es lediglich ein leichtes und schönes Prickeln verursacht. Wir sind der Erschlaffungs-Beleber der Haut!« Ich hörte im Hintergrund, dass Marianne und Oma miteinander sprachen, trotzdem verstand ich klar und deutlich die Laute der Spinne. Einerseits war ich überaus überrascht, dass ich die Worte der Spinne verstand und freute mich darüber. Andererseits traute ich meinen Ohren nicht. Letzten Endes war ich bereit, der Stimme zu glauben und warnte die Spinne lautstark: »Die wollen dich umbringen!« Oma klopfte mir beruhigend auf den Kopf, als sie sagte: »Nein, wir werden sie nicht umbringen. Wir bringen sie raus in den Garten.« »Wir?«, erwiderte Marianne schockiert, »ich tu gar nichts, was mich näher als einen Meter an die Spinne heranbringt. Garten, nein, das ist auch noch zu nahe. Leg sie ans

Ufer, das ist weit genug.« Oma rümpfte die Nase. Sie ging los, ich löste meine Umklammerung und sah, wie Oma die Spinne sanft auf ihre Hand setzte. Marianne schrie laut: »Igitt!«, was meine Oma nicht kümmerte. Wir verabschiedeten uns und hörten uns aus der Ferne ein »Danke!« zurufen. Weit vom Haus entfernt gingen wir an einen Ort, den Oma mochte. Dort stand eine große Linde und sie setzte die Spinne behutsam am Baumstamm ab, als ob sie ein guter Freund von ihr wäre. Ich hörte Oma mit der Spinne sprechen: »Ich hoffe, dir gefällt dein neuer Lebensraum und du kannst hier deine Netze gut spinnen.« Sie antwortete sogleich, was jedoch nur ich verstand: »Danke! Ich mag eh keine hysterischen Menschen. Sind zu gefährlich. Hier ist es schön. Ich werde es mir auf dem Baum gemütlich machen.« Der Mond strahlte hell in dieser Nacht, sodass wir sie weglaufen sehen konnten. Meine Oma nahm mich hoch und sagte: »Ich glaube, es gefällt ihr hier, was meinst du?« Ich stimmte zu und erzählte ihr, dass ich die Spinnenstimme hören konnte. Oma belächelte meine Fantasie natürlich. Ich dagegen wusste, es war wahr und keine Einbildung. Immer wieder habe ich die Spinne besucht, die sich übrigens Sieglinde nannte. Wir haben uns viel über ihr Leben unterhalten, bis sie eines Tages an Altersschwäche starb.«

»Das war eine schöne Geschichte«, bemerkte Yavira.

»Danke, Oliver! Und nun«, sagte Seoras, »wohl bekomm's!«

Nach der Vorspeise dauerte es in etwa eine Stunde, bis die Hauptspeise serviert wurde; Gemüse in den verschiedensten Varianten zubereitet und Salate dazu. Darunter waren Gerichte wie ein Ratatouille, Gemüsebrei mit Sojastich, Gemüsegratin, Gemüsepizza und allerlei Gemüsesuppen. Das Menü wurde von Oona zusammengestellt. Nimue freute sich über ihre Auswahl und deren guten Geschmack, so wie alle Elfen und Tiere das Essen mit Genuss aßen, wobei es manches Mal mäuschenstill im Saal wurde. Gleichzeitig erzählten sie sich Geschichten aus vergangenen Zeiten. Nimue liebte es vor allem, wenn Yavira oder Hubert sprachen. Sie saugte ihre kräftigen Stimmen förmlich in sich auf.

Zudem wanderten ihre Hände immer wieder zu ihren Körpern, um sie mit ihren Fingerspitzen zu berühren. Damit konnte sie sich vergewissern, dass es kein Traum war und sie wirklich in voller Größe neben ihr saßen.

Der Vormittag verging äußerst schnell, und so standen sie kurz vor der dreizehnten Elfenstunde. Nimue machte es traurig, dass an diesem Tag die Zeit den Anschein machte, als ob sie einen Marathon gewinnen wollte. Sie wollte sie anhalten, pausieren, doch das ging nicht. Da trat der Hofnarr auf den Balkon und verkündete: »Die dreizehnte Stunde! Ich bitte um Ruhe.«

Seoras stand erneut auf. Er räusperte sich. Dann sprach er mit feierlichem Ton in der Stimme: »Die dreizehnte Elfenstunde ist angebrochen. Nach der Tradition würde jetzt das Geburtstagskind seinen Wunsch aussprechen. In Nimues Fall – und ihr wisst alle, was das zu bedeuten hat – mussten wir sie bereits einen Tag zuvor bitten, uns diesen zu offenbaren. Keine Elfe soll ihren Uaneala-Wunsch zweimal aussprechen! Aus diesem Grund werde ich ihren Wunsch für euch, meine lieben Gäste, wiederholen.« Er hielt kurz inne. »Nimue möchte die Welt mit all ihren Wundern entdecken. Ihr Begehren nach Wissen treibt sie voran. Die Zauberschule wird sie darauf vorbereiten. Wir alle sind uns einig, dass eine Lehrzeit dringend nötig ist. Die Welten vereinen das Gute und das Böse, und Nimue wird beide Seiten kennenlernen.«

Mehrere zustimmende Worte durchzogen den Raum.

»Ich würde mich sehr freuen, wenn sie auf ihrer Reise bei einigen von euch Unterschlupf fände, und möchte schon heute meinen Dank dafür aussprechen.«

Eine griechische Dryade erhob sich: »Wir freuen uns auf dich, Nimue! Wir werden dir das schöne Griechenland mit all seinen verzauberten Städtchen zeigen. Lass los und folge uns, dort wirst du Feste feiern.«

Danach legte der Löwe sanft seine vorderen Pfoten auf den Tisch, um auf diese Weise seinen Körper ohne Mühe aufrecht zu halten. »Wir heißen dich jederzeit willkommen, Nimue. Dort, wo die einsamen Steppen im afrikanischen Land beginnen, wirst du uns finden.«

Der Elefant ließ einen brummenden Elefantenlaut los, der sich weich im Raum ausbreitete. »Komm zu uns, liebe Nimue, und wir werden dich auf unseren Rücken durch die Weiten tragen.«

Der Delfin bewegte seine Schnauze auf und ab, und schon hörte man die Worte: »Wir werden dich durch das Wasser begleiten und dir die Schätze des Ozeans zeigen.«

So ging es von Tier zu Tier, von Wesen zu Wesen und von Mensch zu Mensch weiter. Jeder bekundete seine Bereitschaft und Freude, Nimue auf ihrer Reise ein Stück weit zu begleiten. Als der Letzte gesprochen hatte, meinte Seoras: »Ein Hoch auf Nimue und ihre große Reise!«

»Auf Nimue!«, riefen viele Stimmen nacheinander, wobei sie wie ein Kanon den Raum erfüllten.

Zur gleichen Zeit sprang die Küchentür auf und viele Heinzelchen trugen einen großen Kuchen herein. Er war ungefähr zwei Meter im Durchmesser und hatte aus Marzipan hergestellte, rosarote Rosen darauf. In der Mitte stand Nimues Name und ihr Geburtsdatum. Am Rand reihte sich ein Heer von 130 brennenden Kerzen auf, die wie ein Blumenkranz aus bunten Rosen wirkten. Einzig und allein die Flamme ließ ihre Art erkennen. Die Heinzelchen stellten den Kuchen auf der kleinen Bühne neben dem Orchester ab.

Nimue ging auf den Kuchen zu, gefolgt von Oona und ihren Eltern, und bewunderte ihn. »Danke, Oma, der ist wunderschön«, stellte sie begeistert fest.

»Nun, blase die Kerzen aus und wünsch dir etwas, das uns heute verborgen bleiben soll!«

Nimue holte tief Luft und blies mit einem Atemzug alle Kerzen aus. Daraufhin klatschte jeder im Saal.

»Dieser Wunsch wird bestimmt in Erfüllung gehen«, war sich Yavira sicher.

»Das würde mir wirklich sehr viel bedeuten«, antwortete Nimue mit einer tiefgründigen Ernsthaftigkeit in ihrer Stimme.

Dann schnitt sie den Kuchen an und nahm das erste Stück. Gleich darauf schnitten die Heinzelchen ein Kuchenstück nach dem anderen heraus und verteilten sie an die Gäste. Währenddessen begann das Orchester, klassische Stücke der Komponisten aus der Menschenwelt zu spielen. Nimues Herz machte einen Sprung, als sie das Stück *Eine kleine Nachtmusik* von Mozart erkannte. Sie liebte diesen Komponisten, da seine Werke sie immer tief berührten. In sie konnte sie eintauchen und zu träumen beginnen. Dabei durchlebte sie stets mehrere Emotionen in nur einem Stück. Diese reichten von feurig-sprühend bis zärtlich-harmonisch. Manch eines weckte so viele Gefühle in ihr, dass es beinahe einer Achterbahnfahrt glich; rauf und runter und das im ständigen Wechsel.

Nimue setzte sich auf ihren Platz und ließ sich ein Stück Kuchen schmecken. Sanft umhüllte jeder Bissen ihre Geschmacksnerven. Zusammen mit der Musik fiel sie in einen Gedankenrausch, der sie an das Amulett des Einhorns erinnerte. Sie griff mit ihren Fingern danach und spürte die Steine in ihrer Hand. Nimue öffnete die Kette und streckte das Amulett ihrer Mutter entgegen.

»Schau, Mama, wie schön es ist!«

Diese nahm es an sich und betrachtete es genau, genauso wie Aoife.

Seoras beobachtete dies und erwähnte: »Eine natürliche Verschmelzung eines Mondsteins und eines Amethysts, wie außergewöhnlich!«

»Warum?«, fragte Nimue.

Seoras wandte sich Oona zu und sagte: »Oona, ich glaube, du kannst das besser erklären als ich.«

Sie nickte. »Der Mondstein steht für Intuition und Wahrnehmung. Es heißt, dass er dein Einfühlungsvermögen fördert und dir Gefühlstiefe verleiht. Der Amethyst steht für Konzentrationsfähigkeit. Er steht für geistige Wachheit und hilft dir, Erfahrungen und Wahrnehmungen zu verarbeiten. Er beruhigt und bringt inneren Frieden. Zusammen also ergibt es eine ausgewogene Mischung an Energien.«

Nimue hörte an diesem Tag so viel Neues, Spannendes und Interessantes, dass sie eine Verarbeitungshilfe gebraucht hätte, auch wenn sie das neue Wissen wie Trinkwasser in sich aufnahm. Dieser Tag bewegte etwas in ihr. Sie konnte es sich weder erklären noch auf irgendeine andere Art und Weise näher bestimmen. Trotzdem war es da. Sie spürte es ganz deutlich.

Nimue lauschte den Klängen des Kammerorchesters und beobachtete dabei ihre Eltern, wie sie mit anderen Wesen sprachen, lachten und freundlich Grüße von Gästen erwiderten. Sie war froh, dass sie ihre Eltern in ihrer natürlichen Größe erleben durfte. Dennoch schmerzte der Gedanke, dass dies ein baldiges Ende haben sollte. Abermals ermahnte sie sich, dass sie für die schönen Stunden froh und dankbar sein und nicht ständig wehmütig an das bevorstehende Ende denken sollte. Diese bedrückende Empfindung war jedoch nicht leicht zu ignorieren und so kam ihr eine Komposition von Beethoven gerade recht, um sie in den Bann der Musik zu ziehen.

»Das muss die Symphonie Nr. 5 sein«, dachte sie. Nimue nickte sich selbst zu und grübelte: *»Nennt man sie nicht die Schicksalsmusik?«* Genau diese Frage stellte sie daraufhin Seoras, der ein großes Wissen auf diesem Gebiet vorweisen konnte.

»Ja, ich habe gelesen, dass der deutsche Komponist bei diesem Werk den ewig menschlichen Kampf musikalisch verwandelt hat, welcher die fortdauernden Niederlagen und Triumphe des Lebens darstellen soll.«

»Wo hast du das gelesen?«, fragte Yavira.

»Ich habe das Buch am Sonntagsmarkt auf der Fraueninsel gekauft. Darin stehen viele erfolgreiche klassische Musikstücke und deren Interpretationen. Wenn der Autor recht hat, hat Ludwig van Beethoven das Werk mit diesen Emotionen kreiert und falls nicht, ist das Stück trotzdem wunderschön zum Anhören und wir können davon träumen und fantasieren, welche Gefühle der Komponist darin verarbeiten wollte.«

Nimue stimmte ihrem Uropa zu und fand es fast noch schöner, nicht genau zu wissen, welche Emotionen dahinterstecken. Sie liebte es, ihre angeregte Fantasie spielen zu lassen. Es lenkte sie ab und versüßte ihr so manch einen Augenblick.

»Als Nächstes kommt dein Lieblingsstück, Nimue«, erwähnte Aar, der dem Gespräch gelauscht hatte.

»Symphonie Nr. 9, das in Für Elise übergeht«, erwiderte sie freudig, was sie ohne Weiteres jeder Elfenkomposition vorzog. Dieses Stück war ein Zusammenspiel zweier Stücke, das in der Elfenwelt sehr bekannt war. Es war dramatisch und leicht und verspielt zugleich. Immer wenn Nimue es hörte, wollte sie wild dazu tanzen und wenn es die Musik verlangte, behutsam und zart, so wie es eine Ballerina tat. Diese Kompositionen waren der Beweis für sie, dass Musik etwas bewegen konnte: körperlich sowie emotional. Sie berührten sogar ihre Schwester Marie, wobei sie ihre herablassende Art ablegte und mit der Musik einherging. Bei diesem Gedanken blickte Nimue zur Tanzfläche und sah dort Marie mit Franz tanzen. Nimue schmunzelte über seine verliebten Blicke, die Marie so hell anstrahlten, dass sie beinahe den Raum damit erhellten. Sie sah wunderschön aus und genoss seine Aufmerksamkeit in vollen Zügen. Sophia und Oliver tanzten auch, jedoch in einer eher schüchternen Art und Weise. Mit weit ausgestreckten Armen berührten sie sich ausschließlich mit den Händen. Nimue konnte das nicht mehr mit ansehen, stand auf und ging auf sie zu.

»Hey, ihr tanzt ja ganz falsch«, behauptete sie, »ihr müsst euch ein bisschen annähern.«

Die beiden lachten und taten, wie sie sagte. Dies war das erste Mal, dass Nimue auch seinerseits eine Liebe für Sophia erkennen konnte. Sie spiegelte sich in seinen Augen wider. Zufrieden ging Nimue zurück an ihren Platz und erkannte, dass die Waldgeister von Herrenchiemsee auch im Saal ihren braunen Mantel nicht ablegten. Schwungvoll schwebten sie zum Rhythmus der Musik über den Köpfen der Gäste. Ukuku winkte ihr zu und sie tat das Gleiche.

Zurück am Tisch, fragte sie: »Mama, wollen wir nach meinem Lieblingsstück den Rundgang machen? Ich möchte ja Aaro auch noch besuchen.«

Sie nickte, und Hubert meinte: »So machen wir's.«

Kurz darauf fing das Orchester an, Nimues Lieblingsstück zu spielen. Cara sprang auf ihre Beine und forderte Nimue verspielt mit einem Knicks auf: »Darf ich bitten?«

Sie nickte und ging mit Cara auf die Tanzfläche. Dort nahmen sie sich an den Händen und tanzten fast so gut wie die älteren und somit erfahrenen Elfentänzer. Trotzdem erregte ein Menschenpaar Nimues Aufmerksamkeit, dessen Schritte ihr besonders gut gefielen. Als sie sich ihnen näherte, fragte Nimue: »Was tanzt ihr?«

»Es sind die Schritte eines Walzers, Nimue, eines einfachen Wiener Walzers«, antwortete die Frau aus einem Fischerdorf direkt am Chiemsee, »der Dreivierteltakt passt nicht immer bei diesem Stück, da müssen wir halt improvisieren.«

»Schön sieht es auf jeden Fall aus«, erwiderte Nimue beeindruckt. Sie wandte sich wieder ganz Cara zu und meinte: »Schau dir all die Menschenpaare an. Sie tanzen einen Walzer zu meinem Lieblingslied. Sieht das nicht einfach überwältigend aus?«

Cara zuckte mit den Schultern. »Es ist ein schönes Musikstück, Nimue, und auch der Walzer ist sehr hübsch. Trotzdem stammt beides aus der Menschenwelt. Warum liegt dir das so? Ich habe heute nur wenige Elfenkompositionen gehört oder anderweitige künstlerische Arbeiten von Elfen gesehen. Was geht da nur in dir vor?«

Nimue wunderte sich über Caras deutliche Aussage. »Ich weiß nicht. Ich mag es einfach.«

»Vielleicht ist es, weil du von deiner Mutter menschliche Stoffe in dir hast«, vermutete Cara.

»Vielleicht«, antwortete Nimue und drehte Cara schnell im Kreis herum. So schnell, dass Cara an nichts anderes mehr denken konnte, als auf den Beinen zu bleiben.

Nach dem Tanzen gingen Nimue, Yavira und Hubert los in Richtung Tafelsaal, um das Spinnenbild darin anzusehen. Es war genauso schön und akribisch dargestellt wie die Bilder im Königssaal. Sie sprachen kurz mit dem einen oder anderen, und schon waren sie auf dem Weg in den Schlosshof. Die drei sahen Heinzelchen aufräumen und noch ein paar Gäste heiter miteinander diskutieren. Nimue spürte eine ungewöhnliche Stimmung, die so viele unterschiedliche Wesen miteinander ausstrahlten. Sie erkannte, dass die Zaubertränke und Räucherrituale offensichtlich ihr Gutes taten, indem sie Mord und Totschlag verhinderten.

Da meinte Nimue: »Ich finde es sehr schade, dass sich Tiere bekämpfen, töten und sogar fressen.«

Yavira erwiderte: »Da hast du recht. Trotzdem stellt es den natürlichen Kreislauf der Erde dar. Viele Tiere würden sterben, wenn sie nicht die anderen als Nahrung hätten.«

»Könnte der Ursprung allen Seins nicht einfach den Appetit der Tiere auf Gemüse umstellen?«

Ihre Eltern lachten hell auf.

»Das wäre fatal für die Tiere aus den trockenen Gegenden der Erde, in denen wenig Gemüseanbau möglich ist«, erklärte Hubert, »auch wenn in diesen Regionen die Bodenbeschaffenheit schlecht ist, gibt es dort Tiere. Darüber hinaus, wenn plötzlich alle Tiere auf der Erde nur Gemüse fressen würden, wäre der Gemüsevorrat schnell aufgebraucht, und ob die Kapazitäten ausreichen, um genügend nachzuproduzieren, bezweifle ich. Zudem müssten die Menschen sich darum kümmern. Ich habe noch kein Tier gesehen, das Gemüse anbaut, erntet und kocht. Wie, meinst du, würden die Tiere ohne die Hilfe der Menschen in der Wildnis überleben?«

Nimue musste zugeben, dass ihre Vorstellung von einer heilen Welt mehr Probleme als Lösungen schaffte.

»Gemüse ist halt mein Lieblingsessen und …«, erwiderte Nimue, als sie von einem lauten, brummenden Geräusch unterbrochen wurde. »Was ist das?«

»Der Drache«, vermutete Hubert. »Er schnarcht.«

»So laut?«

»Er schläft im Herrenzimmer« – Hubert zeigte auf ein Fenster im Untergeschoss – »das Fenster steht einen Spalt weit offen.«

Nimue kicherte bei dem Gedanken, dass ein so gruseliges Geräusch ein Schnarchen sein konnte. Dann meinte sie: »Viele Wesen schnarchen. Der Frosch von der Zauberinsel und Aaro tun es auch.«

Gleichzeitig erreichten sie den Wald. Mit langsamen Schritten bewegten sie sich durch das anfängliche Dickicht hindurch und sahen dabei viele Glühwürmchen dunkle Stellen beleuchten. Kurz darauf trafen sie auf eine strahlend helle Waldlichtung mit feiernden Gästen. Die Wiese glitzerte hellgrün unter dem Sonnenlicht und erschuf ein harmonisches Bild. Begrüßungen und Gratulationen folgten. Nimue lächelte und erklärte immer wieder, wie schön es ist, sie als Gäste hier im Reich Shenja zu haben. Dennoch, je länger es sich hinzog, umso mehr freute sie sich, bald Aaro zu sehen. Sie konnte es kaum erwarten, als sie die hellklingenden Töne einer Musikkapelle hörte. Die Elfenmusiker spielten eine Tanzmusik aus ihrer Welt.

»Schaut mal, da ist ein kleiner Wichtel!« Nimue deutete auf ihn.

Er hatte es sich auf einem Ast gemütlich gemacht. Sein Rücken glich sich der Form des Astes vollkommen an, während sein linker Fuß angezogen über seinem rechten lag. Seine kleine Hand klopfte mit dem Takt der Musik mit.

Als er die drei hörte, drehte er sich nach ihnen um.

»Hallo, Wichtel«, grüßte Nimue.

Er erkannte sie, sprang auf und verbeugte sich: »Eure Hoheit, welch Ehre.«

»Wie gefällt dir das Fest?«, wollte Nimue wissen.

»Oh, es ist ein schönes Fest. Wir haben alle viel Spaß. Ich ruhe mich gerade vom Tanzen aus. Meine Frau dreht mich immer so wild im Kreis herum, da wird mir ganz übel. Bin halt schon älter als sie. Dieser Baum ist meine Oase der Ruhe.«

Nimue lachte. Dann fragte sie: »Lebt ihr nicht auf der Fraueninsel?«

»Das tun wir. Es ist dort wunderschön. Im Sommer kommen viele Touristen aus der ganzen Welt, na ja, und da stellt sich die Insel mehr und mehr darauf ein, während wir ihren Gesprächen lauschen.«

Dies weckte Nimues Neugierde und sie fragte: »Was erzählen sie so?«

»Einmal, da waren zwei Kinder mit ihren Eltern auf unserer Insel. Die hatten eine dunkelbraune Haut – waren wohl zu viel in der Sonne – und ganz schwarze Haare. Sie sprachen über Ägypten. Es war schön, von diesem Land zu hören. Weißt du, dass sie dort Pyramiden haben?«

Nimue nickte. »Ja, ich habe schon einmal ein Bild davon gesehen.«

»Oh«, staunte der Wichtel, »wie sehen sie aus?«

»Eine Pyramide hat eine große quadratische Grundfläche mit vier gleichlangen Kanten, die vom Boden aus spitz nach oben zusammenlaufen. Die wurden alle aus riesigen, goldgelben Steinen gebaut. Es sollen die Grabstätten von Pharaonen und Hohepriestern sein.«

»Ja, das habe ich auch gehört«, erklärte der Wichtel zufrieden.

Da hörte Nimue Aaros Stimme ungeduldig rufen: »Nimue, wo bleibst du denn?«

»Ich muss jetzt gehen, Wichtel«, verabschiedete sich Nimue.

»Mein Name ist Wicking!«

»Bis bald, Wicking«, erwiderte sie, »war schön, mit dir zu plaudern.«

»Das finde ich auch«, antwortete er schüchtern und legte sich wieder auf den Ast zurück.

Seine Blicke folgten ihrer Silhouette, bis sie vollständig aus seinem Sichtfeld verschwunden war. Kurz darauf erreichten sie einen kleinen Tanzplatz und sahen viele verschiedene Wesen sich heiter zur Musik bewegen. Die Wald- und Plagegeister schwirrten zwischen den Gästen umher und verursachten einen Wirbelwind, der die Haare der Anwesenden zu Berge stehen ließ. Ein paar der Waldgeister tanzten eng mit Plagegeistern oder Hausgeistern. Nimue konnte erkennen, dass sie alle großen Spaß dabei hatten. Zudem bemerkte sie, dass die Wachteln, Mäuse, Frösche und Eidechsen im Licht der Glühwürmchen viel größer aussahen. Nimue sah ihre Familien um die Tanzfläche herumsitzen oder auf Bäumen, genauso wie einige tanzten und dabei immer wieder Geistern auswichen. Die Eulen saßen derweilen ruhig auf den Ästen und beobachteten das Geschehen. Manchmal flog eine hinab, sauste knapp an den Tanzenden vorbei und wieder zurück auf ihren Platz. Es war ein schönes Miteinander, das Nimues Herz erwärmte.

Da verkündete die Eidechse Ida: »Hey, seht, da ist Nimue!«

Alle blieben still auf ihren Plätzen stehen. Abrupt hörte die Musik zu spielen auf. Daraufhin begrüßten sie Nimue und ihre Eltern allesamt durcheinander.

Nimue antwortete: »Hallo, ich möchte euch nicht stören. Habt viel Spaß!«

Die Kapelle stimmte ein Lied an und schon ging es weiter. Nimue war nun nur noch auf Aaro fixiert. Er war nicht mehr weit entfernt und so rannte sie zu ihm. Sie umarmte ihn inniglich. Er streichelte mit seinem Ast sanft über ihren Rücken und sagte: »Na, meine Kleine, da bist du ja endlich.«

Sie hielt ihn lange fest. »Schau, Aaro, meine Eltern!«

Yavira und Hubert standen nun direkt hinter ihr und grüßten Nimues Freund.

»Gut seht ihr aus«, stellte er fest, »ich freu mich so sehr, dass es mit Katars Zauber geklappt hat.« Der Baum lächelte die beiden an, bis er ein verzerrtes »Aua« ausstieß.

»Was ist?«, fragte Nimue.

»Ach, Stúhly will dir gratulieren und haut mir ständig auf mein Holz. Sie will, dass ich ihr öffne, aber erst will ich dir gratulieren.«

Nimue trat zurück, um in seine mandelförmigen, braunen Augen blicken zu können. Hoch oben glitzerten sie wie Edelsteine auf sie herab.

Aaro legte einen dicken Ast auf den Boden. Nimue setzte sich darauf. Daraufhin hob er sie hoch, direkt vor sein Gesicht. Zum Schutz legte er noch ein paar kleinere Äste um sie herum.

»Also, meine liebe Nimue, ich kenne ja deinen Uaneala-Wunsch, und auch wenn ich dich nicht gerne gehen lasse, glaube ich, dass es wichtig für dich und die Lichtwelt ist. Um deinen Verlustschmerz nicht so groß werden zu lassen, wie meiner sein wird, schenke ich dir eine Miniaturausgabe von mir. Dein Großvater hat mir einen Schnitzer geschickt, der sie für dich angefertigt hat. Da die Figur aus meinem eigenen Holz besteht, steckt in ihr mein Lebenssaft. Du kannst mit Klein Aaro sprechen und ich kann es hören, genauso wie es dir möglich sein sollte, meine Antworten zu verstehen.«

Nimue liefen bei dem Gedanken Tränen über die Wangen, dass sie Klein Aaro mit auf ihre Reise nehmen konnte. Sie umarmte ihn und bedankte sich mehrmals. Sie hielten lange aneinander fest.

»Alles Gute, meine liebe Nimue. Ich hab dich sehr, sehr lieb!«

Nimues Eltern strichen ein paar Mal über den Baumstamm, denn auch sie berührte die Zärtlichkeit und Liebe der Eiche. Sie spürten, welch guter Freund er für Nimue war und dankten ihm von Herzen dafür. Zur gleichen Zeit schmatzte es laut. Nimue bekam ein Bussi auf die Wange. Yavira lächelte bei dem herzergreifenden Anblick.

»Puh!«, meinte Aaro schmunzelnd, »Stúhly gibt keine Ruhe.«

Er öffnete seine kleinen Zweige und Äste und gab ihren Körper damit frei. Daraufhin ließ er sie langsam nach unten gleiten. Der lange Ast krachte laut, als ob er sich wehren würde, Nimue wieder herzugeben. Als sie wieder fest auf dem Boden stand, erklärte Aaro mit weicher Stimme: »Jetzt mache ich diesem Plagegeist da drinnen auf.«

Gleich darauf öffnete er seinen Stamm, und schon konnten sie die Stimme der Stuhldame hören.

»Na endlich!«, beschwerte sie sich über die lange Wartezeit. Als sie Nimue entdeckte, erweichten sich ihre Gesichtszüge. »Alles Liebe und Gute auch von mir, liebe Nimue! Du wirst mir sooo sehr fehlen ...«

Aaro unterbrach Stúhly unsanft: »Es dauert noch zwei Sternenmonate, bis die Schule beginnt und diese werden wir miteinander genießen!«

Nimue nickte lächelnd.

Auch die Stuhldame nickte. Gleichzeitig senkte sie ihre Rückenlehne. »Ich hab dich lieb, Nimue, und hoffe, dass du mich nicht vergisst!«

»Wie könnte ich dich vergessen?«, sagte Nimue kopfschüttelnd. »Aaro wird mich immer auf dem Laufenden halten, nicht wahr, Aaro?«

Seine Antwort war ein undeutliches Gemurmel. Eigentlich wollte er keine Zeit damit verschwenden, Nimue über Stúhlys fantasievolle Welt zu informieren. Trotzdem stimmte er zu, was ein breites Lächeln auf Stúhlys Gesicht zauberte. Dabei dehnte sich ihre Rückenlehne stark in die Breite aus, sodass es fortwährend krachte. Plötzlich entdeckte sie Yavira und Hubert. »Hallo, Nimues Eltern. Ich habe euch noch nie gesehen, aber schon viel von euch gehört!«

Yavira erwiderte: »Wir von dir auch.«

»Kommt herein in unser Heim«, forderte sie die beiden auf. »Das ist Nimues Versteck, wenn sie ihre Ruhe braucht.«

Aaro erwähnte scherzend: »Kann man in deiner Gegenwart etwa Ruhe haben?« Er bekam jedoch keine Reaktion.

Nimue folgte Yavira und Hubert in die Baumhöhle. Es war kaum Platz für sie alle, dennoch blieben sie darin stehen und betrachteten den Raum.

»Gefällt mir«, stellte Yavira fest und strich Nimue übers Haar.

»Komm, Nimue, komm setz dich auf mich.« Nimue tat dies und spürte, wie sie ihre Armlehnen umklammerten.

»Eine Umarmung«, vermutete Nimue und grinste. Sie strich ihr über das Holz. Da spürte sie ein eigenartiges Zucken unter sich. Die Stuhldame kämpfte mit den Tränen.

Sofort griff Aaro befehlend ein: »Jetzt ist aber Schluss mit den Sentimentalitäten! Jetzt wird getanzt und gefeiert.«

»Wo ist Klein Aaro?«, fragte Nimue, während sie aufstand.

»Oh«, erwiderte er erschrocken, »natürlich. Komm raus, ich gebe ihn dir.«

Sekunden später verließ Nimue den Raum, gefolgt von ihren Eltern. Nimue entdeckte Klein Aaro fest umschlungen in einem Ast. Er öffnete ihn, sodass Nimue das Kunstwerk herausnehmen konnte. Sie erkannte, dass Klein Aaro wirklich genauso aussah wie der große, und auch die Äste bewegten sich, als ob sie lebendig wären. Der Eichenbaum konnte ihre irritierten Gedanken in ihren Augen lesen und bemerkte: »Klein Aaro ist lebendig, Nimue. Mein Lebenssaft steckt in ihm.«

Sie drückte ihn an ihre Brust.

Da warf Eikondia ein: »Habe ich das Wort *tanzen* gehört?«

Alle stimmten zu und so gratulierte auch Eikondia Nimue zum Geburtstag. Nimue stellte Klein Aaro ab und ging auf die Tanzfläche. Sie tanzte mit ihren Eltern im Kreis, während die Geister immer wieder an ihren Körpern vorbeihuschten. Aaro streckte seinen längsten Ast nach Nimue aus und legte ihn auf ihre rechte Schulter. Auf diese Weise tanzte auch er mit ihr. Die Stuhldame kam heraus und bewegte sich zu den Klängen der Musik. Nimues Fröhlichkeit steckte die Eulen an und so schwankten sie im Rhythmus hin und her. Kein Wesen stand mehr still, als Oona und Aar die Tanzfläche erreichten, gefolgt von Aoife, Sophia mit Oliver und Marie und Franz. Glühwürmchen schwärmten herbei und tanzten über ihren Köpfen, Wichtel und andere kleine Wesen hüpften zwischen ihren Füßen umher, Vögel begleiteten das Orchester mit ihrem Gesang und Eichhörnchen sprangen fröhlich von Baum zu Baum. Dabei strahlte die Sonne durch die Baumwipfel auf die kreisrunde Tanzfläche wärmend herab. Auch die Grünen Kinder schlossen sich ihnen an. Sie streckten ihre Hände in Richtung Himmel aus, als ob sie mit den Sonnenstahlen spielen würden. So feierten sie alle gemeinsam Nimues Geburtstag, bis es dämmerte. Dann wurde es für die Königsfamilie Zeit, zurück in den Saal zu gehen. Ein paar Glühwürmchen begleiteten sie, um ihnen den Weg zu leuchten. Im Schlosshof angekommen, verabschiedeten sie sich wieder in den Wald.

Als Nimue und ihre Familie den Saal betraten, verteilten die Heinzelchen gerade Brotstangen mit Gemüsedips. Das war das Abendessen, mehr sollte es nicht mehr geben, außer Nimues Lieblingsnachspeise: süßer Gemüsebrei. Anschließend sollte das Fest um 11:30 Uhr enden, sodass Nimue und ihre Familie eine halbe Stunde Zeit hatten, sich von Yavira und Hubert zu verabschieden. Auch wenn sie physisch nicht im eigentlichen Sinne fortgingen, taten sie es irgendwie trotzdem.

Nimue sah viele Gäste tanzen, als sie mit ihrer Familie in den Königssaal hineinging. Es schien, als ob viele heitere Gespräche zugange wären und so lag eine friedvolle Stimmung im Raum. Sie lief sofort auf die Tanzfläche. Gleich darauf bildete sich ein Kreis. Der Elefant begann und legte Nimue seinen Rüssel in die linke Hand. Danach kam Oonas Schwester Olina und nahm ihre Rechte in ihre. Yavira fasste Olinas freie Hand, gefolgt von Zadakiel, vom Delfin, von zwei Grünen Kindern, von einem Menschenjungen und so fort, bis der Kreis für die Tanzfläche zu groß wurde und sich eine Schlange bildete, die im Rhythmus der Musik durch den Saal tanzte. Beinahe alle Wesen beteiligten sich daran, sogar die Adler und Geister gesellten sich in der luftigen Höhe dazu. Das Elfenorchester stimmte dafür ein extra langes Elfenlied an, das viel Schwung in den Saal brachte. Nimue hatte viel Spaß dabei und lachte viel. Nachdem das Lied zu Ende war, legten die Musiker ihre Instrumente nieder und ließen den Boten des Lichts den Vortritt. Sie schwebten in einem ein Meter hohen Abstand zur Erde, sodass jeder sie gut sehen konnte. Daraufhin sprachen sie im Chor über die Liebe und deren lichtvolle Verbreitung auf der Erde, was einem Gesang ähnelte. Nimue spürte Yaviras Hand auf ihrem Rücken, die sie sanft streichelte, und so war es ein besonderer Augenblick für Nimue, den sie festhalten wollte. Trotzdem bildete sich ein Kloß in ihrem Hals sowie Tränen in ihren Augen.

»Nein«, dachte sie verzweifelt, *»ich will nicht weinen, sondern die Zeit mit ihnen genießen. Ich hole den Stein des Orisolus zurück und er wird sie heilen.«*

Die Hoffnung war stärker als die Trauer und Nimue atmete tief durch. Gleichzeitig wuchs in ihr eine Ungeduld heran, den Stein besser heute als morgen nach Hause zu bringen. Doch da war die Ungewissheit. Nimue konnte nicht ausschließen, dass sie den Stein nicht finden würde. Außerdem konnte es passieren, dass der Stein zwar die Fähigkeit zur Heilung besaß, trotzdem aber den Zauber der Hexe nicht auflösen konnte. Da schüttelte Nimue innerlich den Kopf. Keine negativen Gedanken sollten ihre Reise gefährden, wenn auch sie sich eingestehen musste: *»Da ist noch die Zauberschule mittendrin.«* Danach, so war sie sich sicher, würde sie sofort auf die Suche gehen. Die Liebe zu ihren Eltern und das Wissen, dass dieser Stein zusätzlich Gutes bewirken konnte, bestärkte ihre positive Sicht. Zudem fühlte sich Nimue nach diesem Tag von einem Heer lichtvoller Wesen beschützt. Zeitgleich breitete sich ein Leistungsdruck in ihrer Brust aus, da viel von ihrem Erfolg abhing. Nicht nur die Zauberschule musste sie erfolgreich absolvieren, sondern auch die Rückkehr des Steines garantieren, um das Licht und seine Wirkung auf der Erde zu verbreiten.

»Puh!«, seufzte sie innerlich.

Da kam ihr die Dunkelwelt in den Sinn. Konnte sie diese wirklich bekämpfen und dabei besiegen? Im Moment war sie nur eine junge Elfe, die das Leben liebte. Noch nie hatte sie ein Schwert in ihrer Hand, noch nie hatte sie einen Pfeil auf ein Wesen gerichtet und nur in ihren Alpträumen hatte sich ihr das Grauen der Dunkelwelt gezeigt. Sie hatte keine Ahnung, ob sie die Zauberschule wirklich darauf vorbereiten konnte. Da lief ihr ein kalter Schauer über den Rücken. Sie bemerkte, wie tief sie ihre Gedanken berührten, und nahm sich vor, die letzten Stunden ihres Geburtstags nicht mehr so viel zu denken und nur noch zu genießen. Im Moment war alles gut und nur das zählte.

Nimue hatte schon oft festgestellt, dass der Verstand ein häufiger Störfaktor ihres inneren Friedens war. Was auch der Verstand alles wusste oder glaubte zu wissen, er löste Emotionen aus. Waren sie fröhlicher Natur, war alles in Ordnung, waren sie angstvoll und oft unnötigerweise beunruhigend, dann konnten sie ihren Seelenfrieden stören und wie ein Wirbelsturm in ihr alles in Trümmer legen. Oftmals stellte sich später heraus, dass das ganz umsonst war und sie sich Sorgen ohne jeglichen Grund machte, und so kam es immer wieder anders, als sie vorher geglaubt hatte. Das war vor allem dann der Fall, wenn der Verstand verzweifelt versuchte, Dinge genauestens zu überdenken; meistens mehrmals, um sie zu verstehen. Dabei machte sie aus einer Mücke einen Elefanten.

»In allem Bestehenden steckt das höchste Licht,
Sowie in deinen Feinden, du es sehen wirst.
Die Liebe, die uns alle zu jeder Zeit vereint,
Vermehren wir, sodass sie auf der Erde scheint.«

Das waren die Abschlussworte der Boten des Lichts, die noch lange im Raum nachhallten. Der ganze Saal stimmte ein Hoch auf das höchste Licht an. Nimue fühlte eine Gänsehautstimmung und das nicht nur wegen ihrer besonderen Worte und deren Bedeutung. Es war das Zusammenspiel vieler Emotionen, die Nimue bewegten. Sie war verzaubert, beeindruckt, hoffnungsvoll, inspiriert und motiviert, genauso wie ungeduldig und verletzbar. Da fing das Orchester an, ein Lied des Elfenkomponisten Stein zu spielen. Der Elfensänger Òranius erhob seine Stimme und sang über die Tragweite der Liebe und wie wichtig es war, auch sich selbst zu lieben. Nimue erkannte, dass der Text nicht von Äußerlichkeiten sprach. Òranius sang über das strahlende innere Selbst, das jeder in sich trägt, egal ob Mensch oder Tier, ob Zauberwesen oder Pflanze, ob Stein oder Wasser. Das höchste Licht steckt in allem, was ist.

Nimue beobachtete die Gäste, wie einer nach dem anderen aufstand und auf die Tanzfläche ging. Als diese voll war, tanzten sie auch auf den freien Plätzen. Sie sah Seoras mit Oona tanzen, Aar mit Léa, Yavira mit Hubert, Cara mit Schneeflocke, einem kleinen Menschenmädchen … plötzlich spürte sie eine warme, sanfte Hand auf ihrer Schulter.

»Ich bitte um diesen Tanz, Prinzessin.«

Sie drehte sich um und sah in Katars Augen. »Wollen wir einen Walzer probieren?«

Er nickte. »Warum nicht.«

Es dauerte nur wenige Schritte, und schon hatte Nimue sie verstanden. Nach einem langen und wunderschönen Tanz verabschiedeten sich die Boten des Lichts. Nimue blickte ihnen gerade hinterher, als sie plötzlich Seoras gereizte Stimme wahrnahm. »Die Liebe zu sich selbst mit Arroganz zu verwechseln, ist dumm. Sie sollte eher mit gesundem Selbstbewusstsein verglichen werden.«

Nimue drehte sich um und entdeckte Seoras mit Marie sprechen.

»Hochnäsige und arrogante Wesen sind mit den niederen Energien verbunden.«

Aar warf ein: »Was das für schreckliche Auswirkungen haben kann, wissen wir ja!«

»Niedere Energien ziehen ihresgleichen an«, erklärte Oona und Aar nickte.

Nimue lauschte dem Gespräch. Sie fand es interessant und doch war sie sich nicht zu hundert Prozent sicher, wovon sie sprachen. Ging es um den Verstand, der lenken und walten kann, wie er will, und somit auch Schlechtes anziehen kann? Viele lernten, ihn zu kontrollieren, und veränderten damit ihr Leben. Doch war da nicht noch viel mehr an einem Wesen, als nur sein Verstand? Oder sprachen sie über das, was sie selbst schon bemerkt hatte und somit über die vom Verstand hervorgerufenen Emotionen, die eine Unruhe schafften. Vor allem, da sie noch nicht damit umzugehen wusste.

»Später«, beschloss sie, und bemerkte, dass sie schon wieder zu sehr in ihren Gedanken versunken war.

Jetzt in diesem Augenblick fand das Fest statt, jetzt waren ihre Eltern in normaler Größe dabei und so überkam sie plötzlich der Wunsch, im Moment zu leben und aufzuhören, über irgendwelche Ungereimtheiten nachzugrübeln. Sie sah um sich und entdeckte ihren Freund Hubsi, den Wassergeist, wild in der Luft herumwirbeln. Immer wieder hörte sie ein leises »Huihuihuihdibui« fröhlich singen. Als auch er sie entdeckte, schwebte er auf sie zu.

»Nimue, ich bitte um einen Tanz.«

Sie nickte und nahm seine ausgestreckte Hand entgegen. Fröhlich tanzten sie, ohne auf den Tankt zu achten. Sie lachten und kicherten viel, sodass einige Gäste auf sie aufmerksam wurden und sie dabei beobachteten. Nach diesem Tanz verabschiedeten sich die griechischen Dryaden. Nimue war traurig, dass sie nicht mehr Zeit mit ihnen verbracht hatte und doch wollte sie an diesem Tag die Nähe ihrer Eltern nicht missen. Ihre Gäste kannten die Geschichte ihrer Eltern und fühlten sich dadurch nicht irritiert. Ganz im Gegenteil, alle Anwesenden freuten sich für Nimue. Zudem wussten die meisten, dass sie die Zeit für gemeinsame Gespräche noch bekommen sollten … in der Zukunft.

Hie und da kamen Gäste aus dem Tafelsaal und bedankten sich bei Nimue für den schönen Tag. Sie verabschiedeten sich mit den besten Wünschen für sie und ihre Familie. Auf diese Weise hatte Nimue die Gelegenheit, ein paar Worte mit jedem Gast zu wechseln. Es folgte ein ständiges Hin und Her zwischen Verabschiedungen und Tanzen. Das Orchester spielte mit nur wenigen Pausen ein Lied nach dem anderen, sowie nun auch bayerische und ungarische Musik. Die Welt der Menschen war in Nimues Leben präsent und das konnten die Anwesenden spüren. Alles verlief harmonisch, und so war Nimue über alle Maßen glücklich. Immer wieder beobachtete sie die tanzenden Wesen um sie herum. Da war die Festplanelfe Partina, die sich ohne Partner und mit geschlossenen Augen von der Musik treiben ließ. Ihre Hüften bewegten sich dabei schwungvoll zum Takt. Ihr strahlendes Lächeln zeigte Nimue, dass sie mit dem Festablauf zufrieden war, und Nimue musste ihr zustimmen, sie verrichtete ihre Arbeit perfekt. Alles lief wie geschmiert, ohne Störungen oder anderweitige unangenehme Situationen. Sie war eine gute Planelfe. Als Nimue ihre Blicke von Partina abwandte, sah sie den Elefanten, der sich mit seinem scheinbar schweren Körper zum Takt spielend leicht hin- und herbewegte. Eine Wärme stieg in Nimues Körper auf, und so ging sie auf ihn zu. Er deutete mit seinem Rüssel auf seinen erhabenen Sessel. Nimue nickte. Dann ließ er sich sanft auf seine vorderen Knie fallen, und schwuppdiwupp saß sie bequem auf seinem Rücken. Auf diese Weise tanzten sie zu der Musik von Brahms, den ungarischen Tanz Nr. 5. Der Elefant hob dabei abwechselnd die Beine, wobei er nur selten den Takt traf. Nimue konnte sich auch bei wilden Schwankungen gut auf seinem Rücken halten und strahlte über das ganze Gesicht. Zudem hatte sie einen tollen Überblick auf ihre Gäste. Da entdeckte sie Sophia nach wie vor mit Oliver tanzen, die ihre Blicke spürten und Nimue zuwinkten. Oona tanzte mit ihrer Familie aus dem Reich Lara, die einen Kreis bildeten. Der Löwe beobachtete das Geschehen vom Bühnenrand aus, während er seinen Hintern im Takt mitschwang. Der Delfin schwamm über ihre Köpfe hinweg und spielte den Takt mit Auf- und Abbewegungen seiner Schnauze nach. Die Schmetterlingselfen kreierten abwechselnd eine Schmetterlingsacht ∞, ein Schmetterlingskreuz, das dem ägyptischen Nilschlüssel ☥ nachempfunden war, und einen Schmetterlingsring **o**. Dies alles passierte vollkommen im Takt, was auf Nimue zauberhaft und mystisch wirkte. Sie stellten damit die Unendlichkeit, die Lebenskraft und die bestehende vollkommene Einheit dar, so war sich Nimue sicher. Sie senkte ihren Blick und sah die Grünen Kinder, wie sie sich auf der Tanzfläche vergnügten. Sie waren etwas aus dem Takt, trotzdem sahen ihre Bewegungen leicht und stimmig aus. Ihre Schritte wirkten weich, als ob sie auf Moos laufen würden. Danach beobachtete Nimue die Menschen, die sich an den Händen hielten. Sie wechselten sich untereinander immer wieder ab. So tanzten sie Ringelreigen oder zwei rechts in rechts eingehakt und je nach dem Rhythmus gehend, hüpfend oder schwingend oder aber mit den Händen überkreuzt im Kreis. Alle waren fröhlich und ausgelassen. Es war ein schöner Anblick, der Nimue alle Sorgen vergessen ließ. Sie fühlte sich geborgen. Die reine Freude strahlte in ihren Augen. Da entdeckte sie ihre Eltern, die eng miteinander tanzten. Nimue grinste. Sie schwelgte im Anblick von Harmonie und Liebe. Doch dann riss sie ein dumpfer Schlag unsanft aus ihrer Gefühlswelt. Die Balkontür sprang auf und sogleich trat der Hofnarr sichtlich eingeschüchtert in den Saal herein. Sein Gesicht war kreidebleich. Der Ausdruck versprach Nimue nichts Gutes.

»Was ist los?«, rief Seoras ihm entgegen.

»Es tut mir leid, so leid, aber ich konnte ihn nicht aufhalten!«, klagte der Hofnarr.

»Wen?«, wollte Aar wissen.

»Maeve ist schon fort und ...«

»Kündige mich an!«, hallte eine dunkle Stimme im Raum.

»König Dhuorc!«

Ein entsetztes Raunen ging durch den Saal. Nimue spürte, wie sich der Körper des Elefanten verkrampfte. Er streckte ihr seinen Rüssel entgegen, womit sich Nimue auf den Boden schwang. Dann stupste er sie unter seinen dicken Bauch. Sie streckte ihren Kopf hervor, sodass sie den Balkon im Auge behielt. Der Hofnarr rannte schutzsuchend die Treppe zum Saal hinab, während Dhuorc, der Dunkel- und Schattenkönig, mit langsamen Schritten den Saal betrat.

Nimue sah einen großgewachsenen Elfenmann hoch oben auf dem Balkon stehen, der in seiner Erscheinung mächtig wirkte. Sie erkannte, dass er ihrem Elfenstamm so gut wie gar nicht ähnelte. Dhuorc war größer und wirkte schwarz wie die Nacht und das, obwohl die Urväter der Elfen ein Zwillingspaar waren. Sein Haar, welches der Farbe seines langen Mantels vollkommen glich, war rabenschwarz. Die Haut war blass und schimmerte leicht gräulich im Saallicht. Es schien, als ob seine Haut niemals die Sonne gesehen hätte. Nimue bemerkte zu ihrem Entsetzen, dass er eine hässliche Narbe hatte, die sich von der rechten oberen Gesichtshälfte über den Nasenrücken nach links unten zog. Sie war breit verwachsen, und Nimue dachte mit einem unheimlichen Gefühl in ihrer Brust: *»Das hässliche Ding spaltet ja sein ganzes Gesicht in zwei Hälften!«*

Die Augen jedoch waren es, welche Nimue wirklich in Angst und Schrecken versetzten, denn sie glänzten tiefschwarz und unergründlich. Solch eine dunkle Leere hatte sie noch nie zuvor gesehen. Ein eiskalter Schauer überfiel ihren Körper. Sie wollte ihn abschütteln, doch sie fühlte sich nicht in der Lage, sich zu bewegen.

»Was willst du hier?«, fragte Seoras bestimmend.

»Wie unhöflich von dir, mich, ein Mitglied deiner Familie, nicht zu begrüßen«, erwiderte Dhuorc mit einer schrillen, dennoch männlichen Stimme.

»Ich sehe dich nicht als Teil meiner Familie an, noch habe ich dich eingeladen. Was, glaubst du, gäbe dir das Recht, von mir begrüßt zu werden?!«

Da wanderten Dhuorcs Blicke im Raum umher. »Nimue, willst du so höflich sein?« Dhuorc entdeckte ihr Gesicht unter dem Elefantenbauch herausspitzen und grinste spöttisch.

Ihr Herz blieb beinahe stehen. Sie rang nach Atem. Er wandte sich nicht von ihr ab und so spürte sie den Druck, auf seine Frage reagieren zu müssen. Ein Wort wollte jedoch nicht über ihre zitternden Lippen gleiten und so schüttelte sie den Kopf.

»Kriegerin des Lichts«, verhöhnte er sie, während er sich wieder Seoras zuwandte. »Deine Urenkelin ist also eine dieser besonderen Elfen, die die Welt retten sollen.«

Marie liebte seine abfällige Art über Nimue zu sprechen. Noch keiner hatte es vor ihm getan. Ohne darüber nachzudenken, pflichtete sie ihm abwertend bei: »Natürlich, unsere ganz besonders entzückende Nimue!«

Nimues ältere Schwester fühlte sich auf Anhieb von diesem furchtlosen Mann angezogen, was Franz daneben wie einen Schwächling aussehen ließ. Dhuorc erkannte Maries dunkle Seite und grinste schelmisch.

Da war Seoras kurz davor zu explodieren. Nur mit Anstrengung konnte er sich zurückhalten, als Yavira eingriff: »Sei still, Marie!«

Dhuorc lachte krächzend auf. Es dauerte eine Weile, bis er sich wieder beruhigt hatte. Auch wenn Dhuorc genau wusste, wo sich Nimue in diesem Moment aufhielt, stellte er die Frage: »Wo ist dein kleiner Schatz, Seoras?«

Nimue spürte einen Ruck durch ihren Körper ziehen. Sie nahm allen Mut zusammen, atmete tief durch und trat hervor. Ihr Herz pochte stark in ihrer Brust, doch es war nicht die Aufregung, sondern das Löwenherz, das in ihr schlug.

»Hier bin ich! Was wollt Ihr?«

Er musterte sie kurz von oben nach unten und bemerkte wohlüberlegt: »So schön wie deine Schwester Marie bist du nicht.«

Marie strahlte in seinem dunklen Schattenlicht vor Freude. Franz erkannte, dass Marie auf Dhuorc zugehen wollte und umklammerte ihren Arm. Sie schob ihn grob zur Seite und ging auf die Treppe zu, die zum Balkon führte.

»Marie!«, ermahnte sie Seoras, stehen zu bleiben.

Es dauerte eine für ihre Familie unerträglich lange Minute bis Marie ihre Blicke von Dhuorc abwenden konnte. Sie drehte sich um und sah in die entsetzten Augen ihrer Eltern. Da zuckte sie mit den Schultern. »Ist ja schon gut.«

Dhuorc hätte diesem Spielchen gerne länger zugesehen und doch war er wegen Nimue hier.

»Du, mein Kind, bist also Nimue.«

Sie nickte. Dennoch entgegnete sie: »Bestimmt bin ich nicht dein Kind.«

»Die verheißene Kriegerin des Lichts.«

Sie nickte erneut, als er krächzend auflachte. Gleich darauf wiederholte er sich: »Die verheißene Kriegerin des Lichts«, und verstummte.

Dhuorc begann Nimue mit seinem durchdringenden Blick zu mustern. Es schien, als ob er ihren Körper mit giftigen Pfeilen durchbohren wollte. Doch Nimue war nicht mehr aus der Ruhe zu bringen. Das Löwenherz stärkte und beruhigte sie.

Nach einem erneuten höhnischen Auflachen meinte der König der Dunkel- und Schattenwelt: »Wie gut, dass ich dich heute gesehen habe. Du, ärmliches Wesen, stellst keine Gefahr für auch nur irgendjemanden dar. Nicht einmal eine Ameise hätte vor dir Angst.«

Nimue spürte, wie eine feurige Wut in ihr aufstieg. Er musste wohl ihr Ego angesprochen haben. Es fiel ihr schwer, diesen unzugänglichen Teil ihrer Persönlichkeit zu kontrollieren, denn das Ego versuchte, ihre Emotionen vollkommen einzunehmen. Sie war nicht ärmlich und schon gleich gar nicht für die Dunkelwelt ungefährlich, so war sie sich sicher.

Mit ruhiger, dennoch lauter Stimme meinte sie: »Wenn du das annimmst, wird es vermutlich so sein.«

Gleichzeitig spürte sie die Blicke ihrer Eltern auf ihren Körper gerichtet. Sie wandte sich ihnen zu und sah in zwei sich leicht schüttelnde Gesichter.

»Du bist winzig, verweichlicht im Schoße deines Prinzessinnenlebens und deine Augen zeigen Angst. Was bitte könnte mich vom Gegenteil überzeugen?«

»Ich habe keine Angst vor dir und winzig bin ich ganz und gar nicht«, wehrte sie sich, was Dhuorc gefiel.

Da erreichte sie Seoras, der sanft seine Hand auf ihre Schulter legte. Er flüsterte ihr ins Ohr: »Lass dich nicht provozieren. Das ist es, was er will.«

»Seoras, wieso so leise, mein Guter? Sind deine Worte derart grässlich, dass sie niemand hören will?«

»Wenn ein Wort für dich bestimmt ist, wirst du es hören. Darüber hinaus kann ich mich nicht erinnern, dich eingeladen zu haben. Also, befreie uns von deiner Anwesenheit«, erwiderte Seoras bestimmend.

»Im Gegensatz zu dir weiß ich, was sich gehört, und möchte deiner Urenkelin die Aufwartung machen, Seoras, und ihr zum Geburtstag gratulieren.«

»Dann tue es«, antwortete Seoras harsch, »und verschwinde wieder!«

Dhuorc nickte erhaben und wandte sich sogleich Nimue zu. »Alles Gute, Nimue, ich wünsche dir, dass deine Träume in unserem Sinne in Erfüllung gehen«, dröhnte er zweideutig.

Nimue hatte keine Ahnung, was er mit *in unserem Sinne* meinte. Trotzdem erwiderte sie: »Danke, Dhuorc! Ich schätze dein Kommen, auch wenn eine Karte genügt hätte und schließe mich Seoras' Wunsch an.«

Seoras war in diesem Moment sehr stolz auf seine kleine Urenkelin, denn sie hatte die Situation ruhig und mit großer Stärke gemeistert. Dhuorc tauschte noch einen vielsagenden Blick mit Marie aus und verschwand. Der dabei verursachte heftige Luftzug hob die Balkontür beinahe aus den Angeln, welche daraufhin laut in den Rahmen krachte. Danach atmete jeder tief durch, außer Marie, die träumend auf den nun leeren Balkon blickte.

Der Hofnarr rannte ihm hinterher und verließ den Saal. Kurz darauf riss er die Balkontür schreiend auf: »Er ist verschwunden, raus aus dem Königreich!«

Yavira ging sogleich auf Nimue zu und umarmte sie. »Alles vorbei, meine Liebe.«

Sie drückten sich fest aneinander.

»Was ist nur in dich gefahren, Marie!«, ärgerte sich Hubert, »Wir sprechen hier von deiner Schwester, um Himmels willen!«

»Natürlich«, antwortete sie gelassen, »wenn ihr nicht mehr weiterwisst, dann bin ich an allem schuld.«

»Lass uns nicht streiten, Hubert. Es ist schon spät«, bat Yavira ihren Mann, auch wenn sie über Maries Verhalten mehr als schockiert war.

Seoras unterstütze sie mit den Worten: »Yavira hat recht. Es ist kurz vor halb zwölf.«

Anschließend verabschiedeten sich die Gäste nacheinander. Der Elefant stupste Nimue dabei liebevoll mit dem Rüssel auf den Bauch. »Kleine, große Nimue, es war wunderschön bei dir!«

So ging einer nach dem anderen, bis die Familie unter sich war. Die Heinzelchen räumten fleißig und flink den Raum auf, denn um Punkt zwölf durften sie ihre Arbeit niederlegen und im Wald feiern gehen. Sie hatten die Erlaubnis bekommen, sich vierundzwanzig Stunden lang vergnügen zu dürfen, und das wollten sie voll auskosten.

Seoras, Katar, Léa, Oona, Aar, Sophia, Marie, Yavira, Hubert und Nimue verließen derweilen den Saal. Sie gingen in das Kaminzimmer, um sich in Ruhe von Yaviras und Huberts augenblicklicher Erscheinung zu verabschieden.

Nimue betrat Aars Büro als Letzte. Ihr Herz klopfte wie wild in ihrer Brust. Doch dieses Mal war es ihr eigenes. Es wurde vollkommen von ihrer Gefühlswelt geleitet. Diese schien sich im Krieg zu befinden, als ob die unterschiedlichsten Emotionen jeweils um ihre Vormacht kämpfen würden. Da war der Schrecken des Schattens, der ihr tief in den Gliedern saß. Da war die Ohnmacht, ihre Eltern nicht heilen zu können. Da war die Liebe zu ihnen, und das Wissen, dass sie bald für ein paar Monate nicht ansprechbar sein würden. Da war die Enttäuschung über Maries Unmut. Da war die Freude über einen außergewöhnlich schönen Tag und da war die Zuneigung, die ihr all diese wunderbaren Wesen zuteilwerden ließen.

Nimue seufzte, als sie das lodernde Feuer im Kamin entdeckte. Seine Lichtstrahlen breiteten sich überall aus. Es füllte den Raum mit einer wärmenden Atmosphäre und half ihr, ihre Gefühle zu beruhigen.

Seoras, Katar und Léa setzten sich auf die Couch und beobachteten den Kreis, den die restlichen Elfen bildeten. Sie saßen im Schneidersitz auf dem Boden und hielten sich an den Händen. Jeder erzählte sein schönstes Erlebnis an diesem Tag. Dabei wurde viel gelacht. Doch die Zeit verlief schnell, und so hörten sie Uhrilia zehn Minuten vor zwölf schlagen. Nimue saß zwischen Oona und Aar und gegenüber ihren Eltern. So konnte sie jede ihrer Bewegungen verfolgen. Dann begann Katar über die Schutzmaßnahmen zu sprechen, die Yavira und Hubert die nächsten Monate einhalten mussten. Nimue wollte sie nicht hören. Jeder auch nur leise gesprochene Ton konnte sie töten. Nicht einmal sehen durfte Nimue ihre Eltern, weil die Schwingung der Liebe einen Energietsunami auslösen würden. Ihr Leben galt es zu erhalten und so musste sich jeder an die Regeln halten.

Katar verstummte und Nimue sagte sogleich: »Ich werde bald auf die Zauberschule gehen. Ich weiß nicht, ob ich euch vorher noch einmal sehen kann. Ich möchte euch sagen, dass ich euch liebe und immer in meinem Herzen trage, egal, wo auf der Welt ich bin.«

»Wir dich auch, meine liebe Nimue«, erwiderte Yavira.

Da sprang Nimue auf und rannte ihnen entgegen. Sie umarmten Yavira inniglich, wobei viele Küsse folgten. Danach umklammerte Nimue ihren Vater und verabschiedete sich von ihm. Daraufhin ging alles ganz schnell. Jeder drückte die beiden und schon knallte es laut im Raum. Eine schwarze Wolke bildete sich über Yaviras und Huberts Köpfen, fiel auf sie herab und schloss sie in sich ein. Sichtlich schmerzhaft zogen sich ihre Körper zusammen und wurden von Sekunde zu Sekunde kleiner. Kurz darauf waren sie wieder winzig und Nimue spürte, wie ihr Tränen über die Wangen liefen.

Katar sprang auf, nahm Nimues Eltern in seine Hände und verließ den Raum, da von nun an jedes laute Geräusch eine Bedrohung für sie darstellte. Auf Zehenspitzen trug er sie in eine extra für sie angefertigte schalldichte Kammer und verschloss ohne Worte die Tür hinter sich. Danach ging er zurück in das Kaminzimmer. Dort blickte er in viele betroffene Gesichter. Auch Oona kämpfte mit den Tränen. Aar nahm sie in seine Arme und drückte sie liebevoll an sich. Nimue stand derweilen in der Mitte des Raumes und blickte ins Nichts.

»Was für ein Tag«, ging es ihr durch den Kopf. Es war ein Tag voller Emotionen und nun war er vorbei.

Nimue spürte auf einmal, wie sich ihr Oberkörper vor Erschöpfung nach vorne neigte und teilte mit: »Ich gehe ins Bett. Vielen Dank, euch allen, für das schöne Fest!«

Als sie den Raum gerade verlassen wollte, kam Seoras auf sie zu. »Nimue, du hast sehr gut auf Dhuorc reagiert. Ich bin stolz auf dich.«

»Danke«, erwiderte sie mit belegter Stimme.

Er strich ihr sanft übers Haar. Kurz darauf verschwand sie durch die Tür in den Gang. Daraufhin schleppte sich Nimue erschöpft den Arkadengang entlang. Da hörte sie einen unregelmäßig dröhnenden Ton, der teilweise den Boden erbeben ließ. Sie lächelte. Nimue wusste, dass das dunkle Geräusch dieses Mal nicht Dhuorc, sondern der Drache war, der immer noch tief schlafen musste.

Sie öffnete ihre Zimmertür und hörte zugleich die Spiegeldame eilig sprechen: »Nimue, wie schön, dass du da bist. Schau mich an! Ich bin so gespannt, was du heute alles erlebt hast.«

Nimue stellte sich geduldig vor Specchio und sah in den Spiegel. Specchio betrachtete derweilen die Geschehnisse und bewegte sich dabei ungewöhnlich stark hin und her. Ihr Holz knarrte unter der Last. Manchmal gab sie komische Laute von sich, als ob sie eine Freude empfinden oder erschreckt sein würde, und einmal erstarrte sie. Nimue war sich sicher, dass sie dabei das Erlebnis mit Dhuorc gesehen hatte.

»Wow, Nimue, was für ein Tag!«

Nimue nickte.

»Sei nicht traurig, meine Elfenprinzessin. Irgendwann wird sich das Schicksal der beiden zum Guten wenden.«

»Weißt du das oder glaubst du das?«, wollte sie wissen.

»Das glaube ich mit einer großen Sicherheit.«

Nimue verstand nicht. Dennoch war sie zu erschöpft, um nachzufragen.

»Danke Spieg… , äh, Specchio. Jetzt möchte ich schlafen. Meine Gedanken hören nicht mehr auf, in meinem Kopf zu kreisen. Sie erschweren meinen Körper und machen ihn zusätzlich müde.«

Specchio verstand sie sehr gut, denn sie hatte gerade ihre verletzte Seele gesehen.

Als Nimue bereits im Bett lag, sagte Specchio: »Schlaf gut, meine Lieblingselfe!«

»Danke, du auch!«

Nimue jedoch erkannte, dass sie gar nicht schlafen wollte. Sie wollte nur im Bett liegen und versuchen, ihren Gedanken zu folgen und sie zu sortieren. Das unruhige Hin und Her fühlte sich schrecklich an. Sie schloss ihre Augen und hörte, wie die Heinzelchen fröhlich den Gang entlangliefen. Sie waren aufgeregt und freuten sich auf ihr Fest. Nach einer Weile wurde es still, als Nimues Bett anfing, sich zu drehen. Oder waren es nur ihre Gedanken, die sie durch die Stille noch intensiver wahrnahm? Sie wusste es nicht. Ihre Gefühlswelt war völlig durcheinandergebracht worden. Während sie noch versuchte, ihre Gedanken und die dazugehörigen Gefühle zu ordnen, schlief sie tief und fest ein.

Nimue erreichte eine hellerleuchtete Waldlichtung und entdeckte ihre Mutter auf dem grünen Gras tanzen und singen. Sie blieb abrupt stehen und beobachtete sie. Ihre weiche Stimme glitt sanft durch ihren Gehörgang und verlieh Nimue ein Glücksgefühl. Sie bewunderte ihre Mutter. Wie konnte sie so viel durchmachen und trotzdem nie jammern oder ihr Schicksal beklagen. Niemals hörte Nimue sie etwas anderes als positive und aufbauende Worte sprechen. So erwiderte sie einmal dem traurigen Gesichtsausdruck von Nimue: »Alles ist gut, meine Liebe. Wir werden den Sinn unseres Schicksals noch erkennen; wenn nicht heute, dann an einem anderen Tag.« Nimue konnte ihre Aussage damals nicht akzeptieren. Sie stellte dabei infrage, ob man ein Schicksal einfach nur annehmen, sozusagen nichts dagegen tun sollte, oder ob es nicht besser wäre, nach Lösungen zu suchen und dafür zu kämpfen.

Nimue schob den Gedanken aus der Vergangenheit wieder zur Seite, um ihre Mutter weiter zu beobachten. Sie stand am Waldrand, als ihre Mutter auf sie aufmerksam wurde. »Nimue, wie schön, dich zu sehen. Komm, tanz mit mir!«

Als Nimue auf sie zugehen wollte, sprang plötzlich aus dem Nichts ein Schatten in Bärengestalt zwischen sie beide. Dieser war groß und breit und wurde stetig dunkler und undurchsichtiger. Dabei verschmolzen seine Umrisse in einen scheinbar gigantischen Vorhang. Ihre Mutter streckte ihre Arme nach ihr aus und sie tat das Gleiche. Doch dann verschwand die Silhouette ihrer Mutter vollkommen hinter dem schwarzen Schleier. Nimue wollte hindurchgreifen, als sich der Schleier in eine Steinmauer verwandelte. Ein Stein legte sich auf den anderen, formte sich zu einem Turm und schloss ihre Mutter darin ein.

»Mama!«, schrie sie verzweifelt.

Eine durchdringende Stille war die Antwort.

Da fielen Steine von der Mauer herab und Nimue musste ausweichen. Es dauerte nicht lange, und der Turm brach vollständig in sich zusammen.

»Mama!«, rief sie noch einmal, während sie die ersten Steine vom Haufen entfernte. Dabei lösten sich die Steine vor ihren Augen auf. Verwirrt saß sie nun allein auf dem Gras und blickte um sich. Ihre Mutter war verschwunden. Trotzdem vernahm sie ihre sanfte Stimme: »Der Schatten ist nur deine Angst. Er existiert in der Wirklichkeit nicht. Wisse, dass ich immer für dich da bin und in deinem Herzen wohne. Dort wirst du mich finden.«

Nimue blickte sofort auf ihre Brust, wo sich eine für Nimue eigenartige Ausbuchtung zeigte. Diese bewegte sich ruhig auf und ab. Nimue vermutete, dass es ihr Herz war, auch wenn es keine übliche Herzform darstellte. Es war eher kugelrund und hatte eine Spitze nach links unten verlaufend. Sie dachte immer, dass ihr Herz dieselbe Form habe, wie sich Verliebte mit ihren Fingern andeuteten, denn das hatte Cara ihr so erzählt. Das war wohl falsch. Doch Nimue hatte keine Ahnung, wie sie dort ihre Mutter finden sollte. Da hörte sie ein angenehmes Lachen, das ihr vertraut war. Sie drehte sich um, konnte jedoch niemanden erkennen.

»Nimue«, hörte sie Maeve sagen, »ich werde dir helfen, in dein Herz zu schauen. Bis dahin haben wir noch viel Zeit. Schlaf gut und ruhe dich aus, du hast die nächsten zwei Monate noch vieles zu erledigen.«

Kurz darauf wurde alles dunkel. Einen Moment lang konnte sie trotz der Dunkelheit ihr Herz schlagen sehen. Dann war auch diese Erscheinung verschwunden. Alles wurde schwarz um sie herum, kein einziger Lichtstrahl war mehr zu sehen. Trotzdem fühlte sich Nimue sicher und ruhig. Alles war gut und eins, verbunden mit ihren Eltern, egal, wo sie sich mit ihren physischen Körpern befanden. In diesem Zustand ruhte sie für eine lange Weile.

»Nimue, steh auf!«

Ohne die Augen zu öffnen, erwiderte sie Specchio verschlafen: »Was ist?«

»Der Drache! Er wacht auf.«

»Woher weißt du das?«

»Er schnarcht nicht mehr«, meinte sie freudig, »hörst du nicht die wundervolle Stille?«

Nimue verstand. »Wie spät ist es?«

»Der Morgenstern steht schon hoch oben am Himmel, ansonsten musst du Uhrilia fragen.«

»Okay, ich stehe auf.«

Nimue ging zum Kleiderschrank und bat ihn: »Lieber Schrank, kannst du mir bitte etwas Passendes für heute geben?«

Der Schrank krachte laut, als die Türen aufgingen. Nimue sah eine Tunika mit einer engen Hose zwischen den Kleidern hervorragen. Die Tunika war olivgrün und hatte am oberen Rand viele kleine Peridot-Steine. An der Taille war sie mit einem dünnen Gürtel zu schnüren. Sie reichte Nimue bis zu den Knien. Darunter zog sie die enge, elastische Hose an, die bis zu den Fußknöcheln ging.

»Warum diese Tunika, Schrank?«

»Wegen der Peridot-Steine. Sie werden dir helfen, Ärger und Wut abzulegen, was zur Reinigung deines Herzens beiträgt.«

»Wie meinst du das?«

»Du musst die Wut über das Schicksal deiner Eltern ablegen. Sie behindert dich und kann dir daher gefährlich werden. Denk nur an den schwarzen Schatten!«

Nimue erinnerte sich sofort an ihren Traum und staunte: »Woher weißt du davon?«

»Ich weiß doch alles, Nimue«, scherzte er mit Betonung auf das Wort *alles*.

Nimue lachte.

»Sieht gut aus, huh?«, bemerkte sie daraufhin, doch der Schrank war heute nicht so fröhlich gestimmt wie an ihrem Geburtstag. Auch er hatte vieles zu verarbeiten, denn durch die Spiegeldame hatte er in der Nacht alle Geschehnisse und Emotionen aus erster Hand erfahren. Er liebte Nimue mit all seinen Holzfasern und wollte sie nicht traurig sehen.

Er schloss seine Türen mit den Worten: »Viel Spaß mit dem Drachen. Er ist ein guter Drache!«

»Ja, das glaube ich auch«, erwiderte Nimue freudig.

Sie wandte sich Specchio zu, um ihr Spiegelbild anzusehen. Specchio jedoch wackelte hin und her, sodass es Nimue unmöglich war, sich klar zu erkennen.

»Was machst du?«, beschwerte sich Nimue irritiert.

»Mich juckt's im Rücken!«, erklärte sie, wobei eine kleine, süße Biene an Nimues Gesicht vorbeisauste, sodass sie einen Schritt zurücktreten musste.

»Hey, Biene, du bist aber frech!«

Die Biene erwiderte: »Husch, husch, jetzt bin ich da, so schnell, so kann mich keiner sehen.«

»Na ja«, antwortete Nimue, »gesehen habe ich dich schon.«

Die Biene flog erneut auf Nimue zu und setzte sich auf ihre rechte Schulter.

»So! Hast du«, erwiderte sie enttäuscht.

»Ja, habe ich.«

»Also gut«, sagte die Biene nachdenklich, »da muss ich wohl noch viel üben, um schneller zu werden.«

Specchio klagte: »Nimue, du musst mich kratzen. Es ist unerträglich!«

»Wo?«

»Da hinten, wo die dumme Biene saß! Sie hat mich mit ihrem Stachel gepiekt.«

Nimue fragte die Biene: »Warum hast du das gemacht? Sie stellt doch keine Gefahr für dich dar?«

»Das war nur mein Borstenkamm, der sie gekratzt hat. Dein Spiegel hat wohl eine ganz besonders sensible Schale«, erwiderte die Biene belustigt.

»Zeig mir, Biene, wo du gesessen hast«, forderte Nimue sie auf.

Die Biene tat dies, und Nimue fuhr ein paar Mal mit ihren Fingern darüber.

Als sich die Spiegeldame wieder besser fühlte, bemerkte sie harsch: »Diese dummen Insektenviecher!«

Nimue musste über ihren Ärger lachen.

Derweilen wandte sich die Biene Nimue zu. »Ich bin nur gekommen, um dir zu sagen, dass du dich gegen den Schatten wehren musst. Unbedingt und immer, wenn er auftaucht. In den verschiedensten Formen kann er das tun. Wehre dich, so kann er dir nichts anhaben.«

Nimue wollte gerade antworten, als die Biene blitzschnell davonflog.

»Das ging aber schnell«, staunte Nimue.

Specchio erwiderte erleichtert: »Gut so! Ich mag diese Viecher gaaaannnz und gaaaaar nicht.«

Gleich darauf rief die Biene mit zarter Stimme: »Und wie ich es kann!«

»Ist der Schatten nicht eine Form meiner Angst, also nur ein Gefühl? Soll man Gefühle nicht annehmen, anstatt gegen sie zu kämpfen, weil man ihnen dann Energie schenkt?«, ging es Nimue durch den Kopf. *»Vielleicht hat die Biene nicht von meiner Angst gesprochen, sondern von der schwarzen Macht der Dunkel- und Schattenwelt?«*

Die Spiegeldame räusperte sich.

Da blinzelte Nimue. »Hm.« Sie blickte in den nun ruhigen Spiegel und betrachtete ihre Kleidung.

»Schön siehst du aus. Jetzt ab mit dir, der Drache wartet bestimmt schon auf dich.«

Nimue ging an Aars Büro vorbei und spähte durch die leicht geöffnete Tür in den Raum. Sie sah ihren Großvater am Schreibtisch sitzen. Seoras und Katar nahmen ihm gegenüber in Stühlen Platz. Sekunden später hörte sie Aar ihr zurufen: »Nimue, komm rein!«

Nimue ging nur zögernd hinein, da sie eigentlich zum Drachen gehen wollte.

»Ich bin auf dem …«, begann sie und wurde von Aar unterbrochen: »Ich weiß. Trotzdem wollen wir kurz mit dir sprechen. Wir haben dem Drachen bereits ausgerichtet, dass es noch ein wenig dauern wird.«

Nimue nickte verstanden zu haben.

Sogleich erklärte Seoras: »Dhuorcs Besuch beunruhigt uns, und wir wollen mit dir darüber sprechen.«

Sie setzte sich auf einen freien Platz neben dem Schreibtisch und somit gegenüber von den dreien.

»Gestern bestand keine große Gefahr. Er war lediglich da, um auf sich aufmerksam zu machen. Er wollte uns seine Macht präsentieren, indem er uns zeigt, wie einfach es ist, in unser Reich und unser Leben einzudringen. Außerdem machte er klar, dass sein

Augenmerk auf den Stein des Orisolus gerichtet ist. Niemals wird er ihn der Lichtwelt überlassen. Er weiß jedoch, dass er den Stein ohne dich, Nimue, auf keinen Fall zu Gesicht bekommt.« Seoras hielt kurz inne, um die Bedeutung seiner Worte sacken zu lassen. Dann sah er zu Aar auf und sprach mit gesenkter Stimme: »Marie stellt in diesem Zusammenhang eine Gefahr für uns alle dar. Ich sage es nicht gern, denn sie ist meine Urenkelin, Aar, dennoch muss ich es tun.«

Aar nickte zustimmend, als Seoras sich Nimue mit den warnenden Worten zuwandte: »Hüte dich vor deiner Schwester Marie, Nimue. Auch wenn ihr Herz nicht tiefgründig böse ist, haben die dunklen Mächte ein leichtes Spiel mit ihr. Sie können sie lenken, leiten und für ihre Zwecke nutzen. Denk immer an meine Worte, meine liebe Nimue, vergiss sie nie!«

Er sah ihr dabei tief in die Augen. Nimue fühlte einen Schmerz durch ihre Brust fahren. Seine Aussage durchbohrte sie wie ein spitzer Pfeil. Dabei entfachte sich ein schmerzendes Feuer, das sie unruhig werden ließ. Sie liebte ihre Schwester und es tat ihr weh, dass Marie ihre Gefühle nicht erwiderte. Trotzdem nahm sie Seoras' Warnung ernst.

»Beachte außerdem deine eigenen Schwächen, Nimue«, sagte Aar, »lerne mit ihnen umzugehen. Gestern habe ich bemerkt, wie sich dein Ego einsetzte und es beinahe überhandnahm. Es sprach durch dich! Du musst es im Griff haben. Verfällst du diesen niedrigen Energien, kann die Schattenwelt Macht über dich erlangen. Bleib stark, auch wenn dir Worte an den Kopf geworfen werden, die dir nicht gefallen. Bleibe dir treu und vertraue dir, so kann dich niemand aus deiner lichtvollen Energie werfen. Diese Energie ist wie ein Schutzmantel, den du dir nicht ausziehen lassen darfst.«

Nimue nickte verstanden zu haben.

»Es ist ein Leichtes, sein Gegenüber mit Worten oder scheinheiligen Taten zu manipulieren. Allerdings tun das nur die schwachen Wesen. Marie ist eine davon. Lass sie nicht mit deinem Ego spielen, ob freundlich oder hasserfüllt. Du bist so wie du bist einzigartig. Jeder Elf, jeder Mensch, jedes Wesen ist einzigartig und so sollte auch ein jeder sich auf seine spezielle Art und Weise annehmen. Tust du es, wirst du sehen, dass dich keine Worte verletzen können, keine Schikane dich in die Knie zwingen kann und kein zugefügtes Leid dir zur Qual wird. Sehe die Wahrheit in solchen Wesen und wie erbärmlich schwach sie sein müssen, um mit allen Mitteln ihr undankbares Ziel zu erreichen.«

»Undankbar?«, fragte Nimue nach.

»Ja, weil sie sich dafür den niederen Energien aussetzen müssen und diese auch ihnen nicht guttun.«

»Kann ich auf der Zauberschule lernen, mich selbst zu verstehen? Ich meine, ich soll mich so lieben, wie ich bin. Aber wie, wenn ich das Gefühl habe, mich gar nicht zu kennen?«

»Es geht hier nicht nur um dein inneres Wesen, sondern um alles, was das Ego bewegt.«

Aar verstummte und gab somit Seoras das Wort. »Du wirst Fächer haben, bei denen du dich selbst neu entdeckst oder neue Seiten an dir findest. Du wirst Fächer haben, die dir Eigenschaften oder Charakterzüge näherbringen. Du wirst Fächer haben, die dich prägen und deine Entwicklung vorantreiben, was wiederum zu einem neuen Teil deines Ichs beiträgt, und du wirst dich finden, in vielem davon. Dein Ego jedoch wird nie ganz verschwinden. Es ist mit gutem Grund ein Teil von uns. Das heißt, lerne damit umzugehen, sodass du auf der Suche nach dem Stein, und vor allem auf der Rückkehr, in dir und damit im Äußeren stark bleiben kannst. So musst du nur noch auf die Pfeile aus Holz achten. Finstere Worte und enttäuschte Gefühle können fortan deinen Körper nicht mehr schwächen.«

»Eines noch, meine Kleine«, sagte Aar, »nimm jeden anderen so an, wie er oder sie ist. Versuche sie nicht zu ändern oder zu belehren. Lass sie sein in ihrem Sein. Es wird dir helfen, richtig mit ihnen umzugehen.«

Nimue öffnete einen Spalt weit eine große, dunkelbraune Holztür, um den Raum dahinter mit ihren Blicken zu durchsuchen. Sie konnte darin nichts erkennen, da er vollkommen dunkel war. Die Fensterläden waren geschlossen. Nimue wusste, dass Drachen in

Höhlen schlafen und daher Mondlicht nicht gewöhnt sind. Somit wunderte sie die Dunkelheit im Zimmer nicht.

»Drache«, flüsterte sie, »bist du schon wach?«

Es kam keine Antwort.

Nimue wiederholte sich, dieses Mal jedoch mit voller Stimme. Trotzdem erhielt sie keine Antwort. Da öffnete sie die Tür ganz und das Licht erhellte den Raum. Doch dieser war leer. Kein Drache war weit und breit zu sehen.

»Er wird doch nicht schon wieder auf dem Weg nach Hause sein«, dachte sie beunruhigt. Da vernahm sie Oonas Stimme hinter ihr: »Er ist im Rosengarten.«

Sie drehte sich um und sah ihre Großmutter mit einem weißen, langen Kleid direkt vor ihr stehen.

»Hast du keine Angst um deine Rosen?«, scherzte Nimue, »Ich habe gehört, dass Drachen hie und da Feuer spucken.«

Oona schüttelte den Kopf. »Ich habe ihm gesagt, dass er es nicht überleben wird, falls meinen Blumen etwas passiert.«

Nimue lachte hell auf, denn sie wusste, dass Oona die Wahrheit sprach. An Nimues Geburtstag hatte Oona die Türen zum Rosengarten geöffnet, sodass die Gäste ihn bewundern konnten, dennoch war es ihnen nicht gestattet, ihn zu betreten. Nur auserwählte Besucher durften einen näheren Blick auf die Rosen werfen und sie bestaunen.

Nimue gab ihrer Oma einen Kuss auf die Wange und meinte: »Danke, Oma!«

Gleich darauf war sie auf dem Weg zum Rosengarten. Als sie diesen betrat, sah sie den großen Drachen vorsichtig inmitten der verschiedenen Rosensträucher sitzen. Er legte seine großen Arme und Beine derart auf den Rasen, dass er keinen Schaden anrichten konnte. Auf Nimue wirkte seine Stellung ein wenig unnatürlich und so musste es sich auch für ihn anfühlen. Als er sie hörte, drehte er sich in ihre Richtung.

Sein warmer Blick ließ Nimue abrupt stehen bleiben. Er war durchdringend und steckte voller Liebe.

»Wie kann er mich so lieb haben?«, fragte sie sich, da sie wusste, dass seine Augen nicht lügen konnten.

»Ist es nicht schön hier, Nimue?«, schwärmte er, »Die Sonne scheint auf meine dicke Haut und wärmt mich zwischen all den süßen Rosendüften.«

Nimue ging auf ihn zu und strich ihm über das Gesicht. Danach gab sie ihm einen Kuss auf die Drachenwange.

»Oh, womit habe ich das verdient?«, wollte er wissen.

»Weil du du bist«, antwortete Nimue.

Behutsam hob er seinen rechten Arm und legte ihn so ab, dass sie direkt neben seinem Körper im Schneidersitz Platz nehmen konnte.

»Wie hast du geschlafen?«, fragte Nimue.

»Gut. Erst hat mich das Tageslicht tierisch gestört. Der Hofnarr hat dann die Fensterläden geschlossen und ich schlief wie ein Stein.«

Nimue lachte. »Das haben wir gehört.«

Er schüttelte den Kopf und empörte sich: »Schnarchen?! Nein, nein, das tue ich nicht!«

»Ich glaube schon.«

Er stupste sie mit der rechten Schulter an. »Drachen schnarchen nicht! Das kannst du natürlich nicht wissen.«

»Ach so«, scherzte Nimue, »dann waren das wohl viele kleine Erdbeben.«

Der Drache kicherte. Dabei versetzte er den Boden in Bewegung und auch die Rosensträucher. Es hörte sich an, als ob ein Wind leise an ihnen vorbeirauschte.

Oona stand im Arkadengang im ersten Stock und beobachtete die beiden. Sie holte Seoras, Katar und Aar zu sich, um ihnen den Anblick zu präsentieren: der Drache, der nun auf dem Rücken lag und sich so abstützte, dass er seinen Kopf aufrecht hielt, und zwischen seinem Oberkörper und seinem rechten Flügel saß Nimue. Um sie herum die verschiedensten Rosensträucher, welche dem Bild noch mehr Farbe verliehen.

»Ich habe gehört, dass dich Dhuorc gestern besucht hat.«

Nimue nickte zustimmend.

»Dieser Bastard hat nur seine eigenen Ziele im Sinn. Das weißt du, oder?«

»Ja.«

»Hüte dich vor diesem Halunken, er merzt alles aus, das ihm in den Weg kommt.«

»Ich habe gerade mit Uropa, Opa und Katar darüber gesprochen. Eigentlich schade, er ist doch auch mit uns verwandt.«

Der Drache ließ einen grellen Schrei los. »Verwandt?«, wiederholte er. »Das bedeutet gar nichts!« Er atmete tief durch, bevor er weitersprach: »Allein die Tatsache, dass jemand blutsverwandt ist, sagt nicht aus, dass einen dieses Wesen automatisch mögen und gut behandeln muss. Manchmal können dir Freunde näherstehen als Verwandte.«

Nimue zuckte mit den Schultern.

»Weißt du, was passive Gewalt ist?«

Sie schüttelte heftig den Kopf.

»Passiert oft unter Wesen, die sich nahestehen aufgrund einer Verwandtschaft oder anderer Ereignisse. Es geht um Schläge, die verbal verteilt werden.«

»Sowas lässt sich jemand gefallen?«, wunderte sich Nimue.

»Leider ja, Nimue, das kommt öfter vor, als wir uns das vorstellen wollen.«

»Wie kann das aussehen?«

»Zum Beispiel hast du eine Schwester, die dir nichts vergönnt. Deshalb ist sie zickig und gemein zu dir. Du lässt es dir gefallen, weil du sie liebst und es ja deine Schwester ist. Kommt dir das bekannt vor?«

Nimue nickte.

»Mit der Zeit können dabei seelische Wunden entstehen, die sich auch auf den Körper und dein Umfeld auswirken können.«

»Das ist bei mir aber nicht so!«, behauptete sie energisch.

»Nein. Du hast ja auch Oona, Aar, Seoras und noch viele mehr, die dich alle lieben und beschützen. Manche Kinder und Jugendliche haben nicht so viel Glück wie du und da sieht das schon ganz anders aus.«

»Du meinst, dass auch Eltern …«, ihr stockte der Atem bei dem Gedanken, dass Eltern ihre Kinder schlecht behandeln könnten.

»Stell dir vor, deine Mutter, Vater, Tante, Onkel oder irgendwer anders in deiner Familie gibt dir permanent das Gefühl, dass du nicht gut genug bist oder dumm oder nicht liebenswert oder hässlich oder was auch immer. Wie würdest du dich da fühlen?«

»Bescheiden«, erwiderte sie leise. Sie fühlte schlagartig einen Kloß in ihrem Hals und schluckte hart.

Da stupste sie der Drache mit der Schulter an. »Ich möchte dir nur erklären, dass eine Blutsverwandtschaft nicht zwingend eine vertrauenswürdige Beziehung voraussetzt. Also, dass Dhuorc vielleicht im weitesten Sinne mit dir verwandt ist, oder mit eurem Elfenstamm, hat nichts zu bedeuten. Sobald dir das klar ist, kannst du ihn mit anderen Augen sehen.«

Sie pustete Luft aus.

Seoras, Katar, Oona und Aar, die dem Gespräch immer noch lauschten, wussten von der Bedeutung der Worte. Katar wunderte sich dennoch: »Er war doch gestern gar nicht dabei?«

»Der hat seine Quellen, welche es auch immer sind. Ich habe keine Ahnung wie, aber offensichtlich weiß er es«, erwiderte Aar.

Alle drei nickten Katar zu. Daraufhin gingen sie zurück in Aars Büro, denn es gab noch viel zu besprechen.

Nimue bekam von alledem nichts mit. Ihre Gedanken beschäftigten sich ausschließlich mit den Worten des Drachen. Dieser spürte förmlich, wie es in Nimues Kopf arbeitete.

»Vertraue deinem Gefühl, wer dir etwas Gutes will und wer nicht, wer ehrlich zu dir ist und wer nicht, wer dich liebt und wer nicht, und wem du egal bist, auch das ist ein Gefühl.«

»Okay, ich versuche es.«

»Was für ein düsteres Thema! Das ändern wir jetzt zu einem schöneren. Ich denke da an den Stein oder, besser gesagt, den Diamanten.«

Nimues Gesichtszüge erhellten sich auf Anhieb.

»Weißt du denn, wie der Stein heißt?«

»Der Stein des Orisolus!«

»Genau«, stimmte er lächelnd zu, »das ist er.«

»Ist dir auch bekannt, wie ihn mein Vorfahre gefunden hat?«

»Nur, dass dein Großvater Dracóran ein helles Licht durch das Wasser gesehen hat und danach getaucht ist. Auf dem Meergrund hat er ihn hellleuchtend aufgefunden.«

»Du weißt schon sehr viel, Nimue«, erwiderte der Drache beeindruckt. »Und die Geschichte mit dem Piraten, der die Zwillingssteine bei sich hatte?«

»Nein«, schüttelte sie den Kopf, »die kenne ich noch nicht.«

»Na, endlich«, meinte er, »ansonsten hätte ich dir ja gar nichts Neues zu erzählen gehabt.«

»Vor Tausenden von Jahren lebte meine Familie in einer großen Höhle direkt am Stadtrand von Cridhe. Unsere Familien verband eine tiefe Freundschaft, deshalb wohnten sie auch so nah beieinander. Zu dieser Zeit legte regelmäßig ein Pirat an der Küste vor Anker und trieb sein Unheil vor Ort. Die Bauersleute der Dörfer pilgerten zu unserer Höhle, um Hilfe zu erbitten. Nicht lange später vertrieben meine Vorfahren den bösen Seeräuber und eroberten seine Schätze. Unter dieser Beute waren Steine, die genauso rein waren wie der Stein des Orisolus. Trotzdem erkannte mein Großvater nicht gleich die Herkunft. Eines Tages, als er sich gerade schlafen legen wollte, spielte meine Schwester mit den Schätzen. Ein Schrei ging durch die Höhle und ließ meinen Großvater in die Schatzkammer eilen. Dort sah er Drìci mit dem Stein des Orisolus in der Hand. Dieser bewegte sich so heftig, dass sie ihn nur mit Müh und Not halten konnte. Zur gleichen Zeit öffnete sich wie von Geisterhand eine große Kiste mit viel Schmuck darin. Zwei Diamanten lagen inmitten von Halsketten und Diademen. Sie leuchteten in der gleichen Intensität wie der Stein des Orisolus, und so nahm sie Dracóran an sich. Er legte sie nebeneinander. Dann kehrte wieder Friede ein. Großvater erkannte, dass bei allen dreien die gleiche Spirale in der Mitte weilte. Zusammen strahlten sie eine unheimliche Wärme aus. Am Ursprung mittig in der Spirale eines jeden Diamanten entflammte ein kleiner Feuerfunke, der sich dann mit dem des anderen Steines verband. Die Flammenlinien zeigten ein magisches Dreieck, das in seiner Vollkommenheit noch intensiver strahlte. Egal, von welcher Perspektive man darauf sah, das magische Dreieck zeigte sich in voller Pracht. Es war wunderschön, Nimue! Das sollte jedoch nicht lange anhalten. Kurz darauf verschmolz das Licht zu einem Kegel und leuchtete hell auf Drìci und Großvater, sodass sie die Diamanten darunter nicht mehr sehen konnten. Dieses Licht berührte sie auf eine eigenartige Weise. Es berauschte ihre Sinne, als ob sie betrunken wären.«

»Oh, ich wusste gar nicht, dass der Stein des Orisolus eine solche Wirkung hat«, staunte Nimue und kuschelte sich an seine Seite.

»Ich glaube, dass die Steine diese Wirkung nur entfalten, wenn sie zu dritt sind. Mein Großvater vermutete damals, dass der Pirat auch den Stein des Orisolus besaß, aber ihn aus irgendwelchen Gründen kurz vor dem Ufer verlor. Leider wissen wir nicht, von wem er die Steine ursprünglich geraubt hatte oder wer sie anfangs besaß. Auf der ganzen Welt gibt es keinen Ort, der auf die Entstehung der Diamanten hindeutet.«

»Aha. Warum willst du wissen, woher sie stammen?«

»Na ja, an diesem Tag ist auch ein Wunder passiert, Nimue. Der Ursprung dieser Steine muss ein heiliger Ort des höchsten Lichts sein und wer weiß, vielleicht gibt es ja dort eine Erklärung dafür.«

»Was willst du denn erklärt haben?«

»Eigentlich kennen wir die Diamanten nicht. Wir wissen gar nichts über sie, außer den Dingen, die wir schon mit ihnen erlebt haben.«

»Verstehe. Erzählst du mir von dem Wunder?«

»Natürlich.«

Nimue schloss ihre Augen.

»Es begann, als mein Großvater Drìci gebeten hat, die ganze Familie zu holen, um allen das helle Licht zu zeigen. Drìci wankte berauscht in die Gemeinschaftshöhle und rief uns zusammen. Wir wollten gerade losgehen, da hörten wir meinen Großvater ein lautes »Halt!« rufen. Ich war noch so klein, ich kann mich nur noch vage daran erinnern, aber Drìci hat es mir später noch einmal erzählt. Nach dem Ruf wussten wir nicht, ob wir oder wer anderes gemeint war und so blieben wir abrupt stehen und hörten ihn warnen: »Was wollt ihr, lasst ihn, oder ich muss euch zerstören! Mein Feuer tötet alles Bestehende, auch euch.« Kurz darauf konnte mein Vater nicht mehr stillhalten und wir eilten zu meinem Großvater in die Kammer. Doch er war nicht in der Kammer, sondern stand an der offenen Zimmertür meines todkranken Bruders, mit dem Rücken zu uns. Er spuckte Feuer auf etwas im Raum, das wir in diesem Moment noch nicht sehen konnten. Meine Uroma schrie: »Dracóran, was ist nur in dich gefahren! Lass den Jungen in Ruhe! Er kann so viel Aufregung nicht mehr vertragen.« Er hörte auf, Feuer zu speien. Wir sahen einen hellen Schein aus dem Raum herausdringen, als ob dort ein besonders heller Lichtkegel wäre. Zur gleichen Zeit erstarrte der Körper meines Opas, was uns allen Angst einjagte. Nach einer kurzen Weile drehte er sich um. Doch seine Augen zeigten keine Furcht, sondern das bloße Erstaunen über etwas, das in diesem Raum passiert sein musste. Beinahe zur gleichen Zeit kam mein Bruder Drigóris heraus. Er konnte gehen und das war ein Wunder. Seit Monaten lag er krank im Bett, sodass seine Glieder sich schon lange nicht mehr bewegt hatten. Seine Wangen schienen leicht rot zu sein, und sein Gesicht zeigte eine gesunde Drachenfarbe. Er umarmte unseren Großvater und darauf meine Mutter, die weinte.«

Nimue setzte sich auf, um dem Drachen in die Augen zu sehen. »Er war geheilt?«

»Ja, und weißt du, wie das passiert ist?«

Nimue schüttelte den Kopf.

»Die Diamanten! Nachdem meine Schwester die Schatzkammer verlassen hatte, bewegten sie sich und schwebten aus dem Zimmer direkt in Drigóris' Raum. Mein Großvater hatte Angst, dass sie ihm etwas antun könnten und wollte sie stoppen. Aus einem unerfindlichen Grund vermochte sein Feuer die Steine nicht zu zerstören, und sie flogen auf Drigóris zu. Er lag zu dieser Zeit halb tot im Bett und nahm die Situation nur vage wahr. Er hat uns später erzählt, dass er spürte, wie sich etwas auf seine Brust legte. Danach drang das Licht in seinen Körper ein und heilte ihn.«

»Wow!«, erwiderte Nimue, »und was passierte mit den Diamanten?«

»Sie schwebten an uns vorbei und in die Schatzkammer zurück. Dort lag eine kleine Holzkiste, die sich von alleine öffnete. Die Steine legten sich hinein, und sie schloss sich wieder. Das helle Licht folgte ihnen. Das Eigenartige war, dass diese Kiste vorher niemand gesehen hatte, zumindest nicht bewusst. Aus dem gleichen Holz hatte mein Großvater später die Holzkugel für den Stein des Orisolus geschnitzt, den er deinem Ur-Ur-Urgroßvater übergab.«

»Die Zwillingssteine, die sind in eurer Schatzkammer geblieben, oder? Sind das die Steine in meinem Drachenstab?«

»Ja und nein. Die Steine in deinem Stab sind eigentlich ein Stein, der sich von ganz allein für deinen Drachenstab geteilt hat.«

»Von ganz allein?«, staunte Nimue.

»Ja, wir wussten nicht, ob diese Steine zu dir wollen, und so haben wir sie gefragt. Einer hat sich als Antwort auf den Stab zubewegt und vor ihm geteilt. Der andere, der blieb bei uns, wo er heute versteckt liegt.« Der Drache grinste frech. »Ich sage nur, wenn ich ruhe, ist er mir ganz nah.«

Nimue nickte verstanden zu haben.

»Das Einzigartige ist«, meinte er, »dass das Feuer meines Großvaters sie nicht zerstören konnte, was, soviel wie ich weiß, unmöglich ist.«

»Sind die drei Steine unzerstörbar? Ich dachte, dass auf der Erde alles Materialisierte nur auf Zeit lebt. Rein gar nichts für immer währt«, wunderte sich Nimue.

»Zumindest wissen wir nicht, wie sie zerstört werden können. Vielleicht entdeckst du die Antwort darauf während deiner Reise. Du kannst sie mir dann ja weitersagen.« Er lächelte sie an. »Die Frage ist allerdings, ob man sie zerstören will. Mein Opa hat nach diesem Geschehen einige Experimente mit ihnen gemacht und dabei herausgefunden, dass nur der Stein des Orisolus die Energien des Besitzers annimmt und in seiner Umgebung ausdehnt. Diese jedoch so extrem, dass es zum Nutzen aller Lichtwesen eingesetzt werden kann. Zu dritt haben sie eine heilende Wirkung und das sogar auf unheilbare Krankheiten.«

»Was hatte dein Bruder?«

»Er hatte eine seltene Lungenerkrankung, die seinen Körper täglich mehr schwächte. Didícoratús, unser Drachenarzt, sah keine Hoffnung mehr und übergab ihn uns zur Pflege.«

»So unheilbar!«, rief sie. Da wurde es ihr ganz schummrig. Ihr Herz fing an, heftig zu schlagen, denn die Tatsache, dass das magische Dreieck der Steine seinen Bruder heilen konnte, war für sie ein Lichtblick in der Dunkelheit des Zaubers ihrer Eltern.

Die Frage nach der Auflösungsmacht des Steines brannte ihr auf der Zunge. Dennoch unterbrach sie den Drachen nicht, der meinte: »Natürlich kann auch die dunkle Macht von ihm Besitz nehmen, und wer weiß, ob man den Stein des Orisolus dann nicht doch zerstören sollte.«

»Glaubst du, dass sie den Zauber, der auf meinen Eltern liegt, lösen und heilen können?«, platzte es aus Nimue heraus.

»Ich weiß, wovon du sprichst, Nimue, aber ich kann dir darauf keine Antwort geben. Meine Vorfahren hatten nie etwas mit einem solchen Zauber zu tun und daher weiß ich nicht, ob der Stein oder die Steine es können oder nicht. Das tut mir leid. Das können wir erst sehen, wenn du ihn hast.«

Sie nickte enttäuscht. Sie wollte Gewissheit und die am besten hier und jetzt. Da erinnerte sie sich an die Worte ihres Großvaters: *»Alles zu seiner Zeit. Du musst Geduld haben, das ist die wahre Stärke, die zum Erfolg führt.«*

»Weißt du, wo er ist?«, fragte sie.

»Nein, das weiß nur Seoras, und er wird es dir erst sagen, wenn du die Zauberschule erfolgreich absolviert hast.«

Sie seufzte bei diesen Worten.

»Ich glaube, das ist gut so. Ohne Vorbereitung kannst du den Weg dorthin nicht überstehen, und damit hilfst du deinen Eltern auch nicht. Ganz im Gegenteil. Eine tote Nimue würde ihnen viel Schmerz bereiten. Dieser könnte ihre kleinen Körper vernichten. Also, erst lernen, dann suchen! Einen Schritt nach dem anderen.«

Nimue wunderte sich, wie gut er sich auskannte. Er wusste über alles Bescheid und das, obwohl er so weit entfernt von ihnen lebte. »Woher weißt du das alles?«

»Da ist zum einen der Fink, der immer wieder Nachrichten überbringt, und zum anderen sind wir seelenverwandt. Wenn wir genau in uns hineinhören, können wir die Seele des anderen wahrnehmen und alles, was damit in Verbindung steht. Also auch die Sorgen, Wünsche, Sehnsüchte und Träume.«

Nimue staunte über seine Worte. Er konnte eine Verbindung mit ihrer Seele aufbauen, so wie Specchio sie spiegeln konnte. Somit wusste Nimue, dass er sie immer verstehen würde, auch wenn ihre Worte manchmal Dinge falsch ausdrückten. Sie konnte jedoch auch nichts vortäuschen. Der Drache würde erkennen, wenn ihre Seele und ihre Aussage nicht übereinstimmten. Specchio erkannte immer, wenn es Nimue schlecht ging, auch wenn sie noch so überzeugend erklärte, dass es ihr gut gehen würde.

»Drache, wie ist dein Name?«

»Geh in dich und finde ihn heraus«, erwiderte er knapp.

»Wie bitte? Wie soll ich das machen?«, wollte sie wissen.

»Probier's!«

Sie fing an, in sich zu gehen. Nimue tat dies auf die gleiche Weise, wie es ihr die Stuhldame in Aaros Höhle erklärt hatte, als sie mit ihrer inneren Stimme sprechen wollte. In diesem Fall fixierte sie eine gelbe Rose, die direkt vor ihr aus dem Boden ragte. Daraufhin begann sie mit einer genauen Beschreibung der Blume. Sie hatte diese Art von Meditation noch nicht oft praktiziert, dennoch fühlte sie einen kleinen Fortschritt. Die Geschwindigkeit der Definition gelang ihr schneller, da sie ihre Gedanken besser kontrollieren und daher fokussieren konnte. Danach verschwamm die Rose vor ihren Augen und sie erreichte wieder den Zustand, der ihren Körper so leicht anfühlen ließ. Wie beim vorherigen Mal tauchte sie in ein dunkles Nichts ein, das sich kurz darauf öffnete. Nimue blickte auf eine grüne Wiese. In der Ferne sah sie ihr unbekannte Elfenkinder, die Ringelreigen tanzten. Nachdem sie von einem Kind entdeckt worden war, hörten sie auf zu tanzen. Mit weichen Bewegungen schwebten sie auf Nimue zu. Als sie kurz vor ihr zum Stehen kamen, sagte die eine

Elfe: »Nimue, möchtest du mit uns spielen?« Nimue stimmte zu und fühlte, wie sie sogleich von einem Windstoß hochgehoben wurde. Sie, sowie auch die anderen Elfenkinder, schwebten daraufhin rasend schnell übers Land, was mit normalen Elfenkräften nicht möglich gewesen wäre. Trotz der Geschwindigkeit konnte Nimue die Erde unter sich genau betrachten; jede Einzelheit darauf. Sie sah Menschen, Elfen, Feen, Tiere und andere Wesen. Blitzschnell wusste sie alles über jeden Einzelnen, der ihr begegnete. Da waren tragische Geschichten und auch lustige darunter. Nach einer Weile überflogen sie ein Berggebiet, in dem sie viele Drachen sahen. Am Ende eines langen Höhenzugs sah Nimue einen alten und einen jungen Drachen an einem See stehen. Der kleine Drache hob seinen Kopf und sah zu ihr auf. Als er Nimue erkannte, winkte er ihr zu. Sie wollte mit ihm sprechen, als sie urplötzlich auf der Stelle schnell um ihre eigene Achse wirbelte. Dabei gerieten ihre Sinne außer Kontrolle. Alles verschwamm vor ihren Augen. Sie war wieder auf dem Weg zum Hier und Jetzt. Einen Namen hatte sie nicht gehört. Nachdem sie ihre Augen öffnete, wusste sie nicht, wie lange sie in diesem Zustand gewesen war. Zeit und Raum waren ihr dabei abhandengekommen.

»Na, gefunden?«, fragte der Drache, der unverändert neben ihr saß.

»Nein, tut mir leid.«

»Das muss es dir nicht. Trotzdem weiß ich, dass du in der Lage wärst, es mit deinem inneren Selbst wahrzunehmen. Dann werde ich dir meinen Namen sagen.«

Er wollte ihn gerade aussprechen, da schoss ein Name durch Nimues Kopf, und sie rief: »Grigoris, du heißt wie dein Uropa!«

Er nickte zustimmend. »Mein Uropa ist bei der großen Schlacht bei Cridhe umgekommen. Kurz bevor er in den Kampf zog, hat er mir von einer kleinen Spalte im nordöstlichen Höhlenbereich erzählt, in die ich mich legen sollte. Sie ist so versteckt gelegen, dass die Koaks mich dort nicht aufspüren konnten. Als ich hineinkroch, sah ich in der Tiefe viele Schätze liegen. Darunter waren auch die Zwillingssteine, allerdings ohne Holzschachtel. Der Stein des Orisolus war nicht dabei. Es vergingen

Tage, und ich hatte keine Ahnung, dass meine ganze Familie gerade starb. Mein Urgroßvater hat mir gesagt, dass ich den Höhlenspalt erst verlassen dürfe, wenn er mich abholt, und so blieb ich ein ganzes Jahr darin. Als mein Großvater nach der gewonnenen Schlacht schwer verwundet in die Höhle zurückkam, hatte er keine Ahnung, dass ich noch lebte, sowie ich keine Ahnung hatte, dass er drei Höhlenkammern entfernt im Todeskampf lag. Der Gedanke macht mich heute noch traurig.«

Nimue strich ihm sanft über den Kopf.

»Er hatte für den Elfenkönig Aar eine Kugel aus dem Holz der Schachtel geschnitzt und das in der gleichen Form, wie der Stein es war, sodass er ihn als Amulett immer bei sich tragen konnte. Du weißt ja, dass die bloße Berührung mit dem Stein den Elfenkörper allmählich schwächen würde.«

Nimue nickte.

»Er wollte, dass seine Familie, zu der auch euer Stamm gehört, in Zukunft sicher leben kann. Der Schatten sollte sich verziehen, sodass die Sonne wieder auf die Erde strahlen könnte, um damit ein reiches und gutes Leben zu ermöglichen.«

Eine Träne lief ihm über seine rechte Wange.

Nimue kuschelte sich an seinen Oberkörper und drückte ihn fest an sich. »Ich bin deine Familie. Jetzt, wo wir uns kennen, weiß ich auch, wie sehr ich dich lieb hab!«

»Ich dich auch, meine kleine Seelenschwester!«

Die Sonne schien direkt auf sie herab, als Nimue auf ihre beiden Körper blickte und dabei ihre unterschiedlichen Hautfarben musterte. »Meinst du, dass meine Hautfarbe sich in der Zauberschule verändern wird? Caras Hautfarbe sieht beinahe aus wie die der Menschen.«

»Wenn du lange genug auf der Erde lebst, vielleicht«, erwiderte er.

»Mir gefällt die hellbraune Hautfarbe der Menschen sehr gut. Sie verleiht den Augen noch viel mehr Ausdruck«, meinte Nimue.

»Findest du? Ich weiß nicht. Ich bin mehr ein Freund der Elfenhautfarbe«, erwiderte er lächelnd. »Sieh dich selbst an! Du hast einen tollen blauen Schimmer in deiner Haut, der deine blauen Augen wie den Ursprung einer reinen Quelle strahlen lässt. Deine dunkelbraunen Haare stimmen das Gesamtbild sehr schön ab.«

Nimue grinste über seine Wortwahl, während sie sich über sein Kompliment freute. Er sprach mit einem solch liebevollen Ausdruck in seiner Stimme, dass sie ihm einen Kuss auf die Wange gab.

Da erzählte ihm Nimue: »Cara, meine Cousine, wird mit mir auf die Zauberschule gehen.«

»Davon habe ich schon gehört. Du magst sie sehr gerne, nicht wahr?«

»Ja, das tue ich. Ich freu mich schon sehr darauf.«

»Ich kann deine Freude in deinen Augen widerspiegeln sehen und eine Ungeduld.«

»Es dauert noch zwei Monate, bis das neue Schuljahr beginnt«, verdeutlichte sie sehnsüchtig.

Der Drache lachte hell auf. »Deine Ungeduld ist nicht zu bremsen!«

Nimue seufzte. Sie wusste, dass das stimmte und ihre Geduld noch auf eine harte Probe gestellt werden sollte.

»Cara ist wirklich eine gute und ehrliche Elfe, wenn auch oft unbeholfen. Hierbei kannst du ihr helfen und sie unterstützen. Eure gegensätzlichen Charaktere werden dies fördern. In langfristigen und tiefen Beziehungen ist es immer wichtig, dass ein Gleichgewicht zwischen Geben und Nehmen besteht. Auf Dauer ist eine Einseitigkeit in dieser Hinsicht nicht gut. Kann viel negative Emotionen hervorrufen.«

»Wie meinst du das?«, fragte Nimue.

»Es ist wichtig, dass du nicht nur nimmst oder nur gibst.«

»Geschenke?«, stellte Nimue infrage.

»Nein, ich meine, dass du für andere da bist, wenn sie dich brauchen, und sie für dich, wenn du sie brauchst. Aber auch, dass du hilfst, falls nötig, und wiederum Hilfe annehmen kannst«, betonte der Drache.

»Warum soll ich es nicht annehmen können?«

»Weil es manchmal nicht so einfach ist, die Hilfe oder Unterstützung von anderen zu akzeptieren. Natürlich ist es ein Unterschied, wer sie gewährt und ob dieses Wesen mit oder ohne

Hintergedanken handelt. Dann kommt es noch darauf an, ob du es mit einer lichtvollen oder einer dunklen Natur zu tun hast und so weiter, aber das würde jetzt den Rahmen sprengen. Ich glaube, du hast eine gute Intuition, und die wird dich sicher leiten. Hast du ein ungutes Gefühl, verzichte auf Hilfe und gib sie nicht!«

»Was passiert, wenn ich mich mit einem dunklen Wesen einlasse, weil ich es nicht erkenne?«, fühlte sich Nimue nun verwirrt.

»Manchmal ist es wichtig, auch solche Erfahrungen zu machen. Diese prägen uns besonders gut. Keine Sorge, Nimue, du bist gut beschützt. Viele lichtvolle Wesen stehen dir auf deinem Weg zur Seite.«

Sie lächelte ihn erleichtert an. »Da bin ich froh. Ich bin mir sicher, dass ich Hilfe brauchen werde. Cara ist mir da voraus. Sie ist auf der Zauberinsel aufgewachsen und kennt diese und die Menschenwelt sehr gut.«

»Ich weiß. Trotzdem musst du von euch beiden die klügere Elfe sein. Cara ist, wie gesagt, leichtgläubig und unerfahren mit den vielen Gefahren, die das Leben dort für so brave Elfen wie euch mit sich bringt. Sie schießt leicht über das Ziel hinaus und kann euch damit in gefährliche Situationen bringen. Also, setze immer deinen Verstand ein und mache nichts einfach nur deshalb, weil es in ihrem Leben schon einmal ohne Probleme geklappt hat. Du bist anders und du hast nicht nur natürliche Feinde, sondern noch ein paar mehr aus der Schattenwelt. Denk immer daran, sei nicht ängstlich, aber halte deine Elfenaugen offen und dies zu jeder Zeit.«

Daraufhin kehrte eine Stille ein, die sie wohlig umhüllte.

»Wo ist Cara jetzt?«, fragte der Drache und unterbrach die Stille.

»Sie feiert bestimmt im Wald mit den Heinzelchen. Die haben heute ihren Festtag, weil sie gestern so fleißig waren«, antwortete Nimue.

»Willst du auch hingehen?«, wollte der Drache wissen.

»Nein, ich will hier bei dir bleiben.«

Sie hatte es sich an seiner Brust gemütlich gemacht.

Er freute sich über ihre spontane Antwort und stupste sie liebevoll an. »Was hältst du von einem gemütlichen Sonnenbad?«

»Sehr viel«, erwiderte sie.

Da legte er sich so gut es ging ausgestreckt auf den Boden. Nimue tat das Gleiche, und so lagen sie still nebeneinander.

Nach einiger Zeit hörten sie eine Stimme aus den Arkaden rufen: »Nimue, da bist du ja!«

Sie öffnete ihre Augen und sah Cara, Marie und Aoife im Gang stehen.

»Was machst du da?«, fragte Marie.

»Wir genießen die Sonne«, erklärte sie.

»Im Rosengarten, mit einem Drachen?«, spottete Marie.

Nimue hätte sie am liebsten so fest geschüttelt, dass ihr ganz anders würde. Wie kann Marie in seiner Gegenwart so abwertend über ihn sprechen? Es tat ihr in der Seele weh. Trotzdem ließ sie sich nichts anmerken und antwortete: »Warum nicht?«

Doch Marie musste einen draufsetzen. »Drachen sind gefährlich und töten, wann immer sie dazu Lust haben.«

Nimues Herz fing an, vor Scham schneller zu schlagen. Noch bevor sie etwas sagen konnte, hörte sie Oonas Stimme: »Marie! Halt den Mund, wenn nur dummes Zeug dabei herauskommt.«

Nimue war über Oonas Eingriff erleichtert. Sie drehte sich zu Grìgoris um. Er hatte seine Augen halb geöffnet und bemerkte leise: »Keine Panik, Nimue. Ich bin schon ein großer Drache. Lass dich nicht von ihr provozieren. Ich spüre deine Wut über ihre Worte. Dieses Gefühl macht dich angreifbar.«

Sie lehnte ihren Kopf an sein Gesicht an. Nimue war froh, dass er sie verstand und ihn Maries Worte nicht verletzten.

Oona schickte Marie sogleich auf ihr Zimmer, die sich daraufhin meckernd von Aoife verabschiedete.

Dann rief Cara laut in Nimues Richtung: »Wir kommen gerade vom Waldfest. Wir haben die ganze Nacht durchgetanzt. Wusstest du, dass Mama und Papa Tango tanzen können? Sie haben es sich von den Menschen abgeschaut.«

Nimue schüttelte ihren Kopf. »Hat es gut ausgesehen?«

»Ja, bestimmt hätte es dir auch gefallen. Wir hatten so viel Spaß, Nimue. Die Heinzelchen sind sehr gesellige Wesen.«

»Das ist schön«, erwiderte sie.

Daraufhin änderte sich Caras fröhliche Tonlage in eine besorgte, und sie sagte: »Wir haben von Dhuorc gehört. Er hat dich besucht, als wir schon im Wald waren.«

Nimue konnte sich nicht erinnern, wer bei seinem Besuch zugegen war und spielte herunter: »War gar nicht so schlimm.«

Der Drache räusperte sich laut.

Cara wechselte das Thema: »Außer Tiara, Seoc, Camin und Musik, Target und Tarkan sind schon alle auf ihren Zimmern. War eine lange Nacht, Nimue.«

»Und du bist nicht müde?«, fragte Nimue.

»Ich bin weder müde noch erschöpft. Ich möchte mit dir spielen. Drache, hast du Lust, mitzumachen?«

»Er heißt Grìgoris, wie sein Urgroßvater«, erklärte Nimue sogleich.

»Also, Grìgoris, willst du?«

Nimue wollte ihre Gemeinsamkeit eigentlich nicht enden lassen. Sie genoss es, mit ihm auch ohne Worte die Zeit zu verbringen.

Sie wollte gerade ablehnen, als Grìgoris Cara antwortete: »Was schlägst du vor? Ich habe große Krallen und einen großen Körper noch dazu.«

Cara überlegte angestrengt, sodass ihre Stirn Falten zog. Da machte Aoife als erste einen Vorschlag: »Warum nicht Verstecken spielen?«

»Nein«, entgegnete Nimue, »das ginge nur im Wald, und da wird noch gefeiert.«

»Warum nicht? Dort spielen sie Musik«, stimmte Cara Aoife zu.

Nimue verzog ihr Gesicht. Sie war sich nicht sicher, ob dies eine gute Idee war. Wo könnte sich auch ein großer Drache wie Grìgoris verstecken? Andererseits war es immer schön, sich im Wald zu vergnügen.

Nimue wandte sich Grìgoris zu. »Was meinst du?«

»Ich sage: okay.«

»Obwohl du so groß bist?«, bezweifelte sie, dass er ernsthaft Spaß daran haben würde.

»Du hast recht«, knickte er ein.

»Warum nicht mit Kreide ein Spiel im Hof aufmalen?«, fiel Nimue ein.

»Hört sich gut an, aber was?«, erwiderte Aoife.

»Ein Spiel, das uns alle verbindet.«

»Welches?«, wollte Aoife wissen.

Da hatte Cara eine zündende Idee. »Wir könnten doch dieses Frage-und-Antwort-Spiel ausprobieren. Wie heißt es noch?«

Oona, die immer noch in ihrer Nähe stand, erklärte: »Smart Dealer! Wir haben es früher oft gespielt. Im Hof wäre dafür genügend Platz.«

»Gerissener Händler?«, staunte Grìgoris.

»Ja, weil man bei manch einer Frage auch raffinierte oder kluge Antworten geben kann, wenn man sie nicht wirklich weiß. Der kluge Handel mit Worten ist damit gemeint«, erklärte Oona.

»Lass uns das spielen«, stimmte er begeistert zu.

Im Hof erkannte Nimue, dass er bereits aufgeräumt war. Sogar die Begrüßungsbühne wurde abgebaut. Das war gut so, denn somit hatten sie genügend Platz, das Spielfeld aufzuzeichnen. Mit schnellen Bewegungen malte Oona es auf den Boden. Die Kreide glitt sanft entlang, sodass es nicht lange dauerte, bis das gesamte Spielfeld fertig war. Es hatte die Form eines Rechtecks. Jeder Spieler besaß eine lange Spalte mit sieben unterteilten Feldern, und so stellten sich alle vier Spieler auf das erste Feld ihrer Spielreihe, sozusagen nebeneinander.

»Wo ist die Spielelfe?«, fragte Oona.

»Spielchen«, rief Nimue, »bitte komm!«

Sogleich kam sie herbeigeflogen. Die Spielelfe war zum einen ein Schiedsrichter bei allen Elfenspielen, die selbst aufgezeichnet oder erfunden wurden. Zum anderen war sie in der Lage, mit ihrem kleinen Zauberstab »Wolke« das Spielfeld und alle weiteren Komponenten so anzuordnen, dass es mit den Regeln übereinstimmte.

»Hallo, alle zusammen!«, grüßte sie, »Smart Dealer soll es sein?«

Oona und Nimue nickten.

»Gut. Ich beginne mit den Feldern, die ich schwarz markieren muss. Auf denen müsst ihr eine Frage über euch selbst stellen. Auf den weißgebliebenen Feldern wird eine allgemeine Frage gestellt. Ihr kennt die Regeln, nehme ich an?«

Alle, außer Grìgoris, nickten.

Sie streckte Wolke aus und richtete ihn auf das soeben gezeichnete Spielfeld. An der Spitze des Stockes kamen kleine, gelbgoldene Sterne heraus. Ein paar schwebten auf Oona zu und legten sich vor ihr auf den Boden, die anderen flogen geradewegs auf das Spielfeld zu. Die Ersteren berührten den Boden und verwandelten sich sogleich in einen Stapel Karten. Die Felder, auf die sich die anderen Sternchen legten, färbten sich schwarz. Oona bückte sich, nahm die Karten in die Hand und setzte sich auf eine kleine Bank, die nun direkt am Spielfeldrand stand. Sie erklärte sich bereit, die Fragen zum Allgemeinwissen laut vorzulesen.

Spielchen überflog noch einmal ihr Werk mit einem stolzen Lächeln. Dann sagte sie: »Und jetzt noch die Regeln. Nur im Falle, dass sie jemand vergessen haben sollte, kann er einen Blick darauf werfen.«

Sie streckte Wolke auf einen freien Platz am oberen Ende des Spielfeldes. Ein paar Sternchen bildeten sich daraus und flogen direkt darauf zu. Als sie den Boden berührten, bildeten sich folgende Buchstaben nacheinander in hoher Geschwindigkeit:

Regeln

Eröffnungsrunde *von links nach rechts;*
danach *entscheidet Wolke über den nächsten Spieler, der eine Frage beantworten muss.*

Schwarzes Feld:
Frage zur eigenen Person an den nächsten Spieler stellen.

Weißes Feld:
Frage zum Allgemeinwissen wird von Oona gestellt.

Richtige Antwort:
Ein Feld vorrücken.

Falsche Antwort:
Zwei Felder zurückgehen.

Halb Wahrheit/Halb Irrtum:
Ein Feld zurückgehen.

Bonuskarten:
Richtige Beantwortung – zwei Felder vorrücken; falsche Beantwortung – keine Auswirkungen.

Grigoris
Nimue
Cara
Aoife

Nimue beobachtete die kleine Elfe, wie sie mit ihren Flügeln hin- und herflatterte. Sie war nicht größer als dreißig Zentimeter. Ihre blonden Haare schwebten im Wind ihrer Bewegungen. Die Kleidung bestand aus einem grünen, knielangen Rock und einer Bluse in der gleichen Farbe, die auf dem Rücken mit einem dünnen Band geschnürt war. Ihre Augen leuchteten, als ob sich darin eine Lichtquelle hielt.

»Viel Spaß!«, wünschte sie, als das Spielfeld fertig vor ihr lag.

Oona begann: »Angefangen bei Grìgoris, stelle ich die erste Frage.«

Da ertönte ein lautes Klopfen im Hof. Nimue vermutete, dass es aus den Pferdeställen kam und meinte: »Das muss Amparo sein. Er will bestimmt zuschauen. Ich hol ihn schnell!«

Sie schwebte in den Stall, und sogleich kam sie mit dem Pferd wieder heraus. Er wollte tatsächlich dabei sein und stellte sich neben Oona.

»Also«, sagte diese daraufhin, »Grìgoris, wer war der erste Elfenkönig des schottischen Hochlandes A'Ghàidhealtachd?«

Grìgoris antwortete, ohne lange zu überlegen: »Es waren Zwillinge, die beide zur gleichen Zeit zu Königen ernannt wurden. Der eine wandte sich dem Licht zu, der andere dem Schatten.«

Oona nickte. »Das ist richtig, wir brauchen jedoch die Namen.«

Grìgoris: »Sie hatten beide den gleichen Namen, sowie das gleiche Aussehen, was viele Anhänger in die Irre führte.«

»Der Name«, bemerkte Aoife ungeduldig.

»Nach der Geburt waren ihre Namen gleich, und zwar hießen sie Gaidheal, was so viel wie Hochländer oder Gäle heißt. Die drei Hohen Richter des Lichts wollten damit verdeutlichen, dass beide Gaidheals eins mit dem Volk sind. Sie waren die ersten Könige in ihrem Reich, und somit musste man das Volk behutsam darauf einstellen. Nach der Krönung nannte sich der König der Schattenelfen: Gaidhell.«

Oona bemerkte begeistert: »Sehr gut! Eins weiter.«

Grìgoris stellte sich auf das nächste Feld. Das war schwarz, und somit musste er Nimue eine Frage über sich selbst stellen. »Welche Farbe hatte meine Haut, als ich geboren wurde?«

»Die Haut von Babydrachen ist meist hell- bis dunkelgrau. Also denke ich, dass deine auch so war.«

Er nickte, und sie rückte einmal nach vorne. Sie stand auf einem weißen Feld. Oona nahm die nächste Karte vom Stapel und las vor: »Cara, wer führte den Königsstamm Shenja auf der Flucht an?«

Cara wusste diese Antwort und freute sich so sehr darüber, dass sie kichernd antwortete: »Mein Ur-Ur-Urgroßvater Aar, der damalige König unseres Stammes.«

»Gut, das ist richtig!«

Sie rückte daraufhin ein Feld nach vorne. Es war schwarz, und sie stellte die nächste Frage: »Aoife, was ist meine Lieblingsmusik?«

Aoife riss ihre Augen auf. »Ich weiß es nicht!«

»Denk doch mal nach. Ich habe erst davon gesprochen«, gab ihr Cara eine Hilfestellung.

Aoife seufzte laut. Nach einer kurzen Bedenkzeit sprudelte es jedoch aus ihr heraus: »Du hast über den Elfenrock gesprochen und die Band Elfbonovi, die du gerne hörst.«

Cara klatschte. »Super! Elfbonovi ist richtig.«

Mit Schwung sprang Aoife ein Feld nach vorne und stand auf einem weißen Kästchen. Nach dieser Eröffnungsrunde entschied der Elfenstab über den nächsten Spieler, der eine Frage beantworten musste. Spielchen hatte sich mittlerweile neben Oona auf die Banklehne gesetzt. Unaufgefordert richtete sie Wolke auf das Spielfeld. Kleine Sternchen bildeten sich und schwebten auf die Mitte des Spielfeldes zu. Sie hielten kurz inne und flogen dann Nimue an. Sie musste eine allgemeine Frage beantworten, da Aoife auf einem weißen Feld stand.

Oona nahm die oberste Karte vom Stapel und las vor: »Woher stammt das Wort Tara bei den Tara-Pferden?«

Nimue hatte bereits viel über Tara-Pferde gelesen und antwortete: »Es heißt Stern und bedeutet, dass sie besondere Beschützer und Wegweiser ihrer Besitzer sind. So wie der Heimatstern Reisende sicher in ihre Heimat zurückgeleiten soll, so sind diese Pferde beschützende Weggefährten.«

Amparo wieherte und bewegte sein Maul auf und ab.

»Das stimmt, Nimue, aber woher stammt das Wort?«

»Was meinst du, Oma?«, fragte Nimue.

»Woher? Nicht die Bedeutung ist gefragt, sondern warum nennt man sie Tara?«

Nimue überlegte. Sie holte sich alle Informationen in ihr Gedächtnis, die sie über diese Pferderasse gelesen hatte. Nach einer Weile flüsterte sie: »Man weiß nicht genau, woher diese Pferderasse stammt und somit auch ihr Name. Man vermutet jedoch« – Nimue wurde von Wort zu Wort selbstbewusster und ihre Stimme kräftiger – »dass Tara aus der asiatischen Zauberwelt stammt. Die Geschichte besagt, dass ein kleiner, auserkorener Junge auf die Welt kam, der in großer Gefahr schwebte. Glaubensgegner wollten ihn töten. Als er aus einem Hinterhalt angegriffen wurde, kam plötzlich ein Pferd aus dem Nichts und stellte sich vor ihn. Die Angreifer hatten keine Chance und mussten wieder abziehen. Der Junge war noch zu klein, um darüber sprechen zu können, dennoch schrieb ein Beobachter die Geschichte auf. Man glaubte, dass es ein Tara ist, da hoch am Himmel ein heller Stern direkt auf das Pferd leuchtete. Zur damaligen Zeit kannte man dort keine Pferde und so glaubte man, dass der Stern sich in ein so gewaltiges Wesen verwandelt hatte, um den Jungen zu retten. Dieses mystische Ereignis verdeutlicht, dass die Tara keine gewöhnlichen Pferde sind.«

Aoife und Cara staunten über Nimues Erzählung.

»Das war es, was ich hören wollte. Ich sehe, dass dir das Lesen Spaß macht.« Oona blickte Amparo an und sagte: »Gut, huh?«

Dieser bewegte zustimmend sein Maul auf und ab.

Nimue machte währenddessen einen Schritt nach vorne in das nächste, schwarze Feld. Der Spielstab entschied sich nun für Cara.

»Wann habe ich zum ersten Mal gesprochen?«, fragte Nimue.

Cara: »Als du viereinhalb Elfenjahre alt warst. Das Wort war Opa.«

»Stimmt«, antwortete Nimue.

Cara ging in das nächste, weiße Feld. Der Zauberstab wählte Grìgoris.

Oona las vor: »Wie hieß der Zauberer, der auf der großen Reise unserem Stamm beistand und sein Leben dabei verlor?«

Grìgoris: »Der Zauberer nannte niemals seinen Namen, daher ist er reine Spekulation. Einige Zauberwesen vermuten, dass er Zincodazius hieß. Man glaubt, dass er seinen Namen nicht mochte und er sich deshalb lediglich Zauberer nannte.«

»Eins nach vorne in das schwarze Feld«, sagte Oona lächelnd.

Wolke entschied sich für Cara.

»Wann habe ich mein erstes Drachenwort gesprochen?«

Cara hatte keine Ahnung. »Vielleicht am ersten Tag. Drachen sind doch schnell in ihrer Entwicklung, oder?«

Grìgoris antwortete: »So schnell auch wieder nicht. An meinem ersten Geburtstag.«

Oona bemerkte daraufhin: »Auf die Startposition zurück oder Gnade, da sie eine Halbwahrheit ausgesprochen hat.«

Alle nickten, und sie musste nur ein Feld zurückspringen. Jetzt kam Aoife dran.

Cara stellte die Frage: »Wer bin ich?«

»Du bist meine Cousine, die Tochter von Seoc und Hauch, und lebst auf der Zauberinsel.«

Das war richtig und sie konnte ein Feld vorrücken; ein schwarzes Feld.

Aoife stellte Grìgoris die Frage: »Wer ist meine Nichte?«

»Du hast keine. Es wäre die Tochter einer deiner Geschwister, und alle drei haben noch keine Kinder.«

Er rückte nach vorne und Oona zog die nächste Karte. »Oh, eine Bonuskarte«, strahlte sie, »diese enthalten die spannendsten Fragen.«

Der Stab wählte Nimue aus.

»Es ist eine Frage aus der Menschenwelt, Nimue. Wie hieß der Pharao, der von 1332 bis 1323 vorchristlicher Zeit regierte und mit wie viel Jahren kam er an die Macht?«

Nimue lächelte, denn es war ihr Lieblingspharao. Wie hätte sie diese Frage nicht beantworten können. »Es war Tutanchamun, und man geht davon aus, dass er mit etwa neun Jahren an die Macht kam.«

»Gut!«, platzte es aus Grìgoris heraus.

Wolke entschied sich währenddessen für den nächsten Kandidaten: Aoife.

»Da wir gerade bei den Ägyptern sind, wann habe ich dir zum ersten Mal aus dem Buch der Ägypter vorgelesen?«, fragte Nimue Aoife.

»Ich weiß nicht!«

»Denk nach.«

Aoife tat dies im Stillen. Dann sagte sie: »Jetzt weiß ich es! Es war an meinem Geburtstag, dem 77sten.«

»Stimmt.«

Sie rückte eins nach vorne in ein weißes Feld.

Cara wurde ausgewählt, und Oona las vor: »Warum hat Aar beschlossen, in seinem Bürozimmer einen Kamin zu bauen und zu benutzen, obwohl wir hier unten in der Lage sind, die Energien warm oder kalt zu halten, je nach Belieben?«

Cara schüttelte den Kopf. »Ich habe keine Ahnung. Bei uns auf der Zauberinsel brauchen wir Feuer, um uns zu wärmen. Wir haben auch keine magische Wasserenergie, sondern eine normale, wie sie halt auf der Erde besteht. Ich weiß es nicht.«

Oona meinte: »Nimue, Aoife, ihr wisst es.«

Aoife: »Weil es unsere Sinne streichelt. Das Prasseln des Feuers erzeugt eine gute Stimmung. Es beruhigt und harmonisiert. Nicht nur das Auge, sondern auch die Ohren sind davon betroffen.«

Oona nickte lächelnd.

»Cara, noch eins zurück«, forderte sie die Spielelfe auf.

Cara seufzte, während sie sich auf die Startposition zurückstellte.

Ein paar Stunden ging es so weiter, bis es am Ende spannend wurde. Cara hatte sich zum sechsten Feld hochgekämpft, auf dem auch Aoife stand. Nimue und Grìgoris befanden sich auf dem siebten. Alle belegten weiße Felder.

Wolke wählte Cara aus.

Oona stellte die Frage: »Wie hieß der Geisterkönig von Italien, bei dessen Familie unser Stamm Unterschlupf gesucht hatte?«

Cara antwortete sogleich: »König Rory!«

Das war richtig. Sie zog nach vorne und stand nun auch auf dem siebten, einem schwarzen Feld. Dann war Aoife dran.

Cara stellte die Frage: »Welche Haarfarbe hatte ich als Baby?«

Aoife antwortete: »Ich denke, wie wir alle. Erst einmal grünlich und das für ein ganzes Elfenjahr.«

»Stimmt.«

So war nun auch Aoife auf dem letzten Feld angekommen.

Da informierte sie Oona: »Gut, trotz Aoifes schwarzem Feld muss ich jetzt eine Bonusfrage stellen. Beeilt euch, die schnellste Antwort gewinnt.«

Alle nickten und konzentrierten sich auf ihre Worte. »Man sagt, dass der Sohn Gottes auf die Welt kam, um seine Botschaft zu überbringen. Sein Name war Jesus, und er verkündete das Wort Gottes. Wie ist der Name des Buches, in dem die Sammlung der Schriften enthalten ist?«

»Bibel!«, schrie Cara laut. Sie war schneller als die anderen und somit die Gewinnerin.

Alle gratulierten ihr.

Sie freute sich sehr, sodass ihre Wangen rot leuchteten.

»Was wünscht sich die Siegerin?«, fragte Oona.

»Einen Ausritt mit euch allen. Grìgoris, du kannst ja über uns hinweg schweben, oder?«

»Ich kann über euch und auch den Bäumen fliegen, ja, das kann ich.«

Amparo stellte sich auf seine Hinterfüße und richtete seinen Körper auf, um so seine Freude zu bekunden.

»Gut, dann los!«

Alle sattelten flink ihre Pferde. Kurz darauf ritten sie in den Wald hinein und später auf eine freiliegende Wiese. Das ganze südliche Gebiet des Reichs Shenja wurde beritten, und der Drache begleitete sie über ihren Köpfen. Sie hatten viel Spaß zusammen, und so kamen sie ein paar Stunden später fröhlich zurück ins Schloss. Dort wandte sich Grìgoris Nimue zu.

»Ich bin nur noch bis zum Sonnenuntergang hier. Ich muss los und wieder in meine Heimat fliegen.«

Nimues Stimmung änderte sich abrupt, was Grìgoris sofort erkannte.

»Nachts ist es sicherer für mich, und meine Familie braucht mich zu Hause.«

Ihr trauriger Gesichtsausdruck veränderte sich nicht.

»Wir werden uns bald wiedersehen.«

Das war es, was sie erneut strahlen ließ. Er beugte seinen Kopf in ihre Richtung, sodass er ihrem Gesicht näherkam. Sie küsste seine Wange.

»Das wollte ich«, bemerkte er lächelnd. »Ein Bussi von meiner Nimue!«

»Und ich?«, fragte sie.

Er richtete sich auf. »Das kann gefährlich sein, Nimue.«

»Eines«, bettelte sie.

»Nun gut, eines.«

Vorsichtig bewegte er seinen Kopf in ihre Richtung. Da zielte er seinen geschlossenen Mund auf ihre Wange und traf sie so sanft, wie es eine Feder hätte getan. Oona, Cara und Aoife beobachteten sie mit gemischten Gefühlen. Es war herzergreifend und bedrohlich zugleich. Nimue umarmte ihn. Er legte seine vorderen Krallen auf ihren Rücken und drückte sie sanft an sich. Das harmonische Bild der beiden trieb Oona Tränen in die Augen. Warum, wusste sie nicht. Dennoch war es derart herzlich, wie sie es selten zwischen solch andersartigen Wesen gesehen hatte.

Die Sonne neigte sich, sodass Nimue nur noch den oberen Teil davon sehen konnte. Das Licht schimmerte durch das Wasser und malte an manche Stellen regenbogenähnliche Gebilde. Grìgoris machte eine Drehung und winkte Nimue noch einmal zu. Sie tat das Gleiche. Seine großen Flügel bewegten sich gleichmäßig auf und ab, während er auf die Alpen zuflog. Nach einiger Zeit hüllten die Berge seine Gestalt vollkommen ein.

Da klopfte ihr Oona sanft auf die Schulter. »Du hast es gehört, ihr werdet euch bald wiedersehen.«

»Was bedeutet »bald« in der Drachenzeitrechnung?«, fragte Nimue.

»Bald ist auf die Sprache eures Herzens bezogen, und diese Zeitrechnung kennt nur ihr beide.«

»Nimue«, erklärte Cara, »ich muss auch heim. Ich werde die nächsten zwei Monate auf der Zauberinsel bei meinen Eltern sein. Mama hat gesagt, dass du einen Tag vor unserer Schulaufnahme zu uns kommst?«

Nimue nickte freudig. Sie drückten sich inniglich, und schon war auch Cara aus dem Reich Shenja verschwunden. Gleich darauf verabschiedete sich Oona in den Garten, Aoife in ihr Zimmer und Nimue blieb allein zurück. Alle waren weg und sie hatte zum ersten Mal Zeit, sich über ihre Geburtstagsfeier und die Geschehnisse Gedanken zu machen. Langsam schlenderte sie in Richtung ihres Zimmers.

Als sie die Eingangshalle betrat, rief Uhrilia: »Nimue, Nimue, meine liebe Nimue, dein Fest war ein Freudentanz für mich und alle Gäste dazu. Wie schön, dass ich ein Teil davon sein durfte.«

»Das freut mich, Uhrilia.«

Nimue ging Stufe für Stufe die Treppe hinauf zu den Arkaden.

»Du bist erschöpft, nicht wahr?«

»Das bin ich. So vieles ist passiert, und ich bin traurig, dass Grìgoris wieder nach Hause geflogen ist.«

»Seine Familie braucht ihn, Nimue.«

»Kennst du seine neue Familie? Alle seine Verwandten sind ja beim großen Kampf in Cridhe gestorben.«

»Nicht persönlich. Gestern habe ich vom Adler Steini erfahren, dass Grìgoris nach vielen Jahren der Einsamkeit auf die Suche nach weiteren Drachen ging. Dabei hat er auf dem spanischen Festland den Drachenstamm der Driguri gefunden und dort auch seine Frau Milóris, mit der er drei Kinder hat.«

»Wie schön! Ich hatte gar keine Zeit, mit ihm darüber zu sprechen«, stellte Nimue fest.

»Das kommt schon noch, spätestens, wenn du sie kennenlernst.«

»Meinst du?«

»Ganz sicher!«

»Danke, Uhrilia!«

»Keine Ursache.«

Nimue verabschiedete sich und ging den Gang entlang in Richtung ihres Zimmers. Sie öffnete die Tür und sah mit dem ersten Blick Klein Aaro auf dem Holztisch stehen. Sie nahm ihn vorsichtig in die Hand.

»Eiche?«, flüsterte sie, als ob ein lauter Ton Klein Aaro schmerzen würde. Sie bekam keine Antwort und wiederholte sich: »Eiche, bist du da?«

Auf einmal bewegte sich die kleine Eiche ganz von allein. Klein Aaro schüttelte sich, wobei die winzigen Eicheln und Blätter an ihrem Platz blieben.

»Ich kann dich hören, Nimue. Komm morgen früh, wenn im Wald wieder Ruhe eingekehrt ist«, ertönte Aaros Stimme.

»Das mache ich, Aaro.« Sie stellte die kleine Eiche zurück auf den Tisch.

»Was ist los? Bist du traurig?«

Nimue drehte sich zur Spiegeldame um.

»Sieh selbst. So muss ich dir nichts erklären.«

Sie stellte sich vor Specchio, die sogleich brummte, als ob ein Bär mit etwas unzufrieden wäre und dies ohne Worte auszudrücken versuchte.

»Was hast du?«, fragte Nimue und setzte sich auf das Liegesofa, das schräg gegenüber der Spiegeldame stand.

»Ich sehe«, antwortete sie knapp.

»Was siehst du?«, wollte Nimue wissen, während sie es sich gemütlich machte.

Das Liegesofa war sehr alt. Gemeinsam mit der Spiegeldame und einigen anderen Stücken wurde es von der Fraueninsel ins Reich gebracht. Nach der Angleichung der Energien aller eingekauften Schätze durfte sich Nimue ein paar Stücke aussuchen, darunter waren die Spiegeldame und das Sofa. Nimue wunderte sich über dessen leblosen Zustand, denn sie war sich sicher, dass es aus dem gleichen Holz geschnitzt war wie Specchio. Es hatte keine Rückenlehne, dafür zwei gleich hoch geschwungene Armlehnen. Das Sofa bestand aus Mahagoniholz, das mit goldenen Schnitzereien an den Füßen und an den

Enden der Armlehnen verziert war. Der Stoff war rötlich und vermittelte ein warmes Gefühl.

»Sag schon, was hast du gesehen?«, bat Nimue Specchio. »Was stimmt nicht mit mir?«

»Erzähl du es mir.«

»Ich weiß nicht, was du meinst?«

»Deine Eltern, der Drache, deine Cousine! Soll ich noch weitersprechen?«

»Nein, das musst du nicht.« Nimue schloss ihre Augen, mit dem Versuch, die Welt um sich herum auszuschalten.

Die Spiegeldame jedoch gab keine Ruhe. »Also?«

»Ich bin traurig. Ich bin sehr traurig, weil ich meine Eltern nicht mehr vor meiner Abreise sehen kann. Ich bin traurig, weil Grìgoris weg ist und ja, ich bin traurig, weil meine Cousine Cara daheim ist, und wenn ich sie das nächste Mal sehe, ich bereits abgereist bin und … Du weißt schon, weit weg von euch allen.«

»Sei nicht so streng zu dir, Nimue. Das ist normal. Du darfst traurig sein. Man muss nicht immer stark sein, auch du nicht.«

Nimue verstand ihre Worte, dennoch konnte sie die Wahrheit darin nicht verinnerlichen. Natürlich musste sie stark sein. Wie konnte sie sonst den Schmerz ertragen?

»Weine, und wenn du es tust, tue es bewusst und durchlebe und verarbeite so deine Trauer«, sagte Specchio.

Nimue öffnete ihre Augen und fragte: »Wie meinst du das?«

»Bewusst, also wenn du bewusst weinst, kannst du den Schmerz besser verarbeiten und besser damit umgehen lernen. Hältst du die Trauer zurück, wird sie im Verborgenen wachsen. Irgendwann jedoch, meistens zu einer ungelegenen Zeit, wird sie sich mit neuer Stärke bemerkbar machen.«

»Wie soll ich weinen, wenn ich mir selbst beigebracht habe, nicht zu weinen, weil es mir wehtut?«

»Fühle dich in den bedrückenden Schmerz hinein«, verdeutlichte Specchio.

»Wie bitte?«, wollte Nimue irritiert wissen. Sie war sich sicher, die Traurigkeit schon genug wahrzunehmen.

»Wo sitzt er in deinem Körper?«, fragte die Spiegeldame.

»In der Brust, wie ein dicker Knoten, der sich zu einem Ballen zusammengezogen hat, und dann ist da noch etwas in der Bauchgegend.«

»Welche Farbe hat der Knoten?«

»Weiß ich nicht.«

»Dann schau ihn dir an?«

»Wie denn?«

»Versetz dich hinein.«

»Ich hab doch schon gesagt, dass er sich wie ein dicker, fester Knoten anfühlt. Mehr kann ich da nicht spüren«, erwiderte Nimue nun genervt.

»Ich versuche ihn zu lösen. Höre meine Worte!«, ordnete die Spiegeldame an.

Nimue schloss erneut ihre Augen.

»So, meine Liebe, sprich mit dem Schmerz, begrüße ihn und sage ihm, dass du dich von ihm verabschieden möchtest, da er deine Lebensfreude stört.«

Nimues Gedanken kreisten umher, als ob sie mit ihrer Geschwindigkeit ihre Worte abwehren wollten. Sie war dafür jedoch zu müde, und so tat sie, was Specchio von ihr verlangt hatte. Sie konzentrierte sich auf den Schmerz und war schnell in der Lage, ihn noch stärker wahrzunehmen. Da veränderte er sich zu einem stechenden, aggressiven Gefühl. Sogleich klopfte Nimue mit der Hand auf ihre Brust. Sie öffnete ihre Augen und informierte Specchio: »Ich will nicht mit ihm reden.«

»Der Schmerz fühlt sich sehr wohl bei dir. Er will nicht gehen. Er wird intensiver, weil es ihm an den Kragen geht. Man könnte es mit einem Todeskampf vergleichen.«

»Todeskampf?!«, wiederholte Nimue in Gedanken. Sie verstand gar nichts mehr und schüttelte den Kopf, während sie gereizt erwähnte: »Ich will jetzt meine Ruhe!«

»Natürlich. Denk immer daran, du kannst ihn dazu bewegen, sich aufzulösen. Ich weiß, es wird dich zum Weinen bringen, und das kannst du nicht leiden. Tue es trotzdem! Es wird dir helfen. Nicht wahr, Schrank?«

Der Schrank krachte laut, ohne mit Worten zu antworten.

»Das soll Ja heißen«, übersetzte Specchio. »Nun erhol dich gut.«

»Wenn du endlich zu reden aufhören würdest, könnte ich das auch.«

»Bin ja schon still«, entgegnete Specchio mit beleidigter Tonlage.

Eine vollkommene Stille kehrte ein und Nimue tauchte in eine andere Welt ab: in die Welt ihrer Gedanken und Träume. Dort war alles vorhanden: die Vergangenheit, die Gegenwart und die Zukunft. Wie ein Film liefen die letzten zwei Tage vor ihren Augen ab. Dazwischen sah sie immer wieder unerfüllte Träume aufflackern, die sich blitzschnell ins Nichts verzogen. Jedes Ereignis, sogar das Zusammentreffen mit Dhuorc, fühlte sich für Nimue wohl und lebendig an. Als sie sich selbst auf dem Sofa in ihrem Zimmer liegen sah, wusste sie, dass die Geschichte ihrer Vergangenheit zu Ende war. Nun würden die Träume und Vorstellungen über die Zukunft beginnen. Doch es war anders. Die Geschichte der Vergangenheit tauchte sogleich in die Zukunft ein.

Nimue öffnete die Augen. Mit Schwung sprang sie vom Sofa auf und stellte sich vor den Schrank.

»Schrank, könntest du mir bitte meinen Schlafanzug geben?«

Die Türen gingen allmählich auf, während er Nimue mit einer ihr unbekannten Stimme antwortete: »Dein Nachtkleid steht für eine außergewöhnliche Nacht.«

Er reichte ihr ein Nachthemd, das sie anzog.

Sie legte sich ins Bett und sagte: »Gute Nacht, Schrank. Gute Nacht, Specchio.«

Nimue schloss ihre Augen und genoss die Ruhe, die im Raum lag. Da entfachte sich vor dem Fenster eine Flamme und schoss empor. Nimue erschrak heftig. Sie riss ihre Augen auf und erkannte in der Ferne eine Laterne als Ursprung des Lichts. Irgendwer musste sie in der Hand halten. Ohne ihre Lippen zu bewegen, vernahm sie ihre Stimme, die das unsichtbare Wesen nach seiner Identität fragte. Sie bekam keine Antwort. Einzig und allein das Licht in der Laterne war zu sehen, das sich ihr stetig näherte. Sie erstarrte vor der Bedrohung dieser Situation.

»Zeige dich!«, hörte sie sich selbst wiederholt rufen, während sie sich aufsetzte.

Als die Laterne am Spiegel vorbeihuschte, konnte sie im Spiegelbild ein Wesen erkennen. Es sah derartig hässlich und beängstigend aus, sodass sie vor Entsetzen aufschrie. Doch sie konnte ihren Schrei nicht hören, nur fühlen. Dies brachte sie mehr und mehr zur Verzweiflung. Sie schrie erneut, doch kein Laut verließ ihren Mund. Als das Wesen mit der Laterne kurz vor ihr stand, konnte sie seine Gestalt nicht mehr erkennen. Nur die Laterne schwankte in der Luft.

Sie fragte: »Wer bist du?«, und dieses Mal waren es hörbare Laute.

Da keuchte das Wesen, ohne zu antworten.

Nimue versuchte, sich zu beruhigen, doch ihr Herz pochte heftig in ihrer Brust.

»Ich bin der, der dich richtet«, behauptete das Wesen aus dem Nichts heraus.

Nimue verstand nicht. Sie hatte keine Zeit, um nachzufragen, denn die rauchige, kratzige Stimme sprach sofort weiter:

»Die Schattenwelt hat mich geschickt,
Nun ist es so weit, du hast alles gekriegt,
Dein Schein wird leuchten schwarz und grau,
Ins Nichts eintauchen, Qual du schau,
Zerstören die Brücken, so sei es wahr,
Allein du bist, im schwarzes Gebar.«

Nimue lief ein kalter Schauer über den Rücken. Auf einmal löste sich ein dunkler Schleier hinter der Laterne, stieg empor und bewegte sich auf Nimue zu. Da entfuhr ihr ein greller Schrei. Sie wollte weglaufen, doch ihr Körper war starr vor Angst. So blieb sie wie angewurzelt im Bett sitzen. Als der Schleier kurz vor ihr zum Stehen kam, brach die Panik aus und sie fiel in Ohnmacht.

Nimue öffnete ihre Augen und rief: »Wo bin ich?«

»Wo sollst du schon sein?«, fragte die Spiegeldame verdutzt.

Nimue musterte den Raum. War da irgendwo ein Zeichen, das auf eine Gestalt mit einer Laterne hinwies? Sie konnte nichts Derartiges finden. War der Traum womöglich ein Blick in die Zukunft? Sie seufzte tief, denn ihr wurde bewusst, dass sie sich dann mit ihrer Angst vollständig der Schattenwelt ausliefern würde. Was konnte sie tun? Das Wesen würde sie bestimmt nicht verschonen. Da fiel ihr die Spiegeldame ein.

»Sie kann alles widerspiegeln, also auch diesen Traum«, vermutete Nimue.

Zudem würde Specchio erkennen, dass sie telepathisch Hilfe holen muss. Oder konnte sie selbst auf diese Weise mit Seoras, Aar oder Amparo Kontakt aufnehmen? Sie war zu aufgeregt, um es sich in diesem Moment zuzutrauen, und doch versuchte sie Amparo eine Botschaft zu schicken, daraufhin Seoras, Aar und auch noch Oona. Einen Versuch war es wert.

Zeitgleich nahm Nimue mehr und mehr die Worte der Spiegeldame wahr. Sie musste bereits seit Minuten mit ihr gesprochen haben, da Nimue keinen Zusammenhang erkennen konnte. Um sich nichts anmerken zu lassen, erwähnte sie: »Oh, entschuldige, ich habe gerade geträumt. Willst du ihn sehen?«

»Ich kenne deinen Traum.«

Nimue schüttelte den Kopf, sprang vom Sofa und ging auf die Spiegeldame zu.

»Siehst du?«

Specchio lachte. »Schön! Er gefällt mir.«

Nimue verstand nicht. Konnte sie die Gefahr nicht erkennen, oder war sie nur eine besonders gute Schauspielerin? Sie hoffte das Letztere, denn sie war sich über ihre telepathischen Fähigkeiten ganz und gar nicht sicher. Was sollte sie nun tun? Hatte die Spiegeldame die Gefahr erkannt oder nicht? Da hüpfte der Schrank einen Satz auf sie zu und sang mit einer hohen, unnatürlich schrillen Stimme:

»Leg ein, dein Tageskleid, Nimue,
Dein Abendkleid steht schon bereit.«

Die Türen öffneten sich schwungvoll.

»Oh, meine Liebe, greif hinein,
So tief, als ob es dir verborgen erscheint,
Heut' Nacht sollst du es wieder tragen,
Denn so, mein Kind, wirst du gut schlafen.«

Sie war sich der Bedeutung seiner Worte nicht sicher, dennoch griff sie an der von ihm angezeigten Stelle tief in den Schrank hinein. Dort fühlte sie einen Stoff, den sie noch nie zuvor in ihren Händen gehalten hatte. Sie zog das Unbekannte heraus und betrachtete es. Es war ein langes, braunes Nachthemd, das aus einem dicken Stoff gefertigt war.

»Eigenartig«, wunderte sich Nimue.

Trotzdem stellte sie sich hinter den Paravent und zog sich um. Das Kleid fühlte sich auf ihrer Elfenhaut merkwürdig an. Sie war sich nun vollkommen sicher, dass sie es noch nie zuvor gesehen oder getragen hatte. Der Stoff war weich und glich sich ihrer Körperform vollkommen an. Sie wollte gerade vortreten und sich dem Schrank und Specchio zeigen, als sie etwas zurückhielt. Es war das Kleid oder das Etwas, das sie trug. Zudem verlor es auf einmal seine Farbe und wurde unsichtbar. Dabei formte und dehnte es sich über ihren ganzen Körper aus; von der Zehenspitze bis zur Haarspitze, bis es sie völlig in sich einschloss. Nach einem erneuten, erfolglosen Versuch, einen Schritt nach vorne zu gehen, atmete sie tief ein, um sicher zu sein, dass sie unter diesem unsichtbaren Kleid nicht ersticken würde. Zugleich formte sich aus dem Nichts eine Kleidung über ihrem Körper, die einem gewöhnlichen Elfennachtkleid aus weißem Stoff ähnelte. Wahrenddessen verschmolz der undurchsichtige Anzug vollkommen mit ihrer Haut, was ihr die Bewegungsfreiheit zurückgab. Ohne all dies zu hinterfragen, sagte sie: »Danke, mein lieber Schrank.«

Dieser schloss seine Türen lauter als gewohnt.

»Hat er etwas bemerkt und deshalb so schrill und unangenehm gesungen?«, fragte sich Nimue.

Sie war sich nicht sicher, denn der Schrank hatte immer wieder seine emotionalen Momente. Vielleicht hatte sie ja auch nur einen unpassenden Moment erwischt und er hatte keine Ahnung von der Gefahr, die im Dunkeln auf sie lauerte. Nachdem er sich vollkommen geschlossen hatte, legte sie sich ins Bett. Sie versuchte, ihre Augen zu schließen, schaffte es jedoch nicht. Es war die Angst, die sie offen hielt.

Im Raum wurde es still und ruhig. In diesem Moment hätte man das Piepsen einer Maus genauso laut empfunden wie den Schrei eines Pavians. Zudem verhielt sich die Spiegeldame ungewöhnlich still. Normalerweise wünschte sie Nimue eine gute Nachtruhe. Heute tat sie es nicht. Nimue war sich auch bei ihr nicht sicher, ob sie etwas bemerkt hatte und deshalb schwieg, oder ob sie schon eingeschlafen war. Ganz selten passierte auch das. Diese Ungewissheit erhöhte schlagartig ihren Herzschlag. Ihr Verstand brannte beinahe in ihrem Kopf und ihre Gedanken kreisten, als ob sie eine Achterbahn durch ein Gruselkabinett fahren würden. Nach einer Weile wurde die Stille gestört, und es geschah alles genauso wie in der vorherigen Vision. Das Licht erschien und wanderte langsam auf sie zu. Sie konnte keine hörbaren Laute von sich geben, obwohl sie innerlich um Hilfe schrie. Panik steigerte sich in ihr. Das Wesen passierte den Spiegel, der sein grässliches Erscheinungsbild zeigte. Nun jedoch sah sie es zum zweiten Mal. Aus diesem Grund schockierte sie das Bild nicht mehr gleich stark. Nimue erkannte den Unterschied sofort und hoffte, dass dies ein gutes Zeichen war. Sollte sie doch gerettet werden?

Die Laterne war bereits vor ihr angelangt. Nimue beobachtete den Schatten, der sich hinter der Lampe löste und emporstieg. Er kam näher und näher, während die Lampe an der gleichen Stelle hin- und herschwankte. Sie hörte die rauchige Stimme des Wesens sprechen. Als der Moment der Ohnmacht zu erwarten war, kam diese nicht. Nimue saß hellwach vor dem Schatten und beobachtete, wie er versuchte, in ihren Körper einzudringen. Doch der Schatten bewegte sich ausschließlich an ihrer Haut entlang, ohne die Möglichkeit, sie zu durchdringen. Irgendetwas hielt ihn auf und er fluchte, wie ein Bierkutscher. Da nahm er seine Laterne in die Hand und wedelte wild vor Nimue hin und her.

»Was zum Teufel ist das?«, schrie es laut.

Nimue erkannte in diesem Moment, dass der Schatten ihr nichts anhaben konnte. Das Wesen wollte jedoch nicht aufgeben und versuchte, sie zu greifen, um ihre undurchsichtige Schutzhülle zu zerstören. Immer wieder spürte sie leichte Berührungen an den verschiedensten Stellen ihres Körpers. Das dabei verursachte Gefühl jedoch war unerklärbar. Die Berührungen fühlten sich fremd an und nicht direkt auf ihrer Haut. Da hüpfte das für Nimue unsichtbare Wesen in die Luft und schrie vor Wut.

Das Schauspiel glich einem verzweifelten Kampf, in dessen Mitte Nimue ruhig saß. Es dauerte eine Weile, bis es wieder still wurde. Nur die Laterne war noch zu sehen, die bewegungslos vor ihr ruhte. Still hing die Flamme in der Laterne, direkt vor ihrem Gesicht. Wie ein Schlag traf Nimue dann die Stimme, die aus dem Nichts herausschoss: »Der Schrank! Dieser Schuft hat mich hereingelegt!«

Spontan drehte Specchio ihren Spiegel in Nimues Richtung. So konnte sie das Wesen in voller Gestalt sehen. Es war gerade dabei, sich aufzubäumen, als ob eine Pumpe stetig Luft in das Innere des Wesens blasen würde. Nimue sah einen undefinierbaren Stab in der Hand des Wesens, aus dem vorher der Schatten entstanden sein musste. Er war rabenschwarz, und seine Form glich einer Flamme. Das Wesen richtete den Stab direkt auf den Schrank. Nimue erkannte die Gefahr und sprang auf, um sich vor ihn zu stellen. Zur gleichen Zeit hörte sie die Zimmertür aufgehen. Seoras stand am Eingang und richtete seinen Zauberstab auf den Eindringling. Langsam sprach er dabei drei Worte aus, die Nimue nicht verstehen konnte. Daraufhin schoss ein Blitz aus dem Zauberstab, der heftig auf das Wesen einschlug. Es entwickelte sich ein Rauch. Allmählich schloss er das Wesen in sich ein, als es anfing, in sich kleiner zu werden. Nimue starrte es an und sah dabei phasenweise, wie sich das Wesen vergeblich dagegen wehrte. Es gab verzweifelte Töne von sich, während es sich vollkommen in Luft auflöste. Ein paar Sekunden später war nichts mehr zu sehen.

Seoras ging auf Nimue zu und nahm sie in die Arme. »Geht es dir gut?«

Nimue nickte. Dann hörte sie laufende Schritte auf sie zukommen. Es waren Oona und Aar, die sogleich in ihr Zimmer stürmten.

»Wie geht es dir, Nimue?«, fragten sie im Chor.

»Gut. Seoras hat uns gerettet«, antwortete sie.

Da fingen die Türen des Schranks laut zu klappern an, als ob seine Nerven außer Kontrolle gerieten. Zur gleichen Zeit löste sich die Schutzhülle von Nimues Körper, schwebte kurz in die Luft, bevor sie sich neben Nimue aufs Bett legte. Nur das Elfennachtkleid blieb zurück.

Oona nahm Nimue in ihre Arme. »Meine Kleine«, flüsterte sie sanft, während sie ihre Wange küsste.

Nach und nach gingen die Schranktüren mit einem nur leicht knarrenden Geräusch auf. Mit seiner alten, dennoch zitternden Stimme sagte er:

»Leg hinein, das Meer der Siegespunkte,
Dein Kleid, den Umhang, ich dir schenkte,
Er kämpfte gegen das, was funkte,
Gesiegt, ein Hoch auf deine Instinkte.«

Seoras bemerkte beeindruckt: »Danke, Schrank, du warst eine große Hilfe und hast einen Wunsch frei.«

Dieser erwiderte sofort:

»Ich wünsche eine neue Politur mit Glanz,
Ist mir die Alte entronnen so ganz,
Mochte nicht leiden meinen poetischen Tanz,
Mein Holz leidet, größte Brisanz.«

Seoras schüttelte den Kopf vor Lachen. Da fragte er Nimue: »Spricht der immer so?«

»Nicht immer, aber meistens«, antwortete sie.

»Darf ich einen bescheidenen Wunsch hinzufügen?«, fragte der Schrank.

Seoras nickte. »Nur zu!«

»Dann wünsch ich mir noch eine Schmiere, sodass sich mein Holz nicht mehr so ziere.«

Seoras gewährte ihm den Wunsch mit den Worten: »So soll es sein!«

Seoras und Aar verabschiedeten sich.

Oona legte sich neben Nimue und nahm sie in ihre Arme.

»Oma, ich habe heute zum ersten Mal Uropas Zauberstab gesehen.«

»Er benutzt ihn nur bei besonders großer Gefahr. Niemals darf man diesen Zauberstab für eine andere Magie verwenden. Er wird dir nur in gefährlichen Situationen zur Seite stehen.«

»Uropas Zauberstab? Ich habe doch gar keinen, Oma.«

»Irgendwann wirst du auch einen besitzen. Jetzt schlaf, mein Kind.«

Nach diesen Worten schliefen beide sofort ein, und so hörten sie die Unterhaltung zwischen Spiegel und Schrank nicht mehr.

»Warum habe ich nichts bekommen?«, fragte die Spiegeldame empört. »Ich habe doch telepathisch um Hilfe gerufen!«

»Es war mein Schutzanzug, der sie gerettet hat«, betonte der Schrank.

»Schutzanzug hin oder her, wäre Seoras nicht gekommen, würdest du jetzt im Schrankhimmel auskühlen, weil er dich verbrannt hätte!«

»Du hast recht«, willigte der Schrank ein. »Was willst du?«

»Ein wenig von deiner neuen Schmiere. Mir schmerzen meine Scharniere nicht weniger als dir.«

Er freute sich über ihre Antwort, denn wenn er helfen konnte, war er immer besonders glücklich. »Natürlich«, erwiderte er, »bekommst du eine Schmiere.«

Er wollte gerade ein Liebeslied anstimmen, als sie ihn blitzschnell unterbrach: »Denk nicht einmal daran! Nimue schläft schon.«

Er verstummte sogleich.

»Gute Nacht«, wünschte Specchio versöhnlich.
»Gute Nacht«, erwiderte er mit weicher Stimme.

Die Wochen verliefen schnell und so erkundigte sich Aar sieben Tage vor ihrer Abreise: »Hast du schon alle Vorbereitungen für deine Abreise getroffen?«

Nimue schüttelte den Kopf, ihren Blick auf das lodernde Feuer im Kamin gerichtet. »Was soll ich da auch vorbereiten?«

»Was willst du mitnehmen?«

»Das weiß ich schon. Das ist alles schnell gepackt«, erwiderte sie.

»So, so, dann ist es ja gut. Wie sieht es mit den Verabschiedungen aus?«

»Das mache ich erst am vorletzten Tag. Zwei Tage müssen reichen, oder?«

»Ich sehe«, sagte er zufrieden, »du hast dir bereits Gedanken darüber gemacht.« Er hielt kurz inne und holte tief Luft. Dann wollte er mit ernster Stimme wissen: »Bist du dir auch sicher?«

»Aber Opa, ich dachte, du bist damit einverstanden?«

»Ja, bin ich auch. Es fällt mir nur schwer, dich gehen zu lassen«, gab er zu und nahm sie in seine Arme.

»Ich werde dich auch vermissen, Opa.«

»Mögest du von allen Seiten der Welt unter der Führung des Heimatsterns wieder nach Hause finden.«

»Danke, Opa. Erst einmal bin ich eh nur auf der Zauberinsel.«

Er löste sich wieder von ihr und stupste sie liebevoll auf die Nase. Sein Finger kitzelte. Nimue kicherte. Dabei hörte sie ein leichtes Ziehen. Sie versuchte die Ursache dafür zu finden und durchkämmte den Raum mit ihren Blicken. Da schnellte das Geburtstagsbild in seine Ausgangsstellung zurück. Sie wunderte sich und stellte sich direkt davor. Es bewegte sich nicht mehr und so betrachtete sie es für einen langen Moment.

»Wie lebendig meine Eltern darauf aussehen«, bemerkte sie wehmütig.

»Das war eine sehr schöne Idee von den beiden, euch an deinem Geburtstag malen zu lassen.«

Nimue nickte. »An diesem Bild haftet kein Zauberspruch?«

»Nein, meine Kleine, in diesem Bild ist nichts Negatives verborgen.«

»Ach«, seufzte sie, »wäre es doch nur ein Abbild der realen Welt.«

»Das wünschen wir uns alle.«

»Wenn der Zauberspruch nie gewirkt hätte, wäre nichts passiert.«

»Das stimmt.«

Nimue spürte auf einmal den Drang, zur Eiche zu gehen. Sie verabschiedete sich von ihrem Großvater mit einem Kuss auf die Wange. Ein wenig später lief sie durch den Wald in Richtung Eichenbaum.

»Glaubst du, Aaro, dass mein Elfenleben gut verlaufen wird?«

»Wieso diese Frage?«, war er perplex.

»Ich weiß nicht, einfach nur so.«

»Bist du traurig, weil du uns verlässt?«

Sie nickte und schmiegte sich an seinen Stamm. Die Stuhldame, die alles mit angehört hatte, war so gerührt, dass ihr eine Träne auf den Sitz fiel, was Aaro hören konnte.

»Aber, aber, Stuhl, wir wollen doch nicht«, bemerkte er lächelnd.

Stúhly antwortete nicht.

»Die letzten Wochen waren so schön. Ich werde euch super schlimm vermissen«, klagte Nimue.

»Wir dich auch«, entgegnete der Eichenbaum.

Gleichzeitig sprang die Stuhldame aus dem geöffneten Eingang und bat Nimue: »Nun komm schon, umarme auch mich!«

Nimue tat dies und hörte sogleich Eikondia sagen: »Und ich?«

Als Nimue Eikondia an sich drückte, fragte diese: »Warum heute? Ist es schon so weit?«

»Nein. Wir haben noch ein paar Tage.«

»Hast du schon gepackt?«

»Nein. Du bist heute schon die Zweite, die mich darauf anspricht. Vielleicht sollte ich allmählich damit anfangen.«

»Tu das!«, war sich Aaro sicher. »Und besuche mich jeden Morgen zu meinem Morgengesang, okay?«

»Das tue ich!«

Zurück in ihrem Zimmer holte sie einen großen und einen kleinen Koffer aus dem Stauraum hinter dem Schrank hervor. Es waren orangebraune Lederkoffer, die mit Lederriemen als Verschluss ausgestattet waren. Dann bat Nimue den Schrank, sein ganzes Inneres zu präsentieren.

Dieser murrte laut vor sich hin, bis er seinen Inhalt freigab.

»Was hast du?«, fragte sie.

»Ich will nicht, dass du gehst.«

»Ich gehe erst in sieben Tagen.«

»Was sind schon sieben Tage, wenn man sie mit denen vergleicht, die du da oben auf der komischen Welt verbringen wirst. Kann ich mit dir mitkommen?«

»Ich glaube, das geht n...«

»Das wäre ja noch schöner!«, unterbrach die Spiegeldame Nimue. »Du bleibst bei mir!«

Der Schrank murrte erneut.

»So ein undankbarer Holzklotz, wie du es bist«, empörte sie sich, »gibt es ja gar nicht!«

Nimue wusste, dass Specchio den Schrank genauso liebte, wie er sie. Dennoch würde sie das nie zugeben.

»Schrank, kannst du mir meine schönsten Tunikas und Hosen geben?«

Er suchte sie unter den vielen Kleidern heraus.

Nimue nahm sie und legte sie nacheinander in den großen Koffer. Sie wollte in der Schule keine Kleider tragen, sondern Hosen. Sie fühlte sich wohler darin. Noch dazu hatte sie gehört, dass die Schule hauptsächlich aus männlichen Schülern bestand. Auf keinen Fall wollte sie unangenehm auffallen. Aus diesem Grund wurden nur wenige Kleider für besondere Anlässe mit eingepackt. Ob Cara das genauso empfand, bezweifelte sie.

Nachdem der große Koffer vollgepackt war, legte sie das Geschenk des Einhorns, des Drachen und Klein Aaro in den kleinen Koffer. Zudem packte sie mit Bleistift gezeichnete Bilder von ihrer Familie ein, die aus einer Zeit stammten, in der ihre Eltern noch nicht verzaubert waren.

Als sie fertig war, bemerkte Specchio: »Ist das schon alles? Ich sehe da noch viel Platz im Koffer.«

»Ich hab ja noch Zeit.«

Vier Tage verliefen erneut wie im Flug, und so war der zweite Morgen vor der Abreise angebrochen. Nimue saß wie die letzten Tage frühmorgens auf einem dicken Ast der Eiche, hoch oben neben seinem Gesicht.

Nachdem er sein Morgenlied beendet hatte, sagte Nimue: »Wird Klein Aaro die Natur auf der Zauberinsel auch so willkommen heißen, wie du es jeden Morgen tust?«

Groß Aaro lachte. »Nein, das glaube ich nicht. Du könntest ihn aber als Wecker benutzen.«

»Was ist ein Wecker?«, fragte Nimue.

»Jeden Morgen musst du pünktlich zur achten Elfenstunde in deiner Klasse sein, und dazu brauchst du einen Wecker, der dich pünktlich weckt.«

»Du meinst eine Uhrilia?«

»So ähnlich.«

»Und wie funktioniert das?«

»So wie du willst. Du musst ihm sagen, wann und wie du geweckt werden willst.«

»Aha«, staunte Nimue, »was gäbe es da für Optionen?«

»Zum Beispiel könnte er singen.«

»Super! Ich werde jeden Tag mit deinem Morgenlied geweckt. Hurra!«

»Das hört sich doch gut an, meine Kleine, damit du mich nicht vergisst.«

»Das würde ich sowieso nicht tun.«

»Was hast du heute noch vor, Nimue?«

»Ich rufe gleich Sigi, weil er für mich einen Brief an Cara überbringen soll.«

»Du meinst Sigorinominus, den Enkel vom Adler, der deinem Urgroßvater jede aktuelle Nachricht und Warnung überbringt?«

»Genau der!«

»Er ist ein so verspielter, kleiner Adlerjunge, der die ganze Lichtwelt mit seinem entzückenden Lachen verzaubert.«

»Genau der«, wiederholte Nimue. »Ich mag seinen langen Namen nicht. Er hat gesagt, dass ich Sigi zu ihm sagen darf.«

»Natürlich, wie könnte er dir auch einen Wunsch abschlagen.«

Nimue und Sigi waren seit Jahren gute Freunde. Sie war froh, dass sie sich immer auf ihn verlassen konnte und er die Briefe zwischen den beiden Cousinen sicher hin- und herbrachte. So bestand ein ständiger Austausch zwischen ihnen, und Sigi war ihr Bote.

»Hast du den Brief dabei?«

»Hab ich.«

»Ruf Sigi, ich kann ihn mit seiner Schwester spielen sehen.«

»Sigi!«, rief Nimue laut.

Gleich darauf landete er auf einem von Aaros Ästen. »Was gibt's?«

»Hier habe ich einen Brief für Cara.« Nimue nahm ihn aus ihrer Brusttasche heraus und übergab ihn dem Adler.

»Für Cara nehme ich ihn an«, scherzte Sigi, denn er hätte jeden Brief angenommen.

Der Adler steckte den Brief mit seinem dunkelgrauen Schnabel in eine Ledertasche, die um seinen Körper gebunden war. Das Braun der Tasche verschmolz dabei mit dem Braun seiner Federn. Die Tasche hob sich vom Federkleid nur ab, wenn sie geöffnet wurde.

»Danke, Sigi.«

»Bin schon weg«, rief er ihr zu, während er abhob und davonflog.

Nimue schaute Sigi hinterher und bemerkte: »Ich hoffe so sehr, dass sie in ihrem Stall Platz für Amparo haben.«

»Lehn dich zurück und genieße unseren schönen Morgen, Nimue.«

Sie befolgte Aaros Anweisung und schmiegte sich an seinen Ast an. Danach schloss sie ihre Augen. Da hörte sie allerlei Wesen miteinander kommunizieren, singen und spielen. Zudem zwitscherten die Vögel einen heiteren Gesang. Der ganze Wald war voller Leben, und sie nahm es in sich auf. Es dauerte nicht lange, und sie hörte ein lautes »Hier bin ich wieder.«

Sigi flog mit voller Wucht heran, sodass der Ast bei seiner Landung wippte.

»Hey, nicht so schnell, Sigorinominus!«

»Entschuldige, Amur, mein Freund.«

»Ich hab Caras Antwort dabei.« Er zog mit seinem Schnabel einen Briefumschlag aus der Ledertasche und übergab ihn Nimue.

Sie öffnete sofort den Brief und rief: »Super, ich kann Amparo unterstellen!«

»Wünscht meine Freundin noch eine Botschaft zu überbringen?«, wollte Sigi wissen.

»Danke, nein.«

»Bis bald«, verabschiedete er sich und hob ab. »Ruf meinen Namen, wenn du mich brauchst, wo auch immer auf der Welt du dich befindest.«

»Mach ich.«

Nimue lehnte sich wieder zurück. »Was muss ich heute noch tun?«, murmelte sie, »Koffer sind gepackt, Amparo steht auch schon bereit und bei den Heinzelchen und den Hoftieren habe ich mich schon verabschiedet. Fehlt noch etwas?«

»Ich denke nicht«, antwortete Aaro, »genieße die letzten zwei Tage mit uns im Reich Shenja, mehr ist nicht zu tun.«

»Gut, das gefällt mir«, stimmte sie zu und dachte: *»Trotzdem frage ich heute lieber noch Specchio und den Schrank. Vielleicht haben sie eine Ahnung, was in meinen Koffern noch fehlen könnte.«*

Nach einer Elfenstunde war es dann auch so weit und sie stand vor der Spiegeldame. »Specchio, fällt dir noch etwas ein, das ich machen oder mitnehmen muss?«

»Ich sehe nichts mehr.«

»Ständig habe ich das Gefühl etwas vergessen zu haben. Das bedrückt mich. Es lässt mich nicht in Ruhe«, erklärte Nimue, als sie auf den Schrank zuging.

»Schau mich noch einmal an«, bat die Spiegeldame Nimue. Sie wandte sich Specchio erneut zu und stellte sich direkt vor ihren Spiegel.

»Siehst du was?«

»Nein, gar nichts. Alles getan. Das muss etwas anderes sein.«

Nimue drehte sich um. »Schrank, hast du noch etwas für mich zum Mitnehmen?«

Der Schrank bewegte sich leicht hin und her, heute jedoch ohne Geräusch. Das Schmieren seiner Gelenke tat ihm hörbar gut.

»Nein, Nimue, nichts mehr da.«

»Okay, dann lauf ich noch einmal zu Aaro«, beschloss sie.

Sie verließ das Zimmer und hörte dabei den Schrank mit einer für ihn ungewöhnlich weichen Stimme sagen: »Nun sind wir auf uns beide gestellt. Nur wir zwei, du und ich!«

Die Spiegeldame antwortete schroff: »Wir sind nicht allein. Niemand ist allein auf der Welt. Und du und ich schon gleich gar nicht.«

Nimue lächelte über den Annäherungsversuch des Schrankes und ging weiter durch die offenen Arkaden auf die Eingangshalle zu.

»Nimue«, rief Uhrilia, »bald schon wirst du uns verlassen.«

»So ist es.«

»Ich habe ein Geschenk für dich.«

»Du hast ein Geschenk für mich? Ich wusste gar nicht, dass Elfenuhren Geschenke machen.«

»Tun wir auch nicht, aber es gibt für alles Ausnahmen«, bemerkte sie beinahe beleidigt.

»Ich freue mich! Was ist es denn?«, fragte Nimue neugierig.

»Ich werde es dir in dein Zimmer bringen lassen. Erwarte es heute Abend dort.«

»Danke«, erwiderte sie.

»Ist schon gut. Dies oder das oder den oder mein brauchst du in deiner neuen Heimat.«

Nimue nahm jedes Detail der Natur wahr, während sie tiefer in den Wald hineinging. Sie blickte auf die Sträucher und die vielen verschieden großen Bäume, das Moor und der sich immer verändernde Boden und die mannigfaltigen kleinen und großen Wesen darauf. Sie vernahm das Rauschen des Waldes, wenn der Hauch eines Windes hindurchwehte. Sie liebte diesen Wald. Er war ihre Heimat und noch viel mehr. In seiner Welt hatte sie Freude und Spaß gehabt und immer wieder Lebenskraft aufgetankt. Zudem lebten viele ihrer Freunde in diesem Wald.

»Aua!«, rief ein Wesen und unterbrach Nimues Gedankengang. Sie blieb stehen und blickte um sich.

»Aua, geh endlich runter von mir!«

Sie senkte ihren Kopf und sah unter ihren nackten Füßen einen kleinen Kobold herausspitzen. Sofort sprang sie zur Seite.

»Oh, das tut mir leid«, entschuldigte sich Nimue.

»Ich wollte mich hier sonnen, und da kommst du daher und störst meine schöne Ruhe«, brummte er genervt, während er sich den Schmutz von seinem halbnackten Körper rieb.

»Wer bist du?«, wollte Nimue wissen.

»Kennst du mich nicht mehr?«, fragte er und zog die rechte Augenbraue hoch.

»Halt, warte, ich glaube schon. Ich kenne dich. Du bist Kordinius, der Waldkobold, stimmt's?«

Er verneigte sich mit den Worten: »Ja, Eure Hoheit, das bin ich.«

»Wie geht es dir?«

»Gut, wenn Ihr nicht gerade auf mir herumtrampelt.«

»Das tut mir leid, brauchst du irgendetwas?«

»Nein«, erwiderte er, »ich habe gehört, Ihr seid nicht mehr lange hier bei uns im Reich Shenja?«

»Nur noch zwei Tage. Ich gehe bald auf die Zauberschule.«

»Zauberschule, so, so. Die auf der Zauberinsel nehme ich an.«

»Genau die.«

»Wie schön, die Zauberinsel ist wunderbar«, meinte er strahlend, »ich liebe die jährlichen Inselfeste.«

Der etwa zehn Zentimeter große Kobold sprang in die Luft, gefolgt von einem Fuß auf den anderen, als ob er tanzen würde.

»Siehst du, ich kann tanzen«, rief er fröhlich.

»Ach ja?!«, erwiderte sie wenig überzeugt.

Seine grün-bräunliche Hautfarbe sah alt und modrig aus. Die großen Kulleraugen quollen aus den Augenhöhlen heraus und veränderten sich farblich mit seinen Emotionen. Seine langen und spitzen Finger stachen gefährlich hervor, genauso wie seine Zehen. Er war kein schöner Kobold, aber dafür offenbarten seine Augen sein schönes inneres Wesen wie auf einem Silbertablett. Da fingen sie an, leicht rötlich zu schimmern.

Nimue verstand und bemerkte sofort: »Ich finde, dass du ein guter Tänzer bist. Wirklich!«

Er nickte und tanzte weiter oder, besser gesagt, hüpfte von rechts nach links in einem Zweier-Takt. Es sah lustig aus, und so musste sich Nimue ein Lachen unterdrücken.

»Hast du Millie wieder einmal gesehen?«

»Deine kleine Fuchsfreundin aus Kindertagen?«

»Ja.«

»Nein. Ihre Familie ist weit von hier weggezogen. Da besteht keine Möglichkeit für eine Kontaktaufnahme.«

»Das stimmt«, wusste Nimue traurig, da sie ihre Freundin seit Jahren vermisste. »Aber wir beide sehen uns auf der Zauberinsel, oder?«

Er blieb abrupt stehen und sah ihr ins Gesicht. Seine Augenfarbe war wieder vollständig rehbraun.

»Ja, das werden wir. Ich werde Ausschau nach dir halten.«

»Dann steht unserem Treffen nichts mehr im Wege.«

Nimue ging weiter und hörte ihn noch hinterherrufen: »Viel Glück, Nimue! Das Licht wird immer mit dir sein.«

Sie drehte sich um und sah den kleinen Kerl ihr zuwinken. Nimue tat das Gleiche.

Kurz bevor sie bei der Eiche ankam, sah sie zwei kleine Wesen miteinander kämpfen. Sie waren kaum größer als Kordinius. Es handelte sich um einen Wicht und einen Spriggans, die seit ihrer Geburt im Wald von Shenja lebten.

»Was ist los?«

»Er hat mein Bild gestohlen!«, antwortete der Wicht wütend.

»Dein Bild?«, wollte Nimue wissen.

Der Spriggans nutzte seine kurze Unaufmerksamkeit und schlug ihm hart ins Gesicht. Daraufhin taumelte der Wicht nach hinten und fiel zu Boden. Kurz entschlossen nahm Nimue das grotesk aussehende Wesen hoch, welches dabei laut aufschrie: »Lass mich los!«

Mit der anderen Hand erhob sie ihren Zeigefinger und ermahnte den kleinen Kerl: »Das war aber nicht schön, Spriggans!«

Er schüttelte sich heftig und versuchte sich damit aus ihrer Hand zu befreien; vergebens.

»Ich werde dich erst wieder absetzen, wenn wir das Problem gelöst haben.«

Der Wicht klagte, während er sich wieder auf seine Beine stellte: »Er hat mein Bild von der Mondfinsternis geklaut. Es war so schön und ein Geschenk von meiner Großmutter.«

»Das stimmt doch gar nicht«, entgegnete der Spriggans so laut, dass es in Nimues Ohren schmerzte.

Da versuchte er seinen Körper so weit aufzublähen, dass er entfliehen könnte. Es gelang ihm jedoch nicht, denn Nimue wusste von dieser Fähigkeit und hielt ihre Hände fest zusammen. Er seufzte theatralisch laut und pustete die angesammelte Luft lautstark wieder aus.

Verglich man den Spriggans mit dem Wicht, war der Letztere ein Schönheitskönig. Der Körper des Spriggans bestand aus einem grobborstigen Fell, welches vor allem auf dem Kopf unterschiedlich lang abstand. Seine Schlitzaugen hatten einen weißen Punkt in ihrer Pupille. Der Rest war braun. Seine Vorder- und Hinterbeine zeigten sich lang und spitz, genauso wie seine Ohren. Ansonsten hatte er einen schmalen Körperbau. Sein krokodilähnlicher Schwanz zog sich ebenso in die Länge wie seine Füße.

»Also«, wollte Nimue wissen, »wo ist das Bild?«

Der Spriggans zog seine Schultern nach oben. »Weiß nicht.«

»Das hört sich aber nicht überzeugend an?«, erwiderte Nimue.

»Ich hab es ja gesagt«, warf der Wicht selbstsicher ein und zeigte mit seinem rechten Zeigefinger auf den Spriggans, »er hat es!«

»Nimue«, hörte sie plötzlich den Eichenbaum rufen, »lass dich von diesen zwei Streithähnen nicht ärgern. Sie kämpfen um ein Mädchen, genauer gesagt um die Tochter des Wichts.«

»Wie bitte? Und was hat das mit dem Mondfinsternis-Bild zu tun?«, wunderte sie sich.

Der Spriggans antwortete: »Sie liebt mich und hat es mir geschenkt.«

Der Wicht empörte sich sogleich: »Sieh ihn dir doch an! Er ist so hässlich, dass meine schöne Tochter – mit gesundem Verstand – sich niemals in ihn verlieben könnte.«

»Das verletzt jetzt schon meine Gefühle«, beklagte der Spriggans.

»Von vorne, bitte«, forderte Nimue den Wicht auf, die ganze Geschichte zu erzählen.

»Meine Tochter soll angeblich in ihn verliebt sein und ihm das Bild vor einem Jahr geschenkt haben.«

»Liebt sie ihn?«, fragte Nimue.

Daraufhin schrien beide zur gleichen Zeit ein Ja und ein Nein.

Der Eichenbaum machte sich erneut bemerkbar: »Wo ist sie, ihr Streithähne?«

Schon kam sie hinter einer Tanne hervorgekrochen. Sie stand auf und sah Nimue schüchtern an. Kyla war eine schöne Wichtdame. Nimue konnte sich tatsächlich nicht vorstellen, dass sie dieses hässliche Wesen in ihrer Hand lieben sollte.

»Hallo«, begrüßte sie Kyla mit weicher Stimme.

Der Spriggans sagte sogleich: »Meine Teuerste, liebst du mich und hast du mir das Bild gegeben?«

Sie sah ihrem Vater in die Augen, dann wieder dem Spriggans und weiter Nimue.

»Ja, so ist es«, flüsterte sie leise ihre Antwort.

»Also, lass mich runter!«, forderte er Nimue auf.

Sie setzte ihn ab. Alle drei standen nun im Kreis beieinander. Keiner sprach, keiner bewegte sich. Nimue sah dem Wicht in die Augen und erkannte eine große Enttäuschung darin.

»Die Wahrheit ist ausgesprochen, lieber Wicht.«

Dieser erwiderte schroff: »Ich habe keine Tochter mehr, oder täusche ich mich und sie ist verhext worden?«

Nach diesen Worten ging er stampfend davon. Kyla fing an zu weinen. Da setzte Nimue sie auf ihre rechte Hand und hielt sie direkt vor ihr Gesicht.

»Der beruhigt sich schon wieder.«

Kyla schüttelte den Kopf und antwortete: »Nein, das tut er nicht, und ich liebe den Spriggans gar nicht so sehr, dass mir die Liebe meines Vaters nicht mehr wichtig wäre.«

»Warum hast du ihm dennoch das Mondfinsternis-Bild geschenkt und gesagt, dass du ihn liebst?«, fragte Nimue irritiert.

Da antwortete der entfernte Aaro: »Rebellion!«

»Ja«, bestätigte Kyla, »ich wollte ihm zeigen, dass ich eine eigenständige Tochter bin. Ich kann frei entscheiden, was ich will und muss nicht ständig seine Befehle befolgen.«

»Na ja, dann solltest du diese Tatsache aufklären«, erwiderte Nimue.

Sie schüttelte abermals den Kopf. »Zu spät. Nun muss ich mit dem Spriggans leben.«

»Nein!«, entgegnete Nimue entsetzt.

Der Spriggans hörte dies und bemerkte beleidigt: »Vielen Dank für Eure liebenswürdige Behandlung, Eure Hoheit. Ich mag vielleicht nicht schön sein, aber gut bin ich allemal. Ich habe ein großes und schönes Herz.«

Nimue entschuldigte sich und setzte Kyla neben ihm ab. Bevor sie das tat, flüsterte sie ihr noch zu: »Tu nichts, was du nicht willst. Es gibt für alles eine Lösung. Auch für ein neues Zuhause. Ich kann dir helfen, im Schloss zu leben oder ...«

Kyla winkte mit den Worten ab: »Danke, es ist wirklich alles gut.«

Nimue nickte zögernd und entschied sich sofort weiterzugehen.

»Na, na, solche Dramen!«, meinte Aaro, als sie bei ihm eintraf, »Du siehst, es bringt nichts, sinnlos gegen seinen Vater zu rebellieren.«

Nimue zuckte mit ihren Schultern. »Na ja, der Grund bestand darin, Recht zu bekommen, oder?«

»Ist das wirklich ein Sinn?«

Nimue schüttelte ihren Kopf. »Zumindest kein vernünftiger und das Ergebnis spricht für sich.«

Aaro kicherte. »Nun zu dir«, änderte er das Thema, »du siehst blass aus.«

Eikondia bemerkte Nimue und sagte: »Hallo, Nimue. Zwei Tage und du wirst ganz woanders leben. Wie schön das sein muss und vor allem aufregend!«

Aaro versetzte ihr mit einem Ast einen Stups. Eikondia wusste sofort, dass sie wieder einmal zu viel gesprochen hatte und gab keinen Laut mehr von sich, als Aaro spürte, dass Nimue immer noch traurig war, ihn zu verlassen.

»Aufregend, ja, das ist es und auch ...«

Der Eichenbaum unterbrach Nimue mit den Worten: »So, nun sprechen wir nicht mehr über deinen Abschied. Noch bist du da.«

»Okay«, stimmte sie zu. Er öffnete seinen Baumstamm und Nimue ging in das Versteck hinein.

Stúhly begann sogleich zu fragen: »Wie fühlt es sich eigentlich an, 130 Jahre alt zu sein?«

Aaro konterte, noch bevor Nimue etwas sagen konnte: »Wie soll es sich schon anfühlen? Was für eine dumme Frage, Stuhl!«

»Nicht anders als vorher«, antwortete Nimue. *»Und irgendwie doch«*, dachte sie sich. Alles veränderte sich seit ihrem Geburtstag, dennoch hatte das nur bedingt etwas mit dem Alter zu tun.

Aaro schloss seinen Stamm und der Raum verdunkelte sich.

»Hast du Angst?«, fragte Stúhly und bekam sogleich vom Baum einen Schlag auf den Stuhlrücken.

»Nein, nur traurig, weil ich euch lange nicht mehr sehen werde.«

»Habe ich nicht gesagt, dass wir nicht mehr über ihren Abschied sprechen, Stuhl!«, ermahnte Aaro die Stuhldame.

Da bemerkte Stúhly an seiner Stimme, dass Aaro selbst das Thema vermeiden wollte. Sie seufzte. Danach bat sie Nimue: »Erzähl uns von dem schrecklichen Wesen, das dich vor zwei Monaten nachts heimgesucht hat?«

Nimue hielt die Luft an. Der bloße Gedanken daran verursachte eine Gänsehaut.

»Soll ich wirklich?«, vergewisserte sie sich. Sie hoffte, dass die Stuhldame es verneinte und hörte Aaros Worte: »Natürlich nicht!«

»Doch!«, rief Stúhly unerschütterlich. »Es ist wichtig, dass man über Ereignisse spricht, die einen bewegen. Auch über die schrecklichen, nur so kann man sie besser verarbeiten.«

Aaro musste zustimmen, wenn auch ungern.

»Mein Opa hat gesagt, dass es ein Schattengeist war, der von der Art der Nórska abstammt. Diese Geister sind mit dem Schatten derart stark verbunden, dass sie für alle Lichtwesen ausschließlich schemenhaft zu erkennen sind. Nur im Reich des Schattens kann man ihre Gestalten klar sehen. Die Oberkörper sind menschlicher Natur, und die Beine gleichen denen von einer Ziege. Sie können im Dunkeln nicht sehen, weshalb er eine

Laterne mit sich trug. Trotzdem leben sie hauptsächlich in der Nacht.«

Stúhly amüsierte sich: »Ein Schattengeist kann im Dunkeln nicht sehen, wie dumm.«

Da kicherte Aaro und Stúhly bereute ihre Bemerkung. Das Holz bewegte sich wie ein schnell pochendes Herz auf sie zu.

»Vorsicht!«, warnte sie Nimue, die Sekunden später am Rücken getroffen wurde. »Ich habe noch nie etwas über solch hässliche Wesen gehört, erschreckend, nicht wahr, Baum?«

»Opa sagt, dass die Nórska ursprünglich gute Geister gewesen sind. Sie waren sichtbar, ohne Schattenumhang. Ihren Körper verdeckten sie immer unter einem langen, grünen Mantel, da sie niemanden wegen ihrer Ziegenbeine erschrecken wollten. Sie lebten friedlich unter den Menschen, die ihre Andersartigkeit aufgrund ihrer Kleidung nicht sehen konnten. Dhuorc jedoch brauchte diese Geister für seine Zwecke. Da sie ihm aus ihrem reinen Gewissen heraus nicht folgten, brachte er den Anführer um, tauschte seine lichtvolle mit einer dunklen Seele aus und erweckte ihn wieder zum Leben. Mit seiner Hilfe konnte er das ganze Volk manipulieren.«

Aaro fragte entsetzt: »Er hat sie allesamt umgewandelt – wie schrecklich!«

»Na ja«, erwiderte Nimue, »das haben sie schon selber gemacht, soweit ich meinen Opa richtig verstanden habe.«

»Wie meinst du das?«, wollte Stúhly wissen und Nimue antwortete: »Ich nahm auch an, dass er die ganze Familie getötet und wieder zum Leben erweckt hat, da ansonsten ein Licht- kein Schattenwesen werden kann. Das stimmt aber nicht.«

»Leider«, hörten sie den Eichenbaum brummen.

»Lichtwesen können sozusagen fallen und sich von ganz allein dem Reich der Finsternis zuwenden«, erklärte Nimue.

»Ich glaube, ich verstehe jetzt, was du meinst, Nimue. Wer angreifbar ist oder nicht stark genug oder noch zu jung, um zu verstehen, oder nicht an sich glaubt, ist beeinflussbar, und somit für die Schattenwelt lenkbar. Damit kann die dunkle Macht diese Wesen ins Verderben stürzen, ohne dass sie es merken.«

Nimue nickte zustimmend. »Sie wussten wahrscheinlich nicht, dass ihr Anführer nun ein dunkles Wesen war, oder es gab niemanden, der genug Stärke aufbrachte, um sich dagegen zu wehren.«

»Ich denke schon, dass sie es erkannten. Trotzdem, sich auflehnen, vor allem, wenn man womöglich in der Minderheit ist, muss schwer sein. Wer stellt sich schon gerne gegen die eigene Familie, auch wenn man damit etwas Positives bezwecken will«, vermutete Aaro. »Es ist einfacher, mit dem Strom zu schwimmen; auch in unserer Welt, leider.«

»Ja«, entgegnete Stúhly aufgewühlt über diese Tatsache, »obwohl man gemeinsam richtig stark sein könnte, nicht wahr, Baum?«

Der Eichenbaum lachte hell auf. »Solch einen Kampfgeist hätte ich von dir gar nicht erwartet.«

»Lach nur«, erwiderte Stúhly, »ich habe dennoch recht!«

»Das hast du«, stimmte Nimue zu.

»Natürlich ist es so. Es lohnt sich immer, für seine Überzeugung aufzustehen. Vor allem, wenn es dem Allgemeinwohl dient«, war sich Aaro sicher.

Die Stuhldame grinste vor sich hin. Sie bewegte sich dabei abwesend hin und her, als sie Nimue am Bein traf. »Oh, pardon!«, entschuldigte sich Stúhly daraufhin schüchtern.

»Wisst ihr«, erzählte Nimue die Geschichte weiter, »ich habe kurz davor das ganze Geschehen geträumt, und die Spiegeldame hat den Traum in meiner Seele gesehen. Sie informierte den Schrank sowie Seoras und Aar. Der Schrank hat mir daraufhin einen durchsichtigen Anzug gegeben, der sich als vollkommen undurchdringbar herausstellte, und somit konnte meine Angst auch keinen Schaden anrichten.«

»Die Angst, ja«, schmunzelte Aaro, »die ist so eine Sache. Sie kann den Körper derart wehrlos und angreifbar machen, dass man sie unbedingt besiegen muss. Aber auch das wirst du in der Zauberschule noch lernen.«

»Wirklich? Kann man sie besiegen lernen?«

»Ja und nein, zumindest kannst du lernen, sie zu beherrschen«, versicherte Aaro seiner Freundin. »Aber Angst ist auch ein natürlicher Instinkt und in manchen Situationen lebensrettend.«

»Zum ersten Mal habe ich Angst gespürt, als ich mit Cara auf der Fraueninsel war. Seither geschehen viele merkwürdige Dinge.«

Da gestand sich Stúhly ein: »Ich würde mir in meinen Holzhintern beißen, wenn ich diesen sicheren Ort noch einmal verlassen müsste.«

Der Eichenbaum lachte erneut laut auf. »Niemals würdest du ihn treffen.«

»Ha, natürlich würde ich«, war sich Stúhly sicher.

»Ich verstehe nicht, wieso weibliche Wesen sich so schwer einschätzen können?«

»Hey«, rief Nimue nun im Chor mit Eikondia und der Stuhldame.

»Bin ja schon still«, entgegnete er versöhnlich und wechselte sofort das Thema: »Deine Zeit ist gekommen, um auf die große Schule des Lebens zu gehen, Nimue. Es wird bestimmt spannend und aufregend und, ach, alles zusammen.«

»Warum bin ich nicht einfach genauso wie meine Geschwister; wie zum Beispiel Marie, die sprachlich super begabt ist und Freude an ihrem Selbst hat, wie kein anderer. Das reicht ihr zum Leben.«

Auf einmal fing Stúhly an zu zittern.

»Gott behüte!«, warf Aaro ein und Stúhly sagte: »Bei diesen Worten läuft mir gleich ein unangenehmer, furchtbar kalter Schauer über mein schönes Holz.«

»Du bist wunderbar und besonders. Bilde dir bloß nicht ein, dass dir dieses scheinbar gemütliche Dahinleben besser gefallen würde. Es ist langweilig, das sage ich dir! Ganz bestimmt, und deine Eigenschaften und Fähigkeiten werden die Welt verändern, meine liebe Freundin. Dein Herz, Nimue, das ist so rein, wie ich es noch nie bei einem anderen Wesen gesehen habe, und ich kenne viele und noch mehr Wesen.«

Nimue öffnete ihre Zimmertür und hörte Oona mit Specchio angeregt über Schmiermittel und deren Unterschiede diskutieren.

»Da bist du ja«, sagte Oona, als sie Nimue sah. »Heute Abend kommen wir alle im Königssaal zusammen. Es gibt deinen geliebten Gemüsebrei, in Natur und gesüßt als Nachspeise.«

Nimue freute sich darüber. »Wegen meiner Abreise?«, wollte sie wissen. »Ich bin doch noch eine Nacht länger hier?«

»Ja«, antwortete Oona, »der letzte Abend gehört nur uns, also zusammen mit Katar, Léa, Seoras, Aar, und deinen Geschwistern. Wir treffen uns alle im Kaminzimmer. Was hältst du davon?«

»Ich freu mich!«

»In zwei Elfenstunden gibt es erst einmal ein einzigartig gutes Abendmahl. Die richtige Zeit darf ja von nun an kein Problem mehr für dich sein, huh?«, meinte Oona und verwirrte damit Nimue.

»Wieso? Weil ich immer zu spät komme?«

»Nein. Hast du dein Geschenk noch nicht gesehen? Es liegt auf dem Bett.«

Nimue drehte sich um und sah eine kleine Taschenuhr auf der Bettdecke liegen. Sie nahm sie in die Hand. Die Berührung machte sie scheinbar lebendig und sie sprang auf.

»Hallo, Nimue! Ich bin deine Uhr, geschenkt von Uhrilia, der treuen Elfenuhr aus der Eingangshalle.«

Nimues Mund stand weit offen. Sie räusperte sich, bevor sie fragte: »Wie heißt du?«

»Wie soll ich heißen? Ich gehöre dir, also darfst du für mich einen Namen auswählen.«

»Vielleicht, Shima?«, schlug Nimue vor.

»Schatz! Ich bin dein Schatz, ja, das gefällt mir. Mein Name ist Shima.«

Nimue schloss die Uhr, um das Gehäuse genau zu betrachten. Es war rund und aus reinem Gold. Auf dem Deckel war eine Elfe eingraviert, die Nimue ähnlich sah.

Oona bemerkte: »Das bist du. Uhrilia hat uns um ein Bild von dir gebeten, um es eingravieren zu lassen. Ist das nicht originell?«

Nimue nickte begeistert. Sie öffnete die Uhr noch einmal und erkannte sogleich, dass darin wirklich Leben steckte. Diese lebendige Energie berührte ihre Sinne gleich nach der Öffnung, als ob sie eine unsichtbare Umarmung erhalten würde. Shima strahlte hell und lichtvoll. Nimue sah, dass die Zeiger ebenfalls aus Gold waren. Die Ziffern stellten kleine Elfenfiguren dar, die eine Zahl bildeten. Nimue war begeistert und sprang vor Freude in die Luft. Sie rannte in die Eingangshalle, um sich dafür zu bedanken.

»Danke, Uhrilia! Danke!«, rief sie fröhlich.

»Keine Ursache. Gefällt sie dir?«

»Und wie! Sie heißt Shima.«

»Ah, von Sima nehme ich an«, vermutete Uhrilia, »die Sprache unserer Vorfahren ist einfach wunderbar!«

»Das stimmt. Shima ist mein Schatz, so einer, wie ihn die Drachen in ihren Schatzkammern aufbewahren.«

»Ja, das ist sie.«

Als Nimue wieder in ihr Zimmer zurückkam, war Oona verschwunden. Die Spiegeldame sah Nimue nach ihr suchen und erklärte: »Sie musste in den Kräutergarten.«

»Ich habe noch etwas Zeit vor dem Abendessen, oder?«, wollte Nimue wissen.

»Endlich musst du mich das nicht mehr fragen.«

»Kannst du mir Bescheid geben, Shima, wenn es so weit ist?«

»Natürlich«, erwiderte Shima.

Daraufhin nahm Nimue ein paar Blätter Papier, ein Tintenfass und eine Feder in ihre Hand. Mit den Utensilien machte sie sich auf den Weg in den Rosengarten. Dort angekommen, setzte sie sich auf eine kleine Bank, legte die Uhr neben sich und fing an zu schreiben:

Liebe Mama, lieber Papa,
nun bleibt mir ein Tag hier unten im Königreich. Ich bin voller Vorfreude und traurig zugleich. Oft frage ich mich, was mich auf der Zauberinsel erwartet und ob es mir gefällt. Wird es mir dort gut gehen? Wenn mich diese Zweifel plagen, verlasse ich mich darauf, dass mich wieder einmal meine Abenteuerlust packt und auch die Sehnsucht nach neuen Erfahrungen. Ansonsten wäre ich sicherlich zu ängstlich, Euch zu verlassen. Das Königreich ist schön und sicher. Viele Wesen beschützen mich hier unten und da sind auch noch der Schrank, die Spiegeldame, Stúhly und Aaro. Ich frage mich oft, wie es ohne sie sein wird. Werde ich den Angriffen der Schattenwelt standhalten? Ich will Euch keine Sorgen bereiten, und Ihr sollt wissen, dass ich alles dafür tun werde,

um Euch eine Freude zu machen. Ich werde für Eure Gesundheit kämpfen und für das Licht, so wie es im großen Schicksalsbuch geschrieben steht. Die Schule wird mich gut darauf vorbereiten, da bin ich mir sicher. Trotzdem frage ich mich oft, ob ich eine gute Schülerin sein werde? Vielleicht schmeicheln mir Uropas und Opas Worte nur und ich bin gar nicht so intelligent, wie sie immer behaupten. Vielleicht sagen sie es nur, weil sie mich lieb haben. Wer weiß das schon. Ich weiß, wie sehr sie mir vertrauen und an mich glauben. Ich möchte sie nicht enttäuschen und würde so gerne mit Euch darüber sprechen und Eure Meinung dazu hören. An meinem Geburtstag konnte ich es nicht tun, da ich unser Zusammensein genießen wollte. Das war mir wichtiger als lange Gespräche zu führen. Trotzdem würden mich Eure Meinungen interessieren.

Glaubt Ihr auch an mich? Ja, Ihr habt es mir schon gesagt und ich weiß, dass Ihr es tut. Und doch hätte ich es gerne noch einmal aus Eurem Mund gehört. Es macht mir Mut. Ich darf aber nicht undankbar sein. Uropa, Opa und Oma sind immer für mich da. Ohne sie würde ich die Sehnsucht nach Euch nicht aushalten. Sie und die vielen lieben Wesen, wie auch Grìgoris – so heißt der Drache, der mich besucht hat – stehen hinter mir und glauben an mich. Ich werde alles tun, um Euch und sie nicht zu enttäuschen. Trotzdem – wenn ich ehrlich bin – löst dieses unbedingte Wollen manchmal einen Druck in meiner Brust aus, der mir meine Kehle zuschnürt. Nur ganz kurz, aber er kommt, wenn ich an mir zweifle. Die Aufgabe ist ja schon groß, oder? Ihr habt mir einmal gesagt, dass Ihr keine Erwartungen an mich stellt, weil die Liebe ohne Bedingungen besteht. Sie existiert immer, egal, was man ist oder wer man ist oder was man tut. Ich glaube, dass Ihr mir damit den meisten Mut gegeben habt. Das heißt ja, dass Ihr mich auch noch liebt, wenn ich versage oder nicht so gut bin, wie Uropa meint, dass ich bin. Eines weiß ich bestimmt: ich liebe Euch für immer und ewig!

Eure Tochter Nimue, die schon bald auf der Zauberschule sein wird.

P.S. Mama und Papa, Maeve hat mir versprochen zu zeigen, wie ich Euch in meinem Herzen finden kann. Ich freu mich schon darauf.

Nimue faltete den Brief zusammen und steckte ihn in ein Kuvert. Zur gleichen Zeit kam Oona in den Rosengarten und bemerkte begeistert: »Schau dir die gelben Rosen an. Die haben noch nie so schön geblüht wie dieses Jahr.«

Nimue ging auf den Rosenstrauch zu und roch an den Blüten. »Wie gut sie duften, Oma. Sie lieben deine Pflege.«

Oona strich Nimue über die Wange. Dabei sah sie den Brief in ihrer Hand. »Für deine Eltern?«

»Ja.«

»Soll ich ihn für dich aufbewahren und ihnen geben, sobald es Katar erlaubt?«

»Ja, bitte.«

Sie überreichte den Brief ihrer Großmutter. Danach ging Nimue zurück zur Bank und fragte die Uhr: »Wie spät ist es, Shima?«

Shima sprang auf und verkündete: »Du hast noch genau eine Stunde und 14 Elfenminuten Zeit, bis du im Königssaal erwartet wirst.«

Shima schloss sich wieder, während Oona lächelnd meinte: »Ich will auch so eine Uhr haben.«

»Das ist wirklich ein tolles Geschenk von Uhrilia.«

Nimue setzte sich auf die Bank und beobachtete Oona, die anfing, die Erde der Rosensträucher zu lockern. Immer wieder sprach sie abwechselnd mit einer Rose oder strich ihnen sanft über ihre Blüte. Egal, was sie tat, es wirkte auf Nimue harmonisch und berührte ihr Herz.

Oona drehte sich um und meinte: »Sie sagen, dass sie dich vermissen werden.«

Nimue ging auf die Rosen zu und streichelte jede Einzelne von ihnen. »Ich euch auch.«

Danach setzte sie sich zurück auf die Bank und versank in ihre Gedanken. Die Zeit schien ihre Geschwindigkeit zu erhöhen, denn auf einmal sprang die Uhr auf und Shima schrie: »Nimue, nur noch fünf Minuten!«

Sie konnte nicht glauben, dass sich eine Stunde derartig kurz anfühlen konnte und wunderte sich: »Oma, hast du das gehört?«

»Ja, beeil dich.«

Nimue rannte auf ihr Zimmer. Dabei musste sie feststellen, dass trotz Shima ein Zuspätkommen nicht ausgeschlossen werden konnte.

»Schrank, bitte gib mir ein Abendkleid.«

Seine Türen gingen lautlos auf, während er fragte: »Welches willst du?«

»Ich weiß nicht, gib mir eines, das du für passend hältst.«

Der Schrank seufzte unter dem Druck, das Richtige zu wählen.

Dann meinte die Spiegeldame: »Das hellgrüne mit den Rüschen. Es ist leicht und schön, perfekt für diesen Abend.«

Der Schrank holte es sogleich hervor. Sekunden später hatte sie es auch schon an. Als er Nimue betrachtete, sagte er zu Specchio: »Du hast recht. Es passt für den heutigen Abend wie kein anderes gepasst hätte.«

Daraufhin verschloss er sich wieder und Nimue rannte aus ihrem Zimmer in Richtung Königssaal. Sie betrat ihn über den Balkon und lief rasch die Wendeltreppe hinunter. Der Saal war bereits voll. Auch Oona war schon da. Nimue fragte sich, wie sie sich so schnell umziehen konnte. Noch dazu war ihr Zimmer vom Königssaal weiter entfernt als das von Nimue. Sie konnte es sich nicht erklären.

An diesem Abend war ihr Platz zwischen Seoras und Aar. Als sie sich setzte, zwinkerte Oona ihr zu.

»Bist du schneller als das Licht, Oma?«, fragte sie.

Oona lachte.

»Wie geht das?«

»Ich habe meine Helfer«, antwortete Oona zu vage für Nimues Geschmack.

Sie wollte gerade nachfragen, als Seoras aufstand und sein Glas erhob. Mit einem kleinen Holzstab klopfte er dreimal darauf. Die Gesellschaft verstummte und Ruhe kehrte ein. Seoras lächelte

Nimue spitzbübisch an, was sie zum Lachen brachte. Sie wusste nicht, warum er das tat und das machte sie neugierig.

»Ein Schrank hat mich inspiriert, heute keine gewöhnliche Rede zu halten, sondern ein Gedicht vorzutragen. Ich habe all meine künstlerischen Fähigkeiten gebündelt und eingesetzt, um ein Gedicht zu verfassen. Zuvor jedoch werde ich ein Gedicht vorlesen, das mir die Hohen Meister des Lichts zu diesem Anlass übermittelt haben. Sie berichteten mir dabei von der Seele eines zukünftigen Dichters, der bald in einer Stadt namens Calw in Deutschland geboren wird. Während seines Lebens wird er folgende Zeilen schreiben: Es muss das Herz bei jedem Lebensrufe, bereit zum Abschied sein und Neubeginne, um sich in Tapferkeit und ohne Trauern, in andre, neue Bindungen zu geben. Und jedem Anfang wohnt ein Zauber inne, der uns beschützt und der uns hilft zu leben.«

Ein fröhliches Raunen ging durch die Reihen. Nicht alle Elfen fühlten sich zur Menschenwelt hingezogen, doch dieses Gedicht berührte alle Anwesenden. Auch Nimue, die ihre Hand auf ihr Herz legte.

Seoras bemerkte dies mit Freude und meinte: »Wir sind schon auf seine weiteren Werke gespannt.«

Ein zustimmender Applaus füllte den Saal. Da räusperte sich Seoras verlegen, da er kurz davorstand, zum ersten Mal vor Publikum eines seiner Werke vorzulesen.

»Liebe Nimue, das nächste Gedicht habe ich für dich geschrieben.« Er holte tief Luft und hielt sie für ein paar Sekunden an. Nachdem er sie wieder ausgeatmet hatte, trug er vor:

»Mein kleiner Engel, mein großer Schatz,
Dein Licht erhellt meinen Weltenplatz.
Seit deiner Geburt hast du mich verzaubert,
Eins für ewig, mein Herz hast du erobert.«

Darauf kehrte eine vollkommene Stille ein. Keiner bewegte sich oder machte anderweitig ein Geräusch, als ob alle ihren Atem anhielten. Jeden berührten seine liebevoll gesprochenen Worte.

Zudem war es eine Sensation, da Seoras privat sehr zurückgezogen lebte und nur bei besonderen Anlässen sprach.

Nimue nahm eine mystische Stimmung wahr, die von den Gefühlen aller Elfen ausging. Sie stand auf und tat etwas, das im Hofzeremoniell nicht vorgesehen war. Sie umarmte den König vor allen.

Er drückte sie fest an sich, während einige Elfen riefen: »Sláinte! Sláinte!«

Sie setzten sich wieder, als auf einen Schlag die Küchentüren aufsprangen. Die Heinzelchen liefen mit vollen Tellern herein und stellten sie nacheinander auf den Tischen ab.

Nimue lehnte sich währenddessen an Seoras an und flüsterte: »Danke! Der Vers ist schöner als jedes Gedicht, das ich zuvor gehört habe.«

»Das freut mich, meine kleine Nimue.«

Auf einmal spürte sie Maries neidische Blicke ihre Elfenhaut durchbohren.

Nimue wurde mehr und mehr zu einem Dorn in Maries Auge, auch wenn Marie nicht verstehen konnte, warum jeder Nimue als einzigartig empfand. Sie konnte nichts Derartiges an ihr feststellen. Zudem war sie froh, dass ihre kleine Schwester bald das Schloss verlassen würde und wer weiß, so dachte sie, kommt sie auch nicht mehr zurück. Die Gefahren lauerten überall. Marie grinste hämisch bei diesem Gedanken. Sie wandte ihre Blicke von ihrer kleinen Schwester ab, was Nimue als Erleichterung empfand. Gleichzeitig stellte ein Heinzelchen nach dem anderen vor jedem einen Teller ab.

Da stand Seoras unerwartet noch einmal auf und bat um Ruhe. Dieser Bitte folgten die Elfen und so lauschte der ganze Saal seinen Worten.

»Ich möchte allen für das schöne Fest vor zwei Monaten danken und auch unserer hervorragenden Festplanelfe Partina.«

Partinas Wangen röteten sich sichtlich, während sie aufstand.

»Du hast eine hervorragende Leistung vollbracht. Vielen Dank, Partina! Schön, dass du wieder da bist.«

Alle klatschten und jubelten ihr zu.

»Nun aber genug der Worte. Wohl bekomm's!«

Seoras und Partina setzten sich wieder. Offiziell konnte sich Seoras bei Partina erst zum heutigen Tag bedanken, da sie die letzten zwei Monate nicht im Reich Shenja war. Sie hatte zum Dank für ihre gute Arbeit ein paar Goldstücke für eine Wellness-Oase auf der Zauberinsel erhalten. Partina konnte es nicht erwarten und reiste noch in derselben Nacht ab.

Partina war eine gute Elfe mit herausragendem Organisationstalent. Sie behielt zu jeder Zeit den Überblick über das Ganze, und somit kam ihrem scharfsinnigen Auge nichts aus. Trotzdem war sie mit einem fortgeschrittenen Alter schnell erschöpft. Seoras wusste dies und überraschte sie mit diesem Erholungsurlaub. Nun war sie wieder da und sah frisch und zufrieden aus. Ihre nächste Aufgabe war das Ausbilden von jungen Festplanelfen und Seoras hoffte, dass wenigstens eine Elfe mit ihrem Talent dabei sein würde.

Nimue aß gedankenverloren ihren Gemüsebrei, als sie Oonas Stimme hörte: »Sophia, hast du etwas von Oliver erfahren?«

Sie schüttelte den Kopf.

»Schade«, erwiderte Nimue spontan und wurde dafür von allen angestarrt. »Ich mag ihn«, erklärte sie, was Sophia freute.

»Willst du ihn nicht einmal besuchen?«, meinte Oona.

»Ja, schon.«

»Bring Nimue zu deiner Tante und verbinde das gleich damit«, schlug Seoras vor.

»Oh, ja, das mache ich gerne.«

Da bemerkte Marie hitzköpfig: »Und was ist mit mir? Ich möchte Franz auch besuchen.«

»Magst du Franz wirklich?«, wollte Léa wissen.

Marie antwortete nicht auf Anhieb. Die Anwesenden spürten förmlich, wie sie ihre Worte sorgfältig wählte.

»Er ist gut situiert, reich und ein äußerst aufmerksamer Mann.«

Alle verstanden.

»Also«, wollte Marie wissen, »kann ich sie begleiten?«

Nimue hielt den Atem an.

»Marie«, erklärte Oona, »natürlich kannst du Franz auf der Zauberinsel besuchen, wenn dir das am Herzen liegt. Bitte habe noch etwas Geduld. Übermorgen brauche ich dich, um ein Blumengesteck für Katars Abreise fertigzustellen.«

»Ihr wollt abreisen?«, fragte Marie Katar überrascht.

»Ja, sehr bald schon.«

Marie nickte zustimmend.

Danach verlief alles harmonisch. Auch Marie fühlte sich besser, denn Oona brauchte sie und das streichelte ihr Ego. Jeder am Tisch wusste, dass Oona sie unter normalen Umständen niemals um ihre Hilfe gebeten hätte. Es war ein Ablenkungsmanöver, damit Sophia und Nimue allein reisen konnten.

An diesem Abend wurde am Tisch viel gelacht. Sie philosophierten und erzählten sich Geschichten, was Nimue ausgelassen und sorglos stimmte. Nach dem Essen rief der ganze Saal ein Prosit auf Nimue aus, und schon war es Zeit, zu Bett zu gehen. Nimue ging das alles zu schnell. Sie konnte es gar nicht mehr bewusst in sich aufnehmen, und dabei rückte der Abschied immer näher. Da verließen die Elfen nacheinander den Raum, während sich Nimue nur langsam voranbewegte.

Seoras beobachtete dies und meinte: »Na, Nimue, keine Lust, aufs Zimmer zu gehen?«

»Doch, aber irgendwie auch nicht. Ich möchte mir alles um mich herum tief einprägen, um es nicht zu vergessen.«

»Das tust du nicht, Nimue. Alles, was in deinem Herzen gespeichert ist, wird dortbleiben. Mach dir keine Sorgen, und falls du doch eine Einzelheit vergisst, kommst du uns einfach besuchen.«

»Du hast recht«, antwortete sie.

»Natürlich, ich habe doch immer recht«, scherzte er und legte seinen Arm um ihre Schultern.

Da rannte ein Heinzelchen auf sie zu: »Verzeiht, Eure Hoheiten, ich möchte mich bei Euch bedanken. Das Fest im Wald war fantastisch! Die Elfenhelfer haben uns auf das Vorzüglichste bedient. Wir hatten sehr viel Spaß.«

Nimue erkannte, dass es das Männlein war, das sie vor über zwei Monaten um das Fest gebeten hatte.

Seoras erwiderte: »So sollte es sein. Nimue war eure Fürsprecherin.«

Daraufhin verbeugte sich das Heinzelchen vor ihr und wiederholte: »Danke dafür, Eure Hoheit, Nimue!«

»Das freut mich, wenn es euch gefallen hat. Eure Arbeit war hervorragend, ihr habt es euch verdient. Vielen Dank dafür, Heinzelchen.«

»Immer zu Euren Diensten«, entgegnete das Heinzelchen und drehte sich in Richtung Küche um.

Danach gingen Nimue und Seoras Arm in Arm aus dem Saal, direkt in den Rosengarten. Sie setzten sich auf die Bank, als Nimue erwähnte: »Ich habe heute an Mama und Papa einen Brief geschrieben.«

»Soll ich ihn aufbewahren?«

»Nein, Oma macht das schon. Ich hoffe, dass sie ihn eines Tages lesen können.«

»Das werden sie. Ganz bestimmt«, ermunterte sie Seoras.

Ohne Worte beobachteten sie den Sternenhimmel und dessen Leuchtkraft, die auf den Rosenblüten hell schimmerte. Nimue genoss es, still neben Seoras zu sitzen. Das traute Zusammensein gab ihr mehr, als Worte jemals hätten ausdrücken können. Es fühlte sich warm und geborgen an. Zudem war eine solche Zweisamkeit für Nimue nicht selbstverständlich, denn sie konnte nicht mit vielen diese kraftschöpfende und friedliche Stille teilen. Nur mit denen, die sie liebte und tief in ihrem Inneren vertraute.

»Du weißt, Nimue, dass du nach dem Tod meiner Frau die Einzige warst, die mir Freude bereitet hat. Deshalb möchte ich dir heute sagen, dass mir nichts in meinem Elfenleben wichtiger ist als du. Mit all meiner Kraft werde ich mich zu jeder Zeit um dich sorgen und dich beschützen. Niemand wird dir ungeschoren Schaden zufügen, und all die werde ich hofieren, die dich glücklich machen. Ich liebe dich ohne Wenn und Aber. Keine Bedingung ist daran geknüpft.«

Nimue fing an zu weinen. Viele Tränen liefen über ihre Wangen.

Er drückte ihren Oberkörper an den seinen und sagte: »Niemals bist du auch nur eine Sekunde lang allein.« Er strich ihr sanft übers

Haar. »Weine, meine kleine Nimue, so lange du möchtest. Es reinigt und heilt deine Gefühlswelt. Tränen sind viel mehr als nur Wasser. Sie können deinen Schmerz heilen, wenn du es willst. Bitte das Wasser um Hilfe, und es wird dir antworten. Visualisiere dabei immer klares und fließendes Wasser und lass es durch deine Augen fließen. Niemals musst du dich auch nur einer Träne schämen. Nur schwache und unwissende Wesen tun das.«

Der Morgenstern leuchtete bereits hell in Nimues Zimmer, als sie sich noch einmal im Bett umdrehte. Es war der Tag vor ihrer Abreise und sie wollte nicht aufstehen, auch wenn sie sich bereits frisch und munter fühlte. Nimue hatte in dieser Nacht sehr intensiv geträumt. Immer noch schwebten die Bilder in ihrem Kopf herum, sodass sie nicht aufhören wollte, darüber nachzudenken. Es waren schöne Träume, in denen sie tanzte und mit ihren Eltern im Rosengarten Elfkaton spielte. Sie tauchte dabei in eine wunderbare Welt ein, in der eine vollkommene Ordnung herrschte. Alles passte und stimmte als ein Ganzes überein. Während sie ihren Gedanken nachhing, begrüßte sie die Spiegeldame: »Guten Morgen, Nimue! Ich habe deine Augen schon offen gesehen.«

»Guten Morgen, Specchio.«

»Was hast du heute vor?«, fragte die Spiegeldame mit feierlicher Stimmung.

»Ich werde zur Eiche gehen, vielleicht noch ausreiten, und abends treffen wir uns alle in Aars Büro«, erklärte sie, wieder mit geschlossenen Augen.

»Und was tust du den Rest des Tages?«

»Weiß noch nicht«, antwortete sie knapp.

Sie wusste es wirklich nicht. Nimue wollte einfach nur in den Tag hineinleben. Ihr Gefühl allein sollte sie leiten und ihr dabei schöne Stunden bereiten.

Sie warf die Bettdecke zur Seite und fragte: »Schrank, was soll ich heute anziehen?«

Auch diese Entscheidung mochte sie an diesem Tag nicht allein treffen. Der Schrank öffnete sich sogleich mit den Worten:

»Nimue, mein Engel, so wach, so edel,
Eine Kleidung für diesen letzten Tag,
Hat mir heut' Nacht geflüstert der Trìvogel,
Extra Steine für dich an deinem Festtag.«

Er streckte eine braune, enge Hose und eine gleichfarbige Tunika hervor. Das Hemd hatte an den Ärmeln sowie am V-Ausschnitt viele bunte Steine. Sie waren grün, weiß, hellblau und rot und funkelten und glitzerten scheinbar abwechselnd um die Wette.

»Ein Alexandrit für die Weitsicht,
Ein Beryll stärkt die ruhende Kraft,
Ein Larimar für das Höhere Bewusstsein,
Ein roter Turmalin für die Lebenslust.«

Nimue zog sich um und erkannte, dass sich die Tunika trotz der vielen Steine leicht auf der Haut anfühlte. Sie schnürte einen dünnen Gürtel um die Taille und war fertig.

Die Spiegeldame bemerkte sogleich: »Wie immer eine Schönheit.«

Nimue verbeugte sich vor ihr und setzte sich mit einem Blatt Papier auf das Liegesofa.

»Ich werde Cara eine Nachricht zukommen lassen, dass Sophia und ich morgen Mittag bei ihr sein werden«

»Das weiß sie doch«, erwiderte Specchio.

»Nur zur Sicherheit«, wollte Nimue die Spiegeldame überzeugen.

»Geh raus und genieße die Zeit. Briefe kannst du auch noch von der Zauberinsel aus schreiben«, meinte die Spiegeldame daraufhin bestimmend. Und Specchio hatte recht, Cara wusste bereits, wann und mit wem sie ankommen würde. Seoras hatte ihre Familie bereits informiert.

Nimue legte das Blatt Papier zur Seite, stand auf und informierte Specchio und den Schrank: »Ich gehe in den Garten.«

Gleich darauf schlenderte Nimue die offenen Arkaden im oberen Stock entlang und blickte dabei zum Garten hinunter. Da entdeckte sie eine große Rauchentwicklung. Sogleich rannten aufgeregte Heinzelchen auf dem Schlosshof schreiend hin und her.

»Es brennt! Es brennt!«

Nimue verstand nicht, es hatte bei ihnen noch nie gebrannt. Sie wusste nicht einmal, ob das in der magischen Wasserenergie möglich war. Nimue folgte dem Rauch und sah, dass der Ursprung in einem von Oonas Gewächshäusern liegen musste. Kurz entschlossen rannte sie die Treppe in den Rosengarten hinunter und über einen Kieselweg in Richtung Gewächshäuser. Der Qualm wurde immer stärker, bis sie keinen Meter mehr voraussehen konnte. Sie schärfte ihre Elfenaugen, um ihr Umfeld deutlicher wahrzunehmen. Es machte jedoch keinen Unterschied und so wurde sie immer langsamer. Sie streckte ihre Arme nach vorne aus, um sich nicht an irgendetwas zu stoßen. Nach einer Weile spürte sie die Eingangstür zu einem der Gewächshäuser und öffnete diese vorsichtig. Als sie eintrat, roch sie den Rauch derartig intensiv, dass ihr beinahe der Atem stehen blieb. Es war ein übler, beißender Geruch. Sie versuchte, ihre Geruchsnerven zu bändigen, sodass sie weitergehen konnte. Gleichzeitig hörte sie Oona mit Maeve aufgeregt sprechen.

»Was habe ich nur falsch gemacht?« Oonas Stimme klang verzweifelt.

Maeve lachte hell auf, ohne zu antworten. Nimue ging derweilen nach und nach durch den Gang auf die beiden zu. Dabei bückte sie sich, um sich entlang der rechts und links liegenden Beete voranzutasten. Sie wunderte sich sehr über die dichte Art der Rauchentwicklung.

Nach einer Weile hörte sie Oona sagen: »Ich verstehe das nicht.«

Maeve erwiderte: »Also gut, deine Mischung war nicht richtig, Oona. Du hast viel zu viel Erdrauch benutzt und das auch noch, ohne Weihrauch darunterzumischen. Der Gestank ist ja furchterregend. Noch dazu hast du zwei Kräuter zu viel hineingegeben, die sich nicht vertragen. Deshalb sind sie auch vor Wut explodiert.« Maeve lachte erneut.

»Oma?«, fragte Nimue.

»Ja, meine Liebe. Wir können dich noch nicht sehen, komm näher«, antwortete Oona.

Nimue stellte sich direkt vor Oona. Doch sogar von dieser Nähe aus war es Nimue unmöglich, mehr als ihre Silhouette zu erkennen.

»Was ist das?«, wollte sie wissen.

Oona seufzte, bevor sie erklärte: »Du kennst doch meine Lilie, die rosafarbene Roswitha.«

»Ja, die kenne ich.«

»Die hatte in der letzten Zeit schwere Stimmungsschwankungen. Um wieder auf den Stängel zu kommen, dachte ich, dass ich eine von Maeves Kraft-und-Lebensmut-Räuchereien für sie anwende.«

Nun musste auch Nimue lachen, denn das war offensichtlich danebengegangen. Bei diesem Gestank hatten zudem sicherlich alle anderen Blumen ihre Köpfe eingezogen. Sie erkannte dennoch, dass der Geruch peu à peu abnahm und sich in einen erträglicheren Duft umwandelte.

»Oona hat viel zu viel Erdrauch benutzt«, erklärte Maeve, »der riecht bestialisch. Es wird sich bald bessern. Ich habe Weihrauch dazu gemischt.«

Oona klagte: »Wie kann ich ihr jetzt noch helfen?«

»Jetzt warten wir erst einmal ab, bis wir wieder etwas sehen. Danach kümmern wir uns um Roswitha.«

Oona nickte zustimmend.

Sie setzten sich an einen kleinen Tisch, der inmitten der Blumenbeete stand. Maeve blies immer wieder ein wenig Luft in den Rauch, um ihn aus dem Glashaus zu vertreiben. Mit Geduld geschah dies auch. Als sich der Rauch verzogen hatte, sahen sie Roswitha vor sich. Sie war vor Traurigkeit eingeknickt. Die anderen Blumen räusperten sich und öffneten nach und nach ihre Köpfe. Manch eine schüttelte sich ein wenig, um so den auf ihr liegenden feinen Staub von sich abzuwerfen.

Oona war erleichtert, dass ihre Schützlinge wieder frei atmen konnten. Alle anwesenden Blumen, außer Roswitha, fingen an, sich aufgeregt miteinander zu unterhalten. Oona stand auf, um ihre Oberflächen auf rußige Rückstände zu überprüfen. Danach wandte sie sich Roswitha zu.

»Ja, sie sieht nicht gut aus, eure Roswitha«, stimmte ihr Maeve zu. »Ich würde sagen, dass wir eine kleine Schutzhülle um sie bauen und nur sie allein räuchern.«

Alle Blumen ließen einen Freudenschrei los, da sie auf keinen Fall noch einmal geräuchert werden wollten. Da holte Oona ein kleines Zelt aus dem Nebenraum, das sie über Roswitha stellen wollte. Sie breitete es auf dem Boden aus.

Nimue erkannte sofort die Form. »Oma, das sieht wie eine ägyptische Pyramide aus!«

»Das soll es auch«, erklärte Maeve, »Pyramiden haben eine besondere Heilenergie. Sie helfen Ängste und Stress loszulassen, um den Körper heilen zu können.«

»Hat Roswitha Stress oder Angst?«, fragte Nimue irritiert.

»Du fragst dich sicher, wie eine Blume Angst empfinden kann, die so liebevoll von deiner Oma gepflegt wird?«

Nimue nickte.

»Ängste und der dadurch ausgelöste Stress können auch in Situationen erzeugt werden, die oberflächlich betrachtet nicht nachvollziehbar sind. Oder sie haben gar nichts mit äußeren Gegebenheiten zu tun.«

»Vor was hat sie denn Angst?«, fragte Nimue.

»Ich weiß es nicht«, erwiderte Oona, »sie hat schon lange aufgehört, mit mir zu sprechen.«

Maeve meinte: »Wichtig ist nur, dass wir alle Emotionen ernst nehmen und uns darum kümmern. Auch dann, wenn wir es nicht auf den ersten Blick verstehen können.«

Nimue kicherte bei dem Gedanken, dass eine Blume ein seelisches Tief haben konnte.

»Und noch wichtiger ist«, unterbrach Maeve sie sogleich, »dass wir nicht urteilen! Keiner hat das Recht, über andere zu richten und womöglich über das Leiden anderer zu lachen. Verstehst du, was ich meine?«

»Ja, ich weiß. Ich wollte sie ja auch gar nicht auslachen. Ich finde es nur lustig, dass eine Blume … du weißt schon.«

Maeve schüttelte den Kopf. »Ich habe keine Ahnung, von was du sprichst.«

»Irgendwie tut sie mir ja leid. Hoffentlich können wir ihr helfen.«

»Mitgefühl, Nimue, Mitgefühl sollst du haben und kein Mitleid. Mitleid braucht niemand.«

Nimue blickte Maeve irritiert an, die sich wieder auf Oona konzentrierte. Diese stellte gerade die Pyramide über Roswitha auf.

»Lass uns eine gesunde Mischung aus Erdrauch, Weihrauch, Galbanum-Resinoid, Copal, Damiana, Steppenraute, Guajakholz, Fichtenharz und Präriebeifuß zusammenstellen. Hast du alles da, Oona?«

Sie nickte und stellte die bereits vorbereiteten Räucherstoffe der Reihe nach vor Maeve auf.

Nimue beobachtete das ganze Geschehen mit Spannung.

Anschließend nahm Oona die auf dem Boden liegenden Steine an sich, um sie in einer Kiste zu verstauen. Sie zeigten die vier Essenzen oder Wurzelkräfte allen Seins. Auf einem Stein war das Feuer abgebildet, auf einem anderen das Wasser, auf einem die Luft und auf dem nächsten die Erde. Die Kräfte der vier Grundelemente und ihre positiven Eigenschaften dienten Oona für gewöhnlich als Unterstützung bei jeder Räucherung.

Nimue fragte deshalb: »Warum nimmst du die Steine weg? Brauchst du sie nicht für die Räucherung?«

Oona schüttelte den Kopf. »Die Pyramide stellt mit ihren vier im Quadrat liegenden Seiten die Elemente bereits dar. Doppelt brauchen wir sie nicht.«

Gleichzeitig sah Nimue Maeve eine Steinschale in die Hand nehmen. Als Erstes legte sie ein wenig Sand hinein, um darauf Kohle anzuzünden. Es dauerte eine Weile, bis sie verglühte. Dann wendete Maeve den Kohlestein und begann sorgfältig die vorbereiteten Harze, Hölzer und Kräuter daraufzulegen. Darüber streute sie Weihrauch, der den Duft angenehm machen sollte und zusätzlich zur Reinigung diente. Danach legte sie einen Deckel mit verschieden großen Löchern darüber. Die Ränder des Deckels und der Schale gingen ineinander über und verschlossen sich dabei. Maeve nahm das Räucherinstrument in die Hand und stellte es in die Pyramide neben die Pflanze. Zur Empörung der anderen Blumen qualmte es an verschiedenen Stellen aus der Pyramide heraus. Als sie jedoch erkannten, dass der Geruch dieses Mal angenehm war, fast betörend, verstummten sie.

Oona bedankte sich bei Maeve für ihre Hilfe, als sie Schritte hörten, die sich ihnen näherten. Sie drehten sich um und sahen Seoras das Gewächshaus betreten. Dieser bemerkte sogleich: »Das riecht aber gut.«

Oona erklärte kurz die Lage, sodass Seoras in die Pyramide spähte und der Blume eine gute Genesung wünschte. Doch diese war noch nicht in der Lage zu reagieren.

Dann bat er Nimue: »Kannst du bitte zur dreizehnten Elfenstunde in mein Büro kommen?«

Nimues Augen weiteten sich. »Mache ich, Uropa.«

Er verabschiedete sich bei Maeve und schon war er wieder verschwunden.

»So, so«, meinte Maeve, »das ist aber eine Seltenheit und gleichzeitig eine große Ehre, Nimue.«

»Ich weiß«, stimme Nimue zu.

Seoras lud so gut wie niemanden in sein Büro ein. Er erledigte seine Geschäfte in der Regel von Aars Büro aus. Dennoch war Nimue schon einige Male dort gewesen. Dann las er ihr immer aus einem seiner Schmuckstücke vor. Diese unentdeckte Welt in einigen seiner Bücher war ihm heilig. Deshalb gab er sie nie aus der Hand.

Maeve riss Nimue aus ihren Gedanken. »Morgen geht es los. Freust du dich?«

»Ja, schon, aber ich bin auch aufgeregt und traurig, weil ich meine Familie verlasse.«

»Das ist normal. Du weißt ja, ich bin immer für dich da, wenn du mich rufst.«

Oona dankte Maeve dafür mit einem ausdrucksvollen Blick.

»Sollen wir Tee trinken?«, fragte Oona, als die Tür aufsprang und ein Heinzelchen hereinkam.

»Welchen wünschen Eure Hoheit?«

»Grünen Tee aus Asien«, antwortete sie und wollte ihre Bestellung von Maeve bestätigt wissen. Diese nickte und so wiederholte sie: »Grünen Tee.«

Das Heinzelchen verschwand sogleich hinter der Tür. Ein paar Minuten später kam es mit einer Kanne und drei Tassen wieder herein. Aus der Kanne strömte heißer Dampf, welcher angenehm roch.

»Ist da eine Zitrone drin?«, fragte Nimue.

Maeve nickte.

»Ich liebe Zitronengeschmack im grünen Tee.«

»Ja, das macht ihn besonders gut«, stimmte Oona zu.

Sie genossen ihren Tee, während Oona angeregt von Kräutern und Blumen sprach.

Maeve unterbrach sie mit den Worten: »Ich glaube, sie hat sich bewegt. Es geht aufwärts!«

Da die Pyramide nicht durchsichtig war, konnte Nimue nichts von einer Regung feststellen. »Maeve, kannst du die Blume sehen?«

Maeve nickte lächelnd. »Ich kann sie sehen, allerdings nur mit meinem inneren Auge. Vielleicht wäre »fühlen« besser ausgedrückt. Oft gibt es kein Wort für Gefühle oder tiefergehende Tatsachen. Deshalb ist es auch für viele Wesen so schwierig, an etwas zu glauben, das für sie nicht sichtbar oder greifbar ist und schon gleich gar nicht in Worte gefasst werden kann. Trotzdem gibt es die unsichtbare Wahrheit. Oft entspricht sie mehr der Richtigkeit als die sichtbaren Dinge es tun.«

Nimue erwiderte: »Ich glaube dir, Maeve. Ich weiß, dass es viele Dinge gibt, die das erdgebundene Auge nicht sehen kann und daher nicht erklärbar sind.«

Maeve lächelte sie liebevoll an. »Ich weiß, dass du weißt und doch wollte ich das Ganze nochmal in Worte fassen, denn es war ein Teil meiner Antwort auf deine Frage. Mein inneres Selbst kommunizierte mit Roswitha, und es signalisierte mir, dass es aufwärts geht und ihre Emotionen zu heilen beginnen.« Da wandte sie sich Oona zu. »Schau hinein, Oona, es geht ihr besser.«

Oona sprang freudig auf, nahm die Pyramide und stellte sie auf die Seite.

Alle drei betrachteten Roswithas Körper. Nimue erkannte nur minimale Veränderungen, und doch konnte man sie sehen. Ihr Stängel hatte sich ein wenig aufgerichtet, und ihre Blüte hing nicht mehr so weit nach unten.

»Roswitha«, sagte Oona mit weicher Stimme, »geht es dir besser?«

Die Blume antwortete: »Ja, eure Medizin hilft. Lasst mich noch länger unter der Pyramide. Ich brauche ihre heilende Kraft.«

Sie stellte die Pyramide wieder zurück und wandte sich Maeve zu. »Soll ich sie bis zum Abend stehen lassen?«

»Nein, nicht so lange. Der Nachmittag reicht aus. Du kannst sie wieder und wieder räuchern. Kurze, sanfte Einwirkungen sind wirkungsvoller als eine zu hoch konzentrierte Behandlung«, antwortete Maeve, »überfordere sie nicht.«

Da bewegte sich Nimues Uhr, die sie mit einer Kordel um ihren Hals auf ihrer Brust hängen hatte. Sie öffnete Shima.

»In fünf Elfenminuten schlägt die dreizehnte Elfenstunde.«

»Schöne Uhr«, erwähnte Maeve und betrachtete ihr Ziffernblatt.

Nimue lächelte zustimmend. Dann sprang sie auf und verließ das Gewächshaus.

Nimue näherte sich Seoras' Arbeitszimmer, als sie seine Stimme durch ein offen stehendes Fenster vernahm.

»Elf an der Zahl. Welcher wird es sein, ihr wisst es besser?«

Sie konnte sich seine Worte nicht erklären, so wie sie keine Ahnung hatte, dass sie nicht allein sein sollten.

»Lass ihn Nimue auswählen. Nur sie selbst kann den richtigen finden«, erwiderte eine für Nimue unbekannte Stimme, die vogelartige Töne besaß.

»Ich darf etwas auswählen?«, wunderte sie sich. *»Was kann das sein?«*

Schlagartig stieg eine Neugierde in ihr auf. Sie klopfte an die geschlossene, hölzerne Eingangstür. Diese sprang wie von Geisterhand auf, und sie ging hinein. Danach verschloss sie sich wieder.

Ihr Urgroßvater hatte ein einzigartiges Büro im Schloss. Es ging über sieben Etagen einen Turm hinauf. Bis an die oberste Decke war es offen und durch eine Wendeltreppe am rechten äußeren Rand erreichbar. Diese Treppe war zauberhafter Gestalt, was man an den fehlenden Stelzen erkennen konnte. Sie hing in der Luft und wurde durch nichts als die Magie getragen. Somit ließ sie ausschließlich das Wesen auf sich steigen, welches von Seoras die Erlaubnis erhalten hatte. Jedes andere schüttelte sie gnadenlos ab.

Nimue sah sich als Erstes nach Veränderungen um. Sie war schon lange nicht mehr dort gewesen, und so wollte sie jede Einzelheit erkennen. Sie konnte vom Erdgeschoss aus alle Etagen einsehen. Die Wände waren wie gewohnt voll von Büchern. Auf jeder Etage standen Schreibtische, die sich lediglich durch ihre Größe unterschieden. Da wanderten ihre Blicke die Treppe in den ersten Stock hinauf, als sie einen Finken am oberen Ende des Geländers sitzen sah.

Seoras folgte ihren Augen und sagte: »Nimue, sieh, unser Freund, der Fink, ist da.«

Sie begrüßte ihn, der sich daraufhin erhob und hinab auf ihre rechte Schulter flog.

»Guten Tag, liebe Nimue. Ich freue mich sehr, dich endlich kennenzulernen.«

Nimue blickte auf ihre rechte Schulter so gut es ging und antwortete: »Und ich mich erst!«

»Ich habe dir etwas mitgebracht«, erklärte der Vogel freudestrahlend.

»Er ist der Nachfahre des Finken des Zauberers, der uns auf der großen Reise aufnahm«, bemerkte Seoras, »und er ist gekommen, um dir ein Geschenk zu überbringen.«

»Zu meinem Uaneala-Fest?«

»Nein«, antwortete der Fink, »für die Zauberschule.«

»Für die Zauberschule?«

»Direktor Schnabel hat mir mitgeteilt«, erwiderte Seoras, »dass du zum Erlernen der Zauberkunst einen Zauberstab brauchst. So bat ich den Finken, mir ein paar Modelle zu bringen. Nur sie bauen noch die Zauberstäbe, wie sie der alte Zauberer vor Tausenden von Jahren hergestellt hatte.«

Nimue blieb vor Erstaunen der Mund offen stehen. Ein Zauberstab? Sie sollte einen Zauberstab bekommen? Im Traum hätte sie nicht daran gedacht, einen eigenen zu besitzen. Das war nicht gewöhnlich für Elfen. Es war jedoch auch nicht gewöhnlich, dass Elfen in die Zauberschule gingen.

»Ich lerne die Zauberkunst?«, fragte sie aufgeregt.

»Ja, das ist eines deiner Schulfächer«, antwortete Seoras.

Er hatte noch nicht ganz ausgesprochen, als Nimue ein Durcheinander von Zwitschern und Piepen hörte. Sie hob ihren Kopf und sah viele Finken von der Turmspitze aus auf sie herabfliegen. Ihre Schnäbelchen hielten die Spitzen einer hellblauen Decke, die aus dünnen, geflochtenen Schnüren bestanden. In deren Mitte musste etwas Schweres liegen, denn es beulte die Decke mit einem tiefen Bauch aus. Als sie näherkamen, konnte Nimue erkennen, dass sie ein holzschachtelähnliches Paket heranflogen. Sie stellten es direkt vor Seoras auf dem Boden. Die Decke fiel dabei auf die Erde.

Da bedankte sich der Fink bei seinen Helfern und riet: »Ruht euch aus. Ihr habt eine anstrengende und lange Reise hinter euch.«

Die Vögel flogen zwitschernd davon, während Seoras Nimue erklärte: »Sie mussten weit oben am Himmel fliegen. Keiner sollte sie sehen und schon gar nicht die Menschen. Dort oben wird die Luft sehr dünn. Das machte die Sache für die kleinen Finken äußerst anstrengend. Ich werde ihnen eine große Portion Futter bereitstellen lassen.«

Nimue konnte seinen Worten nur noch schwer folgen, ihre ganze Aufmerksamkeit gehörte dem Paket.

Seoras bemerkte dies. »Darin befinden sich verschiedene Zauberstäbe. Du darfst dir einen aussuchen. Entscheide nicht zu schnell. Lass dir Zeit und fühle dich hinein, welcher Zauberstab zu dir passt.«

Der Fink fügte hinzu: »Und zu dir will! Beide müssen sich gegenseitig anziehen.«

Seoras nickte zustimmend.

Nimue konnte sehen, dass die Holzschachtel mit einem Deckel ausgestattet war, der einer Flügeltür glich. Dieser besaß in der Mitte ein Eisenschloss, welches mit einem Mal von selbst aufsprang. Daraufhin gingen die Türen auf und gaben ein helles

Licht frei. Dieses verformte sich in der Luft zu einem Wirbel, der nacheinander an jedem von ihnen vorbeiflog, als ob er sie begrüßen würde. Er war so stark, dass er den Finken beinahe von Nimues Schulter gefegt hätte. Der Fink klammerte sich dabei fest an ihre Haare. Kurz darauf verzog sich der lichtvolle Schleier in die oberen Räume. Je höher er kam, desto mehr löste er sich auf. An der Turmspitze sah Nimue nur noch eine Handvoll Licht, als ein erneuter Luftzug aus der Holzschachtel herauswehte und Seoras traf. Seine Haare glichen sich der Laufbahn der Böe an, was Nimue zum Lachen brachte.

»Lach du nur, meine kleine Nimue«, scherzte er mit sanfter Stimme.

Die Windböe verflüchtigte sich sogleich, ohne dass sie Nimue und den Finken erreicht hatte. Als sie ihre Aufmerksamkeit wieder der Holzschachtel widmete, erkannte sie, dass der letzte Windhauch die Sicht auf das Innere freigab. Sie sah verschiedene Holzstäbe darin liegen. Auf den ersten Blick ähnelten sie sich alle, der zweite verriet jedoch große Unterschiede in der Beschaffenheit.

»Das müssen unterschiedliche Holzsorten sein«, dachte Nimue und fragte Seoras, der gerade dabei war, die Zauberstäbe aus der Schachtel zu nehmen: »Sind das alles die gleichen Zauberstäbe?«

»Nimue!«, erwiderte er empört, »Bin ich froh, dass sie uns noch nicht hören können. Sie wären zutiefst beleidigt.«

»Wieso?«, wunderte sich Nimue irritiert.

Der Fink antwortete: »Weil sie alle aus unterschiedlichen Hölzern bestehen und noch viel mehr: Sie haben eine Zauberstabseele, und diese ist stets unterschiedlicher Natur. Du würdest sie damit auf gewöhnliche Holzstäbe reduzieren.«

»Aha. Das wollte ich bestimmt nicht.«

»Schon gut«, erwiderte Seoras, »sie schlafen noch, also haben sie kein Wort gehört.«

»Schlafen?«

Seoras legte die Zauberstäbe vorsichtig auf ein freies Stück der Decke, während der Fink erklärte: »Ein Transport wäre unter anderen Umständen unmöglich gewesen. Aus diesem Grund haben wir einen Schlafzauber über sie gelegt. Die Aufregung wegen der Reise hätte bei den Stäben für ständige Bewegung gesorgt, und was das für unsere fleißigen Träger geheißen hätte, kannst du dir denken.«

»Warum bewegen sie sich ständig?«

»Na ja, zum einen vor Aufregung und Freude. Zum anderen, weil sie die Enge in einer Schachtel nicht mögen. Sie lieben die Freiheit und vor allem den offenen Blick auf ihre Umgebung und nicht ein dunkles Gefängnis.«

Der Fink räusperte sich. Gleich darauf fing er an zu murmeln. Er hob ab und zischte dabei ein paar unverständliche Worte. Dann flog er auf die Zauberstäbe zu. Nimue beobachtete das Geschehen genau. Sie wollte nichts übersehen. Der Fink blieb einen Meter über den Zauberstäben stehen und rief ein Wort nach dem anderen. Nimue hatte Derartiges noch nie gehört.

»Ist bestimmt eine Vogelsprache«, vermutete sie.

Da fing Nimue an, die Zauberstäbe zu zählen und erreichte die Zahl elf. *»Puh, so viele Stäbe«*, dachte sie sich. *»Wie kann ich einen wählen, ohne einen anderen zu verletzen?«*

Derweilen begannen die Stäbe, sich leicht zu bewegen. Nicht viel, als ob sie ihre Glieder strecken würden. Die Zauberstäbe blieben dabei alle auf der gleichen Stelle liegen. Keiner sprach oder äußerte sich anderweitig, was Nimue nachdenklich stimmte.

»Können Zauberstäbe sprechen?«, fragte sie den Finken, nachdem er seinen Zauberspruch beendet hatte.

»Nein«, antwortete er, »sie sprechen nicht. Einen Willen haben sie dennoch. Das zeigen sie auf eine andere Art und Weise. Also, nimm dich in Acht oder, besser gesagt, pass im Unterricht gut auf, wie man sie richtig behandelt.«

Sie nickte verstanden zu haben, und das nur deshalb, weil sie noch keine Ahnung hatte, was in diesen Schulstunden auf sie zukommen sollte.

Nimue, Seoras und der Fink beobachteten still die Stäbe. Sie bewegten sich vorsichtig auf ihren Plätzen hin und her. Nimue fragte sich, ob sie etwas tun sollte, als sich die Zauberstäbe vor ihr aufreihten und dabei jeweils genau einen Zentimeter Abstand hielten. Dort lagen sie nun ruhig an ihrem Platz. Sie kniete sich vor die Stäbe und erkannte, dass die kleinen Unterschiede aus der Nähe groß waren. Einige Hölzer waren ihr fremd, während sie die anderen leicht bestimmen konnte. Ihre Augen wanderten von links nach rechts. Der erste Zauberstab war aus Apfelbaumholz, der gleich daneben aus Eichenholz, der dritte war ihr unbekannt, der vierte aus Tannenholz, der fünfte aus Kiefernholz, der sechste war ihr wiederum fremd. Der siebte war aus Mahagoniholz, den achten und neunten kannte sie nicht, der zehnte war aus Ahornholz, während sie den elften genauso wenig einordnen konnte.

Die nähere Betrachtung zeigte ihr ebenfalls, dass sich die Stäbe nicht nur in ihrer Holzsorte unterschieden, sondern auch in der Herstellung. Sie waren etwa gleich lang, was auch die einzige gemeinsame Eigenschaft darstellte. Manche hatten unterschiedliche Figuren oder Formen eingraviert. Andere zeigten kleine Auswüchse auf ihren Oberflächen. Zudem stimmten die Silhouetten nicht überein, die von einer Kegelform mit geringem Durchmesser bis hin zu einer langen, dünnen Zylinderform reichten.

Auf einmal spürte Nimue einen Druck in ihrer Brust. Dieser breitete sich blitzschnell aus. Er enthielt eine Sehnsucht in sich, die sie vollkommen einnahm. Das Gefühl führte ihre Augen zu den links liegenden Stäben. Es dauerte nur einen Moment lang, als einer davon anfing, sich erneut leicht hin- und herzubewegen. Dieses Mal jedoch glich die Bewegung einem Zittern. Nimue betrachtete den Zauberstab und fühlte, wie der Druck sich in Wärme auflöste. Mit ihrer linken Hand griff sie nach ihm. Die erste Berührung entfachte einen hellen Lichtstrahl, der wie ein Blitz durch den Raum zog, bis er sich wieder auflöste. Der Zauberstab bewegte sich derweilen zunehmend in ihrer Hand. Dies erschwerte es Nimue, ihn festzuhalten.

Verzweifelt sah sie den Finken an und meinte: »Hab ich den falschen Stab erwischt? Er will nicht bei mir bleiben!«

»Ganz im Gegenteil, Nimue. Seine und deine Energien bewegen sich im gleichen Resonanzfeld und ziehen sich gegenseitig an. Du müsstest diese Anziehung doch spüren?«

Sie nickte und wandte ihre Blicke wieder dem Stab zu. Da beruhigte er sich nach und nach. Als er vollkommen still in ihrer Hand lag, betrachtete sie ihn genau. Er war rotbraun und glich einem Zweig mit einem Durchmesser von etwa einem Zentimeter. Seine Konturen waren uneben, als ob er als Stab natürlich gewachsen wäre. Nimue erkannte einige Unebenheiten, die auf weitere kleine Seitenzweige hinwiesen. Diese waren jedoch ineinander verwachsen. Er verjüngte sich nach oben etwas. Das Holz fühlte sich elastisch, dennoch hart an.

Nimue erkannte die Ähnlichkeit zu Maeves Pfeilbogen. Trotzdem war sie sich nicht sicher und fragte: »Was ist das für ein Holz?« Sie streckte den Stab Seoras und dem Finken entgegen.

Seoras antwortete: »Es ist eine Eibe.«

Nimue nickte dankend.

»Ich wusste es! Ich wusste es! Natürlich! Deshalb …«, begeisterte sich der Fink auf einmal.

Seoras wollte wissen: »Was meinst du?«

»Der Zauberstab.«

»Ja?«

»Mir wurde aufgetragen, dass ich zehn Zauberstäbe anfertigen solle und einen, ja, einen, den gibt es schon seit Jahrtausenden.«

»Ich dachte mir schon, dass er mir bekannt vorkommt. Ist er es wirklich?«, staunte Seoras.

»Ja«, antwortete der Fink, »das ist der Zauberstab deines Großvaters. Vor seinem Tod hat der Zauberer die Zukunft vorausgesehen und mehrere Briefe und Notizen geschrieben. In einer dieser Nachrichten stand die Anweisung, genau diesen Stab aus einem Versteck zu holen und zu den anderen zehn zu legen. Diese Nachricht erhielt ich am gleichen Tag wie deine Bestellung, Seoras.«

Seoras zeigte sich sichtlich beeindruckt von dem Zauberer. Er war einzigartig und ein wahrer Freund seines Großvaters Aar. Seoras wusste von ihrer Verbundenheit, und doch erstaunte ihn jede weitere Nachricht oder Anweisung des Zauberers, die so viele Jahre später ihre Wirkung erzielen sollte.

»Wo war der Zauberstab die ganzen Jahre lang?«, wollte er wissen.

»Er lag an dem Ort, an dem sich Aar aufgelöst hatte, und zwar am Boden unter einem Holzbrett versteckt. Aar hatte ihn dort mit dem Wissen hineingelegt, dass ich ihn eines Tages dort finden und einer Nachfahrin von ihm geben werde. Das war sein Wille.«

»Wir dachten, er wäre mit ihm verschwunden. Wir haben überall danach gesucht.«

Der Fink schmunzelte: »Damit könnt ihr jetzt aufhören.«

Seoras war an eine Welt voller Zauber und Wunder gewöhnt und doch gab es Ereignisse, die ihn das Wort Wunder neu definieren ließen. Er wandte sich Nimue zu, die den Zauberstab immer noch ruhig in ihrer Hand hielt.

»Er ist vom Zauberer selbst?«, fragte sie, da sie dem Gespräch nur vage gelauscht hatte.

»Nein, Nimue. Er ist von meinem Großvater Aar.«

Nimues Augen weiteten sich. »Wie bitte?«, staunte sie.

Der Fink antwortete: »Er ist ein sehr alter, außergewöhnlicher Stab. Siehe die Gravur am oberen Ende.«

Nimue hob den Stab an und sah ein »S« eingearbeitet.

»Das *S* steht für Solus und bedeutet Licht, welches aus diesem Zauberstab wirkt. Wenn du ihn drehst und das untere Ende ansiehst, kannst du dort die Form eines Wesens erkennen.«

»Ein Drache«, erkannte Nimue aufgeregt.

»Ja, es ist die Kraft des Drachen und des Lichts, die diesen Stab bestimmen. Aber wisse, es ist eine besonders wilde und starke Energie. Pass gut auf ihn auf! Es kann sein, dass du ihn immer wieder bändigen musst.«

Nimue strahlte vor Freude. »Mir fällt gerade auf, dass das Holz sich genauso anfühlt wie das des Drachenstabes. Es ist nur nicht so dunkel.«

»Beide Hölzer stammen von Eiben aus der gleichen Gegend. Sie sind sozusagen miteinander verwandt, auch wenn sie unterschiedlich aussehen.«

Da drängelte der Fink: »Komm schon, Seoras, erzähl es ihr.«

Dieser nickte zustimmend und schlug vor: »Lass es uns gemütlich machen.«

So setzte sich Nimue auf einen von drei Ohrensesseln, die vor einer Bücherwand standen. Sie hielt den Stab fest in ihrer Hand.

Der Fink setzte sich auf ihre rechte Schulter und Seoras nahm auf einem Ohrensessel gegenüber von Nimue Platz.

»Es begann vor sehr, sehr langer Zeit, als auf der Erde ausschließlich Stein, Holz und Knochen verarbeitet wurden. Damals lebte die Zauberwelt transparenter, als sie es heute tut. Viele Zauberwesen waren für die Erdbewohner sichtbar, und so wohnten ihre Stämme freundschaftlich nebeneinander. Genau zu dieser Zeit hatte ein besonderes Lichtvolk an der Küste des heutigen Nordafrikas seine Heimat gefunden. Es hieß Krìmea, wonach die Einwohner sich Krìmeany nannten. Dieses Elfenvolk charakterisierte sich durch eine Energie der Leichtigkeit und Liebe, wie es selten bei einem ganzen Stamm der Fall war. Eines Tages erhielten die Krìmeanies eine bedrohliche Nachricht. Die Schattenwelt wurde auf ihre immer stärker wachsende lichtvolle Energie aufmerksam und wollte sie vernichten. Ein Kampf stand ihnen bevor, und das, obwohl sie kein kriegerisches Volk waren. In ihrer Verzweiflung baten sie die drei Hohen Meister um Hilfe, die ihnen einen Wald schenkten. Aus dem Nichts wuchs an nur einem Tag ein schützender Wall heran, der ihren Heimatort umgab und dabei in sich einschloss. Auch an vielen freien Plätzen im Ort schoss ein Baum nach dem anderen aus dem Boden. Ausnahmslos alle Bäume stammten von einer Eibe ab, die keine gewöhnliche war, sondern eine Zaubereibe. Aus diesem Grund waren die Bäume im Reich Krìmea zauberhafter Natur, die das Volk beschützten. Nur an ihrer Farbe konnte man einen Unterschied zu den gewöhnlichen Eiben auf der Erde erkennen. Sie waren entweder dunkel- oder rotbraun. Und selbst letztere Färbung zeigte sich damals intensiver.«

»Wie haben sie das Volk beschützen können, wenn die Schattenelfen einfach nur den Wald hätten durchqueren müssen?«, warf Nimue bewegt ein.

»Die Eibe symbolisiert den Tod, aber auch das ewige Leben. Sie steht für die Fähigkeit, die Wahrheit der Seele zu erkennen und somit die Beschränktheit des Verstandes auszugleichen. Die Freiheit, die darin steckt, ist unermesslich und sprengt alle Grenzen, die sich jeder selbst setzt.«

»Du willst sagen, dass allein durch die Kraft der Eiben die Wesen ohne wirklichen, sichtbaren Schutz eine Barriere bauen konnten?«, staunte Nimue.

»Nicht direkt. Also, die Bäume sprossen nur so aus dem Boden und wuchsen schnell in die Höhe. Es waren dicke Stämme, die sich dabei fest verwurzelten und eine große Stabilität entwickelten. Trotzdem war im Wald genügend Raum für die Reiter, um in den Ort einzudringen. Als sich die Schattenelfen bereits auf dem Weg nach Krìmea befanden, musste das Volk handeln. Es brauchte Kriegswerkzeug, und das war nur aus Holz herzustellen. Sie entschieden sich in ihrer Verzweiflung dafür, die Bäume zu fällen. Doch das Holz war unzerstörbar. Es gab keine Möglichkeit, den Bäumen auch nur einen Kratzer zuzufügen. Das Holz war dick und stark, und jeder Schlag prallte ab, ohne eine Spur darauf zu hinterlassen. Aus diesem Grund rief das Volk erneut die Hohen Meister des Lichts und bat um Kriegswerkzeug. Diese jedoch antworteten: »Ihr habt uns um Hilfe gegen die Schattenwelt gebeten, und wir haben sie euch geschenkt. Vertraut uns, auch wenn euch der wahre Schutz noch verborgen liegt.« Das Volk war geschockt. Wie sollten sie nun gegen die Schattenwelt antreten? Die Tage verstrichen schnell, bis sie die Krieger in der Ferne auf sie zukommen sahen. Ihr Leben hing an einem seidenen Faden. Die Krìmeanies nahmen all ihren Mut zusammen und bildeten eine Mauer zwischen ihren Häusern und dem Wald. Mit Kriegswerkzeug waren sie nicht ausgestattet, dennoch hielten sie Steine in ihren Händen.«

»Oh, Uropa, jetzt müssen sie alle sterben.«

Seoras lächelte. »Nein, denn die Bäume nahmen sich gegenseitig an den Zweigen und bildeten einen undurchdringbaren Wall. Mit allen Mitteln versuchten die Schattenelfen, hindurch zu gelangen, sogar Feuer war mit im Spiel. Die Bäume und auch deren Blätter waren jedoch gegen jede Art von Angriff resistent. Als das Elfenvolk dies erkannte, fing es laut zu singen an. Drei Tage lang feierten sie fröhlich.«

Nimue atmete tief durch. »Bin ich froh, Uropa.«

»Ja, meine kleine Nimue, das sind wir alle. Die Krìmeanies erkannten im Laufe der Jahre, dass diese Bäume als Schutz vor dem Bösen dienten, sowie auch ihr abgefallenes Holz, das stets wieder nachwuchs. Dieser Schutz richtete sich gegen alle bösen Wesen und Geister, und so lebten sie von da an in Frieden.«

»Existiert dieses Volk noch?«

»Ja, heute jedoch für alle Wesen unsichtbar.«

Der Fink bemerkte: »Na ja, Seoras, Euch zeigen sich die Krìmeanies immer wieder gerne.«

Seoras nickte. »Nun zu deinem Zauberstab. Er stammt von einem Zwillingsbaum, der in der Mitte des Dorfes stand. Die beiden Stämme waren tief miteinander verwurzelt und bildeten ein Oval, das sich am oberen Ende wieder zusammenfügte. Darüber sprossen die Äste und Blätter, die die Stämme beschützten. Dein Zauberstab ist ein abgefallener Zweig, den der Stammesführer dem damaligen Lichtkönig der Elfen geschenkt hatte. Dieser war einer unserer Vorfahren. Auf diese Weise gelangte der Zauberstab zu Aar.«

»Und nun zu dir, Nimue«, betonte der Fink stolz, »und ich durfte ihn überbringen. Welch Freude!«

Seoras erklärte: »Auch das Holz des Drachenstabes ist vom Baum gefallen. Dies jedoch wurde für dich bearbeitet und nicht in seinem Ursprung belassen, so wie auch die Gravuren an deinem Zauberstab hinzugefügt wurden. Man sagt, dass die Drachen bis heute noch einige Äste in ihren Schatzkammern aufbewahren, die von diesem Baum gefallen sind.«

Eine Stille kehrte ein, in der alle drei auf den Stab und seine Beschaffenheit blickten.

Seoras unterbrach diesen Moment mit den Worten: »Viele Menschen, die vom Mythos der Krìmeany gehört haben, pilgern bis heute an die Küste von Nordafrika. Sie suchen den heiligen Platz, auf dem der Zwillingsbaum stand. Man sagt, dass allein die Aufnahme seiner Energie das Leben der Menschen veränderte. Dabei entstand ein Verjüngungsprozess, der sie lange leben ließ. Zudem heilte die Energie seelische Erkrankungen und nahm Leid von ihnen.«

Der Fink warf ein: »Wobei niemand in der Menschenwelt wirklich wissen kann, ob dieser Ort heute an Land oder unter Wasser ist.«

»Gibt es mehrere solcher Wälder?«, fragte Nimue interessiert.

»Nein, das Eibenholz, das von der großen Zaubereibe stammt, war nur in diesem Wald zu finden. Der große Zauberer des Lichts hatte später viele Stücke in dem heute verborgenen Reich anfertigen lassen. Lichtwesen können jederzeit das Volk Krìmeany rufen und um Holz bitten. Manche erhalten sogar das fertiggestellte Produkt.«

»Wie schön, Uropa! Nicht wahr, Fink?«

Er nickte mit dem Schnabel. »Nun«, verkündete er, »ich bin müde und möchte mich schlafen legen. Zuvor jedoch übergebe ich dir, liebe Nimue, noch dieses Etui.«

Er flog auf einen rechteckigen Gegenstand zu, der offen auf dem Schreibtisch lag. Das Innere war mit purpurrotem Samt ausgekleidet.

»Hier ruht dein Zauberstab, wenn du ihn nicht brauchst.«

Nimue legte den Stab hinein. Sanft schmiegte er sich an den weichen Stoff an.

Daraufhin flog der Fink zu den restlichen Zauberstäben und plapperte etwas vor sich hin.

»Was macht er?«, fragte Nimue Seoras, während sie das Etui behutsam schloss.

»Er zaubert sie wieder in den Schlaf.«

»Und mein Zauberstab? Er liegt ja jetzt im Dunkeln?«, machte sie sich Sorgen.

»Dein Stab ist in der Lage, das Etui jederzeit selbst zu öffnen, worüber du nicht immer froh sein wirst. Hm, Außerdem kann er hindurchsehen, als ob das Material Glas wäre.«

»Es ist aber aus Holz, Uropa.«

»Das weiß ich.«

»Er fühlt sich darin wohl, stimmt‘s?«, vergewisserte sie sich.

»Ja, das tut er«, bestätigte Seoras.

Nimue umarmte ihren Urgroßvater lange und fest.

»Weißt du, Uropa, dass damit der Platz in meinem Koffer ausgefüllt ist?«

»So, so, nur noch dieser Raum blieb übrig.«

Er nahm sie in seine Arme und drückte sie erneut innig.

»Meine kleine Nimue, ich hab dich sehr lieb!«

»Ich dich auch!«

»Ich bin mit meinem Holzherz immer bei dir, und Klein Aaro hast du auch«, tröstete der Eichenbaum Nimue.

Er klopfte ihr sanft auf den Rücken. Fest umklammerte sie seinen Stamm, als ob der Kraftaufwand sie ihm näherbringen würde.

»Und«, meinte er noch, »du kannst jederzeit zu uns in die Tiefe kommen. Du bist nicht weit weg und aus der Welt schon gleich gar nicht.«

Aaro war natürlich bewusst, dass ein Besuch ausschließlich in den Ferien möglich war. Trotzdem wollte er Nimue und auch sich selbst klarmachen, dass zwischen Zauberinsel und dem Reich Shenja nur ein Katzensprung lag.

»Und überhaupt«, sprach er weiter, »Stillstand ist die emotionale Erstarrung, die sich auf das ganze Leben auswirken kann. Bliebest du im Reich Shenja, würde diese bestimmt einmal in Erscheinung treten und dann, meine liebe Nimue, dann wärst du todunglücklich.«

Nimue wusste, dass er recht hatte, und doch war sie traurig, ihren Freund und ihre Heimat zu verlassen. Sie holte tief Luft, bevor sie sagte: »Ich bin total aufgeregt. Uropa meint, dass mir die Erfahrungen der letzten 130 Jahre ein guter Grundstock sind.«

»Grundstock, das ist wohl war. Trotzdem geht es jetzt erst richtig los. Nun lernst du das Leben von einer Seite kennen, wie es nur privilegierten Elfen möglich ist.«

»Ich habe gehört, dass nur wenige Elfen auf der Schule sind. Die meisten sollen Zauberwesen sein, die sichtbar auf der Erde leben, sowie unser großer Zauberer ohne Namen.«

»Ja, viele Kinder der Zauberer aus der ganzen Welt werden dort sein. Diese Schule genießt einen sehr guten Ruf, und nur außergewöhnliche Wesen erhalten Zutritt. Und auch nur dort ist es anderen Wesen aus der Zauberwelt erlaubt – wie euch Elfen – zu studieren.«

»Ich weiß. Warum gibt es eigentlich keine Zauberschulen für Elfen?«

»Das ist ganz einfach. Elfen lernen in der Regel keine Zauberkunst. Sie werden mit ihren außergewöhnlichen Fähigkeiten geboren und müssen diese im Laufe der Uaneala-Zeit lediglich verbessern oder trainieren, um sie damit zu stärken. Eure Sinne sind viel ausgeprägter und feiner als die der Zaubererkinder, die mehr oder weniger den Menschen gleich sind; die meisten leben sogar in ihrer Welt. Sie lernen nicht nur aus der Tradition heraus, sondern weil die Zauberkunst erlernt werden muss und nicht ausschließlich angeboren wurde.«

Nimue war beeindruckt. »Deshalb sind dort so wenig Elfen?«

»Ja, deshalb. Ich denke, dass dir die vielen Unterschiede Spaß machen werden und Cara ist auch da. Zudem lernst du deine Fähigkeiten besser anzuwenden und neue dazu.«

Sie nickte.

»Ich habe von einem Lehrer der Zauberschule gehört …«

»Du kennst einen Lehrer aus der Zauberschule?«, unterbrach Nimue Aaro aufgeregt.

»Nein, ich kenne ihn nicht wirklich. Er hat sich in eine Kammerelfe verliebt und trifft sich mit ihr vorne am Fairge-See mindestens einmal pro Woche. Hie und da lauschen wir ihren Gesprächen, wenn uns gerade langweilig ist.«

Für einen Moment lang lächelte er gedankenverloren vor sich hin.

»Dabei habe ich erfahren, dass der große Direktor Schnabel eine Veränderung plant, da immer mehr Anfragen von Elfen und auch anderen Wesen auf ihn zukommen. Er möchte die Zaubererkinder von den anderen Wesen trennen und eigene Klassen einrichten. Aber das wird wohl noch seine Zeit dauern. Allerdings habe ich dabei erfahren, dass nicht nur die Elfen eine Ausnahme gegenüber den Kindern der Zauberer darstellen.«

»Aha.«

»Sei gespannt, welche Wesen dort noch zur Schule gehen. Das Zeitloch ist bestimmt ziemlich cool.«

»Zeitloch?«

»Na ja, ein Zaubererkind hat eine andere Lebensspanne als du oder andere Zauberwesen es haben. Irgendwie, ich weiß auch nicht wie, werdet ihr auf ein gleiches Zeitniveau gehoben.«

»Das würde ja heißen, dass entweder die Zaubererkinder langsamer altern oder wir schneller?«, stellte Nimue infrage.

Aaro runzelte die Stirn. »Nein, da gibt es bestimmt eine bessere Lösung. So genau hat der Lehrer nie darüber gesprochen.«

Nimue zuckte mit den Schultern.

»Das siehst du alles, wenn du dort bist, Nimue.«

»Weißt du, wie viele Schüler dort unterrichtet werden?«

»Viele, Nimue, sehr viele. Da wirst du sicher eine Menge Freunde finden.« Der Eichenbaum schmunzelte. »Der besagte Grundstock wird dir helfen, zwischen guten und bösen zu unterscheiden.«

Nimues Augen weiteten sich. »Dort sind auch böse Wesen?«

»Eh, ich kann es nicht mit Bestimmtheit sagen. Aber es gibt ja nicht nur gute Zauberer auf der Welt. Die wollen ihre Kinder bestimmt auch ausbilden lassen.«

Bei diesem Gedanken begann Nimue zu zittern.

Aaro erkannte dies und beruhigte sie: »Keine Angst, du machst das schon. So böse sind Kinder doch von Haus aus nicht, oder?«

»Nein, sind sie nicht.«

Er drückte Nimue fest an seinen Stamm. Ihm war klar, dass auch Kinder böse sein konnten. Er hoffte, dass es seiner Nimue immer gut ergehen wird. Freilich würde auch jede schlechte Erfahrung etwas Positives in sich tragen. Trotzdem wollte er nicht daran denken.

Nimue flüsterte: »Danke, Aaro, dass du mir immer so ein guter Freund bist.«

»Na, na, nun aber Schluss mit der Gefühlsduselei. Wir sehen uns bald wieder, und sprechen können wir ja sowieso immer miteinander. Klein Aaro ist unser Sprachrohr. Also, keine Sentimentalitäten mehr.«

Aaro standen bereits Tränen in den Augen und er wollte auf keinen Fall vor Nimue weinen. Er würde sie damit nur noch trauriger machen, und das wollte er nicht riskieren.

Eikondia spürte dies und lenkte ab: »Hey, Nimue, das ist echt cool, dass du auf die Zauberinsel gehst. Machen ja nicht so viele. Was du da alles lernen wirst. Erzählst du mir einmal alles über die Welt da oben?«

»Natürlich«, antwortete Nimue und ließ Aaro los.

Die Ablenkung funktionierte, und Aaro dankte ihr mit einem kleinen Stups.

Stúhly spürte, dass Nimue bald gehen musste, und sagte: »Es wird wohl Zeit. Nimue, meine Liebe, ich wünsche dir viel Spaß und Freude auf deinem neuen Weg. Denk immer daran, ich bin hier und warte darauf, dass du dich wieder auf mich setzt. Aaro wird mir bestimmt berichten, wie es dir geht.«

»Natürlich«, erwiderte er sogleich.

Daraufhin hüpfte Nimue einen Schritt zurück, um alle drei gut sehen zu können. Sie hob ihre rechte Hand mit der Handfläche nach oben gerichtet zum Mund. Sie deutete einen Kuss an und schickte ihn zu jedem von ihnen.

Dann teilte sie Aaro in Gedanken mit: *»Ich hab dich lieb!«*

Sogleich drehte sie sich um und lief davon. Auf ihrem Rücken spürte sie die warmen Blicke ihrer Freunde, und so wandte sie sich ihnen noch einmal zu, bevor sie endgültig hinter dem Dickicht verschwand. Der Eichenbaum senkte seinen Kopf derart stark, dass das Holz laut krachte.

»Amur«, bemerkte Eikondia mit einer für sie ungewöhnlich fürsorglichen Stimme, »sie kommt doch wieder.«

»Ich hoffe, dass es ihr gut ergehen wird. Falls ihr auch nur einer wehtun sollte, dreh ich ihm mit meinem extra langen Ast den Kragen um!«

Eikondia lachte hell auf. »Ja, das machst du.«

Stúhly hüpfte währenddessen mit einem lauten Seufzer zurück in die Höhle und bat: »Bitte schließen«, was der Eichenbaum ohne Widerrede sofort tat.

Danach verstummte alles um sie herum. Für Stunden herrschte in ihrer Waldgegend eine gespenstische Stille, bei der jedes ankommende Wesen eine Gänsehaut bekam. Niemand unterbrach den Zustand, in dem eine tiefe, traurige Wahrheit steckte, die alle in ihren Bann zog.

Nach und nach füllte sich Aars Büro mit Nimues engsten Familienangehörigen, während Nimue in ihrem Zimmer war und sich mit Specchio über den Eichenbaum unterhielt.

»Warum nennst du ihn nicht endlich bei seinem richtigen Namen?«

»Weil mir Aaro gefällt.«

»Amur ist doch viel schöner für eine Eiche, oder Schrank?«

Dieser enthielt sich seiner Stimme und räusperte sich laut.

»Jeder freut sich, bei seinem Namen genannt zu werden und nicht bei dem eines anderen.«

»Ich denke darüber nach«, knickte Nimue ein, »könnte ja Klein Aaro beibehalten.«

Die Spiegeldame lachte, sodass sich Nimues Spiegelbild bewegte. Im Grunde war es Specchio egal, wie sie den Baum nannte. Sie wollte Nimue lediglich ablenken, da sie ihren Abschiedsschmerz in ihrem Bild spiegeln sah.

Da versank Nimue erneut in ihre traurigen Gedanken.

Specchio erkannte dies und machte den Schrank darauf aufmerksam.

»Nimue, weißt du eigentlich, dass ich auch gerne einen Namen hätte, der nur mir gehört?«

Sie verstand nicht. »Ich dachte, du heißt Schrank?«

»Äh, ja, aber das ist kein wirklicher Name, oder?«

»Wieso nicht?«, wunderte sich Nimue.

»Weil jeder Schrank ein Schrank ist. Somit bin ich nur einer von vielen.«

Nimue schüttelte den Kopf. »Nein, das bist du bestimmt nicht. Du bist mein Schrank und deshalb bist du für mich der schönste und größte von allen.«

Seine Türen färbten sich leicht rot ein, während er sie einmal auf- und zumachte. Er räusperte sich. Eigentlich war er voll und ganz zufrieden mit dieser Antwort. Dennoch ging es hier um eine Ablenkung und so drängelte er: »Suchst du mir einen Namen aus?«

»Jetzt?«

»Nein, du kannst ihn mir ja sagen, wenn du wiederkommst.«

»Gut, mache ich.«

»Oh«, warf Specchio ein, »wie aufregend!«

Die Ablenkung funktionierte. Nimue musste nicht mehr an ihre Abreise denken, sondern ausschließlich an einen Namen für ihren Schrank.

Specchio dankte dem Schrank mit einer leichten Bewegung nach vorne.

Er freute sich sehr, die Spiegeldame beeindruckt zu haben und wurde sogleich ein paar Zentimeter größer. Dieser schöne Moment dauerte jedoch nicht lange an, und schon senkte sich Nimues Kopf wieder.

Die Spiegeldame sagte: »Du vergisst eines, Nimue, wenn es dir auf der Zauberschule nicht gefällt, kommst du einfach wieder zurück, e basta!«

Nimue stimmte ihr mit einem Lächeln zu.

»Du bist nicht aus der Welt, sondern nur auf einem anderen Fleck der Erde.«

»Schon, aber alles wird sich ändern«, erwiderte sie.

»Natürlich und Dank dafür! Du bist doch die geborene Elfe für Veränderungen und das aufregende Leben, oder?«, meinte Specchio.

Nimue gab ihr recht. Dennoch musste sie feststellen, dass sich ein träumender Gedanke über das Reisen und die vielen Abenteuer darin, viel angenehmer und sicherer anfühlte, als die Realität es tat.

Da dichtete der Schrank:

»Unsere Nimue, unser großer, lieber Schreck,
Immer auf Achse, so wird ihre Freude geweckt,
Langeweile vermeiden, so werden Träume gepflegt,
Wissensgier, so leuchtet dein Lebensdreieck.«

»Lebensdreieck? Was soll denn das heißen?«, stellte die Spiegeldame infrage.

»Die Ganzheit der Elfe natürlich. Sie lernt auf allen Ebenen: Geist, Körper und Seele.«

Nimue lauschte ihren Worten, ohne sich einzumischen, als Specchio entgegnete: »Aha. Wie kann man im Dreieck das Wissen vermehren?«

Nun war der Schrank sichtlich verärgert über ihre Kritik und bemerkte: »Poesie ist nicht immer in einem korrekten sprachlichen Verständnis abgefasst. Das ist die Freiheit des Schaffenden!«

»So wie es die Freiheit des Publikums ist, sie verschieden zu interpretieren oder gar nicht zu verstehen«, meinte Specchio nun mit weicher Stimme, »vor allem dann, wenn die Sprache nicht präzise oder üblich ist.«

»Wohl wahr, meine Liebe, ich werde es dir näher erklären.«

Er holte tief Luft, sodass sein Holz laut krachte.

»Leuchten soll heißen, dass sie das Wissen vermehrt. Die drei Elemente des Lebensdreiecks werden dabei sozusagen angestoßen. Diese sind dadurch in ständiger Veränderung. Also, sie lernt auf allen drei Ebenen und trägt damit zu einer Veränderung im Ganzen bei. Auf diese Weise entwickelt sich eine Elfe.«

»Dann hätte ich das anders ausgedrückt«, erklärte sie erneut schnippisch.

»Wie denn?«, fragte der Schrank gereizt.

»Ich weiß nicht, aber anders.«

»Wenn man keine Ahnung hat, sollte man keine dummen Worte in den Raum werfen! Der Raum mag das nicht«, antwortete er ungewohnt hart.

Nimue erkannte, dass der Schrank Kritik an seiner Poesie nicht leiden konnte.

»Du magst das nicht«, erwiderte Specchio eintönig.

»Vielleicht ist das so! Hm, sie vermehrt ihr Wissen und verändert damit ihr Lebensdreieck.«

Der Schrank schüttelte sich vor Lachen, sodass sein Holz laut knisterte.

Als er sich wieder beruhigt hatte, schlug er vor: »Die Vermehrung des Wissens berührt ihr Lebensdreieck.«

Da wurde er ganz still. Die Zeile gefiel ihm.

»Vielleicht sollten wir gemeinsam dichten?«, meinte er versöhnlich.

Nun schüttelte Specchio ihren Körper so heftig, dass ihr Holzrahmen krachte.

»Nein, nein«, erwiderte sie, »das mach mal selber.«

Ihre Aussage beleidigte ihn. Er rastete seine Türen mit einem Knackgeräusch ein. Danach war es still im Raum.

»Sei nicht so streng mit ihm, Specchio. Er meint es doch nur gut.«

Die Spiegeldame wusste, dass der Schrank noch weiter seine Ohren offen hielt und antwortete aus diesem Grund: »Du weißt ja gar nicht, wie es ist, mit solch einem störrischen Kopf zusammenzuleben.«

»Du magst ihn doch auch«, meinte Nimue.

»Wie bitte?«, empörte sie sich. »Ich glaube, Aar hat dich bereits gerufen.«

Nimue lachte. Sie wusste, dass Specchio ihre Gefühle niemals zugeben würde; nicht einmal vor ihr. Nimue hatte ihre Großmutter bereits gebeten, sie beide in ihrer Abwesenheit nicht zu trennen. Ihr Zimmer sollte so bleiben wie es am heutigen Tag war. Nur zur Sicherheit, dass Spiegel und Schrank nicht vor Verlustschmerz in ein seelisches Tief fallen. Nimue war sich sicher, das wäre die Folge einer Trennung der beiden.

Es klopfte an der Tür und Nimue zuckte zusammen. Oona öffnete die Tür und streckte ihren Oberkörper ins Zimmer.

»Nimue, wir warten auf dich.«

»Ich komme«, antwortete sie und sprang vom Sofa auf.

»Viel Spaß, meine liebe Elfenprinzessin«, wünschte Specchio mit weicher, dennoch wehmütiger Stimme.

»Danke, Specchio«, erwiderte Nimue, die gerade das Zimmer verließ.

Seit Tagen fühlte Specchio eine unerträglich bedrückende Spannung in ihrem Glas. In diesem Moment hatte sie Angst, dass es daran zerbrechen könnte. Aus diesem Grund atmete sie tief ein und aus, um ihr Glas zu entspannen. Nimue konnte im Gang ihre Atemgeräusche hören, welche von Schritt zu Schritt schwächer wurden. Sie fühlte mit der Spiegeldame und atmete genauso tief ein und aus, wie sie es tat. Dann betrat sie mit Oona das Arbeitszimmer ihres Großvaters und sah viele Elfenaugen, die auf sie gerichtet waren.

Nimue sah Aar auf seinem Bürostuhl hinter dem Schreibtisch sitzen. Seoras saß in Aars großem Ohrensessel. Oona setzte sich auf die Couch neben Aoife, gegenüber vom Kamin. Marie hatte neben Aoife Platz genommen. Léa und Katar knieten mit Sophia am Boden, direkt vor dem offenen Feuer. Dort sah Nimue noch einen freien Platz, den sie daraufhin ansteuerte. Sie setzte sich im Schneidersitz auf den Boden.

Sophia fragte: »Hast du schon fertig gepackt? Wir reisen morgen zu früher Stunde ab.«

»Alles fertig.«

»Freust du dich schon?«, fragte Aoife.

»Ja, das tue ich«, antwortete sie knapp.

Da schwärmte Marie vor sich hin: »Bestimmt wirst du viele schöne Männer treffen. Wie ich dich darum beneide! Die Nachfahren der Zauberer sind Mensch durch und durch.«

Nimue fand keine Antwort darauf, denn sie war mit allem anderen beschäftigt als mit Männern. »Vielleicht«, flüsterte sie nach einem langen, unangenehmen Moment der Stille. »Ich kann ihnen ja von dir berichten.«

Genau das war die richtige Antwort. Marie lächelte übers ganze Gesicht, während sie anfing, mit ihren langen Haaren zu spielen.

Nimue erkannte ihre Freude und war erleichtert, die richtigen Worte getroffen zu haben.

»Vielleicht gehe ich auch weg und versuche mich auf dem Land. Die Menschensöhne sind die schönsten Wesen und würden am besten zu meiner Gestalt passen, nicht wahr?«, meinte Marie selbstbewusst.

Nimue sah in die entsetzten Augen von Seoras und Aar. Eine für Nimue merkwürdige Stille kehrte ein, die Oona kurz darauf unterbrach: »Kommt, lasst uns singen! Die Macht der Neun, okay?«

Es war ein Elfenlied, das von dem bekannten Elfensänger Adroniano komponiert und getextet worden war. Oona stimmte an. Kurz darauf erhob sich eine Stimme nach der anderen, bis alle Anwesenden das Lied der mächtigen Neun sangen.

Neun Sterne, neun Monde, neun Elfen,
Ihre Leuchtkraft erhellt die Nacht.
Neun Sterne, neun Monde, neun Kinder,
Tanzen in Reihen durch die Nacht.
Neun Sterne, neun Monde, die Zauberwelt jubelt,
Heute ist eine mystische Nacht.

Neun Sterne, neun Monde, neun Kränze
Schmücken den Himmel mit Farbenpracht.
Neun Sterne, neun Monde, neun weiße Elfen
Finden einander in dieser Nacht.
Neun Sterne, neun Monde, neun Nächte
Vereint, verliebt im magischen Traum.
Neun Sterne, neun Monde, die Zauberwelt lacht,
Der Thron verneigt sich vor ihrer Kraft.
Neun Sterne, neun Monde, neun Elfen
Feiern zusammen das höchste Lichtfest.
Neun Sterne, neun Monde, neun Zeiten,
Das Morgenlicht verabschiedet die dunkle Nacht.

Nimue konnte die tiefe Verbindung ihrer Familie deutlich spüren. Ihre Blicke wanderten von einer zur anderen Elfe. Seoras ließ seinen Oberkörper parallel zu seinen Lauten schwingen, Oona dagegen bewegte nur ihren Mund. Der Raum war gefüllt von ihren Stimmen und deren feinen Gesang. Eine Harmonie breitete sich aus, sodass Nimue froh war, dass Oona das Lied angestimmt hatte. Sie sangen das Lied neun Mal. Danach kehrte eine andächtige Stille ein, die Seoras mit den Worten unterbrach: »Wir wollen die heutige Nacht in Besinnung miteinander verbringen. Das bloße Zusammensein unserer Familie ist der Sinn unserer Zusammenkunft. Auf eine schöne Nacht!«

»Auf eine schöne Nacht«, antworteten sie simultan.

Einige sprachen noch eine Weile leise miteinander. Nach etwa einer Stunde verflüchtigten sich die letzten Töne im Raum und eine vollkommene Stille trat ein. Nur das Knistern des brennenden Holzes war zu hören.

Nimue konnte nicht einschlafen. Sie setzte sich auf, um die anwesenden Elfen zu betrachten. Alle lagen friedlich auf dem Boden, den Stühlen oder der Couch. Ihre Gesichter waren entspannt. So fühlte sich auch Nimue: gelöst und zufrieden. Allmählich überwog die Vorfreude die Trauer. Morgen sollte ihr großer Traum wahr werden. Obwohl ihr ihre Familie so viel bedeutete, war ihr in diesem Augenblick der Abschied möglich;

ohne Worte und ohne Wehmut. Nach einer Weile legte sie sich zurück auf den Boden und schlief ein. Aus diesem Grund konnte sie ein darauffolgendes Gespräch zwischen Oona und Aar nicht mehr hören.

Nachdem Oona aus einem Traum aufschreckte, schlich sie auf Zehenspitzen zu Aars Schlafplatz.

»Meinst du, es wird alles gut gehen?«

Aar nickte. »Hab Vertrauen.«

»Soll ich sie begleiten und auf sie aufpassen?«, schlug Oona vor.

»Nein, natürlich nicht. Sie würde es nicht wollen. Heranwachsende können ihren eigenen Kopf haben, der eine starke Unabhängigkeit innehat. Das weißt du, mein Schatz.«

»Dennoch …«, unterbrach sie Aar, der sofort weitersprach. »Nein, Oona, das muss sie allein schaffen. Sie wollte es so.«

»Sie wusste ja nicht, dass sie sich auch hätte wünschen können, dass ich mit ihr reise«, meinte Oona.

»So will es das Schicksal. Wäre ihr etwas anderes vorbestimmt gewesen, hätte sie sich etwas anderes gewünscht. Glaube mir, meine Liebe, es ist gut so, wie es ist. Vertraue dem Licht und all seinen Helfern.«

»Und mein Traum?«, wagte es Oona kaum auszusprechen.

»Es war nur ein Traum und du weißt, dass Träume nicht nur Vorboten der Wahrheit sind. Mach dir keine Sorgen mehr und es werden derartige Träume in Zukunft ausbleiben.«

Oona nickte wenig überzeugt. Trotzdem legte sie sich ohne Widerrede zurück auf die Couch. Sie betrachtete Nimue noch eine lange Weile. Friedlich lag sie am Boden und schlief. Oona konnte an ihren zuckenden Augenlidern erkennen, dass sie auch träumen musste. Ihr leichtes Lächeln auf den Lippen verriet jedoch, dass es ein schöner Traum sein musste, den Oona nicht stören wollte. Sie wünschte sich, dass Nimue am nächsten Morgen das Schloss nicht verlassen würde, und doch wusste sie, dass dies egoistisch war. Sie schloss ihre Augen und versuchte, ihre Angst in Freude umzuwandeln.

»Alles ist gut«, murmelte sie vor sich hin.

Nimue winkte Oona, Aar, Seoras, Katar und ihrem Freund, dem Wassergeist Hubsi, noch lange hinterher. Kurz darauf durchbrach sie auf Amparo sitzend die Wasseroberfläche des Chiemsees. Die frische, dennoch dicke Luft füllte ihre Lungen blitzschnell und sie hustete heftig.

»Ist alles in Ordnung?«, fragte Sophia besorgt.

Nimue holte tief Luft, bevor sie erwiderte: »Alles in Ordnung.«

Sophia atmete ebenso tief durch. Dabei pustete sie die Luft geräuschvoll aus. Die Pferde schienen keine Probleme mit der Umwandlung zu haben. Wie auf festem Boden blieben sie auf der Wasseroberfläche stehen, während das Wasser um sie herum für Menschen sichtbare Fontänen ausstieß.

»Diese Luft, Nimue, sie bringt Veränderung, vielleicht sogar für uns beide.« Sophia hoffte, dass auch sie einen Neubeginn vor sich hatte.

Sie tauschten einen zustimmenden Blick aus und schon ging es weiter, wobei Nimue ihre Umgebung bestaunte. Sie entdeckte die Fraueninsel, das Festland, die Krautinsel und Herrenchiemsee. Die Berge standen prächtig im Hintergrund und erzeugten eine traumhafte Kulisse. Hinter ihnen ging allmählich die Sonne auf und malte viele verschieden geformte Schatten auf das Land.

Sophia steuerte die Krautinsel an.

»Sophia, wo ist die Zauberinsel? Ich dachte, wir erreichen die Zauberinsel direkt vom Reich Shenja aus, so wie wir das beim Marktfest immer tun.«

Sophia lachte bei dem Gedanken, wo Nimue und Amparo am Ende gelandet wären. »Warte ab, die Insel wird sich uns bald zeigen.«

Sie erreichten das Ufer der Krautinsel, wo Amparo seine Hufe tief in den Sand drückte.

Nimue grübelte nach: *»Findet das Marktfest auf einer anderen Zauberinsel statt?«* Sie wusste es nicht, fragte dennoch nicht nach, da Sophia sie zum Warten aufgefordert hatte.

Nimues Blicke wanderten erneut über die umliegende Landschaft. Dabei sah sie immer wieder Kirchentürme hervorragen, die ihre Umgebung prägten. Die Natur zeigte sich wunderschön grün, als ob sie gerade mit neuer Frische erwacht wäre. Da fingen

Amparo und Sophias Pferd Maya an, unruhig mit ihren Hufen zu scharren.

»Was ist, Amparo?«, wollte Nimue wissen.

»Sie sind genauso aufgeregt wie wir«, meinte Sophia, »und spüren die kraftvolle Energie der Zauberinsel schon, bevor wir sie wahrnehmen.«

Schlagartig, wie aus dem Nichts, erhob sich die Insel vor ihren Augen. Sie breitete sich vor ihnen aus, als ob sie sich von ihrer schönsten Seite präsentieren wollte. Als sie deutlich zu erkennen war, bildete sich direkt vor ihnen eine Holzbrücke, die sich Stück für Stück ihnen näherte. Nachdem die Brücke den Boden der Krautinsel erreicht hatte, sprang Nimue von Amparo und nahm ihn am Halfter. Sie wollte selbst und damit bewusst über die Brücke gehen. Für sie stellte es eine tiefgehende Bejahung ihrer Veränderung gegenüber dar; sozusagen nicht getragen, sondern selbst gegangen. Die Koffer, die hinter dem Sattel angebracht waren, folgten dabei den Bewegungen des Pferdes. Auf diese Weise ging sie Schritt für Schritt auf das gegenüberliegende Ufer zu.

Sophia beobachtete ihre kleine Schwester. Sie hielt einen großen Abstand, sodass Nimue den Übergang in vollem Ausmaß in sich aufnehmen konnte.

»Ich bin da!«, rief Nimue feierlich, als sie die Zauberinsel betrat. Sie drehte sich um und erkannte, dass Maya sich vor der Brücke fürchtete. Immer wieder blieb Maya stehen, wobei ihr Sophia sanfte Worte ins Ohr flüsterte.

»Soll ich dir helfen?«, fragte Nimue.

»Nein, wir sind gleich da«, antwortete Sophia.

Nimue sah derweilen um sich. Der erste Eindruck war berauschend. Die Natur und deren Grün war noch intensiver als das, was sie gerade eben gesehen hatte. Die Farben schienen ein Gold zu enthalten, das leicht im Sonnenlicht schimmerte.

»Amparo, sieh nur, wie schön es hier ist.«

Amparo wieherte zustimmend.

Von der Ferne sah sie ein kleines Wichteldorf am Ufer. Ein paar Frauen wuschen gerade ihre Kleidung in großen Waschzubern. Sie rubbelten fleißig auf und ab. Überall liefen Kinder spielend herum. Es war ein schöner Anblick, der sie zum Lächeln brachte.

»Endlich«, hörte sie Sophia erleichtert sagen, »wir haben's geschafft.«

Sogleich verschwand die Holzbrücke Stück für Stück ins Nichts, woraus sie zuvor entstanden war.

»Wow«, staunte Sophia, »es ist wirklich so atemberaubend schön, wie ich es in Erinnerung hatte.«

Gleichzeitig breitete sich die Insel immer weiter vor ihnen aus, wobei sich die Umgebung der Menschenwelt vor ihren Augen auflöste. Sekunden später war sie vollkommen verschwunden.

Nimue und Sophia entschlossen sich, zu Fuß weiterzugehen, um ihrer neuen Umgebung noch mehr Beachtung zu schenken. Je tiefer sie in die Insel hineingingen, desto größer wurde der Raum, und so erkannte Nimue, dass die Insel unendlich viel größer sein musste, als sie auf den ersten Blick wirkte. Nach einigen Kilometern landeinwärts wies Sophia Nimue auf ein Dorf an einem kleinen See hin, das von Kobolden bewohnt war. Der Rauch stieg aus den Kaminen der kleinen Steinhäuser, als ob tiefster Winter wäre.

»Warum heizen die Kobolde? Es ist doch nicht kalt?«, fragte Nimue.

»Nein, das sind die Kochkoboldinnen, die den ganzen Tag ein Gericht nach dem anderen ausprobieren. Abends präsentieren die fleißigen Frauen die neuen Kreationen ihren Männern, wenn sie von der Arbeit nach Hause kommen. Der Rauch der Feuerstelle zieht über den Kamin ab.«

Nimue verstand. Sie gingen weiter, als Nimue in der Ferne ein Hügeldorf entdeckte. »Schau, Sophia, da vorne!« Nimue deutete auf mittelgroße Steinhäuser, die scheinbar mit den Hügeln verschmolzen. Ihre Dächer waren mit Moos bedeckt und ihre Holzfenster und -türen harmonierten mit der Natur.

»Sind das Hobbits?«

»Nein, es sind Pusillis, die ihnen optisch schon ein bisschen ähneln. Bei ihnen kehren wir zum Tee ein.«

»Wir gehen nicht sofort zu Cara?«

»Nein, ich habe Durst und die Pferde auch.«

Sie gingen einen Hügel hinauf in Richtung Siedlung, als plötzlich ein Horn laut ertönte. Nimue zuckte zusammen und ließ Amparos Halfter los. Sie hielt sich die Ohren zu, da das Geräusch ohrenbetäubend laut war.

Sophia lachte. »Das dient zur Abschreckung. Wenn wir jetzt weiter auf sie zugehen, warten sie in den Büschen auf uns.«

»In den Büschen?«, kreischte Nimue.

»Natürlich, sie kennen uns nicht! Wir könnten ja Diebinnen oder Mörderinnen sein.«

Nimue lief ein kalter Schauer über den Rücken. Sie drückte sich fest an Amparos Körper. Im Grunde hatte sie nur Gutes über Pusillis gelesen. Sie wusste, dass sie kleine, intelligente Wesen waren, und friedlich, dachte sie.

Da erreichten sie den Anfang eines schmalen Kieselwegs, der an einigen Holzhütten und Büschen entlang direkt zum Dorf führte. Als sie am ersten Haus ankamen, standen sie auf einer Anhöhe mit dem Blick auf eine Senke. Viele Häuserfronten ragten aus den Hügeln empor, die in ihrer Gesamtheit ein schönes Bild ergaben. Dennoch fühlte sich Nimue unwohl. Niemand war unterwegs, als ob das Dorf ausgestorben wäre.

»Was ist hier los?«, fragte sie sich, *»Haben die Angst vor uns?«*

Nimue zuckte zusammen, als hinter ihr ein für sie undefinierbares Geräusch entstand. Sie drehte sich um und sah Büsche sich hin- und herbewegen.

»Sieh nur, Mama, da sind Elfen!«

»Pst, Gottfried, die hören dich.«

Nimue rief: »Hallo, ist hier jemand?«

Gottfried sprang heraus. »Ich bin da!«

Sophia und Nimue blickten auf einen kleinen Pusilli, der grinsend vor ihnen stand. Die Mutter lief ihm hinterher. Als sie die beiden sah, blieb sie abrupt stehen und starrte sie an.

»Keine Angst, wir tun euch nichts. Wir sind auf der Durchreise«, erklärte Sophia, während Nimue mit großen Augen die Pusillis betrachtete. Sie ging auf das Kind zu, kniete sich vor ihm auf den Boden und stellte sich vor: »Ich bin Nimue und du?«

»Gottfried ist mein Name.«

Nimue stand wieder auf, als er sie von unten nach oben musterte.

»Du bist aber groß.«

»Und du klein.«

Er kicherte und hielt sich dabei den Mund zu.

Gottfried war um mehr als die Hälfte kleiner als Nimue und hatte dementsprechend kurze Arme und Beine. Seine runde Nase sowie seine Wangen waren rot, und seine dunkelbraunen Augen glänzten. Die braunen Haare standen ihm zu Berge, als ob der Himmel sie anziehen würde.

»Was wollt ihr hier?«, fragte seine Mutter.

Sophia antwortete: »Wir und unsere Pferde haben Durst.«

Da sprangen viele aufgeregt sprechende Pusillis aus den Büschen.

Nimue konnte bei dem Durcheinander nichts verstehen, als eine tiefe Stimme rief: »Halt!«

Alle verstummten.

Ein älter aussehender Pusilli mit dicker Brille ging auf sie zu. »Wer seid ihr?«

Sophia drehte sich nach ihm um und erkannte freudig: »Mein lieber Anndra!«

Sein Gesicht entspannte sich bei ihrem Anblick. »Sophia! Wie schön, euch hier zu haben. Kommt in unsere Stube, wir richten euch Essen und Tee her. Eure Pferde übergebt ihr dem Stallburschen Higlid« – dieser kam gerade keuchend angerannt – »er wird sie gut versorgen.«

Nimue übergab Amparo und folgte Anndra zu seinem Haus. Zugleich stürmten viele Pusillis aus ihren Häusern heraus, die sie interessiert musterten. Nimue begrüßte alle und freute sich über ihre Gastfreundlichkeit. Kurz darauf stand sie in einer Wohnkammer mit einem runden Holztisch. Am anderen Ende stand eine Pusilli-Dame am Ofen, die sie freundlich begrüßte. Sie legte gerade Holz nach. Daraufhin stellte sie einen Topf mit Wasser auf die Ofenplatte. Währenddessen nahm Anndra die Koffer an sich und stellte sie in einen Nebenraum.

Vor den Fenstern konnte Nimue viele neugierige Gesichter erkennen, die abwechselnd hereinsahen. Anndra bemerkte dies und scheuchte die Meute davon. Dann setzte sich Nimue neben Sophia und betrachtete die Körper der Pusillis. Sie waren klein, dennoch erkannte Nimue eindeutig den Unterschied ihres Alters. Die Frau, war sie sich sicher, musste viel jünger sein als der Mann. Er hatte graues, langes Haar und sie braunes, das beinahe ganz unter einem Tuch verschwand. Anndras Gesicht zeigte im Gegensatz zu seiner Frau kleine Falten, und doch erkannte Nimue an ihren Augen, dass sie nicht mehr ganz jung sein konnte.

»Das ist meine Frau Davina«, erklärte er.

Sie verbeugte sich mit einem Lächeln und fragte: »Wie geht es Seoras, Oona und Aar?«

Nimue staunte, dass sie ihre Familie kannten und meinte: »Sehr gut, allen dreien.«

Sophia fügte hinzu: »Oona ist mit ihrem Garten gut ausgelastet, und Seoras beschäftigt sich zunehmend mit dem Dichten.«

Anndra lachte hell auf. »Ein dichtender König, wie schön, dass so etwas endlich zeitgemäß ist.«

Ein kleiner Pusilli spitzte zur Tür herein.

»Kommt rein«, forderte Anndra seine Kinder auf, und schon spazierten nacheinander drei zur Tür herein. Sie reihten sich vor Nimue und Sophia auf, während Anndra sich hinter sie stellte. Dann wies er mit seinem Zeigefinger auf die kleinste hin: »Das ist Andra, unsere Jüngste.« Danach wandte er sich den anderen beiden zu und sagte: »Das sind unsere Zwillinge: Ervin und Evan.«

Nimue begrüßte sie. Ervin sprang ihr sogleich entgegen und nahm ihre Hand. Er zog sie vom Tisch weg in eine daneben liegende Kammer, in der sich Spielzeug aller Art befand.

»Wow!«, staunte Nimue, als sie diese betrat.

»Spielen wir?«, fragte Evan, der ihnen folgte.

»Nein, heute nicht, Evan«, erwiderte ihr Vater streng. »Die Reisenden haben Hunger und Durst.«

Als Nimue zurück in die Wohnkammer kam, sah sie den Tisch bereits voll gedeckt mit Brotzeit und Teetassen. Das Wasser dampfte heiß aus dem Kessel, der gleichzeitig zu pfeifen begann. Daraufhin nahm ihn Davina vom Herd und füllte eine große Kanne damit. Ein angenehmer Lavendelduft verbreitete sich im Raum.

»Kommt, meine Freunde, esst und trinkt, so viel ihr wollt!«

Gleich darauf saßen alle am runden Tisch und aßen, schlürften Tee, sprachen und lachten miteinander. Nimue wollte unbedingt die Zusammenstellung der Kräuter für den Tee wissen, die jedoch die stolze Pusilli-Dame unter keinen Umständen aus der Hand gab. Es war ein Geheimnis, das jeden Gast verzaubern sollte. Nach ein paar Stunden ging die Sonne allmählich unter, und die beiden mussten sich verabschieden. Sie umarmten sich innig und versprachen, bald wieder zu kommen. Zudem erfuhr Nimue, dass sie die Zwillinge in der Zauberschule treffen würde, da auch sie von Direktor Schnabel angenommen wurden.

Als sie das Dorf verließen, winkten ihnen viele kleine Pusillis hinterher.

Evan stand dabei in der vordersten Reihe. Er rief Nimue zu: »Bis bald, Nimue.«

»Bis bald, Evan.«

Einen Moment später verschwanden sie in einem nahegelegenen Wald, den sie auf einem schmalen Pfad durchquerten. Davina gab den beiden Proviant mit, falls sie der Hunger überfallen würde, und so trug Amparo nun zusätzlich zwei Säcke auf seinem Rücken, die durch einen langen Strang miteinander verbunden waren.

Die Dunkelheit nahm die Zauberinsel zunehmend ein, bis der Mond hoch oben am Himmel stand.

»Dauert es noch lange?«, wollte Nimue wissen.

»Nein, wir sind gleich da.«

Eine halbe Stunde später verließen sie den Wald und sahen dabei in der Ferne die Höhlen des Dorfes Faingìl vor sich liegen. Die Lichter brannten hell hinter den Fenstern der Häuser.

Sophia blieb stehen und meinte: »Ist es nicht ein schönes Dorf?«

»Ja«, staunte Nimue, als Amparo und Maya wiehernd zustimmten.

Cara saß hinter dem Fenster und beobachtete den Waldrand bereits seit einiger Zeit. Sie sprang auf und lief zum Eingang.

»Mama, sie sind da!«

Cara riss die Tür auf. Schnell lief sie über eine Wiese auf ihre Cousinen zu.

Nimue ließ Amparo aus und rannte auch los. Sie umarmten sich inniglich, als Nimue ihre Tante an der Eingangstür entdeckte.

»Hallo, Tante Hauch!«

»Hallo, Liebes«, begrüßte sie Hauch. »Kommt, ich versorge die Pferde und ihr geht hinein.«

Amparo und Maya folgten Hauch zum Stall, während Nimue und Sophia mit Cara ins Haus gingen. Im Wohnzimmer meinte Cara: »Macht es euch gemütlich, ihr seid sicher müde.«

Sophia ließ sich sofort auf die orange Couch fallen.

Nimue jedoch erzählte fröhlich: »Der Weg hierher war unglaublich toll, Cara. Die Zauberinsel ist der Wahnsinn!«

Cara stimmte ihr zu und meinte: »Früher hast du immer geschlafen, wenn du mit deinen Eltern hierhergekommen bist. Das war wohl ein Reisezauber.«

»Ich dachte, dass euer Haus gleich neben dem Marktfest steht?«

»Um Himmels willen, das ist ganz woanders.« Cara lachte amüsiert.

Nimue wollte nachfragen, ob es sich womöglich auf einer ganz anderen Insel befände, als Hauch ins Zimmer kam. »Jetzt gibt es einen köstlichen Apfelkuchen.«

»Mama«, klagte Cara, »ich will Nimue meinen neuen Freunden vorstellen.«

»Später, Cara, erst wird gegessen.«

Die beiden Ankömmlinge waren von dem reichlichen Essen der Pusillis noch vollkommen satt. Nimue sah jedoch die Entschlossenheit ihrer Tante in ihren Augen widerspiegeln und meinte: »Ein kleines Stück.«

»Puh«, seufzte Sophia, »ich kann nicht mehr essen. Warum nicht später?«

»Seid ihr bei den Pusillis eingekehrt?«, vermutete Hauch und Sophia nickte.

»Gut. Also später.«

Nimue war erleichtert, als Cara sie an der Hand nahm und mit nach draußen zog. »Wir besuchen Klärchen, meine beste Freundin.«

Zwei Höhleneingänge später trafen sie auf eine Elfenfamilie mit elf Kindern. Nimue wurde jedem einzeln vorgestellt, und so dauerte allein die Begrüßung eine halbe Stunde. Jeder erzählte von seiner Leidenschaft für das Elfenreich Shenja und die Hoffnung, es einmal kennenzulernen.

Danach zeigte Cara Nimue ihr selbstgebautes Holzhäuschen, das hoch oben auf einem Zauberbaum in der Nähe des Waldes stand.

Nimue betrachtete die schmale Strickleiter, die zum Häuschen hinaufführte. Diese bewegte sich ständig, als ob ein Wind wehen würde.

»Und hier kann ich nicht schweben«, murmelte sie vor sich hin.

Sie beobachtete Cara die Holzsprossen hinaufsteigen, was kinderleicht aussah. Doch als sie es selbst versuchte, war es das Gegenteil von einfach. Nur mit viel Mühe konnte sie sich von Sprosse zu Sprosse hochbewegen.

Cara lachte bei diesem Anblick und sagte: »Leiter, also wirklich, lass meine Cousine hochsteigen!«

Die Leiter hörte jedoch nicht auf Cara.

Da erwähnte sie: »Es ist Nimue, die zukünftige Königin des Reichs Shenja.«

Abrupt hielt sich die Leiter still, sodass Nimue beinahe heruntergefallen wäre. Daraufhin konnte sie angenehm hochklettern.

»Danke«, sagte Nimue, als sie im Häuschen ankam. Cara zündete derweilen eine Kerze an, was den Raum erhellte.

»Wow«, staunte Nimue, »das Zimmer ist riesig und so schön eingerichtet.«

Es wirkte auf sie wie ein Puppenhaus und Puppen saßen auch auf einem Stuhl in der Ecke. Sie wandte sich einem offen stehenden Fenster zu und bewunderte den Blick über das Dorf.

»Schön hast du es hier«, bemerkte sie freudestrahlend. Dann ging sie auf die Puppen zu und scherzte: »Und so gar nicht aus der Menschenwelt.«

»Ja«, gab Cara zu, »manchmal kann ich deine Liebe zu dieser Welt verstehen. Sehen die nicht toll aus? Mama und ich haben sie auf dem Sonntagsmarkt gefunden. Der findet einmal im Monat auf der Fraueninsel statt.«

Nimue nahm eine an sich und musterte ihr ausdrucksvolles Porzellangesicht mit großen Klimperaugen.

»Die schauen richtig lebendig aus, nicht wahr?«

Nimue nickte zustimmend. Sie setzte die Puppe vorsichtig zurück auf den Stuhl.

»Eine alte Frau aus den Bergen verkauft diese Puppen, die ihr abgesehen von der Haut irgendwie ähnlich sehen.«

Nimue strich beiden über ihre Haare und sagte: »Sie sind bezaubernd.«

Zugleich hörten sie Hauch nach ihnen rufen: »Kommt, ihr beide, es ist Zeit für die Nachtruhe!«

Cara blies die Kerze aus, während Nimue die Strickleiter hinabkletterte. Minuten später saßen sie gemeinsam mit Sophia in der Küche und aßen Apfelkuchen. Nimue liebte den Geschmack von Äpfeln und Teig auf Anhieb.

»Mmh, ist das lecker!«

Hauch freute sich sichtlich und meinte: »Im Reich Shenja gibt es solche Apfelkuchen nicht, stimmt's?«

»Nein«, erwiderte Sophia, die den Geschmack nicht ganz so überwältigend empfand wie ihre kleine Schwester.

Nimues Gefühlswelt war an diesem Tag in einem Ausnahmezustand, was ihre Sinne noch feinfühliger werden ließ. Sie liebte die Insel, die netten Bewohner, die sie bereits getroffen hatte, und den leckeren Kuchen. Ausnahmslos alles beeindruckte sie, und so konnte es Nimue kaum erwarten, noch mehr von dieser Welt zu entdecken.

Nimue schreckte aus einem tiefen Schlaf, als ihre kleine Elfenuhr lautstark rief: »Aufstehen!«

»Was?«, stotterte sie schlaftrunken. »Wie bitte? Wo bin ich?«

»In der Schlafkammer deiner Tante Hauch«, antwortete Shima, »noch mehr Informationen gefällig?«

Nimue schüttelte den Kopf. »Oder doch, wie spät ist es?«

»Die siebte Elfenstunde ist bereits angebrochen.«

»So spät!«

Nimue sprang aus ihrem Bett und nahm ihre Kleidung, die auf einem Stuhl lag. Hastig zog sie sich um. Gleich darauf lief sie aus der Gästeschlafkammer in Richtung Caras Zimmer. Diese fand sie leer vor, und so rannte sie den Gang entlang in Richtung Küche. Dort saß die ganze Familie beim Tee zusammen. Auch Sophia war schon dabei, die an diesem Tag besonders hübsch angezogen war. Sie trug ein hellblaues Kleid, das unter der Taille mit einer königsblauen Kordel geschnürt war. Der Plisseerock reichte bis zu den Füßen. Ihre Haare waren aus fünf Strängen geflochten, die sich in der Mitte zu einem Zopf zusammenfügten.

Nimue setzte sich neben ihre Schwester und fragte: »Triffst du ihn heute?«

»Ja«, sprudelte es fröhlich aus ihr heraus, »Oliver hat mich auf eine Fahrt durch die Zauberhöhlen der Insel eingeladen.«

»Oh, das ist toll!«, war Hauch begeistert. »Die sind gigantisch. Die Route verläuft zuerst durch eine Rosenquarzhöhle, die so wunderbar glitzert, dass man sie gar nicht mehr verlassen will. Danach werdet ihr in ein Boot steigen, das euch auf einem kleinen Fluss durch weitere Höhlen leitet. Es gibt viele verschiedene Plätze mit besonderen Zaubersteinen. Auch einzigartige Raumverformungen wirst du sehen. Zudem leben in diesen Höhlen kleine Zauberwesen, die selbst uns Elfen von der Zauberinsel unbekannt sind. Du wirst staunen und genießen, da bin ich mir sicher.«

Sophia lächelte zufrieden und auch Nimue, die sich für ihre Schwester freute. Danach löste sich die Tischgesellschaft auf, und ein Durcheinander an Verabschiedungen nahm seinen Lauf.

Als Nimue ihre Schwester an sich drückte, flüsterte Sophia in ihr Ohr: »Meine kleine Schwester, denk immer daran: Ich glaube fest an dich und wünsche dir alles Glück dieser Erde. Pass gut auf dich auf und lerne viel. Ich will wiederum von dir lernen.«

Nimue küsste ihre Wange und spürte eine Träne darauf. Danach stieg sie auf ihr vollbepacktes Pferd und spornte Amparo an. Cara tat das Gleiche und schon waren sie unterwegs in Richtung Zauberschule. Dabei ritten sie durch eine wunderschöne, grüne Landschaft, die immer wieder kleine Dörfer in der Ferne zeigte.

»Weißt du auch bestimmt den richtigen Weg?«, wollte sich Nimue nach einer Weile vergewissern.

»Natürlich!«, war sich Cara sicher.

Nach einer weiteren Stunde ritten sie einen schmalen Kieselweg entlang einen Berg hoch. Dieser wollte kein Ende nehmen. Als sie die Spitze erreichten, zeigte sich vor ihnen kein Gestein, sondern ein dichter Wald.

Nimue stockte der Atem. »Und was jetzt?«

»Da, Nimue, schau! Da ist ein kleiner Weg, der durch den Wald führt.«

Nimue weitete die Augen. »Puh, ich hoffe, Amparo geht mir da durch.«

Amparo wieherte zustimmend, ganz sicher, diesen Weg zu gehen.

Langsam bewegten sich die Pferde auf dem durchwachsenen kleinen Pfad voran. Dann trafen sie auf eine Lichtung, die eine außergewöhnliche Sicht über das vor ihnen liegende Tal freigab. Es war auf allen Seiten von hohen Bergen eingeschlossen, wobei der Wald das Tal vollkommen in sein sattes Grün einbettete.

Da entdeckte Nimue das Schulgebäude auf dem gegenüberliegenden Berg in der Ferne. Sie vermutete, dass es gewaltig groß sein musste, ansonsten hätte sie es auf diese Entfernung nicht auf Anhieb erkennen können.

»Wow!«, stieß sie vor Bewunderung aus. »Ist das die Schule?«

»Ja, das ist sie.«

»Die ist riesig und zum Teil in den Berg gebaut.«

»Ja, das stimmt schon, aber der Berg ist nicht sehr tief an dieser Stelle und so öffnet sich der hintere Teil des Gebäudes ebenfalls zu einem Tal. Dort gibt es Sportplätze und weitere Schulgebäude, wie auch die Häuser der Angestellten. Die Schule ist sozusagen durch den Berg gebaut und kommt auf der anderen Seite wieder heraus.«

»Aha«, staunte Nimue.

»Warte ab, bis du die südliche, andere Seite siehst. Die ist der Oberhammer.«

Nimue konnte sich nicht vorstellen, dass diese noch beeindruckender auf sie hätte wirken können, als es bei der nördlichen Ansicht bereits der Fall war.

»Warst du schon einmal dort?«, wollte Nimue wissen.

»Ja, ich musste nach deinem Geburtstag einen Test ablegen.«

Cara zuckte mit den Schultern.

»Hab halt nicht so gute Vornoten wie du. Unsere Elfenschulen sind auch viel schwieriger als die im Reich Shenja«, war sich Cara sicher und änderte sofort das Thema: »Kannst du dir vorstellen, dass wir das erste Schuljahr an dieser tollen Schule vor uns haben?«

Nimue nickte abwesend. »Schau dir nur die vielen runden Türme an. Sie sind unterschiedlich groß und ragen an den unterschiedlichsten Stellen heraus. Das könnte ein Schloss sein.«

»Da hast du schon recht. Ursprünglich war das Anwesen im Besitz der großen Zauberer-Familie vom Stamm der Conlocks. Aus diesem Grund heißt die vor uns liegende Gegend auch das Tal der Conlocks. Die Conlocks waren bedeutende Herrscher, deren Oberhaupt als König aller Zauberer angesehen wurde.«

»Was ist mit ihnen passiert?«

»Der König hatte sich eines Tages der Dunkelwelt angeschlossen. Seine Frau blieb dem Licht treu und bestrafte ihren Mann hart. Ihre Macht und Zauberkunst war viel weiter entwickelt als die von ihrem Mann. Sie zerstörte ihn. Leider kamen dabei auch ihre gemeinsamen Kinder und Kindeskinder um. Deswegen blieb sie am Ende alleine. Man sagt, sie ist eines Tages verschwunden und nie wieder aufgetaucht.«

»Warum hat sie ihre Kinder umgebracht?«

»Weil der Fluch, den sie über ihren Mann gelegt hatte, all seine Nachfahren mit einschloss. Das wusste sie natürlich nicht. Man sagt, dass der ursprüngliche Zauberspruch die Kinder nicht mit einbezog. Doch Donntuagh, der damalige König der Dunkelelfen, griff ein, um seinen Gefährten oder Handlanger zu retten. Dabei konnte er den Fluch nicht auflösen. Er muss ihn irgendwie verändert haben. Danach musste die große Zauberin mit ansehen, wie ihre Kinder elend zugrunde gingen. Sie konnte nichts mehr für sie tun. Man sagt auch, dass sie ihr

Leben lang die Qualen ihrer Kinder am eigenen Leib gespürt hat.«

Nimue hielt sich vor Entsetzen den Mund zu. »Und dann?«

»Dann zog eine andere Zauberer-Familie der Conlocks ein, die sich im Schloss nie wohlfühlte. Als Direktor Schnabel das Gebäude kaufen wollte, willigten sie sofort ein. Er gestaltete die Räume um. Auf diese Weise wurde aus dem Anwesen die berühmte Schule: Torsámum, was in der alten Zauberersprache Samúna *Wirbelwind* heißt. Diese sprechen sie heute nicht mehr, hat Mama gesagt, nur noch die alten Zauberer kennen sie.«

»Die Zauberschule heißt Wirbelwind«, schmunzelte Nimue. »Er verändert alles, auf das er trifft.«

»Genau so heißt die Schule«, erklärte Cara. »Direktor Schnabel hat zu mir gesagt, dass sein Unterricht das Leben aller Schüler nachhaltig verändert.«

»Das gefällt mir, Cara.«

Da fing Shima an, sich auf Nimues Brust schnell hin- und herzubewegen. Nimue öffnete sie und fragte: »Was ist los, Shima?«

»Es wird Zeit! Nur noch 45 Elfenminuten und ihr sollt vor dem Direktor erscheinen. Davor müsst ihr das tiefe Tal durchreiten, die Pferde unterstellen und …«

Nimue bedankte sich bei Shima für ihre Erinnerung und blickte Cara fragend in die Augen. »Sollen wir?«

»Auf geht's!«, erwiderte Cara und spornte Tristan an.

Der Blick auf die Schule entfachte auch bei Cara eine Vorfreude auf ihre gemeinsame Zeit, und so ritten sie den schmalen Weg durch Wald und Wiesen hinab ins Tal, hinein in eine neue Welt.

Ende Teil I

Nimue
Cara
Sophia
Marie
Leon
Aoife
Musik
Hubert
Yavira
Seoc
Hauch
Seog
Tiara
Aar
Oona
Lila
Meri-Re
Chrisan
Seoras
Barabel
Camin
Marie
Acair
Cloet
Katar
Léa
Tadgh
Oisin
Anna
Cara
Aar

Glossar der Licht- und Schattenwelt

Cridhe (gälisch) Herz; Cridhe ist ein ehemaliges Dorf in den schottischen Highlands und der ursprüngliche Heimatort des Elfenstammes Shenja.

Nimue Der Name ist keltischen Ursprungs und wird insbesondere mit der Artussage in Verbindung gebracht: Hüterin des Sees. Es war Seoras' Wunsch, dass sie diesen Namen erhält. Nimue, die Elfenprinzessin aus dem Reich Shenja, spricht man aus wie man sie schreibt, nur ohne »e« am Ende.

Seoras Der Name Seòras ist schottischen Ursprungs und bedeutet »Farmer«. Seoras wird ausgesprochen wie man ihn schreibt, und nicht wie ursprünglich »Schau-rass«. Tadgh hat den Namen für seinen ältesten Sohn aus der Bedeutung heraus gewählt. Der Farmer ist der, der auf sein Land, seine Leute und Tiere achtet, alles hegt und pflegt wie kein anderer und dabei eng damit verbunden ist.

Aar Aar hat in den alten Schriften des Reiches Shenja die Bedeutung eines Vogels und besitzt dessen Leichtigkeit, majestätisch in der Luft zu schweben. Aar wurde nach seinem Urgroßvater benannt, der die große Reise von Cridhe nach Bayern angeführt hat.
Die alten Schriften wurden von Nimues Vorfahren verfasst. Nur mit Müh und Not haben die edlen Bücher aus feinstem Leder und Papier die lange Reise aus Cridhe überstanden. Nimues Großvater studiert diese seit Jahren intensiv. Aus diesem Grund ist er oft an seinem Schreibtisch anzutreffen.

Dhuorc Abgeleitet von Dhu Orc; Dhu (gälisch – schwarzer), Orc (altenglisch – Dämon). König der Schatten- und Dunkelelfen.

Er hat die Macht, Toten eine schwarze Seele einzuhauchen und sie damit wieder zum Leben zu erwecken.

Donntuagh Abgeleitet von Donn Tuagh; Donn (gälisch – braun), Tuagh (gälisch – Hacke). Ehemaliger König der Dunkelelfen, der von König Dhuorc besiegt und getötet wurde. Erst durch diesen Sieg wurde Dhuorc zum alleinigen Herrscher über die Schatten- sowie Dunkelelfen.

Seanair (gälisch) Großvater

A'Ghàidhealtachd (gälisch) schottisches Hochland

Sláinte (gälisch) Prost

Rao'ra (gälisch) Tiger

Céad míle fáilte (irisch-gälisch) Tausendfach Willkommen

Shenja (Isdira – Ursprache der Elfen) Wildhuhn; Bedeutung: Mütterliche Hüterin der Lebensenergie.

Uaneala-Fest Abgeleitet von Uan agus Eala; Uan (gälisch – Lamm) Eala (gälisch – Schwan). Fest, bei dem eine Elfe das magische 130ste Jahr erreicht. Es symbolisiert den Schwan, der sich aus dem verspielten Lamm entwickelt. An diesem Tag wird jeder Elfe ein Wunsch gewährt.

Stein des Orisolus Der Stein ist ein Diamant, der dem König des Reiches Shenja vor Tausenden von Jahren von einem Drachenkönig übergeben wurde. Der Diamant hat eine Tropfenform, in deren Bauchhöhle sich eine leicht goldschimmernde, linksdrehende Spirale befindet. Er ist magischer Natur und gleicht sich den Energien seines Besitzers an. Das Licht wird von seinem Ursprung heraus gefördert. Dabei stärkt und heilt es seine Umgebung. Allerdings lassen dunkle Wesen das Licht darin verschwinden. Die Spirale wendet sich in eine Rechtsdrehung um und nimmt der Welt stetig das Licht, bis es vollkommen dunkel ist.

Síam Elfenzeit; abgeleitet von Síde (altirisch – Hügelvolk), Am (gälisch – Zeit). Der Sternenkalender gleicht dem Menschenkalender mit 365 Tagen, nur dass dieser 13 Monate hat.

Trìvogel Ein Vogel, der drei Flügel besitzt. Zwei davon sind seitlich angewachsen und einer auf dem Rücken. Seine Federn sind bunt und leuchten intensiv. Er ist ein sehr weiser Vogel, der den Kreislauf allen Lebens mit seinen Feinheiten kennt. Der Trìvogel schläft am Tag an verborgenen Plätzen. Nachts wird er aktiv und flüstert manch einem Wesen wichtige Informationen zu, die schon Leben gerettet haben.

Torsámum Name der Zauberschule auf der Zauberinsel. Die Bedeutung stammt aus der Zauberersprache Samùna, die nur noch die alten Zauberer gebrauchen. Torsámum bedeutet Wirbelwind oder Wirbelsturm und wurde von Direktor Schnabel selbst gewählt, da er die Schule als einen Ort des Wandels ansieht und ein Wirbelsturm immer verändert, egal, auf was er trifft.

Lesespaß

Leonardo reist mit seinen Zweibeinern in den kleinen Ort Mondello, um dort Jugendfreunde zu besuchen. Aber die Schatten der Vergangenheit holen ihn ein, und aus der Reise ins Licht wird ein Rennen um sein Leben. Als dann auch noch ein Mord geschieht, weiß er, dass es für ihn nicht nur um alte Rechnungen geht, sondern um alles. Was bleibt ihm also anderes übrig, als sich selbst um die Sache zu kümmern?

Preis: 10,90 €, ISBN: 978-3-945292-14-3